MANUSCRITOS DO MAR MORTO

ADAM BLAKE

Tradução
CAMILA FERNANDES

Novo Conceito

Publicado originalmente na Grã Bretanha em 2011 por Sphere
Título original: The dead sea deception

Esta é uma obra de ficção. Nomes, personagens, lugares e acontecimentos descritos são produto da imaginação do autor. Qualquer semelhança com nomes, datas e acontecimentos reais é mera coincidência.

2ª Impressão — 2015
Impressão e Acabamento Intergraf 020615

Produção Editorial:
Equipe Novo Conceito

Este livro segue as regras da Nova Ortografia da Língua Portuguesa.

Dados Internacionais de Catalogação na Publicação (CIP)
(Câmara Brasileira do Livro, SP, Brasil)

Blake, Adam
Manuscritos do Mar Morto / Adam Blake ; tradução Camila Fernandes. -- Ribeirão Preto, SP : Novo Conceito Editora, 2013.

Título original: The dead sea deception
ISBN 978-85-8163-274-2

1. Ficção policial e de mistério (Literatura inglesa) I. Título.

13-06031 CDD-823.0872

Índices para catálogo sistemático:
1. Ficção policial e de mistério : Literatura inglesa 823.0872

Novo Conceito
Rua Dr. Hugo Fortes, 1885
Parque Industrial Lagoinha
14095-260 – Ribeirão Preto – SP
www.grupoeditorialnovoconceito.com.br

A Chris, meu pai;
E a Chris, meu irmão;
E a Chris, meu irmão de alma;
E a Sandra, minha irmã — mas talvez devamos chamá-la de Chris
para evitar qualquer ambiguidade.

PRÓLOGO

Quando a repórter telefonou para contar ao xerife Webster Gayle sobre o acidente aéreo, ele estava na pista de boliche, a um instante de afundar uma colher em uma enorme tigela de sorvete. Um dos pensamentos que lhe passou pela cabeça enquanto ouvia a notícia, junto com as primeiras pontadas de compaixão pelos mortos e seus familiares, além do desânimo ao imaginar a tempestade de discussões inúteis que isso lhe traria, foi que seu sundae de sete dólares agora certamente iria para o lixo.

— Pouso de emergência? — ele perguntou, tentando certificar-se de que entendera. Colocou a mão em concha em torno do fone para isolá-lo dos sons reverberantes dos pinos que caíam e eram recolocados na pista adjacente.

— Não — Connie disse com firmeza. — Não houve nenhum tipo de pouso. O avião simplesmente caiu do céu, acertou o chão e explodiu tudo. Não sei qual era o tamanho dele nem de onde estava vindo. Já liguei para os ATCs[1] de Phoenix e Los Angeles. Aviso você quando me responderem.

— E está sem dúvida dentro dos limites do campo? — Gayle perguntou, agarrando-se a uma ínfima esperança. — Achei que a trajetória dos voos era mais a oeste, passando por Arcona.

— Ele desceu bem ao lado da estrada, Web. Juro por Deus, consigo ver a fumaça bem aqui da minha janela. Não só caiu nos limites, mas está tão próximo que você poderia andar até ele a partir do centro comercial Gateway. Já passei a notícia para o Doc Beattie. Quer que eu faça mais alguma coisa?

Gayle considerou.

— Sim — respondeu depois de um momento. — Mande o Anstruther ir para lá e isolar a área com bastante espaço. Espaço suficiente para que ninguém venha bancar o turista e tirar fotos.

— E quanto a Moggs? — Ela se referia a Eileen Moggs, que constituía a totalidade da equipe do *Peason Chronicler* e trabalhava 24 horas

[1] Air Traffic Control — Controle de Tráfego Aéreo. (N.T.)

por dia. Moggs era uma jornalista da velha guarda, do tipo que andava por aí e conversava com as pessoas antes de fechar uma matéria. Até tirava suas próprias fotos com uma SLR digital exageradamente grande, que fazia Gayle pensar em um desses *dildos* presos a cintos que ele vira uma vez num catálogo de brinquedos sexuais e depois tentara esquecer.

— A Moggs pode passar — Gayle respondeu. — Devo um favor a ela.

— Ah, é? — Connie inquiriu num tom ameno o suficiente para que Gayle não tivesse certeza se havia uma insinuação ali. Ele empurrou a tigela de sorvete para longe de si, desconsolado. Era um daqueles sabores sofisticados com um nome longo e uma lista ainda mais longa de ingredientes, principalmente chocolate, marshmallow e caramelo em várias combinações. Gayle era viciado nisso, mas já fizera as pazes com sua fraqueza muito tempo atrás. Era mais forte do que álcool de longe. Provavelmente, mais forte ainda que heroína e crack, embora ele nunca tivesse provado nenhuma dessas drogas.

— Estou indo para aí — disse. — Diga ao Anstruther um bom meio quilômetro.

— Um bom meio quilômetro de quê, chefe?

— A linha de isolamento, Connie. — Ele acenou para a garçonete, pedindo a conta. — Quero que esteja a pelo menos cinco minutos de caminhada do acidente. Vai ter gente de toda parte xeretando lá quando souberem do desastre. Quanto menos as pessoas virem, mais cedo vão dar meia-volta e ir para casa.

— Tá. Cinco minutos de caminhada. — Gayle pôde ouvir Connie anotar a informação. Ela odiava números, alegava ser tão cega para eles como algumas pessoas eram para cores. — Só isso?

— Por enquanto, só. Tente falar com os aeroportos de novo. Ligo para você quando chegar aí.

Gayle pegou o chapéu do assento vazio a seu lado e o colocou na cabeça. A garçonete, uma mulher atraente de pele escura, cujo crachá informava o nome MADHUKSARA, trouxe a conta pelo sorvete e por um cachorro-quente com fritas que ele pedira antes. Ela fingiu estar escandalizada por ele não ter nem tocado na sobremesa.

— Bom, eu adoraria uma marmita disso, se existisse essa possibilidade — ele disse, tentando soar otimista. Ela entendeu a piada e riu mais alto e mais longamente do que ela merecia. Gayle sentiu-se ranger quando levantou. Estava ficando velho e reumático, mesmo nesse clima. — Senhora. — Ele tocou a aba do chapéu, cumprimentando-a, e saiu.

Os pensamentos de Gayle fluíram à toa enquanto ele cruzava o estacionamento dos fundos, muito quente, em direção a seu Chevrolet Biscayne azul e muito maltratado. Com o orçamento da polícia, ele tinha o direito de arranjar um carro novo sempre que quisesse, mas o Biscayne era praticamente uma atração turística. Onde quer que o estacionasse, era como se colocasse uma placa dizendo O CHEFE TÁ NA ÁREA.

Como é que se pronunciava *Madhuksara*? De onde ela vinha e o que a tinha feito vir morar em Peason, Arizona? Essa era a cidade de Gayle, e ele estava ligado a ela por laços fortes e íntimos, mas não conseguia imaginar alguém vindo de muito longe para viver ali. O que atrairia a pessoa? O comércio? O cinema com três salas? O deserto?

É claro, ele se lembrou, era o século XXI. Madhuksara nem precisava ser uma imigrante. Poderia ter nascido e crescido bem ali, no canto sudoeste dos Estados Unidos. Ela certamente não tinha nenhum traço de sotaque estrangeiro. Por outro lado, ele nunca a vira na cidade antes. Gayle não era racista, o que, em alguns momentos de sua carreira como policial, rendera-lhe algumas surpresas. Ele gostava de variedade, tanto na humanidade quanto no sorvete. Mas seus instintos eram os de um policial, e ele tendia a classificar novas faces de quaisquer cores numa espécie de caixa de entrada mental, considerando que um desconhecido sempre poderia gerar problemas.

A Rodovia 68 estava livre por todo o caminho até a interestadual, mas, muito antes de chegar à encruzilhada, ele pôde ver a coluna preta como carvão se elevando em direção ao céu. *Uma coluna de fogo durante o dia, uma coluna de fogo à noite*, Gayle pensou de forma irrelevante. Sua mãe pertencera a uma igreja batista e citava as Escrituras do mesmo jeito que algumas pessoas comentam o tempo. O próprio Gayle não abria uma Bíblia havia 30 anos, mas algo daquele conteúdo se prendera a ele.

Ele virou para a pista única de asfalto que margeava a Bassett's Farm e entrou pelos campos em uma estrada de terra sem nome, onde, uma vez, muitos e muitos anos antes, ele ganhara o primeiro beijo que não era de alguma velhota da família.

Ficou surpreso e satisfeito ao encontrar a estrada isolada com uma enfática fita de acidente preta e amarela uns 90 metros antes de ele chegar perto o suficiente para ver o metal retorcido e esparramado do qual a fumaça subia. A fita fora esticada entre duas estacas de cerca de pinheiro, e Spence, um de seus mais taciturnos e impassíveis agentes, estava parado bem ali para cuidar de que os motoristas não tentassem ignorar o bloqueio na estrada tomando algum atalho rápido para o milharal.

Enquanto o agente soltava a fita para deixá-lo passar, Gayle baixou o vidro do carro.

— Cadê o Anstruther? — perguntou.

— Lá adiante. — Spence indicou a direção com um aceno de cabeça para o lado.

— Quem mais?

— O Lewscynski. O Scuff. E a srta. Moggs.

Gayle assentiu e seguiu dirigindo.

Assim como heroína e cocaína, um grande acidente aéreo era algo com que Gayle não tinha experiência. Em sua imaginação, o avião viera descendo como uma flecha e se enterrara no solo, de cauda para cima. Mas a realidade não era tão bonita. Ele viu um sulco largo de terra arrancada com cerca de 180 metros de comprimento e talvez quase 2 metros de altura nas bordas na ponta mais externa. O avião se partira enquanto cavava aquela fenda, espalhando grandes pedaços curvos de sua fuselagem como se fossem cascas gigantes de ovo ao longo de todo aquele trecho de solo revirado. O que restava da fuselagem estava queimando lá na outra ponta e — agora que a janela de Gayle estava aberta, ele percebia — enchendo o ar com um terrível fedor de combustão. Se era carne ou plástico que cheirava assim ao queimar-se, ele não poderia saber. E não estava com pressa de descobrir.

Estacionou o Biscayne perto da viatura de Anstruther e desceu. Os destroços estavam a uns 90 quilômetros de distância, mas o calor do fogo se espalhara pelo corpo de Gayle como uma barra atravessando uma porta quando ele andou até onde um pequeno grupo de pessoas jazia parado, à beira do sulco recém-cavado. Anstruther, seu subxerife, estava protegendo a visão ao olhar por sobre o campo desfeito. Joel Scuff, um imprestável que aos 27 anos já era mais uma desgraça para a força policial do que homens com o dobro dessa idade tinham conseguido ser, estava ao lado dele, olhando na mesma direção. Ambos pareciam sombrios e perdidos, como pessoas no funeral de alguém que não conheciam muito bem e temiam ser chamadas para conversar sobre o defunto.

Sentada aos pés deles na terra franzida via-se Eileen Moggs. Sua câmera fálica estava imponente em seu colo e sua cabeça, curvada. Desse ângulo, era difícil ter certeza, mas o rosto tinha o aspecto amarrotado de alguém que recentemente havia chorado.

Gayle estava a ponto de dizer algo para ela, mas, nesse momento, enquanto subia penosamente aquela fortificação de terra, sua cabeça ultrapassou a borda do terreno, e ele se deparou com o que todos já estavam vendo. Parou de súbito, involuntariamente, com o cérebro sobrecarregado diante daquela horrível imagem, incapaz de manter qualquer comunicação com suas pernas.

A Estrada Norte 40 de Bassett estava semeada de cadáveres: homens, mulheres e crianças, todos espalhados pela terra mastigada, enquanto as roupas expelidas de suas malas estouradas se arqueavam e se retorciam acima deles nas ondas térmicas, como se seus fantasmas estivessem dançando em trajes de gala para celebrar a recém-adquirida liberdade.

Gayle tentou xingar, mas de repente sua boca estava seca demais para que o som conseguisse sair. No terrível calor, suas lágrimas evaporaram assim que tocaram as bochechas, antes que alguém pudesse vê-las.

Parte I
Rum

CAPÍTULO 1

A foto mostrava um homem morto esparramado ao pé da escada. O enquadramento da cena era perfeito e a nitidez, total, e ninguém parecia ter notado a coisa mais interessante a respeito dela, mas ainda assim não causava a Heather Kennedy nada semelhante a entusiasmo.

Ela fechou a pasta de papel manilha novamente e empurrou-a sobre a mesa. Não havia mesmo muito mais que olhar nela.

— Não quero — disse.

Encarando-a do outro lado da mesa, o inspetor-chefe Summerhill encolheu os ombros: um gesto que dizia *todo mundo tem que enfrentar um pouco de chuva na vida.*

— Não tenho mais ninguém a quem entregar isto, Heather — disse a ela no tom de um homem razoável fazendo o que precisava ser feito. — Os quadros de tarefas já estão cheios lá no departamento. Você é quem está mais livre. — Ele não acrescentou, embora pudesse tê-lo feito, *você sabe por que vai ter que engolir esta e sabe o que precisa acontecer para que isso pare.*

— Tá bom — Kennedy respondeu. — Eu estou livre. Então dê alguma desculpa ao Ratner ou ao Denning. Não vá me enfiar em algum beco sem saída para que eu fique com o caso aberto no meu currículo até o Dia do Juízo Final.

Summerhill nem mesmo se esforçou para parecer simpático.

— Se não for assassinato — disse —, encerre o caso. Assine o relatório e pronto. Vou apoiar sua palavra, desde que ela cole.

— Como é que posso resolver isso se a evidência já tem três semanas? — Kennedy disparou em resposta. Ela estava para perder a briga. Summerhill já tinha decidido. Mas ela não tornaria as coisas mais fáceis para o velho desgraçado. — Ninguém examinou a cena do crime. Ninguém fez nada com o corpo no local. Tudo que tenho para trabalhar são umas fotos tiradas por algum cara do posto de polícia mais próximo?

— Bom, tem isso e o relatório da autópsia — Summerhill argumentou. — O laboratório do norte de Londres conseguiu descobrir várias perguntas sem resposta, o suficiente para trazer o caso de volta à vida — e possivelmente dar a você alguns pontos de partida. — Ele empurrou a pasta firme e irrevogavelmente de volta para ela.

— Por que teve uma autópsia se ninguém considerou essa morte suspeita? — Kennedy perguntou, genuinamente intrigada. *E como é mesmo que isso passou a ser problema nosso?*

Summerhill fechou os olhos, massageou-os entre os indicadores e os polegares. Fez uma careta cansada. Claramente queria apenas que ela aceitasse a pasta e desse o fora.

— O morto tinha uma irmã, que pressionou para que a autópsia fosse feita. Agora ela tem o que queria — um caso aberto, oferecendo um mundo inteiro de possibilidades excitantes. Jogo limpo: não temos nenhuma alternativa agora. Ficamos malvistos por ter dispensado o caso como morte acidental tão rapidamente e ficamos malvistos também porque rejeitamos o primeiro pedido de autópsia. Então, precisamos reabrir o caso e seguir todo o procedimento até que aconteça uma das duas coisas: encontramos uma explicação verdadeira para a morte desse cara ou então damos de cara numa parede e podemos dizer que pelo menos tentamos.

— O que pode durar para sempre — Kennedy apontou. Era um clássico "buraco negro". Um caso em que o trabalho não fora feito corretamente logo de início, e, agora, ela teria que se matar de trabalhar para compensar todos os erros, desde o exame da cena do crime até os depoimentos de testemunhas.

— Claro. Fácil. Mas olhe pelo lado bom, Heather. Você também vai inaugurar um novo parceiro, um jovem investigador muito disposto que acabou de se juntar à nossa divisão e não sabe nada sobre você. Chris Harper. Transferido diretamente do St. John's Wood pela academia. Trate direitinho dele, sim? Estão acostumados a modos mais civilizados lá na Newcourt Street.

Kennedy abriu a boca para falar, mas a fechou. Não adiantaria. De fato, precisava admirar a limpeza e a economia daquela cilada. Alguém tinha ferrado tudo em nível épico — fechado o caso rápido demais e depois sido mordido no traseiro pelas evidências —, então, agora toda aquela bagunça estava sendo empurrada para a detetive mais dispensável da divisão e para um pobre coitado trazido de alguma cidadezinha para servir como bucha de canhão. Não haveria nada demais. E, ainda que houvesse, ninguém importante ficaria encrencado por causa disso.

Sussurrando um palavrão, ela se dirigiu à porta.

Reclinando-se na cadeira, as mãos cruzadas atrás da cabeça, Summerhill ficou olhando enquanto ela se retirava.

— Traga-o de volta vivo, Heather — ele a exortou languidamente.

* * *

Quando voltou à sua mesa, Kennedy encontrou o mais recente presente da comissão informal que batalhava para vê-la pelas costas. Era um rato morto numa ratoeira de aço inoxidável, largado por cima dos papéis sobre a mesa dela. Sete ou oito detetives estavam de tocaia ali, na cova dos leões, parados ao redor em grupos elaborados para parecerem casuais, e todos a observavam de soslaio, ansiosos para ver como ela reagiria. Talvez houvesse até apostas em dinheiro, a julgar pela atmosfera de excitação contida na sala.

Kennedy estivera tolerando em silêncio as provocações menores, mas, quando olhou para o cadáver pequeno e flácido, com uma crosta sangrenta e peluda ao redor da garganta, onde o espeto da armadilha o acertara, ela finalmente reconheceu o que 90% de sua mente já sabia: que não conseguiria dar um fim àquilo se continuasse carregando a cruz sem reclamar.

Então, quais eram as opções? Ela percorreu algumas mentalmente até encontrar uma que tinha ao menos a vantagem de ser imediata. Pegou a ratoeira e abriu-a com alguma dificuldade, pois a mola era rija. O rato caiu sobre a mesa com um baque audível. Então jogou a ratoeira de lado, ouvindo-a cair tinindo atrás de si, e recolheu o corpo, não cuidadosamente pegando-o pelo rabo, mas firmemente fechado no punho. Estava frio: muito mais do que o ambiente. Alguém o mantivera num refrigerador, só esperando por esse momento. Kennedy olhou ao redor.

Josh Combes. Não que ele fosse o líder da gangue — a campanha contra ela não era assim tão conscientemente orquestrada. Mas, entre todos os policiais que sentiam a necessidade de tornar a vida de Kennedy desconfortável, Combes era o que fazia mais alarde e era um veterano em termos de anos de serviço. Então, ele serviria tão bem quanto qualquer um, e melhor do que a maioria. Kennedy cruzou a sala até a mesa dele e jogou o rato morto na virilha dele. Combes moveu-se violentamente, fazendo a cadeira rolar para trás sobre as rodas. O rato caiu no chão.

— Jesus! — ele berrou.

— Sabe — Kennedy disse em meio ao silêncio mansamente escandalizado —, rapazinhos crescidos não pedem à mamãe para fazer essas coisas por eles, Josh. Você deveria ter ficado de uniforme até suas bolas caírem. Harper, você vem comigo.

Ela nem tinha certeza se Harper estava ali. Não tinha ideia de como ele era. Mas, quando se virou para sair, ela viu, pelo canto dos olhos, um dos homens sentados ficar de pé e se separar do grupo.

— Vaca — Combes rosnou às suas costas.

O sangue dela estava fervendo, mas ela soltou um risinho que todos ouviram.

CAPÍTULO 2

Harper dirigia sob a leve chuva de verão que tinha chegado de nenhum lugar. Kennedy reexaminava o arquivo. Isso levou a maior parte do primeiro minuto.

— Já teve chance de dar uma olhada nisto? — ela perguntou a ele enquanto viravam na Victoria Street e se uniam ao tráfego.

O investigador piscou rapidamente, mas não disse nada por um ou dois instantes. Chris Harper, 28 anos, dos Oficiais de Camden, do St. John's Woods e da muito apregoada Academia Criminal da Unidade de Crimes Especiais; Kennedy tivera alguns momentos, entre o escritório de Summerhill e os policiais de tocaia na sala, para verificar o histórico de Harper no banco de dados da divisão. Não havia nada demais senão uma citação de bravura (relacionada a um incêndio num depósito) e uma advertência, depois revista, por uma altercação com um oficial sênior a respeito de uma questão pessoal, não mencionada. Não importa qual foi a questão, parecia ter sido resolvida sem que nenhum procedimento de punição fosse necessário.

Harper tinha cabelos claros e era magro feito um barbante, com uma ligeira assimetria no rosto, o que fazia com que parecesse estar se esquivando ou presenteando alguém com uma piscadela insinuante. Kennedy achou que já pudesse ter esbarrado nele de passagem por algum lugar, muito tempo atrás, mas, se tinha mesmo, fora um contato muito fugaz e não deixara para trás nenhuma forte impressão, boa ou má.

— Não li tudo — ele admitiu afinal. — Só descobri que tinha sido escolhido para o caso cerca de uma hora atrás. Eu estava dando uma olhada no arquivo, mas daí... bom, você apareceu e deu aquele show com o rato morto, aí nós pegamos a estrada. — Kennedy lançou-lhe um olhar apertado, que ele fingiu não notar. — Li o formulário de resumo — disse. — E passei rápido pelo relatório inicial do incidente. Só isso.

— Então você só perdeu a parte da autópsia — Kennedy respondeu. — Ninguém fez nenhum trabalho policial de verdade na cena. Isso te diz alguma coisa?

— Não muito — ele admitiu, balançando a cabeça. Desacelerou o carro. Eles haviam chegado ao final de uma fila que parecia preencher toda a parte mais alta da Parliament Street: a via estava em obras, o que a reduzira a uma só pista. Não era necessário usar a sirene, pois não havia jeito nenhum de as pessoas cederem passagem. Seguiram com os outros carros, parando e recomeçando, mais devagar do que se fossem a pé.

— O morto era professor — Kennedy disse. — Professor de universidade, aliás, do Prince Regent's College. Stuart Barlow. Cinquenta e sete anos. O local de trabalho dele era o prédio de história do colégio, na Fitzroy Street, que foi onde ele morreu. Caiu de uma escada e quebrou o pescoço.

— Certo — Harper assentiu, balançando a cabeça como se estivesse se recordando do caso.

— Só que a autópsia agora diz que não foi isso que aconteceu — Kennedy continuou. — Ele estava largado ao pé da escada, então a queda pareceu a explicação lógica. Ele parecia ter tropeçado e caído de mau jeito: o pescoço estava quebrado e a cabeça tinha recebido uma pancada forte do lado esquerdo. Havia uma maleta com ele. Estava caída ao lado dele, aberta, e isso também gerou a conclusão-padrão. Ele tinha arrumado suas coisas, saído da sala para ir para casa, chegado ao alto da escada e então tropeçado. O corpo foi encontrado logo depois das nove horas da noite, talvez uma hora depois do momento em que Barlow normalmente terminava o expediente.

— Parece fazer sentido — concordou Harper. Ficou em silêncio por alguns momentos, enquanto o carro seguia lento feito água do conta-gotas, vencendo poucos metros e depois parando outra vez. — Mas e aí? O pescoço quebrado não foi a causa da morte?

— Foi, sim — Kennedy disse. — O problema é que não estava quebrado do jeito certo. Os danos aos músculos da garganta eram consistentes com estresse de torção, não de pancada.

— Torção. Como se alguém tivesse torcido o pescoço dele?

— Exato. Como se alguém o tivesse torcido. E isso requer um certo esforço concentrado. Não tende a acontecer quando você cai de uma escada. Tá, uma pancada aguda vinda do ângulo certo poderia virar o pescoço de uma vez, mas ainda assim você esperaria que o trauma no tecido mole ficasse linear, com o músculo danificado e o ferimento externo alinhados, mostrando o ângulo do impacto.

Ela folheou as páginas esparsas e insatisfatórias até chegar àquela que — depois da de autópsia — era a mais perturbadora.

— E ainda tem o perseguidor — Harper disse, como se lesse os pensamentos dela. — Vi que havia outro relatório de incidente aí. O morto estava sendo seguido.

— Muito bom, detetive. — Kennedy balançou a cabeça. — Talvez falar do perseguidor seja meio exagerado no caso, mas você está certo. O Barlow tinha feito a denúncia de que alguém o seguia. A primeira vez foi numa conferência acadêmica, depois, mais tarde, do lado de fora da casa dele. Quem quer que tenha fechado este caso da primeira vez ou não sabia disso ou não achou que fosse importante. A pessoa não cruzou as referências dos dois formulários de incidente, então acho que foi a primeira opção. Mas, diante dos resultados da autópsia, isso nos faz parecer muito estúpido *mesmo*.

— Deus proíba isso — Harper murmurou mansamente.

— Amém — Kennedy entoou.

O silêncio caiu sobre eles, como frequentemente acontece após uma oração. Harper o rompeu:

— Então, e aquela coisa com o rato? É parte da sua rotina diária?

— Atualmente, sim. É parte do meu dia. Por quê? Você tem alergia?

Harper pensou a respeito. Por fim, respondeu:

— Não ainda.

* * *

Apesar do nome, o prédio de história do Prince Regent's College possuía um design agressivamente moderno: uma caixa austera de concreto e vidro enfiada em uma rua lateral a cerca de 400 metros do principal edifício da universidade, na Gower Street. Também estava deserto, já que o ano escolar terminara uma semana atrás. Uma das paredes do hall de entrada continha um painel de notícias que ia do chão ao teto, anunciando show de bandas que Kennedy não conhecia, em datas que já haviam passado.

O tesoureiro Ellis, incomodado, saiu ao encontro deles. Seu rosto estava brilhando de suor, como se ele tivesse acabado de sair do equivalente burocrático de uma aula de aeróbica. Ele parecia ver aquela visita como um ataque pessoal ao bom nome da instituição.

— Disseram que a investigação já havia acabado — disse ele.

— Duvido que quem disse isso tivesse alguma autoridade para fazê-lo, sr. Ellis — Harper respondeu, impassível. A linha oficial a seguir nesse momento era a de que o caso nunca havia sido fechado: aquilo tinha sido apenas um mal-entendido.

Kennedy detestava esconder-se atrás de palavras evasivas, e a essa altura sentia que não devia muita lealdade ao departamento. Então, acrescentou, sem olhar para Harper:

— A autópsia revelou alguns fatos incomuns, o que mudou a forma como estamos lidando com esse caso. Provavelmente, é melhor não dizer nada sobre isso a quem quer que seja na faculdade, mas vamos precisar fazer mais investigações.

— Posso pelo menos presumir que tudo isso vai ter acabado até o começo de nosso programa de verão da universidade? — o tesoureiro perguntou, com o tom de voz no meio do caminho entre a beligerância e o trêmulo pavor.

Kennedy desejava responder que sim de todo o coração, mas acreditava que dar esperanças às pessoas sem uma base adequada para crer nelas era condená-las a mais tristeza depois.

— Não — ela disse bruscamente. — Por favor, não presuma isso.

A cara de Ellis caiu.

— Mas... os estudantes — ele começou, apesar da evidente ausência de estudantes. — Coisas desse tipo não ajudam em nada o recrutamento, nem nosso perfil acadêmico.

Aquela era uma coisa tão notavelmente estúpida de se dizer que Kennedy não sabia como responder. Decidiu ficar em silêncio, deixando, infelizmente, uma lacuna que o tesoureiro pareceu sentir-se obrigado a preencher.

— Há um tipo de contaminação por associação — disse ele. — Tenho certeza de que vocês sabem do que estou falando. Aconteceu no Alabama depois dos tiroteios no departamento de Biologia. Aquele era um professor assistente descontente, eu entendo — um acontecimento absurdo, uma chance em um milhão, e nenhum estudante esteve envolvido. Mas ainda assim o número de inscrições nessa faculdade teve uma queda no ano seguinte. É como se as pessoas pensassem que assassinato é uma doença contagiosa.

Ok, isso era menos estúpido, Kennedy pensou, mas muito mais detestável. Esse homem tinha perdido um colega em circunstâncias que estavam se mostrando suspeitas, e o primeiro pensamento dele era sobre como isso afetaria a reputação do colégio. Ellis era claramente um sujeito desprezível e egoísta, que tinha passado na fila da civilidade para levar só o pacote básico.

— Precisamos ver o lugar onde o corpo foi encontrado — a oficial disse a ele. — Agora, por favor.

O tesoureiro os conduziu pelos corredores vazios e ecoantes. Para Kennedy, o cheiro do lugar lembrava jornal velho. Quando criança, ela havia construído uma casinha de brinquedo no jardim de seus pais montada com caixas de jornais. Seu pai as havia guardado por razões misteriosas (talvez, mesmo naquela época, a mente dele estivesse começando a falhar). A casinha tinha exatamente aquele cheiro: papel velho e tristonho, no fim da linha, derrotado em seus esforços para oferecer informação.

Viraram numa esquina, e Ellis parou subitamente. Por um momento, Kennedy pensou que ele pretendia argumentar com ela, mas o homem meio que levantou as mãos em um gesto estranho e constrangido, indicando o local imediatamente à frente.

— Foi aqui que a *coisa* aconteceu — disse ele com uma ênfase em *coisa* que soou meio cuidadosa, meio lasciva. Kennedy olhou ao redor, reconhecendo o corredor curto e estreito e a escada íngreme das fotografias.

— Obrigada, sr. Ellis — ela disse. — Deste ponto, podemos trabalhar sozinhos. Mas vamos precisar do senhor em breve, para nos deixar entrar no escritório do sr. Barlow.

— Vou estar na recepção — Elis disse e saiu marchando, com uma nuvem preta sobre a cabeça dele, metafórica, mas visível.

— Então tá — disse Kennedy, virando-se para Harper. — Vamos fazer o serviço. — Entregou a pasta do caso a ele, aberta e com as fotos à vista. Harper meneou a cabeça, concordando, um tanto alerta. Abriu as imagens em leque como uma mão de pôquer, olhando delas para as escadas e depois novamente para o material fotográfico. Kennedy não o pressionou: ele precisava analisar a situação, e, para isso, levaria o tempo que fosse necessário. Quer Chris soubesse disso ou não, ela estava lhe fazendo um favor, deixando-o juntar os pedaços na própria mente em vez de bombardeá-lo com seus pensamentos de uma só vez. Afinal, ele era um novato: em teoria, ela deveria treiná-lo, não usar o rapaz como capacho.

— Ele estava deitado aqui — Harper disse, por fim, esboçando a cena com a mão livre. — A cabeça dele... ali, mais ou menos na altura do quarto degrau.

— Cabeça na borda do quarto degrau — Kennedy interrompeu. Não estava discordando, apenas dizendo o mesmo em suas próprias palavras. Ela queria ver a cena, transferir a imagem em sua cabeça para o espaço diante dela, e sabia, por experiência, que dizer tudo em voz alta ajudaria. — Onde está a maleta? Perto do rodapé da parede, né? Aqui?

— Aqui — Harper disse, indicando um ponto talvez a 1,80 metro de distância do pé da escada. — Está aberta e virada de lado. Tem um monte de papéis também, espalhados ao redor dela. O conteúdo se derramou todo até a parede oposta. O material pode ter escorregado para fora da maleta ou para longe das mãos do Barlow quando ele caiu.

— O que mais?

— O sobretudo dele — Harper apontou outra vez.

Kennedy ficou momentaneamente perplexa.

— Não está nas fotos — disse.

— Não — Harper concordou. — Mas está na lista de evidências. Eles o removeram porque tampava o corpo parcialmente e precisavam de uma linha de visão clara para fazer as fotos do trauma. O Barlow provavelmente estava com o sobretudo pendurado no braço ou algo assim. Era uma noite quente. Ou talvez o estivesse vestindo quando tropeçou. Ou, sabe, quando foi atacado.

Kennedy pensou a respeito disso.

— O casaco combina com o resto das roupas dele? — perguntou.

— Quê? — Harper quase riu, mas viu que Kennedy falava sério.

— É da mesma cor que o paletó e as calças dele?

Harper folheou o arquivo por um longo tempo, sem encontrar nada que descrevesse ou mostrasse o casaco. Finalmente, percebeu que ele estava em uma das fotos — uma que havia sido tirada logo no começo do exame da cena do crime, mas de alguma forma havia ido parar no fundo do maço de fotos.

— Na verdade, é uma capa de chuva preta — disse ele. — Não admira que ele não estivesse vestindo a peça. Provavelmente estava suando só por estar de paletó.

Kennedy subiu alguns degraus, observando-os de perto.

— Havia sangue — ela disse para Harper por sobre o ombro. — Onde estava o sangue, detetive?

— Contando a partir do pé da escada, no nono e no décimo terceiro degraus, lá em cima.

— Tá, tá. Algumas manchas ainda estão visíveis na madeira aqui, olhe. — Ela colocou a mão ao redor de uma mancha, depois em outra, triangulando até o final da escada. — Ele acerta, *pá*!, depois quica... — Ela se virou para encarar Harper novamente. — Não foi roubo — disse, mais para si mesma do que para ele.

Ele voltou a olhar o arquivo — o resumo verbal dessa vez, não as fotos.

— Aqui não diz que alguma coisa foi levada — concordou. — A carteira e o celular ainda estavam no bolso dele.

— Ele trabalhou aqui por onze anos — Kennedy refletiu. — Por que cairia?

Harper manuseou algumas páginas e ficou em silêncio por um tempo. Quando ergueu o olhar, apontou para o topo da escada, acima de Kennedy.

— O escritório do Barlow fica no final daquele corredor do primeiro andar — disse. — Esse aqui era o único caminho que ele poderia tomar para sair do prédio, a não ser que estivesse voltando à recepção para deixar alguma correspondência a ser despachada ou coisa assim. E diz aqui que a lâmpada não acendia, então a área da escada devia estar escura.

— Não acendia? Quer dizer que tinha sido removida?

— Não, ela tinha queimado.

Kennedy subiu o resto dos degraus. No topo, havia uma plataforma muito estreita. Uma única porta, centralizada, levava a outro corredor — pelo que Harper tinha dito, justamente o corredor que levava ao escritório de Barlow. De cada lado da porta havia duas janelas de vidro jateado que davam vista para o corredor, estendendo-se do teto até mais ou menos a altura da cintura de uma pessoa comum. Os cerca de 90 centímetros restantes entre as janelas e o chão eram painéis brancos de madeira.

— Então, ele chegou ao topo da escada no escuro — ela disse. — Parou para acender a luz, mas ela não funciona. — O único interruptor ficava do lado esquerdo da porta. — E alguém que esperava aqui, do lado direito, partiu para cima dele enquanto ele estava de costas.

— Faz sentido — Harper disse.

— Não — Kennedy respondeu. — Não faz. Isso não é lugar para armar uma emboscada, né? Qualquer um que fique parado aqui fica visível tanto a partir do pé da escada como do corredor no piso superior, através dessas janelas. É um vidro trabalhado, mas mesmo assim você veria através dele se houvesse alguém parado lá.

— Com a luz apagada?

— A luz podia estar apagada na plataforma, mas precisamos presumir que estivesse acesa no corredor acima. Você não deixaria de ver alguém parado bem ali na sua frente, do outro lado do vidro.

— Tá bom — disse Harper. Ele parou, pensando. — Mas isto é uma universidade. Você não presumiria simplesmente que é sinistro haver alguém parado no topo das escadas.

Kennedy ergueu as sobrancelhas, depois as deixou cair novamente.

— O assassino *saberia* que é sinistro — disse. — Então, seria um lugar estranho para escolher. E o Barlow já tinha dado queixa de que vinha sendo seguido, então, ele poderia estar mais alerta do que o normal. Mas existe uma resposta ainda melhor para tudo isso. Continue.

— Uma resposta melhor?

— Eu te mostro num minuto. Continue.

— Tá bom — Harper respondeu. — Então, quem quer que fosse ficou parado na plataforma por sei lá quanto tempo, deixou o Barlow passar, depois o agarrou por trás. Torceu o pescoço dele até quebrar e o atirou escada abaixo.

Enquanto dizia tudo isso, Harper sorria. Ele exalava escárnio diante de suas próprias conclusões. Kennedy olhou para ele, inquisitiva, e ele apontou para o topo da escada, depois para o final dela.

— Tem razão — disse. — Não faz sentido nenhum. Quero dizer, seria um exagero. A queda provavelmente mataria o Barlow de todo jeito. Por que não simplesmente empurrá-lo?

— Uma questão interessante — Kennedy respondeu. — Talvez o sr. Desconhecido não quisesse se arriscar. E não podemos nos esquecer de que o sr. Desconhecido sabe como quebrar o pescoço de alguém com uma simples torção. Talvez ele não tenha chance de mostrar suas habilidades com frequência e essa tenha sido sua noite de brilhar.

Harper juntou-se ao jogo.

— Ou eles podem ter lutado e a torção foi uma chave de pescoço que deu errado. Tanto isso como a queda podem ter sido meio que acidentes. Mesmo que encontremos o cara, podemos não conseguir provar que houve intenção.

Kennedy tinha descido novamente enquanto ele falava. Passou por ele, voltando ao pé da escada. O corrimão sobre balaústres acabava ali, curvando-se para baixo num pilar de madeira mais grosso. Ela procurava por um sinal específico, o qual sabia que deveria estar ali. Estava a uns 90 centímetros do chão, do lado de fora do pilar — o lado voltado para o corredor inferior, e não para a própria escadaria.

— Tá legal — ela disse a Harper, apontando. — Agora, olhe para isso.

Ele desceu e se agachou ao lado dela, vendo o que ela via.

— Um entalhe na madeira — disse. — Você acha que foi feito na noite em que o Barlow morreu?

— Não — Kennedy respondeu. — Antes. Provavelmente muito tempo antes. Mas estava definitivamente aqui naquela noite. Ele aparece em algumas das fotos da perícia. Olhe.

Heather pegou a pasta dele e folheou o material, tirando do arquivo uma imagem que vira pouco antes, no mesmo dia, quando estivera sentada diante da mesa de Summerhill e ele lhe oferecera o caso, um verdadeiro cálice envenenado. Ela o passou para Harper, que olhou primeiro com interesse superficial, mas depois sustentou o olhar.

— Mas que diabos! — ele disse afinal.

— Arrã. Que diabos mesmo.

O que a foto mostrava era um pequeno retalho de tecido marrom-claro preso na borda serrilhada daquela minúscula imperfeição na madeira. O fotógrafo da perícia tivera o cuidado de registrá-lo com um foco muito nítido, presumivelmente acreditando, naquela hora, que ele estaria participando do que poderia ser o começo de um inquérito por assassinato.

O tufo de pano rasgado tinha sido catalogado como evidência também e, portanto, ainda jazia em um saco etiquetado dentro de uma caixa também rotulada em uma prateleira lá na ala de apoio à perícia da divisão. Mas ninguém parecia ter dado a menor importância ao objeto desde então. Afinal, normalmente não era preciso trabalhar tão duro para estabelecer a presença da vítima na cena do crime.

Na foto, no plano de fundo, mas ainda mais ou menos dentro do foco, o próprio Stuart Barlow também aparecia, vestindo um paletó marrom-claro com pedaços de couro costurados nos cotovelos — o estereótipo do acadêmico solteirão, exceto pelo pescoço virado em um ângulo estranhíssimo e a face petrificada na lividez da morte.

— Vi todas as fotos, mas não enxerguei isso antes — Harper admitiu. — Eu estava olhando mais para o corpo.

— Assim como o encarregado anterior da investigação. Mas você percebe o que isso quer dizer, né?

Harper assentiu, mas seu rosto mostrou que ele ainda estava avaliando as implicações.

— É do paletó do Barlow — disse. — Ou talvez das calças dele. Mas... está no lugar errado.

— Paletó ou calças, o Barlow não deveria estar em nenhum lugar perto deste ponto — Kennedy concordou, cutucando o entalhe com o dedo. — Isto está a uns bons dois metros, quase três, lateralmente, de onde ele foi parar, e do lado errado do corrimão da escada — o lado de fora. O chanfro na madeira está virado para baixo, também. Você meio que teria que se mover para cima para encostar na borda afiada e rasgar a roupa nela, e isso só se estivesse de pé aqui onde estamos. Não vejo nenhum modo de isso ter acontecido se o corpo caiu lá de cima.

— Talvez o Barlow tenha se debatido depois de chegar ao chão — Harper especulou. — Não exatamente morto. Tentando levantar e conseguir ajuda ou... — Ele parou abruptamente e balançou a cabeça. — Não, isso é ridículo. O pobre coitado teve o pescoço quebrado.

— Isso. Se as fibras perdidas tivessem sido da capa de chuva, então talvez eu acreditasse nisso. Não dá para adivinhar os ângulos de uma coisa que se move para todo lado quando pendurada na mão de alguém. Mas a capa de chuva é preta. Isso veio das roupas que a vítima usava, que não se moveriam para cima quando o corpo dele se movia para baixo, nem fariam piruetas elaboradas ao redor de objetos sólidos. Não, acho que o Barlow encontrou o atacante bem aqui, ao pé da escada. O cara esperou fora das vistas, provavelmente nesse espaço abaixo da escada, e depois, quando ouviu os passos descendo, assumiu a posição certa, apareceu enquanto o Barlow passava e o agarrou por trás.

— E aí ajeitou o corpo para fazer parecer que tinha caído — Harper finalizou o pensamento. — Isso explicaria ele ter puxado a vítima para cima e as roupas dele terem enganchado no entalhe.

Kennedy balançou a cabeça.

— Lembre-se do sangue no degrau superior, Harper — disse. — O corpo caiu mesmo. Só que eu acho que caiu *depois*. O atacante matou o Barlow aqui embaixo, porque era mais seguro. Não tem janelas e era menor a chance de o professor vê-lo chegando — ou de reconhecê-lo, talvez, se já se conheciam. Mas ele foi meticuloso e quis se certificar de que a evidência física estivesse correta. Então, depois que a vítima morreu, o assassino arrastou o corpo escada acima para poder atirá-lo para baixo novamente e acrescentar esse toque extra de autenticidade. No processo, enquanto ele manuseava o corpo, o paletó enganchou neste entalhe e um retalho dele ficou preso.

— Isso é complicado demais — Harper protestou. — Você só tem que acertar o cara com uma chave de grifo, né? Todo mundo vai presumir que foi um assalto que deu errado. Você poderia sair daqui com a arma do crime debaixo do casaco e ninguém jamais saberia. Arrastar o corpo escada acima mesmo tarde da noite, quando não tem ninguém olhando, é um risco estúpido de correr.

— Pode ser que ele tenha preferido esse risco ao de haver uma investigação — disse Kennedy. — E ainda tem a lâmpada.

— A lâmpada?

— Na plataforma superior. Se não me engano, o Barlow não foi morto, nem mesmo atacado, lá em cima. Mas a luz foi apagada para tornar a ideia de que ele caiu ainda mais verossímil. Pode ser só uma coincidência estranha, mas acho que não. Acho que nosso assassino cuidou desse pequeno detalhe também. Desatarraxou a lâmpada, sacudiu-a até o filamento estalar e colocou-a de volta.

— Depois.

— Sim. Depois do assassinato. Eu sei, parece loucura. Mas, se *for* isso que aconteceu, então, talvez...

Ela começou a subir a escada novamente, dessa vez apoiada nas mãos e nos joelhos, a cabeça curvada para baixo buscando examinar os limites das bordas dos degraus. Mas foi Harper quem encontrou o que ela procurava, sete degraus acima, depois que a detetive já havia passado pelo sinal.

— Aqui — ele a chamou, apontando.

Kennedy virou-se e inclinou-se para espiar mais de perto. Preso na cabeça de um prego que havia sido martelado em um leve ângulo e permanecido saliente na madeira, havia outro fiapo de tecido marrom-claro. Havia continuado ali por estar muito próximo da parede, onde era menos provável que as pessoas que usavam a escada pisassem. Kennedy meneou a cabeça positivamente, satisfeita.

— Bingo — disse. Evidência para corroborar sua tese. O corpo de Barlow havia sido arrastado escada acima antes de cair escada abaixo, mas presumivelmente *depois* da morte.

— Então — Harper resumiu —, temos um assassino que ataca saindo das sombras, quebra o pescoço de um cara com uma única torção, depois o puxa até o alto de uma escadaria de uso público e fica por aqui tempo suficiente para dar uma enfeitada no cenário, tudo para poder simular um acidente e evitar uma investigação de assassinato. Precisa ter *muito* colhão para isso!

— Foi tarde da noite — Kennedy lembrou-o, mas não discordou. O caso sugeria uma performance executada a sangue-frio e com extremo autocontrole, não um crime passional ou uma luta que simplesmente acabara mal.

— Vamos dar uma olhada no escritório do Barlow — sugeriu ela, levantando-se.

CAPÍTULO 3

Nos sonhos de Leo Tillman, sua esposa e filhos estavam vivos e mortos ao mesmo tempo. Consequentemente, essas imagens não tinham quase nada em que se apoiar — uns detalhes minúsculos que faiscavam criando associações erradas em seu subconsciente — e descambavam para pesadelos. Eram muito escassas as noites em que ele conseguia dormir até de manhã. Não poucas alvoradas o encontravam já acordado, sentado na beirada da cama, desmontando e limpando seu revólver Unica ou vasculhando bancos de dados on-line na esperança de uma descoberta.

Esta manhã, no entanto, não estava na cama. Era no assento de uma complicada máquina de exercícios que ele se acomodava, no quarto de um estranho, observando o sol surgir por sobre Magas. E não havia uma arma em sua mão, mas uma folha A4 impressa com umas 200 palavras em uma cópia ligeiramente borrada. O Unica estava enfiado em seu cinto, com a trava de segurança ativada.

Uma janela panorâmica colossal diante dele emoldurava o palácio presidencial no outro extremo de uma estreita avenida contornada por cercas de ferro ornamentadas. Era exatamente como a Casa Branca seria se alguém largasse uma mesquita bem no meio dela e a deixasse lá. Além do palácio, ficava a Main Street, e, depois dela — abrindo-se diretamente a partir da pista principal, a Estrada Transcaucasiana. Chamar Magas de cidade era uma piada, na opinião de Tillman, assim como considerar a Inguchétia um país. Não tinha exército. Não tinha infraestrutura. Não tinha nem mesmo pessoas. O último censo informara que a população da república era menor do que, digamos, a de Birmingham.

Pessoas eram importantes para Tillman. Ele podia se esconder no meio da multidão, assim como o homem que ele estava procurando. Isso tornava Magas tanto atraente como perigosa. Se sua presa estivesse aqui, o que ele admitia ser uma aposta arriscada, não havia muitos lugares onde poderia se esconder. Mas o mesmo valia para Leo se as coisas dessem errado.

Houve movimento na cama atrás dele: os gestos débeis e sem objetivo que vêm com o despertar.

Era quase hora de ir trabalhar.

Mas ele observou o nascer do sol por mais alguns momentos, pego — sem querer — em um sonho acordado. Rebecca estava parada ao sol, como o anjo do Livro do Apocalipse, e, com ela, aninhados em seus braços, Jud, Seth e Grace. Todos como da última vez que os vira: não haviam envelhecido, não haviam sido tocados pelo tempo. Eram tão reais que faziam Magas parecer um modelo de cidade feito em papelão, um cenário de filme ruim.

Tillman permitia-se esses momentos porque eles o mantinham vivo, mantinham-no em movimento. E ao mesmo tempo os temia, pois tais momentos o suavizavam, tornavam-no fraco. O amor não fazia parte de seu presente, mas era real e vívido no passado, e as memórias vinham como um tipo de vodu. Faziam com que o solo morto dentro dele bocejasse e se escancarasse, com que partes de sua própria natureza, agora quase morta, se erguessem. Na maior parte do tempo, Tillman era um sujeito muito simples. Relembrar tornava-o complexo. E contraditório.

Ouviu um suspiro e um resmungo indistinto vindos da cama. Então, um movimento mais concentrado. Relutantemente, Tillman fechou os olhos. Quando os abriu novamente, alguns segundos depois, o sol era apenas o sol, outra vez incapaz de aquecer o mundo dele: só um holofote brilhando de um posto de guarda no céu.

Ele se levantou e foi até a cama. Kartoyev estava plenamente acordado agora e começando a compreender a situação. Ele retesou as cordas, mas apenas uma de cada vez, testando a tensão. Não desperdiçaria energia em esforços inúteis. Ergueu o olhar para Tillman, com os dentes arreganhados e os músculos dos braços flexionados.

— *'Kto tyi, govn'uk?* — perguntou. Sua voz tinha um tom áspero de pedra.

— Inglês — Tillman disse a ele, conciso. — E fique parado. É um conselho de amigo.

Houve um momento de silêncio. Kartoyev olhou de relance para a porta, ouvindo e calculando. Não havia som de passos aproximando-se. Nem um único som no resto da casa. Então, teria esse intruso assassinado seus guarda-costas ou apenas passado por eles sem ser visto? Fazia diferença. De uma forma ou de outra, sua melhor opção seria tentar ganhar tempo — mas quanto tempo seria diferente em cada caso.

— *'Ya ne govoryu pa-Angliski, ti druchitel* — ele murmurou. — *Izvini.*

— Bom, isso certamente não é verdade — Tillman respondeu mansamente. — Ouvi você noite passada, falando com sua namorada.

Só então Kartoyev lançou o olhar para sua esquerda. Estava sozinho na enorme cama. Não havia sinal da ruiva que a compartilhara com ele na noite anterior.

— Ela está lá embaixo — Tillman disse, lendo a expressão do russo. — Assim como seus brutamontes. Não fazia sentido fazê-la passar por todos os aborrecimentos que você e eu vamos experimentar em breve. Não, ela não traiu você. Foi a bebida que pegou você, não a garota. — Ele enfiou a mão no bolso e de lá tirou uma pequena garrafa, agora quase vazia. Poderia parecer que Tillman estava tripudiando, mas, na verdade, apenas demonstrava ao russo que ele realmente estava na merda, e bem fundo. — 1,4 — disse. — Butanediol. Quando chega ao estômago, vira GHB, a "droga do estupro". Mas, se você beber junto com álcool, leva muito mais tempo para te nocautear. A droga e o álcool competem pela mesma enzima digestiva. Foi por isso que você dormiu tão profundamente. E é por isso que toda a sua gente está agora amarrada no banheiro feito um feixe de gravetos.

— O garoto no bar — Kartoyev disse, repugnado, finalmente falando inglês. — Jamaat. Ele está morto. Sei o nome dele, conheço a família dele e onde ele mora. É um homem morto, pode ter certeza.

Tillman balançou a cabeça. Não se incomodou em negar a cumplicidade do jovem checheno: a bebida era o único fator comum, e Kartoyev não era bobo.

— Tarde demais para isso — disse para o russo. — O moleque foi embora. Dei a ele uns 2 milhões de rublos do seu cofre. Não é uma fortuna, mas é o bastante para ele recomeçar a vida na Polônia ou na República Tcheca. Algum lugar fora do seu alcance.

— Não existe um lugar fora do meu alcance — replicou Kartoyev. — Conheço todos os voos que saem de Magas e tenho amigos no Ministério do Interior. Vou rastrear o moleque e acabar com ele. Vou acabar com vocês dois.

— Possivelmente. Mas talvez você esteja superestimando seus amigos. Depois que o funeral acabar, eles provavelmente vão estar ocupados demais em dilapidar seu imperiozinho para se preocuparem muito com quem o tirou de circulação.

Kartoyev lançou a Tillman um olhar longo e duro, avaliando-o, calculando que tipo de homem era. Claramente, encontrou algo que tomou por fraqueza.

— Você não vai me matar, *zhopa*. Fica aí com essa pistola enorme enfiada no cinto, feito um gângster, mas não tem colhões para isso. Você está com jeito de quem vai começar a chorar feito uma menininha já, já.

Tillman não se incomodou em argumentar. Talvez seus olhos tivessem ficado um tanto úmidos quando ele olhara diretamente para o sol, e o russo que interpretasse isso do jeito estúpido que quisesse.

— Tem razão — Tillman disse. — Pelo menos, em relação à arma. Ela vai ficar onde está por enquanto. A maior parte do que eu pretendia fazer com você já foi feita. Só que eu posso desamarrá-lo se me der o que vim buscar.

— O quê? — Kartoyev escarneceu. — Você está a fim de mim, americano? Quer chupar meu pinto, é?

— Sou inglês, Yanush. E não estou a fim, obrigado.

Kartoyev ficou tenso ao ouvir seu primeiro nome e retesou as cordas novamente.

— Você vai sangrar, babaca. É melhor me matar. É melhor me matar mesmo, porque, se eu puser as mãos em você...

Ele se interrompeu abruptamente. Mesmo sob o próprio discurso violento, o clique fora claramente audível. Viera da cama, diretamente de debaixo dele.

— Eu mandei você ficar parado — disse Tillman. — O quê? Você não tinha sentido a saliência na base da sua coluna? Mas está sentindo agora, com certeza. E talvez saiba o que é, já que está no seu catálogo. Na parte das ofertas especiais.

Os olhos de Kartoyev se arregalaram, e ele congelou numa paralisação súbita e completa.

— Pronto — Tillman disse, encojarador. — Você armou.

Kartoyev xingou longa e estrondosamente, mas tomou o cuidado de não se mover.

Tillman ergueu a folha de papel que estava segurando e a leu em voz alta:

— A mina antipessoal de metal reduzido SB-33 é um sofisticado equipamento para o campo de batalha combinando facilidade de uso, flexibilidade de implantação e resistência à detecção e ao desarmamento.

Pode ser posicionada à mão ou por meio do sistema de dispersão a ar SY-AT (página 92), o formato irregular da mina torna-a difícil de localizar na maior parte dos terrenos, enquanto sua arquitetura milimétrica (apenas sete gramas de metal ferroso em todo o conjunto) faz com que a maioria dos sistemas convencionais de detecção se torne inútil.

— *Yob tvoyu mat!* — Kartoyev gritou. — Você é louco. Vai morrer também. Nós dois vamos morrer!

Tillman balançou a cabeça solenemente.

— Sabe, Yanush, eu realmente acho que não. Aqui diz que a explosão é altamente direcionada: direto para o alto, para estourar as bolas e talvez as tripas do pobre diabo que pisar nela. Provavelmente vou ficar bem se continuar aqui onde estou parado. Mas você me interrompeu antes de eu chegar à melhor parte. A SB-33 tem uma chapa de dupla pressão. Se você se inclinar muito sobre ela, do jeito que acabou de fazer, ela não detona, apenas trava. Isso é para que você não possa detoná-la a longas distâncias, com uma carga para limpar campos minados. É seu próximo movimento que vai destravar a chapa e mostrar-lhe o que é viver como em uma partida de futebol: dividido em dois.

Kartoyev xingou outra vez, tão vigorosamente quanto antes, mas a cor havia se esvaído de seu rosto. Conhecia esse item de seu inventário muito bem, e não apenas pela reputação: durante seus tempos de exército, ele provavelmente tivera muitas oportunidades de ver o que a carga mutilante da SB-33 podia fazer a um corpo humano à queima-roupa. Provavelmente, estava pesando em sua mente as muitas maneiras diferentes como a carga direcionada poderia destroçá-lo, em vez de matá-lo. Com a superfície superior da mina pressionada diretamente contra sua coluna lombar, era praticamente certo que ela o mataria. Mas havia outras possibilidades realmente repugnantes.

— Então — Tillman continuou —, eu estava procurando informações sobre um de seus clientes. Não é uma conta grande, mas regular. E sei que ele passou por aqui muito recentemente para ver você. Mas não sei em qual dos seus muitos produtos e serviços ele estava interessado. Nem como encontrá-lo. E quero muito fazer isso.

O olhar de Kartoyev ricocheteou para cima, para baixo, para os lados e só depois de volta a Tillman, pela rota mais longa possível.

— Que cliente? — perguntou. — Diga o nome dele.

O russo era esperto e disciplinado demais para demonstrar qualquer coisa em sua expressão, mas Tillman viu, mesmo assim, naqueles olhos inquietos, os sinais claros de um cálculo complexo. Era impossível ser tão bem-sucedido como esse homem em tantas ocupações diferentes — venda ilegal de armas, drogas, tráfico de pessoas, compra e venda de influência política — se ficasse por aí delatando os próprios clientes. Tudo o que ele dissesse precisaria soar plausível e tudo o que dissesse teria que ser mentira. Detalhes pequenos e inconsequentes estariam bem próximos da verdade, enquanto informações-chave sobre lugar e horário e transações realizadas seriam mentiras de escala espetacular, épica. Kartoyev estava construindo uma pirâmide invertida de falsidades em sua mente.

Tillman descartou a pergunta dele bruscamente.

— O nome me escapa agora — disse. — Nem se preocupe com isso. Preciso ir pegar um café e talvez um lanchinho. Conversamos depois.

Os olhos de Kartoyev se arregalaram.

— Espere... — começou, mas Tillman já se encaminhava para a porta. Quando já havia cruzado metade do hall superior, ouviu o russo gritar: — Espere! — novamente, em um tom levemente mais urgente. Ele desceu a escada em espiral, pisando pesadamente nos degraus revestidos de madeira para que seus passos ressoassem.

Verificou os outros prisioneiros antes de fazer qualquer outra coisa. A namorada de Kartoyev e muitos dos guarda-costas não estavam no banheiro: teria levado muito tempo para arrastar todos eles dos vários lugares onde haviam caído no sono, drogados. Tillman os havia apenas amarrado e amordaçado onde estavam ou puxado os corpos um pouco, largando-os atrás de móveis se houvesse alguma chance de serem vistos do edifício ao lado. A maioria estava acordada e grogue agora, então Tillman passou por eles com seringas de etomidato, feito um Papai Noel viciado com presentes para todos. Injetou a substância na veia cubital esquerda ou direita da mulher e dos homens, já que os braços amarrados bem apertados faziam com que essas veias saltassem como cordas. Logo estavam todos dormindo novamente, mais profundamente do que antes.

Quando se tratava de matar, Tillman era preciso e profissional, e sua escolha de drogas refletia isso. A diferença entre uma dose efetiva de etomidato e uma letal era de cerca de 30 para 1 em um adulto saudável. Essa gente acordaria depois sentindo-se enjoada e fraca de dar pena — mas acordaria.

Com essa tarefa concluída, Tillman foi até a janela e sentou-se por um tempo, observando a rua. A casa ficava nos fundos do terreno, com portões altos e muros encimados por arame farpado. Para desencorajar visitantes não convidados, sem dúvida. Mas ele não queria ser surpreendido por algum convidado, algum colega ou conhecido que viesse querendo saber por que Kartoyev não comparecera a um compromisso ou outro. Se isso acontecesse, a casa, a cidade e toda a República da Inguchétia rapidamente se tornariam uma armadilha à prova de fugas para Tillman. Ele tinha todos os motivos para trabalhar rápido.

Mas tinha razões melhores ainda para esperar, e foi o que fez. E, como estava tenso demais para comer ou beber, ler ou descansar, ele esperou quieto, parado, observando, pela janela, o capim e as coníferas.

Tillman fora mercenário por nove anos. Nunca fizera trabalho de interrogatório — não tinha uma predileção particular pela tarefa, e por experiência própria os homens especializados nisso eram profundamente problemáticos —, mas já vira a coisa ser feita e conhecia o segredo, que consistia em fazer com que o próprio interrogado fizesse a maior parte do trabalho pesado. Kartoyev era um desgraçado durão, que escalara todo o caminho até sua posição atual de eminência usando as bolas e a garganta dos mortais inferiores como apoio para as mãos. Mas agora ele estava deitado em cima de uma mina de contato, e sua imaginação estaria se autoalimentando a uma velocidade feroz, tóxica. Quando um homem poderoso se vê indefeso, a força se torna a fraqueza.

Tillman deixou que duas horas e meia se passassem antes de subir de volta ao quarto. Até onde pôde ver, Kartoyev não movera um músculo. O rosto do homem tornara-se branco, os olhos estavam arregalados e os lábios ligeiramente separados, deixando entrever os dentes cerrados lá dentro.

— Qual era o nome? — ele perguntou em um tom baixo e distinto.

— Sobre quem você quer saber?

Tillman apalpou os próprios bolsos.

— Desculpe — disse. — Anotei em algum lugar. Vou ver na minha jaqueta.

Quando ele se virou novamente em direção à porta, Kartoyev emitiu um som horrível e esfarrapado — como se estivesse tentando falar com um estrepe espetado no meio da língua.

— Não! — ele grasnou. — Diga o nome!

Tillman fingiu que estava pensando, tentando tomar uma decisão. Cruzou o quarto até a cama e sentou-se na beirada dela, acomodando seu peso com exagerado cuidado.

— Se mentir para mim uma só vez — disse —, vou desistir de você. Entendeu? Tem outros caras na minha lista, outras pessoas com quem esse cara faz negócios, então você é completamente dispensável — tanto para mim quanto para ele. Se mentir, se ao menos hesitar em me dizer tudo o que sabe, vou embora. Nesse caso, vai ser um longo dia para você.

Kartoyev baixou o queixo até o peito, depois o ergueu outra vez, um menear de cabeça concordante, em câmera lenta.

— Michael Brand — Tillman disse.

— Brand? — O tom de Kartoyev era dolorido, incapaz de compreender. Ele estivera claramente esperando um nome diferente. — Brand... não é ninguém.

— Eu não disse que ele era importante. Só disse que quero informações sobre ele. Então, o que sabe, Yanush? O que é que ele compra? Arma? Drogas? Mulheres?

O russo respirou asperamente.

— Mulheres não. Nunca. Armas sim. Drogas... sim. Ou, pelo menos, coisas que possam ser usadas para fazer drogas.

— De que quantidade estamos falando? — Tillman teve o cuidado de manter a voz controlada, não permitindo que a urgência se revelasse, pois precisaria de toda a sua força. Qualquer fenda em sua armadura poderia fazer com que o russo vacilasse.

— Para os armamentos — Kartoyev murmurou —, não muita coisa. Não o suficiente para um exército, mas o bastante — se você for um terrorista — para financiar uma *jihad* mediana. Armas de fogo: foram centenas, não milhares. Munição. Granadas, uma ou duas. Mas não explosivos. Ele não parece gostar muito de bombas.

— E as drogas?

— Efedrina pura. Amônia líquida. Lítio.

— Então, ele está fabricando metanfetaminas? — Tillman franziu o cenho.

— Eu vendo metanfetamina — Kartoyev soou indignado. — Eu disse a ele uma vez: se é isso que quer, sr. Brand, por que comprar todo esse material bruto, desajeitado e inconveniente? Por uma pequena sobretaxa te dou pedra ou pó na quantidade que quiser.

— E o que ele respondeu?

— Pediu para eu fornecer o que ele tinha pedido. Disse que não precisava de mais nada que eu pudesse oferecer.

— Mas e as quantidades? — Tillman insistiu. — O suficiente para vender, comercialmente?

Kartoyev começou a balançar a cabeça, mas estremeceu. Ele estivera mantendo uma posição de rigidez paralisada por muitas horas, e seus músculos estavam travados em agonia.

— Não mesmo — grunhiu. — Mas, recentemente, na última compra, foi muito, muito mais do que o normal. Mil vezes mais.

— E é sempre o Brand que recebe e paga?

Novamente, aquele olhar de *por que ele está perguntando isso?*

— Sim. Sempre... O homem usa esse nome. Brand.

— Quem ele representa?

— Não tenho ideia. Não vi razão para perguntar.

Tillman adquiriu um ar zangado. Levantou-se repentinamente, balançando um pouco a cama e fazendo Kartoyev gritar — o lamento abafado de angústia antecipada. Mas não houve explosão.

— Mentira — disse Tillman, debruçando-se sobre o prisioneiro. — Um homem do seu tipo não trabalha às cegas. Nem mesmo em negociações pequenas. Você tentaria descobrir tudo o que pudesse sobre o Brand. Eu já avisei sobre mentir, seu canalha imbecil. Acho que você acabou de esgotar minha boa vontade.

— Não! — Kartoyev estava desesperadamente disposto a cooperar. — É claro que tentei! Mas não encontrei nada. Não havia nenhum rastro levando até ele ou partindo dele.

Tillman considerou a resposta, mantendo o rosto inalterado. Até esse ponto, sua experiência fora idêntica à do russo.

— Então, como é que você entra em contato com ele?

— Não entro. O Brand me diz do que precisa e depois aparece. Paga sempre em dinheiro. Ele arranja seu próprio transporte. Carros, normalmente. Uma vez veio um caminhão. Todos foram contratados usando nomes falsos. Antes de devolvê-los, alguém os limpou totalmente.

— Como é que o Brand contata você?

— Por telefone. Usa celulares, sempre. Descartáveis, sempre. Ele se identifica com uma palavra.

Tillman atentou para esse detalhe. Parecia improvável, amadorístico e desnecessário.

— Ele não confia que você vá reconhecer a voz dele?

— Sei lá qual é a razão. Ele se identifica por uma palavra. *Diatheke*.

— O que significa?

Kartoyev balançou a cabeça lentamente, com grande cuidado, só uma vez.

— Não sei o que significa para ele. Para mim, significa Brand. Só isso.

Tillman olhou para o relógio. Estava quase certo de que o russo não tinha mais nada a dizer, mas o tempo estava contra ele. Provavelmente era hora de começar a arrumar as coisas para partir. Mas Kartoyev fora a melhor pista que ele tivera em três anos e era difícil ir embora sem tentar espremê-lo até soltar a última gota.

— Ainda não acredito que você tenha desistido tão fácil — disse, olhando para baixo, para o homem rígido e suado. — Que tenha feito negócios com ele ano após ano sem tentar descobrir qual é a dele.

Kartoyev suspirou.

— Eu já disse. Eu tentei. O Brand vem usando rotas diferentes, de aeroportos diferentes, e vai embora do mesmo jeito, em direções diferentes: às vezes pelo ar, às vezes pela estrada. Ele paga em todo tipo de moeda — dólar, euro, às vezes até rublo. As necessidades dele são... ecléticas. Não só as coisas que você mencionou, mas também, às vezes, tecnologia legal adquirida de forma ilegal. Geradores. Equipamento médico. Uma vez, um veículo de vigilância, novo, criado para a SVR — a inteligência russa. O Brand é um intermediário, claro. Ele trabalha por muitos interesses diferentes. Adquire o que é necessário para quem quer que esteja preparado para pagar.

Um tremor perpassou Tillman, que não pôde reprimi-lo ou escondê-lo do russo.

— Sim — concordou. — É isso que ele faz. Mas você diz que nunca vendeu pessoas para ele.

— Não. — A voz de Kartoyev estava apertada. Ele podia ler a emoção na face de Tillman e estava obviamente preocupado com o que aquela perda de controle poderia significar. — Pessoas não. Não para trabalho nem para prostituição. Talvez ele obtenha essas coisas em outro lugar.

— Essas *coisas*?

— Essas mercadorias.

Tillman balançou a cabeça. Mostrava agora o rosto impassível do carrasco.

— Não melhorou muito — disse.

— Sou um homem de negócios — Kartoyev murmurou firmemente, sardônico até mesmo naquela situação extrema. — Você vai ter que me perdoar.

— Não — Tillman respondeu. — Não há nada que me obrigue a fazer isso.

Ele se inclinou e colocou a mão atrás do corpo de Kartoyev. O russo gritou outra vez, de desespero e raiva, enrijecendo-se numa contração que abarcava o corpo todo enquanto se preparava para a explosão.

Tillman tirou a caixa de plástico achatada de debaixo dele, deixando o russo ver o mostrador digital inerte, apagado, e as palavras ALARME, HORA, AJUSTAR, LIGA-DESLIGA impressas em branco no painel negro. Um pedaço de cabo elétrico e um plugue de estilo continental balançavam, pendurados ao dispositivo, onde o nome do fabricante, Philips, também estava notavelmente gravado. O relógio despertador era uma velharia dos anos 1980. Tillman o comprara debaixo da Ponte Zyazikov, de um turco que tinha seus magros artigos à venda espalhados na base da estátua do presidente.

A risada incrédula de Kartoyev soou como um soluço.

— Filho da puta! — ele grunhiu.

— Aonde o Brand foi desta vez? — Tillman perguntou, fazendo a pergunta de forma rápida e vivaz. — Quando é que ele partiu?

— Inglaterra — Kartoyev respondeu. — Foi para Londres.

Tillman tirou o Unica do cinto, destravou a segurança no mesmo movimento e atirou, acertando Kartoyev na têmpora esquerda, inclinando o tiro para a direita. O colchão recebeu a bala e abafou algo do som, mas Tillman não estava preocupado com isso: as janelas da casa tinham vidros triplos e as paredes eram sólidas.

Ele arrumou suas coisas rápida e metodicamente — o relógio, a arma, a página fotocopiada e o resto do dinheiro do cofre de Kartoyev. Já havia limpado suas digitais do quarto, mas fez isso novamente. Então, meneou a cabeça para o homem morto na cama, como numa despedida, desceu e saiu da casa.

Londres. Ele pensou naquele solo morto em sua mente, em sua alma. Havia ficado fora durante muito tempo, e não fora por acidente. Mas talvez houvesse um Deus, afinal, e Sua providência tivesse uma forma simétrica.

A forma de um círculo.

CAPÍTULO 4

O escritório de Stuart Barlow já havia sido examinado pelo primeiro encarregado do caso, mas não havia notas sobre evidências no arquivo e nada tinha sido levado. Vasculhá-lo seria uma tarefa desanimadora: cada superfície estava cheia de livros e papéis. As camadas de pastas e impressos na mesa haviam se espalhado, colonizando grandes áreas do chão de ambos os lados, o que, pelo menos, tinha o efeito de esconder os ladrilhos verde-musgo do chão. Gravuras de estátuas helênicas e cariátides egípcias, parecendo onduladas sob suas molduras de vidro após muitas estações do úmido clima britânico, miravam toda aquela bagunça com rostos duros e impiedosos.

O espaço pequeno e desorganizado era claustrofóbico e indefinivelmente triste. Kennedy imaginou se Barlow teria se envergonhado de ter seu caos privado exposto ao escrutínio público dessa forma ou se aquela fortaleza de cadernos e impressos empilhados era algo que profissionalmente lhe dava orgulho.

— O sr. Barlow estava no corpo docente de história — ela comentou, virando-se para o tesoureiro. Ellis havia voltado, como prometido, para deixá-los entrar no escritório, e agora estava parado ali, com as chaves na mão, como se esperasse que os detetives admitissem a derrota quando vissem a bagunça intratável deixada pelo morto. — O que isso queria dizer? Ele tinha um horário completo de aulas?

— Oito horas diárias — Ellis disse sem hesitar por um momento. — Cinco delas usadas para tarefas administrativas.

— Que eram?

— Ele era o segundo em comando no departamento. E administrava o Novos Insumos, nosso programa de talentos.

— Ele era bom nesse trabalho? — Kennedy perguntou bruscamente.

— Muito bom — Ellis piscou. — Toda a nossa equipe é boa, mas... bom, sim. O Stuart era apaixonado pelo que fazia. Era o hobby dele tanto quanto sua profissão. Ele apareceu na TV três ou quatro vezes, em programas de história e arqueologia. E o website de revisão da matéria dele era muito popular entre os estudantes. — Fez uma pausa. —Todos vamos sentir muito a falta dele.

Kennedy traduziu essa afirmação mentalmente como: ele fazia os alunos botarem o traseiro nas cadeiras e estudarem.

Harper tinha pegado um livro, *Napoleão contra a Rússia*, de Dominic Lieven.

— Esta era a especialidade dele? — perguntou.

— Não. — Novamente, Ellis foi categórico. — A especialidade dele era paleografia, o estudo dos primeiros textos escritos. Não era algo que o professor pudesse ensinar com frequência, pois é uma parte muito pequena de nosso plano de ensino, mas ele escreveu bastante sobre o assunto.

— Livros? — Kennedy perguntou.

— Artigos. A maioria com foco em análises textuais profundas dos achados do Mar Morto e de Rylands. Mas ele estava trabalhando em um livro — sobre as seitas gnósticas, eu acho.

Kennedy não tinha a menor ideia do que eram as seitas gnósticas, mas deixou passar. Não estava considerando seriamente a possibilidade de o professor Barlow ter sido assassinado por um rival acadêmico.

— Sabe alguma coisa sobre a vida pessoal dele? — ela perguntou, em vez disso. — Sabemos que ele não era casado, mas estava envolvido com alguém?

O tesoureiro pareceu surpreso pela pergunta, como se o celibato fosse um efeito colateral necessário da vida acadêmica.

— Acho que não — respondeu. — É possível, logicamente, mas ele nunca mencionou ninguém. E, quando vinha para o departamento cumprir suas funções, nunca estava acompanhado.

Aquilo parecia excluir maridos enganados ou ex-amantes ciumentas. As chances de encontrar um suspeito estavam se tornando mais distantes. Mas Kennedy nunca tivera grandes esperanças. Por experiência própria, a maior parte do trabalho de resolução de um caso era feita nas primeiras horas. Ela não esperava voltar a um caso que já estava frio havia três semanas e pular esse lapso rumo a um destino surpreendente.

Durante todo o tempo, Harper estivera fuçando entre os livros e papéis — um esforço simbólico, mas talvez ele sentisse que, como nada conseguira com Napoleão, não tivesse mais nada a perder ao procurar um *insight* pela segunda vez. Dessa vez, o detetive ergueu o que parecia ser uma figura, mas se revelou ser um recorte de jornal, colado cuidadosamente em papelão e depois emoldurado. Estivera encostado contra uma das pernas da mesa. A manchete dizia: *Fraude de Nag Hammadi: duas pessoas presas*. O homem na foto que acompanhava a notícia era visivelmente um Stuart Barlow muito mais jovem. Seu rosto exibia um sorriso desajeitado, congelado.

— Seu colega tinha uma ficha criminal? — Harper quis saber.

— Ah, não! — Ellis riu de verdade. — De jeito nenhum. Esse foi o triunfo dele, cerca de quinze anos atrás, talvez mais. O Stuart foi convocado como testemunha especialista nesse caso porque o conhecimento dele sobre a livraria de Nag Hammadi era muito amplo.

— Que caso foi esse? — Kennedy perguntou. — E, já que estamos falando sobre isso, o que é Nag Hammadi?

— Nag Hammadi foi o mais importante achado paleográfico do século XX, inspetora — Ellis respondeu. Ela não se importou em corrigi-lo em relação a seu cargo, embora, de soslaio, tenha visto Harper revirar os olhos expressivamente. — No Alto Egito, logo depois do fim da Segunda Guerra Mundial, perto da cidade de Nag Hammadi, dois irmãos foram cavar em uma caverna de rocha calcária. Estavam interessados apenas em encontrar guano — excremento de morcego — para usar como fertilizante para os campos deles. Mas o que encontraram foi um jarro lacrado contendo cerca de uma dezena de códices amarrados.

— O que amarrados? — Harper perguntou.

— Códices. Um códice é um número de páginas costuradas ou presas juntas. O primeiro livro, essencialmente. Códices começaram a ser usados bem no começo da Era Cristã, embora, naquela época, a norma fosse escrever em rolos ou folhas sozinhas de pergaminho. Revelou-se que os códices achados em Nag Hammadi eram textos mais ou menos dos séculos I e II da Era Cristã: evangelhos, cartas, esse tipo de coisa. Havia até mesmo uma tradução fortemente modificada de *A República* de Platão. Um tesouro incrível do período logo após a morte de Cristo, quando a igreja cristã ainda estava lutando para definir sua identidade.

— E como é que isso virou caso de tribunal? — Harper perguntou, interrompendo a palestra no exato momento em que o tesoureiro parou para tomar fôlego no que parecia outro derrame de informações ainda maior. Desviado de seu intento, ele pareceu tanto indignado quanto levemente perdido.

— O caso do tribunal veio muito mais tarde. Tinha a ver com cópias forjadas dos documentos de Nag Hammadi, que estavam sendo vendidas on-line para negociantes de antiguidades. Stuart surgiu como testemunha de acusação. Acho que ele estava lá principalmente para dar uma opinião sobre as diferenças físicas entre os documentos originais e as falsificações. Ele conhecia cada ruga e cada mancha de tinta naquelas páginas.

Harper colocou o artigo de lado e remexeu um pouco mais. O rosto de Ellis adquiriu uma expressão mortificada.

— Detetive, se planeja conduzir uma extensa busca, posso, por favor, prosseguir com minhas tarefas e voltar mais tarde?

Harper lançou um olhar questionador para Kennedy, que ainda estava pensando no caso do tribunal.

— Qual foi o veredito? — ela perguntou ao tesoureiro.

— Duvidoso — Ellis respondeu, um tanto taciturno. — Os negociantes — um casal, eu acho — foram considerados culpados de vender os itens fraudulentos e de algumas infrações técnicas relacionadas à documentação apropriada. Mas foram considerados inocentes da acusação de falsificação, que era a principal. Tiveram que pagar uma multa e alguns dos custos do tribunal.

— Como resultado do testemunho do professor Barlow?

Ellis fez cara de "ah!", finalmente compreendendo aonde ela queria chegar.

— Stuart não foi parte tão grande do caso — disse ele, inseguro. — Para dizer a verdade, todo mundo achou engraçado que ele tenha dado tanta importância a isso. Acho que a maior parte das evidências relevantes veio das pessoas que haviam comprado os documentos forjados. E, como eu disse, tudo só resultou numa multa. Não acredito realmente que...

Kennedy também não acreditava, mas arquivou a questão para abordá-la mais tarde. Seria válido segui-la se não conseguissem obter nada por outros caminhos. Não que os outros caminhos fossem muitos, até o momento.

— Por que a irmã do professor Barlow não levou tudo isso embora? — perguntou. — Ela é a única parente viva dele, não?

— Rosalind. Rosalind Barlow. Ela está nos nossos arquivos como parente mais próxima — Ellis concordou. — E trocamos correspondência com ela. Ela disse não estar interessada em nenhuma das coisas do Stuart. As palavras exatas que usou foram: "Pegue o que quiser para a biblioteca da faculdade e dê o resto para alguma instituição de caridade". Provavelmente é o que vamos fazer, em algum momento, mas vai levar um tempo para separar tudo isso.

— Muito tempo — Harper concordou, acrescentando, logo a seguir: — Terminamos aqui, inspetora?

Ela lhe lançou um olhar de aviso, mas a expressão dele era tão branda quanto um pudim mole.

— Terminamos, detetive — disse ela. — Vamos embora.

Ela estava caminhando para a porta enquanto falava, mas hesitou. Algo havia sido registrado por sua visão interior, sem que ela percebesse, e agora exigia ser reconhecido por sua atenção consciente. Kennedy sabia que não deveria ignorar aquela fisgada. Então desacelerou o passo e olhou ao redor mais uma vez.

Quase havia entendido o que era quando Ellis fez as chaves tilintarem e partiu o estreito fio que ela estava puxando para trazer o pensamento à luz do dia. Disparou contra ele um olhar fixo, o que o fez titubear ligeiramente.

— Há outras coisas que preciso fazer — disse ele sem a menor convicção.

Kennedy respirou profundamente.

— Obrigada por sua ajuda, sr. Ellis — disse. — Talvez seja necessário fazermos mais perguntas ao senhor depois, mas não precisamos mais tomar seu tempo hoje.

* * *

Os dois voltaram para o carro. Kennedy revirava na mente o pouco que sabiam sobre esse caso já muito mutilado. Precisava falar com a irmã do morto. Essa era a prioridade número 1. Talvez Barlow realmente tivesse uma nêmesis na arena paleográfica; ou alguma estudante que ele engravidara, ou um irmão mais novo que ele atormentara até causar um ressentimento inflamado. Havia dez vezes mais chances de um policial apanhar um assassino cujo nome lhe fosse revelado diretamente do que de descobri-lo somente galgando uma escadaria de pistas. E eles ainda não tinham a escada. Não tinham nem mesmo o primeiro degrau.

Na verdade, tinham, sim. O perseguidor, o sujeito que Barlow dissera que o estava seguindo. Esse era o outro caminho para o assassino. Harper a detestaria, pois ela estava determinada a falar com a irmã pessoalmente, então a maior parte do trabalho maçante ficaria para ele.

No carro, Kennedy revelou a ideia para ele, do começo ao fim e do fim ao começo.

— Quando o Barlow disse que estava sendo seguido — explicou, lendo as anotações do arquivo —, ele estava em algum tipo de conferência acadêmica.

— O Fórum Histórico de Londres — Harper disse. Ele estivera folheando o arquivo vez ou outra durante a visita deles ao escritório, e evidentemente aprendera algo. — Isso. Barlow disse que o cara estava rondando o lobby e depois o viu de novo no estacionamento.

— Estou imaginando se mais alguém o vira. Barlow não fez uma descrição do perseguidor, mas talvez possamos preencher as lacunas. Talvez alguém até conheça o cara. Deve ter havido dúzias de pessoas lá, afinal. Talvez centenas. Os organizadores devem ter uma lista de contatos. Números de telefone. Endereços de e-mail.

Harper lançou-lhe um olhar cauteloso.

— Nós vamos falar com eles juntos, né?

— Claro que vamos. Mas antes tenho que ir ver a irmã do Barlow. Você vai ter que conduzir o caso sozinho até eu voltar.

Harper não pareceu feliz, mas concordou:

— Tá bom — disse. — Que mais?

Kennedy ficou levemente impressionada. Ele lera a expressão dela acuradamente, percebendo que havia algo mais.

— Vai ter que aturar muita chatice trabalhando comigo — disse ela. — É o jeito como as coisas são agora.

— E daí?

— Daí que você pode sair dessa facilmente. Vá falar com o Summerhill e diga que temos diferenças pessoais.

Houve uma pausa.

— Nós temos?

— Eu nem te conheço, Harper. Só estou te fazendo um favor. Talvez fazendo um a mim mesma, também, porque, se você for amiguinho daqueles babacas, prefiro que fique fora do meu caminho a ficar metido nos meus negócios — e você vai preferir ficar fora também, porque com certeza não vou deixar barato nada do que façam.

Harper bateu no volante com uma unha, bem de leve, enchendo de ar uma bochecha, depois a outra.

— Este é meu primeiro caso como detetive — disse.

— E daí?

— Faz só duas horas que entrei e você já está tentando me fazer cair fora.

— Estou te dando essa opção.

Harper virou a chave da ignição, e o motor do antiquado Astra rugiu corajosamente — feito um gato velho fingindo ser um tigre.

— Vou manter a opção em aberto — disse o detetive.

CAPÍTULO 5

Como planejara fazer, Tillman dirigiu o carro alugado até os limites de Erzurum, onde o deixou bem longe da estrada, escondido sob uns poucos galhos de árvore e montes de arbustos. Ele o alugara usando um nome falso, que por sua vez era diferente do nome falso que estava no passaporte que ele mostrara nas fronteiras da Geórgia e da Turquia.

De um bar na Sultan Mehmet Boulevard, ele dera um telefonema — impossível de rastrear, no que dizia respeito aos representantes da lei locais — para a polícia em Magas, queria garantir que soubessem do corpo. Encontrariam os guardas amarrados e dopados, se alguém ainda não houvesse feito isso, e ninguém morreria, exceto Kartoyev. Não se tratava de misericórdia, é claro, só um hábito mental que Tillman atribuía ao desejo de limpeza ou orgulho profissional.

Ele não planejava ficar ali por muito tempo, mas pretendia dar mais alguns telefonemas antes de sair novamente do radar. O primeiro foi para Benard Vermeulens — um policial, mas um policial que, como Tillman, prestara tanto o serviço militar regular quanto serviços como mercenário antes de voltar à vida civil. Agora, trabalhava na missão da ONU no Sudão e tinha acesso a todos os tipos de informações improváveis, mas importantes, as quais ele às vezes estava preparado para compartilhar.

— *Hoe gaat het met jou, Benny?* — Leo perguntou, usando a única frase em holandês que Vermeulens já tivera sucesso em lhe ensinar.

— Mãe de Deus. Ciclone! — A voz rouca e áspera de Vermeulens fez o telefone vibrar na mão de Tillman. — *Met mij is alles goed!* E quanto a você, Leo? O que posso fazer por você? E não se incomode em dizer "nada".

— Realmente não é um "nada" — Tillman admitiu. — É o de sempre.

— Michael Brand.

— Ouvi dizer que ele estava em Londres. Ainda pode estar lá. Consegue desencavar as informações de sempre? Quero ver se o nome dele aparece em algo oficial. Ou em qualquer coisa possível.

— *Joak*. Vou fazer isso, Leo.

— E a outra coisa de sempre?

— Bom, quanto a isso tenho más notícias.

— Alguém está procurando por mim?

— Alguém está procurando *muito* por você. Há duas semanas. Muitas buscas, muitas perguntas. O cara faz muitos desvios, então não consigo descobrir quem anda investigando. Mas tem alguém perguntando pra valer.

— Tá bom. Obrigado, cara. Te devo essa.

— Isso é amizade. Se você me devesse, não seríamos amigos.

— Então não te devo nada.

— Assim é melhor.

Leo desligou e telefonou para Insurance. Mas Insurance simplesmente riu quando ouviu a voz dele.

— Leo, você é um risco que ninguém mais está a fim de aceitar — ela lhe disse de um jeito que soou como afeição genuína.

— Não? O que é isso, Suzy? — ele perguntou. Não faria mal lembrar a ela que ele era uma das três ou quatro pessoas vivas que a conheceram quando ainda tinha um nome de verdade.

— Se você mata alguém num beco lá no Fim do Mundo, querido, é uma coisa. Mas assassinar alguém numa via principal de uma cidade grande onde todos vivemos... bom, isso é diferente.

Tillman não disse nada, mas cobriu o bocal com a mão por um momento, receoso de que pudesse xingar ou simplesmente suspirar de susto. Horas. Só umas poucas horas. Como é que as notícias haviam corrido à sua frente? Como é que alguém poderia ter ligado seu nome a uma morte que acabara de ser descoberta?

— Pensei que o mundo fosse uma vila — foi tudo o que disse.

— Bem que você gostaria. Numa vila, só seria necessário se preocupar com o irmão mais velho do MacTeale. Mas, no mundo real, tem que se preocupar com todo mundo do Rolodex.

— MacTeale? — Por um segundo, Tillman teve dificuldade até para reconhecer o nome. Então se lembrou do escocês grande e furioso que chefiara seu pelotão no último ano que passara a serviço do Xe. — Alguém matou o MacTeale?

— Você fez isso, aparentemente. Pelo menos, é o que dizem por aí.

— Isso é mentira, Suzie.

— É o que você diz.

— Eu não matei o MacTeale. Matei algum intermediário russo sem a menor importância que achou que tinha amigos influentes, mas acho que eram o tipo de amizade que se aluga a curto prazo. Escute, só o que eu quero é outro passaporte, caso este aqui fique inutilizado. Posso pagar adiantado, se isso facilitar as coisas.

— Pode facilitar as coisas quanto quiser, Leo. Ninguém vai te vender mais nada, nem te contratar, nem compartilhar informações com você. A comunidade fechou as portas.

— E isso inclui você?

— Leo, é claro que me inclui. Se eu começar a ofender a sensibilidade dos meus clientes, vou ter uma velhice bem solitária e pobre. O que ainda vai me deixar melhor que você, já que, pelo que ouvi, não te resta muito tempo. Sem ressentimentos.

— Talvez alguns — Tillman disse.

— Boa sorte. — Insurance soou sincera ao dizer isso, mas desligou sem esperar que ele respondesse.

Tillman desligou o telefone batendo-o com força e o empurrou para longe de si. Meneou a cabeça para o barman, que veio trazer para ele outro uísque e água. Alguém havia trabalhado um bocado para tirá-lo de circulação. Quem quer que fosse, havia operado milagres em um curto período. Ergueu o uísque em um brinde silencioso a seu adversário desconhecido. Seu primeiro erro, sr. Brand, ele pensou, foi me deixar descobrir seu nome. Agora, cá estamos, apenas 13 anos depois, e você cometeu um novo erro.

Deixou-me saber que estou no caminho certo.

* * *

Tillman não era ninguém. Ele fora o primeiro a admitir isso: mais ainda enquanto envelhecia, enquanto se movia para mais e mais longe daquele momento em sua vida quando tudo havia adquirido foco e — brevemente — fazia algum sentido.

Era o mistério do qual ele era cativo atualmente. A caçada era o que dava forma e significado à sua vida, e, assim, ele era definido por uma ausência: quatro ausências, na verdade. As únicas coisas reais para ele eram as que já não estavam ali. Já fazia tanto tempo, agora. Tanto sangue passara sob a ponte, e muito mais viria, definitivamente, pois a alternativa era parar de procurar. Se ele parasse de procurar, não seria apenas ninguém: ele seria *nada*, em lugar nenhum. Admitir que nunca mais veria Rebecca ou as crianças era o mesmo que estar morto. Que nunca voltaria para casa, ou, como ele dizia a si mesmo: admitiria, finalmente, que o mundo se tornara vazio.

Fora diferente quando ele era jovem. Não ser ninguém era a melhor opção naquela época. Nascido em Preston, Lancashire, onde vivera até os 16 anos, ele crescera com a natureza de um nômade e o conjunto de habilidades de um nômade, preguiçoso demais para ser perigoso ou mesmo eficaz. Vagava de interesse em interesse, entrando e saindo deles, e não se importava com nada.

Na escola, Tillman fora bom na maior parte das matérias, tanto nas atividades acadêmicas quanto nos cursos intensivos e esportes, mas era muito descomprometido com tudo para passar de *bom* a *ótimo*. O bom vinha sem esforço, e era suficiente. Consequentemente, ele abandonara a escola aos 16 anos e arranjara um emprego numa oficina mecânica que pagava suficientemente bem para suprir um estilo de vida de vícios casuais — bebida, mulheres, a ocasional jogatina —, adotado sem grande convicção.

Um dia, no entanto, talvez inevitavelmente, ele vagara além de sua órbita costumeira. Tornara-se parte de um êxodo geracional que ia do norte da Inglaterra para o sul, onde parecia haver muito mais coisas acontecendo. Não fora nem mesmo uma decisão, na verdade: nas décadas após a Segunda Guerra Mundial, as fábricas e usinas de Lancashire haviam afundado feito barcos torpedeados, e as ondas geradas por seu colapso haviam impulsionado milhares de pessoas para o extremo oposto do país. Em Londres, Tillman fizera uma série de coisas, não sendo ambicioso em nenhuma delas: um homem forte cujas forças estavam ocultas para ele. Mecânico de automóveis, gesseiro, telhador, segurança, marceneiro. Trabalhos que exigiam habilidade, certamente, e Tillman parecia adquirir todas elas rapidamente. O que não fazia era dedicar-se a um só caminho por tempo suficiente para descobrir o que ele era sob aqueles disfarces cotidianos.

Talvez, em retrospecto, devesse ter ficado óbvio que um homem como ele encontraria seu centro de gravidade numa mulher. Quando conheceu Rebecca Kelly, numa festa regada a álcool dada por seus ex-chefes num pub do leste de Londres após o horário permitido, ele tinha 24 anos e ela era um ano mais jovem. Parecia deslocada ali, contra o papel de parede retrô rosa-escuro, mas era tão extraordinária que provavelmente teria parecido deslocada em qualquer lugar.

Não usava maquiagem, nem precisava: os olhos castanhos continham todas as cores e a pele pálida fazia com que os lábios parecessem mais vermelhos do que qualquer batom poderia torná-los. O cabelo era como aquele descrito no *Cântico dos Cânticos*, do qual Tillman se recordava vagamente de uma aula de estudos religiosos: cachos de uvas negras. Sua tranquilidade era como a de uma bailarina parada, esperando a abertura da peça começar.

Tillman nunca conhecera beleza tão perfeita, nem paixão tão intensa. Nunca encontrara uma virgem, tampouco, então a primeira noite em que fizeram amor fora inesperadamente traumática para ambos. Rebecca havia chorado, sentada entre os lençóis manchados de sangue com a cabeça enterrada nos braços dobrados, e Leo sentira-se aterrorizado pela ideia de tê-la machucado de alguma forma profunda e irrevogável. Então ela o abraçara, beijara-o ferozmente, e eles tentaram novamente, e fizeram a coisa funcionar.

Ficaram noivos três semanas mais tarde e se casaram um mês depois, em um cartório de Enfield. Fotos daquela época invariavelmente mostravam Tillman com o braço protetor em volta da cintura da esposa, o sorriso dele tocado pela solenidade de um homem que carrega algo precioso e frágil.

O trabalho nunca havia sido algo inteiramente real para ele. Prosperara sem esforço, serpenteara pela vida sem limites. O amor, contudo, era claramente real: o casamento era real. A vida de Tillman desdobrara-se intimamente junto à vida de outra pessoa, criando foco onde antes não havia nenhum.

A felicidade era algo de que ele nunca sentira falta porque sempre acreditara já a possuir. Agora, entendia a diferença e aceitava o milagre completo do amor de Rebecca com inquieta admiração. Não havia nada que um homem pudesse fazer para merecer um presente como aquele, então, de alguma forma, ele sempre meio que esperava que a magia se desfizesse e o presente fosse arrancado dele.

Em vez disso, as crianças tinham nascido, e o milagre simples se tornara complexo. Jud. Seth. Grace. Os nomes tinham um toque bíblico. Tillman nunca lera a Bíblia, mas sabia que havia um jardim nela, antes de o demônio aparecer e toda aquela merda acertar o ventilador. Sentia como se estivesse vivendo lá. Por seis anos ele sentiu isso.

Parte de ser feliz era que ele aprendera a focalizar suas habilidades e seu intelecto. Abrira sua própria empresa para vender sistemas de aquecimento central e estava indo muito bem — bem o suficiente para alugar um depósito com um pequeno escritório anexo e contratar uma secretária. Trabalhava seis dias por semana, mas não ficava até tarde a não ser que fosse uma emergência. Sempre quisera estar em casa para ajudar Rebecca a colocar as crianças na cama, muito embora ela nunca tivesse permitido que ele lesse histórias para elas antes de dormir. Era a única coisa a respeito de sua esposa que não compreendia. Ela tinha horror a histórias, nunca lia ficção e o interrompia no meio da frase se ele tentasse se aventurar com um "era uma vez".

Ela era um mistério, precisava admitir. Ele era capaz de se explicar para ela em uma dúzia de frases mais ou menos, sem a ajuda de gráficos, mas Rebecca era reticente a respeito do próprio passado e mais ainda em relação à família. Dizia apenas que eles eram muito próximos e muito reservados: "Éramos tudo uns para os outros". Ficava muito quieta depois de dizer tais coisas, e Tillman suspeitava de alguma tragédia a qual ele tinha medo de sondar.

Havia se casado com uma pintura? Uma fachada? Sabia tão pouco dela... Mas um homem poderia não saber nada sobre a força da gravidade e ainda assim continuar preso à Terra. Ele estava preso a ela e às crianças, bem apertado. Ao gentil e nervoso Jud, ao impetuoso e rude Seth, à furiosa e amável Grace. E a Rebecca, a quem os adjetivos assentavam muito mal porque não havia forma de descrevê-la. Se ele precisasse saber de mais alguma coisa, ela lhe contaria. E, quer contasse ou não, a força da gravidade ainda operaria.

Numa noite em setembro, quando o verão havia parado tão repentinamente quanto uma batida de carro e as árvores estavam como que em chamas, vermelhas brilhantes e amarelas, Tillman chegou em casa, nem um minuto mais tarde do que o comum, e encontrou o lugar vazio. Completamente vazio. Jud tinha cinco anos e havia acabado de entrar na escola, então, a princípio, ele pensou que talvez tivesse misturado datas e perdido uma reunião de pais e mestres. Contrito, verificou o calendário.

Nada.

Então verificou os quartos e sua contrição tornou-se abjeto terror. O lado do guarda-roupa que cabia à Rebecca estava vazio. No banheiro, a prateleira dos produtos que ela usava estava nua e a escova de dentes dele permanecia sozinha na caneca de plástico púrpura que tinha a cara de Barney, o Dinossauro. Os quartos das crianças haviam sido ainda mais completamente despidos: roupas e brinquedos, lençóis e edredons, pôsteres e peças de decoração e desenhos feitos no jardim de infância, antes pregados na parede — tudo se fora.

Quase tudo. Um dos brinquedos de Grace — o sr. Neve, um unicórnio que cheirava a essência de baunilha — havia caído atrás do sofá e sido esquecido.

Então ele encontrou o bilhete, escrito na letra de Rebecca, com apenas quatro palavras:

Não procure por nós.

Ela nem mesmo havia assinado.

Tillman estava caminhando, magoado, tentando funcionar em meio ao choque do que ele sentia como se fosse uma amputação. Chamou a polícia, que disse a ele que deveria esperar. Uma pessoa não era considerada desaparecida por ter saído de casa: era necessário algum tempo até que alguém recebesse esse status. Tillman poderia, talvez, telefonar para os amigos e parentes da esposa, o sargento sugeriu, e ver se ela estava com alguém que conhecia. Se as crianças não aparecessem na escola no dia seguinte, então ele deveria telefonar novamente. Até lá, era muito mais provável que a família inteira estivesse bem e a salvo em algum lugar próximo do que tivesse sido abduzida em massa. Especialmente porque havia um bilhete.

Rebecca não tinha nenhum amigo, disso Tillman sabia, e não tinha nem ideia de onde a família dela vivia, caso ainda estivessem vivos. Essas opções estavam fechadas para ele. Tudo o que podia fazer era andar pelas ruas esperando a mais remota chance de esbarrar nela. Ele andou, mesmo sabendo que aquela era uma esperança vazia. Rebecca e as crianças já deviam estar longe a essa hora; o propósito do bilhete fora garantir que ele não os seguisse ou persuadi-lo — se é que isso era possível — de que haviam partido porque quiseram.

Não haviam. Esse era o ponto de partida. Enquanto perambulava pelas ruas de Kilburn como um autômato, ele reprisava os eventos do dia de novo e de novo: as crianças despedindo-se dele aos beijos, com tanta espontaneidade e amor quanto sempre; Rebecca dizendo-lhe que o carro talvez ficasse na oficina para uma inspeção, então, se ele precisasse de carona para casa, ela provavelmente não poderia pegá-lo no trabalho (ele ligou para a oficina para verificar: Rebecca havia realmente levado o carro para lá no meio do dia, pedido que trocassem o estepe na mesma hora e combinado que o pegaria na manhã seguinte, a não ser que não passasse pela inspeção). Até mesmo o conteúdo da geladeira dava testemunho: ela havia feito um estoque para a semana, presumivelmente durante a manhã, antes de deixar o carro no mecânico.

Então, o bilhete fora escrito sob coação — uma perspectiva que ele precisou afastar da mente à força, pois a perigosa raiva que ela evocava ameaçava rasgar um caminho para fora dele de forma violenta.

A polícia não fora muito mais prestativa na manhã seguinte. O bilhete, explicaram, deixava claro que a sra. Tillman o havia deixado por sua própria vontade e levado as crianças consigo porque não confiava mais nele para cuidar delas.

— Houve alguma disputa conjugal na noite anterior? — uma oficial perguntou a ele. Tillman pôde ver o desprezo nu nos olhos dela: é claro que houve uma briga, aqueles olhos diziam. Mulheres deixam o marido o tempo todo, mas elas não saem correndo com os três filhos a não ser que algo esteja seriamente errado.

Não houvera nada, Tillman dissera, mas a mesma pergunta reaparecia de novo e de novo, a cada momento acompanhada pela recusa absoluta de colocar Rebecca na lista de pessoas desaparecidas. Os filhos, sim: crianças em idade escolar e pré-escolar não podem simplesmente desaparecer. Descrições foram anotadas e fotografias, coletadas. As crianças seriam procuradas, foi o que disseram a Tillman. Mas, quando encontradas, não seriam tiradas da mãe, e a polícia não necessariamente cooperaria com a retomada de contato entre Tillman e a esposa. Isso dependeria da história que Rebecca contasse e dos desejos que expressasse.

Em algum ponto daquele círculo vicioso de indiferença condescendente e suspeita manifesta, Tillman perdeu o controle. Passou uma noite numa cela da delegacia após ter de ser retirado à força de cima de um policial, extremamente jovem, gritando obscenidades, depois que aquele roedorzinho perguntou-lhe se Rebecca andara tendo um caso. Foi sorte ele não ter conseguido colocar as mãos em torno do pescoço do rapaz: certamente pretendera fazer isso.

Até onde Tillman podia ver, não houvera nenhuma investigação verdadeira. Ele obtinha relatórios do andamento do caso a intervalos irregulares: avistamentos, os quais, de acordo com a polícia, sempre eram investigados, mas acabavam sendo alarmes falsos; artigos com notícias esporádicas, que em determinado ponto pareceram estar evoluindo para um tipo de teoria da conspiração na qual ele havia assassinado a esposa e os filhos ou então assassinado a esposa e vendido os filhos a pedófilos belgas. Mas esse tipo de fenômeno precisava ter algo de que se alimentar, e, como não houve mais notícias depois da primeira vez, acabou enfraquecendo antes de atingir massa crítica.

Tillman contemplou a ruína de sua vida. Ele poderia ter voltado a trabalhar, tentado esquecer, mas nunca sequer considerou isso como uma opção. Esquecer seria abandonar Rebecca, assim como as crianças, nas mãos de estranhos cujos planos ele não poderia nem começar a tentar adivinhar. Se eles não haviam partido por vontade própria, e ele sabia que não haviam, então tinham sido levados de uma cidade populosa sem deixar nenhum rastro. E agora estavam esperando por socorro. Estavam esperando por ele.

O problema, como Tillman era inteligente o suficiente para reconhecer, era que ele não estava nem mesmo perto de ser o homem de quem precisavam: aquele que encontraria e libertaria a família das garras de seus captores. Nem sabia por onde começar.

Sentado na cozinha de sua casa, uma semana depois do desaparecimento, ele pensou no assunto de forma implacável e lógica lúcida. O que precisava ser feito não poderia ser realizado por ele e não poderia ser confiado a mais ninguém.

Ele tinha que mudar. Precisava tornar-se o homem que os encontraria, lutaria e os libertaria e faria o que fosse preciso para restaurar o equilíbrio ao mundo. Os recursos que tinha à sua disposição eram 1.400 libras guardadas e uma mente que jamais fora testada até seus limites.

Tirou o bilhete de Rebecca do bolso. *Não procure por nós*. Pela milésima vez ele leu essas palavras, primeiro superficialmente, depois procurando significados ocultos. Talvez, mas apenas talvez, o espaço depois da primeira palavra fosse maior do que os outros espaços: a ânsia de Rebecca por ele projetada naquela minúscula lacuna, implorando a ele que enxergasse o que o coração dela estava realmente gritando enquanto a mão escrevia.

Não

procure por nós

Estou indo, ele disse a ela mentalmente, a mão fechando-se num punho. Não vai ser já, mas estou indo. E as pessoas que tomaram vocês de mim vão sangrar e queimar e morrer.

No dia seguinte ele se alistou no exército — O Quadragésimo Quinto Regimento Médio da Artilharia Real — e começou, metodicamente, a se reconstruir.

CAPÍTULO 6

De volta à cova dos leões, mais tarde, os colegas policiais de Harper estavam ansiosos para ouvir sobre o dia dele na rua com a megera. Ele os desapontou ao demonstrar que não tinha nada de substancial a dizer.

— Ficamos juntos no carro por, tipo, uns dez minutos — explicou. — O resto do tempo passamos vasculhando a cena, duas semanas depois. Mal conversamos. Não é como se a gente tivesse saído para jantar.

— Se tivessem — Combes comentou —, ela sairia por aí depois dizendo que você "disparou" cedo demais. — Isso causou muitas risadas ao redor, apesar de ser só outra variação tosca da piada-padrão sobre Kennedy que estivera circulando nos últimos seis meses. Como acontecia com as piadas, ela mantivera sua posição aparecendo em e-mails anônimos, pichações nos banheiros, nas reuniões bêbadas de baixíssimo nível no Old Star. *Por que Kennedy largou o namorado? O que Kennedy disse ao conselheiro matrimonial? Por que Kennedy nunca tem um orgasmo?*

Contaram a história a Harper. Ele já a conhecia intimamente, assim como cada oficial da Polícia Metropolitana a essa altura, mas os detetives que recontavam a lenda o faziam mais para sua própria diversão do que para a dele. Kennedy fora parte de uma ARU, uma unidade de resposta armada. Ela entrara como membro de uma equipe de três. Um cara do lado de fora de um sobrado geminado em Harlesden, às 2 horas da manhã, gritava, sacudindo uma arma. Vizinhos haviam ouvido janelas se quebrarem. Uma pessoa dissera ter ouvido um tiro.

Kennedy tomara a frente, aproximando-se do sujeito de frente enquanto Gates e Leakey, seus dois colegas, moviam-se por trás de carros estacionados na rua para cercá-lo. O cara em questão, um tal Marcus Dell, de 30 anos, estava alto feito uma pipa, chapado de uma coisa ou outra, e o que ele sacudia na mão realmente parecia uma arma. Mas a mão esquerda dele estava sangrando desgraçadamente, e, de acordo com o depoimento de Kennedy depois do caso, ela suspeitara de que ele tivesse quebrado a janela dando um soco no vidro, em vez de um tiro.

Então ela se aproximara um pouco mais, falando, falando, falando o tempo todo com ele, até estar a uns três metros de distância. Então ela vira o que Dell estava segurando: um celular do tipo abre e fecha, com a parte de cima espetada para fora num ângulo sugestivo.

Ela declarou que podiam baixar as armas, e os dois outros policiais saíram dos esconderijos, cheios daquela mistura de adrenalina, alívio, raiva e a tontura ligeiramente surreal que surge nos momentos em que ficamos diante de decisões de vida ou morte e então alguém nos avisa que está tudo bem.

Dell jogou o telefone em Leakey, acertando-o bem no olho. Então, tanto Gates como Leakey perderam o controle, disparando 11 balas de um lado e de outro em seis segundos vertiginosos. Quatro dos tiros acertaram diretamente: braço, perna, tronco, tronco.

Incrivelmente, no entanto, Dell não caiu. Em vez disso ele foi em direção a Kennedy, e, como ela agora estava a pouca distância dele, o homem só precisou dar um passo à frente para fechar as mãos em torno do pescoço dela.

Consequentemente, foi Kennedy quem disparara a bala que o derrubou: atravessou o ventrículo esquerdo a uma distância sucintamente anotada no arquivo do incidente como "zero metro". Ela meio que fez o coração dele explodir pelas costas, e depois o homem ficou ali, esvaindo-se em sangue, enquanto Gates e Leakey confirmavam a morte.

Essa era a história contada pela esposa do morto, a única testemunha ocular disposta a se apresentar. Revelou-se que Dell estivera tentando entrar à força na própria casa, o resultado de um desentendimento conjugal cujas raízes estavam na droga que ele consumira e em sua indisposição para compartilhá-la. Lorina Dell fora muito clara em relação à sequência de eventos e aos respectivos papéis que os três oficiais armados haviam desempenhado.

Gates e Leakey contaram uma história diferente, é claro. Alegaram que haviam atirado antes de Dell jogar o telefone, e a crença ainda não alterada de que aquilo era uma arma de fogo.

A história ficava um tanto vaga nesse ponto. Leakey também ofereceu como evidência uma arma, uma GSh-18 russa e barata, ainda com o pente cheio, que ele alegava ter encontrado enfiada na parte de trás do cinto de Dell. Gates confirmou que essa era a proveniência da arma, mesmo quando se descobriu que não havia uma única impressão digital de Dell nela.

O testemunho que confrontou os deles, quando o caso finalmente chegou a um tribunal, não foi o da esposa drogada do morto. Foi o de Kennedy. Ela negou que a GSh-18 tivesse sido encontrada na cena do crime (uma grande quantidade de armas havia chegado recentemente aos armários de evidências após uma batida policial em um navio cargueiro que revelara estar contrabandeando armas, haxixe e — incongruentemente — pílulas de Viagra ilegalmente fabricadas). Ela acusou ambos os parceiros de terem disparado contra Dell quando ele claramente não oferecia ameaça.

A decisão de Kennedy de bancar a honesta pegou todos de surpresa. Significava que sua própria licença de ARU se tornara inválida, assim como a de Gates e Leakey, e a colocava contra o departamento numa luta que, no final, ela não poderia vencer. O sujeito havia morrido com as mãos ao redor do pescoço de uma policial; o caso nem precisaria ir a julgamento se todos eles contassem a mesma história.

Em sucessivas entrevistas, Kennedy fora convidada a repetir sua versão dos eventos provavelmente uma dúzia de vezes, sem que uma única palavra fosse anotada. Entrevistadores diplomáticos convidaram-na a considerar a ordem em que os eventos-chave haviam se sucedido e a verdadeira extensão do perigo gerado pelo ataque do sr. Dell a ela. Essas sessões de revisão já haviam sido usadas em outros casos controversos com resultados positivos para a força e todos os oficiais envolvidos. Mas não havia nada que pudessem fazer por uma policial sem senso de autopreservação. Kennedy continuou a declarar que ela, Gates e Leakey haviam usado força letal contra um viciado em drogas confuso que mal conseguia parar em pé. Ela obrigou o promotor a acusá-la formalmente.

Até então, isso ainda não havia acontecido. O caso tornara-se uma escaramuça de três lados entre a Polícia Metropolitana, o escritório da Promotoria e a Comissão de Queixas Contra a Polícia. Um inquérito completo estava em andamento e precisaria ser finalizado antes que quaisquer acusações fossem feitas. Até lá, Gates e Leakey estariam suspensos com salário completo, enquanto Kennedy pôde continuar na divisão, sem porte de arma, fazendo seu trabalho normalmente.

Só que nada havia voltado ao normal para ninguém ali. Kennedy estava em Coventry: uma pária na cova dos leões, um alvo ambulante para qualquer coisa que os outros investigadores quisessem atirar nela, e talvez, Harper pensou, prejudicada de formas menos tangíveis — abaixo da superfície, onde ninguém poderia ver. Quando ela o avisara para ficar longe dela, ele tivera a impressão de que se tratava de frio pragmatismo, mais do que de generosidade extravagante. Algo como a maneira como os oficiais presos no *Titanic* haviam finalmente dito aos botes de resgate que se afastassem para que não fossem também puxados para baixo quando o grande navio afundasse.

Harper percebeu que Combes ainda estava olhando para ele, esperando uma resposta para a história preventiva.

— Ela não parece a pessoa mais fácil do mundo para trabalhar — Harper disse, como quem joga um petisco para acalmar um cão furioso.

— É isso aí — alguém concordou. Seria Stanwick?

— Mas acho que ela realmente ficou contrariada com a forma como aqueles outros dois caras estragaram a ação de prisão.

A atmosfera na sala ficou um tanto mais fria.

— O que é que aquele desgraçadozinho esperava? — Stanwick perguntou. — Ele atacou uma policial, morreu. Bem feito!

— Legal — Harper disse. — E eles provavelmente vão concordar com isso. Então, a Kennedy não está prejudicando ninguém por manter a história que contou.

— Você acha que tem chance, é? — Combes inquiriu num tom peremptório. — Ela é bem bonita, né?

Considerando objetivamente, Kennedy tinha tudo o que era necessário para fazer jus a essa descrição: uma figura que tinha as curvas nos lugares certos, com belíssimos cabelos loiro-claros usados severamente amarrados atrás de um jeito sugestivo como se fosse soltá-los e sacudi-los em um prelúdio ao sexo, e que isso seria algo digno de ver, e um rosto que — embora um tanto pronunciado no nariz e no queixo — ainda tinha uma expressão intensa, atraente, sem dúvida.

Mas ela era dez anos mais velha do que a namorada de Harper, Tessa, e aquele relacionamento era novo o suficiente para distorcer o julgamento dele em relação a quaisquer outras mulheres. Ele encolheu os ombros evasivamente.

— Ele acha que tem uma chance — Combes anunciou para a sala. — Bom, pode esquecer isso aí, filho. Ela é sapatão.

— Ah, é? — Harper estava interessado agora, mas apenas como detetive. — Como é que você sabe?

— Nós fomos ver uma corrida de cavalos no último mês de março. O departamento inteiro foi — Stanwick disse a ele, como se estivesse falando com um idiota —, e ela levou uma franguinha com ela.

— Isso não faria metade de vocês ser sapatão também? — Harper perguntou inocentemente. Seu tom era leve e amigável, mas o frio na sala só aumentou: em algum nível, isso era um teste, e ele não estava indo bem.

— De todo jeito, é melhor aproveitar enquanto pode, colega — um dos outros detetives concluiu. — Ela não vai ficar aqui por muito mais tempo.

— Não — Harper concordou. — Provavelmente não.

A conversa voltou-se para outros assuntos e fluiu ao redor dele, deixando-o de fora. Ele deixou a roda. Tinha uma porção de telefonemas a fazer e poderia muito bem começar enquanto Kennedy estava fora, entrevistando a irmã de Barlow.

O Fórum Histórico de Londres era um evento bianual que acontecia na universidade. Ele descobriu o escritório da organização, que ficava em Birkbeck, e depois de fazer todo o percurso telefônico com uma tonelada de recepcionistas e assistentes, conseguiu finalmente solicitar uma cópia da lista de contatos da última conferência. Ela chegou anexada a um e-mail meia hora depois — mas, em vez de um documento digitado em um editor de textos, eram imagens em JPEG. Cada página havia sido inserida separadamente na bandeja da copiadora e escaneada, em alguns casos sem nenhum cuidado, de forma que as primeiras letras dos sobrenomes estavam cortadas do lado esquerdo e as últimas duas ou três linhas de cada página pareciam estar faltando.

Harper respondeu ao e-mail perguntando se havia uma versão em Word da lista em algum lugar do sistema deles. Depois, imprimiu as imagens. Podia trabalhar com o que já havia recebido.

Enquanto seguia pelo corredor até a impressora, Harper pensou na conversa que acabara de ter. Por que ele havia apoiado Kennedy ou, no mínimo, se recusado a juntar-se à condenação generalizada? Ela estava longe de ser agradável e deixara abundantemente claro que ficaria feliz em trabalhar sozinha naquele caso.

Mas era o primeiro caso de Harper, e uma parte primitiva dele se rebelava contra a ideia de dar as costas a isso. O anjo que cuidava do trabalho policial devia olhar apenas vagamente para os oficiais que se recusavam a agir por medo de correr perigo. E Kennedy parecia ter bons instintos, também: não era espalhafatosa, mas metódica e cuidadosa. Já vira policiais espalhafatosos e preferia o conjunto básico de habilidades aplicado de forma inteligente. Por mais que a mente dela estivesse fora do eixo como resultado do incidente Dell, o caso pendente na corte e o fato de viver exilada no próprio departamento, ela ainda estava tentando fazer seu trabalho.

Então, ele trabalharia com Kennedy e lhe daria o benefício da dúvida — por enquanto, pelo menos. Se ela o podasse demais, ou se provasse ser mais instável do que imaginara, ele ainda tinha a opção de falar com seu superior e alegar diferenças pessoais com a parceira, como ela havia sugerido.

Enquanto isso, estar do lado oposto numa discussão com gente como Combes e Stanwick — os quais ele já identificara como babacas interesseiros — era um bálsamo para a alma.

Ele levou as folhas impressas de volta a sua mesa e começou a árdua e desagradável tarefa de desencavar o depoimento de uma testemunha ocular que poderia nem mesmo existir.

Tinha percorrido apenas sete nomes na lista quando encontrou o próximo cadáver.

CAPÍTULO 7

O endereço de Rosalind Barlow era o mesmo de Stuart Barlow. Irmão e irmã viviam juntos — *haviam* vivido juntos num bangalô estilo chalé, localizado logo ao sair do anel viário M25, em Merstham, lugar que provavelmente já havia sido uma vila. Assim como William e Caroline Herschel, os Wordsworths e Emily, Anne e Charlotte com Bramwell[2]. Kennedy tinha um irmão também e, portanto, duvidava desses arranjos domésticos. Namorados que vinham morar junto já eram ruins o bastante: ter um irmão ocupando a casa era uma garantia ainda maior de prender as pessoas a ferros em sua imaturidade e numa codependência neurótica.

Dez minutos após chegar ela já havia mudado completamente essa estimativa inicial. Ros Barlow era uma mulher dura e autoconfiante, alta e de compleição sólida, com uma cabeça de cabelos castanho-avermelhados feita para ser esculpida em algo grande e heráldico — o tipo de mulher a quem as pessoas atribuem uma "beleza digna". Era 15 anos mais jovem do que o irmão, e a casa era dela, herdada dos pais. Stuart Barlow estivera vivendo ali sem pagar aluguel por muitos anos, enquanto Ros se mudara para aceitar um emprego no departamento de segurança de um banco em Nova York. Ela voltara a Londres apenas recentemente para usufruir de um cargo melhor na cidade; então acabara compartilhando a casa com o irmão por alguns meses, enquanto ele procurava outro lugar para morar. Agora, no entanto, era ela quem estava procurando outro local.

— Tenho uma amiga com quem posso ficar por algumas noites. Depois disso, vou tentar conseguir uma casa mais perto do centro. Se não encontrar nada à venda, alugarei por enquanto. Com certeza não vou ficar aqui.

— Por que não? — Kennedy perguntou, surpresa com a veemência da mulher.

---

[2] William e Caroline Herschel, irmão e irmã, foram astrônomos que moraram e trabalharam juntos; os irmãos Wordsworth eram William e Dorothy, poetas; Emily, Anne, Charlotte, escritoras, e Bramwell, pintor, eram os irmãos Brontë, extremamente próximos uns dos outros, dentre os quais Emily foi a mais proeminente. (N.T.)

— Por que não? Porque é do Stu. Cada uma das coisas aqui é dele, e ele levou anos para deixar tudo exatamente do jeito que queria. Prefiro vender a casa para alguém que goste desse tipo de coisa a passar os próximos dois anos mudando peça por peça até chegar a algo de que eu goste. Se ficasse aqui, sentiria como se... — ela tateou mentalmente, procurando as palavras certas — ... como se ele ainda estivesse tentando se agarrar a mim e eu estivesse quebrando os dedos dele um por um. Seria horrível.

Ros havia recebido a notícia de que a investigação fora reaberta de um modo muito peculiar:

— Que bom — fora tudo o que dissera.

As duas estavam sentadas na sala de estar do chalé, em que se viam gravuras do século XIX retratando o personagem Punch nas paredes e um balcão de bebidas que havia sido remodelado a partir de uma escrivaninha vitoriana com tampo corrediço. Uma escada aberta de design moderno, de degraus que tinham as partes verticais vazadas, dividia a sala em duas — algo que não se esperaria em um bangalô. Presumivelmente, Barlow mandara realizar algum trabalho de extensão no espaço do sótão, e agora havia um quarto lá em cima.

— A senhora pediu a autópsia — Kennedy disse, colocando de lado a pequena, mas extremamente potente, xícara de café *espresso* que Ros lhe dera quando ela chegara. — Foi porque a senhora suspeitou de que a morte de seu irmão não foi acidental?

Ros bateu os dentes impacientemente.

— Eu sabia que não tinha sido — disse. — E eu disse exatamente por que ao policial que veio até aqui. Mas pude perceber que ele não estava ouvindo, então, tive que exigir a autópsia também. Já vi muita gente extenuada de tanto trabalhar e reconheço os sinais. Você tem que fazer barulho, tem que se tornar absurdamente barulhenta e óbvia para ser ouvida por elas. Do contrário, simplesmente arquivam seu pedido como sempre e não dá em droga nenhuma.

Kennedy concordou nesse ponto, mas não disse nada sobre isso. Não estava lá para brincar de "ai, isso não é horrível?".

— Foi um oficial local, eu presumo? — perguntou. — Uniformizado?

— Sim, uniformizado. — Ros franziu o cenho, lembrando-se. — E o chamei de policial, mas, na verdade, não perguntei o posto dele. Ele tinha uns números — números e letras — nos ombros, mas não havia listras nem estrelas nem nada assim. Eu morei no exterior por uns bons anos, mas acho que isso faz dele um policial comum, a não ser que as regras quanto aos uniformes tenham mudado.

— Sim — disse Kennedy —, é isso mesmo. — Ela apreciou o fato de que Ros conseguisse relembrar tais detalhes depois de duas semanas. Significava que ela poderia lembrar outras coisas com a mesma clareza. — Então, o que a senhora achou que havia acontecido com Stuart? — perguntou.

A expressão de Ros endureceu.

— Ele foi assassinado — disse.

— Certo. Por que diz isso?

— Ele me contou. — A surpresa de Kennedy deve ter se mostrado através de sua face profissional indiferente, pois Ros continuou mais enfaticamente, como se alguém a estivesse contradizendo: — Ele contou, sim. Contou isso para mim três dias antes de acontecer.

— Contou que seria assassinado?

— Que alguém poderia atacá-lo. Que ele se sentia ameaçado e não sabia o que fazer.

Ros estava se tornando mais estridente. Diante daquela emoção exaltada, Kennedy mostrou-se deliberadamente apaziguadora:

— Isso deve ter sido terrível para vocês dois — disse. — Por que a senhora não entrou em contato com a polícia?

— Stu já tinha feito isso ao perceber que estava sendo seguido.

— Na conferência.

— Sim. Nessa ocasião.

— Mas, se ele estava mesmo sendo ameaçado... — Kennedy experimentou. Podia perceber que a outra mulher não gostava de ser interrogada e que provavelmente encararia qualquer pergunta como um desafio, a não ser que ela escolhesse palavras tão neutras quanto possível. — Ele explicou essas coisas naquela época? — perguntou. — Quero dizer, quando ele chamou a polícia e contou que estava sendo seguido? Ou havia algo mais? Algo que ele guardou consigo? Estou perguntando porque li o arquivo do caso agora e não houve menção a nenhuma ameaça real.

Ros balançou a cabeça, fechando o cenho.

— Eu disse que ele se *sentia* ameaçado, não que estava *sendo* ameaçado. Ele contou à polícia tudo o que havia para contar, tudo o que era verificável. O resto eram... impressões, eu acho. Mas sei que ele tinha medo. Não medo em geral, mas de algo específico. Sargento Kennedy, meu irmão não era exatamente um homem equilibrado. Quando éramos crianças, era sempre ele quem tinha os entusiasmos repentinos — vivia tendo manias de colecionador, ficando viciado em HQs ou séries de TV *cult*, esse tipo de coisa. E emocionalmente, também, ele sempre foi... simplesmente uma bagunça. Então, eu tinha todos os motivos para acreditar que meu irmão estava exagerando, inventando alguma coisa a partir de nada. Mas não foi isso. Dessa vez, foi diferente.

— Diferente como?

— Alguém invadiu a casa, tarde da noite, e mexeu em todas as coisas do Stuart. Isso não foi imaginação.

A resposta de Kennedy saiu automática:

— Vocês fizeram uma denúncia? Quero dizer, há alguma evidência registrada? Isso está documentado em algum lugar?

— Claro que denunciamos. Do contrário, não poderíamos acionar o seguro.

— Então, algo foi roubado?

— Não. Nada, até onde pudemos ver. Mas precisávamos de novas fechaduras e a porta dos fundos necessitava ser consertada. Foi assim, por lá, que ele entrou, quem quer que fosse.

— Isso foi antes ou depois de o professor Barlow perceber que estava sendo seguido?

— Depois. E foi quando comecei a levar toda essa história a sério. Mas vocês evidentemente não levaram.

Porque ninguém tinha dado a devida atenção ao caso, Kennedy pensou, mesmo depois de Barlow aparecer morto. A queixa de Barlow a respeito do perseguidor só viera à tona depois de os resultados da autópsia ficarem prontos — e quaisquer registros desse arrombamento e invasão de domicílio provavelmente ainda estavam perdidos no sistema. Chegava a ser ridículo. O registro criminal central não era exatamente novo, nem complicado. Supostamente, deveria funcionar de maneira automática agora, cruzando referências dos casos antigos com as dos novos à medida que entravam no banco de dados da divisão. Desde que, antes de tudo, os encarregados preenchessem os campos corretamente, os casos mais velhos surgiriam em destaque sem que o usuário precisasse fazer nada.

Mas não dessa vez.

— Parece que nós realmente erramos desde o começo — Kennedy admitiu, tentando antecipar-se à hostilidade de Ros Barlow fazendo um mea-culpa. — Mas, se a senhora estiver certa, por que o assaltante não atacou seu irmão aqui, depois de ter conseguido entrar na casa? Ele foi pego no flagra ou algo assim? A senhora e seu irmão o ouviram entrar?

Ros balançou a cabeça.

— Não, não ouvimos — disse. — Só descobrimos que alguém tinha invadido a casa quando descemos, na manhã seguinte.

Então, assumindo que houvesse mesmo uma ligação entre os eventos, o motivo tinha que ir além do simples desejo de matar Barlow. Ele poderia ter sido morto aqui com a mesma facilidade com que fora na universidade, mais facilmente ainda, se tivesse sido pego enquanto dormia.

Kennedy pensou novamente na bagunça espetacular que era o escritório de Barlow. Talvez aquele não fosse o estado normal das coisas: alguém poderia ter invadido o local, também. Ela olhou para a faixa de sol ligeiramente inclinada que entrava por entre as cortinas, as partículas de poeira suspensas no ar parado. A palavra *assassinado* parecia um tanto irreal nessa sala — e a cena que ela imaginara, com o corpo de Barlow sendo arrastado escada acima no prédio de história para ser jogado para baixo novamente, soava ridícula e melodramática. Mas, ao contrário de Stuart Barlow, ela não estava agindo com base em sensações. Estava respondendo a evidências, e a evidência apontava em direção a algo complicado e sórdido. Um assassinato precedido por um arrombamento completamente separado significava um plano ou um motivo maior do que simplesmente o desejo de ver alguém morto.

— A senhora discutiu com seu irmão sobre o que esse intruso poderia estar procurando? — ela perguntou. — Se o professor Barlow estava com medo, era porque tinha algo específico nas mãos? Algo de valor que alguém poderia vir procurar?

Ros hesitou dessa vez, mas finalmente balançou de novo a cabeça — uma admissão de ignorância.

— É possível, mas o Stu quase nunca discutia o trabalho dele comigo porque sabia que isso me enchia o saco. Ele falava muito com os Ravellers, ultimamente. Então, estava trabalhando em algo antigo. Mas na maior parte do tempo eles lidam com fotos e transcrições, não com os originais. Não haveria razão para ele ter artefatos valiosos aqui em casa.

— Os Revellers?

— É Ravellers, não Revellers. É uma comunidade da Internet para paleógrafos — pessoas que trabalham com manuscritos velhos e incunábulos.

— Acadêmicos profissionais, então, como seu irmão?

— E amadores também. Muita gente faz isso por diversão.

— Como posso entrar em contato com eles?

Ros encolheu os ombros.

— Desculpe, não sei. Só uso computadores para fazer planilhas e mandar e-mails. Eles são... um fórum? Um website? Eu nem sei. Vai ter que perguntar a um dos colegas do Stu. Mas acho que você definitivamente deveria começar com eles. Não consigo pensar em mais nada na vida do Stu que poderia ter motivado alguém a segui-lo ou atacá-lo.

Kennedy lembrou-se de algo que Ellis dissera.

— Ele estava escrevendo um livro. Poderia haver algo de sensacional ou controverso nele? Uma nova teoria ou refutação de uma teoria antiga? Algo que poderia ter prejudicado a reputação de alguém?

De repente, Ros pareceu desolada. Por um momento, não respondeu, e, quando o fez, tinha um tremor na voz:

— O Stu passou os últimos dez anos trabalhando naquela droga de livro. Ele dizia que provavelmente acabaria escrevendo os agradecimentos só no leito de morte. — Ela fez uma pausa e então acrescentou, em um tom mais frio e monótono: — O fato de ele não conseguir decidir nem qual era a porcaria do tema do livro não ajudou. Por uns bons cinco anos, ia ser sobre os Manuscritos do Mar Morto. O Stu estava convencido de que ainda havia grandes coisas a descobrir neles, mesmo que todo mundo do ramo já os tivesse estudado nos últimos sessenta e poucos anos. Sabe quantos livros já foram escritos sobre esses manuscritos? Centenas. Literalmente, centenas. Quando eu perguntava ao Stu por que alguém ia querer ler o dele, ele ficava todo misterioso e citava versos de William Blake.

— Que versos? — Kennedy perguntou.

— Hum... alguma coisa do tipo "nós dois lemos a Bíblia dia e noite, mas tu lês negro onde eu leio branco". O Stu achava isso simplesmente genial, o que quer que signifique. Mas aí ele perdeu totalmente o interesse por esses manuscritos. Entrou no período gnóstico dele. Todos aqueles primeiros cultos cristãos esquisitos — os arianos e os nestorianos e toda aquela gente feliz. Depois, foi sobre o bispo Irineu. Então, finalmente, passou a ser sobre o Rum. Acho que, da última vez que falamos sobre isso, era nesse ponto que ele estava. O Rum. Seria uma reinterpretação completa do Rum.

Kennedy fez um gesto de "prossiga", o que a poupou de ter que admitir verbalmente que não tinha a menor ideia do que a outra mulher estava falando. Ela presumiu que não tivesse nada a ver com bebidas alcoólicas.

— O Códice do Rum — Ros explicou. — É uma tradução medieval de uma versão perdida do Evangelho de João. É a coisa mais obscura que você pode imaginar, a não ser que queira pesquisar algo como a origem da pontuação gráfica. Eu não acho que a reputação de alguém estivesse ameaçada pelo livro do Stu. Nem mesmo a do Stu. Algumas universidades requerem que os acadêmicos publiquem obras para continuar fazendo parte da equipe. Mas o Stu tinha estabilidade, então estava escrevendo no próprio ritmo.

Kennedy fez mais algumas perguntas, a maioria sobre os colegas de Barlow na Prince Regent e os amigos que ele fizera on-line. Ros foi vaga em ambos os assuntos. Claramente ela não estivera muito envolvida nem na vida pública do irmão nem nos entusiasmos particulares dele.

Enquanto ela acompanhava Kennedy até a porta, no entanto, algo lhe ocorreu.

— Michael Brand — disse, como se respondesse a uma pergunta que Kennedy já tivesse feito.

— Quem é esse?

— Um dos Ravellers. É o único cujo nome Stu já mencionou para mim. Você pode até não precisar ir tão longe assim, se quiser falar com ele. Ele está trabalhando em Londres no momento, ou, pelo menos, estava, até poucas semanas atrás. O Stu encontrou com ele na noite antes de morrer.

— Só socialmente ou...?

Ros abriu as mãos, mostrando as palmas vazias.

— Não tenho a menor ideia. Mas ele estava hospedado em um hotel em algum lugar da zona oeste, perto da universidade. Perto o suficiente para o Stu ir caminhando até lá depois do trabalho. Talvez eles tenham conversado sobre isso tudo. Talvez seja por isso que Brand estava lá.

Caminharam juntas até a porta, e Ros visivelmente ainda procurava uma entre suas memórias recentes.

— Não era o Bloomsbury — murmurou. — Nem o Great Russell. Mas era nessa região, e o nome tinha duas palavras. Duas palavras curtas.

Ela abriu a porta. Kennedy saiu, depois se virou para encará-la.

— Pride Court — disse Ros. — O Pride Court Hotel.

— Foi de grande ajuda, srta. Barlow — Kennedy respondeu. — Muito obrigada.

— Não há de quê — Ros volveu sem calor. — É só retribuir o favor.

O telefone de Kennedy tocou enquanto ela voltava para o carro. Reconheceu o número como um dos telefones da cova dos leões e ficou tentada a ignorá-lo, mas poderia ser Summerhill pedindo notícias. Ela o abriu usando apenas uma mão enquanto procurava as chaves com a outra.

— Kennedy.

— Oi. É o Chris Harper.

— Como estão indo as coisas?

— Estão indo muito bem. Sério, sargento, minha taxa de produtividade já está varando o teto.

O carro emitiu um som digital irritado quando Kennedy pressionou o alarme da chave, mas ela não se moveu em direção à porta.

— O quê? — perguntou a Harper. — O que quer dizer?

A risada dele carregava um tremor de agitação, mas ele conseguiu adotar um tom de voz tedioso e triunfal ao responder:

— Quando começamos, só tínhamos um cadáver. Agora, temos três.

CAPÍTULO 8

As primeiras histórias de zumbis começaram a chegar dois dias depois do acidente, mas a grande onda de boatos estourou só no quarto dia. Essas coisas levam um tempo para ganhar impulso, o xerife Webster Gayle conjecturou, mas depois que atingem certo ponto não há forma de detê-las.

Houve apenas uma história no segundo dia — um avistamento real, se é que se podia chamar assim, embora, de fato, não fosse exatamente isso. Sylvia Gallos, a viúva de um dos homens que haviam morrido no Voo 124 da Coastal Airlines, acordara no meio da noite ouvindo ruídos no andar de baixo da casa. Embora perturbada pela angústia do luto, ela ainda teve presença de espírito para remexer na gaveta da mesa de cabeceira e encontrar o pequeno revólver calibre .22 que Jack, seu marido, comprara para ela. Os negócios dele o haviam mantido longe de casa por longos períodos, e ele se preocupara com a segurança dela.

De arma em punho e mão mais ou menos firme, a sra. Gallos descera lentamente para encontrar a casa vazia e a porta ainda firmemente trancada. Mas a TV estava ligada, um copo de uísque com água jazia meio bebido na mesa da sala e o ar estava repleto do cheiro da colônia favorita de seu falecido marido, Bulgari Black.

Foi só o que aconteceu no segundo dia, mas a repercussão foi grande e a notícia ficou por longo tempo nos noticiários, normalmente ao final dos 10 ou 12 minutos de notícias mais sérias e solenes sobre o desastre. As autoridades ainda estavam tentando descobrir em quem jogar a culpa pela queda do avião. A caixa-preta ainda não fora recuperada, embora muita gente estivesse procurando por ela, e as opiniões se dividiam quanto ao que exatamente acontecera durante o voo. Teria sido uma atrocidade terrorista? Talvez uma consequência de longo prazo de toda a cinza vulcânica acumulada no topo da atmosfera depois da erupção daquele vulcão na Islândia mais ou menos um ano atrás? Ou, pior de tudo, do ponto de vista industrial, uma falha de projeto que significava que todos os aviões daquele modelo (era um Embraer E-195 com apenas quatro anos de uso) teriam que ser mantidos no solo num futuro próximo?

No terceiro dia, de acordo com a TV, alguém encontrara uma parte da resposta para isso. Ainda não havia caixa-preta, mas o pessoal do seguro e da Administração Federal de Aviação (FAA) já havia vasculhado a maior parte dos destroços e eles contavam uma história consistente, ainda que incompleta. Uma das portas se estourara e abrira no meio do voo, causando uma despressurização repentina e maciça. Depois disso, as coisas foram se sucedendo feito peças de dominó em queda: a antepara de pressão se dobrara, fazendo com que alguns cabos hidráulicos se rompessem, e poucos segundos depois os estabilizadores verticais se romperam. Os motores perderam velocidade, o fluxo de ar se interrompera e, a partir desse momento, o avião — que, quando vazio, pesava 32 toneladas — tornara-se tão aerodinâmico quanto um saco gigante cheio de calotas de pneu. A gravidade fez seu trabalho, envolvendo o Voo 124 em seu abraço destrutivo.

Em Peason, ainda havia um sentimento de choque e luto pelos estranhos mortos que haviam tombado do céu, mas para a nação como um todo parecia haver uma sensação de que o acontecimento era um pouco menos interessante, agora que tinha uma explicação. Consequentemente, no terceiro dia as histórias particulares sobrepujaram os relatos sobre a queda em si. O foco agora se voltava para a mulher que estivera voando para Nova York com o propósito de reunir-se com a irmã após vinte anos de inimizade; para o cara que pretendia fazer uma proposta de casamento a seu amor de infância; para os três passageiros que, embora viajassem separadamente e aparentassem não se conhecerem, haviam estudado na mesma turma no Northridge Community High School.

E entre todas essas histórias trágicas de telenovela caça-níqueis havia os mortos ambulantes. No quarto dia, eles surgiram com toda a força.

Um escrevente do Departamento de Obras Públicas de Nova York, que tomara o Voo 124 para voltar para casa após uma viagem oficial à Cidade do México, havia deslizado para dentro de seu escritório, mandado alguns e-mails, visto pornografia na Internet e depois — sem deslizar para fora nem ser visto pelos funcionários da segurança ou da recepção — desaparecido sem deixar rastros. Estava deitado em uma mesa do necrotério em Peason no momento, mas evidentemente a rotina é uma coisa poderosa.

Uma mulher de Nova Jersey, também entre os passageiros do 124, tirara o carro da garagem e dirigira até um supermercado local, onde sacara 50 dólares em um caixa eletrônico e aparentemente comprara uma lata de anchovas e um brinquedo para gatos que imitava um peixinho dourado preso a um fio. Tais coisas foram encontradas no porta-malas do carro depois, no mesmo dia, quando o mercado fechara e viram o veículo ainda no estacionamento. O namorado da mulher afirmou que, depois de voltar de uma viagem, ela sempre comprava para Félix, seu gato birmanês, agrados daquele tipo.

E, talvez o caso mais sinistro de todos, outra passageira, uma sra. Angelica Saville havia telefonado a seu irmão em Schenectady para reclamar que o avião estaria voando em círculos havia horas em uma neblina tão densa que não se podia ver nada pelas janelas. O telefonema havia acontecido 61 horas completas depois de o 124 vir ao chão.

— Você ouviu essas coisas? — Webster Gayle perguntou a Eileen Moggs durante o costumeiro almoço dos dois no meio da semana, no café Kingman Best of the West, a pouco mais de três quilômetros da cidade, na Rodovia 93. Ele lhe mostrou a história sobre a mulher de Nova Jersey, e ela se encolheu como se aquilo lhe causasse dor física.

— Alguém traz essa história de volta a cada dez anos, mais ou menos — Moggs disse. A expressão no rosto dela era azeda, e Gayle lamentou tê-la causado. Achava o rosto dela — marcado, de feições fortes, enfático, coroado por um tufo de cabelos vermelhos como fogo baixo — uma coisa linda e incrível de olhar. — As pessoas só esperam até que todo mundo tenha esquecido a última vez que a história foi contada e, aí, raios me partam se não saem contando tudo de novo. É uma tradição picareta. Vem desde a época da Grande Inundação de Melaço de Boston.

Gayle achou que não havia ouvido direito.

— Inundação de quê?

— A Grande Inundação de Melaço de Boston, em 1919. Pare de sorrir, Web. Foi um verdadeiro desastre, e duas dúzias de pessoas morreram. Um tanque de armazenamento estourou. As pessoas se afogaram no melaço, o que deve ser um jeito bem horrível de morrer.[3]

Sentindo-se repreendido, Gayle balançou a cabeça, concordando que era um desastre mesmo. Moggs continuou defendendo o que dizia:

---

[3] Trata-se de um episódio real. Em 15 de janeiro de 1919, um imenso tanque de armazenamento de melaço da fábrica Purity Distilling Company arrebentou e espalhou o produto pelas ruas de Boston. O incidente matou 21 pessoas e feriu 150. (N.T.)

— Por várias semanas depois, os jornais publicaram histórias sobre como os mortos ainda estavam aparecendo para o trabalho. Ou os fantasmas deles. Citavam sobreviventes — colegas e parentes — que teriam dado todo tipo de detalhe corroborativo. "Sim, essa era a camisa do John", "Mary sempre sentava nessa cadeira" e por aí vai. Só que as pessoas nunca disseram essas coisas. Ou talvez uma ou duas tenham dito. Depois disso, restaram só os picaretas inventando e os malucos e pilantras colaborando. Foi só isso que aconteceu.

O xerife Gayle disse que aceitaria a palavra dela a respeito disso, como normalmente fazia com a maior parte de tudo o que escapava à própria experiência pessoal, muito limitada — o que significava dizer qualquer coisa fora dos limites do condado de Coconino. Mas não era bem verdade. Em algum nível subconsciente, ele se sentia atraído por essas histórias de estranhas aparições. Um bando de pessoas havia morrido de uma só vez, de forma repentina e traumática. Seria exagero imaginar que algumas delas poderiam voltar? Que talvez seus espíritos tivessem sido libertados tão rapidamente que eles nem mesmo haviam percebido que estavam mortos, então continuaram fazendo todas as mesmas coisas de sempre até que as notícias os alcançassem e eles desaparecessem? Era uma ideia assombrosa. Ele não a dividiu com Moggs, mas continuou revirando-a mentalmente, de novo e de novo.

No quinto dia, notícias de mortos ambulantes só tiveram um breve descanso na mídia de massa, mas era possível encontrar um zilhão delas na Internet. Com a ajuda de Connie, que era muito menos cética do que Moggs, ele saiu à procura dessas histórias e começou a compilar uma lista definitiva. Não se incomodava que nem sempre citassem fontes e que detalhes como nomes e idades mudassem de um relato para o outro. Não há fogo sem fumaça, raciocinou. E já que essa metáfora reerguia a memória horrenda e indelével do próprio desastre, parecia haver quase que uma verdade atemporal nela. Havia mais coisas no céu e na terra. As pessoas só não sabiam disso — até que algo acontecesse com elas e então passassem a saber.

Por todo esse tempo, o Departamento do Xerife do Condado esteve envolvido na investigação do desastre, mas apenas, digamos, como força facilitadora. A equipe mantivera a multidão longe dos destroços no primeiro dia e coordenara o acesso para as ambulâncias e os paramédicos. Jornalistas vinham aos montes e eram mantidos bem longe do local, exceto por Moggs, que tinha permissão para vagar por ali à vontade, desde que não fizesse alarde a respeito disso. Ninguém via esse privilégio com maus olhos: o xerife Gayle era tido em alta conta, e a maior parte de seus oficiais meio que se sentiam tomados por uma certa satisfação com a ideia de que ele estava conseguindo "favores especiais" da jornalista por isso.

Então, quando os peritos da companhia aérea, os da FAA e os da companhia de seguros apareceram, Gayle e sua gente tomaram a frente na busca pela caixa-preta, que teria sido como procurar uma agulha num palheiro se tivesse sido deixada para os forasteiros. A coisa emitia um sinal, e os localizadores eram umas bugigangas especiais, travadas naquele comprimento de onda e tão sensíveis que o usuário quase podia senti-los puxando seu braço feito um cão de caça na guia. Mas ainda era preciso conhecer a área para fazer com que o equipamento localizasse alguma coisa. Se deixasse o aparelho trabalhar por conta própria, o usuário acabaria topando com um planalto ou leito de riacho seco depois de uns poucos quilômetros, e teria que voltar. E aí já teria saído do caminho inicial e acabaria partindo em outra direção, atirando o carro em uma vala e por aí vai. Então, o Departamento do Xerife do Condado mandou quatro oficiais para trabalhar com os grupos de busca, só para ajudá-los a se deslocar sem problemas pelo terreno.

Também estavam oficialmente encarregados do que ia e vinha, laboriosamente preenchiam formulários e registravam a remoção de evidências físicas. Não era um trabalho policial glamoroso — muito pouco do que caía na jurisdição de Gayle poderia ser chamado assim —, mas mantinha o acidente aéreo na vanguarda de sua mente e o colocava em contato diário com as pessoas que realmente estavam investigando o caso.

Ele aproveitava a oportunidade para mencionar os avistamentos de mortos ambulantes com qualquer pessoa que parecesse considerar o assunto divertido ou mórbido, e de uma forma ou de outra todos achavam que eram mentira. Uma das funcionárias do FAA, no entanto, fora mais receptiva à ideia. Era uma mulher alta e agitada chamada Sandra Lestrier e membro de uma igreja espiritualista. Isso não a tornava crédula, como ela fazia questão de explicar: espiritualista não era outra palavra para trouxa, significava alguém que acreditava e mantinha contato com outra dimensão da infinita pluralidade que era a vida. Mas ela tinha uma teoria sobre fantasmas e, ainda que relutasse no começo, acabou consentindo em dividi-la com Gayle.

Com sua altura impressionante e a aparência rude e bonita sem esforço, ele sempre exercera certo encanto sobre as moças. Mas nunca abusava disso: agora, aos 50 anos, com o cabelo ficando prateado, mas ainda farto como sempre, seu charme se metamorfoseara — para sua dor — no ar de um tio amigável e seguro. As mulheres gostavam de falar com ele. Mas só Moggs parecia disposta a levar a conversa para a cama.

— Os fantasmas são as feridas do mundo — Sandra Lestrier disse a Gayle. — Vemos o mundo como uma coisa grande e física, mas essa é só uma pequena parte do que ele é. O mundo está vivo — é assim que ele consegue gerar vida. E, se algo assim tão grande está vivo, era de se esperar que tivesse uma alma enorme também, né? Quando o mundo sangra, o que ele sangra é espírito. E é isso que os fantasmas são.

Gayle ficou abalado. A religião nunca fora algo importante em sua família, mas ele tinha consciência dela e sabia que vinha em três sabores: normal, que era tranquilo; judaico, que era tranquilo também, porque o Senhor aparecera para os judeus e dera a eles um sinal de aprovação; e muçulmano, que era a maçã ruim. Ele nunca percebera, até o momento, que poderia haver progresso na religião tanto quanto em todo o resto, como modas que vêm e vão.

Pediu à srta. Lestrier que lhe contasse mais sobre as feridas do mundo, mas a explicação aprofundada acabou sendo um tanto confusa e desinteressante. Tinha algo a ver com a persistência da vida no vale da morte e com vários tipos diferentes de almas humanas que possuíam o nome e lugar numa hierarquia. Quanto mais técnica a coisa ficava, mais Gayle se desinteressava. No fim, preferiu ficar com pouco mais que aquela metáfora. Mas ele gostava mesmo era da metáfora.

A situação estava ficando meio louca naquele momento: a caixa-preta do Voo 124 ainda não fora encontrada, e isso estava se tornando um tanto embaraçoso para os federais. O sinal começara a falhar, aparentemente, e agora estava difícil para eles fixá-lo em algum ponto, ainda que tivessem trazido algum tipo de satélite espião para coordenar a busca. Os caras da FAA no campo estavam ansiosos para transferir parte da culpa ao apoio inadequado do Departamento do Xerife, e Gayle trocara palavras ásperas com um dos bambambãs deles, que viera até o escritório fazer exigências.

A coisa estava ficando feia — e chegando a um nível político. Gayle odiava política e queria que a caixa fosse encontrada antes que alguém do escritório do governador se envolvesse. Começou a conduzir a busca pessoalmente, o que gerou o benefício acidental de, às vezes, pegar uma carona com a srta. Lestrier e ouvir um pouco mais sobre a religião moderna dela.

Contudo, estava sozinho quando encontrou as pessoas pálidas. Seguia a linha de um leito largo e seco de rio com dezenas de tributários — um solo extremamente acidentado já examinado pelos federais. Era o final da tarde, mas ainda estava quente, o tipo de dia sem nuvens em que as sombras são tão negras quanto nanquim derramado e o sol fica bem no meio do céu, próximo, feito um pedaço de fruta que alguém poderia, esticando a mão, quase tocar. Gayle ficou dentro do carro com ar-condicionado tanto tempo quanto pôde, mas precisava sair e descer até o canal sempre que os barrancos eram altos o suficiente para escondê-lo. Não que houvesse algum fluxo no canal nessa época do ano: só algumas poças aqui e ali no leito do riacho, cada uma rodeada por um punhado de lagartos, como uma guarda de honra.

Não havia ninguém mais à vista. Ninguém teria mesmo razão para ir até ali no calor do dia. Gayle havia saído do carro meia dúzia de vezes para caminhar até o fundo do leito, chutar algumas pedras de lado para provar que estivera lá e depois subir novamente.

Então, em dado momento, ele foi se arrastando e escorregando barranco abaixo e deu de encontro abruptamente face a face com dois completos estranhos. Não estavam se escondendo nem nada, não saltaram para fora de esconderijos. Foi mais como se ele estivesse perdido nos próprios pensamentos, e, da primeira vez que registrou a presença deles, os dois já estavam ali, bem à sua frente, debaixo de seu nariz, encarando-o.

Um homem e uma mulher. Ambos jovens — talvez com seus 20 e poucos —, altos e esbeltos de uma forma que sugeria muito tempo passado numa academia ou pista de corrida. Tinham pele incrivelmente pálida, quase como a dos albinos, mas o homem revelava áreas vermelho-escuras no topo das maçãs do rosto, nas quais ele obviamente pegara sol demais. Ambos tinham cabelos absolutamente negros, os do homem longos e soltos, os da mulher presos atrás da cabeça em um eficiente coque do tamanho de um punho fechado. Os olhos dos dois pareciam negros também, embora provavelmente fossem apenas castanho-escuros.

Mas o que Gayle notou antes e mais do que tudo foi a simetria: camisas idênticas cor de areia, calças bege, sapatos bege, como se estivessem tentando se misturar ao deserto à sua volta; expressões idênticas em rostos idênticos, como se ele olhasse para a mesma pessoa duplicada, ainda que eles tivessem sexos diferentes e não fossem realmente parecidos. Ele pensou na luneta de brinquedo que tivera quando criança e em como na verdade cada imagem era composta por duas imagens em lados opostos do cano. Era essa a impressão — e, por um segundo, quase teve medo de falar com eles, caso respondessem num uníssono sinistro.

Mas não fizeram isso. Em resposta a seu demorado "Tarde", a mulher meneou a cabeça enquanto o cara respondeu com estranha formalidade: "Bom dia para você". Então, ambos voltaram a encará-lo: nenhum dos dois havia se movido um centímetro.

— Estou procurando a caixa-preta do avião que caiu — Gayle explicou, desnecessariamente. — É assim, quadrada. — Ele gesticulou usando as mãos, o que, é claro, fez com que saíssem do cinto, onde sua pistola semiautomática FN Five-seven, fornecida pelo departamento, repousava no velho coldre de couro. Percebeu isso um momento depois; voltou a baixar as mãos, desajeitadamente, e ainda assim nenhum dos estranhos se moveu. Gayle não conseguia entender por que se sentia mal tão facilmente.

— Não vimos nada parecido com isso aqui — o homem respondeu. A voz dele era profunda e tinha um quê de estranho que Gayle não conseguiu identificar de jeito nenhum. Não é que ele soasse como um estrangeiro, embora soasse um pouco, sim. Era o ritmo das palavras, que parecia meio cantado, como o de alguém que lê em voz alta: ligeiramente mais baixo que a fala normal, com um peso desnecessário em um comentário casual como aquele. O homem também colocou uma leve, porém perceptível ênfase na palavra *aqui*, à qual Gayle se agarrou e considerou estranha.

— Bom, eu aceito qualquer pista que aparecer — ele respondeu. — Viram algum sinal dessa caixa em algum outro lugar?

O homem franziu o cenho, parecendo momentaneamente perturbado ou irritado, então contrapôs uma pergunta:

— Por que está procurando por ela? É importante?

— Talvez seja, sim. Ela tem toda a informação sobre como o avião caiu. Tem muita gente procurando essa coisa por todo lado.

A mulher meneou a cabeça. O cara nem mesmo reagiu.

— Bom, fiquem de olho vivo, de qualquer jeito — disse Gayle, só para ocupar o silêncio.

— Vamos nos empenhar em fazer isso — a mulher prometeu. Novamente, assim como com o parceiro, havia aquele comedimento e aquele peso, como se as palavras tivessem sido escritas para ela dizer. E novamente o sotaque era impossível de identificar, mas definitivamente não era local. Gayle, para quem *local* era a medida de todas as coisas benignas, experimentou essa estranheza com um ligeiro desconforto.

O homem jovem ergueu a mão para esfregar o olho, como se houvesse um grão de poeira nele. Quando voltou a baixar a mão, havia uma mancha vermelha sobre sua face, bem debaixo do olho. Isso deixou Gayle um tanto chocado. Esquecendo as boas maneiras, ele apontou com o dedo.

— Tem uma coisa aí — disse futilmente —, bem aí, na sua bochecha.

— Meu choro é meu testemunho — o homem disse. Ou, pelo menos, foi assim que soou.

— É o quê? — Gayle perguntou. — Parece que você... Você se machucou ou algo assim? Parece que está sangrando.

— Talvez você possa procurar lá — a mulher interrompeu, ignorando a solicitude de Gayle. — Na base do penhasco. Se a caixa tivesse caído lá, teria deslizado até as moitas na base do barranco. Estaria fora das vistas a não ser que você se aproximasse muito dela.

Agora, o ritmo comedido soava como o de um advogado no tribunal, a mulher escolhia as palavras de modo a se desviar de um assunto incômodo. Gayle se perguntou se aqueles dois saberiam de algo que não estavam dizendo. Não havia nenhum pretexto para detê-los, contudo, e algo a respeito deles ainda lhe causava um formigamento na nuca. Ele só queria que esse encontro acabasse, e estava prestes a despedir-se com um aceno e um muito obrigado, e então ir embora.

Mas os estranhos se moveram primeiro, ambos ao mesmo tempo, e sem que parecesse haver qualquer sinal entre eles. Por mais lentamente que falassem, quando se moveram foi como se deslizassem depressa numa superfície inclinada. Alcançaram Gayle em meio segundo, separando-se para passar um de cada lado dele. Trôpego e embaraçosamente lento, ele se virou para observá-los partir. Viu-os ultrapassar seu carro e seguir até a estrada, devagar e suavemente, marchando um no ritmo do outro, como soldados.

A construção mais próxima — um posto de gasolina — devia ficar a uns oito quilômetros além, na estrada, e era uma caminhada que ninguém escolheria fazer no meio do dia. Ainda assim, parecia ser o que os estranhos pretendiam fazer. Fora assim que haviam chegado ali? Simplesmente andando a partir de lugar nenhum? Como poderiam ter feito isso sem que suas mãos e o rosto ficassem destruídos de tanto sol?

Gayle abriu a boca para chamá-los. Uma pessoa poderia morrer de insolação só por ir até ali daquele jeito, sem um chapéu. Mas as palavras meio que morreram no caminho entre o cérebro e a boca dele. Observou as duas figuras galgarem uma subida leve e caminharem para fora de sua vista.

Com esforço, Gayle mandou a mente de volta à tarefa que tinha em mãos.

A curta extensão do riacho seco estava vazia, também, mas ele viu claros sinais de que aqueles dois excêntricos haviam andado um pouco por ali: pegadas e marcas de pés que se arrastaram na areia e na terra mais escura do leito do riacho, um pouco de vegetação que havia sido arrancada quando passaram através dela. Eles pareciam ter feito exatamente o que ele estava fazendo: desceram a partir da estrada, andaram até onde podiam ao longo do barranco próximo, depois pararam e deram meia-volta ao chegar a uma vala que não puderam cruzar.

Podia ter sido apenas uma caminhada vespertina. Compra ou venda de drogas. Pagamento por algum favor político. Encontro sexual. Não, o último, não. Havia algo naqueles dois que fazia Gayle acreditar que fossem parentes — parentes muito próximos —, e sua imaginação se rebelou contra a visão de onanismo ao ar livre que surgiu em sua mente. Ele a afastou da vista e tentou esquecer a dupla sinistra. Não haviam feito nada de realmente estranho, haviam sido extremamente educados e prestativos, na verdade, e não tinham obrigação nenhuma de explicar à lei o que estavam fazendo ali, seguindo um riacho seco num dia quente.

Ele escalou o barranco, abruptamente consciente de que estava suando feito um porco. Enquanto caminhava de volta ao carro, pôde ouvir a voz de Connie murmurando no radiofone, pedindo que ele atendesse se estivesse ali.

Apanhou o aparelho através da janela aberta e apertou o botão para falar.

— Estou aqui, Connie — disse. — Perto do Highwash, a uns cinco quilômetros da 66. Estava pronto para voltar para a estrada. Precisa de mim?

— Oi, Web — Connie respondeu, com a voz encoberta pelo estalido das altas rochas do local. — Pode voltar para cá. Já terminamos com a história da caixa-preta.

Gayle engoliu a informação com certa resignação sombria. Havia dedicado muitas horas a essa tarefa.

— Tá bom — disse. — Onde ela foi encontrada?

— Não foi.

— Quê? — Gayle enfiou a cabeça pela janela do carro para se isolar do som do vento, que surgira com força bem no momento errado. — O que você disse?

— Ninguém encontrou a caixa-preta. Ela simplesmente parou de transmitir o sinal, e os caras desistiram de achá-la. Mas aquela mulher da FAA com quem você está sempre conversando disse que eles já conseguiram tudo de que precisavam nos destroços. Armaram toda essa porcaria de circo para depois terminar assim. Ela pediu para dizer tchau para você. Câmbio e desligo.

Gayle jogou o telefone de volta a seu lugar, sentindo-se mais perplexo do que prejudicado — apesar de precisar admitir que estava muito magoado, lá no fundo. Simplesmente desistir? Um segundo atrás a busca era crucial, agora ninguém mais dava a mínima?

Gayle era um homem teimoso, e a situação não o agradava. E aquilo não acabaria até ele dizer que acabara.

CAPÍTULO 9

Um benefício extra de ser um policial era que se podia ignorar os pedágios urbanos, as restrições de estacionamento no centro de Londres e o limite de velocidade. Kennedy dirigiu de volta a Londres pela estrada A23 com a janela aberta — não acelerando feito um piloto de Fórmula 1, mas rápido o suficiente para resfriar sua mente agora hiperaquecida.

Três historiadores mortos na mesma conferência. Nas palavras de Oscar Wilde, isso parecia estar consideravelmente acima da média apropriada que as estatísticas estabeleceram para nos guiar. Ainda poderia não significar nada, provavelmente *não era* nada. Mesmo agora, uma coincidência ultrajante parecia ser mais possível do que um assassino implacavelmente eficiente, perseguindo e abatendo pessoas que tinham opiniões fortes sobre o tal Códice do Rum e seitas cristãs já extintas.

Mas a morte de Stuart Barlow não havia sido acidente. Isso era óbvio, tanto pela autópsia quanto pelas evidências físicas. A opinião de Kennedy a respeito de autópsias era confusa: às vezes, elas tinham mais a ver com política do que com fatos, e a política é a arte do possível. Com a evidência física, ela confiava em seus instintos — e lamentava o tempo todo o fato de que ninguém havia se incomodado em chamar uma equipe de peritos na noite em que Barlow havia descido e subido e descido de novo aquela escada feito um ioiô. Se tivessem feito isso, ela agora poderia estar de posse de DNA, fibras, impressões digitais e uma grande quantidade de informações úteis, em vez de estar tateando no escuro em busca de um caminho.

Talvez em algum nível ela também desejasse que um caso como esse não tivesse surgido agora. Ela estivera vivendo num tipo de animação suspensa desde a noite em que Marcus Dell fora baleado. Ou melhor, desde a noite em que ela disparara a bala que derrubara Dell. Era importante acertar a gramática da frase. Heather, sujeito ativo, como em *Heather puxou o gatilho*. Dell, objeto passivo, como em *a bala acertou Dell no coração e rasgou o peito dele de um lado ao outro*.

Quando um policial pedia uma licença da ARU, ele passava por testes numa tonelada de quesitos, e estabilidade mental era um deles.

Simplesmente o chamavam por uma série de nomes diferentes, como habilidade para lidar com estresse, inteligência emocional, índice de controle do pânico, aumento de integração psicológica e por aí vai. Tudo se resumia a uma questão: você perderia o controle se tivesse que atirar em alguém ou se alguém estivesse atirando em você?

E a resposta, para dizer de forma clara, era que ninguém sabia. Kennedy tivera a pontuação máxima em todas essas escalas. Ela também já sacara a arma em três ocasiões e disparara em duas. Num caso, trocara tiros com um suspeito armado — um assaltante de banco chamado Ed Styler que ela derrubara com uma bala no ombro. Ela sobrevivera a tudo isso muito bem e nunca perdera uma noite de sono por causa disso.

Dell fora diferente. E sabia bem o porquê, mas ainda não queria encarar o fato. Era uma caixa de Pandora que, uma vez aberta, talvez se mostrasse impossível de afastar novamente. Então, ela prosseguia sem uma arma; aliviada, na verdade, por não ter uma no momento, até que aquela bagunça toda se resolvesse. O problema, contudo — o problema *maior*, que fazia todo o processo jurídico encolher até virar uma coisa que parecia estar muito distante, visível só por um telescópio — era que ela poderia ter perdido algo mais junto com a arma e o direito de carregá-la: a firme fé que tivera em seu próprio julgamento, que fora o que tornara possível carregar uma arma.

Encontrou Harper na cantina e tirou-o de lá, levando-o diretamente para uma das salas de interrogatório. De jeito nenhum ela teria essa conversa com mais alguém da divisão à escuta. Fechou a porta e apoiou-se contra ela. Harper sentou-se à mesa, ainda com metade de um sanduíche de frango na mão direita e uma lata de Fanta na esquerda. Eram 4 horas da tarde, e ele finalmente conseguira parar para almoçar. Pela cara do parceiro, Kennedy conseguia ver como estava feliz com o andamento do caso. A sala cheirava a mijo e mofo, mas ele não parecia se importar.

— Comece pelo começo — ela disse.

Harper, com as mandíbulas trabalhando, lançou-lhe um meneio de cabeça irônico, mas não disse nada. Kennedy teve que esperar, com toda a paciência que conseguiu arranjar, até ele engolir o que estava mastigando e tomar um gole de refrigerante para ajudar a descer.

— Consegui a lista e comecei a dar os telefonemas — ele disse, finalmente. — Não descobri nada sobre o perseguidor. Ninguém mais o viu. Ninguém nem mesmo se lembrou de o Barlow ter falado sobre ele.

— Fale das mortes — Kennedy disse bruscamente.

— Bom, é aí que a coisa fica interessante. Catherine Hurt e Samir Devani. Os dois estiveram na conferência de história e ambos morreram depois disso. Incrível, né? E sabe o que é ainda melhor? A Hurt morreu na mesma noite em que o Barlow. O Devani, no dia seguinte.

Kennedy não disse nada enquanto ponderava sobre aquele intervalo. Era uma margem bem apertada, qualquer um reconheceria. Do nada, ela se lembrou de uma ou duas falas pinçadas de *Hamlet*: alguém perguntando à Morte qual era o grande evento no mundo além-túmulo que fizera com que ela levasse tantos príncipes na mesma noite.

— Como eles morreram? — perguntou.

— Acidentes em ambos os casos. Ou foram *registrados* como acidentes. Mas a morte do Barlow também foi, né? — Harper ergueu a mão esquerda e foi batendo o dedo indicador na mesa enquanto recitava a breve ladainha: — Catherine Hurt, atropelamento. Devani, choque elétrico de um computador mal instalado.

— Você pegou os arquivos?

— Só existe um arquivo para a Hurt. Está na minha mesa, mas, falando sério, não tem nada nele. Nem testemunhas, nem registro por câmeras de circuito interno, nem nada.

Para Kennedy, isso foi como um soco na cara. Ela ouvira num documentário de TV que o Reino Unido tinha 20% de todas as câmeras de circuito interno do mundo, mas era um triste fato da rotina policial do século XXI que essas câmeras nunca estavam onde eram mais necessárias.

— Só tem esses dois? — ela perguntou a Harper. — Ou você ainda está trabalhando na lista?

— Cobri cerca de dois terços dela. Mas ainda estou esperando que um monte de gente me ligue de volta. Então, falei com pouco menos da metade das pessoas. Antes que você pergunte, estive tentando encontrar uma ligação entre as três vítimas, mas não descobri nada até aqui. Bom, tirando a convenção em si. Eles nem eram todos historiadores. O Devani era o mais diferente — era conferencista de idiomas modernos num centro comunitário em Bradford. A Hurt era professora assistente em Leicester De Montfort. O nome deles não aparecem juntos em lugar nenhum se você os digitar num mecanismo de busca.

Kennedy ficou surpresa com isso. Por experiência, sabia que, se digitasse qualquer coleção aleatória de nomes no Google, automaticamente receberia um milhão de resultados. Talvez a ausência de uma conexão fosse, por si só, suspeita e anômala.

— Tudo bem para você continuar trabalhando na lista? — ela perguntou a Harper.

O desapontamento ficou evidente no rosto dele.

— Temos duas novas vítimas — apontou. — Não deveríamos sair e fazer trabalho de campo?

— *Possíveis* vítimas. E os casos já são tão velhos quanto o do Barlow. Amanhã vamos sair e fazer um reconhecimento. Primeiro, vamos nos certificar de que não há mais ninguém.

— E você vai ficar fazendo o quê? — Harper quis saber, com um tom de suspeita na voz.

— Vou voltar para o Prince Regent's e dar outra olhada no escritório do Barlow. A casa dele foi invadida um tempo atrás. Estou pensando se alguém pode ter invadido o escritório dele na universidade e mexido nas coisas lá também.

— O que isso provaria?

Kennedy estava agindo por instinto — a sensação indefinível de que deixara passar algo da primeira vez que estivera naquele lugar —, mas não queria dizer isso: era difícil demais de defender.

— Para começar — disse então —, provaria que havia mesmo um perseguidor. E poderia nos dar uma pista sobre o motivo dele. Velhos artefatos, manuscritos, alguma coisa assim. Contrabandeá-los, forjá-los, roubá-los. Não sei. O Barlow achava que alguém o estava seguindo e talvez pensasse que sabia por quê. Posso perguntar sobre essas duas outras pessoas ao mesmo tempo, ver se alguém no Prince Regent's sabe de alguma conexão entre elas e Barlow. — Ela fez uma pausa. — Faz mais uma coisa por mim?

— Ah, qualquer coisa. Vou estar aqui mesmo, sentado, com todo o tempo do mundo nas mãos.

— Ligue para um hotel. O Pride Court, na zona oeste. Em algum lugar perto de Bloomsbury. Peça as informações de contato de alguém que se hospedou lá recentemente. Michael Brand.

— Tá, ok. Quem é ele?

— Ele fazia parte de um tipo de clube on-line ao qual Barlow também pertencia. Eles se chamam de os Ravellers. Na verdade, seria ótimo se você pudesse conseguir uma lista dos membros dele em algum lugar. Se algum dos outros dois mortos estiver no mesmo grupo, podemos estar no caminho certo.

Harper a fez soletrar o nome antes de ir embora.

— Quando você vai dar notícias para o Summerhill? — perguntou ele enquanto os dois andavam pelo corredor.

— Quando soubermos o que temos de verdade. Ainda não. O chefe jogou essa bomba para nós porque não quer ter nada a ver com ela. Quando a levarmos de volta, a primeira coisa que ele vai pensar é que estamos tentando enganá-lo. Precisamos montar um caso de verdade.

— Três historiadores mortos não são um caso?

— Serão, se tiverem sido assassinados. Ainda não sabemos disso.

— Ah, eles foram assassinados, sim. — Harper soou quase feliz. — Me dê os parabéns, Kennedy.

— Pelo quê?

— Esse é o meu primeiro caso na divisão. Já estou lidando com um assassino serial no meu primeiro caso.

Kennedy não compartilhava do entusiasmo dele. Aquele padrão de supostos acidentes ainda a perturbava um bocado. Um assassino trabalhando com toda uma lista? Improvável. Improvável mesmo. Ele precisaria ser muito sortudo, ou então ter feito um trabalho de reconhecimento imaculado, para matar três pessoas em dois dias e escapar sem deixar rastros. Assassinos seriais eram frequentemente obsessivos, e muito bons em encontrar vítimas que suprissem as necessidades de sua psicose particular, mas na maior parte das vezes tratavam cada assassinato como um projeto separado. E os *spree killers*[4] simplesmente explodiam num horário e lugar de sua própria escolha. Se ela e Harper estivessem lidando com um assassino, era alguém que não parecia cair em nenhuma dessas categorias.

Ela parou no corredor a algumas esquinas de distância da cova dos leões, para poupar a reputação de Harper, e virou-se para encará-lo. Ele olhava para ela, cheio de expectativa. Fez um gesto com a mão aberta, convocando-a a passar.

---

[4] Podendo ser chamados também de assassinos em massa, *spree killers* são assassinos em série cujos crimes ocorrem num período muito curto e não têm um padrão distinto. (N.T.)

— Beleza. Parabéns, Harper.

— Diga do jeito certo.

Ela socou o ombro dele.

— É isso aí, Chris. Você é foda. O primeiro de muitos, cara.

— Obrigado. Isso me compensa por passar o dia todo ao telefone.

— Amanhã vai ser diferente.

Ela se lembrou da promessa depois e se perguntou se ele acreditara nela.

CAPÍTULO 10

Solomon Kuutma era um mistério até para si mesmo. Um homem que reverenciava a honestidade e a transparência, ele se movia em segredo e escondia as verdades mais profundas nos poços mais profundos: via toda vida como sagrada, mas matava sem remorso e mandava que outros matassem também.

Se algo em sua vida o perturbava, era a ideia de que essas contradições, vistas do exterior, talvez parecessem mera hipocrisia. Outros homens poderiam não se incomodar em refletir sobre os paradoxos até chegarem à simples verdade no âmago deles. Poderiam julgá-lo, e julgá-lo injustamente, e, embora esse julgamento dos homens pesasse tanto quanto uma pluma (e o das mulheres, infinitamente menos), a injustiça — puramente hipotética — era enfadonha para ele.

Havia pensado, portanto, em escrever suas memórias, para que fossem entregues ao mundo após sua morte. Todos os nomes, todos os detalhes circunstanciais seriam removidos, mas o fato central de que um bom homem dobrara sua consciência até conseguir passá-la pelo buraco de uma agulha seria claramente explicado, e assim seria compreendido por aqueles que lessem com olhos, mente e coração abertos.

Obviamente, isso era loucura. As memórias nunca seriam escritas, a explicação, nunca oferecida. Ainda que sem nomes, a verdade ficaria aparente, e seu trabalho de tantos anos seria privado de significado com um só golpe. Seus mestres ficariam horrorizados ao saber que Kuutma havia acalentado uma ideia louca como essa por um único segundo. Poderiam até convocá-lo de volta para casa — uma convocação sem honra e, por isso, insuportável: a mais intensa alegria transformada na dor mais cortante.

Ainda assim, Kuutma compunha, na privacidade de sua mente, uma explicação para seus atos. Recitava-a para si mesmo, não como uma prece, mas como uma forma de profilaxia — uma proteção contra o mal, porque um homem responsável pelas coisas que Kuutma fizera corria o risco de decair para o mal sem nem mesmo perceber. Sentado no terraço superior de um café em Montmartre, com Paris espalhada lascivamente abaixo dele como uma amante submissa, ele considerou a situação que surgira por causa das ações de Leo Tillman, e explicou, para ninguém mais além de si mesmo e talvez Deus, o que pretendia fazer para resolver tal situação.

Minha maior habilidade, pensou, *meu maior dom, é o amor. Você não pode derrotar um inimigo sem conhecê-lo, e não pode conhecê-lo sem amá-lo, sem deixar que sua mente trabalhe em silenciosa simpatia com a dele. Uma vez que essa tarefa hercúlea seja cumprida, você estará sempre à frente dele, e sem esforço, capaz de armar uma emboscada em todos os caminhos da vida dele.*

Mas Kuutma não conseguia amar Tillman. E talvez fosse por isso que esse homem ainda estivesse vivo.

Kuutma estivera seguindo o ex-mercenário desde a Turquia, tentando decidir qual abordagem seria apropriada, agora que Tillman havia assassinado Kiril Kartoyev e, presumivelmente, antes disso, havia falado com ele.

Era um problema dinâmico, gerado em quatro dimensões enquanto Tillman se deslocava pela face do continente. Tillman movia-se muito rapidamente, mas isso, por si só, não era uma fonte de dificuldades. Muito mais problemático era o fato de que ele se movia de forma deliberadamente desorganizada, tornando a caçada complicada e exigindo que Kuutma retirasse suas equipes de campo e as reorganizasse muitas e muitas vezes. Tillman alugava um táxi, mas saía caminhando. Comprava uma passagem de trem, depois roubava um carro. E, como se ele soubesse do desastre americano, o que nesse ponto parecia impossível, ele nunca, nunca pegava aviões.

Tillman ficara em Erzurum por apenas algumas horas, não por tempo suficiente para que Kuutman mandasse uma equipe para cercá-lo lá. Nem mesmo suficiente, de fato, para ele ter mudado de roupa, feito a barba e talvez entrado em contato com quaisquer redes que usasse para descobrir se havia quaisquer efeitos secundários da invasão à casa de Kartoyev em Inguchétia que pudessem afetá-lo pessoalmente.

A morte de Kartoyev era inconveniente para Kuutma. O russo não passava de apenas um fornecedor, e tinha uma vileza indigna sequer de ser tocada, pois as coisas que ele fornecia serviam aos impulsos mais baixos do homem. Ainda assim, fora eficiente e útil, e aprendera muito tempo atrás a aceitar o lugar que lhe fora designado no esquema das coisas. Kartoyev não fazia perguntas. Ele providenciava itens difíceis de forma rápida e sem deixar rastros. E mantinha sua cobiça dentro de limites aceitáveis.

Agora, um novo Kartoyev precisaria ser encontrado, e isso era culpa de Tillman. Ou talvez a culpa coubesse ao próprio Kuutma, por não ter se dedicado mais cedo aos problemas únicos que esse homem representava.

Eu hesitei em matá-lo porque queria ter certeza, além de qualquer dúvida, de que você precisava ser morto: que não havia possibilidade de meu julgamento estar corrompido. Não foi covardia, mas escrúpulo. E isso não me rebaixa.

Ainda assim, em Erzurum, Kuutma hesitara mais uma vez. Mesmo que seus piores pressentimentos se realizassem, havia tempo; tempo para deslocar-se gentilmente em direção àquela síntese de perspectivas que era o coração de seu mistério. Tempo para entender tudo, e para perdoar tudo, e então agir.

De Erzurum, Tillman voltara para Bucareste, provavelmente passando por Ankara. Muito provavelmente ele tomara um trem, ou talvez vários, voltando pelas montanhas ao norte de Bursa a pé. Havia um lugar ali onde duas linhas secundárias passavam a cerca de 11 quilômetros uma da outra, antes de mudarem bruscamente para o norte e para o oeste. O tráfego na linha do oeste era, na maior parte, de cargas: teria sido relativamente fácil para Tillman saltar a bordo de um trem ao passar por uma curva gradual e então viajar clandestinamente, ou forçar a porta de um vagão e ser carregado por mais de 480 quilômetros sacolejantes, cruzando duas fronteiras mal vigiadas, até a capital da Romênia.

Em Bucareste, no entanto, ele usara seu novo passaporte — um dos muitos, mas um que ele já usara antes e que podia ser rastreado — para alugar um quarto no Calea Victoriei Hotel. Kuutma pesara suas opções com fina perspicácia. Ainda não ficara claro quanto Tillman sabia, nem quais eram seus objetivos, e, nessas raras e ambíguas circunstâncias, o credo dos Mensageiros tinha dupla face. *Não faça nada que não seja autorizado. Faça tudo o que for necessário.*

O assassinato de Kartoyev, Kuutma raciocinou, fizera com que Tillman cruzasse aquela linha invisível e oscilante e fosse parar na segunda daquelas categorias. Ele deveria ser removido, e, idealmente, ser interrogado antes. Kuutma cuidaria pessoalmente do interrogatório. Contatara Mensageiros locais, e uma equipe de quatro pessoas fora despachada para o Calea Victoriei para deter Tillman tempo suficiente para que o próprio Kuutma chegasse e assumisse o controle.

Mas, embora Tillman tivesse se registrado no hotel e feito o pagamento adiantado por três noites, esse parecia ser mais um dos becos sem saída que ele gostava de criar aonde quer que fosse. Quando os Mensageiros entraram, foi para encontrar a cama vazia e o quarto intocado, exceto por um bilhete que, no devido momento, chegou até Kuutma.

O bilhete dizia: *A faca tem dois gumes*.

Kuutma teve certeza de que a mensagem não se referia diretamente a ele, embora parecesse ter sido deixada para ele. Tillman não poderia saber o nome dele. Apenas uma pessoa com quem Tillman já havia se encontrado poderia ter sabido o nome dele, e aquela pessoa estava segura, sem a menor sombra de dúvida. Não, o bilhete era um insulto — e, portanto, um gesto juvenil e equivocado da parte de Tillman. Ele pretendia dizer apenas que Kuutma, bem como os poderes que ele representava, não poderiam fazer nada contra ele sem se revelar e tornar a busca de Tillman mais fácil.

Ele aprenderia que aquela faca não tinha dois gumes: era somente na última e menor era da história humana, quando o irrelevante era santificado, que as lâminas eram feitas cortantes de ambos os lados.

De Bucareste Tillman fora para Munique e de Munique a Paris, de formas complicadas e paranoicas — entre elas, o carro roubado. Ou ele evitava completamente paradas em alfândegas ou apresentava um passaporte falso que as fontes de Kuutma ainda não haviam vinculado a ele. Não havia registros oficiais da jornada dele, nenhuma pegada para seguir, não mais do que haveria se o próprio Kuutma tivesse feito a mesma peregrinação.

Em Paris, uma equipe já havia sido montada, pois Kuutma, a essa hora, tinha mais do que um pressentimento de para onde sua presa estava indo. Os três Mensageiros ali — escolhidos e designados por Kuutma com a devida consideração pela natureza da tarefa e do alvo — pegaram o rastro de Tillman na Boulevard du Montparnasse e moveram-se rapidamente. Presumiram que ele estava se dirigindo para a estação de metrô, e já haviam decidido matá-lo ali. Em vez disso, Tillman entrara no estacionamento subterrâneo da Torre Maine. Mas, quando a equipe se aproximou para eliminá-lo, ele havia desaparecido. Uma busca completa na área não revelou nenhum traço dele.

Nesse ponto, a equipe cometeu uma enorme quebra de protocolo. Sob as ordens de seu líder, eles se dispersaram, como era correto e apropriado, e voltaram para seus esconderijos usando caminhos diferentes. Mas falharam em usar o sistema de verificar, reverter e verificar novamente, proposto por Kuutma para garantir que ninguém fosse seguido.

Quando o esconderijo em Paris foi deixado sem ninguém novamente, ele foi revistado. Tillman voltou o veneno de Kuutma contra ele com certa elegância. Felizmente, eles não mantinham nenhum tipo de documento no esconderijo. De que documentos os Mensageiros precisavam? Tillman escapou, mas escapou de mãos vazias.

Kuutma sentiu que estava aprendendo com tais insucessos. Tillman fora mercenário por nove anos e a maior parte de sua experiência vinha de combates em ambiente urbano. Ele ficava confortável em cidades, sabia como se tornar invisível na multidão e enxergava rotas de fuga onde outras pessoas viam apenas becos sem saída. Claramente, da próxima vez que tentassem jogar a rede sobre ele, deveria ser num lugar onde tais habilidades se mostrassem inúteis.

Magas. Erzurum. Bucareste. Munique. Paris. A tendência de Tillman a seguir caminho para o oeste estava marcada e inequívoca agora, e parecia inevitável que terminasse no lugar aonde era menos conveniente deixá-lo chegar. Kuutma podia ser paranoico, também. Usou todos os recursos de que dispunha — não muitos, mas certamente adequados — para vigiar as principais estações que saíam de Paris em direção ao norte e os portos de balsa saindo de Quimper para Hoek van Holland.

Enquanto isso, ele revisava o que sabia sobre o homem que se tornara a irritação mais fascinante de sua existência nada serena. O mais interessante para Kuutma, sem dúvida, era o período da vida de Tillman que começava com o dia em que ele voltara do trabalho e dera com sua família desaparecida e a casa, fria e vazia.

O ex-mercenário poderia facilmente ter voltado a ser o que era antes — um homem adormecido, tornado dócil primeiramente por seu próprio ócio e, depois, por um apático contentamento. Poderia ter encontrado outra mulher e sido igualmente feliz com ela, já que, certamente, para um homem sério, todas as mulheres eram parecidas. Mas ele não fizera nada disso. Seguira uma direção inteiramente diferente e adquirira um novo conjunto de habilidades. Visto de dentro do contexto, constituía uma resposta extrema, mas não surpreendente, para o luto e a perda: tornar-se um soldado, um homem que matava sem sentimento humano, já que nada em sua própria vida parecia requerer o exercício de tal sentimento. Uma resposta extrema, sim.

Mas agora, em retrospecto, era possível ler a mesma decisão com outros olhos.

Doze anos atuando como soldado, primeiro no exército regular e depois como mercenário. Pela primeira vez, Tillman parecera completamente absorto, completamente comprometido. Fora promovido a cabo, depois a sargento. Um posto comissionado lhe fora oferecido, mas então ele já estava usando o uniforme de um mercenário, e postos, numa organização como essa, eram na melhor das hipóteses coisas vagamente definidas. Tillman escolheu continuar como sargento para permanecer no trabalho de campo, e seus contratantes ficaram felizes em deixá-lo ali porque, no campo, ele era notável. Os soldados que serviam com ele ofereceram-lhe uma adoração taciturna e o nome de Ciclone — um tributo à sua habilidade de passar por onde quer que fosse necessário sem um arranhão e mantendo miraculosamente ilesos quaisquer outros que estivessem sob sua responsabilidade.

Tillman parecia ter encontrado um novo foco, uma nova família. Mas Kuutma, revendo a evidência agora, suspeitava de que isso sempre fora uma ilusão. Ele não tinha interesse em adquirir uma nova família. Seu propósito ainda era encontrar aquela que havia perdido. Ao longo daqueles anos, estivera se equipando para uma tarefa específica. Arregimentava um conjunto de habilidades que seriam suprema e meticulosamente apropriadas quando ele deixasse de ser soldado e se lançasse — subitamente e sem aviso — à sua busca atual.

Kuutma lembrou-se de uma conversa com inquietante nitidez. A última vez... não. Não fora a última vez. Houvera outra vez depois daquela. Mas perto do terrível fim, do momento indelével.

— *Ele vai esquecer você?*

— *Ah, Deus! Por que você se importa com isso?*

— *Ele vai esquecer você?*

— *Nunca.*

— *Então ele é um idiota.*

— *Sim.*

O ponto de partida de Tillman era um nome: Michael Brand. Rebecca Tillman encontrara-se com um Michael Brand no dia de seu desaparecimento, um encontro previamente marcado. Infelizmente, ela deixara um bilhete com o nome, a hora e o lugar combinados em um bloco perto do telefone, na cozinha, onde atendera ao telefonema

— e, apesar de ter arrancado a página e a levado consigo, Tillman fora capaz de enxergar a impressão da letra dela na folha de baixo.

O nome não levava a parte alguma, é claro. O hotel onde Rebecca combinara encontrar-se com Brand não fora cena de nenhuma ação carnal ou criminosa, e a investigação da perícia não desencavaria nada ali. Era simplesmente o lugar onde conversaram sobre o que ela precisava para que os arranjos necessários fossem feitos. O momento fora até tardio, já passara da hora de resolver isso, e atrasos eram sempre lastimáveis nessas questões. Talvez se Brand tivesse sido mais cuidadoso com seus deveres... mas Brand era, por necessidade, um instrumento brusco e incerto.

Ainda assim, era um beco sem saída. Aquele deveria ter sido tanto o fim quando o começo da missão de Tillman. Ele tinha um nome, mas nada a que relacioná-lo. Ele tinha o fato de um encontro marcado, mas nenhuma hipótese que desse sentido ao encontro. Deveria ter desistido.

Treze anos mais tarde, ele ainda não havia desistido. Havia emergido das poças sangrentas dos campos de batalha do mundo, um homem entregue à violência e à morte, para reassumir, com vigor inesperado, uma busca que, agora, ele parecia nunca ter abandonado. Estava procurando por sua esposa, que depois de tão longa ausência poderia nem mesmo estar viva; por seus filhos, que ele nem reconheceria hoje se os visse. Estava tentando reconstruir por força de vontade o único momento de alegria real que sua vida já oferecera.

Era da maior importância para Kuutma, e para as pessoas que ele empregava e que depositavam sua confiança nele, que Tillman falhasse. Também era, embora num sentido diferente, importante para o destino de outros 20 milhões de pessoas.

Pois, se Tillman se aproximasse da verdade, esse era o número de pessoas que morreriam.

CAPÍTULO 11

O tesoureiro não estava disponível quando Kennedy chegou a Prince Regent's. Na verdade, ninguém estava. O edifício de história parecia estar deserto exceto por um homem de aparência tristonha sentado à mesa da recepção, emoldurado, nos fundos, pelo quadro de aviso com sua vista sem fim dos shows do ano anterior: The Dresden Dolls, Tunng, The Earlies. Ela perguntou se o recepcionista poderia abrir o escritório para ela: isso não era parte das funções dele. E havia alguém ali que pudesse fazer isso? Ninguém. E quanto ao edifício principal? O edifício principal também não era parte das funções dele.

Ela mostrou seu distintivo.

— Mande alguém vir até aqui agora — disse a ele, severamente. — Não estou pedindo um prazo maior para entregar a lição de casa. Estou investigando uma morte.

O homem tristonho agarrou o telefone e falou a alguém com certa urgência. Alguns minutos depois, Ellis irrompeu pela porta, irritado e aturdido.

— Inspetora Kennedy — disse. — Eu não esperava ver a senhora de novo tão cedo. — A expressão dele dizia outras coisas mais, nenhuma delas lisonjeira.

— Eu gostaria de dar mais uma olhada no escritório do professor Barlow, sr. Ellis. Seria possível?

— Agora? — A falta de entusiasmo do tesoureiro era palpável.

— Seria o ideal, sim. Agora.

— É que há uma cerimônia de graduação amanhã e temos muito que fazer para preparar tudo. Seria muito mais conveniente se a senhora pudesse esperar até a semana que vem.

Ela não se deu ao trabalho de repetir o discurso sobre investigar uma morte.

— Vou ficar feliz em simplesmente pegar a chave e ir até lá sozinha — disse a ele. — Sei que o senhor é um homem ocupado. Mas é claro que, se estiver muito tarde, eu volto amanhã de manhã. — *Durante* a porcaria da sua cerimônia de graduação, ela pensou.

O tesoureiro cedeu com diligência. Mandou o homem tristinho da recepção pegar a chave submestra do faxineiro num armário trancado na parede atrás dele.

— Isto vai abrir todas as portas daquele corredor — Ellis disse a ela. — Mas obviamente vou precisar que a senhora me avise se tiver a intenção de entrar em qualquer outra sala. Há questões de privacidade.

— Só estou interessada naquele escritório — respondeu Kennedy. — Obrigada.

Ellis se virou para sair, mas Kennedy o deteve com um toque no braço. Ele se voltou para ela, exibindo uma expressão aflita.

— Sr. Ellis, há outra coisa que eu gostaria de perguntar antes de o senhor sair. O professor Barlow era membro de um tipo de grupo ou associação on-line. Os Ravellers. O senhor sabe algo sobre isso?

— Um pouco — Ellis admitiu de má vontade. — Não é minha área, como eu disse antes, mas, sim. Sei o que eles fazem.

— E o que é?

— Eles traduzem documentos. Documentos muito antigos, muito difíceis. Códices mal preservados, fragmentos descontextualizados, esse tipo de coisa. Alguns deles, como o Stuart, são profissionais da área, mas acho que muitas pessoas do grupo são só amadores interessados. É um lugar onde trocam ideias, sugerem hipóteses e obtêm resultados. O Stuart costumava dizer de brincadeira que, quando a CIA descobrisse como os Ravellers eram bons, tentariam ou recrutar todos eles ou mandar matá-los.

Kennedy não entendeu a piada. Em resposta à expressão vazia dela, Ellis elaborou o tema:

— Para decifrar códigos, entende? Alguns dos primeiros códigos estão tão danificados que o decodificador tenta entender toda a mensagem baseado em cerca de um terço dos caracteres. Tem que usar raio X, análise de fibras, todo tipo de coisa para descobrir o que está faltando.

— De onde vem o nome? — Kennedy perguntou. — Os Ravellers?

Foi a vez de Ellis exibir um olhar vazio.

— Não tenho ideia. "Ravel" não é um verbo de verdade, não é? Acho que é só uma brincadeira com o verbo "unravel": desemaranhar, desembaraçar algo. Tecer coisas? Combinar pequenos pedaços para formar significados maiores? Ou talvez seja algum termo técnico. Eu realmente não sei.

— O senhor conhece algum outro membro desse grupo ou uma forma de eu entrar em contato com eles?

O interesse do tesoureiro, que de início já não era muito, estava visivelmente desaparecendo.

— A senhora teria que entrar em contato com quem quer que administre o fórum, eu acho — disse. — Não acho que seria muito difícil. — Outro pensamento lhe ocorreu e ele ergueu as sobrancelhas. — Isso, é claro, presumindo que o servidor e os moderadores estejam hospedados aqui, no Reino Unido — ele refletiu. — Pode ser mais difícil se estiverem nos Estados Unidos, por exemplo, ou em algum lugar na Europa. Haveria problemas de jurisdição, não é mesmo?

— Possivelmente. Obrigada, sr. Ellis, o senhor foi de grande ajuda.

Ela pegou a chave e dirigiu-se à escada. Atrás de si, ouviu as aflições do homem tristonho crescerem sob a voz do tesoureiro, em tons baixos, mas ferozes. Claramente, Ellis sentia que aquele assunto poderia ter sido resolvido sem sua intervenção pessoal.

O escritório de Barlow estava exatamente como ela se lembrava, exceto que, agora, era o final da tarde e a luz do dia brilhava através das ripas das persianas num ângulo mais raso. Ela ficou parada à porta, tentando lembrar-se do que havia visto antes, o que parecera deslocado o suficiente para registrar-se em seu subconsciente. Era uma linha, ela decidiu, uma linha fora de lugar, e abaixo da altura de seus olhos. Não parecia estar aqui agora, mas talvez isso se devesse à mudança na luz.

Ela pegou o ártico de jornal emoldurado com ambas as mãos, o tampo de vidro virado para baixo. Captando a luz da janela, usou o quadro para refleti-la ao seu redor, pela sala, como um holofote móvel que imitava a luz da manhã do outro dia.

Levou algum tempo, mas ela finalmente chegou lá. Um dos ladrilhos do chão estava protuberante em relação às peças adjacentes, criando uma sombra ao longo de sua borda. Como se tivesse sido erguido e recolocado, mas não se encaixado exatamente na mesma posição de antes.

Kennedy ajelhou-se. Introduzindo as unhas sob a borda do ladrilho, ela o ergueu gentilmente. Debaixo dele, desprotegido no chão poeirento, estava um retângulo de papel duro e ligeiramente brilhante. No topo havia uma única palavra: *Aqui?* Caneta esferográfica azul, letra rápida, duplamente sublinhada. E então, no canto inferior direito, vários conjuntos de caracteres escritos muito mais cuidadosamente em preto, com caneta-tinteiro:

P52

P75

NH II-1, III-1, IV-1

Eg2

B66, 75

C45

Virando o cartão, ela viu que era uma fotografia.

Mostrava um edifício a distância: uma fábrica, ou mais provavelmente um imenso tipo de depósito. Uma parede de concreto pintada de cinza erguia-se até seis andares ou mais a partir do asfalto rachado de um estacionamento cheio de mato. Havia algumas poucas janelas perto do topo, mas, fora isso, a superfície era ininterrupta. Uma pequena faixa de estrada estava visível num canto da foto. Via-se ainda uma cerca de elos de metal entrelaçados que parecia razoavelmente intacta, mas muitas evidências de ruínas se revelavam no resto do ambiente: o lixo empilhado contra a cerca, o mato crescendo entre as placas do calçamento e, num canto da foto, a carcaça abandonada de um carro, as rodas sem pneus apoiadas em tijolos. A imagem toda estava desfocada e o ângulo, um pouco torto: uma foto tirada de maneira muito displicente, ou talvez muito rapidamente, por alguém de dentro de um carro ou trem. Parecia o tipo de foto de teste que as pessoas tiravam à toa após colocar um novo rolo de filme na câmera. Mas quem usava filme hoje em dia?

Kennedy virou o cartão novamente para olhar as figuras atrás. Algum tipo de código? Não poderia ser uma mensagem muito longa, se fosse. A não ser que as imagens fizessem referência a passagens em um livro, uma chave de código predeterminada, algo assim. Ou talvez indicassem a combinação de algum cadeado digital ou a senha para abrir um arquivo. Não havia como saber o que era sem alguma outra pista para apontar a direção certa.

Ela colocou a foto num saco de prova e o etiquetou, rabiscando uma breve nota para si mesma em seu bloco de evidências sobre onde encontrara esse objeto. Então, ergueu os ladrilhos adjacentes para certificar-se de que não estava deixando de ver nenhum truque óbvio. Não havia nada.

Ela não pretendera fazer uma busca completa no escritório, apenas dar uma olhada, mas mesmo assim deu consigo verificando outros possíveis esconderijos: atrás dos quadros nas paredes, os fundos das gavetas da mesa, a parte de baixo dos móveis. Nada mais apareceu, e o simples volume de papéis e livros a derrotou. Alguém precisava olhar tudo aquilo com olhos bem informados, e esse alguém não era ela.

A paranoica que vivia dentro dela estava agora plenamente acordada, no entanto, e, lembrando-se do intruso no chalé de Barlow, Kennedy pensou em verificar a porta dessa vez. A fechadura era embutida na maçaneta, um modelo-padrão com cinco pinos. Havia leves marcas de arranhões em torno do buraco da fechadura e ainda mais sinais na fechadura em si. Alguém a havia pinçado por dentro com uma ferramenta de tensão e depois girado todo o cilindro com uma miniparafusadeira para abri-la.

Havia algo de bom e de ruim naquela questão. Por um lado, quem quer que tivesse forçado a entrada no escritório não havia encontrado a foto escondida.

Por outro, não se podia dizer *o que* essa pessoa havia encontrado — e levado.

CAPÍTULO 12

Chris Harper odiava rotina e tarefas repetitivas, e odiava ainda mais o fato de que era bom nelas. Depois de ter feito as ligações iniciais a todas as pessoas na lista do Fórum Histórico de Londres sem encontrar mais nenhum cadáver, ele passou aos outros dois itens na lista de afazeres que Kennedy lhe dera.

Michael Brand não estava mais hospedado no Pride Court, o funcionário da recepção lamentava lhe informar. Brand partira muitas semanas atrás, desocupando o quarto em 30 de junho. Três dias depois de Barlow e Hurt morrerem, dois dias depois de Devani. A irmã de Barlow estivera certa, então: Brand estivera em Londres durante todo aquele tempo, enquanto seus colegas Ravellers morriam de formas curiosas e ambíguas em todos os cantos do país. Então, ele esperara alguns dias antes de partir para novas paragens. Talvez tivesse vindo avisar Barlow; ou tivesse trazido algo para ele, ou recebido algo dele. Talvez ele conhecesse o assassino. Talvez ele *fosse* o assassino. De qualquer forma, nenhuma dessas hipóteses realmente combinava com o fato de ele ter ficado num hotel barato em Londres por dois dias após toda aquela merda acertar o ventilador.

— Ele informou um endereço residencial? — Harper perguntou. O funcionário mostrou-se reservado, mas só até Harper mencionar uma investigação em andamento. Então, ele não teve escrúpulos em oferecer um endereço em Gijon, Espanha, com um número de telefone para acompanhar.

Harper lhe agradeceu, desligou e digitou o número. Obteve aquele som de uma nota só que indica que nenhuma conexão foi estabelecida, depois um clique e uma voz irritantemente aristocrática que dizia:

— Perdão. Seu número não foi reconhecido. Perdão. Seu número não foi...

Então Harper entrou no registro de eleitores na Espanha por meio do banco de dados da Interpol e digitou o endereço em Gijon: Campo del Jardin, número 12. Os três nomes ligados a ele eram Jorge Ignacio Argiz, Rosa Isabella Argiz e Marta Pacheco. Nenhum Michael Brand, e o número de telefone indicado era diferente daquele que Brand fornecera. Harper ligou para lá e conseguiu falar com Jorge Argiz na primeira tentativa. Jorge conhecia um Michael Brand? O inglês de Argiz era bom o suficiente para garantir ao detetive que não, não o conhecia.

Harper deixou Brand de lado e começou a pesquisar sobre os Ravellers.

O primeiríssimo resultado que apareceu no website de busca foi o fórum on-line deles, Ravellers.org, cuja respeitável e brilhante página inicial escondia centenas de outras de tagarelice sobre interpretações diversas e identificações discutíveis. Interpretações e identificações de quê? Não parecia haver forma alguma de saber. Entradas no fórum tipicamente possuíam títulos como "Propagação do pigmento variante 1-100, papiros NH 2.2.1 — 3.4.6", "PH 1071 visto em espectro infravermelho — usando filtro de 1.000nm!" e "Zaine duvidoso em DSS 9P1, linha 14, posição 12". Harper poderia igualmente estar lendo sânscrito. Algumas das postagens certamente continham sânscrito, e nem pediam desculpas por isso.

Havia uma opção de FALE CONOSCO na barra do menu, mas o endereço de e-mail vinculado a ela era parte do extinto domínio Freeserve, o que provavelmente significava que não era modificado havia anos e não levava mais a um servidor ativo. Harper mandou uma mensagem mesmo assim, mas não confiava que ela chegaria a alguém — e não podia postar nada no fórum sem se inscrever no grupo, o que parecia demais para ele.

Voltou aos resultados da busca e refinou os parâmetros, procurando por uma intersecção de "Ravellers" com "Barlow". Os primeiros dois itens eram obviamente combinações automáticas geradas por programação. "Leia histórias de Ravellers Barlow e veja fotos e vídeos de Ravellers Barlow!" O terceiro, entretanto, era uma postagem curta de um fórum on-line diferente, anunciando um prêmio dado a uma certa dra. Sarah Opie por serviços prestados ao conhecimento humano. Entre os muitos comentários feitos à postagem havia um de Stuart Barlow, que dizia: "Você merece, Sarah!". A postagem fora feita cerca de 18 meses atrás. O resultado aparecera na lista de Harper porque a dra. Opie indicara o fato de ser membro dos Ravellers entre seus interesses e méritos — e ela era parte da equipe da Universidade de Bedfordshire, não do departamento de história da instituição (que parecia não existir), mas da escola de ciências da computação e tecnologia.

Harper digitou no telefone o número da universidade e pediu para falar com a dra. Opie. Quando a recepcionista pediu que deixasse um recado, ele se identificou e explicou que o assunto estava conectado a uma investigação de assassinato. Um curto instante depois, estava falando com a própria dra. Opie.

— Lamento muito incomodar a senhora — começou ele —, mas sou parte da equipe que está investigando a morte do professor Stuart Barlow. Entendo que a senhora pertence a uma organização da qual ele também era membro. Uma organização chamada de Ravellers.

Houve uma longa pausa do outro lado da linha. Harper estava a ponto de falar novamente quando a dra. Opie finalmente respondeu — com uma pergunta.

— Quem é você? — A voz dela, que soou mais jovem do que ele esperava, também parecia cheia de tensão e desconfiança.

Ele já havia dito a ela, mas repetiu outra vez:

— Meu nome é Christopher Harper. Sou detetive da Agência de Combate ao Crime Organizado da Polícia Metropolitana de...

— Como posso saber se é verdade? — ela disparou a pergunta antes mesmo que ele terminasse as formalidades.

— Desligue e verifique, então — Harper sugeriu. Dada a atual contagem de corpos do caso, a paranoia dela parecia justificável. — Ligue para a New Scotland Yard, peça para falar com Operações e depois com a Divisão de Detetives. Informe meu nome e diga que eu pedi à senhora que telefonasse. Eu ainda vou estar aqui, e aí nós podemos conversar.

Ele esperava que a linha caísse, mas isso não aconteceu. Pôde ouvir os distantes ruídos que se produzem quando alguém se move e respira, apenas mostrando que está ali.

— Você disse que isso era sobre o Stuart.

— Bom, não só isso. É sobre algumas outras coisas, também.

— Que coisas?

Harper hesitou. *Estou fazendo uma lista de historiadores mortos. A senhora conhece algum?* Isso soava como uma pergunta-armadilha, até mesmo dentro de sua cabeça.

— Olhe — disse —, por que a senhora não desliga e me liga de volta? Acho que vai se sentir melhor se falar sobre isso sabendo que não é um telefonema falso.

— Quero saber do que se trata — a voz do outro lado da linha disse, a tensão elevando-se a meio grau.

Harper respirou fundo. No tempo em que usava uniforme, isto é, cerca de um ano atrás, ele invejara a marca pessoal dos detetives, a autoridade natural que exibiam. Mas talvez esse fosse um truque que ele deveria aprender.

— Trata-se de um padrão de mortes suspeitas — disse, e então acrescentou a frouxa emenda: — Potencialmente. Potencialmente suspeitas.

Ouviu um som como o de um baque surdo — como se o telefone houvesse caído da mão dela e acertado o chão ou batido em alguma coisa quando ela se movera.

— Alô? — Harper disse. — A senhora ainda está aí?

— Que mortes? Conte. Que mortes?

— Stuart Barlow. Catherine Hurt. Samir Devani.

Opie emitiu um gemido desconcertante.

— Ai, meu Deus. Não foram... não foram acidentes?

— Espere — pediu Harper. — A senhora conhecia todos eles? Dra. Opie, isso é importante. Como a senhora os conheceu?

A única resposta foi o clique e o sibilo do telefone sendo desligado. Esperou, indeciso, por um minuto e meio. Se ele telefonasse para a universidade outra vez, sua linha ficaria ocupada enquanto o transferiam para o edifício dela na faculdade e depois para o ramal da professora. Se ela estivesse ligando para ele nesse momento, em vez de simplesmente ter cortado a ligação de propósito, ele a estaria afastando.

Quando finalmente desistiu e esticou a mão para o telefone, ele tocou. Harper atendeu-o.

— Ligação externa para você — o oficial de comunicações disse. — Uma dra. Opie.

— Vá em frente — respondeu Harper. — Pode passar.

O ruído da recepção deu lugar ao silêncio.

— Dra. Opie?

— Sim.

— Como a senhora conheceu essas pessoas?

Ele sabia qual seria a resposta, o que de certa forma explicou o sentimento de *déjà-vu* que sentiu quando ela respondeu:

— Eram Ravellers. Estavam todos no grupo. E...

Ele esperou. Nada mais veio.

— Alô?

— Estavam trabalhando na mesma tradução.

CAPÍTULO 13

Tillman ressurgiu em Calais, onde comprou uma passagem em uma balsa que cruzava o Canal da Mancha até Dover, na Inglaterra. Mas é claro que ele faria isso: era a rota marinha mais curta, a menor janela dentro da qual estaria fechado e vulnerável. Ainda assim, Kuutma não considerava nada como certo. Ele manteve as âncoras em seus lugares ao longo da costa norte e seu espião nos escritórios da SNCF, em alerta total até receber a confirmação visual de que Tillman havia embarcado na balsa.

Mesmo então, Kuutma agiu metódica e meticulosamente. Era a última travessia do dia, deixava o porto às 11h40 da noite, mas o terminal de balsa em Calais ainda estava lotado. Os Mensageiros — novamente, três deles, como em Bucareste e Paris — embarcaram por último e permaneceram perto das saídas, as quais ficaram observando até as portas da proa se fecharem e a embarcação começar a se afastar do atracadouro.

Kuutma permaneceu à beira do cais, contemplando. Será que Tillman apareceria na doca no último instante, alegando que deixara algo para trás e precisava desembarcar agora? Seria esse um novo blefe duplo ou triplo?

Parecia que não. Nenhum alarme de última hora soou, nenhum tumulto nem pânico para proporcionar distração, nenhum movimento falso. A balsa partiu sem incidentes, com Tillman a bordo. Tillman e os três que deveriam matá-lo. Kuutma fez o sinal do nó corrediço enquanto ela se afastava, pedindo a bênção do enforcado para seus Mensageiros.

Com atraso, mas também com fervor, ele desejou estar com eles. Novamente, deparou consigo tendo pensamentos não proveitosos. Refutou seus próprios processos mentais, infrutíferos e até perigosos. Não ajudaria sentir-se dividido dessa forma. Ele estava preparado para admitir, agora que aquela missão chegava ao fim, que odiava Tillman e esperara tempo demais para agir contra o mercenário porque duvidara da pureza de seus próprios motivos. Não cometeria esse erro novamente.

Não restava mais ninguém por quem cometê-lo.

* * *

Tillman observou a costa da França ficar para trás com sentimentos conflitantes.

Kartoyev confirmara muito do que ele já sabia, fornecera algumas novas pistas e, crucialmente, dera-lhe certeza de seu próximo destino. Ele sentia, pela primeira vez, que estava perto de alcançar Michael Brand. Outrora ele caçara um nome, depois um fantasma, mas agora perseguia um homem real, que quase podia visualizar correndo à sua frente.

Por outro lado, tinha novas anomalias a considerar. As drogas, para começar. Nunca encontrara nenhuma ligação entre Brand e o tráfico de drogas. Ele liderara operações secretas na Colômbia e estava consciente, de forma geral, de como esse tipo de negócio era conduzido. Os movimentos de Brand ao redor do globo não eram os de um vendedor ou comprador. Um impositor, talvez, mas o que estaria impondo? E por que, se estava atuando no tráfico de drogas, ele viajaria para tão longe com a intenção de comprar ingredientes que estavam prontamente disponíveis na maioria dos países. A ex-União Soviética não era a base de Brand, disso Tillman tinha certeza. As permanências dele ali eram curtas demais e estreitamente focadas em alguns contatos específicos.

Uma cortina de fumaça, então. Brand comprava substâncias químicas na Inguchétia porque não queria deixar um rastro que levasse para perto de sua verdadeira base de operações. E recusara a oferta de Kartoyev de refinar metanfetamina para ele, presumivelmente porque queria fabricar a sua própria. E estava prestes a produzir uma leva dez vezes maior do que sua produção usual.

Tillman arquivaria essa ideia para pensar melhor depois. Nesse momento, havia assuntos mais urgentes nos quais pensar.

Em sua jornada para o oeste através da Europa, ele adquirira consciência como nunca antes de que era tanto a caça como caçador. Em Bucareste, só a pura sorte o havia feito escapar. Andando por Mătăsari, um lugar onde todo mundo precisa ter olhos na nuca, ele percebera, pela reação de um homem pelo qual passara na rua, que provavelmente estava sendo seguido. Não olhara para trás, mas testara a teoria caminhando por uma feira de rua lotada, onde seus perseguidores haviam se aproximado mais por pura necessidade. Ele parara de barraca em barraca em padrões aleatórios, memorizando os rostos a seu redor, e depois de meia hora havia isolado um como sendo definitivamente um dos perseguidores, além de outros dois como probabilidades. Uma vez que soubera estar marcado, fora apenas uma questão de escolher o melhor momento para livrar-se deles. Mas não tinha ideia de quem eram aqueles homens, nem do que queriam.

Em Paris, estivera pronto para os capangas. Esperando ser encontrado, já preparado para qualquer sinal de perseguição ou vigilância, fora capaz de virar a mesa contra seus seguidores sombrios e rastrear um deles de volta à base. Mas havia pouco para ver por lá. A casa que o grupo estivera usando na Périphérique não tinha nem mobília, a não ser três sacos de dormir dispostos lado a lado em um chão nu de madeira. Esses homens claramente eram ascetas. Como os primeiros santos cristãos que passaram anos nos ermos, mortificando suas carnes. Para Tillman, era perturbador pensar que as pessoas que o caçavam eram capazes de dedicação tão solene e severa. Perturbava-o ainda mais descobrir que eram tantos. Não tinha ideia de por que uma organização desse tamanho e de tal grau raptaria mulheres e crianças das ruas de Londres.

Mas talvez *caçar* fosse um termo forte demais. Era possível que quisessem somente ver até onde Tillman havia chegado. Se ele estava finalmente indo na direção certa ou ainda andando em círculos. Ele desejava, agora que era tarde demais, ter passado pela Bélgica e pela Holanda, tentado gerar um rastro falso com mais afinco. Mas, no final das contas, havia muitas e muitas formas de chegar à Inglaterra a partir da Europa continental para quem não queria pegar um avião. Mesmo com recursos moderados, era possível vigiar todas elas.

E ele precisava ir para a Inglaterra. Ficara em Paris tempo suficiente para contatar alguns antigos amigos e conhecidos no ramo de segurança privada. Muitos deles permaneciam ativos naquele mundo anfíbio, semilegal, e haviam sido capazes de dar a ele um punhado de informações muito atuais e muito interessantes sobre Michael Brand. Por treze anos, o desgraçado se mantivera oculto abaixo da superfície. Agora ele se tornara visível, e Tillman precisava estar lá. Simplesmente não havia outra opção.

Tillman afastou-se do parapeito da balsa e abriu caminho entre a pequena quantidade de passageiros no deque em direção às portas duplas que levavam para a área interna. Enquanto fazia isso, observou seu relógio. Era uma travessia de apenas 90 minutos, e ele notou, satisfeito, que 20 daqueles minutos já haviam se passado.

No saguão da balsa havia muito mais gente. Famílias sentavam-se em grupos fechados, seu território marcado por maletas e mochilas. A maioria parecia rígida ou cansada, mas famílias mais felizes eram retratadas nas paredes atrás delas em impressões fotográficas gigantes, mantendo algum tipo de equilíbrio cármico. Na ausência de assentos livres, algumas pessoas sentavam com suas malas encostadas a divisórias, enquanto outras se apoiavam no balcão que ocupava o lado direito do salão. Um único barman servia chope Stella Artois de uma única chopeira. Na chopeira de Guinness, ao lado, havia uma placa de QUEBRADA. Mais adiante, sem interrupção, o bar cedia lugar a um balcão de comida diante do qual as pessoas formavam fila para pedir *baguettes* e salgadinhos. O ar cheirava a cerveja velha e óleo de fritura muito usado.

Tillman não estava com fome e preferia uísque a fermentados. Olhou para os rótulos de Bell's, Grant's e Johnny Walker alinhados numa prateleira alta atrás do bar, todos perfeitamente bebíveis. Mas no exército só bebera quando queria o esquecimento, e nos tempos de agora ele raramente permitia a si mesmo tal luxo. Sentiu-se tentado por um ou dois segundos e desacelerou o passo, mas depois descartou a ideia e continuou em frente. Mais tarde, quando chegasse a Londres, poderia encontrar um bar e familiarizar-se novamente com aquela carícia química e momentânea. Por enquanto, preferia manter-se desperto e alerta.

Estava procurando um lugar para sentar que atendesse a seus critérios usuais: uma vista de todas as saídas, uma parede atrás dele e algo próximo, como uma parede ou um balcão que pudesse bloquear a linha de visão de alguém se necessário. Nessa sala lotada, ele sabia que isso não seria possível. Era também, ele percebia, levemente ridículo aplicar critérios como aqueles num cenário onde qualquer ataque seria obstruído pelo estouro instantâneo de pânico que ele desencadearia, e de onde o assassino não teria maneira de escapar prontamente mesmo se o ataque fosse bem-sucedido. As pessoas que o haviam seguido em Bucareste e Paris ainda não haviam feito nada que sugerisse que pretendiam feri-lo. Tudo o que fizeram, em ambas as vezes, fora rastreá-lo.

Então, seria paranoia? Sua cautela costumeira ultrapassando o limite e saltando o abismo finalmente em direção à mania e à psicose? Ou ele reagira a algum palpite que não havia processado conscientemente? Normalmente, confiava em seus instintos, mas estivera pressionando a si mesmo por muito tempo. Sentia o peso da exaustão cair sobre ele tão abruptamente que era como um fardo físico. Com ele, vinha a repugnância contra a aglomeração humana a seu redor — o burburinho das vozes soando como a externação de alguma convulsão ou pluralidade em seu próprio coração, em sua própria alma.

Tillman seguiu para o ouro extremo do saguão e chegou a uma área bem menor, um *lobby* com máquinas caça-níqueis de um lado e banheiros do outro. Vasculhou sua mala em busca de uma das bolsas de dinheiro trocado que carregava — uma que continha moedas de euro. Encontrou o sr. Neve, o unicórnio, e enfiou uma pata daquela coisa macia, vaga e doentiamente fofa no bolso de seus jeans. O unicórnio ficou pendurado ali, um mascote inútil, enquanto Tillman enfiava 40 ou 50 euros na caça-níqueis. Mover as alavancas e pressionar os botões aleatoriamente devorou seu tempo sem exigir nada de sua atenção, permitindo que ele observasse o fluxo de pessoas que passavam e daquelas que paravam ali. Elas passavam e paravam com perfeita convicção. Sem anormalidades, sem avisos. Mas tampouco houvera avisos e anomalias em Bucareste. Ele não duraria muito se subestimasse seus inimigos.

Quando Tillman finalmente ficou sem moedas, verificou o relógio. Pela hora, eles já deveriam ter percorrido metade do caminho. Voltou ao saguão, entrou na fila e comprou um café, mas novamente o barulho e a pressão claustrofóbica o esmagaram. Voltou ao lobby antes mesmo de ter tomado mais que dois goles daquele líquido insípido.

Não havia muito mais lugares aonde ir. Decidiu passar a última meia hora da travessia no deque, mas sentiu o cansaço alcançá-lo. Na ausência de cafeína, ele podia ao menos jogar um pouco de água fria no rosto. Passou pela porta com o estilo de um homem cujos braços se afastavam para os lados do corpo, como os de um atirador entrando em um duelo.

O banheiro era um cubo de 20 por 20 metros, sem janelas, com urinóis ao longo de uma parede, pias do lado oposto e três cubículos nos fundos. Cruzou o piso cheio de água, que transbordara de uma pia cujo ralo fora entupido com papel toalha imitando um tampão. Uma única faixa de néon tremulante iluminava a cena deprimente.

Então pendurou a jaqueta sobre uma máquina de preservativos, com a mala a seus pés, e deixou a torneira de água fria aberta por um bom tempo antes de finalmente aceitar que a água *não* sairia fria. Ele a jogou no rosto mesmo assim, tépida, depois ligou o secador de mãos e baixou a cabeça sob o jato de ar. A porta atrás dele resmungou ao ser aberta, resmungou novamente e então se fechou.

Quando Tillman se endireitou, eles estavam lá. Dois deles, lado a lado, já vindo para cima dele. Dois homens de terno, espantosamente bonitos, asseados e de ar sério. Do tipo que bateria à porta de alguém para perguntar se a pessoa já aceitara Jesus ou se poderiam contar com o voto dela para o candidato do partido conservador. Ele só teve tempo de assimilar a fantástica sincronização dos dois — algo que só poderia ter sido adquirido após infindáveis horas de exercício sob o mesmo treinador ou comandante. Então, eles ergueram as mãos, e as lâminas curtas que seguravam brilharam, uma intensamente e outra nem tanto, quando cruzaram a luz da faixa de néon.

Tillman arrancou sua jaqueta da máquina de preservativos com a mão esquerda e girou-a no ar diante de si, retrocedendo no espaço de três metros que o recinto lhe permitia. Por trás daquela cortina de movimento, ele sacou o pesado Mateba Unica do lugar onde costumeiramente ficava — enfiado na parte de trás de seu cinto — e ao mesmo tempo moveu a trava de segurança.

Os dois homens pareceram antecipá-lo. No exato instante em que ergueu a arma, um deles fez um meio desvio e simultaneamente mandou um chute: um perfeito *yoko geri*[5]. Tillman percebeu-o chegando, mas o homem movia-se com velocidade tão inumana que vê-lo não o ajudou em nada. O calcanhar do sujeito chocou-se contra a parte de dentro do pulso de Tillman antes que ele pudesse se desviar, arrancando a arma de sua mão. Ela bateu no chão tinindo. Ambas as facas surgiram como vultos cortantes, uma dirigida ao coração de Tillman e a outra ao rosto dele. Pego desprevenido, ele fingiu se jogar para a direita e desceu a jaqueta feito um açoite, fazendo com que se enrolasse no pulso do homem à sua esquerda. A lâmina do outro homem passou pela parte de cima de seu braço produzindo um corte amplo e profundo, mas ele ignorou a dor. A armadilha da jaqueta deixou o homem ao alcance de Tillman, que lhe deu uma cabeçada no rosto, e, depois — porque ele não caíra —, jogou-se para trás dele para usá-lo como escudo e obter uma rápida pausa.

Novamente, os dois homens moveram-se e reagiram em uníssono perfeito. O que estava enrolado na jaqueta agachou-se e o outro se inclinou por cima dele, lançando outro ataque cortante. Tillman dobrou-se para trás usando os joelhos como um dançarino que passa sob o bastão segurado entre duas pessoas, escapando por pouco do alcance da lâmina.

[5] Tipo de chute do caratê. (N.T.)

O atacante saltou por cima de seu comparsa ajoelhado e avançou novamente, a faca zunindo para a frente e para trás na altura do estômago de Tillman. Instintivamente, Tillman baixou a mão para bloquear um golpe que possivelmente o estriparia: o instinto quase o matou. A faca veio para dentro de sua guarda, movendo-se em torno de seu bloqueio sem o menor esforço, como se o braço não estivesse lá. Recuando para o lado, sentiu e ouviu o ar se deslocar quando a arma passou por seu rosto.

Agora, o outro homem voltara a ficar de pé e movia-se atrás de seu parceiro, e as coisas pareciam ir de mal a pior. Tillman pesou suas chances. Habilidades de caratê não o impressionavam muito: aqueles dois tinham compleição mais leve do que a dele, e mesmo as facas não contavam tanto no espaço restrito do banheiro. O que tornava a situação impossível eram o fato de serem dois contra um e a velocidade espantosa dos homens. Diante de tudo isso, ele provavelmente estaria morto nos próximos dez segundos.

A única esperança de Tillman era mudar a disparidade. Erguendo a mão acima da cabeça, ele enfiou o punho fechado no centro exato do tubo de néon.

Na ausência de janelas, a faixa fluorescente era a única luz no recinto. Quando o vidro se esmigalhou contra as articulações nuas da mão de Tillman, o banheiro mergulhou em absoluta escuridão.

Tillman atirou-se ao chão e rolou. Apalpou o espaço, buscando a arma, cuja localização ele mantivera na memória. Nada.

O som de pés espirrando água. Algo movendo-se à sua direita. Ele chutou, fez contato, rolou de novo. Dessa vez, a ponta de seus dedos roçou o metal frio e familiar de seu Unica. Encontrou o cabo, ergueu-o e ficou de pé ao mesmo tempo que atirava num amplo arco: uma, duas, três vezes, abrangendo todo o recinto.

Era um risco calculado. Atirar às cegas revelava sua própria localização. Na escuridão perfeita, nada seria mais fácil do que arremessar uma daquelas facas perversamente afiadas diretamente contra o clarão do cano da arma. Mas o Unica estava carregado com um cartucho .454 Casull, excedendo até mesmo o poder de parada[6] do cartucho Magnum. Mesmo que seus atacantes estivessem usando coletes de

[6] Poder de parada é o nome dado à capacidade de uma munição de neutralizar um ataque ou incapacitar um oponente com um só tiro, sem necessariamente matá-lo. (N.T.)

kevlar sob aqueles ternos elegantes, a essa distância não faria diferença. Um único disparo os deixaria fora de combate.

Com a arma à altura da cabeça, movendo-a na forma de um oito, Tillman retrocedeu em direção à porta. Sua memória semifotográfica veio novamente em seu auxílio, e depois de apenas três passos ele sentiu a barra da maçaneta da porta cutucar bruscamente a parte mais baixa de sua coluna.

Outro movimento, desta vez à sua esquerda. Tillman disparou naquela direção — deixando uma única bala no cilindro do Unica — e escoiceou a porta atrás de si, abrindo-a. Um jorro de luz invadiu o recinto, assim como o incongruente tilintar das máquinas caça-níqueis no canto oposto. Ambos os homens estiveram avançando contra Tillman na escuridão. Um deles agarrava o próprio braço, o que indicava um impacto de raspão daquela última bala. O outro se atirou sobre Tillman, atacando-o com a faca numa estocada reta.

Sem aquela luz fortuita, Tillman teria recebido o golpe bem no meio da garganta. Precavido no último instante, seu treinamento de *krav maga*, adquirido em sua época como mercenário sob a orientação de um velho desgraçado e astuto chamado Vincent Less, ressurgiu automaticamente. Quando os dois saíram para o corredor, ele usou a mão direita, ainda segurando a arma, para desviar o golpe de lado, depois agarrou o pulso do homem com a mão livre e torceu-o, forçando-o a largar a faca. Trazendo a mão que segurava o revólver novamente para junto do homem, bateu no rosto dele com a coronha do Unica para completar o movimento. Ele cambaleou, livre, enquanto o homem caía. Então, forçou-se a ficar de pé, virou-se e correu. Um de seus oponentes estava fora de combate, o outro pelo menos ferido, mas para Tillman restava apenas um último *round* — e, vencendo ou perdendo, ele não poderia ficar por ali para nenhum tipo de investigação oficial.

Tillman afastou-se do saguão. Imaginou que os tiros deviam ter sido ouvidos e que a multidão em pânico ali provavelmente seria intransponível. Reduzindo a corrida até uma caminhada rápida, virou a primeira esquina do corredor e imediatamente deu de cara com uma nova multidão saindo da loja de artigos isentos de impostos. Claramente, o som do tumulto penetrara ali também, mas ninguém parecia saber de onde os tiros haviam partido. Ninguém decidira para que lado correr. Tillman abriu caminho entre a turba nervosa tão rapidamente quando pôde. Nesse momento, o maior perigo para aquela gente era ficar perto dele.

Encontrou uma escada, subiu-a e saiu no deque agora deserto. Imediatamente uma mulher surgiu por outra porta no outro extremo do deque. Ela parou quando o viu e o encarou com uma expressão que poderia ser de perplexidade ou aflição.

— Volte para dentro! — gritou para ela. Foi até o parapeito e olhou ao longe. Ainda restavam alguns quilômetros até a costa de Dover, mas a balsa deixara de ser viável, então ele realmente não tinha escolha. Se ficasse ali, seria interrogado, e, se fosse interrogado, seria preso — se não por qualquer outra coisa, pela arma sem licença.

Ele deixara a maior parte da documentação que trouxera consigo na jaqueta, que ficara no banheiro. Isso também significava encrenca, já que dessa vez viajava usando seu nome verdadeiro. Mas era um problema que ele podia adiar. Escorregou os pés para fora dos sapatos e chutou-os para longe.

A dor que explodiu no lado de seu corpo o pegou completamente de surpresa. Uma brusca concussão que desabrochou subitamente num estouro de pura agonia. Virando-se, ele viu a mulher andando em sua direção, tirando uma segunda faca do quadril e sopesando-a na mão. O punho da primeira arma dela agora se projetava para fora da coxa dele, onde se enterrara até a guarda.

A mulher era bonita e de feições muito semelhantes àquelas dos homens no banheiro: pele pálida, olhos e cabelos escuros, com uma solenidade na face como a de uma criança em sala de aula quando a mandam levantar e ler em voz alta.

Não houve nada que ele pudesse fazer para impedir o segundo arremesso. Ela já lançara a mão para trás, e mesmo enquanto erguia o revólver Tillman sabia que não conseguiria apontar e atirar no tempo que lhe restava. Mesmo assim, ele mirou no braço dela e apertou o gatilho quando ela atirou a faca. A lâmina foi invisível, de tão rápida, exceto pelo curto momento de sua trajetória quando a luz de uma lâmpada de segurança a iluminou num tom dourado incongruente.

A bala acertou a faca e a fez zunir para longe por cima de sua cabeça. Foi muito mais questão de sorte do que de julgamento, e Tillman sabia que não poderia fazer aquilo novamente nem em um milhão de anos, ainda que sua arma não estivesse vazia.

Ele subiu no parapeito e saltou. Uma terceira faca voou por cima de seu ombro, passando muito perto, e o acompanhou em seu salto louco e parabólico. Nesse ponto, o deque principal projetava-se para fora cerca de três metros e meio a mais que o convés superior. A faca cobriu essa distância confortavelmente. Tillman, por poucos centímetros.

A água fria fechou-se ao redor dele, que continuou caindo em meio a um ambiente mais denso, mais frio e muito mais hostil. Quando caíra cerca de nove metros, ele desacelerou, parou e começou a subir.

Com algum esforço e a perna já endurecida, virou uma cambalhota na água e nadou ainda mais para baixo. Não havia direções na água negra como a meia-noite, então ele não podia ter certeza de onde estava em relação à balsa. Ficar submerso por tanto tempo quanto pudesse era a melhor maneira de ganhar alguma distância da embarcação.

Quando seu fôlego começou a acabar, ele parou de nadar e deixou-se subir. Nesse momento, de pulmões gritando por mais ar, ele viu algo caindo para longe dele em direção às profundezas logo abaixo, onde não poderia seguir o objeto agora. Algo puramente branco, que captou a claridade vaga e oscilante da luminária da balsa e lampejou como a asa de um pássaro.

Era o sr. Neve.

Tillman ressurgiu na superfície atrás da balsa, a uma longa distância dela. Não viu figuras no deque olhando ou apontando na direção dele. A noite o esconderia e os assassinos decerto nem relatariam que ele saltara. Provavelmente nem haveria uma busca. A água intensamente fria reduziria o sangramento de suas feridas e ele dificilmente deixaria de encontrar a costa sul da Inglaterra, considerando quão grande ela era.

Agora tinha uma resposta para sua pergunta, finalmente. As pessoas que o andavam seguindo realmente o queriam morto. Talvez isso significasse que Michael Brand tinha medo dele. Esperava que sim.

Mas não poderia esperar encontrar o sr. Neve na escuridão e no frio agudo da água. Precisava de cada partícula de suas forças se quisesse sobreviver até chegar à costa.

— Sinto muito — Tillman murmurou enquanto as ondas o sacudiam e chutavam. Não falava com o brinquedo, mas com a filha que perdera tantos anos antes. Sentia-se como se tivesse traído a confiança de Grace, de alguma forma. E como se houvesse perdido um vínculo que realmente não suportaria perder.

Sobreviver. Isso era tudo o que importava agora. Ele usou o rastro da balsa para orientá-lo em direção ao norte e à costa, que ainda estava 16 quilômetros adiante.

CAPÍTULO 14

Quando Kennedy telefonou do Prince Regent's para verificar como ia o progresso de Harper, ele contou a ela — com uma presunção perdoável — que havia encontrado um elo entre os três acadêmicos mortos. Eram notícias espetaculares, mas não pareceram assim tão importantes quando Kennedy propôs outras perguntas que ele deveria ter feito a Sarah Opie enquanto a mantivera na linha: os três Ravellers mantinham-se em contato direto só por meio do website ou se conheciam de outros lugares? Há quanto tempo haviam compartilhado aquele projeto, e quem sabia sobre ele? Alguém mais estava colaborando com eles, alguém que não tivesse comparecido ao Fórum Histórico de Londres? Não o estava criticando: era apenas a forma como ela trabalhava, o que ele já sabia por meio da rápida convivência. Ela estava juntando as coisas em sua mente, tentando descobrir o que já tinham e do que ainda precisavam.

— Eu pensei que algumas dessas perguntas poderiam esperar até irmos lá falar com ela pessoalmente — Harper disse, pesaroso. — Quero dizer, essa é a grande descoberta, né? Nós temos o elo. Se temos o elo, devemos estar muito perto de encontrar o motivo. Mas eu sabia que precisaríamos de um depoimento completo e não queria colocar ideias na cabeça dela por antecipação.

— Você fez bem, Harper. Mas me diga o que é essa coisa que eles estavam traduzindo.

— O Códice do Rum — Harper disse. — É meio que uma piada pronta no fórum dos Ravellers, aparentemente. A maioria das pessoas acha que é falso. Mas o Barlow tinha uma nova abordagem a respeito, a dra. Opie disse, algo que apareceu na pesquisa dele sobre aqueles primeiros cristãos. Os acrósticos.

— Gnósticos.

— Ou isso. Então, tudo leva de volta ao Barlow. Ele começou a tentar traduzir essa coisa de Rum e levou os outros dois na onda.

— Só os outros dois? Quero dizer, não tem mais ninguém envolvido? Ninguém que precise ser alertado de que alguém pode querer matá-lo?

Harper estava em solo mais firme nessa questão.

— Não havia mais nenhum outro colaborador. O Barlow chegou a se aproximar de outro cara, um grande especialista nesses documentos muito antigos. Emil Gassan é o nome dele. Trabalha em algum lugar na Escócia. Mas ele se recusou totalmente a ter qualquer coisa a ver com o professor. Mandou o cara à merda, essencialmente.

— E quanto à própria Opie? Como é que ela sabe de tudo isso?

— Por causa de comentários no fórum? — Harper disse, mas falou em tom de pergunta. — Tá bom, admito que foi só um palpite. Perguntei-lhe isso algumas vezes, diretamente, mas ela conseguiu me driblar das duas vezes. Ela era amiga do Barlow. Bom, ele a conhecia mesmo, porque comentou naquele outro fórum quando ela recebeu um tipo de grande prêmio. Mas Opie disse que não fazia parte desse projeto. Muito definitivamente. Não tinha nada a ver com o projeto. Ela disse isso duas vezes.

— E ainda assim ela sabia sobre o que era o projeto? — Kennedy perguntou.

Harper começava a sentir que o subtexto ali era que ele era um idiota que não conseguia interrogar uma suspeita.

— Não é como se fosse um segredo — ele lembrou Kennedy, tentando não soar truculento. — Essa mulher é ativa no site dos Ravellers, então não achei que houvesse nada de incomum no fato de ela saber disso aí. De todo modo, você mesma pode perguntar. Vou marcar uma reunião com ela, tá?

Ele olhou para o relógio de pulso enquanto dizia isso. Já passava das 6 horas da tarde, o que significava que provavelmente não pegariam Opie no campus agora. Harper teria que conseguir o número do telefone da casa dela ou do celular e tentar falar com a doutora na rua. Opie não gostaria disso. O humor dela se tornara mais sombrio ao longo do interrogatório bastante inexperiente de Harper. Ela ficara temerosa e abalada, como qualquer um poderia ficar ao saber que três pessoas a quem conhecia bem poderiam ter sido vítimas do mesmo assassino. As palavras dela haviam se tornado mais e mais concisas e monossilábicas, não porque ela se recusasse a cooperar, Harper suspeitara, mas porque estava tendo problemas para fazer com que sua mente tocasse no assunto. O trauma físico induz ao choque clínico. O choque psicológico trava as engrenagens da mente, impedindo que elas girem — e esta era a verdadeira razão pela qual ele não havia pressionado Opie demais para obter detalhes. Tivera medo de empurrá-la em direção a algum tipo de crise mental da qual ele não seria capaz — a distância — de convencê-la a sair.

— Esta noite, não — disse Kennedy, para seu alívio. — Acho que o próximo passo é voltar a falar com o chefe. Quando ele nos deu este caso, pensou que estava só tirando a coisa do caminho. Ele precisa saber o que o caso virou para poder tomar uma decisão a respeito dos recursos.

Harper ficou escandalizado.

— Você quer dizer entregá-lo a outra equipe? De jeito nenhum, *sarja*. Este é o *meu* assassino serial. Nosso, quero dizer. E eu tenho até um nome para ele.

— Harper, eu não quero nem...

— O Assassino Acadêmico. Você tem que pensar nessas coisas, Kennedy. Se quer grandes manchetes, tem que dar à mídia algo que eles possam usar. Mal posso esperar pela primeira coletiva de imprensa.

— Legal, Harper. Só que, se houver uma coletiva de imprensa, tem uma grande chance de você e eu não estarmos nela.

— Eu vou estar nela nem que eu morra por isso.

O suspiro dela farfalhou pela linha telefônica. O suspiro de uma mãe com um filho teimoso.

— Provavelmente não vão querer soar nenhuma fanfarra para esse caso por causa da mancada que alguém deu no começo da investigação sobre o Barlow. Se quiserem levar o caso à mídia, pode apostar que o Summerhill é que vai usar pessoalmente o microfone. Talvez deixem a gente sentar lá e fazer cara de paisagem, e só. Você já anotou tudo o que descobriu?

— A maior parte — Harper mentiu. Ele tinha apenas o indecifrável rabisco que anotara enquanto fazia o trabalho. Não digitara nada, nem preenchera nenhum formulário ainda.

— Deixe na minha mesa. Vou acrescentar meu próprio material e colocar tudo na caixa de entrada do Summerhill esta noite. De manhã vamos falar com ele, pedir uma decisão. Se o interrogatório de uma testemunha importante ainda está pendente, isso o forçará a tomar uma atitude: ele não vai querer atrasar as coisas de forma que possa ficar aparente no arquivo. Mas me dê o número do telefone daquele outro cara, aquele na Escócia que disse não ao Barlow. Vou ligar para ele agora e colocar os pingos nos "is".

— Tá bom. — Harper informou o número que haviam lhe dado como sendo de Emil Gassan para que Kennedy pudesse cuidar da questão. Sentia-se inquieto. — Você não acha mesmo que o Summerhill vai nos tirar do caso, acha?

— Você, provavelmente, não. Mas ele definitivamente vai colocar outra pessoa como encarregada do caso.

— Por quê?

— Porque, se isso deixar de ser uma porcaria só para perder tempo, deixa de ser meu departamento especial. Pensando bem, não coloque suas anotações na minha mesa. Me mande o arquivo e eu imprimo tudo de uma vez. — Kennedy não disse, mas Harper sabia que ela estava pensando em Combes e sua gente. Eles não hesitariam em pegar o material na mesa de Kennedy e lê-lo inteiro, fosse com a intenção de prejudicá-la, fosse por simples curiosidade. Se encontrassem algo que queriam, fariam de tudo para consegui-lo, e de repente ele e Kennedy estariam pressionados de dois lados. De todo modo, era assim que Harper pensava na questão: como se o múltiplo assassinato (triplo assassinato soava ainda melhor) fosse uma maçã bem vermelha que caíra em seu colo, provando a lei universal, e ele esperava que um dia fosse nomeada em homenagem a ele, de que grandes detetives magicamente atraem casos dignos de suas fabulosas habilidades.

Depois que Kennedy desligou, ele percebeu que havia esquecido de contar a ela a respeito de Michael Brand ter dado endereço e telefone falsos. As revelações da dra. Opie haviam tirado aquela novidade de sua mente. Talvez Kennedy tivesse se interessado mais se ele tivesse começado a conversa com a notícia de que talvez houvesse um suspeito real. Bom, ela saberia disso pelas notas do caso, e então poderia lhe dizer que perguntas deveria ter feito ao cara espanhol quando falara com ele ao telefone.

Em seguida digitou as anotações — outro trabalho tedioso para o qual ele tinha um talento levemente embaraçoso — e começou a arrumar suas coisas para sair. Mas ainda não havia desligado o computador. Stanwick perambulou para perto dele e começou a ler o arquivo por cima de seu ombro. Harper virou o monitor em um ângulo oblíquo, afastando-o de Stanwick.

— Jesus, eu só estava olhando! — ele resmungou. — De todo modo, pensei que o seu caso fosse uma dessas merdas que não descem mesmo que a gente dê a descarga. Por isso é que o entregaram para você e para a Jane Calamidade. Então, cadê o grande segredo?

— O assassino é alguém aqui da divisão — respondeu Harper. — Pode ser o chefe. Pode ser até mesmo você.

Stanwick olhou fixamente para ele, confuso.

— Era para isso significar alguma coisa? — perguntou.

— Sim — disse Harper. Ele esticou o braço para baixo e puxou a tomada do computador com o arquivo ainda aberto. — Deveria significar "vá cuidar da sua vida".

Ele se afastou, esperando uma mão pousar em seu ombro, e que o homem grandalhão o virasse à força e plantasse um murro na cara dele. Mas Stanwick apenas assobiou aquela nota que começava baixa e depois subia, aguda, indicando surpresa. Se ele não tinha causado uma boa impressão antes, recusando-se a ajudar a detonar a reputação de Kennedy, aquele assobio claramente dizia que Harper se colocara mais um degrau abaixo. Um que todo o restante da divisão usaria como urinol.

Harper realmente não se importava. Era ambicioso, de forma geral, mas desejava mais experiência do que recompensas de carreira. Queria ver e fazer coisas extraordinárias. O trabalho policial uniformizado havia sido pequeno demais para ele, e talvez a Divisão de Detetives provasse sê-lo também. Só esperava que a jornada fosse louca.

* * *

Depois que Harper saiu, o fluxo do início da noite jogou mais algumas pessoas na cova dos leões, mas a maior parte era só o refluxo da maré. Os outros detetives e sargentos detetives gotejaram um a um para a sala, formando pequenos aglomerados, até que, quando Kennedy chegou lá, em torno das 20 horas, a grande sala estava vazia. Ela não se incomodou nem um pouco com isso.

Levou algum tempo para digitar todo o trabalho daquele dia. Não que ela tivesse coberto grandes distâncias; as descobertas, por mais sensacionais que fossem, podiam ser condensadas em uns poucos parágrafos explosivos. Ela estava apenas se garantindo. Ainda que as mancadas do caso fossem anteriores a seu envolvimento, o fato não lhe ofereceria muita proteção caso uma cabeça tivesse que rolar. E com três assassinatos negligenciados em lugar de apenas um, uma decapitação pelo bem do moral parecia cada vez menos improvável.

Então Kennedy fez questão de que as anotações do caso fossem impecáveis. Ela e Harper haviam seguido meticulosamente cada regra e protocolo, foram infalivelmente educados e infinitamente explicativos para com as testemunhas, haviam detido seu processo lento, diligente e obediente às regras apenas para fazer anotações completas e simultâneas a respeito de tudo o que estavam fazendo. Em resumo, eram santos do trabalho policial.

Lendo as anotações de Harper, ela descobriu a bomba de Michael Brand e xingou em voz alta. Endereço falso? Número de telefone inventado? Cristo. Por que Harper não havia mencionado isso a Opie e perguntado a ela o que Brand tinha a dizer sobre si mesmo no fórum dos Ravellers? Ele ainda postava lá? Os moderadores do site possuíam alguma informação de contato dele? Se Brand havia mentido quanto a seu endereço, era impossível dizer sobre o que mais ele poderia ter mentido — e Rosalind Barlow dissera que o irmão dela havia se encontrado com Brand na noite antes de morrer. Esse poderia ser o assassino, ou então uma testemunha vital em potencial, e já tinha sobre eles uma vantagem de três semanas.

O que restava? Restava o cara escocês. Emil Gassan. Ela ligou para ele usando o número que Harper lhe dera, mas descobriu que era apenas o telefone geral da universidade. Disseram-lhe que o dr. Gassan já fora embora naquela noite, mas ela conseguiu que o recepcionista — depois de toda a fanfarronada usual de identificação — lhe fornecesse os números pessoais de contato do doutor. Tentou falar com ele ligando para o telefone de sua casa, porém não obteve resposta, e para o celular, que estava desligado. Sem opções, deixou sua própria informação de contato no correio de voz do doutor, junto com uma mensagem dizendo que queria muito falar com ele a respeito de uma investigação pendente. Fez uma anotação mental para tentar ligar para os números da casa e do celular novamente, mais tarde.

Perturbada e preocupada, imprimiu as anotações de Harper e acrescentou-as às suas. Detestava esse jogo de compensação — a sensação de ser prejudicada pelo trabalho malfeito de outros policiais. Eles estariam três semanas atrasados para tudo, durante todo o processo. Ela encaminhou as anotações para Summerhill como um anexo de e-mail, depois fez a curta caminhada pelo corredor até a mesa da secretária dele e ali deixou a cópia impressa, junto com o resto do arquivo do caso, em cima da caixa de entrada, onde ele veria tudo na manhã seguinte.

Feito. Nada poderia impedi-la de ir para casa agora. Não havia nenhuma razão para adiar mais isso.

Ela pegou seu casaco na sala comum, notando, enquanto o fazia, que a ratoeira de aço fora tirada do cesto de lixo. Quem quer que a tivesse trazido para intimidar Kennedy provavelmente a queria de volta. Ou talvez a ratoeira aparecesse em uma de suas gavetas no dia seguinte, ou em seu armário.

Em comparação com o que a esperava agora, essas provocações mesquinhas encolheram-se até sua proporção real.

CAPÍTULO 15

Já passava das 22 horas quando Kennedy voltou a seu apartamento no canto mais barato de Pimlico, e ela chegou a tempo de ouvir Izzy dizendo sacanagem na frente do pai dela pela quarta vez seguida. Isso significava que ela teria que pedir desculpas a Izzy enquanto, simultaneamente, ficava louca da vida com ela. Era o tipo de coquetel amargo e ao mesmo tempo azedo que deixava Kennedy de mau humor.

A jovem vivia no apartamento de cima e era capaz de combinar cuidados com o pai de Kennedy — e com as crianças do vizinho do andar de baixo — com seu trabalho regular. Mas o trabalho regular dela era ser a parte receptiva de um disque sexo, e o turno dela começava às 21 horas na maior parte das noites. Se Kennedy chegava em casa tarde, Izzy simplesmente sacava o telefone e começava o expediente — e Peter acabava ouvindo mais de cem variações de "Você quer, amor, você quer meter em mim?".

Izzy parecia lidar com isso muito melhor do que Kennedy. Não se sentia nem um pouco inibida pelo fato de o velho ouvir sua performance. Isso até a ajudava a manter a qualidade, ela alegava, tentando extrair um mínimo sinal de reação de Peter. Ela sabia que seu chefe às vezes monitorava os telefonemas para verificar se suas garotas estavam se empenhando enquanto os clientes, do jeito deles, empenhavam-se mais ainda. Ela não queria receber uma reprimenda pela qualidade de suas obscenidades, e gerar alguma agitação na calma quase zen de Peter lhe dava uma meta a alcançar.

Kennedy considerava isso perturbador em diversos níveis, e seus sentimentos se tornavam ainda mais complicados porque ela achava Izzy insanamente atraente. Era uma morena tipo *mignon* com uma cintura minúscula e uma bunda enorme, o que estava próximo do tipo perfeito para Kennedy. Mas, por causa da inconveniência de ela ser cuidadora do pai da detetive, e porque Izzy era quase dez anos mais jovem que ela, nunca fora capaz de flertar com a garota.

A cada vez que ela tinha que ouvir Izzy conduzindo sexo via telefone com masturbadores solitários, ela experimentava uma onda agridoce de excitação e frustração.

Mas não era como se ela tivesse uma escolha. A verdade era que a supervisão intermitente de que seu pai sempre precisara estava se tornando mais e mais contínua agora. Kennedy desculpou-se profusamente com sua vizinha. Izzy dispensou as palavras com um aceno, com o telefone ainda metido na orelha mesmo que ela estivesse no intervalo entre performances.

— Ele já comeu — ela disse enquanto guardava no bolso o pequeno maço de notas que Kennedy lhe dera. — Espaguete à bolonhesa, porque eu estava cozinhando isso mesmo para os monstrinhos do andar de baixo. Só que não dei nenhum fio de espaguete para ele porque ele não consegue engolir. Então seu pai comeu só molho de carne. Talvez seja melhor você ver se ele quer torrada ou algo assim para a ceia.

Kennedy levou Izzy até a porta, ouvindo com apenas metade de sua atenção o relatório do status atual: o que Peter comera e bebera ao longo do dia, o humor de Peter, as fraldas geriátricas de Peter. Izzy sempre considerara esse despejo de informações como parte do contrato, então Kennedy tinha que ouvir ou, pelo menos, ficar ali parada enquanto a moça falava.

Finalmente, a jovem partiu e Kennedy foi verificar pessoalmente o estado de Peter. Ele estava com as luzes apagadas e a TV ligada — um documentário do Channel 4 sobre o mais recente susto pós-vacinação — e permanecia sentado diante do aparelho, olhando para ela na maior parte do tempo, embora seu olhar também vagasse um bocado pelas paredes e pelo teto. Ele vestia calças e uma camiseta, mas só porque Izzy tinha fobia de homens velhos andando pela casa de pijamas: ela provavelmente escolhera as roupas para ele e o ajudara a vesti-las. O cabelo branco de Peter estava desgrenhado e o rosto anguloso, coberto de sombras inconstantes sob as luzes bruxuleantes da TV, como um vídeo acelerado de nuvens correndo por sobre uma montanha.

— Oi, pai — Kennedy disse.

Peter olhou na direção dela e meneou a cabeça.

— Bem-vinda — disse vagamente. Ele raramente a chamava pelo nome, e quando o fazia havia apenas uma chance a cada quatro de acertá-lo. Chamava-a de Heather com a mesma frequência com que a chamava de Janet (sua mãe), Chrissie (sua irmã) ou Jeannine (sua sobrinha). Ocasionalmente ele a tomava por Steve (seu irmão mais velho), mesmo que ninguém na família tivesse visto Steve desde que ele fizera 18 anos e fora embora.

Kennedy acendeu a luz, e Peter piscou algumas vezes, perturbado pelo clarão súbito.

— Quer uma torrada, pai? — ela perguntou. — Uma xícara de chá? Talvez um biscoito?

— Vou esperar o jantar — Peter respondeu, e voltou sua atenção para a TV.

Ela fez um par de torradas de pão de centeio, mesmo assim, e as levou para ele. Seu pai não se lembraria de ter dito não e definitivamente precisava dos carboidratos se tudo o que havia comido fora uma tigela de molho. Ela colocou as torradas em uma bandeja diante dele, junto com uma xícara de café instantâneo, e retirou-se para seu quarto, que tinha uma TV, um sistema de som e uma mesa. Era como se todo o resto do lugar fosse o apartamento de um vovô e somente esse quarto fosse território dela. Era menor do que a maioria dos quartos que ela ocupara quando era estudante, mas tinha realmente tudo de que precisava — o que, a essa altura da vida, soava mais como uma acusação do que como algum tipo de autoelogio.

Mas se sentia mal por deixar Peter sozinho depois de ter ficado fora até tarde. Era ridículo, ela sabia. A figura fantasmagórica de sua irmã ficava junto de seu ouvido, fazendo uma preleção fantasma:

— Depois de tudo o que esse desgraçado nos fez passar...

Ela não tinha defesa, era verdade. Peter havia sido um marido e pai verdadeiramente detestável, e estava infinitamente mais tolerável na condição atual, ocupando o lugar de uma personalidade agora ausente. As crueldades dele, suas falhas, a haviam moldado, mas o mesmo haviam feito o exemplo e as expectativas dele. A longo prazo, nada disso importava. Tudo se resumia a ser capaz de abandoná-lo ou não, e ela claramente não era.

Então, levou o próprio café de volta à sala de estar e sentou-se durante o resto do programa de TV ao lado do pai. Quando acabou e os comerciais surgiram na tela, ela desligou o aparelho.

— E aí, como foi seu dia? — perguntou a ele.

— Muito bom — ele respondeu. — Muito bom. — Nunca dava outra resposta.

Kennedy contou-lhe sobre sua investigação de assassinato com uma quantidade razoável de detalhes. Peter ouviu em silêncio, meneando a cabeça em concordância ou murmurando um "oh!" de tempos em tempos, mas quando ela parou ele não ofereceu nenhum comentário nem pergunta. Apenas olhou para ela, esperando para ver se havia algo mais. Bem, ela não esperara uma reação. Apenas sentia uma compulsão — intermitentemente, e só até certo ponto — de tratá-lo como um ser humano, já que não havia mais ninguém por perto preparado para fazer isso por ele.

Ela foi até o aparelho de som e colocou uma música para tocar: The Legendary Gipsy Queens and Kings, cantando "Sounds from a Bygone Age". A mãe de Kennedy, Janet — cujas alegações de que tinha sangue cigano Peter sempre declarara serem totalmente absurdas —, não ouvira nada além de Fanfare Ciocărlia durante o ano de sua última doença. Peter desdenhara disso enquanto ela vivera, como desdenhara da maioria das coisas que sua esposa fazia e dos motivos dela para fazê-las. Mas quando ela morrera ele chorara. Fora apenas duas vezes em sua vida que ele fizera isso, até onde Kennedy sabia. Depois, ele mesmo passara a colocar o álbum para tocar, tarde da noite ou nas primeiras horas da manhã, num silêncio hipnotizado. E então ele começara a comprar discos de música cigana dos Bálcãs como que por atacado. Kennedy não tinha ideia se ele gostava daquilo ou não. No entanto, suspeitava que, às vezes, se o acertassem na hora certa e no ângulo certo, aqueles álbuns poderiam funcionar para Peter como uma espécie de construto sonoro de sua esposa morta. A música tinha o poder — ainda que intermitente — de mudá-lo, tanto enquanto estava tocando como por algum tempo depois que já havia acabado.

Essa noite, pareceu funcionar. Os olhos de Peter ganhavam mais foco enquanto o violino guinchante e o acordeão bombástico se chocavam um contra o outro tentando dominar a melodia. Ela tocou apenas três faixas, pois a claridade era uma faca de dois gumes. Se ele lembrasse que Janet estava morta, seu humor decairia para algo mais sombrio e imprevisível e ele provavelmente não dormiria naquela noite.

— Você parece cansada, Heather — Peter disse a Kennedy enquanto as últimas notas de "Sirba" ainda pendiam no ar. — Você tem trabalhado demais. Deveria ser um pouquinho mais egoísta. Cuidar mais de si mesma.

— Como você sempre fez — ela contrapôs. O tom brincalhão foi assumido inteiramente. Era mais doloroso do que agradável ouvi-lo falar novamente como o homem que já fora. Fazia com que ela sentisse falta dele, mas também fazia com que o odiasse, já que parcialmente o reconstruía — levando-o a ser, pelo menos parcialmente, responsável pelo que fazia, alguém que podia ser odiado.

— Eu trabalhei por você — Peter resmungou. — Por você e pelas crianças. Pelo que você está trabalhando?

Era uma boa pergunta, mesmo que o jeito como ele a fizera parecesse demonstrar que o pai a confundira com sua mãe. Ela deu uma resposta mentirosa:

— Pelo bem público.

Peter bufou.

— Certo, certo. O público vai agradecer do jeito que sempre agradece, querida. Do jeito que agradeceu a mim. — Ele bateu no peito quando disse *mim*. Esse já havia sido seu gesto característico, como se as palavras *eu* e *mim* precisassem de ênfase adicional quando se referiam a Peter Kennedy.

— Você faz o que sabe fazer — ela disse. Uma resposta melhor, e Peter a aceitou com uma risada e um meneio de cabeça. Os olhos dele estavam mudando novamente, a luz se suavizando enquanto a mente deslizava para longe da ilha de consciência rumo ao mar de fiapos e estática no qual geralmente flutuava.

Involuntariamente, Kennedy ergueu a mão e lançou-lhe um aceno de adeus.

— Vai nessa, pai — ela disse gentilmente enquanto piscava em rápido *stacatto*, meia dúzia de vezes, determinada a não deixar a lágrima cair.

* * *

De seu quarto, mais tarde, Kennedy tentou falar com Emil Gassan novamente. Dessa vez, teve sorte: alguém atendeu o telefone da casa. Ele tinha uma voz aguda e lamuriosa e um sotaque que estava muito mais para o padrão inglês do que para o escocês.

— Emil Gassan — ele disse.

— Dr. Gassan, meu nome é Heather Kennedy. Sou sargento detetive da Polícia Metropolitana de Londres.

— Da polícia? — Gassan imediatamente soou tanto alarmado quando levemente indignado. — Não entendi.

— Estou investigando a morte de um ex-colega seu. O professor Stuart Barlow.

— Ainda não estou entendendo.

— É possível que haja algo de suspeito na morte dele. Especialmente considerando a coincidência das mortes de dois outros acadêmicos com os quais o professor Barlow tinha ligação.

— Está sugerindo que o Barlow foi assassinado? Eu achei que ele tinha caído da escada!

— Não estou sugerindo nada nesse estágio, dr. Gassan. Só estou reunindo informações. Eu gostaria de saber se o senhor teria um tempinho para falar comigo sobre o projeto de tradução do professor Barlow.

— O projeto do Barlow? Meu Deus do céu, você não está falando do Rum, está?

— Sim. O Rum.

— Bom, eu dificilmente dignificaria aquela proposta asinina com o termo "projeto", sargento... — Ele esperou que ela completasse o nome.

— Kennedy.

— E, além disso, eu hesitaria em chamar Stuart Barlow de colega. Ele mal publicou qualquer coisa nas últimas duas décadas, sabia disso? Ele lança hipóteses malucas naquele, como é o nome? Fórum dos Ravellers. Mas uns poucos e-mails aqui e ali não contam como séria atuação acadêmica. E quanto à ideia de que alguma coisa poderia ser descoberta a respeito do Códice do Rum a esta altura... bom, mentes melhores do que a do Barlow já naufragaram com esse barco. — A última declaração foi acompanhada de uma risada azeda e desdenhosa.

— Então, quando ele abordou o senhor — Kennedy disse — e perguntou se queria ser parte da equipe dele...

— Eu disse não. Enfaticamente. Não tinha tempo a perder com isso.

Kennedy analisou seus riscos. O caso inteiro parecia depender de coisas que estavam muito além da zona de conforto dela, e a arrogância desse cara tinha que estar baseada em pelo menos algum grau de conhecimento.

— O senhor tem tempo para me explicar exatamente o que é o Códice do Rum, dr. Gassan? Já ouvi vários relatos até aqui, mas ainda não entendo totalmente.

— Bom, leia meu livro. *Textos Paleográficos: Substância e Substrato*. Leeds University Press, 2004. Está à venda na Amazon. Posso mandar o número do ISBN para você, se quiser.

— Não sou especialista, dr. Gassan. Provavelmente eu me perderia nos detalhes. E, de qualquer jeito, já estou falando com o senhor.

Houve um silêncio levemente carregado do outro lado da linha.

— O que é que você queria saber? — Gassan perguntou por fim. — Não tenho tempo para dar um curso rápido de paleografia a você, sargento Kennedy. Não a partir do zero. E, mesmo para dar uma introdução, eu normalmente esperaria ser pago.

— Bem que eu gostaria de poder pagar — Kennedy volveu. — Mas na verdade não quero saber muita coisa. Só o que o senhor acha que o professor Barlow estava tentando fazer e por que isso seria tão importante — para ele ou para qualquer outra pessoa no ramo. Obviamente, do ponto de vista do senhor, ele estava cometendo erros elementares. Eu só gostaria de visualizar o contexto para entender onde é que ele estava errando porque, no momento, estou trabalhando no escuro.

Outra hesitação. Será que ela havia exagerado na adulação sugerida? Gassan podia parecer tudo, menos tolo.

Mas, tolo ou não, mesmo assim mordeu a isca.

— Para falar sobre o Rum, vou precisar explicar o básico sobre estudos bíblicos.

— O que for necessário.

— Um breve resumo, então. Porque, realmente, eu tenho outros assuntos dos quais cuidar.

— Um breve resumo seria ótimo. Tudo bem se eu gravar a conversa? Gostaria que meus colegas se beneficiassem dela também.

— Desde que eu receba o crédito — Gassan disse em tom desconfiado.

— Com certeza.

— Muito bem, sargento. O que sabe sobre a Bíblia?

CAPÍTULO 16

Transcrição do depoimento feito pelo dr. Emil Gassan em 23 de julho, começando às 22h53.

Emil Gassan: Muito bem, sargento. O que sabe sobre a Bíblia?

Sargento Detetive Kennedy: Não muita coisa, eu acho. Sei que há dois testamentos.

EG: De fato, há. E você sabe, é claro, que o Novo Testamento foi escrito muito tempo depois.

SDK: É claro.

EG: Quanto tempo depois?

SDK: Ah. Deve ter sido uns mil anos, né? O Novo Testamento foi escrito logo depois dos eventos que ele descreve — logo depois que Jesus morreu. O outro foi... bom, lá no tempo dos faraós.

EG: Uma parte dele, sim. Mas levou muito tempo para juntar tudo o que forma a Bíblia — para deixá-la do jeito que a conhecemos agora. Parte desse material data do século XIII a.C., então, você tem razão, é muito, muito antigo. De antes de Roma. Antes de Atenas. Quase antes de Micenas, até. Mas outras partes dele foram escritas mil anos mais tarde. Os Manuscritos do Mar Morto, que são as cópias mais antigas que temos de alguns trechos-chave do Velho Testamento, datam de apenas um século antes de Jesus. E o texto continuou mudando. O que foi incluído — o que contava como a palavra de Deus — foi diferente de geração para geração.

SDK: Tudo isso é relevante para o Códice do Rum?

EG: Ah, eu mal comecei a falar, sargento Kennedy. Então, o Velho Testamento passou mais ou menos uns mil anos sendo formado. O Novo Testamento continuou o mesmo em alguns aspectos, mas ficou diferente em outros. Levou algum tempo para adquirir a forma que conhecemos hoje, mas a escrita dele, em si, aconteceu relativamente rápido. A maioria dos textos-chave já havia sido escrita no final do século II. Essa é a teoria prevalente. Agora, quantos evangelhos existem?

SDK: Quatro?

EG: Obrigado por tentar. A resposta correta está mais perto de seis.

SDK: Hum... Mateus, Marcos, Lucas, João...

EG: Tomás, Nicodemos, José, Maria, Filipe, Matias, Bartolomeu... e eu só estou falando dos livros que são chamados de evangelhos. A palavra em si não significa muito, no final das contas. Para uma oficial da polícia, talvez signifique, hã, o depoimento de uma testemunha. O depoimento de uma testemunha que presenciou eventos assombrosos.

SDK: É uma analogia interessante.

EG: Obrigado. Talvez eu a use novamente. Contando todos, há perto de cem outros livros que foram incluídos na Bíblia em épocas diferentes, ou por igrejas diferentes, mas não fazem mais parte dela hoje. Embora alguns deles ainda estejam presentes em algumas outras escolas da cristandade. As fés ortodoxas grega e eslavas, por exemplo, têm uma Bíblia muito diferente da igreja católica. Há uma porção de livros extras nelas.

SDK: O senhor está falando dos Apócrifos. Os Evangelhos Apócrifos.

EG: Bom, sim. Estou, sim. Parcialmente. Mas também estou dizendo que os apócrifos de um homem são a ortodoxia de outro. A discussão sobre o que era realmente a palavra divina e o que não era continuou firme até a Idade Média. E é difícil saber quem venceu. As diferentes igrejas ficaram com seus próprios textos, e cada uma delas falava que o seu era o certo. Os livros normalmente conhecidos como Apócrifos são aqueles que ninguém quis. Mas até mesmo eles foram promovidos às vezes — ou vice-versa, textos que costumavam ser parte da Bíblia foram descartados. Como o Livro do Pastor de Hermas. Os primeiros padres da igreja o colocaram logo depois de Atos dos Apóstolos. Agora, quase ninguém mais lembra o que ele era.

SDK: Então, o Códice do Rum é um Apócrifo? Algo que foi retirado da Bíblia?

EG: Está mesmo determinada a pular etapas, não é, sargento? Está com pressa. Mas receio que ainda não tenhamos chegado lá. No começo da história da igreja cristã, toda essa questão — o que veio de Deus, o que veio do homem — era literalmente uma questão de vida e morte. Eles lutaram por isso. Mataram uns aos outros para decidir quem tinha a melhor versão da verdade. E estou falando tanto de assassinatos quanto de execuções e martírios. Ário de Alexandria foi envenenado e morreu em agonia porque havia atacado a doutrina da santa trindade. E muitos dos textos religiosos que obtivemos dessa época são realmente polêmicos. Eles dizem: não acredite nisto, acredite naquilo. Dizem: afaste-se das pessoas que dizem isso e isso. Já ouviu falar de Irineu?

SDK: Não, temo que não. Ah, espere. A irmã do Stuart Barlow... Ela disse que Barlow estava estudando esse homem em determinado momento.

EG: Stuart estudava tudo em algum momento ou outro. Bispo Irineu de Lugdunum — e, mais tarde, no devido momento, Santo Irineu. Ele viveu no final do século II depois de Cristo no lugar que, na época, ainda era chamado de Gália. E escreveu um trabalho muito influente chamado *Adversus Haereses*. Que era, essencialmente, um ataque às fés desviantes — uma lista do que bons cristãos poderiam ou não poderiam ler. A maior parte dos escritos que ele atacava pertencia ao que hoje chamamos de tradição gnóstica.

SDK: Outro dos assuntos de estimação de Stuart Barlow.

EG: Recomendo meu comentário anterior sobre isso.

SDK: E o senhor diria que o Códice do Rum está ligado à tradição gnóstica de alguma forma?

EG: Ah, sim.

SDK: Por favor, continue, dr. Gassan.

EG: O *Adversus Haereses* de Irineu é como um aviso de segurança do novo cristão. Ele diz aos fiéis o que evitar. Fala sobre todas aquelas ideias que andavam flutuando por aí — ideias sobreviventes, algumas delas, de épocas anteriores, mas agora atreladas à religião de Cristo —, as quais, na opinião do bom bispo, eram na verdade bombas prontas para explodir. Ele avisa seu rebanho a respeito de supostos homens santos que na verdade eram como estranhos com doces nos bolsos e más intenções. E ele foi particularmente incisivo ao atacar os movimentos gnósticos, que eram quase como sociedades secretas dentro da cristandade — religiões de mistério, compartilhando um conhecimento arcano sobre a vida e os ensinamentos de Cristo. Conhecimento que, às vezes, ia diretamente contra os ensinamentos das igrejas ortodoxas.

SDK: Então, o Rum é uma das coisas que Irineu ataca?

EG: [risos] Não exatamente.

SDK: Tá bom. Eu obviamente não entendi alguma coisa aí.

EG: O Códice do Rum data do século XV, sargento. Ganhou esse nome porque um capitão de barco português o trocou por um barril de rum. É uma tradução — para o inglês — de um evangelho.

SDK: Um Evangelho Apócrifo?

EG: De forma alguma. É o Evangelho de João. O Evangelho de João completo, não muito bem traduzido, mas muito próximo da versão que temos. Mas então, no fim, e é isso que o torna fascinante — e controverso —, há algo mais. Uns poucos versos de um evangelho diferente. E este outro é *muito* apócrifo, pois nunca foi encontrado. Nunca apareceu em lugar nenhum. São sete versos de um evangelho diferente, que começa com algumas afirmações muito peculiares. Sabe o que é um códice, sargento?

SDK: Descobri recentemente. Os primeiros livros, né?

EG: Exato. Mas eles só eram livros no sentido de que eram conjuntos de páginas que haviam sido dobradas e costuradas juntas. Diferentes dos livros modernos, eles frequentemente juntavam textos que não tinham a menor conexão uns com os outros. As pessoas da época ainda não tinham o conceito de um livro como um único texto entre um par de capas. Códices nem tinham capas. Só páginas mantidas juntas. E, se o autor chegasse ao fim de um escrito antes de chegar ao fim da página, frequentemente já se começava a escrever outra coisa na mesma página.

SDK: Que é o que acontece com o Rum.

EG: Que é exatamente o que acontece com o Rum. Os versos extras no final não são de João. Não são de nenhum evangelho conhecido. Mas Judas Iscariotes aparece de forma proeminente neles, e Irineu fala de um Evangelho de Judas que existia naquela época — um evangelho que ele acreditava conter ensinamentos realmente muito perversos.

SDK: Então, quer dizer que, depois do Evangelho de João, o Rum tem um trecho desse outro evangelho? O de Judas?

EG: Bom, possivelmente. Possivelmente do Evangelho de Judas. De fato é um evangelho no qual Cristo fala com Judas sozinho, em segredo.

SDK: Então, o Rum.

EG: Bom, nós não sabemos. Não sabemos. O Rum pelo menos parece ser a tradução de um códice — um livro no qual o Evangelho de João é seguido pelo Evangelho de Judas. Mas, se esse for o caso, então o original — o códice verdadeiro, escrito em aramaico, a partir do qual essa tradução parcial para o inglês foi feita — nunca foi encontrado, nem sequer positivamente identificado.

SDK: Isso é meio decepcionante.

EG: Não é? O Capitão De Veroese deveria ter ficado com o rum. Ele comprou gato por lebre.

SDK: Espere. Talvez eu não esteja mesmo compreendendo o senhor, dr. Gassan. Eu achei que o que o Barlow estava fazendo era criar uma nova tradução do Códice do Rum.

EG: Não. Não poderia ter sido isso. O Rum já é uma tradução. Está escrito em inglês. Um inglês horrível, mas é inglês mesmo assim.

SDK: Então, o que o Barlow propunha fazer com o códice?

EG: Receio que teria que perguntar a ele.

SDK: Ele não disse ao senhor o que tinha em mente? Quando falou com o senhor sobre tudo isso?

EG: Ele disse que tinha uma nova abordagem. Que podia haver mais no Rum do que qualquer um jamais imaginou. Mas ele não estava preparado para me dizer mais nada a não ser que eu concordasse em trabalhar com ele, e eu não tinha a menor intenção de fazer isso.

SDK: O senhor estaria disposto a especular?

EG: Certamente. Eu especulo que, o que quer que fosse, era uma completa e absoluta perda de tempo. Se ele tivesse me dito que pretendia jogar uma nova luz sobre a vida e a obra de Cristo por meio de um exame meticuloso das letras do musical *Jesus Cristo, Superstar*, eu teria tido — no mínimo — um leve interesse a mais na empreitada. Há mais alguma coisa que eu possa fazer por você, sargento Kennedy?

SDK: Doutor, o senhor fez mais do que o suficiente. Obrigada.

EG: Não tem de quê. Boa noite.

CAPÍTULO 17

Kennedy dormiu e sonhou com Judas.

Ele não estava muito feliz. Estava num campo, sob uma árvore sem folhas da qual um nó corrediço pendia, então ela compreendeu que momento era esse. O momento antes do suicídio dele. Ele parecia preocupado, no entanto, em contar o dinheiro que tinha na mão.

Em dado momento, notou que ela estava lá. Ergueu o olhar e encontrou o dela com olhos tristes, escuros. Mostrou-lhe as moedas. Trinta peças de prata.

— Eu sei — disse Kennedy. — Sei que é grave.

Era um verso de uma música dos Smiths, e ela se sentiu inclinada a pedir desculpas por isso. Mas Judas estava pendurado na árvore agora, balançando lentamente para a frente e para trás como o sino dos ventos mais feio do mundo.

O momento havia passado.

CAPÍTULO 18

Tillman levou um longo tempo para recompor-se e entrar na linha novamente depois de finalmente rastejar para a praia em Folkestone. Ensopado, gelado e enfraquecido pela exaustão e pela perda de sangue, sabia que não poderia se dar ao luxo de ir para um hospital. Tinha que continuar andando se queria continuar vivo. Do contrário, sucumbiria à hipotermia e ao choque.

Teve sorte nesse aspecto. Às 3 horas da manhã, Folkestone era um lugar relativamente fácil para conseguir tudo de que precisava. Invadiu uma farmácia para pegar bandagens e sulfadiazina e assaltou as sacolas plásticas deixadas do lado de fora de um bazar de caridade para arranjar uma troca de roupas. Um banheiro masculino perto de um estacionamento de trailers tornou-se seu vestiário e sala de cirurgia.

Os ferimentos no ombro e na coxa estavam sangrando muito livremente, e a sulfadiazina nem mesmo desacelerou o processo. Tillman suspeitava de que a água muito fria, perto o suficiente do ponto de congelamento para comprimir suas artérias, havia salvado sua vida. Alguma coisa sórdida — algo que revestira as lâminas das facas, presumivelmente — estava impedindo seu sangue de coagular. Ele fez uma nova invasão, dessa vez a uma pequena loja de conveniência, onde procurou em vão por isqueiros BIC e acabou se conformando com uma caixa de fósforos. Usou alguns deles para acender um ramo quebrado da cerca viva de pinheiros de alguém. Então, fechou os dentes sobre um rolo feito com sua camiseta enquanto cauterizava os talhos limpos, de arestas perfeitas, com fogo puro. O cheiro forte da resina do pinheiro misturou-se nauseantemente ao de sua carne queimada. Feito isso, ele aplicou mais uma espessa camada de pomada desinfetante com mãos que tremiam ligeiramente e enfaixou as feridas da melhor forma que pôde.

Ir para Londres era o próximo obstáculo. Pelo menos ele ainda tinha a carteira, que estivera no bolso de sua calça e não no da jaqueta que ele deixara para trás, na balsa. Tillman procurou ficar longe das estações de trem, sabendo que seu aspecto era ruim o suficiente para que alguém ficasse tentado a chamar a polícia se ele tentasse comprar uma passagem. Um ônibus noturno parecia uma aposta melhor. Ele tinha quase certeza de que Folkestone possuía uma estação de ônibus, e a cidade era tão pequena que ele a encontrou sem grandes problemas. O primeiro ônibus do dia saía antes de o sol nascer. Comprou uma passagem numa pequena cabine perto de um colossal estacionamento de carros da NCP e esperou fora do alcance das luzes da rua até ver o motorista entrar no ônibus. Então, juntou-se à pequena fila de pessoas no último instante possível. Não provocou nenhum comentário, mas uns poucos olhares desconfiados. Ele parecia um sem-teto com condicionamento físico anormalmente bom e provavelmente cheirava como um incêndio numa farmácia. Ótimo. Ninguém iria querer cruzar o olhar com o dele, muito menos falar com ele. Ele poderia dormir, desde que seus ferimentos permitissem.

Em Victoria, as coisas ficaram um pouco mais fáceis. Pediu um café da manhã reforçado e cheio de frituras em um café na Buckingham Palace Road, cujo proprietário estava acostumado a lidar com os sem-teto do albergue adjacente e não dava a mínima para a aparência e o cheiro de Tillman. A comida o fez sentir-se muito melhor, e a dor causticante das feridas de faca começou a ceder só um pouco. O suficiente para ele funcionar, pelo menos, e pensar com clareza.

Ele precisava estabelecer uma base para si até ter notícias de Vermeulens. Tinha de descobrir o que Michael Brand estivera fazendo em Londres e se ele ainda estava lá. Precisava estar pronto para agir, e agir rápido, se houvesse alguém ou algo contra o qual enfrentar.

Tillman ainda possuía a casa em Kilburn onde vivera com Rebecca e criara uma família com ela, mas nem mesmo considerou a possibilidade de ir até lá. Quem quer que tivesse tentado matá-lo na balsa certamente sabia muito sobre seus atuais deslocamentos, que eram complexos e crípticos. Então, também conheciam seu passado, que era transparente e óbvio.

Depois de visitar um depósito em St. Pancras, um de seus muitos esconderijos de emergência, tomou o metrô até Queen's Park. Lá, alojou-se numa hospedaria do tipo *bed and breakfast*. Pagou em dinheiro, apresentando como documento de identidade um passaporte falso em nome de Crowther — uma das últimas coisas que ele comprara de Insurance antes de ela cortar relações com ele. Ocorreu-lhe imaginar se era seguro usar esse passaporte agora. Talvez não, se fosse em qualquer situação que envolvesse validá-lo de acordo com um banco de dados. Da próxima vez que ele pegasse um avião — se algum dia decidisse que era seguro fazer isso —, provavelmente sairia para comprar novas identidades primeiro.

Dispondo diante de si as poucas posses que lhe restavam e fazendo uma lista mental das coisas que precisariam ser adquiridas e substituídas nos próximos dias, ele se lembrou do afogamento do sr. Neve. A memória era como a linha de um pescador com um grande tubarão branco agarrado à outra ponta. Tillman puxou a linha, sentiu a tensão e rápida, desesperadamente, desviou sua mente para outros assuntos.

Tirou as roupas e as bandagens e tomou um banho frio. Não queria arriscar água quente, nem mesmo morna, sobre a pele queimada das feridas que mal haviam se fechado. Deu um telefonema para Vermeulens e deixou uma mensagem no correio de voz informando a ele seu novo número de celular. Era uma manhã clara e ensolarada, mas as grossas cortinas mantinham a maior parte da luz do lado de fora. Ele deitou — de barriga para baixo, o que parecia irritar menos seu ombro ferido — e dormiu por 18 horas diretas.

O que o despertou foi o telefone. Ele tateou, procurando-o, tentando organizar seus pensamentos e trazer à tona uma lembrança de onde estava agora.

— Oi — grasnou ao telefone antes de descobrir quem diabos estava ligando para ele.

— *Hoe gaat het met jou*, Leo?

— Benny.

— É, sou eu. Você ficou fora do radar por um tempo. Eu liguei para o seu número de sempre, mas eu não conhecia o cara que atendeu. Disse que era amigo seu. Presumi que não era.

O telefone dele ficara no bolso da jaqueta. Os homens com facas e sua garota polivalente deviam tê-lo pego. Teriam verificado se havia uma agenda de telefones ou lista de números memorizados, mas Tillman nunca guardava essas informações. Então, mantinham o aparelho ligado na esperança de que os amigos ou contatos de Leo telefonassem para ele. Era uma estratégia desajeitada e oportunista, e não os levaria muito longe. Apenas meia dúzia de pessoas tinha aquele número de telefone, e nenhuma, exceto Vermeulens, tendia a telefonar para Tillman sem acordo prévio.

— Não era amigo meu — Tillman confirmou.

— E mesmo assim ele pareceu muito ansioso para saber se você estava bem. Ou, pelo menos, se não estava bem, onde ele poderia te visitar.

Tillman riu.

— Arrã. Aí ele me mandaria flores. Provavelmente cravos-de-defunto.

— Você está irritando pessoas, Leo. Sei disso porque estão circulando boatos sobre você que não parecem verdadeiros para mim.

— MacTeale.

— E outras coisas. Dizem que você está traficando drogas agora, aparentemente, mas seus parceiros nesse negócio já foram presos duas vezes em operações com agentes infiltrados. Você escapou das duas vezes. Então, claramente decidiu que entregar seus próprios comparsas é uma manobra lucrativa.

— Não estou traficando drogas, Benny. Nem dedurando.

— É claro que não. Você nunca teve esse tipo de ética profissional. Mas rumores como esse custam dinheiro, Leo. Alguém está querendo te deixar sem conforto e suprimentos. E sem amigos.

— Sem oxigênio também. Eu acabei de pular de uma balsa onde tentaram me estripar feito um peru. Trabalho profissional.

— Profissional — Vermeulens concordou. — Muito. Era isso, na verdade, que eu estava tentando dizer. Que eles são profissionais e estão bem relacionados, com acesso tanto a dinheiro como a canais. É melhor você tomar cuidado.

— Foi por isso que você ligou?

— Não, Leo. Não foi por isso que liguei. Na maior parte do tempo, apesar de sermos amigos, não fico preocupado com seu bem-estar a ponto de te ligar para lembrar você de usar agasalho nas noites frias de inverno. E, de todo modo, provavelmente é verão aí onde você está.

— Como você sabe onde eu estou, Benny? — Ele ouviu a pontada de paranoia na própria voz, o medo indistinto abaixo da agressão. Algo havia mudado na mente de Tillman, em seu mundo. Ele experimentou a mudança como algo gradual, como se o chão reto houvesse se transformado em uma ladeira sobre a qual ele estava agora, de forma a precisar reequilibrar-se de segundo em segundo para manter-se de pé.

— O telefone, Leo. Seu novo número é do Reino Unido. Isso provavelmente significa que você está de volta à Grã-Bretanha, mas note que não estou perguntando. Enquanto isso, e eis a razão pela qual liguei, tem o Michael Brand.

Tillman sentou-se.

— O que tem o Michael Brand?

— Ele andou sendo indiscreto. Muito.

— O que isso significa?

— Ele é procurado por assassinato, Leo. Por muitos assassinatos. Acho que sua sorte pode ter finalmente mudado.

CAPÍTULO 19

Na manhã seguinte, eles esperaram do lado de fora do escritório de Summerhill por uns bons 45 minutos, mas o chefe não apareceu. A policial Rawl, na recepção, disse que ele estava a caminho, mas se atrasara. Então, alguns minutos depois, corrigiu a informação:

— Ele precisou fazer um desvio. Teve que ir a Westminster primeiro para falar com algum comitê. Sobre verbas e apropriações, algo assim. Ele vai demorar pelo menos uma hora.

Kennedy e Harper consideraram a situação e trocaram ideias. O argumento sobre deixar Opie pendente para acrescentar urgência à decisão do chefe ainda se sustentava. Era mais provável que Summerhill os mantivesse no caso se houvesse algo a ser feito naquele mesmo instante. E interrogar Opie apropriadamente era algo que realmente precisava ser feito, quanto mais cedo melhor.

— Você tomou café da manhã? — Harper perguntou a Kennedy.

— Não — ela admitiu. Só muito raramente o café da manhã era parte de sua rotina.

— Bom, vamos comer alguma coisa, então. Enquanto comemos, podemos discutir quais vão ser as perguntas, e voltamos daqui meia hora. Se ele não tiver voltado, a gente sai.

Kennedy concordou, suprimindo um impulso de relutância. Seu dia de trabalho tendia a ser uma corrida em linha reta. Comida, como todo o resto das coisas comuns da vida, era algo que ela relegava a segundo plano.

Mas alguém havia aberto recentemente o Queen Anne Café e o Centro Comercial na esquina da Broadway, uma empreitada extravagante para a qual Kennedy sempre tivera algum tempo. Então, concordou, e eles foram adiante.

O lugar estava um pouco mais lotado do que ela esperava, e falar sobre os detalhes do caso pareceu estranho na presença de tantos possíveis curiosos. Os dois experimentaram vários circunlóquios, mas assassinato soava como assassinato, não importava com quantos véus se tentasse disfarçar o assunto. Desistiram de tentar fazer isso mais ou menos na hora em que o café da manhã reforçado de Harper e a torrada com manteiga de Kennedy chegaram.

— Você sabe que o café da manhã é a refeição mais importante do dia, né? — Harper disse, espiando o prato frugal de Kennedy.

— Para mim, seria o jantar — ela replicou.

— Então, como é? No jantar você acrescenta uma fatia extra? Um bolinho? Geleia de morango?

Kennedy considerou dizer que o que ela comia não era da conta dele, mas olhou bem para o rosto dele e percebeu que a piada pretendia apenas quebrar o gelo, nada mais. Harper ainda não sabia exatamente como falar com ela, em que estágio seu relacionamento profissional estava agora. Não fazia nem 24 horas desde que ela lhe dissera para pular fora do caso.

— Marmelada — ela respondeu. — Com pedacinhos de fruta.

Harper assobiou.

— Com pedacinhos. Agora, sim!

Ele comeu rapidamente, e já estava na metade de sua salsicha, ovo e bacon enquanto Kennedy ainda estava espalhando manteiga no pão.

— Então, você sempre quis ser detetive? — ele perguntou entre garfadas.

— Sim — Kennedy respondeu. — Sempre. — Não era a verdade literal, mas estava perto o suficiente dela para funcionar. Ela sempre quisera ser algo que obtivesse a aprovação do pai, que a tirasse da região venenosa e perigosa do desprezo dele. — E você? — ela volveu, instintivamente afastando a conversa daquele território.

— O que tem eu?

— Quando decidiu que esta vida era para você?

— Na sétima série — Harper respondeu sem hesitar.

O sistema de numeração dos anos escolares na Inglaterra havia mudado desde a época de Kennedy. Ela teve que fazer uma tradução mental da informação.

— O primeiro ano do ensino secundário — disse ela. — Você devia ter 12 anos.

Harper estava devorando o último pedaço de salsicha, tendo-o esfregado no prato para absorver um pouco da gema do ovo frito. Isso ocupou completamente a atenção dele, embora parecesse estar pensando, também, na explicação que estava prestes a dar.

— Eu era um molequinho magricela — disse por fim. — E meio sonhador. Do tipo quieto. Era bem frouxo, para falar a verdade. Tão frouxo que você poderia ter me matado com um tiro pelas costas, como minha mãe costumava dizer quando estava de mau humor. Me provocaram muito na escola primária, mas nada demais. As professoras estavam lá para garantir que a situação não saísse de controle, e eu me escondia na barra da saia delas. Não tinha a menor vergonha.

Ele empurrou o prato vazio para longe de si.

— Daí fui para a Burnt Hill, uma escola estadual para todo tipo de crianças. E aí a coisa ficou péssima. O filhinho da mamãe de repente jogado bem no meio da cova dos leões. — Ele sorriu para Kennedy, como se a estivesse convidando a rir daquela imagem. — Da primeira vez que vi um moleque puxar um canivete numa briga, eu tive um choque de realidade. Foi como se... houvesse um equilíbrio antes e depois não houvesse mais. A disposição das crianças ao meu redor para fazer o mal — e a habilidade delas para isso — tinha crescido *n* vezes por cento, sendo *n* um número muito alto mesmo.

"Mas o sistema de controle não havia mudado nem um pouco. Ainda éramos ameaçados com suspensões, deméritos e perda de privilégios. Era como dizer a Al Capones em miniatura, desgraçadinhos maldosos com mente evasiva e armas pesadas, que teriam que ficar de castigo depois da aula se não mudassem de ideia. Foi naquele exato momento que eu percebi para que serviam os policiais, e comecei a querer ser um."

Ele sorriu para ela novamente.

— E, oito anos depois, meu sonho se realizou. Você não adora uma história com final feliz?

Kennedy registrou a autobiografia resumida com um solene meneio de cabeça.

— Tá certo — ela disse. — Obrigada. Entendo você um pouco melhor agora, Harper. O severo disciplinador mantendo os alunos malcriados do mundo sob controle. Uniformes fazem parte dessa fantasia?

— Eu acabei de largar o uniforme — Harper lembrou-a. — Não fico sexy de uniforme. Roupas normais — é isso que me cai bem, Kennedy.

— Claro. — Ele olhava para ela de forma especulativa. Ela enfrentou aquele olhar diretamente, um pouco irritada. — Que foi? No que está pensando?

— Em você. Estou pensando numa coisa que talvez possa explicar para mim. Você parece muito focada no trabalho — e parece ser muito boa nele. Eu só te conheço há um dia e já te avaliei, mais ou menos, como uma policial de carreira. Quero dizer, isso não é nem um pouco casual para você. Nunca descreveria seu trabalho como "só um emprego". Estou errado?

— Isso é relevante de alguma forma?

— Bom, talvez não. Só estou perguntando porque seria bom saber. Quero dizer, já que estamos trabalhando juntos.

— Não é só um emprego. E daí?

Harper ergueu as mãos.

— Então, como você se meteu numa situação tão ridícula? É como se tivesse escolhido isso. Como se quisesse ser jogada de lado e odiada. Quero dizer, seguir seu próprio caminho em vez de apoiar o resto da sua unidade. Relatar uma história contra outros oficiais em um inquérito oficial. É uma escolha incomum, né?

Kennedy passou por diversas respostas em sua mente. A maioria envolvia mandar Harper enfiar aquela pergunta bem no fundo do rabo dele. Mas ela finalmente se decidiu por:

— O resto da minha unidade tinha acabado de meter quatro balas num homem desarmado.

— Mas não é essa a questão, né? Não mesmo. Eu estou presumindo que não é essa a questão.

— Por que não seria? Você acha que o Marcus Dell não importa porque ele era negro e drogado?

— Jesus! — Harper encolheu-se bruscamente, como se as palavras tivessem assentado sobre seus ombros e ele quisesse desalojá-las. O tom dele tornou-se mais sério. — Escute, eu me inscrevi para uma ARU assim que consegui minha transferência para a Divisão de Detetives. A lista de espera é de três anos, eu sabia disso. Mas não passei nem na primeira fase, porque os testes psicológicos são muito sensíveis — quero dizer, eles procuram reações perfeitas. Não pontuei alto o suficiente no quesito controle de impulsos. Então, acho que faz sentido pensar que qualquer um que tenha conseguido colocar as mãos numa arma tenha provado que é capaz de trabalhar com uma. Está entendendo o que quero dizer, Kennedy? Você conseguiu entrar num grupo de elite. Fez sua própria seleção. É a melhor da classe.

"Então, quando está numa situação como essa, acho que sua equipe é a coisa mais importante do mundo. Não importa se esse cara, o Dell, estava armado ou não. Ele *parecia* estar armado, e ele atacou uma policial. Você não critica os desgraçados azarados que têm que tomar uma decisão como essa, né? Eu diria que é algo básico. Então, o que eu não estou entendendo aqui?"

Harper ficou em silêncio, olhando para ela com expectativa. Eles poderiam ter ficado sentados lá até o fim dos tempos. Kennedy não sentia que lhe devia uma explicação, nem se importava demais com o que ele pensava dela. Mas se importava com a falsa lógica. Sabia aonde ela levava.

— Você tem alguma ideia de quantas mortes a polícia já causou, Harper? — perguntou a ele. — No total. Desde 1829, quando dispensaram os Bow Street Runners[7] e criaram o serviço moderno?

Harper fez um som estalando o ar entre os dentes.

— Não. Nem você.

— Certo. Tem razão. Mas posso dizer quantas pessoas nós mandamos para a cova por ano, em média. Em tiroteios, quero dizer. Não em acidentes. Policiais atirando para matar.

Harper ruminou a ideia junto com um pedaço de pão frito.

— Bom, eu vou chutar, mas não sei se isso é muito menos do que...

— Uma.

As sobrancelhas de Harper mergulharam, depois subiram. Ele não disse nada.

— É isso aí — disse Kennedy. — Em alguns anos chegam a ser duas ou, Deus proíba, três, mas em outros anos não temos nenhuma. Então, em média, a longo prazo, é só uma por ano. — Ela não disse: *E no ano passado essa uma foi minha.* Não parecia ser necessário dizer.

Harper meneou a cabeça, aceitando a informação e convidando Kennedy a chegar aonde queria.

— Por todo o país — e eu estou contando Gales e a Escócia também —, o pior ano deste século foi 2005. Foi um ano ruim mesmo. Uma vergonha e um escândalo. A contagem de corpos foi três vezes maior do que no ano anterior. Isso quer dizer seis mortos. Seis pessoas baleadas num ano. Num país. Entendeu, Harper? Mas, como sabe, podemos ser mais específicos nessa avaliação. Todas as mortes causadas por

---

[7] Os Bow Street Runners foram a primeira força policial profissional de Londres. Fundada em 1749 pelo escritor Henry Fielding, recebeu esse apelido da população porque funcionava no escritório do autor, então magistrado da cidade, na Bow Street. (N.T.)

contato de civis com oficiais da polícia — espancamentos em celas de delegacia, técnicas de detenção duvidosas, perseguições em alta velocidade que vão um pouco longe demais. Qual é a contagem agora? Algum palpite?

— Não — Harper disse. — Nenhum palpite, Kennedy. Mas tenho certeza de que você vai me contar.

— É menos de cem ao ano. Muito menos. Na maioria dos anos, digamos mais ou menos umas sessenta. Há cidades na América — e não são nem cidades particularmente grandes — que têm mais mortes sob a custódia da polícia do que em toda a nossa ilha. E vou te dizer por quê. É porque a maioria dos policiais não está nas ruas para fazer pontos ou lutar em guerras. Eles estão nas ruas para fazer um trabalho. Um trabalho que é duro. Duro no nível sangue, suor e lágrimas.

— Tá bom. — O tom de Kennedy fora tão firme que um homem precisaria ser muito corajoso para discordar dela. Mas Harper não discordaria mesmo assim. — Essa era meio que a minha questão antes de ser a sua — ele disse. — Que o trabalho é realmente duro, e, se você estiver no ramo há um certo tempo, talvez mereça um pouco de amor e compreensão. Mas você tirou uma conclusão diferente, obviamente.

— Não é só uma conclusão diferente, Harper. É uma conclusão oposta. Se você tem orgulho desses números, ou se simplesmente acha que eles significam alguma coisa, então você coloca os servidores policiais num padrão mais elevado, não num padrão mais baixo. Porque a pior coisa que alguém pode fazer é oferecer vista grossa a essas coisas. Entre nós três, meu time e eu, nós matamos um homem quando não havia nenhuma boa razão para isso. Se você acha que não deveríamos responder por isso, então sente aí e fique olhando os números das mortes aumentarem cada dia mais. Sente e fique olhando a contagem subir até o céu enquanto cowboys imbecis tipo o Gates e o Leakey voltam para a divisão e ganham tapinhas nas costas como se tivessem feito uma coisa maravilhosa.

Ela estava falando um pouco alto demais quando terminou, e algumas pessoas das outras mesas lhes lançavam olhares nervosos.

— Tá bom — Harper disse. — Tá bom, Kennedy. Já entendi. Acho que era isso que eu queria ouvir. Acho que agora sei com quem estou lidando.

— Não, não sabe — ela garantiu, austera. Pois ela havia deixado de fora o principal ponto da história. Não tivera a intenção clara de fazê-lo. Só descobrira, quando chegara àquele ponto, que era a parte mais difícil de traduzir em palavras.

Mas Harper ainda estava olhando para ela, esperando pelo resto. Então, ela o deu a ele, sem saber exatamente por quê.

Antes que houvesse uma Kennedy, H., sargento detetive número 4031, houvera um Kennedy, P., sargento detetive número 1117. Ele servira por 12 anos como policial comum e 28 como detetive. Entrara para uma ARU em 1993, embora, na época, o nome não fosse esse, mas *Open Carry*, ou os caras com licença para portar armas de fogo, porque esse era um termo americano que estava se popularizando na época e soava muito bem.

Em 27 de fevereiro de 1997, portando sua arma, o sargento detetive Peter Kennedy perseguira um homem armado, Johnny McElvoy, que estava fugindo da cena de um tiroteio entre gangues. A caçada levara Kennedy a um beco onde, no escuro e pensando — como descobriria depois, equivocadamente — que estava sendo atraído para uma emboscada, ele disparara três vezes contra uma mulher grávida a uma distância de seis metros.

Incrivelmente, a mulher sobrevivera. Mas a bala que havia passado por seu útero e destruído o que ele continha também passara pela base de sua espinha, deixando-a paraplégica.

Kennedy ficara devastado. Seus amigos, no entanto, o apoiaram e combinaram entre si apresentar uma versão dos eventos que poupava tanto o colega quanto a força de uma grande quantidade de sofrimento e vergonha. McElvoy, eles disseram, ficara em posição defensiva no beco e estava atirando contra eles. Kennedy reagira atirando, e a mulher, em pânico, havia corrido para o caminho de suas balas.

Kennedy chegou a esse ponto da narrativa e parou. Harper estava olhando para ela, claramente esperando mais, mas era aí que a coisa se tornava complicada e feia e difícil de explicar.

— Eles o acobertaram — resumiu.

— Entendi — Harper disse. — Mas foi um acidente, né? Só um acidente horrível.

— Harper, foi um acidente que arruinou uma vida e abortou outra.

— Daí...? — Ele tinha uma expressão vazia.

Kennedy ficou exasperada por ele não compreender.

— Daí que tomar o partido de um colega não é a resposta certa a uma situação como essa. Se foi um erro razoável, dizer a verdade deveria ser bom o suficiente. Se foi uma mancada, então a verdade precisa ser exposta, e o policial deve perder o porte de arma porque ele não foi bom o suficiente para usá-la direito.

Harper recostou-se na cadeira, olhando para ela astutamente.

— Tá bom — disse. — Qual é a parte da história que você está deixando de fora?

— Não estou deixando nada de fora — Kennedy respondeu.

— Está, sim. Eu concordo com você até aqui: o que seu pai fez foi terrível. Foi terrível *mesmo*. E consigo entender como isso deixou uma marca em você. Mas não impediu que você entrasse para a polícia, nem se tornasse detetive nem se candidatasse para uma ARU. Então, onde está a marca, Kennedy? Onde o calo aperta?

Kennedy não respondeu. Deixou uma nota de dez libras para cobrir o café da manhã e a gorjeta e os dois andaram de volta para a rua. Ela se manteve em silêncio enquanto caminhavam, e Harper fez o mesmo. Ele parecia ter aquela habilidade de interrogador de fazer o silêncio pressionar o interrogado até que ele sinta que precisa preencher o vazio.

— Tá bom — disse Kennedy. E contou o que era, para ela, a pior coisa. A coisa que, mesmo depois de todo esse tempo, ela não conseguira descrever em voz alta. Como Peter Kennedy havia colocado a esposa e os três filhos diante de si e lhes ensinado cada detalhe daquela mentira, caso alguém — um amigo na escola, um jornalista, alguém que eles encontrassem no mercado — um dia perguntasse. Pois Deus proibiu que houvesse uma falha grande o suficiente para um estranho enfiar um pé de cabra nela e abrir a porta atrás da qual ele estava escondido. Heather e Steve e até a pequena Chrissie, assim como a mãe deles, tiveram que repetir para o sargento Peter Kennedy, como papagaios, a exata sequência dos eventos, na ordem correta, de novo e de novo, e quando eles erravam o pai gritava com eles numa fúria que vinha diluída com o pânico em sua alma, e quando eles acertavam ele os abraçava com amor fervoroso.

“Isso acabou com a gente, com a família — Kennedy disse. Tendo contado tudo, agora ela podia pelo menos fazer esse resumo de forma desapaixonada. — Então tínhamos aquela mentira enorme entre nós por toda a porcaria do tempo. Não dava para falar sobre ela, então não falávamos sobre nada. O que é que foi salvo, Harper? Ele nunca foi nada além de sargento, pois, não importava o que o relatório dissesse, todo mundo sabia o que havia acontecido. Todo mundo enxergava a culpa dele. Ele começou a beber feito um maníaco, e acho que isso provocou o Alzheimer dele. O estresse — bom, talvez não tenha causado o câncer da minha mãe, mas pareceu fazer com que ela se entregasse à doença muito mais rápido. E nenhum de nós sente mais nada um pelo outro. Eu não vejo meu irmão há dez anos. Vejo a Chrissie só em ano bissexto. Nós... paramos de funcionar e nos separamos. Fim do jogo."

— E seu pai morreu?

Kennedy pensou no conjunto trêmulo de maneirismos com quem dividia o apartamento.

— Sim — respondeu. — Meu pai morreu.

— Então. Daí você virou lésbica para se vingar dele?

Kennedy ficou rígida, parou e virou-se para encarar Harper, pronta para dar uma surra naquele egozinho zombeteiro dele. Mas Harper estava sorrindo e ergueu as mãos em gesto de rendição.

— Só estou tentando descontrair — ele disse.

— Idiota.

— Não, sério. Sigmund Freud disse...

— Eu provavelmente vou conseguir meu porte de arma de volta em algum momento, Harper. Mantenha isso em mente.

Ele concordou, ainda sorrindo, e deixou a piada parar por ali mesmo.

* * *

Summerhill ainda não havia aparecido. Rawl disse que ele não havia nem chegado à sala do comitê ainda.

Kennedy decidiu deixar para depois. Eles iriam até Luton e estariam de volta na hora do almoço. Provavelmente ainda voltariam antes de Summerhill dar as caras. Ela foi pegar o arquivo do caso para que eles pudessem acrescentar nele o depoimento de Opie se ela dissesse algo pertinente. Deixou um recado para Summerhill explicando o que os dois fariam. Enquanto isso, pediu a Harper para pesquisar o nome de Michael Brand no banco de dados da Interpol. Talvez tivessem alguma sorte, afinal.

O carro que haviam usado no dia anterior estava indisponível por alguma razão, então eles pediram outro veículo da força e o encontraram, depois de uma rápida procura, na garagem da Caxton Street: um Volvo S60 verde-escuro, em boas condições a não ser por um profundo arranhão em toda a extensão do lado do motorista, onde alguém havia passado uma chave. Ao abrir a porta, depararam com um miasma de fumaça velha que fez Harper xingar e Kennedy se encolher. Mas não valia a pena voltar para dentro e preencher mais uma papelada para pegar outro carro.

Haviam escapado da pior parte do horário de pico quando chegaram à M1, mas o tráfego ainda estava lento. Harper queria colocar o farolete do lado de fora e ligar a sirene. Já tendo perdido tanto tempo da manhã, Kennedy não viu razão para isso.

Diferente do Prince Regent's College, a universidade Park Square ainda parecia estar fervilhando de estudantes determinados e em movimento, apesar da época do ano, e o estacionamento estava lotado. Eles deram duas voltas na rua, logo à frente de uma van Bedford branca que estava fazendo exatamente a mesma coisa, antes que Harper entrasse numa vaga onde a palavra RESERVADA havia sido gravada em grandes letras amarelas. A van passou por eles, e Kennedy teve um rápido vislumbre do motorista: um homem no começo da meia-idade, surpreendentemente bonito de uma forma austera e aristocrática. O cabelo negro era muito crespo e curto, tão lustroso como se tivesse sido untado com óleo. O rosto, no entanto, parecia tão pálido quanto o de uma estátua grega, e o olhar que ela encontrou brevemente lhe deu um importuno solavanco de reconhecimento. Era como o do pai dela quando estava flutuando para as paragens íntimas de sua demência. Um olhar que nunca chegava realmente ao mundo exterior, ou então passava para muito além dele. Enervada, ela desviou os olhos.

CAPÍTULO 20

Do portão principal, eles foram direcionados ao edifício de Ciências da Computação, que ficava no final de uma faixa ampla de gramado esfarrapado e descorado. Depois, para um laboratório no terceiro andar onde uma centena de estudantes trabalhavam silenciosamente numa grande quantidade de máquinas novas, reluzentes. Não, *silenciosamente* era a palavra errada. O recinto era preenchido por um sussurro de dedos digitando em teclados *soft-touch*, como o ruído de uma centena de passarinhos escondidos. Sarah Opie estava sentada diante de uma estação de trabalho que não parecia diferente de nenhuma das outras, exceto pelo fato de que ficava voltada para elas e era ligada por um cabo pendente a um imenso monitor de LCD acima da cabeça dela. O monitor estava desligado.

A dra. Opie parecia mais jovem do que Harper esperara: mais jovem e muito mais atraente, com cabelos loiro-avermelhados cortados na altura dos ombros e levemente alvoroçados. Ela devia estar em seus 20 e poucos anos, jovem o suficiente para que o doutorado fosse uma aquisição muito recente. Jovem o suficiente para que os alunos na sala, os quais ela estava presumivelmente ensinando ou supervisionando de alguma forma, parecessem mais seus colegas do que pupilos. Ela havia tentado distinguir-se deles adotando uma aparência formal, mas o tailleur azul-marinho em risca de giz que vestia parecia quase uma fantasia — como o traje de uma *stripper* bancando a secretária sexy.

Opie estava esperando por eles. Ela ficou de pé e seguiu sem dizer palavra para um escritório contíguo cuja fachada de vidro formava a parede dos fundos do laboratório principal. Esperou com a mão na maçaneta até que eles se juntassem a ela, então fechou a porta. Alguns dos alunos haviam erguido o olhar de seu trabalho quando os detetives chegaram e ainda os observava de soslaio agora. A dra. Opie virou-lhes as costas para encarar os dois policiais, os braços rigidamente cruzados.

O olhar dela fixou-se primeiro em Harper.

— Eu já disse tudo o que sei — ela declarou em voz baixa.

— Esta é a sargento detetive Kennedy — ele respondeu. — Ela é a encarregada do caso e gostaria de ouvir a história também. Além disso tenho algumas perguntas que surgiram depois da nossa conversa ontem. Espero que esteja tudo bem.

A expressão no rosto de Opie indicava que para ela provavelmente não estava nada bem, mas ela moveu a cabeça no que foi quase um gesto de concordância e, um momento depois, sentou-se em uma das duas cadeiras do escritório. Kennedy ficou com a outra, deixando Harper precariamente apoiado contra um dos pilares de alumínio que separavam os painéis de vidro do chão até o teto.

— Então, temos três fatalidades — Kennedy disse assim que ligou o gravador e obteve a permissão de Opie para usá-lo. — Stuart Barlow. Catherine Hurt. Samir Devani. Todos estavam interessados em história — ou, pelo menos, em documentos antigos — e eram membros desse seu grupo, que gosta de discutir esses assuntos. Agora, a senhora diz que eles estavam trabalhando juntos num projeto particular?

A dra. Opie franziu o cenho, um tanto impaciente. Pareceu sentir que aquela era uma questão da qual ela já tratara.

— Sim — foi tudo o que disse.

— E o projeto era algo que eles discutiam no fórum on-line? — Kennedy prosseguiu.

— Sim.

— Que é um fórum dedicado a história. Mas a senhora não é historiadora, obviamente.

— Não.

Dessa vez Kennedy esperou, fitando Opie em silenciosa expectativa. Harper sabia o que ela estava fazendo e teve o cuidado de não interromper. Perguntas fechadas eram boas porque eram focadas, mas, se eles não tivessem cuidado, e se a testemunha não fosse do tipo tagarela, poderiam cair num padrão de pergunta fechada/resposta monossilábica — e aí acabariam correndo atrás da própria cauda. O silêncio se prolongou por alguns segundos, mas no fim obteve o efeito desejado.

— É um hobby para mim — Sarah Opie disse. — Estudei os clássicos na escola e sou muito boa em grego antigo. As pessoas acham que isso é meio esquisito para uma especialista em TI, mas eu amo linguagens. E sou boa nelas. Tive um namorado judeu que me ensinou um pouco de hebraico, e a partir daí voltei um pouco atrás para estudar aramaico. O que me fascina, no aramaico e no grego antigo, é como os conjuntos de caracteres são quase os mesmos das versões modernas dessas linguagens, mas às vezes houve uma mudança fonética, de forma que o mesmo sinal gráfico designa sons muito diferentes. É claro que, em alguns casos, nós nem sabemos como a linguagem viva realmente soava. A pronúncia "seca" versus a pronúncia nasal de *mu* mais *pi* — sabe, onde é que isso entra? Temos textos antigos e falantes modernos, e não é fácil fazer...

— A senhora pode nos dizer o que sabe sobre o projeto Rum do Stuart Barlow? — Kennedy interrompeu. Harper quase sorriu. Tendo persuadido Opie a falar algo além de monossílabos, a sargento agora precisava freá-la novamente. Era 8 ou 80.

— O professor Barlow entrou no fórum para pedir colaboradores — Opie respondeu. — Foi assim que tudo começou. Ele disse que queria examinar o Rum outra vez, mas sob um novo ângulo, e perguntou se alguém estava a fim de trabalhar nisso também. Era este o título da postagem: "Alguém está a fim de dar uma nova olhada no Rum?".

— E quando foi isso?

Opie balançou a cabeça, mas respondeu mesmo assim:

— Dois anos atrás. Talvez três. Eu teria que voltar e olhar as postagens no fórum. Ainda estão todas disponíveis no site.

— Então, quem respondeu? — Harper perguntou.

A voz de Opie tremeu um pouco enquanto ela desfiava a lista de nomes:

— A Cath. Catherine Hurt. E o Sam Devani. O Stuart foi atrás do Emil Gassan porque ele é muito bom no aramaico do Novo Testamento, mas o Gassan não quis saber do assunto.

— Por quê?

— Ele meio que achava que o Stuart não tinha as credenciais acadêmicas para isso. Bom, o time todo, na verdade. Ele não queria se associar a eles.

— Então, foram só os três — Kennedy disse. — O Barlow, a Hurt e o Devani.

— Sim. Só esses três.

— Ninguém mais que a senhora tenha esquecido?

— Não. — Opie deixou sua irritação transparecer. — Ninguém.

— E quanto a Michael Brand?

— Michael Brand... — Ela repetiu o nome sem nenhuma ênfase. — Não. Ele nunca fez parte do projeto.

— Mas a senhora o conhece?

— Não mesmo. Acho que vi o nome dele no fórum uma ou duas vezes. Ele nunca fez parte de nenhuma discussão de que eu tenha participado. E eu só apareço no fórum, não nos simpósios. Não sou historiadora, obviamente — então, não poderia conseguir fundos para ir a uma conferência de história e não poderia bancar minha ida com meu próprio salário.

— Isso é incomum, não é? — Kennedy prosseguiu. — Que vocês fizessem parte do mesmo grupo de mensagens e não conhecessem um ao outro?

Opie encolheu os ombros.

— Na verdade, não. Quantos membros registrados o fórum dos Ravellers tem? Da última vez que verifiquei a contagem, já passavam de 200. Há um contador de membros na página inicial, de forma que você pode ver quando alguém novo chega — e uma postagem na qual essas pessoas se apresentam. Nem todos postam regularmente. Eu mesma não posto. Não faço isso a não ser quando tenho um projeto de verdade em andamento. Eu diria que conheço bem talvez 20 ou 30 dentre os membros, e posso lhes dizer o nome de mais 20. O nome que usam na Internet, quero dizer.

— A senhora disse "quando tenho um projeto" — Harper disse, mas Kennedy claramente não estava interessada em fazer com que a dra. Opie falasse sobre si. Ela queria saber a respeito do grupo de Stuart Barlow e o que eles estavam fazendo. Ela passou por cima da pergunta de Harper, o que o irritou um pouco — mas ela era a oficial superior e tinha direito de liderar um interrogatório.

— O professor Barlow já havia falado com a senhora sobre o que exatamente ele estava tentando fazer? — ela perguntou. — O que ele queria dizer com essa nova abordagem?

— Ora, sim — Opie disse, parecendo intrigada. — É claro que falou.

— Por que "é claro"?

— O Stuart e eu éramos muito bons amigos. Eu disse que nunca ia a nenhuma das conferências e isso é verdade — mas, quando as conferências eram em Londres, às vezes eu pegava um trem até lá e encontrava com uma ou duas das pessoas que conhecia depois que as sessões acabavam na sexta e no sábado. Nós saíamos para beber alguma coisa, às vezes para jantar. Conheci a Cath assim, e o Stuart também. Ele era muito divertido — como a caricatura de um professor meio maluco de um programa de TV. Mas era uma das pessoas mais inteligentes que já conheci. Acho que é por isso que ele nunca publicou nada. Achava difícil se decidir por uma coisa só. Ele tinha uma ideia brilhante, mas aí, enquanto estava trabalhando nela, tinha outra ideia brilhante e acabava deixando a outra sem conclusão. Era assim que ele falava, também. — Ela sorriu, provavelmente se lembrando de alguma conversa específica, mas então ficou séria novamente, quase de uma vez. — Então, sabem, não havia jeito de ele, no mínimo, não mencionar algo tão grande para mim. Ele provavelmente me falou a respeito do projeto antes de falar com qualquer outra pessoa.

— Então a senhora pode resumir o projeto para nós — Kennedy disse, colocando Opie de volta nos eixos novamente. — Acho que isso vai ser útil neste estágio do caso.

Opie olhou — talvez com algum anseio — pela janela em direção à classe. Alguns dos alunos ainda estavam lançando olhares ocasionais na direção do escritório contíguo, mas a maior parte trabalhava em silêncio. Nenhum tumulto em andamento. Talvez todos estivessem vendo pornografia na Internet ou jogando paciência, mas faziam isso discretamente.

— Tá bom — Opie disse, parecendo resignada. — O Stuart disse que queria usar uma abordagem de força bruta.

— O que significa?

— Bom, não tenho certeza se ele sabia o que significava quando disse isso, mas, no fim, essa estratégia se resumia a processar os números. Digitalizar o Rum e então esmiuçá-lo usando um programa de varredura com tecnologia de ponta que praticamente precisava ser criado do zero. Era por isso que o Stuart queria ter suporte de TI. Entendam, ele achava que o melhor jeito de encontrar o documento original do Rum era...

— Espere aí — Harper disse com ímpeto. — Diga isso de novo. Ele queria?

Opie piscou, espantada.

— Ele queria suporte de TI. Porque o que tinha em mente envolveria centenas de horas de...

— Isso significa a senhora? — Harper quis saber, interrompendo-a novamente. — Suporte de TI significa a senhora?

— Claro que significa eu. Eu criei o software e o coloquei para funcionar. De que outra forma você acha que eu sei de tudo isso?

— Mas a senhora disse que não estava na equipe! — Kennedy exclamou, ficando de pé.

A dra. Opie ainda parecia confusa, mas agora parecia também assustada e defensiva.

— Eu não estava — declarou, involuntariamente empurrando sua cadeira um pouco para longe de Kennedy, que estava de pé diante dela, evidentemente perto demais. — Eu só fazia buscas e filtragens para eles. Suporte. O Stuart, a Cath e o Sam eram a equipe. Eram eles que iam escrever a monografia, se um dia fosse publicada. Quero dizer, sabem, se encontrassem o que esperavam encontrar. O Stuart só me pediu para dar o suporte técnico, e eu disse sim. Isso não faz de mim...

— O que isso faz da senhora — Kennedy disparou, cortando Opie — é um alvo. Se alguém está matando os membros desse grupo, por que fariam alguma distinção entre a senhora e os outros três? A senhora diz que estava apenas ajudando — mas falou com eles, trabalhou com eles. Para quem olha de fora, não parece que a senhora estava na equipe?

Opie balançou a cabeça, firmemente a princípio, mas a convicção se desvaneceu em três rápidos estágios:

Balance para a esquerda — vocês estão num estágio avançado de loucura.

Balance para a direita — mas já tem um monte de gente morta.

Balance para a esquerda — e vocês estão dizendo... ah, meu Deus.

Ela soltou uma risada incrédula e ligeiramente dolorosa. Harper lamentou por ela. Incredulidade parecia uma resposta razoável. Se você vive na atmosfera rarefeita de teorias arcanas e minúcias acadêmicas, provavelmente acaba sentindo que há pelo menos uma ou duas muralhas de puro marfim entre você e a realidade suja do mundo. Mas agora o assassino acadêmico estava na área e as muralhas estavam ruindo. Por um instante apenas, ele se sentiu culpado pela parte de si mesmo que gostava da situação.

— Não estou — Opie disse novamente. — Não estou na equipe. — Mas era um protesto fraco agora. Um apelo a um tribunal inexistente de justiça natural.

— Suporte técnico — Kennedy disse, lembrando-lhe as próprias palavras. — O professor Barlow queria que a senhora o ajudasse. Quem mais sabia disso? A senhora falou sobre isso no fórum?

— Claro que falei! — A própria Opie ficou de pé agora, confrontando Kennedy por um momento ou dois com os punhos apertando-se e abrindo-se numa emoção desfocada, mas forte. — É claro que falei. Não era segredo. Tudo o que fiz foi usar os programas. Eu nem mesmo li as impressões. Não significavam nada para mim.

Kennedy abriu a boca, mas mudou de ideia e fechou-a novamente. Ela se virou para Harper, questionando-o com o olhar. Ele assentiu. Os detalhes não importavam. O que ela estava perguntando a ele era se a situação precisava mudar de jurisdição, e a resposta só poderia ser sim. Poderiam estar enganados a respeito de todo o resto: os acidentes que haviam matado Hurt e Devani poderiam ter sido apenas acidentes, e as invasões à casa e ao escritório de Barlow no Prince Regent's, incríveis coincidências. O desaparecido Michael Brand — Harper subitamente se lembrou de que ainda não mencionara nada disso a Kennedy — poderia ser um completo inocente que simplesmente era muito distraído com seu endereço. Não fazia diferença. Havia somente uma prioridade aqui, e apenas um jeito de lidar com ela. Tinham razão para acreditar que uma testemunha estava correndo perigo físico imediato. Precisavam levá-la.

— Devo trazer o carro para a entrada? — Harper perguntou a Kennedy.

— Sim — ela respondeu. — Obrigada, Chris. Faça isso. — Então, ela ergueu a mão em sinal de "pare" e virou-se para Opie. — Há uma porta dos fundos?

— O quê? — Opie perguntou. Não pareceu entender para onde a situação caminhava.

— Neste prédio. Há outra saída?

— Só a de emergência.

Para Harper, Kennedy disse:

— Vamos por esse caminho, e vamos juntos. Dra. Opie, levaremos a senhora sob custódia preventiva para sua proteção. Por favor, pegue tudo o que precisa levar agora. Obviamente vamos mandar alguém até sua casa mais tarde para pegar qualquer outra coisa que a senhora queira — mas pode levar algum tempo para a senhora poder voltar lá pessoalmente.

— Estou no meio de uma aula — Opie declarou, como se ainda fosse relevante.

— Dispense a classe — Kennedy disse. — Ou mande os alunos continuarem trabalhando sem supervisão. A senhora confia que eles fariam isso?

— Sim, mas...

— Vamos explicar aos seus empregadores — às autoridades da universidade — que isso estava fora do seu controle. Que foi decisão nossa. E tenho certeza de que vão encontrar alguém para substituir a senhora no trabalho enquanto estiver fora.

Opie ainda parecia infeliz e continuou discutindo até o momento em que Kennedy pegou a maleta dela e a colocou nas mãos dela. De algum modo, isso tanto a estimulou quanto a silenciou. Ela pegou uns poucos itens de sua mesa — um *flashdrive*, uma bolsa e algumas grossas canetas para quadro branco — e os jogou na maleta. Então, lançou a Kennedy um olhar repreensivo e desnorteado, que talvez ela tivesse a intenção de lançar contra Deus ou Nêmesis, e deu um passo em direção à porta. Quase imediatamente, ela ganiu como se tivesse sido aguilhoada e voltou rapidamente à mesa. Revirou alguns papéis, remexeu o conteúdo de uma bandeja de entrada vermelha e plástica e, finalmente, encontrou uma única folha de papel amarelo dobrada.

— A senha — ela disse a Harper e Kennedy. — Para meus arquivos. Troco toda semana.

— A senhora anota sua senha num papel? — Harper perguntou, levemente escandalizado.

— É claro que não — Opie disparou, exasperada pela reprimenda sugerida. — Mas mantenho uma referência dela caso eu me esqueça.

Ela saiu para a sala de trabalho principal do laboratório. Harper e Kennedy a seguiram.

Todos os estudantes ergueram os olhos de seu trabalho, sabendo que algo fora do comum estava acontecendo e curiosos para descobrir o que viria a seguir.

— Vamos terminar a aula um pouco mais cedo — a dra. Opie disse. — Quem quiser continuar trabalhando pode ficar aqui até as 12h30. E a data para entrega do serviço de banco de dados continua a mesma, então, por favor, usem o tempo com sensatez. Vejo vocês na semana que vem.

Todos os estudantes voltaram-se para seus monitores, mas ficou claro, pelos movimentos rápidos com que juntavam suas coisas, que a maioria estava se preparando para sair. Kennedy impeliu Opie em direção à porta, ansiosa para chegar a ela antes que o êxodo de alunos começasse. Harper veio atrás, o espaço estreito entre as mesas obrigava-os a andar em fila única. Tiveram que passar por cima de mochilas e livros deixados no corredor, então o progresso foi mais lento do que poderia ter sido.

Abruptamente, Kennedy parou. Ela se voltou para olhar para Harper, ou talvez para além dele, a expressão fechando-se, enigmática.

— Espere — ela disse. — Aqueles homens parecem...

Houve um som como o de uma cadeira arrastando os pés ao ser empurrada para trás. Algo se moveu junto ao cotovelo de Harper. Ele se virou e se viu encarando o rosto de um homem talvez dez anos mais velho do que ele, de cabelos escuros e pele pálida, vestido numa camisa branca folgada e terno bege, o rústico tecido fazendo com que parecessem peças tecidas à mão. O homem estava de pé, havia acabado de se levantar. No rosto tinha uma expressão de calma estranha, desinteressada, mas as pupilas de seus olhos eram enormes. Drogas, Harper pensou: ele devia estar chapado.

Harper colocou uma mão no ombro do homem para fazê-lo sentar-se novamente, ao que o homem pegou a mão de Harper pelo pulso, de maneira firme como o aperto inflexível de uma algema, e torceu-o súbita, inesperadamente. Harper arfou e caiu de joelhos enquanto a dor percorria todo o seu braço.

Ele ouviu Kennedy gritar, mas não reconheceu as palavras. Avançou desajeitadamente, usando a mão esquerda, e fez contato, mas o soco pegou o homem mais no ombro do que na mandíbula, onde ele mirara. O aperto no pulso de Harper continuou tão forte quanto antes de o homem lhe devolver o soco, pegando o detetive em cheio no estômago e arrancando seu fôlego na forma de um grunhido de dor.

Achou difícil recuperar o fôlego, substituir o ar perdido. O homem soltou seu braço, e, para sua própria surpresa, Harper caiu pra trás, esparramado, derrubando um computador da mesa atrás de si. Ouviu gritos. Conseguia entender por quê. O homem que acabara de bater nele estava chorando, e as lágrimas eram vermelho-escuras.

Mais gritos. Harper tentou se endireitar, mas suas pernas estavam vacilantes e não queriam suportar o peso do corpo. O homem dos olhos que sangravam, fios vermelhos corriam pelas bochechas, olhou para ele por um momento a mais — um olhar de completo desdém — antes de se virar e partir.

Por sobre os gritos, Harper certamente não poderia ter ouvido o sangue pingando para o chão entre seus pés. Mas vislumbrou uma das gotas enquanto caía. Tocou o estômago e sentiu algo molhado e pegajoso ali, insinuante e terrível. Olhou para os próprios dedos vermelhos, e uma risada incrédula forçou caminho para fora de sua garganta.

O universo se reduzia àquela vermelhidão. Era quente como o inferno e tinha gosto de ferro.

CAPÍTULO 21

O primeiro e único aviso que Kennedy recebeu foi aquela sensação dupla de *déjà-vu*.

Ela passou pelo homem, sentindo apenas uma vaga pontada de reconhecimento. Quando passou por ele pela segunda vez, a memória se revelou como um clique. Era o homem que ela vira lá embaixo, no estacionamento, dirigindo a van Bedford branca. Mas agora havia dois dele.

Ela parou, forçando Harper a fazer o mesmo, e virou-se. Quase instantaneamente, percebeu que sua impressão inicial estivera errada. Havia diferenças físicas entre os dois homens, um era um pouco mais alto e mais corpulento que o outro. Uma disparidade entre as idades deles — de dez anos, pelo menos — e no rosto deles também, ou pelo menos nas expressões. O que parecia uma calma ligeiramente distanciada no rosto do homem mais magro se metamorfoseara nas feições mais largas do outro como um pasmo assustadoramente robótico. Eles eram muito parecidos na compleição e na cor do cabelo — e na estranheza de sua conduta, naquele olhar de olhos arregalados que abarcava o mundo todo ao mesmo tempo e que mal reconhecia sua existência.

Harper a olhava com expectativa, e Kenndey abriu a boca para dizer algo, mas hesitou, tentando estruturar em sua mente um aviso contra uma ameaça que ela nem tinha certeza de estar mesmo ali.

O segundo homem, o que estava mais próximo deles, empurrou a cadeira para trás e se levantou, o som das pernas da cadeira contra o chão fez Harper virar a cabeça para olhá-lo. Depois disso, as coisas aconteceram tão rapidamente que pareceram imagens em uma exibição de slides estroboscópica, cada uma imprimindo-se na mente de Kennedy como uma cena parada.

Harper estava tocando no ombro do homem.

O braço do homem estava erguido, tocando no estômago de Harper.

Um metal reluziu, depois não brilhou mais, pois estava embainhado: embainhado na carne.

Harper caiu contra uma mesa.

Em algum ponto dessa série em forma de folioscópio, Kennedy gritou para toda a sala:

— Para baixo! Todo mundo se abaixe! — E aproximou-se para ajudar Harper enquanto ele desabava no chão. Ela mirou o mais simples dos golpes de caratê no homem, o único que ela já praticara: palma da mão para cima, nós do indicador e do dedo do meio para a frente, socando a partir da altura do quadril enquanto avançava com a perna do mesmo lado do braço.

Ela não chegou nem perto de tocar o homem. Ele se inclinou para o lado, escapando ao soco e dando um passo em direção a ela, movendo-se com velocidade aterrorizante, quase impossível, ao mesmo tempo não parecendo estar com nenhuma pressa. Por um instante, Kennedy olhou para o rosto dele e percebeu que ele estava chorando: lágrimas vermelhas, como sangue, correndo rosto abaixo. Por alguma razão, a visão fez seu estômago se revirar, e essa repulsa instintiva a salvou. Ela retrocedeu como se por um medo primitivo e inconsciente de contaminação. A faca que o homem usara em Harper, com a lâmina curta e grossa obscenamente avermelhada e espalhando gotas de sangue feito um spray, cortou o ar em frente ao peito dela e então, no final do arco que traçou, rasgou seu ombro. A lâmina era tão afiada que a camisa e a jaqueta dela, assim como a pele e os tendões abaixo, nem ao menos pareceram desacelerá-la.

Gritos se ergueram ao redor dela, ultrapassando toda a razão, como se um astro do rock tivesse entrado numa sala cheia de fãs adolescentes. O homem ficou sem equilíbrio momentaneamente, e Kennedy chutou na direção a que ele já estava indo, acertando-o na parte de baixo da perna. Ele cambaleou, seu centro de gravidade momentaneamente fora da base, e ela o golpeou com o punho fechado, acertando o lado da mandíbula dele enquanto ele caía.

O gêmeo — gêmeo que parecia tão imensamente diferente dele, e mesmo assim semelhante a ele de forma tão sinistra — estava de pé atrás dele, no mesmo ângulo em relação a Kennedy. O efeito visual foi como arrancar uma camada de pele de uma cebola e encontrar as mesmas estruturas e texturas repetidas na camada abaixo. Mas o segundo homem tinha o braço estendido horizontalmente, longe do ombro, apontando para ela. Não com um dedo acusador, mas com uma arma de cano longo. Os olhos dele, mirando-a firmemente por cima daquele cano de aço fosco, eram de um azul pálido raiado de vermelho.

Kennedy nunca antes ficara paralisada perante a visão de uma arma. Armas eram coisas familiares para ela: ferramentas perigosas, mas úteis, e responsivas à vontade dela. Nas mãos de outras pessoas, deveriam ser temidas, mas ela sabia como ler a linguagem corporal de um atirador e como antecipar-se a ele. Não poderia sair do caminho de uma bala uma vez que fosse disparada, mas havia uma janela de oportunidade razoável antes disso. Meio segundo entre aquele puxão no gatilho e a chegada da carga: no começo desse meio segundo, o atirador se comprometia. O ínterim era território negociável.

Dessa vez, era diferente. Ao ver a arma, Kennedy sentiu uma súbita ausência de vontade, um escoamento mental. Ficou ali parada, não porque estivesse congelada no lugar, mas porque não conseguia se mover.

— *Da b'koshta* — o homem disse.

Ele atirou três vezes, e tão rapidamente que o som dos três disparos pareceram se sobrepor. Kennedy encolheu-se e enrijeceu, aguardando a chegada da morte, esperando que as balas passassem por ela como o vento pelo milharal.

Sarah Opie dançou uma jiga breve e brutal enquanto as balas seguiam para o alvo, e não começou a cair até que a terceira a atingisse.

O som veio mais tarde, perambulando para dentro da cena como um trovão enlouquecido depois que o relâmpago já havia passado. Tarde demais, realmente tarde demais, Kennedy lançou-se para a frente. A arma virou num movimento ágil como uma chicotada e apontou para a cabeça dela, mas dessa vez o soco da detetive foi mais rápido e mais bem dirigido, e ela empurrou o instrumento mortal para o lado. Entrando na guarda do homem, ela tentou travar a perna atrás da dele e derrubá-lo, mas o espaço restrito trabalhou contra ela. Kennedy colidiu contra a quina de uma mesa e cambaleou. Algo a acertou na têmpora esquerda e a derrubou. Ela atingiu o chão com dureza, jatos aleatórios de luz e escuridão se alternaram diante dos olhos dela.

Ela tentou se mover, alavancar-se do chão. Enquanto sua vista voltava aos pedaços, os ângulos e as cores repulsivamente errados, ela deu consigo olhando nos olhos da dra. Opie. Os lábios da mulher, tão brancos quanto o rosto, moveram-se sem emitir som, e os dedos dela tremeram enquanto rabiscavam no chão de ladrilhos.

Houve uma calmaria nos gritos, e Kennedy ouviu, com uma claridade onírica, um pequeno fragmento do que Opie estava dizendo:

— Um pombo... o pombal...

Uma luz encoberta alertou Kennedy e fez com que olhasse de uma vez para cima. O homem com a arma pairava sobre ela, então jogou o pé para trás, tomando impulso, e chutou-a com força no peito. A dor se expandiu de um ponto no meio de sua caixa torácica como uma explosão de fogos de artifício sinestésicos. O chute a ergueu do chão e a jogou de volta. Não lhe restava fôlego, sua consciência oscilante reconstruía-se em torno da dor assombrosa como se ao redor de um objeto sólido e volumoso.

Com movimentos vagarosos, mas precisos, o atirador — o *assassino*, porque era isso o que ele era — ajudou o colega caído a ficar de pé. Os dois passaram por cima de Kennedy, saindo de seu campo de visão, e ela ouviu os passos deles desaparecerem. Ou talvez apenas tenha sentido a vibração através da bochecha enquanto permanecia deitada de lado no chão. Os gritos haviam voltado com todo vigor e volume, então era difícil para qualquer outro som içar-se pelo ar saturado. E talvez, se um dia conseguisse tomar fôlego novamente em meio à massa de agonia que tomava seu peito, ela acrescentasse sua própria voz àquele coro.

Ela rolou até ficar de barriga para baixo e — laboriosamente, lutando contra a náusea e a sensação de estar flutuando, entorpecida, sendo invadida pela inconsciência — conseguiu levantar-se. Estava sugando oxigênio em pequenos goles, e isso era tão doloroso quanto engolir arame farpado semimastigado.

Alguns poucos estudantes não haviam sido rápidos o suficiente para passar pela porta e, por isso, haviam simplesmente se encolhido nos cantos da sala, aterrorizados, enquanto a hedionda pantomima se desenrolara.

— Chamem a polícia — Kennedy disse a eles. As palavras saíram erradas, ou talvez fosse apenas ela que as ouvira mal. Sua língua parecia grande demais para caber na boca e o corpo oscilava como se não conseguisse encontrar o sentido vertical.

Ela tentou sair correndo mesmo assim. Os assassinos deveriam estar indo para a van. Ainda havia tempo para detê-los, ou pelo menos para anotar a maldita placa do carro.

Ela quase caiu da escada, movendo-se rápido demais para se manter equilibrada. Seu equilíbrio se fora, em todo caso. O tempo movia-se aos solavancos, momentos surgiam como beliscões nas cordas tensas de um instrumento musical ao ritmo irregular do pulso dela. Sangue ensopava a manga de sua camisa, tão escuro que era mais negro do que vermelho. No saguão, alunos retrocediam, alarmados diante daquela mulher louca, bêbada, de rosto inchado e sangrando. Kennedy chegou às portas duplas, lutou para abri-las e cambaleou em direção à luz do dia.

Viu a van imediatamente. Era um pouco mais alta do que os carros compactos que preenchiam cada vaga do estacionamento. Viu um dos homens subir para o assento do motorista. O outro havia aberto a porta do lado do passageiro e estava prestes a entrar, mas havia se virado para olhar um guarda da universidade que, Kennedy imaginou, lhe oferecera uma objeção. A mão do homem se moveu em direção ao casaco. O guarda era um homem acima do peso que tinha uma expressão zangada e abstraída, e estava prestes a morrer.

— Polícia! — Kennedy gritou. Ou algo cujas vogais assemelhavam-se a essa palavra. — Vocês estão presos!

O assassino virou-se para olhar na direção da detetive enquanto ela caminhava para o asfalto, entre os carros estacionados, entrando em uma faixa estreita que não continha nada além dela e dele. Ele olhou para Kennedy, momentaneamente inativo, como se solicitasse um contexto no qual compreendê-la, o guarda temporariamente esquecido, o que já era alguma coisa. Kennedy caminhou resoluta na direção dele, e o homem completou o movimento que já havia iniciado, enfiando a mão dentro do casaco para pegar o que estava ali, pronto para ser pego. Mas não era a arma de fogo, como ela estivera esperando. Era a faca. Um alívio incongruente a preencheu. A faca poderia matá-la, mas não a anularia como uma cruz anula um vampiro. Nem parecia tão especial, embora, a essa hora, ela soubesse o que a lâmina podia fazer. Tinha uma forma bizarra e assimétrica, saliente para um lado. Ela continuou andando enquanto o segurança retrocedia, murmurando:

— Ah, merda.

O braço do assassino se desdobrou, o movimento abstrato e perfeito, a faca alinhando-se precisamente com o olhar dela, de forma que a lâmina esguia se tornou invisível.

— Vocês estão presos — ela disse novamente, agora com um pouco mais de convicção, ainda que falar estivesse ficando mais difícil. — E você vai abaixar essa arma ou juro por Deus que vou tomá-la de você e te descascar feito uma fruta.

— *Da b'koshta* — o homem disse. Exatamente a mesma sequência de sons que fizera dentro do laboratório. Ele estendeu o braço e Kennedy ficou tensa como um goleiro encarando um chute de pênalti, já decidindo para que lado saltar. Se não a acertasse, ela teria uma janela de cerca de um segundo e pretendia usá-la.

Houve um estouro oco e nítido que pareceu vir de todas as direções de uma vez, e a faca explodiu na mão do assassino como um fogo de artifício feito de aço. Mas ele não gritou: não emitiu um único som, na verdade. Pressionou a mão no peito, os dedos estranhamente dobrados para dentro, e virou-se para olhar à esquerda de Kennedy. O segundo tiro atingiu-o no peito, o que foi visível por causa do casaco de cor clara que, subitamente, desenvolveu um círculo vermelho brilhante, feito um botão de papoula.

O atirador surgiu diante das vistas, saindo da direção dos portões, correndo e atirando ao mesmo tempo. Uma bala estilhaçou uma das janelas traseiras da van e outra não atingiu nada que Kennedy pudesse ver.

O assassino moveu-se, mergulhando — ou talvez estivesse caindo — em direção ao veículo, visando à porta já aberta do lado do passageiro. O motor roncou, chiou, roncou novamente.

O recém-chegado — um homem grande, maior e mais sólido até mesmo do que o mais corpulento dos dois assassinos — estava a uma curta distância da van quando ela entrou em marcha a ré de uma vez, forçando-o a pular de lado. O veículo disparou pelo corredor estreito, chocou-se contra a traseira de outro carro estacionado, então projetou-se num arco largo e bêbado em direção ao portão.

O recém-chegado mirou cuidadosamente e disparou mais duas balas. A primeira não chegou a lugar nenhum. A segunda arrebentou um lado do para-choque traseiro da Bedford, mas não acertou o pneu. A van colidiu contra o portão fechado — o atendente do local atirou-se para longe e se encolheu enquanto fragmentos cheios de mossas voavam girando pelo ar — e foi-se. O atirador baixou a arma, que parecia um tipo exótico de revólver, e virou-se para Kennedy.

Com cabelos cor de areia e compleição rude, passando muito de 1,80 metro de altura, com ombros grandes e mãos do tamanho de pernis, aquele era um homem feito para brigas de bar e trabalho duro. Era difícil imaginá-lo num tiroteio milimetricamente preciso. Havia algo no rosto dele, contudo: um estoicismo sombrio que parecia voltar-se tanto para dentro como para fora, como se o corpo físico do homem fosse um tampão na muralha de uma represa interior.

Mas os olhos azuis pálidos dele não estavam olhando nos de Kennedy. Eles focavam a ferida dela, que ele indicou com um brusco menear de cabeça.

— Vá cuidar disso aí rápido — disse. A voz, suave e áspera, não combinava com a dureza afiada do rosto. — Sério. Agora mesmo.

E então ele saiu correndo atrás da van. O segurança do portão reuniu sua coragem e colocou-se no caminho dele, mas saiu novamente, de uma vez, ao ver que o homem não desacelerara. No instante seguinte o atirador se fora também. Como se toda aquela cena tivesse sido uma alucinação. Como se ela houvesse estado adormecida e sonhando isso em algum lugar, talvez sentada do lado de fora do escritório de Summerhill com Harper ao lado dela, assobiando sem seguir uma melodia.

Harper.

Ela cambaleou de volta para dentro e escada acima. A escadaria e o corredor estavam repletos de pessoas desnorteadas, a maior parte das quais saiu rapidamente do caminho dela assim que viu o sangue. Kennedy ainda tinha seu distintivo na mão e exibia-o onde quer que fosse necessário para evitar ter que se explicar. Seus ouvidos estavam cheios de um zunido monótono e enjoativo, como o som que uma pessoa ouve ao trazer um microfone para perto demais de seu alto-falante.

A multidão era mais densa logo do lado de fora do laboratório de TI. A maior parte eram estudantes que haviam fugido da violência e agora rastejavam de volta para espiar o resultado. Mas ela viu alguns poucos homens de terno que haviam se juntado à multidão e estavam, em vão, tentando restaurar a calma, solicitando isso em alto volume. Kennedy agarrou um deles e gritou na cara dele:

— Ligue para 999. Chame uma ambulância. Chame a polícia e uma ambulância.

O homem, que era careca e corado, fitou estupidamente o rosto ferido de Kennedy, o distintivo dela, o rosto dela novamente, até que ela o dispensou com um empurrão. A voz estava ainda mais engrolada, a mandíbula rangendo agonizantemente a cada palavra, mas apenas um idiota congênito teria falhado em entender o que ela dissera.

Harper jazia onde havia caído e parecia estar muito mal. Restava-lhe pouca consciência, e ele agarrava o próprio estômago, de onde o sangue brotava e fluía em quantidades inaceitáveis.

Kennedy ajoelhou-se ao lado dele, depois desabou numa posição sentada, descansando as costas contra uma mesa caída, enquanto suas últimas forças se esvaíam. Harper virou a cabeça para olhar para ela, emudecido.

— Aguente firme aí, Harper — ela disse. Era apenas um fiapo de som.

Diante de sua própria incapacidade de falar, Kennedy fez algo que a espantou mesmo no meio de tantas outras coisas espantosas pelas quais acabara de passar. Ela ergueu a cabeça de Harper, desajeitada, mas cuidadosamente, e aninhou-a no colo, acariciando o cabelo dele e a testa branca, lavada de suor, até os olhos dele finalmente se fecharem.

Disseram-lhe, mais tarde, que aquele não deveria ter sido um ferimento letal. Profundo como era, mesmo assim não havia atingido os principais órgãos e — por escassos centímetros — a artéria celíaca. Harper poderia ter enfrentado, mais tarde, o risco de peritonite, como em qualquer ferida na cavidade corporal. Mas com cirurgia abdominal imediata e antibióticos de amplo espectro ele poderia ter se recuperado completamente.

Ele morreu nos braços dela, seu sangue fluindo de um manancial sem fim.

Parte II
O Pombal

CAPÍTULO 22

Seis dias passaram como neblina.

O ferimento no ombro de Kennedy fora fechado com uma porção de pontos, mas vazara primeiro sangue e depois puro pus pelos primeiros três dias. Havia um anticoagulante na lâmina da faca, os médicos disseram a ela. Era a única explicação. Por isso Harper morrera tão rapidamente de uma ferida da qual deveria ter sobrevivido. Não haviam identificado a substância até o momento, portanto era simplesmente impossível neutralizá-la. Tudo o que podiam fazer era esperar até que tal substância abandonasse o organismo de Kennedy, mantendo-a com transfusão de plasma gota a gota e trocando as bandagens no ferimento de hora em hora.

A parte inferior do rosto dela havia intumescido e ficado inchada a ponto de, até o quarto dia, ter sido impossível para ela falar. Mas o aspecto grotesco, pesado de um lado só, que isso lhe dava era mais difícil de tolerar do que a dor, atenuada que era pela morfina. A maior parte do dano havia sido causada pelo último chute, que havia rachado duas de suas costelas. Os médicos haviam enfaixado seu tronco, envolvendo-o todo desde o esterno, na frente, até a espinha, atrás. Era como estar em um espartilho que ela não podia nem tirar nem afrouxar.

Deitada na cama do hospital, tentando raciocinar em meio à nuvem de analgésico, ela meditou sobre as lacunas em sua memória — não da luta, mas do que viera depois. Lembrava-se de sentar com as costas contra a mesa caída, a cabeça de Harper em seu colo. A mão dele na ferida e a mão dela na mão dele, pressionando-a, tentando estancar o sangramento. Talvez tivessem permanecido assim por horas ou apenas por alguns minutos. Todos os alunos haviam fugido, então a única companhia que lhes restava era o cadáver de Sarah Opie, cujo olhar fixo não era tão acusativo quanto incrédulo.

Ela se lembrava de ter falado com Harper e dele respondendo. Mas, quando pensou no que ele havia dito, percebeu que não era nem mesmo a voz de seu parceiro, mas a do pai dela. *Por que você quer ser policial? Não te demos o bastante?*

— O que seria o bastante, pai? — ela murmurou, a voz tornada ininteligível pela mandíbula inchada.

Isso, continue me respondendo, Heather. Me faça ir até aí.

Então, houvera mais uma lacuna.

E então alguém estava removendo a mão dela do estômago de Harper, onde não era mais necessária, e ela não conseguia abrir o próprio punho porque o havia mantido fechado com extrema força e por muito tempo naquela posição.

— Ele é detetive — disse aos paramédicos. — Nós dois somos detetives. — Sua voz, saindo forçosamente pelo lado da boca, soou como se saísse de um fole, como a voz do assistente corcunda de Victor Frankenstein. — Reporte isso.

— Consegue ficar de pé? — alguém perguntou a ela. — Consegue andar?

Ela devia ter feito as duas coisas. Lembrava-se de entrar na ambulância, sentar-se ereta na maca, olhar para o corpo de Harper enquanto os paramédicos o deitavam do lado oposto do veículo num invólucro plástico opaco, feio, de 90 centímetros de largura por 2,30 metros de comprimento.

Outra lacuna. Ela estava olhando para o rosto de Harper. Alguém devia ter aberto o zíper do saco plástico.

Uma voz disse:

— Ah. Ei. Não era para você ver isso.

Harper parecia perturbado, os olhos fechados com força, a testa marcada por vincos, como se estivesse fazendo força para lembrar-se de algo.

Ela acariciou a bochecha dele. A pele estava fria demais, com uma insensibilidade cerosa.

Sinto muito, ela lhe disse sem falar. *Sinto muito, Chris.*

E então, embora não tivesse ideia se isso era ou não verdade: *Eu vou pegá-los.*

* * *

No sétimo dia, Deus descansou. Kennedy não era Deus: ela voltou ao trabalho e ao comitê do incidente.

Era presidido pelo detetive-chefe Summerhill, que exibia a face de um juiz, mas manteve as perguntas amenas durante a primeira meia hora, mais ou menos, enquanto conduzia Kennedy pelo conteúdo do arquivo do caso. Uma vez que ele estabelecera, para o benefício da oficial de recursos humanos, Brooks, e para a observadora do IPCC[8], uma

[8] Independent Police Complaints Commission, ou Comissão Independente de Queixas Contra a Polícia. (N.T.)

megera velha e empedernida chamada Anne Ladbroke, que esse era um caso envolvendo potencialmente pelo menos três homicídios, ele prosseguiu — com animosidade imparcial e fria —, pronto para o massacre.

— Por que você e o policial Harper entraram nessa situação sem apoio? — ele perguntou. — Deveria ser aparente que a dra. Opie estava correndo risco.

— Não, senhor — Kennedy respondeu. — Não era aparente de forma alguma. — A mandíbula dela doía quando falava, mas ela tinha muito a dizer e não deixaria que isso a detivesse. — Todas as três pessoas que se sabe terem morrido estavam diretamente envolvidas no projeto de pesquisa do Stuart Barlow no Códice do Rum. A dra. Opie expressamente negou qualquer conexão com o projeto. Foi só no interrogatório que percebemos que era ela membro da equipe do Barlow — algo que ela própria, como o senhor ouviu na gravação, continuou a negar.

A sala, basicamente um almoxarifado, era quente, sem ar-condicionado. A cada inspiração ela ingeria o cheiro penetrante e agudo de cartuchos de tôner. Falar sobre aquelas coisas as trazia vividamente de volta, mas com as camadas do tempo que ela já passara lembrando-se delas em sua cama no hospital. Depois de um tempo, todas as memórias deveriam sofrer esse tipo de metástase, até que a pessoa estivesse se lembrando, mais do que tudo, das emoções que acompanhavam cada revisitação e revisão sucessiva.

— Só no interrogatório... — Summerhill refletiu. — Algo que vocês poderiam ter feito na tarde anterior. Por que esperaram?

Kennedy encarou os olhos inexpressivos dele.

— Pela mesma razão, senhor — respondeu. — Não parecia haver motivo para agir rapidamente porque a dra. Opie havia sido identificada como uma testemunha útil, não como uma vítima em potencial. Se ela tivesse sido mais aberta com o policial Harper — se ela tivesse dito a ele que ofereceu suporte técnico ao Barlow e à equipe dele —, teríamos chegado a uma conclusão diferente e agido mais rapidamente.

— Então, a culpa cai parcialmente sobre as técnicas de entrevista do policial Harper — Summerhill resumiu com uma casualidade venenosa. — Ainda assim, como encarregada do caso, você deveria acatar alguma responsabilidade sobre isso.

A mulher do IPCC rabiscou uma anotação para si mesma.

Isso, continue me pressionando, seu desgraçado. Me deixe acuada no canto e fique vendo onde vou te morder.

— Não aceito que houvesse nenhuma falha no interrogatório do detetive Harper à dra. Opie — ela disse, e, depois de uma breve pausa: — senhor. Como bem sabe — como bem sabia quando o entregou a mim —, esse caso veio parar na Divisão como um homicídio incorretamente classificado. A investigação foi reaberta depois que os resultados da autópsia falharam em apoiar a conclusão inicial de que a morte fora acidental. Subsequentemente, encontramos evidências de incidentes com perseguição e arrombamento, ambos pertinentes ao caso. Os dois incidentes haviam sido registrados, mas nenhum deles havia sido anexado ao arquivo do caso. Esse acúmulo de erros tornou mais difícil para nós identificar um padrão no que estávamos vendo. Apesar disso, o detetive Harper teve sucesso em desencavar as outras duas mortes suspeitas e em relacioná-las com a do professor Barlow. Tudo num só dia. Sob quaisquer padrões, o tratamento que ele deu ao caso foi exemplar.

Summerhill fingiu que estava examinando os papéis acumulados diante de si. Depois, olhou para ela novamente.

— Talvez você apenas tenha padrões mais baixos do que o resto de nós, sargento.

— Talvez sim, senhor — Kennedy respondeu sem se alterar.

— Em Park Square — Summerhill continuou, voltando a seu exame dos documentos —, vocês averiguaram que a dra. Opie era uma vítima em potencial, mas ainda assim falharam em chamar reforços.

— Decidimos trazê-la nós mesmos. Consideramos que o tempo era essencial.

— E que, portanto, os protocolos-padrão de operação eram negociáveis.

Kennedy pensou antes de responder.

— Suas perguntas anteriores foram a respeito de uma demora sem motivo, senhor — ela disse, sustentando o olhar de Summerhill. — Agora o senhor está dizendo que, ao colocar a dra. Opie sob custódia, eu não demorei o suficiente? Se é assim, por favor, lembre-se de que os assassinos dela já estavam dentro do prédio. Os reforços não poderiam ter nos alcançado antes deles a não ser que se teleportassem. Consideramos que tínhamos pouco tempo, e Deus sabe que estávamos certos.

— Vocês poderiam ter continuado no escritório da dra. Opie — Brooks sugeriu. — Com a porta trancada.

— Com a porta trancada? — Kennedy repetiu, impassível.

— Sim.

— As paredes eram feitas de vidro e os assassinos tinham armas. — *Você ao menos leu o arquivo, sua vaca carreirista?*

— Ainda assim — Summerhill interrompeu apressadamente —, podemos presumir seguramente que havia outros escritórios naquele prédio cujas paredes fossem mais sólidas. Ter raciocínio rápido é sempre ótimo, sargento Kennedy, mas estamos falando de sua capacidade de decisão — que, no final, levou a uma situação na qual um colega policial e uma informante civil morreram.

Houve um silêncio pesado. Kennedy esperou. A inspiração de Summerhill parecia ter acabado agora, e Kennedy interpretou isso como um mau sinal. Mostrou como era fina a camada de verniz que ele estava aplicando sobre o desejo que tinha de se livrar dela.

Brooks aproveitou a brecha novamente.

— Houve mais uma altercação — disse ela. — Mais um enfrentamento, quero dizer. Você seguiu os dois homens — os assassinos — para fora, até o estacionamento.

— Sim.

— Onde um terceiro atirador apareceu. E aparentemente feriu um dos dele.

— Não acredito que estivessem juntos. Ele estava agindo contra eles, não com eles.

— Ou então ele tinha uma péssima mira.

— Ele derrubou com uma bala a faca que estava na mão de um daqueles palermas. E o atingiu de novo antes que ele pudesse entrar no veículo da fuga, e depois atingiu o próprio veículo em movimento. Eu deveria dizer que a mira dele era muito boa.

Brooks aceitou essa resposta com um mero farfalhar e remexer de seus papéis.

— E ele foi deixado para trás quando a van escapou?

— Sim. Brevemente. Então ele perseguiu a van.

— Você tentou dar voz de prisão, sargento?

Kennedy engoliu a primeira resposta que lhe veio à mente, depois engoliu a segunda.

— Como podem ver pelo meu relatório — disse finalmente —, eu já havia tentado prender os assassinos. A intervenção do terceiro homem ocorreu naquele momento, quando eles haviam acabado de se virar para mim e estavam prestes a me atacar pela segunda vez. Além disso, eu estava desarmada. Uma oficial desarmada, agindo sozinha, não deve abordar um assaltante armado se não houver nenhuma expectativa razoável de que ela possa rendê-lo. — *Especialmente quando ele provavelmente acabou de salvar a vida dela.*

— Então, voltamos à ausência de reforços.

— Suponho que sim.

— Sua descrição do terceiro homem foi muito vaga.

— Eu devia estar distraída pelas minhas costelas quebradas e pelo ferimento profundo no meu ombro.

Brooks ergueu as sobrancelhas num espanto inocente: a vítima irrepreensível do sarcasmo dirigido.

— Seu tom não a está ajudando, sargento — Summerhill disse.

— Imagino que não. — Ela estava ficando sem paciência. Felizmente, eles pareciam estar ficando sem perguntas.

Mas o detetive-chefe havia deixado o melhor para o final.

— Vamos voltar aos eventos no laboratório de TI — disse ele. — Especificamente, o assassinato da dra. Opie. O detetive Harper já estava ferido nesse momento, correto?

— Correto. — Kennedy meneou a cabeça, desconfiada.

— Mas o homem que tinha a faca — o que o atacou primeiro e depois a você — estava no chão.

— Isso mesmo.

— Quando o segundo homem mostrou uma arma e a apontou para a dra. Opie, onde você estava em relação a ele e a ela?

Ela conseguia ver aonde esse catecismo pretendia levá-la, mas não havia meio de defender-se.

— Eu estava entre eles — admitiu.

— A distância era de, digamos, três metros?

— Mais ou menos.

— Qual? Mais ou menos?

— Menos, provalmente. Uns dois metros e meio.

— Poucos passos, então. E a arma estava apontada para outra pessoa, atrás de você. Na sua avaliação, haveria a possibilidade de você se interpor e tentar desarmar o atirador antes que ele disparasse?

Kennedy lembrou-se daquele momento de horror gélido, do esvaimento de sua habilidade de pensar e mover-se e agir. Ele estivera enraizado em outra memória: a de Marcus Dell atirando-se contra ela, fechando as mãos em torno de sua garganta, e então sua própria G22 escoiceando a palma de sua mão enquanto ela mandava uma bala calibre .44 numa jornada breve e significativa para a cavidade torácica de Dell.

Algumas coisas já são dolorosas demais para deixá-las abertas por meio de uma mentira.

— Aconteceu muito rápido — ela disse, consciente de sua própria ligeira hesitação, do tremor em sua voz. — Talvez... talvez eu tenha hesitado, por um segundo. É difícil lembrar. Mas o atirador foi muito rápido. Muito profissional.

— Ele atirou três vezes. Isso deve ter levado alguns segundos.

— Suponho que sim.

— Mas não houve tempo suficiente para você intervir?

— Eu disse que não me lembro.

Summerhill começou a juntar os papéis e colocá-los de volta à pasta do arquivo.

— Bom — ele disse —, vamos considerar suas recomendações. Por favor, mantenha-se disponível para nós pelo resto do dia. Vamos tomar uma decisão antes do final do seu expediente.

Foi súbito demais, e a mente de Kennedy ainda estava repleta demais de imagens que a desafiavam e acusavam. Estivera esperando por esse momento, mas quando ele veio ela não estava pronta.

— Só isso? — quis saber, a voz soando estúpida e rabugenta a seus próprios ouvidos.

— Por enquanto, sim — Summerhill disse. — Você pode querer falar com o Departamento de Recursos Humanos, se tiver alguma dúvida sobre como esse procedimento é feito. A sra. Brooks estará disponível o dia todo.

Era agora ou nunca: a hora da verdade.

— Na verdade, senhor — Kennedy disse —, eu gostaria de falar com o senhor. Em particular.

Pego no ato de fechar a pasta do arquivo e, com ela, a carreira de Kennedy, o detetive-chefe ergueu o olhar, surpreso.

— Acho que já temos toda informação de que precisamos, sargento — disse.

— Trata-se de informação relativa à condução do caso — ela persistiu, a voz controlada e cortês. — No entanto, é de natureza delicada e só pode ser discutida com oficiais.

O semblante de Summerhill passou por uma gama de emoções, tudo por trás de uma máscara de indiferença profissional que aos poucos escorregava do rosto.

— Muito bem — disse ele finalmente. — Vamos discutir isso no meu escritório. E depois — acrescentou, olhando para Brooks e Ladbroke —, volto a me reunir com vocês.

Com a porta do escritório fechada contra o mundo exterior, Summerhill afundou numa cadeira, mas propositalmente não convidou Kennedy a sentar na outra. Ela sentou mesmo assim.

— O que você quer me contar? — ele perguntou.

— Eu tenho sangue cigano — Kennedy disse, a voz ainda longe de estar firme.

Summerhill olhou para ela com vago espanto.

— Quê?

— Honestamente, Jimmy. Posso ler sua sorte. Daqui a uns dois meses, talvez três, vejo você esvaziando as gavetas dessa mesa e andando em direção ao pôr do sol. E está chovendo. Chovendo bem forte.

A expressão de Summerhill indicava que isso ainda era um disparate para ele.

— Você disse que tinha informação pertinente ao caso — ele a relembrou, friamente.

— Pertinente à condução do caso — ela o corrigiu. — Sim. Eu tenho. Já está na sua caixa de entrada, há uma semana. No servidor de e-mails do departamento também, e Deus sabe onde mais. A Central de Apoio mantém cópias de tudo, certo? Então, já está por toda parte, se alguém quiser olhar. O título: *Arquivo do Caso de Stuart Barlow*. Vá em frente, olhe.

Summerhill fez isso. Encontrou o e-mail dela, enviado uma semana atrás, e deu de ombros.

— E daí?

— Verifique a data no cabeçalho. Foi enviado na noite anterior ao dia em que fomos a Luton falar com a Sarah Opie. Estava bem aí, esperando por você, quando chegou no dia seguinte. Quando chegou atrasado. Sei disso porque nós esperamos você por bem mais de uma hora antes de finalmente desistirmos e irmos entrevistar a testemunha.

Summerhill fez um gesto brusco: *diga logo o que quer dizer*.

— Você chegou ao menos a ler o e-mail, Jimmy? Eu disse a você que o caso havia se transformado em algo realmente assustador. Sugeri que deveria rever o tamanho da equipe encarregada do caso e o alcance da investigação. Eu pedi para você tomar uma decisão — urgentemente — em relação às prioridades imediatas.

— Nenhuma delas — disse Summerhill — faz diferença em relação aos fatos. Vocês foram para lá sem reforços, e uma civil morreu. Assim como seu colega oficial, que era novo no trabalho e seguia seu exemplo.

Kennedy assentiu.

— Sim — ela disse austeramente. — Ele me seguia. Ele morreu nos meus braços, Jimmy. Dificilmente vou esquecer isso. Mas pensei que sua primeira pergunta lá dentro seria por que esperamos tanto. Não parece ter te ocorrido que nós esperamos por você.

Summerhill já estava balançando a cabeça negativamente.

— Não, não, sargento. Lamento. Isso não vai funcionar. Eu me ausentei porque estava em Westminster cuidando de assuntos da divisão. E, na minha ausência, você deveria se reportar a outro oficial sênior.

Em sua mente, Kennedy só havia levado a questão até esse ponto. O resto era apenas um palpite, e ela estaria ou certa ou errada. Pensou em Harper deitado em seu colo, sangrando até morrer. O horror daquele momento, ainda fresco, agiu como um alicerce para ela, mantendo-a equilibrada e serena nessa hora.

— Talvez — ela admitiu. — Talvez você estivesse em Westminster. Mas essa é a quinta ou sexta vez que eu ouço essa história de comitê, e uma dessas vezes foi em janeiro, antes mesmo que o Parlamento voltasse do recesso. Você costumava ter um problema com bebida, né, Jimmy? Umas duas advertências e, uma vez, quase uma audiência disciplinar, ou é o que dizem. Estou fora do grupinho de fofocas agora, por razões óbvias, mas acho que um problema como esse não desaparece simplesmente. Então, minha teoria é de que a policial Rawl tem dois fardos bem grandes para suportar aqui: uma ordem geral de te dar cobertura quando você chega tarde e uma completa falta de imaginação.

Ela fez uma nova pausa. Era nesse ponto que a casa cairia, se é que isso aconteceria. Pareceu levar um longo tempo até que Summerhill falasse. Quando ele o fez, sua voz estava muito mais controlada do que ela estivera esperando e muito mais agressiva: totalmente apoiada num subterfúgio, sem chafurdar nem esperar por outro ataque verbal dela.

— Sargento detetive — disse ele —, você parece achar que pode tirar o seu da reta ao me atacar. Me deixe repetir, caso não tenha me ouvido da primeira vez: um policial está morto por causa das suas ações. Tentar me chantagear não tem a menor chance de afetar...

— Eu vou te derrubar também — Kennedy disse. Summerhill continuou falando por cima das palavras dela, então, a detetive não pôde ter certeza de que ele a ouvia. Mas a maior parte da mensagem estava em seu rosto e em seu tom.

— ... a decisão pertence a um tribunal independente no qual eu sou só...

— Se a Rawl estava te dando cobertura, eu vou te afundar.

— ... um membro. A decisão vai ser tomada por todos nós.

— Então me dê um funeral viking — Kennedy disse, a garganta apertada. — Vá em frente. Porque isso é tudo o que tenho. Mas eu juro por Deus, Jimmy, se você me demitir ou mesmo se apenas tentar me tirar desse caso, vou fazer meu advogado gritar para o mundo que o Harper morreu porque você estava bêbado demais para vir trabalhar. Se eu estiver certa, se você não tiver sido chamado pela Câmara dos Comuns naquele dia e não houver nenhum membro do Parlamento para testemunhar a seu favor, então a anotação da Rawl no livro de registro vai ser suficiente para provar que você mentiu. Eles vão te crucificar. E isso não vai trazer o Chris Harper de volta dos mortos, mas vai significar que um pouquinho de justiça foi feita no meio de toda a merda de sempre.

Ambos acabaram de pé, encarando um ao outro, e ele ficou sem palavras antes dela.

— Me avise, de todo modo — ela murmurou, subitamente enjoada com ele e consigo mesma.

Deixou o escritório de Summerhill sem olhar para trás e voltou à sala comum para esperar, mas a atmosfera lá era palpável. Todos sabiam daquele exame e todos sabiam por que fora feito. Ela havia causado a morte de um detetive. Ela passara de alguém que eles odiavam para algo que eles queriam repudiar. Nenhum olhar enfrentou o dela.

Ela não tinha nem certeza de que poderia ter enfrentado os próprios olhos agora, se houvesse um espelho à mão. Sabia, objetivamente, que Harper já havia sido ferido quando ela ficara paralisada diante da arma. Ter agido mais rapidamente não o teria salvado, mas poderia ter salvado Sarah Opie.

Ela revirara o evento em sua mente tantas vezes agora que as memórias haviam se desfiado e se entretecido novamente na sequência errada, nos ângulos errados, atrapalhadas e incompreensíveis. Mas as suportou mesmo assim.

CAPÍTULO 23

Kuutma estava a uma longa distância de Londres quando recebeu o telefonema da equipe de Abidan. Na verdade, estava em Moscou, cuidando do conserto das redes de comunicação que haviam sido danificadas quando Tillman assassinara Kartoyev. Estava de pé na antecâmara do Ministério de Negócios da Rússia, uma sala com metade do tamanho de um estádio de futebol, viajando sob sua identidade costumeira e esperando descobrir se seria recebido ali.

Quando Abidan lhe contou sobre o atirador misterioso que por pouco aparecera tarde demais para sabotar a missão, Kuutma soube na mesma hora, pela descrição — a altura, a compleição, o cabelo que era ou do mais claro entre os castanho-claros ou de um ruivo pálido e, é claro, a exatidão dos tiros — que o homem era Tillman. Suas preocupações provaram-se justificadas até demais: Tillman havia demorado para chegar a Londres, mas estivera mesmo se dirigindo para lá desde a morte de Kartoyev e agora havia compreendido a conexão entre Michael Brand e as mortes recentes.

O problema estava entranhado na própria instituição dos Mensageiros, pois era a maneira como trabalhavam, e esta sempre havia funcionado e deveria continuar funcionando até que os 30 séculos se completassem (e já estava chegando a hora; a contagem era discutível, mas era próxima da verdade). Eles tomavam a droga, *kelalit*, e ela lhes dava as bênçãos da força e da velocidade. Era um sacramento. E também era uma neurotoxina, que, no fim, ou os matava ou os enlouquecia. Então, Kuutma estava constantemente envolvido no treinamento de novos Mensageiros e tinha uma dificuldade interminável para designar líderes de equipes com experiência suficiente.

Erros haviam sido cometidos no manejo do projeto Rum, assim como no manejo do Voo 124. Pontas soltas haviam sido deixadas, oportunidades haviam sido perdidas, métodos complexos usados quando outros mais simples estavam à disposição. Cabia a Kuutma, agora, remanejar essas situações e levá-las a desfechos felizes.

Sendo um homem honesto, ele reconhecia, também, seus próprios erros de julgamento. Tillman ainda vivia: Kuutma tinha que carregar a responsabilidade por essa desastrosa circunstância e precisava endireitá-la.

Ele quase podia argumentar a favor de cuidar disso pessoalmente, a essa altura. Mas a força de seu desejo de fazê-lo precisava ser encarada como um aviso de que ele *não* deveria fazê-lo: suas emoções estavam envolvidas, e, portanto, ele não podia confiar no próprio julgamento.

Mas a equipe de Abidan estava esgotada agora. Hirah havia sido baleado no peito e na mão. Ambos os ferimentos já estavam parcialmente curados, outro efeito colateral da *kelalit*, mas nisso, como em todo o resto, a droga tanto dava quanto tirava. O ferimento no peito estava bem, mas os ossos e os músculos da mão haviam ficado retorcidos enquanto se curavam e assumiram uma posição antinatural. A mão se tornara inútil.

Kuutma ponderou e chegou a uma decisão.

— Você deve levar Hirah de volta a Ginat'Dania — disse a Abidan. — Ele precisa descansar e estar com a família dele. O dano causado a ele — à alma, assim como à carne — vai ser sanado mais rapidamente lá.

Abidan pareceu desalentado.

— Mas *Tannanu* — ele disse —, a missão...

— Eu sei, Abidan. Ainda há trabalho a ser feito. Muito trabalho, talvez, agora que esse Tillman está envolvido.

— Tillman?

— O homem que atirou em Hirah. É esse o nome dele.

O tom de Abidan expressou choque e talvez alarme:

— Mas Tillman — Leo Tillman — foi o homem que...

— Abidan. — Kuutma silenciou seu Mensageiro com essa repreensão gentil.

— Sim, *Tannanu?*

— Volte a Ginat'Dania. Leve sua equipe com você. Tenho outra equipe naquele país agora. Eles seguiram Tillman desde a França e vão gostar de uma nova chance de se encarregar dele.

— Posso perguntar, *Tannanu*, que equipe é essa? — Abidan questionou, cuidadoso, mas infeliz. Doía ser retirado da missão, como Kuutma entendia muito bem.

— A equipe de Mariam Danat. A própria Mariam, Ezei e Cephas. Vá em paz, Abidan, e sinta orgulho do que fez.

Ele desligou o telefone e olhou para a parede que o encarava. Estava adornada com uma pintura da retirada de Napoleão de Moscou conforme imaginada por um pintor soviético, cuja assinatura no canto da tela era ilegível. Na obra de arte, Napoleão afundava na sela, olhando com ar fatigado para um corredor infinito de neve rodopiante. Atrás dele, uma linha de soldados franceses derrotados e moribundos prolongava-se até o infinito, todos exibindo variações da mesma expressão: a humilhação do conquistador ampliada e magicamente duplicada, como numa sala de espelhos.

Kuutma pensou em ver aquela expressão no rosto de Tillman.

— *Ele vai esquecer você?*

— *Nunca.*

— *Então ele é um idiota.*

— *Sim. E você deveria ter medo dele. Ele é simplesmente estúpido demais para saber quando já perdeu ou quando se render. Vai ignorar aquele bilhete. Não vai parar de procurar. Um dia, ele vai olhar nos seus olhos, Kuutma, e um de vocês vai piscar.*

O time de Mariam. Ele os orientaria pessoalmente. E, embora não fosse a Londres ele mesmo, iria observá-los com cuidado e os dirigiria; não diretamente até Tillman, porque a situação do Rum era o problema que exigia solução imediata. Mas, claramente, Tillman havia se colocado numa rota de colisão com o Rum.

De uma forma ou de outra, independentemente de qualquer energia que ele tivesse acumulado e quaisquer recursos que trouxesse, ele seria destruído nessa colisão.

CAPÍTULO 24

Foi uma vitória parcial, e, se Kennedy ainda tivesse algo a perder no departamento, teria sido uma vitória pírrica. Enquanto antes Summerhill estivera contente em deixá-la proceder como quisesse e à mercê da não tão gentil cova dos leões, agora ele estava debruçado sobre o caso dela de uma forma muito mais comprometida, muito menos casual.

O comitê do incidente deu a ela um atestado de saúde e a manteve no caso, mas não havia, agora, nenhuma possibilidade de deixarem que uma mera sargento o conduzisse. Summerhill já apontara a si mesmo como oficial encarregado do caso, o que significava que ela trabalharia diretamente abaixo dele. Bem ao alcance da mira dele, a cada hora do dia.

Mais do que apenas substituir Harper, ele ampliara a equipe do caso para cinco pessoas, sem contar consigo mesmo. O outro sargento, para esfregar as falhas de Kennedy no nariz dela tão completamente quanto possível, era Josh Combes. Três outros policiais completavam a lista, e ela conhecia todos eles. Stanwick era o puxa-saco de Combes, pura e simplesmente; McAliskey era competente, mas sem imaginação, e falhara duas vezes no teste para sargento; Cummings era um lobo solitário, bom em tudo, exceto em dividir.

Kennedy imprimiu uma cópia do arquivo do caso e levou-a para casa consigo naquela tarde. Depois de um banho longo e quente, ela sentou-se no sofá vestindo um robe, o cabelo molhado enrolado numa toalha, para ler tudo. O arquivo não era muito mais grosso agora do que fora uma semana antes. A próxima reunião da equipe — ou a próxima rodada, como tendiam a chamá-la na divisão — era às 9 horas da manhã seguinte. Summerhill tentaria lhe passar a rasteira se pudesse, e todo o resto do grupo adoraria o show.

Seu pai se aproximou e olhou por cima de seu ombro enquanto ela lia, o que era um tanto incomum. Ele nunca mais pegara um livro, nem mesmo uma revista. Seus momentos de atenção simplesmente não duravam o suficiente para completar uma frase média. Mas a semana que ela passara fora de casa o deixara inquieto. Sua irmã, Chrissie, tinha vindo (com muita má vontade) cuidar dele. Ela o levara para sua própria casa em Somerset, em que nada estava onde ele lembrava e onde ele era o último a escolher o que ver na TV, depois do marido obcecado por críquete e da filha adolescente dela. Devia ter sido uma situação péssima para ele. Embora, se o mal de Alzheimer tinha um lado positivo, era que as tristezas passadas presumivelmente deixavam de ser reais assim que o paciente as esquecia.

— Caso de assassinato, pai — ela disse em tom indiferente. — Múltiplo. Múltiplo e depois mais dois. Quatro civis e um policial mortos.

Ela imaginou que ele talvez reagisse a isso — à morte de um oficial —, mas o pai não pareceu escutá-la. Também não tentava ler o arquivo. Estava apenas ficando perto dela, observando-a atentamente. Talvez ele tivesse sentido a falta da filha e estivesse se reconfortando com o fato de que ela estava de volta. O que quer que fosse, não a agradava muito.

— Tem rocambole na cozinha, pai — disse. Ele gostava daqueles rolinhos, os que vinham embalados individualmente em papel-alumínio, e a resposta que deu à frase foi pavloviana. Saiu arrastando os pés para procurar o rocambole, deixando Kennedy mergulhar no arquivo.

A designação oficial de todas as três mortes originais — de Barlow, Hurt e Devani — agora era assassinato. O carro que atropelara Catherine Hurt fora encontrado por acaso, abandonado a algumas centenas de quilômetros dali, em Burnley, tendo (ao que parecia) sido roubado apenas a poucas ruas de distância de onde Hurt fora morta. Fedia a desinfetante e provara estar clinicamente destituído de impressões digitais ou fibras. Gravações de câmeras de circuito interno mostravam a jornada para o norte, mas não puderam revelar nada sobre o motorista.

As fibras de tecido que ela e Harper haviam encontrado no Prince Regent's eram totalmente compatíveis com o que Barlow estivera vestindo no momento da morte, então, a hipótese de ele ter sido carregado escada acima enquanto permanecia inconsciente parecia sólida.

Pelo relatório da balística, a arma que havia matado Sarah Opie era uma Sig-Sauer P226, uma pistola popular entre forças do exército e da polícia de todo o mundo. A munição fora comprada na Alemanha como parte de um grande carregamento que originalmente deveria ter seguido para as Forças de Defesa de Israel. Até onde se podia determinar, o contêiner no qual a munição estivera fora despachado de Lübeck para Haifa, extraviara-se em algum lugar e nunca fora descarregado.

Emil Gassan agora havia sido colocado sob custódia para sua proteção. Quando ouvira sobre os eventos em Park Square, nem mesmo protestara muito — embora parecesse estar chocado com o pensamento de que o trabalho de Stuart Barlow havia inspirado algo mais que brando desprezo.

Alguma ação havia sido realizada na intenção de montar uma busca por Michael Brand, mas ele não fora encontrado. Pagara em dinheiro no Pride Court Hotel, mostrara uma foto de identidade falsa identificando-o como um palestrante da Universidade de Astúrias, em Gijon, onde — é claro — ninguém jamais ouvira falar dele. Combes agora emitira um alerta sobre ele, mas até o momento o sujeito não havia aparecido. Descrições dos dois homens que haviam matado a dra. Opie e Chris Harper, e do terceiro homem que aparecera de lugar nenhum no estacionamento de Park Square para interceptá-los, também estavam circulando: nenhuma pista.

Pegadas. Placas de carro. Bloqueios na estrada. Buscas. Nenhuma impressão digital nem avistamento. Era como tentar agarrar fantasmas, mas ela não podia culpar os métodos de Summerhill. Ele parecia estar fazendo tudo o que podia, tudo o que ela estaria fazendo caso estivesse no lugar dele.

O telefone tocou, interrompendo um fluxo de pensamento que estava girando num círculo estreito e inútil. Ela atendeu e encaixou o gancho desinteressadamente sob a mandíbula: provavelmente era alguém da Divisão com alguma porcaria de notícia do comitê do incidente.

— Kennedy — disse bruscamente.

— Bom nome — respondeu uma voz masculina. — Algum irlandês na família?

Era uma voz que ela conhecia, embora não fosse capaz de identificá-la imediatamente. Uma voz que a fez endireitar-se na cadeira de uma só vez, esparramando alguns papéis da pasta do arquivo, que caíram de seu colo para o sofá e para o chão.

— Quem é? — ela perguntou. A resposta surgiu em sua cabeça ao mesmo tempo que o homem respondia.

— Nós nos conhecemos no campus de Park Square. Uma semana atrás. Eu era o cara que não estava tentando matar você.

Houve uma pausa enquanto ela pensava em como diabos responder àquilo. *Tente o óbvio.*

— O que você quer?

Não houve pausa do outro lado.

— Conversar — respondeu ele.

— Sobre quê?

— O caso.

— Qual caso?

O homem soltou o ar com um som alto, parecendo irritado ou impaciente — ela não saberia dizer.

— Eu fui um bom menino católico — disse ele. — Mas há muito tempo ninguém me pede para recitar o catecismo. Já estou bem adiantado em relação ao que você anda fazendo, detetive. É por isso mesmo que eu estava em Park Square, vendo você tentar fazer a prisão de dois matadores experientes estando desarmada. Sei sobre o assassinato do Barlow e sei que é parte de um padrão — embora vocês não tenham conseguido encontrar um motivo ou um elo entre as vítimas a não ser o mais óbvio, de que todas elas conheciam umas às outras. Sei que você tem passado por maus bocados porque seu parceiro morreu e sei que não está mais no comando. Mas estou achando que sabe mais sobre o que está acontecendo do que qualquer outro desses caras que entraram no caso semana passada. Além disso, acho que já quebramos o gelo, então pareceu fazer sentido ligar para você primeiro.

Foi a vez de Kennedy de respirar com força.

— Olhe — disse. — Sou grata pelo que você fez. Me ajudou a escapar por um triz. Mas, com todo o respeito, tudo o que sei sobre você é que sabe usar uma arma e não se incomoda em dar um tiro de aviso ou de arriscar. Isso poderia fazer de você muitas coisas, e *policial* não é uma delas.

— Não sou policial. Mas tenho alguns bons amigos que são, e muitos mais que costumavam ser.

— Então você é o quê? O segurança particular de alguém?

— Não.

— Militar?

— Não exatamente.

— Algum tipo de leão de chácara?

— Estamos entrando naquele território do catecismo outra vez. Se vamos conversar, o telefone não é a melhor forma de fazer isso.

— Não? Onde, então?

— Tem um café perto da estação de metrô. O Costella. Vou estar lá em cinco minutos. Espero até no máximo sete.

— Isso não me dá muito tempo, né?

— Não, não dá. Especificamente, não te dá muito tempo para armar nenhuma surpresa para mim. Sério, detetive, nós poderíamos fazer uns favores enormes um ao outro, mas não estou pedindo para você confiar em mim e não sou idiota o suficiente para confiar em você. Espere por mim do lado de fora do café, vá sozinha e traga seu celular. Vamos continuar a partir de lá.

Ela ouviu um clique e então a linha ficou muda.

Kennedy considerou as opções, mas já estava enfiando um jeans e um suéter enquanto pensava. Não havia nada a fazer com seu cabelo, que estava apenas meio seco e tão alvoroçado quanto um palheiro. Ela o recolheu todo para dentro de um boné de beisebol e correu para o andar de cima, até o apartamento de Izzy.

Izzy estava ao telefone, o que não era surpreendente.

— Ah, eu *gosto* dos grandes — ela disse, olhando para Kennedy, mas falando com quem quer que estivesse do outro lado da linha. — Gosto dos *bem* grandes. Diz que tá pegando nele agora, amor. — Kennedy ergueu ambas as mãos, os dedos abertos. Dez minutos, ela dizia. Izzy balançou a cabeça violentamente, fazendo que não, mas Kennedy já tinha uma nota de 20 libras na mão. Izzy mudou de ideia no meio do menear negativo, agarrou a nota e acenou para Kennedy: *vai, vai, vai.*

Kennedy foi.

CAPÍTULO 25

Kennedy chegou ao Costella Café quase no final do sétimo minuto. O lugar estava vazio — era pequeno o suficiente para que não houvesse canto nenhum onde alguém pudesse sentar sem ser visto da rua — e ninguém a esperava do lado de fora. Ela se virou num círculo lento sobre a calçada, analisando cada pessoa à vista, mas ninguém se parecia nem remotamente com o baita brutamontes que encontrara tão brevemente na semana anterior.

Seu celular tocou no momento em que ela estava completando o circuito.

— Kennedy.

— Eu sei. Estou vendo você. Ande até o final da rua. Tem uma igreja. Entre nela. Compre uma vela e acenda.

— Isso é você sendo um bom menino católico.

— Ah, eu menti a respeito disso. A vela é só para me dar tempo de andar ao redor da igreja umas duas vezes — e ver se não tem ninguém te seguindo.

— Não estou tentando armar para você. Se eu estivesse, faria isso com um gravador escondido, não com uma escolta.

— Desde que você tivesse um gravador à mão na sua casa, claro. Na verdade, estou te dando o benefício da dúvida aqui, detetive. As pessoas com as quais estou preocupado agora não são as que estão no seu time.

Kennedy caminhou até a igreja — um edifício moderno e impessoal de tijolos amarelos — e fez o que ele havia dito. Acender a vela votiva e colocá-la no suporte de metal no corredor lateral pareceu-lhe um ato sem sentido — ela nunca acreditara em nenhum deus, nem em nenhum tipo de poder superior —, mas se pegou, para sua própria surpresa, levemente desconfortável por estar fazendo aquilo de forma tão mecânica. A morte de Harper era recente demais, estava fresca demais em sua memória. Essa pantomima de devoção tinha um sabor amargo para ela, de alguma forma — como uma piada às custas dele, ou dela.

Com a vela no lugar, ela se virou, meio que esperando descobrir que o grandalhão aparecera atrás dela sem fazer nenhum som. Mas estava sozinha na igreja.

Kennedy esperou, sentindo-se um pouco ridícula. O telefone não tocou novamente e ninguém apareceu. Depois de cinco minutos, saiu pela mesma porta pela qual havia entrado. O grandalhão estava apoiado contra a parede logo ao lado da porta, as mãos enfiadas bem fundo nos bolsos de um casaco preto muito simples. Agora ele parecia menos um anjo vingador e mais um pedreiro ou estivador, inócuo, apesar de todo o tamanho.

— Parece que estamos sozinhos.

— Ótimo — Kennedy disse. — E agora?

— Um drinque — o grandalhão respondeu. — Em algum pub bem barulhento.

* * *

O bar Crown and Anchor, na Surrey Street, estava lotado, então correspondia muito bem ao critério. O drinque acabou sendo uísque e água, que o grandalhão — que se apresentou como Tillman — comprou para ela sem perguntar se queria. Ela não o tocou, mas ele também não tocou o dele. Parecia ser só um gesto de camuflagem protetora. Assim como o barulho, Tillman explicou.

— Não dá para evitar um microfone escondido — ele disse. — Nem um leitor de lábios, aliás. Mas nenhum dos dois vai adiantar muito num lugar como este. Você precisaria de uma atmosfera sem tanto ruído ou de um campo de visão limpo.

— Então você ainda acha que estou sendo seguida? — Kennedy perguntou a ele, meio impressionada, meio confusa. O que quer que ele pudesse ser, estava claro que esse homem não brincava em serviço ao vigiar a própria retaguarda.

Tillman balançou a cabeça.

— Não. Tenho quase certeza de que não. Não estavam atrás de você em Luton, estavam? Eles queriam a mulher da computação — a última da lista. Eu era a única pessoa que estava seguindo você — porque achei que estivesse seguindo outra pessoa. Alguém que estou procurando há muito tempo.

Kennedy estreitou os olhos para Tillman.

— Você disse que a Sarah Opie era a última da lista. Lista de quem? E como é que você sabe?

— É só uma inferência — Tillman respondeu. — Você não foi atrás de mais ninguém, então, não acha que haja mais alguém em perigo.

Não estou dizendo que esteja certa. Só estou dizendo que você parece achar que, por enquanto, acabou. Que não vai haver mais mortes.

Tillman a observou, cheio de expectativa, esperando que ela confirmasse ou negasse. Kennedy não fez nenhuma das duas coisas. Apenas sustentou o olhar e deixou a resposta por conta da imaginação dele.

— Então, do que se trata? — ele perguntou, finalmente. — O Barlow foi o primeiro — ou o primeiro que você encontrou. Eles estavam trabalhando juntos em alguma coisa. E isso causou a morte deles. Essa é a hipótese de trabalho.

— Esse som que você está ouvindo — Kennedy disse-lhe, friamente — sou eu não dizendo nada. Você está com a vantagem, Tillman. Está me dizendo coisas que não deveria saber sobre meu próprio caso — coisas que não contamos ao público nem a ninguém fora da Divisão. Não vou dizer uma palavra até você me contar como é que sabe disso tudo. Com certeza não vou presumir que, só porque você já conhece metade da história, eu deveria lhe contar todo o resto.

Tillman assentiu, meneando ligeiramente a cabeça, reconhecendo a razão.

— Tá bom — disse. — É justo. Michael Brand.

— O que tem ele?

— Você está procurando por ele. Eu também. A diferença é que você está procurando por ele há cerca de dez dias. Eu estou atrás dele há treze anos. Você já fez aquelas coisas que as pessoas fazem nos filmes, de amarrar um cabelo na maçaneta da porta ou deixar um palito de fósforo no batente para ver se alguém entrou no seu quarto enquanto você estava fora?

— Não até agora — Kennedy respondeu. — Posso tentar adquirir o hábito.

— Venho fazendo isso há anos, detetive. Todos os tipos de cabelos e palitos de fósforos, calços de papelão, latas e pedaços de barbante. Possuo minha própria rede de informações, indo para a frente e para trás e passando por toda parte, só para me avisar quando o Michael Brand aparecer. Tenho amigos, e amigos de amigos, em lugarejos estranhos por todo o mundo, de olho na informação assim que ela desponta na estrada. Trechos de códigos virais em bancos de dados on-line. Até em oficinas de impressão à moda antiga numas duas dúzias de países onde computadores ainda são uma extravagância ou onde eu simplesmente quero ter aquela segurança extra. O Michael Brand é uma obsessão para mim, sabe. Ele não sai muito por aí, mas quando sai eu quero saber que ele fez isso. Então, quando ele apareceu na sua investigação, apareci também. Essa é a resposta curta.

Kennedy estava perplexa. A maior parte daquela resposta não havia soado muito sã, embora Tillman a tivesse dado num tom de voz calmo e razoável. Ela não retrucou. Depois de um ou dois momentos, como forma de distração, ela pegou o uísque e bebeu um gole. Não era bom de jeito nenhum, mas era melhor do que ficar olhando para Tillman do jeito que a gente olha para um maluco dentro do ônibus.

Ele riu de forma um tanto infeliz, como se tivesse lido perfeitamente a expressão dela.

— Tá bom — disse. — Talvez isso precise de um contexto para ser entendido. Entenda, eu perdi minha esposa e filhos alguns anos atrás.

— Sinto muito — Kennedy respondeu; a resposta automática e sem significado. — Como eles...

— Como morreram? Não morreram. Eu simplesmente os perdi. Voltei para casa numa noite qualquer e eles não estavam lá. A casa havia sido esvaziada da porta de entrada até o último quarto. Treze anos atrás. Eu ainda estou procurando.

Ele esboçou rapidamente a história para ela. Os obstáculos oficiais; a recusa da polícia em montar uma investigação; o luto, o medo e a confusão; a busca e os esforços infrutíferos; e a percepção que ele tivera, por fim, de que precisava de uma abordagem inteiramente diferente se pretendia algum dia sair da estaca zero.

Enquanto ouvia, Kennedy presumiu, a princípio, que Tillman era como qualquer outro homem ainda apaixonado por uma parceira que o deixara para trás. Mas a absoluta convicção dele começou a afetá-la. Treze anos é um longo tempo para alguém passar em negação e, além disso, um longo tempo para alguém ficar brincando de esconde-esconde com três crianças. Uma mulher sozinha poderia se esconder facilmente. Uma mulher com três filhos teria que registrá-los em consultórios médicos, dentistas, escolas, serviços de cuidados de todos os tipos imagináveis. Seriam chamativos, distintos e fáceis de encontrar. A não ser que estivessem mortos, é claro. Ela não mencionou essa possibilidade, mas, novamente, Tillman pareceu antecipar os pensamentos dela.

— Ela deixou um bilhete — disse. — Pedindo que eu não os procurasse. E havia uma espécie de lógica... não, quero dizer uma espécie de assinatura nas coisas que foram levadas. Eu disse que a casa tinha sido esvaziada, mas não foi exatamente assim. Algumas coisas tinham sido deixadas para trás: umas coisinhas sem importância. Livros. Brinquedos. Roupas. Mas era essa a questão. Tudo que foi deixado eram coisas que não importavam. Coisas de que as crianças não sentiriam falta. Os livros favoritos, os brinquedos favoritos, as roupas que gostavam de usar e que ainda serviam bem, todas essas coisas foram levadas. Foi a escolha da Rebecca, e ela fez tudo extremamente bem, exceto...

A voz dele sumiu.

— Exceto o quê?

— Nada. Nada importante.

Kennedy deu de ombros.

— Tá bom. Mas e aí, o que é que isso te diz, Tillman? Significa que ela foi embora por vontade própria, né?

— Não — ele disse bruscamente. — Significa que ela sabia que eles ficariam vivos e que ficariam juntos. Ela levou tudo de que precisavam para levar a vida em algum outro lugar. Mas eu não acredito — não consigo me forçar a acreditar — que uma vida sem mim era o que ela queria. E mesmo que fosse possível eu estar errado a respeito disso, detetive, ainda ia querer encontrá-la e perguntar por quê. E ainda ia querer ver meus filhos de novo. Mas não estou errado. A Rebecca foi embora porque não teve escolha. E me deixou um bilhete mandando que eu não os procurasse porque achou que eu nunca seria capaz de encontrá-la ou trazê-la de volta do lugar aonde ela estava indo. Ela estava tentando me poupar de pelo menos essa dor.

Ele parou, observando-a atentamente. Parecia ser importante para ele que ela aceitasse totalmente a palavra dele. Kennedy desviou-se da questão.

— Michael Brand — ela o lembrou.

Tillman meneou a cabeça, concordando com relutância. Aquela era a questão correta, a razão pela qual os dois estavam ali. A razão pela qual haviam aceitado conversar.

— A Rebecca o viu — ele disse. — Combinou uma reunião com ele — ou ele combinou com ela, mais provavelmente. Ele ligou e pediu que ela fosse vê-lo. Num Holiday Inn a cerca de cinco minutos de caminhada da nossa casa, onde estava hospedado. Foi no mesmo dia em que ela foi embora. E Rebecca foi até lá. Encontrou-se com ele. O funcionário da recepção do hotel conhecia o Brand de vista — um cara de trinta e poucos anos, ele disse, de cabeça raspada e jeito de durão, como se fosse policial ou ex-militar. Eu mostrei ao recepcionista uma foto da Rebecca e ele se lembrou de tê-la visto com o Brand. Não sei o que aconteceu entre eles, nem o que ele disse a ela. Mas, o que quer que tenha sido, os dois saíram de lá juntos. Foram para nossa casa, eu acho, onde Rebecca começou a fazer as malas. Foi a última vez que a vi. A última vez que vi todos eles.

O tom de Tillman continuou equilibrado durante toda essa recitação. Kennedy não conseguia imaginar quanto esforço isso exigia dele. Se ainda estava procurando a família treze anos depois, esses eventos que ele estava descrevendo eram, coletivamente, uma ferida aberta que abrangia toda a vida dele. Ela também sabia, como Tillman deveria saber, que, mesmo se estivesse certo em cada detalhe, não significava que a família dele ainda estivesse viva nesse momento, nem que ainda estivesse viva uma hora depois de deixar a casa. Significava que Rebecca havia acreditado que estariam vivos. Ele poderia estar caçando um fantasma: quatro fantasmas, ou cinco, se contasse Brand.

E, obviamente, quando parava para pensar nisso, vi que Brand era o ponto mais fraco naquele castelo de cartas.

— Não pode ser o mesmo homem — Kennedy disse. — O *seu* Michael Brand, o *nosso* Michael Brand...

— Por que não?

— Bom, por que deveria ser? O seu Michael Brand tem encontros insignificantes com mulheres casadas em hotéis baratos. O meu Michael Brand transita por fóruns acadêmicos on-line, aparece em seminários de história feito... — ela procurou uma comparação — um cometa antes da peste. Ele aparece quando acontece um assassinato em massa e depois evapora. Eles não têm muita coisa em comum, Tillman. E esse não pode ser um nome tão incomum. Sério, quais são as chances de o seu homem ser o nosso?

Tillman estava girando o uísque dentro do copo, mas ainda não o havia experimentado.

— Tirando uma coisa ou outra? — ele perguntou calmamente. — Eu diria que há cem por cento de chance. Mesmo considerando o que você acabou de dizer, o *modus operandi* é o mesmo: o cara aparece, se hospeda num hotel, faz o que veio fazer e depois desaparece. Duas missões inteiramente diferentes, é claro, mas é assim que ele trabalha em ambos os casos.

— Eu ainda não...

— Me deixe terminar, detetive. Pois prometo que você vai gostar do meu trabalho de investigação. Eu comecei a distribuir minhas latinhas e barbantes para pegar o Michael Brand muito tempo atrás. Isso significa que tive chance de fazer algumas coisas que você ainda não fez. Criei um álbum de recortes. Meio que um banco de dados, só que bancos de dados são feitos em computadores e eu não me dou bem com computadores. São só umas anotações que tomei enquanto seguia em frente. Coisas no fundo de um envelope, por assim dizer. Um fato aqui, outro ali.

Ele se inclinou em direção à mesa e encarou-a com um olhar de pretensa sabedoria.

— Não é só o nome. Há outras coisas que ele não muda. Se ele dá um endereço falso, é sempre o mesmo endereço falso. Garden Street. Ou Estrada Garden, Travessa Garden, Avenida, Alameda, Praça, o que seja, mas alguma coisa Garden, ou Jardim. Onde é que o seu Michael Brand disse que morava?

— Campo del Jardin — Kennedy murmurou. — Você poderia ter tirado isso direto do arquivo.

— Eu não li seu arquivo. Mas teria apostado um bom dinheiro nisso. De todo modo, tem mais. Eu encontrei um dos contatos do Brand na Rússia — desculpe, na ex-União Soviética — que me disse que o homem que eu estava caçando tinha vindo para Londres. Foi assim que descobri sua investigação, em primeiro lugar. Mas você está certa, ainda poderia ter sido um Michael Brand diferente. Então, eu procurei debaixo de mais algumas pedras e achei o endereço do hotel onde ele estaria.

— O Pride Court. Em Bloomsbury.

— Exatamente. Você foi dar uma olhada no quarto?

— Não — Kennedy admitiu. — Não pessoalmente. Um dos meus colegas conduziu uma busca.

— Um dos seus colegas encontrou alguma coisa?

— Não que eu saiba.

— Não. Bom, eu encontrei. Encontrei isto. — Tillman colocou a mão no bolso e de lá tirou algo pequeno e brilhante, que segurou entre o polegar e o indicador. Colocou o objeto na mesa entre eles. Era uma moeda de prata.

Kennedy apenas olhou para ela por um momento. Era como a moeda do sonho dela tornada real, e isso a inquietou muito profundamente.

Ela se recompôs com um esforço que esperava que ele não pudesse notar e estendeu a mão para pegá-la — mas então parou e inquiriu Tillman com o olhar: *posso?*

— Claro — ele disse. — Vá em frente. Nunca tem nenhuma impressão digital nelas. Nunca tem um rastro, em lugar nenhum, depois que o Brand dá o fora. A não ser isso.

A moeda parecia velha e gasta: a única razão pela qual se sabia que era uma moeda era por ser um pedaço pequeno e achatado de metal exibindo o contorno de uma cabeça humana. Estava longe de ser circular, longe de ter um formato regular. O desenho da cabeça estava gasto a ponto de não ser possível nem saber se era de um homem ou de uma mulher, mas havia uma série de pequenas saliências ao longo da testa que poderiam ser algum tipo de ornamento, talvez uma coroa de louros.

Kennedy virou a moeda. O anverso era ainda mais difícil de distinguir: uma figura que poderia ter sido um pássaro de asas dobradas ou talvez só um ramo de trigo, e alguns símbolos que pareciam incluir um K e um P.

A anormalidade finalmente a atingiu depois que ela virou e virou a moeda várias vezes. Prata oxidava rapidamente e desenvolvia uma pátina negra que era difícil de remover. Se essa moeda era tão antiga, por que era tão brilhante? Tinha que ser algum tipo de reprodução. Mas era pesada o suficiente para ser de metal sólido.

— Ele a deixou dentro do sifão da pia do banheiro — Tillman disse a ela. — Seu colega deveria ter procurado um pouco mais. O Brand — a minha versão do Brand, um ponto zero — sempre deixa uma dessas coisas para trás, em qualquer lugar onde fique por mais que um dia. Ele costumava colocá-las em lugares mais óbvios, como em cima do batente de uma porta ou atrás da cabeceira de uma cama. Ele ainda faz isso, às vezes, mas hoje em dia normalmente demonstra ter mais imaginação.

Kennedy balançou a cabeça.

— Não entendo — ela murmurou. — Se ele se dá ao trabalho de informar endereços falsos, por que deixar um cartão de visita?

— E por que usar sempre o mesmo nome? — Tillman contrapôs. — É essa a verdadeira questão, e não sei a resposta. Mas ele sabe. Eu costumava pensar que era um jogo comigo. Uma provocação, talvez. Como: "Eu posso fazer as coisas tão óbvias quanto eu quiser e ainda assim você não vai chegar nem perto de mim". Mas acho que ele nem sequer sabia, até uns dois anos atrás, que eu estava procurando por ele, e o Brand fez esse tipo de coisa durante todo o tempo. Então, a explicação é outra. É algo que talvez vá fazer sentido quando soubermos o que é que ele está fazendo.

E o que é que ele está fazendo? O bom senso de Kennedy reafirmou-se num último esforço de rebelião:

— Não há nenhum tipo de missão que possa incluir o sequestro da sua família treze anos atrás e o assassinato de quatro professores de história hoje.

— Três professores de história. Uma conferencista de TI.

— Dá no mesmo. E eu não quero cortar seu barato, Tillman, mas havia dois assassinos em Park Square. Não um. É possível que nenhum deles seja o Michael Brand.

— É certeza que nenhum deles era o Michael Brand — ele disse. — Não acho que ele execute as mortes pessoalmente.

— Então, o que ele faz?

— Vou te contar. Mas não de graça. Eu já te contei muita coisa. Divida comigo tudo que descobrir na sua investigação — tudo o que já sabe até aqui e tudo o que ficar sabendo daqui em diante — e eu te digo o que sei.

Kennedy nem teve que pensar a respeito disso. Ela balançou a cabeça.

— Não.

— Por que não?

— Porque sou uma detetive da polícia, Tillman, e você não é nada disso. Estou realmente agradecida por você ter aparecido quando aquele cara estava prestes a me fatiar, mas não posso discutir ativamente uma investigação com pessoas que não fazem parte da equipe do caso. E principalmente pessoas que nem fazem parte da força policial.

Tillman ficou em silêncio, estudando o rosto dela.

— Tá falando sério? — perguntou, finalmente.

— Estou falando sério.

— Então, acho que terminamos. — Ele estendeu a mão para pegar a moeda. Kennedy a manteve consigo.

— Isto é uma evidência — ela disse. — É relevante para uma investigação de assassinato e você não tem nenhum direito de ficar com ela.

— Me dê a moeda, detetive. Isto aqui não é uma via de mão única. Eu vim aqui com uma oferta, você recusou. Voltamos para o ponto onde estávamos.

Ela abriu a bolsa e jogou a moeda dentro.

— Kennedy...

— Não. — Ela o cortou. — Para fazer o que é certo eu deveria te intimar como testemunha, senão como suspeito. Não vou fazer isso porque te devo uma e porque você já passou por problemas suficientes, e eu me sentiria mal em acrescentar mais alguns. Mas você não pode ficar com a moeda. Tillman, existe uma linha. Eu estou de um lado dela e você está do outro. Eu tenho o direito de caçar criminosos. É o meu trabalho. Você não. Então, o que fez com aquele homem — o que estava prestes a me esfaquear — faz de você um criminoso também.

Tillman fez um gesto de impaciência.

— Você está falando de detalhes técnicos — disse. — Achei que fosse alguém capaz de enxergar além de todo esse lixo.

— Não, eu não sou. Não sou mesmo. — Ela considerou que fosse importante explicar a ele, embora fosse tão óbvio e básico para ela que nem precisava ser dito. — Tem coisas ruins que eu posso fazer e não perder nem um segundo de sono por causa disso, mas essa não é uma delas. Não posso compartilhar informações com você, Tillman. Não posso fazer isso e continuar sendo policial. Isso me faria ultrapassar aquela linha. Uma linha que ainda importa para mim.

Importava e muito, ela percebia agora. Sua voz estava tremendo. Falar sobre essas coisas trouxera de volta à sua mente o complexo de emoções e ansiedades que se enroscavam em torno do que ela havia feito a Marcus Dell. O que Tillman fizera ao assassino de Harper era diferente — e o que o pai dela havia feito, tantos anos atrás, era ainda mais diferente. Mas de alguma forma as diferenças pareciam um tanto tênues agora.

Ela levantou, e Tillman recolheu a mão.

— Tá bom — ele disse. — Fique com a moeda. Tenho outras. Mas você vai achar bem difícil explicar onde a conseguiu, e mais difícil ainda registrá-la como evidência. Lamento que não possamos fazer negócios, sargento Kennedy. Se mudar de ideia, bom, você tem meu número no seu celular agora, não é? Mas não me telefone a não ser que tenha decidido compartilhar o que sabe. Essa foi sua última amostra grátis.

A expressão nos olhos dele enquanto falava foi o que permaneceu na mente dela. Permaneceu porque estava em conflito com as palavras dele. Sua fala era a de um cara durão saído de um filme. Mas seu aspecto era o de um homem pendurado na borda de um alto edifício enquanto os dedos iam perdendo a força, um por um, numa contagem regressiva para o desastre.

Ele foi embora, deixando o uísque intocado.

Kennedy drenou o dela.

* * *

Em casa, depois de agradecer a Izzy e de colocar o pai para dormir, Kennedy voltou ao arquivo. Ela garimpou nas profundezas turvas do caso por cerca de uma hora sem descobrir nem uma única pepita de ouro.

Mas havia coisas que ela poderia caçar, ainda assim: três delas, no total.

Havia as últimas palavras da dra. Opie, ditas enquanto ela morria. Kennedy as mencionara em seu relatório, mas elas não pareciam levar a lugar algum e a referência havia sido ignorada. Era difícil enxergar o que é que alguém poderia fazer com elas.

Havia a foto que ela encontrara no escritório de Barlow. A imagem de um edifício em ruínas num lugar indistinto, anônimo, com algumas linhas de caracteres sem significado no verso. Barlow escondera a foto; o assassino dele, ou talvez outra pessoa, havia vasculhado tanto a casa como o escritório do professor, mas não a encontrara. Ou então — não era uma alternativa tão boa, mas precisava ser considerada — ele a encontrara e a pusera de volta porque era irrelevante.

E havia a faca.

Kennedy levou um longo tempo para conseguir dormir. Continuava pensando nos olhos assombrados de Tillman no momento antes de ele ir embora, e na jornada dele: uma peregrinação de treze anos em meio a uma floresta que não poderia de forma alguma levá-lo a uma terra do leite e do mel. Em casos de abdução, a maior parte dos detetives contava blocos de três dias. Os primeiros três dias eram 50% contra 50%: a suposta vítima tinha tanta chance de aparecer viva como de aparecer morta. Cada três dias a mais depois disso dobravam as chances de estar morta.

Tillman acreditava mesmo nessa missão maluca ou a estava usando para se distrair da quase certeza de que sua esposa e filhos estavam mortos?

Qualquer que fosse o caso, ela suspeitava, era apenas a caçada que o mantinha vivo. Como um tubarão, ele morreria se um dia se permitisse ficar parado.

CAPÍTULO 26

A primeira reunião da manhã foi criada para testar a alma dos homens. A alma das mulheres também, aliás. Summerhill a começou fechando inteiramente uma linha de investigação.

— Como vocês sabem — ele disse —, recolhemos todos os computadores do professor Barlow — os dois da faculdade e o da casa dele — para exame. Nós os entregamos à equipe de suporte forense em TI para ver o que conseguem encontrar, mas o resultado foi zero. Não há absolutamente nada nas máquinas. Nenhum arquivo, nenhum e-mail, nem foto, nem nada no histórico de acesso à Internet. Alguém apagou tudo o que havia ali e instalou um sistema operacional novo. Em todos os três computadores. Barlow tinha dois discos rígidos externos e eles estão vazios, também. E meia dúzia de CDs graváveis que foram descobertos totalmente vazios, nem mesmo formatados. Só tinha isso. Estamos examinando os registros em papel agora, mas não parece haver neles nada que seja novo ou relevante.

Kennedy pensou nos arrombamentos ao escritório e ao chalé de Barlow. Talvez esse tivesse sido o objetivo deles: não uma expedição em busca de algo, mas uma limpeza geral. Se os cães de caça da TI, que eram capazes não só de extrair sangue de pedra, mas também de lhe perguntar que tipo sanguíneo você queria, tinham voltado de mãos vazias, então aquela fora uma limpeza profissional. A maior parte das pessoas acreditava que apertar a tecla DELETE acabava com um arquivo, quando, na verdade, isso só o mandava para a lixeira virtual do computador. Quem quer que tivesse matado Barlow fizera um serviço muito mais completo.

— E quanto às outras vítimas? — ela perguntou. — Nós requisitamos os arquivos e documentos delas também? Quero dizer, se presumirmos que o motivo está de alguma forma ligado ao projeto Rum do Barlow...

Combes estava suspirando e balançando a cabeça, mas foi Summerhill quem a interrompeu:

— Nós estamos enfaticamente *não* presumindo isso, Sargento — disse ele. — Pelo menos, se o projeto ofereceu um motivo, nosso melhor palpite é de que foi de forma indireta. O projeto foi o que reuniu as vítimas — embora, ainda assim, pareça ter havido uma relação prévia entre elas por meio do fórum dos Ravellers. Uma vez reunida, a equipe do Barlow se meteu em algo que atraiu a atenção de um grupo muito profissional e muito organizado de assassinos. Possivelmente, compraram algum documento ou artefato no mercado negro e acidentalmente pisaram no calo de algum cartel criminoso do qual compraram. Há inúmeras situações que poderiam explicar esse padrão de mortes, e muito poucas se apoiam diretamente no conteúdo da pesquisa do Barlow. As pessoas normalmente não se tornam vítimas de assassinato por causa de um desentendimento acadêmico.

— Mas se ao menos soubéssemos...

— Não vamos descartar nada disso. — O tom de Summerhill foi mais afiado dessa vez: *pare de remar contra a maré*, ele estava dizendo, *quando deveria ser grata por ainda estar no barco*. — É claro que procuramos nos computadores das outras vítimas. Particularmente no da Opie, já que todos os arquivos dela tinham cópias de segurança no servidor da faculdade, e fomos capazes de ver até os mais antigos. Não encontramos neles nenhuma correspondência com o Barlow, nem referências ao nome dele. Também não conseguimos localizar nenhum arquivo ou pasta que fizesse referência ao Códice do Rum, nem ao projeto, nem a ninguém ligado a ele. Obviamente, há outros parâmetros de busca que poderiam ser aplicados, mas não queríamos nos aprofundar demais nesse ponto. Se fizéssemos isso, uma estimativa modesta, seriam milhares de páginas de material, dezenas de milhares de e-mails, possivelmente milhões de palavras. Até encontrarmos uma pista que sirva como bússola, tentar ler cada uma das palavras não parece levar a lugar nenhum.

Summerhill desviou o olhar de Kennedy e encarou Combes.

— Vamos ouvir o que você andou fazendo — ele disse. — Josh, atualize a gente.

Combes contou-lhes tudo o que obtivera na pesquisa sobre o evasivo Michael Brand. Ele interrogara as maiores redes de hotéis no Reino Unido e na Espanha para ver se o homem havia se hospedado em algum lugar usando aquele nome. Também havia enviado uma descrição verbal e um retrato falado, ambos fornecidos pelo funcionário da recepção do Pride Court: um homem de meia-idade, careca, de estatura superior à média, com olhos castanhos, pele pálida e sotaque estrangeiro, embora fosse difícil definir de onde.

Não havia muito com que trabalhar e não houvera nenhum retorno até o momento. Enquanto isso, Combes também solicitara pesquisas nos bancos de dados operacionais de linhas aéreas, férreas e marítimas, para ver se conseguia mapear os movimentos de Brand antes da chegada dele ao Pride Court, e depois. Uma pesquisa paralela nos registros da polícia e do sistema prisional já havia dado um resultado negativo. Não havia nenhum Michael Brand em nenhum ponto do universo conhecido que tivesse ficha criminal e a possibilidade de combinar com a idade e a descrição do homem que eles procuravam.

Combes estava agora analisando os outros membros do fórum dos Ravellers para descobrir se algum deles já conhecera Brand ou trocara alguma correspondência particular com ele.

Stanwick e McAliskey haviam tomado depoimentos corroborativos dos alunos que testemunharam a morte de Sarah Opie. Eles também haviam examinado gravações de câmeras de circuito interno do sistema de segurança da faculdade, esperando encontrar algum vídeo dos dois assassinos ou no laboratório de informática ou caminhando até ele. Não tiveram sorte. As câmeras salvavam o material num disco, e o disco relevante havia desenvolvido um erro de formatação, o que significava que não podia ser acessado. Encontraram um técnico que talvez fosse capaz de extrair alguma informação útil do material, mas o processo estava se mostrando lento. Enquanto isso, haviam espalhado kits com imagens de identificação tanto para outras forças regionais como para o programa *Crimewatch*, da BBC, pedindo a quem quer que tivesse visto os dois homens que telefonasse para uma linha de apoio dedicada somente a isso. Meia dúzia de policiais de uniforme estavam recebendo as centenas de telefonemas que já estavam chegando.

Cummings havia assumido a tarefa de investigar a morte de Samir Devani, a única que ainda poderia ser interpretada como um acidente. Desmontando e examinando os componentes do computador fatal, ele fora capaz de mais ou menos desqualificar essa ideia. O cabo de força havia se soltado dentro da máquina e então, de alguma forma, se dobrado até encostar no invólucro do computador. O ângulo era agudo, e o fio precisara ser introduzido no dissipador térmico da placa-mãe para ficar no lugar, de forma que, quando o computador foi ligado na tomada de parede, o belo invólucro de metal em estilo retrô ganhara vida. Agora, Cummings estava tentando determinar quem tivera acesso não supervisionado à máquina das 16 horas entre a última vez que fora usada até o fatídico momento em que aquele cabo fora ligado.

Summerhill ouviu todos eles, interpolando perguntas e sugestões. Manteve um ritmo rápido, senso de urgência e propósito. Então, pausou quando chegou a Kennedy.

— Algo a relatar, sargento Kennedy? — ele perguntou com uma brandura suspeita. Nenhuma tarefa fora passada para ela, e ela só estava fora do hospital havia um dia. Talvez aquele lampejo no olhar do detetive-chefe fosse alimentado pela expectativa de um "não".

— Quero continuar a investigação da arma do crime — Kennedy disse. — Quero dizer, a *outra* arma do crime. Temos toda essa informação sobre o revólver, mas nada sobre a faca que matou o Harper. Eu acho que vale...

— Lâmina com sete centímetros de largura — Combes disse. — Muito afiada. Provavelmente curva na ponta. Há algo mais que você queira saber? — Ele falou por cima do ombro, sem olhar para ela.

— Acho que vale a pena investigar — Kennedy continuou, ainda falando com Summerhill. — Esse Michael Brand tinha sotaque estrangeiro, de acordo com o depoimento da testemunha, e em Luton o assassino com o revólver falou comigo no que tenho certeza de que era uma língua estrangeira. Talvez os três homens sejam da mesma região — do mesmo país. A faca tinha um design muito exótico. É possível que seja específica de um local. Se for, podemos acabar obtendo dados suficientes para pedir auxílio a outra força.

Summerhill não pareceu impressionado, mas não descartou a ideia de imediato.

— Você viu a faca com clareza suficiente? — perguntou. — Mesmo? Com clareza suficiente para reconhecê-la se a visse de novo?

Kennedy indicou com um aceno de cabeça o cavalete no canto da sala, com folhas de papel e algumas canetas-marcador deixadas após alguma outra reunião.

— Posso?

— Vá em frente.

Ela cruzou o recinto até o cavalete, pegou uma caneta e começou a desenhar o que havia visto. Atrás dela, alguém resmungou:

— Já consegue ver o que é?

Mais alguém riu. Ela os ignorou, tentando lembrar o formato exato da lâmina estranha e feia. Tinha o mesmo comprimento do cabo de uma faca, mas era mais larga e assimétrica, com uma saliência de um dos lados com aspecto de metade da cabeça de um cogumelo. Parecia desajeitada e sem propósito, mas era afiada como uma navalha e tinha acabado com Chris Harper de um só golpe.

Ela colocou a caneta de volta no lugar e virou-se para encarar o resto da equipe.

— Era assim — disse, voltando à sua cadeira.

Todos olharam para o desenho.

— Tá — McAliskey comentou laconicamente. — É bem característica.

— Poderia ser uma espátula para alisar reboco — Cummings observou. — Ou para cortar bolo. Mas não parece muito com uma arma de assassinato.

— Eu gostaria de falar com alguém do Arsenal Real — Kennedy disse a Summerhill. — A não ser que você precise de mim para alguma outra tarefa. Também gostaria de voltar a verificar os arquivos do fórum dos Ravellers e ver se existe alguma informação lá a respeito do que o Barlow estava tentando fazer com esse projeto Rum dele.

— Não tem — disse Combes. — Já reviramos esse negócio. O Barlow não publicou nada no fórum, exceto aquele primeiro pedido de voluntários. Ninguém conseguiu saber para o que é que ele queria voluntários a não ser as pessoas que ele escolheu para a equipe, e, opa, a gente não tem mais nenhuma delas, né?

— Já chega, sargento Combes — Summerhill rosnou. — Tá. Tudo bem. Faça isso, Kennedy. O endereço do site e os códigos de acesso estão no arquivo do caso.

— Eu também gostaria de falar com a Ros Barlow outra vez.

— A irmã do professor? Por quê?

— Porque o professor falou com ela sobre Michael Brand, e agora o Michael Brand parece ser fundamental para o caso — quer você pense nele como testemunha ou como suspeito. — Enquanto fazia o pedido, ela estava desconfortavelmente consciente de que era só uma cortina de fumaça. Depois de falar com Tillman, estava definitivamente pensando em Brand como o vilão do enredo. Precisava verificar isso. — Além disso, se Barlow não disse mais nada sobre o projeto no fórum, pelo menos vale a pena perguntar se ele falava sobre isso em casa.

Summerhill meneou a cabeça, assentindo, mas olhou para Combes.

— Cuide disso, Josh — ele disse, e Combes concordou, rabiscando uma anotação para si mesmo.

— Ela já me conhece — Kennedy contrapôs, tentando não perder a calma.

— Não vamos agir de forma territorial, sargento Kennedy. — Summerhill juntou as mãos como se estivesse prestes a conduzir o grupo numa prece, depois as abriu outra vez, palmas voltadas para cima. — Me liguem se descobrirem alguma coisa. Do contrário, anotações do caso na minha mesa até as 18 horas. O que estão esperando, cavalheiros? Títulos oficiais?

Eles juntaram suas coisas e se espalharam. Então, Summerhill ia mantê-la por perto, Kennedy refletiu enquanto caminhava de volta à sala comum. Ou tentaria, pelo menos. Mas ele não podia proibi-la de sair do prédio. Só o que ele podia fazer era entregar todas aquelas pistas promissoras a outras pessoas.

O que significava simplesmente que ela teria que arranjar outras pistas.

Seu telefonema para o Arsenal Real, ou Museu Nacional de Armas e Armaduras do Reino Unido, foi atendido por um estagiário, que a deixou na espera por um longo tempo e depois a passou para uma srta. Carol Savundra — a gerente de aquisições das coleções do museu. Savundra respondeu mecanicamente. Seu tom indicava que ela tinha uma lista de tarefas cheia, um pavio curto e tempo e paciência zero para pedidos incomuns que chegavam via canais não ortodoxos. Kennedy não tinha grandes esperanças, mas descreveu a faca mesmo assim.

— Nada me vem à mente — Savundra disse.

— Bom, posso passar via fax um esboço da lâmina? Pode ser que acabe se lembrando de algo. Ou a senhorita poderia fazer a imagem circular entre seus colegas.

— Claro — respondeu Savundra, mas não ofereceu seu número de fax até que Kennedy o pediu e foi vaga em informar quando poderia entrar em contato com ela. — Para dizer a verdade, antiguidades são uma parte cada vez menor do que fazemos aqui.

— Essa faca foi usada em um assassinato recente.

— Sério? Bom, vá em frente, mande para mim. Talvez quando eu a vir tenha um lampejo de inspiração.

Kennedy desenhou a faca novamente, em uma folha A4, e a enviou por fax.

Em seguida ela tentou a fábrica Sheffield Knives, onde falou com um sr. Lapoterre, o principal projetista do lugar. Ele foi muito mais amigável, mas nunca ouvira falar de nada remotamente parecido com o que Kennedy descreveu. Ele ligou para ela assim que recebeu o fax, mas apenas para confirmar que não tinha ideia do que fosse.

— Fazemos muitas facas com lâminas assimétricas — disse —, mas essa é nova para mim.

— Não faz o senhor se lembrar de nenhuma faca produzida em um lugar específico do mundo?

— Não me faz lembrar de coisa nenhuma. É como... Se você encontrasse o esqueleto de um pássaro, saberia que é um pássaro porque os ossos estariam nos lugares certos em relação aos ossos de um pássaro. Mas não saberia que pássaro é. É o que digo em relação a essa faca. Não é nada. Não se encaixa em nenhuma categoria para a qual eu possa dar um nome. Sinto muito.

Kennedy esperava coisa melhor da Guilda Britânica dos Colecionadores de Facas e da CIA, que incluía aquisição de armas brancas para o Exército Americano em sua lista de realizações on-line. Mas nenhum dos dois pôde ajudar.

Desencorajada, ela se voltou para a outra tarefa do dia: as velhas postagens no fórum dos Ravellers, que outra pessoa havia examinado antes dela sem sucesso. Kennedy fez o login no fórum e usou o código de acesso para entrar nos diretórios arquivados. Imediatamente percebeu o tamanho do trabalho e entendeu que — por mais categórico que Combes tivesse soado — ele *não* havia examinado o material. Havia sete mil páginas dele, ou melhor, sete mil postagens, cada uma das quais se desenrolava até o último comentário. Certamente havia dezenas de milhares de comentários. Ler apenas os títulos provavelmente seria trabalho para uns dois meses.

Talvez ela pudesse selecionar o que leria. O site não tinha um mecanismo de busca, mas ela sabia como fazer o mecanismo do próprio departamento, feito sob encomenda pelos CDFs do Ministério da Defesa, realizar uma busca num domínio de Internet específico. O nome que Barlow usara no fórum estava escrito no arquivo sob o código de acesso: BARLOW PRCL, o sobrenome e as iniciais da universidade. Evidentemente, os Ravellers não tinham tantos membros a ponto de precisarem usar nomes enigmáticos e pós-modernos em seus Ids.

Uma primeira busca mostrou a ela que Barlow havia publicado comentários em 218 postagens, 71 das quais ele mesmo começara. Ela dirigiu sua atenção a estas, em especial.

Imediatamente, esbarrou no mesmo problema do qual Harper havia reclamado. Os cabeçalhos, que em teoria deveriam demonstrar o tema de cada postagem, eram tão arcanos que na maior parte dos casos não davam nem a mais vaga ideia de seu possível conteúdo.

AWMC Catal-Huyuk omitir/revisar?

Distribuição irregular de sigma medial por período estatística 905

Greensmith 2B não vai

Combinações propostas na subpasta para o Códice Branche em M1102

Então clicou em algumas postagens aleatoriamente. Nas mais antigas, como ela poderia ter esperado, os Manuscritos do Mar Morto eram mencionados várias vezes. Barlow comprara brigas com interpretações já existentes, propunha suas próprias leituras alternativas, era vaiado ou aplaudido ou visto com condescendência.

Depois as menções aos Manuscritos diminuíam gradualmente e outras coisas iam surgindo, como foco ainda na tradução e na interpretação do texto, mas o tema agora era, na maior parte, o Novo Testamento — fragmentos avulsos dos evangelhos identificados por séries de letras e números. As opiniões de Barlow pareciam ser frequentemente controversas, mas Kennedy não conseguia entender por quê, pois os argumentos eram obscuros demais e as piadas internas, incompreensíveis.

Finalmente, encontrou a postagem que estava procurando. O cabeçalho, como Opie já havia dito a ela, era: "Alguém está a fim de dar uma nova olhada no Rum?". Sob esse cabeçalho, um punhado de frases concisas: *Estou pensando em analisar o Códice do Rum sob um novo ângulo. Por diversão e para um livro que estou escrevendo, mas sem verba. Trabalho duro, decodificação de dados infinita, possível fama e fortuna. Alguém interessado?*

A postagem provocou uma curta corrente de respostas, a maior parte delas agressiva ou zombeteira. Por que voltar ao Rum? E sem verba? Barlow não podia estar falando sério. Não havia nada de novo para encontrar ali, e o códice provavelmente nem era uma tradução, só uma mistura de fontes. As respostas positivas vinham de HURT LDM e DEVANI [campo em branco]. Nada de Sarah Opie. Barlow prometia entrar em contato com seus colaboradores via telefone, e a postagem ia enfraquecendo depois de mais algumas provocações nada simpáticas de outros membros do fórum. Depois, muito mais tarde — quase dois anos depois, de acordo com o cabeçalho, e apenas três meses antes da morte de Barlow —, outra resposta aparecia, de BRAND UAS. *Estou muito feliz pelo que vocês conseguiram até aqui. Adoraria conversar e quem sabe ajudar em alguma parte mais difícil.*

Depois disso, nada.

Depois disso, quedas fatais de escadarias escuras, computadores eletrificados, atropelamentos com fuga e adagas desembainhadas à luz do dia.

Então, como Barlow respondera a Brand?, Kennedy se perguntou. Ele não respondera à própria postagem, nem mesmo para pedir um número de contato. Talvez ele tivesse acessado o perfil de Brand e pegado a informação de contato dele ali. Ela tentou e descobriu que não havia nada. O perfil de Brand era apenas um nome, nada mais.

UAS, ela descobriu num registro do local, significava Universidade de Astúrias, Espanha. Mas, se Barlow tivesse seguido aquela rota, teria descoberto rapidamente que Brand era uma fraude. Presumivelmente, confiando que ninguém estaria em um fórum de história exceto historiadores, ele não se dera ao trabalho de fazer isso.

Uma mensagem particular, então. Mensagens particulares tinham um código de acesso diferente, mas o moderador do fórum dos Ravellers havia fornecido isso a eles, também. Kennedy abriu o arquivo numa janela diferente e descobriu que os dados eram armazenados para cada ID de membro. Sob o nome de Barlow havia duas dúzias de mensagens.

Havia uma mensagem para Sarah Opie, um pouco depois da troca de correspondência com os outros três membros da equipe: *Sarah, lembra-se da conversa que tivemos no jantar no Founder's? Você acha que seria possível fazer o que eu pedi, usando seu próprio sistema ou suas máquinas de trabalho? Me ligue, vamos conversar.*

E uma mensagem para Michael Brand, com data do mesmo dia do comentário dele no fórum: *Sr. Brand, o senhor me intriga. Sei que Devani falou com o senhor no FBF, mas também sei que ele não lhe contou nada. Como o senhor soube de nós? Por favor, não responda pelo fórum. Eu prefiro refrear a especulação a respeito disso em lugar de inflamá-la. Meu ramal é 3274.*

Nada mais depois disso. Nada que parecesse de forma alguma se relacionar ao projeto em andamento. Num impulso, ela deu uma busca pelas mensagens particulares dos outros Ravellers para ver se alguém mencionava o Códice do Rum lá. Provavelmente ela estava numa brecha técnica do mandado de busca, mas isso só importaria se encontrasse alguma coisa, e ela não encontrou. O Rum não era um grande tópico. Ninguém estava fofocando sobre o grande projeto de Barlow nem especulando sobre para que seria. Ninguém parecia dar a mínima. Dos cabeçalhos de postagens que ela conseguiu entender, a maioria parecia relacionada a dinheiro — auxílio para pesquisas, orçamento de departamentos, cobertura de despesas diárias, bolsas de estudo, editais para obtenção de verba pública, distribuição de capital, moedas encontradas ao acaso debaixo de almofadas de sofá. Ninguém tinha o suficiente e ninguém sabia de onde o próximo pagamento viria.

Não estava fácil para ninguém, exceto para Stuart Barlow e seu pequeno bando de transgressores: eles faziam aquilo por diversão. E estavam mortos.

O dia passou nessa busca quase sem direção, enfadonhamente lento e inerte. Uma das quebras de rotina ocorreu quando Kennedy foi até a mesa de Harper para livrá-la de qualquer documento relativo ao caso que ainda pudesse estar lá. Debaixo de uma pilha de bobagens intradepartamentais, ela encontrou os formulários de pedidos de informações à Interpol que ele preenchera a respeito de Michael Brand. Eram os originais, guardados depois de terem sido enviados por fax. Olhando para eles, Kennedy percebeu que Harper havia cometido um erro elementar. Pedira para receber informações apenas a respeito de casos aos quais Michael Brand fora vinculado como suspeito ou listado como testemunha em potencial. Havia um imenso território entre essas duas posições no qual o nome de Brand poderia aparecer no depoimento de outra pessoa, e ela queria essa lista também. Mandou uma nova requisição — o mesmo formulário com mais alguns campos selecionados. Por ser o mesmo formulário, ela não precisou passá-lo por Summerhill para obter autorização, mas acrescentou sua própria assinatura e identificação ao pé da página e — com uma breve pontada de tristeza — riscou a de Harper.

Ela fez mais algumas ligações relacionadas à faca, sem obter mais nada, e saiu da Divisão quando o relógio anunciou as 5 horas da tarde — a primeira vez, em sete anos, que fazia isso.

Izzy ficou impressionada por vê-la aparecer no apartamento antes das 6 horas: quase indignada.

— Você nunca volta tão cedo — ela disse, juntando suas coisas. — Que foi, ninguém cometeu crimes hoje?

— Sou do departamento de Crimes Sérios — Kennedy respondeu. — Houve crimes hoje, mas só crimes engraçados.

Como sempre, elas foram até a porta juntas.

— Bom, ele está de mau humor — Izzy relatou. — Estava chorando mais cedo e ouvindo aquela porcaria de música horrorosa, *pleim-pleim-pleim*. Estava falando da sua mãe.

Kennedy ficou surpresa e desconcertada.

— O que ele disse sobre ela?

— Disse que sentia muito. "Sinto muito, Caroline. Sinto muito por ter magoado você." Coisas assim.

Kennedy teria dito que não era mais capaz de sentir nada pelo pai agora além daquela mistura de afeição dolorida e ressentimento semicurado, à qual ela estava tão acostumada. Mas ouvir isso doeu: acertou em cheio todas aquelas muitas coisas que faziam com que a ferida parecesse estar em carne viva. Ela segurou a respiração, e Izzy percebeu que, de alguma forma, dissera uma grande asneira.

— O que foi? — perguntou, aflita. — Sinto muito, Heather. O que eu disse?

Kennedy balançou a cabeça.

— Estou bem — respondeu. — É só que... — Mas havia coisas demais a explicar desde o início. — O nome da minha mãe era Janet — murmurou.

— É? Então, quem era essa Caroline? Alguém com quem ele teve um caso?

— Não. Só uma mulher que ele matou. Boa noite, Izzy.

Ela fechou a porta.

CAPÍTULO 27

Não houve reunião no dia seguinte. Summerhill estava no prédio, mas ficou fechado em sua sala, e os outros detetives se espalharam logo cedo e sem conferenciar. Kennedy foi deixada ali sem um propósito, na sala comum, podendo apenas abordar seus especialistas em facas novamente — sem nenhuma alegria.

Nada havia chegado da Interpol, mas ela podia acessar os arquivos on-line deles e ver se havia algo entre os casos mais antigos, encerrados, nos quais nenhuma autorização interdepartamental seria necessária.

O serviço de arquivos digitais da Interpol apresentava uma interface absurdamente complicada, que exigia do usuário o preenchimento de toda uma profusão de parâmetros informativos frequentemente irrelevantes antes que pudesse começar a usar a busca do sistema. Mas Kennedy tinha muito tempo disponível e sentia-se perversamente disposta a talhar um caminho entre aquela floresta sem vida para chegar até a seiva em seu interior.

E havia mesmo alguma seiva quando ela chegou lá. Diversos Michael Brands estiveram envolvidos em furtos e estupros, mas as idades e descrições deles estavam a anos-luz de distância do Michael Brand pelo qual ela estava procurando. Contudo, dez anos atrás, no norte do Estado de Nova York, e, depois, sete anos atrás, na Nova Zelândia, South Island, houvera casos de pessoas desaparecidas que tropeçaram no nome de Michael Brand.

Kennedy extraiu tudo o que estava disponível em ambos os casos e ficou surpresa e atemorizada com o que descobriu.

O caso de Nova York: uma mulher, Tamara Kelly, e seus três filhos foram dados como desaparecidos pelo marido da mulher, Arthur Shawcross, um representante de vendas de uma empresa de artigos de escritório. Ele voltara para casa após uma semana na estrada para encontrar a casa vazia. A esposa e as crianças haviam sumido. No dia anterior, a casa recebera um telefonema de um número que Shawcross não reconhecera. Descobrira-se depois que pertencia a Michael Brand, mas a investigação subsequente falhou em encontrar o homem.

Nova Zelândia: Erwin Gaskell, carpinteiro e marceneiro, passara dois dias longe de casa, visitando a mãe, que se recuperava de uma cirurgia no coração. Ele voltara para casa e o que encontrou foi o lugar queimado, reduzido a uma carcaça. Sua esposa, Salomé, e seus três filhos haviam desaparecido. Por causa do fogo, e da suspeita de incêndio criminoso, residentes de um hotel nas redondezas haviam sido interrogados. Um deles, Michael Brand, não fora interrogado porque nunca retornara a seu quarto para apanhar as poucas coisas que deixara ali. Ele fora visto falando com Salomé Gaskell no dia em que ela desaparecera — ou, pelo menos, alguém cuja descrição combinava com a dele fora visto. Era uma descrição bem circunstancial: a cabeça raspada e os olhos escuros ficaram na mente das pessoas.

Mulher e três filhos, todas as vezes. Que diabo isso significava? Por um lado, que Tillman poderia ser menos louco do que aparentava. Por outro, que Michael Brand estava no negócio de sumir com mulheres e crianças numa escala até então insuspeitada.

Escravidão sexual? Mas por que procurar famílias inteiras, em cada caso? E por que sempre famílias com essa configuração exata? E mais: por que as mulheres concordariam em encontrar-se com Brand e conversar com ele, como Rebecca Tillman fizera, e parecia que cada uma das outras mulheres fizera também? Que tipo de negócio ele estaria propondo a elas?

Seria um assassino serial? Brand seria um psicopata recriando algum momento primordial de seu próprio passado? Isso soava ridículo considerando que fosse o mesmo Brand que era capaz de convocar uma falange de assassinos para eliminar Stuart Barlow e sua equipe azarada.

A essa altura, momentaneamente sem ideias e sofrendo terrivelmente com o tédio e o isolamento, Kennedy simplesmente começou a improvisar de forma louca. Repetiu sua jornada de telefonemas a respeito da faca, ligando para museus e arquivos e lendo para eles as séries de letras e números da fotografia cuidadosamente escondida de Barlow.

P52

P75

NH II-1, III-1, IV-1

Eg2

B66, 75

C45

Ninguém admitiu ter nenhum conhecimento do que elas poderiam significar.

Kennedy mudou de tática, usando mecanismos de busca on-line. Mas foi inútil, porque linhas alfanuméricas aleatórias apareciam em toda parte — nos números de série de produtos e componentes, nas placas de identificação de carros e trens, nos números dos modelos de tudo o que existia sob o sol. Simplesmente não havia meio viável de restringir a busca.

Ela decidiu, enquanto estava nessa tarefa, verificar as anotações sobre o caso de todos os outros membros de sua equipe no banco de dados do departamento para ver se algo havia sido acrescentado à soma total de seu conhecimento. Seu login não funcionou.

Olhou à sua volta. Nenhum dos outros oficiais do caso havia voltado ainda, mas McAliskey deixara seu computador ligado e com login operante — uma violação disciplinar, se alguém tivesse se importado em reportá-la. Kennedy foi até a mesa dele e abriu o arquivo lá.

O que viu a fez xingar diante da tela, os olhos arregalados de espanto.

Ela não era dada a rompantes tempestuosos, mas sua caminhada da sala comum até o escritório do detetive-chefe poderia com justiça ser considerada uma rajada de vento. Rawl pareceu espantada em vê-la.

— Ele... ele não está recebendo ning... — começou ela.

— Vou ser rápida — Kennedy disse, já passando além dela.

Summerhill estava ao telefone. Ele ergueu o olhar quando ela entrou, mas não teve nenhuma outra reação.

— Sim — disse. — Sim, senhor. Estou ciente disso. Vamos fazer nosso melhor. Obrigado. Para o senhor também.

Ele colocou o telefone no gancho e olhou para ela do outro lado da mesa, erguendo as sobrancelhas para convidá-la a falar.

— Você me tirou do arquivo do caso — ela disse.

— Não exatamente.

— Minha senha não funciona. O que conta como "exatamente"?

— É um lapso administrativo, Heather. Nada mais. Quando você é o assunto de um comitê de inquérito, todos os seus arquivos operacionais têm que ser inspecionados pelo departamento de RH e pelo IPCC. Isso inevitavelmente significa que sua segurança fica comprometida. Todas as senhas são desativadas e todos os códigos de acesso, revistos. Você vai receber uma nova senha em um ou dois dias.

— E, enquanto isso, você me transforma na moça que traz o cafezinho.

— Não sei do que você...

Keneddy jogou o impresso sobre a mesa dele, que olhou para aquilo por um instante antes de perceber o que era: uma página das anotações de Combes do dia anterior, acrescentadas ao arquivo no horário marcado de 19h30.

— O Combes falou com a Ros Barlow ontem à tarde e ela o mandou à merda — Kennedy resumiu.

Summerhill assentiu.

— Sim. Bom. Sua sugestão de perguntar a ela se o irmão já havia falado sobre o trabalho dele era algo que valia a pena seguir. Mas ela provou ser menos do que cooperativa.

— Jimmy, ela pediu para falar *comigo*.

— Estou ciente disso.

— Ela se recusou a falar com o Combes e pediu especificamente para falar comigo. Quando você estava pensando em me contar isso?

O olhar dele cruzou com o dela sem pedir desculpas.

— Se você lesse o resto das anotações do sargento Combes, saberia que ele considerou que Rosalind Barlow não tinha mais nada a acrescentar ao depoimento que já tinha dado. Ele não recomendou uma nova visita.

— Que se foda isso! — Kennedy explodiu. — Ela pediu para falar comigo. Você acha que isso significa que ela não tinha nada a dizer ou acha que significa que considerou o Combes uma caricatura de machinho arrogante com voz de taquara rachada e preferiu falar com um ser humano?

— Kennedy, acho melhor moderar seu linguajar. Não estou inclinado a deixar passar em branco acessos de fúria contra colegas policiais.

Kennedy encolheu os ombros, impotente.

— Pelo amor de Deus — ela disse, a voz extenuada. — Eu estou neste caso ou estou de folga? Se você se recusa a me dar alguma coisa substancial para fazer, Jimmy, qual é a razão de eu estar aqui?

Summerhill pareceu aguçar os ouvidos quando ela disse isso, como se estivesse esperando por isso havia muito tempo e ficasse feliz porque finalmente acontecera.

— Está solicitando uma transferência? — perguntou. Ele empurrou a cadeira para longe da mesa em direção ao armário atrás dela, no qual Kennedy sabia conter cópias de toda a papelada da Divisão, incluindo o formulário PD-012 que ela aconselhara Harper a preencher caso ele não quisesse trabalhar com ela. *Oficial solicitando transferência em razão de fatores pessoais estarem afetando a efetividade do trabalho.*

Ela riu.

— Não — disse, e a mão de Summerhill, a meio caminho, caiu no colo dele. — Lamento te desapontar, Jimmy. Não vou pedir transferência. Achei que já tínhamos discutido isso e achei que tínhamos nos entendido, mas foi só ingenuidade minha, não foi? Não, continue aí. E, enquanto isso, peça a Rawl que me dê uma senha temporária. Você pode me manter na rédea curta se quiser, mas não tente me esconder nada.

Kennedy ficou de pé, e ele disparou contra ela um olhar cheio de suspeita e desagrado.

— Você não vai falar com a Ros Barlow, Heather — disse. — Essa não é uma forma produtiva de usar seu tempo, e a hostilidade dela contra nosso escritório e esta investigação faz dela uma testemunha não confiável.

— Eu acho que faz dela uma alma gêmea, mas você é quem manda.

— Tente se lembrar disso.

— Se eu esquecer, tenho certeza de que você vai me lembrar.

Ela saiu rapidamente. Assim, caso a vontade que sentia de socar alguma coisa superasse seu autocontrole, a cara de Summerhill não pareceria um alvo tão tentador.

* * *

De volta à sua mesa, ela pensou em tudo aquilo.

Summerhill estava determinado a mantê-la à margem das coisas. Provavelmente, a seu próprio modo, ele se sentia absolutamente à vontade para fazê-lo: ela tivera uma chance com o caso e provara, em Park Square, que não era capaz de lidar com ele, deixando um policial morto no chão. A manobra de última hora de que ela lançara mão após o comitê do incidente a havia colocado de volta no time, mas o detetive-chefe estava deixando claro, a seu próprio modo sem charme, que ela não iria mais longe que isso.

Isso lhe deixava três opções.

Poderia calar a boca e ver a vida passar sentada confortavelmente diante de sua mesa. Nesse caso, ela poderia igualmente estar morta.

Poderia recorrer novamente a seu ultimato anterior e tentar torcer o braço de Summerhill um pouco mais. Mas ela não estivera blefando na primeira vez, e desta vez estaria. Agora que tinha seu emprego de volta, ela tinha ao menos uma coisa a perder.

Ou...

Pegou o celular, abriu-lhe a tampa e dedilhou a lista de chamadas recebidas. Encontrou o número de Tillman facilmente: foi o único que ela não reconheceu logo de cara. Deu o comando CHAMAR NÚMERO.

— Alô?

— Tillman.

— Sargento Kennedy. — Ele não soou surpreso, mas havia uma pontada de antecipação em sua voz; uma pergunta insinuada.

— Este não é um negócio do tipo ou tudo ou nada, é?

— Não sei o que quer dizer. Trocamos informações, só isso. Não estou pedindo que você trabalhe comigo. Só que me conte o que sabe. Mas vamos estabelecer uma regra: nada de mentiras, nem mesmo por omissão. Nada de segurar informações para sair na vantagem.

— E você vai fazer o mesmo por mim?

— Você tem minha palavra.

— Tá. — Ela foi até a mesa de McAliskey, onde o arquivo do caso ainda estava aberto. — Tenho algo para você, para começar. Uma amostra grátis porque eu sinto que te devo uma. — Ela contou a ele sobre as outras duas mulheres — nomes, lugares, datas e horários. Pôde ouvi-lo rabiscando, anotando os detalhes, provavelmente para poder verificá-los com seus próprios contatos. Mas ele não reagiu às notícias, ao menos não de uma forma que ela pudesse perceber ao telefone.

— Então — ela disse. — Pegou tudo?

— Sim — Tillman respondeu. — E agora?

— Vinte perguntas. Você começa.

Por uma hora, ele a interrogou a respeito do caso. Ela começou com Stuart Barlow e seguiu com as outras duas vítimas: causa da morte, a conexão com os Ravellers, o projeto secreto de Barlow (que, como pretexto para homicídios múltiplos, soou tão ridículo como sempre), o perseguidor desconhecido e o que a investigação obtivera até ali. Tillman fez perguntas focadas e circunstanciais a cada estágio. O tipo de perguntas que um policial faria. O que havia feito com que decidissem que a morte de Barlow havia sido assassinato? Os assassinos haviam deixado alguma impressão digital ou traços de DNA em alguma cena de crime? Em caso negativo, fora encontrada alguma evidência física capaz de provar o vínculo entre as vítimas ou estavam apenas trabalhando com o fato de um punhado de mortes suspeitas? Kennedy deu todas as respostas que pôde e admitiu sua ignorância quando não tinha nenhuma a oferecer. Quando Tillman ficou sem perguntas — ou, pelo menos, ficou em silêncio —, ela acrescentou alguns comentários por conta própria.

— Ainda estamos trabalhando no escuro no que diz respeito ao motivo, mas estou achando significativo o fato de o Barlow e a equipe dele terem decidido manter em segredo o que quer que tenham descoberto — e até mesmo o que estavam procurando.

— Significativo como?

— Não tenho ideia. Mas há um território em que uma pesquisa histórica legítima e uma caçada ao tesouro se sobrepõem. Lembra-se daqueles grandes achados anglo-saxões do ano passado — ouro dos vikings, valendo milhões de libras? Vira um tesouro sem dono se você declarar que é. As pessoas que o encontram e os proprietários da terra recebem uma recompensa e o estado fica com a propriedade. Suponha que o Barlow tenha tropeçado em algo assim. E que daí mais alguém descobriu o que ele tinha encontrado.

— Funciona como motivo para um assassinato — Tillman admitiu.

— Você não parece nem um pouco convencido disso.

— Nem você, sargento.

— Heather. É Heather, Tillman. Heather Kennedy. Não é uma policial que está falando com você agora. Eu fui tão longe quanto pude como policial. Você agora está falando com uma cidadã preocupada.

— Tá bom. Heather. Eu sou Leo.

— Eu sei. Procurei seu nome. E você tem razão, também não acredito que tenha sido só por dinheiro. É um propósito grande e amplo, do tipo pelo qual as pessoas fariam praticamente qualquer coisa, mas aqueles caras em Luton... eles se comportavam mais como soldados do que como qualquer outra coisa. E mataram três pessoas num período de dois dias, de três maneiras diferentes. Eles têm alcance e pessoal treinado.

— Cartéis do crime organizado podem operar como exércitos.

— Sim, aposto que sim. Mas me corrija se eu estiver errada, eles também não operam como empresas? Importação e exportação, distribuição, divisão de vendas, produtos de fontes confiáveis e alta rotatividade. Não fosse o fato de que as coisas que vendem são ilegais, eles estariam no Top 100 Melhores Empresas para Trabalhar da revista *Fortune*. Estariam à caça de antiguidades roubadas? Acho que não. Isso é coisa de outro tipo de criminoso. O tipo que não tem infraestrutura de alcance mundial.

— Então, aonde é que isso te leva?

— Me leva a pensar no Michael Brand, Leo. Essa é uma das razões pelas quais liguei para você. Acho que talvez esse caso não se resolva com o uso de lógica indutiva, como numa história do Sherlock Holmes. Talvez precisemos do que você tem.

— Uma das razões? Qual é a outra?

— Vou chegar lá. Fale do Michael Brand.

— Se você me disser uma coisa antes.

— Desembuche.

— Notei que você não está encarando o Brand como o perseguidor do Barlow. Você se refere a ele como duas pessoas diferentes. Por quê?

— Ah, tá. — Ela teve que pensar antes de responder. Chegara a essa conclusão muito cedo, e já fazia algum tempo que não pensava mais nela. — É principalmente porque o Barlow já conhecia o Brand on-line. Em algum momento, não muito antes de o Barlow ser assassinado, eles se encontraram pessoalmente. Claro que isso nos dá uma conexão, mas por que o Brand se daria ao trabalho de criar o personagem falso de um acadêmico interessado se fosse seguir Barlow por aí feito um detetive barato?

— Então, são duas abordagens diferentes do mesmo problema — Tillman disse.

— Isso — Kennedy respondeu. — Acho que é exatamente isso. Sabemos que alguém anda mexendo nas coisas das vítimas: casas, escritórios, dados de computador. Então, eles estão procurando por algo e continuam voltando de mãos vazias. Brand faz amizade com o Barlow. Esse é o lado "seja paciente e discreto" da equação. Mas ele mandou alguém ficar na cola do Barlow caso fosse possível encontrar o que eles queriam seguindo-o ou roubando-o.

— E quando ambas as abordagens falharam eles mataram todo mundo.

— E passaram o pente fino em tudo o que as vítimas tinham.

— Certo.

Tillman ficou em silêncio por um tempo. Kennedy esperou. Brand era o centro de tudo para Tillman, tinha que ser, por causa do que ele contara a ela da primeira vez que se encontraram. Ela imaginou que ele estava prestes a tocar novamente no ponto de agonia que havia se tornado o centro da vida dele. Então, estava completamente despreparada para o que ele finalmente disse:

— Brand é um comprador.

— Ele é *o quê*?

— Ou um provedor, talvez. Alguém que procura e obtém coisas em nome de outra pessoa.

— Que tipo de coisas?

— Qualquer coisa. Tudo. Não há um padrão para isso. Armas e medicamentos são duas constantes, mas todo tipo de outros materiais se misturam a isso. Computadores e placas-mãe. Softwares. Máquinas industriais. Equipamento de vigilância eletrônica. Madeira. Suplementos vitamínicos. E... no meio de tudo isso...

Kennedy preencheu o silêncio fustigado pela estática:

— Mulheres com exatamente três filhos.

— Sim.

— Tá bom. Então, vamos presumir que o que está acontecendo agora é parte do mesmo padrão. Brand está tentando colocar as mãos em outra coisa: algo que o Barlow e a turma dele encontraram, ou fizeram, ou apenas conheciam. Ele entrou em cena. Colocou outros caras em cena. Falou com o Barlow com jeitinho, depois o matou e revistou a casa dele. Mas não encontrou o que queria porque o trabalho da equipe ainda não havia acabado. Então, eles ainda estão procurando.

Por alguns segundos ela não ouviu nada além da respiração de Tillman.

— Eles ainda estão procurando — ele concordou. — Mas sua hipótese não funciona.

— Por que não?

— Porque eles não tentaram falar com a Sarah Opie, só atiraram nela. Não acho que isso seja para adquirir algo. Não acho que sejam os negócios de sempre. Acho que é algo mais, e isso nos faz pensar que talvez tenhamos uma chance. O Brand é especialista em aparecer saído de lugar nenhum, pegar o que quer e depois desaparecer. Ele nunca fica um tempo a mais e nunca deixa rastros. Mas agora faz o quê? Uns dois meses desde que o Barlow foi morto? E o pessoal do

Brand ainda está aqui. Então, a situação não está inteiramente sob o controle dele. É um...

Kennedy forneceu novamente as palavras que faltavam:

— Controle de danos.

— Acho que sim. Olhe, você disse que havia mais uma coisa que queria de mim.

Ela contou a ele sobre a faca e seus esforços vãos de identificá-la. Tillman pareceu feliz em envolver-se com um problema distinto e concreto. Fez com que ela desligasse o telefone e fotografasse o próprio esboço e o enviasse usando o celular. Então ele telefonou para ela.

— Encontrei uma faca exatamente como essa há pouco tempo — disse.

— Encontrou? Encontrou como?

— Alguém jogou uma em mim.

— Tem certeza de que era do mesmo tipo?

— Tive que cauterizar a ferida botando fogo em mim mesmo para deter o sangramento.

— Tá bom — Kennedy admitiu. — É a mesma.

— Nunca me ocorreu pesquisar sobre a faca em si — Tillman disse, soando animado, talvez de forma um tanto doentia. — Viu só? É por isso que é melhor ter duas mentes pensando no problema.

Kennedy riu, sem querer

— Mas nós dois estamos desorientados — alegou.

— Concordo. Mas conheço uma pessoa. Um engenheiro.

— Um engenheiro? Tillman, a questão é que a origem da arma pode...

— Ele sabe muito sobre armas. É um cara esquisitão. O nome dele é Partridge. Me deixe falar com ele e depois eu te ligo.

Tillman desligou, e Kennedy juntou suas coisas. Nesse momento, sentia um tipo de estranha afinidade com o misterioso Michael Brand. Se ele estava envolvido em controle de danos, tentando colocar uma situação difícil, bagunçada e intratável de volta nos eixos, ela também estava: compensando e corrigindo os erros de outras pessoas, além dos seus próprios; tentando encontrar a única rota segura em meio a um campo minado que ela ajudara a criar. Ainda assim, talvez não houvesse nem mesmo uma rota segura.

Mas ela sabia onde deveria começar.

CAPÍTULO 28

— Eu não queria dificultar as coisas — Ros Barlow disse. — É só que tenho baixa tolerância a mentira. Seu colega ficou mentindo para mim. E ele não parou, nem quando eu pedi diretamente. Então o mandei embora.

Ela cortou o pão doce recheado em fatias e as separou no prato com o que Kennedy considerou ser um nível de cuidado obsessivo-compulsivo. O prato tinha o logotipo do restaurante onde elas haviam combinado de se encontrar, no centro da cidade, a uns 90 metros do edifício conhecido como Gherkin, ou "Pepino", onde Ros trabalhava: *Caravaggio*. Era uma escolha infeliz, de muitas formas: o preço era uma, o lembrete importuno do episódio com as facas era outra.

— Não acho que o sargento Combes teria contado mentiras completas a você — Kennedy respondeu, escrupulosamente. — Mas talvez ele não tenha lhe dito toda a verdade.

Ros bufou.

— Ele não me deu nem um esboço preliminar. Chegou se achando todo importante, tagarelando sobre como a investigação agora era muito mais ampla do que já tinha sido e dizendo que era fundamental repassar meu depoimento anterior para garantir que eu não tinha deixado de contar nada... qual foi a palavra que ele usou?... nada material. Mas, quando perguntei o que tinha acontecido para que as coisas mudassem assim, ele não quis dar uma resposta direta. Eu disse que achava que você estava conduzindo o caso e ele riu e disse que não. Simplesmente não. Mas foi como se ele pudesse dizer muito mais se quisesse. Perguntei o que esse "não" significava e ele tentou me censurar como se eu fosse uma garotinha de escola: disse que não era da minha conta, que estava lá para repassar meu depoimento, e que tinha pouco tempo disponível, e que — e esta foi a gota d'água —, se eu queria que apanhassem o assassino do meu irmão, eu deveria fazer como me mandassem e deixá-lo fazer o trabalho dele. Então me recusei a continuar.

Kennedy assentiu. Não era totalmente desagradável para ela imaginar aquela cena.

— A parte sobre a investigação estar mais ampla é verdade — ela disse, escolhendo as palavras com cuidado. Contou a Ros sobre as outras mortes — a maior parte do assunto, pelo menos. Ela se pegou tentando evitar falar do que acontecera com Harper. Mas Ros lera sobre isso nos jornais e tinha uma noção do que Kennedy estava deixando de fora.

— Você estava lá? — perguntou. — Quando o outro homem morreu? Aquele policial Harper?

— Eu estava lá — Kennedy disse. — Sim. A Sarah Opie foi o último membro da equipe do projeto do seu irmão a ficar viva. Não sabíamos disso quando chegamos lá, mas fomos entendendo a verdade enquanto conversávamos. Decidimos colocá-la sob custódia e proteção, mas já era tarde demais. Eles a pegaram também.

— Bem na sua frente — disse Ros, olhando para ela de modo perspicaz.

— Bem na minha frente — Kennedy concordou. Ela sabia que a mulher estava oferecendo simpatia, não acusação, mas ainda era difícil manter a voz controlada e as emoções guardadas. Ros pareceu enxergar o esforço que isso requeria dela. Não disse mais nada sobre Harper.

— Por que ir atrás da dra. Opie só então? — perguntou, em vez disso. — Depois de uma espera tão longa, quero dizer? Eu pensei que as outras mortes tivessem sido... — Ela hesitou, deixando uma lacuna para Kennedy inserir algum termo técnico.

— Consecutivas? Sim, foram. E acho que a resposta é que ela morreu porque fomos falar com ela. Não pode ter sido coincidência os assassinos estarem lá ao mesmo tempo que nós. Eles estavam nos vigiando — ou para descobrir quanto nós já sabíamos ou para preencher os vazios naquilo que eles sabiam.

— Ou ambos.

— Sim. Ou ambos.

Com compostura admirável, Ros devorou metade do pão — três fatias, cada uma consumida de uma vez, da maneira como as pessoas comem ostras, numa bocada só. Ela encostou as pontas grudentas dos dedos umas nas outras.

— Então, há mais de um deles — disse. — Assassinos, no plural, não um assassino.

— Eu vi dois — Kennedy contou. — E há um terceiro homem em algum lugar, nos bastidores: o homem que seu irmão conheceu como Michael Brand. Ainda não sabemos qual é o papel dele, mas é difícil acreditar que seja inteiramente inocente.

— E vocês não sabem por que eles fizeram isso? Por que mataram o Stu e toda essa gente?

— Não, ainda não sabemos.

— Você acha que eles vêm atrás de mim agora?

— Disso eu também não sei — Kennedy admitiu, francamente. — Mas acho que não. Não vieram atrás de você depois da última vez que conversamos. Se estivermos certos, o projeto de pesquisa do seu irmão é o fator-chave, o verdadeiro elo entre as vítimas, então, a única forma de você estar em risco seria se eles pensassem que sabe de alguma coisa. E, até o momento, eles parecem ter decidido que você não sabe de nada. É claro que ainda não temos nenhuma ideia do que estão tentando obter, de qual é o motivo deles. Até que saibamos disso, não podemos quantificar o risco de nenhuma forma significativa.

Ros considerou o que ouvira por alguns segundos, em silêncio.

— Tudo bem — disse, afinal. — Vou me arriscar. Quero que esses desgraçados sejam punidos. O que você quer saber?

— Qualquer coisa que você possa me contar. Qualquer coisa sobre o trabalho do seu irmão.

— O Stu não falava do trabalho dele. Mas você sabe que seu colega valentão levou o computador dele.

— Sim — Kennedy disse. — Não tem nada lá.

— Nada relevante, quer dizer? — Ros perguntou.

— Não, o disco rígido foi completamente limpo.

As sobrancelhas de Ros se ergueram.

— Então por que vocês ainda têm dúvidas quanto ao motivo? — questionou. — Estão tentando acabar com o livro. Tem que ser isso.

— Essa ainda não é uma explicação, Ros. Não é, a não ser que saibamos por quê. Você mesma disse que não havia nada nesse livro que fosse importante, não havia nenhuma reputação em jogo. O Rum está por aí desde o século XV, né? E é só outra tradução de um evangelho que já existia em muitas versões diferentes.

— O Stu disse que era justamente essa a questão — Ros retrucou.

— O que quer dizer?

— O Rum ser uma coisa tão conhecida e sem valor. Por que o Capitão De Veroese daria um barril inteiro de rum por algo que não fosse antigo, que não fosse incomum e não fosse raro?

Kennedy encolheu os ombros.

— Então, qual é o segredo? — perguntou.

— Eu não sei — Ros admitiu, carrancuda. — Só me lembro do Stu dizer isso a alguém com quem estava discutindo.

— Quem? Quem era esse alguém?

— Ele estava falando ao telefone. Não tenho ideia de com quem. Foi meses atrás. O mais provável é que tenha sido alguém da equipe.

Kennedy tentou digerir o enigma.

— Pode ser algo a respeito do próprio documento — ela especulou. — Algo além do que estava escrito nele. O material do qual foi feito, ou a costura, ou uma mensagem oculta que não tenha sido percebida... — Ela ficou em silêncio, subitamente percebendo quão pouco sabia sobre esse documento que já causara a morte de cinco pessoas, até onde ela sabia, e possivelmente de uma sexta. Era um pensamento que a fazia se sentir vagamente envergonhada.

— Ros, onde está o Rum? O original, quero dizer.

— No Museu de Avranches — disse Ros prontamente. — Na Bretanha. Ou Normandia. Norte da França, de todo jeito. Mas a Biblioteca Britânica tem uma linda cópia fotográfica: cada página em altíssima resolução. Foi essa que o Stu usou, na maior parte do tempo. Ele só foi ver a original duas vezes.

Kennedy decidiu mencionar a outra coisa que tinha em mente.

— Eu contei a você que o computador do seu irmão foi esvaziado — disse. — Já a Sarah Opie tinha feito cópias de segurança de todos os arquivos dela na rede da universidade, e todos foram recuperados intactos. Mas não encontramos nada relacionado ao projeto.

— Alguém poderia ter adulterado esses arquivos também? — Ros perguntou.

— Achamos que não. Remover cada vestígio de um conjunto inteiro de arquivos de um grande servidor, sem deixar nenhum sinal de que você passou por ali... é possível, mas exige um nível muito alto de conhecimento e habilidade. E, se eles pudessem fazer isso, a limpeza geral que fizeram no computador do seu irmão não faria nenhum sentido. Eles entraram e saíram com cuidado em ambas as vezes.

— O que está me perguntando, sargento Kennedy?

— Bom, eu estava pensando que seu irmão sabia que estava sendo seguido e talvez soubesse que isso tinha conexão com a pesquisa dele. É possível que ele tivesse outro esconderijo, ou no chalé ou em Londres, no Prince Regent's, onde ele poderia ter guardado cópias impressas ou CDs gravados relacionados ao projeto? Se ele possuía, por assim dizer, esse arquivo de segurança, talvez tenha dito aos outros para apagarem tudo o que tinham caso as máquinas deles ficassem comprometidas.

— É um monte de talvezes — Ros observou.

— Eu sei. Mas há um lugar assim?

— Se houver, ele nunca me disse.

Kennedy sentiu seu ânimo decair um pouco. Ela estava apostando sua última ficha — ou melhor, suas duas últimas fichas.

— Tá bom — ela disse, tentando soar neutra e desinteressada. — Eu gostaria de te mostrar duas coisas. Se elas te sugerirem alguma associação, eu gostaria de saber o que são.

— Tudo bem — Ros concordou.

Kennedy tirou da bolsa a fotografia que encontrara debaixo do ladrilho no chão do escritório de Stuart Barlow. Ela a transferira para um saco transparente para evidências, anotando data, horário e lugar em uma etiqueta-padrão de identificação no canto inferior esquerdo: uma tentativa pouco entusiasmada de disfarçar a completa falta de legitimidade do achado. Colocou o saco sobre a mesa e empurrou-o em direção a Ros.

Ros olhou para a imagem por um longo tempo, mas finalmente balançou a cabeça.

— Não — ela disse. — Lamento. Nunca vi essa foto antes. E não sei onde foi tirada.

— Parece algum tipo de fábrica abandonada — Kennedy disse. — Ou um depósito. Você sabe se seu irmão tinha qualquer tipo de conexão com um lugar como esse ou se já visitou algum? — Quando Ros balançou a cabeça novamente, Kennedy virou a foto para mostrar a ela as séries de caracteres do outro lado. — E quanto a isto? Significa algo para você?

— Não — Ros repetiu. — Lamento. E qual é a outra coisa?

— A outra coisa é ainda mais tênue — Kennedy admitiu. — Quando a dra. Opie estava morrendo, ela disse algo que eu não entendi. Mencionou um pombo.

Ros ergueu os olhos da foto, a qual ainda segurava e continuava a analisar.

— Um pombo?

— Só ouvi umas poucas palavras. Ela disse: "um pombo, um pombal". O que quer que viesse depois, não consegui entend...

Ela se interrompeu. Ros estava olhando para ela atentamente: um olhar que parecia ou confuso ou suspeitoso.

— Vou assumir que isso é sério — Ros disse —, e não alguma piada esquisita. Porque você não me parece o tipo de pessoa que prega peças esquisitas.

— É sério — Kennedy garantiu-lhe. — Por quê? Você sabe o que é que ela estava tentando me dizer?

Ros balançou a cabeça positivamente, devagar.

— Não foi "um pombal". Foi "o" Pombal. Ou talvez tenha sido "em Pombal".

Havia mais. Tinha que haver mais. Kennedy não perguntou. Apenas esperou e observou enquanto Ros Barlow bebia um gole de café.

Ela colocou a xícara sobre a mesa novamente, que tilintou contra o pires, como se a mão dela tivesse tremido.

— Desculpe — disse Ros. — É que isso me trouxe muitas lembranças. Costumávamos ir muito lá quando éramos crianças. — Ela ficou em silêncio por um momento, balançou a cabeça e olhou diretamente para Kennedy. — Meus pais tinham duas propriedades — disse. — O chalé e a casa de campo. O nome é Fazenda do Pombal. Fica em Surrey, perto de Godalming. Logo saindo da A3100, na verdade, e não dá para não ver porque o papai mandou colocar uma placa horrorosa. Ele era um grande fã daquele dirigível da Goodyear, então a letra P de Pombal tem asas de pássaro saindo dela, igual ao capacete do deus Hermes. É uma coisa ridícula, mas ele achava maravilhosa.

Kennedy não disse nada por um instante. Não queria que a excitação fosse audível em sua voz.

— Você comentou que o Stu andava meio paranoico nas semanas antes de morrer — disse, por fim.

— Só que parece que não foi paranoico o suficiente — Ros comentou amargamente.

Kennedy aceitou a afirmação com um meneio severo de cabeça.

— Então, é pelo menos possível que ele tenha organizado reuniões com os membros da equipe nessa casa de campo. Se ele achou que estava sendo vigiado na universidade e se a casa de vocês foi invadida...

— Faria sentido — Ros concordou.

— Você tem a chave dessa casa?

— Eu tenho *todas* as chaves. São quatro. Estão todas no mesmo molho, na gaveta da cozinha da minha casa. Eu diria que ninguém chega perto delas há anos. Você quer ir pegar uma?

Kennedy pensou a respeito disso pelo que pareceu ser um longo tempo.

— Na verdade — disse finalmente, com alguma relutância —, não, não quero. Eu realmente acredito que o Harper e eu fomos seguidos até Luton e nós não vimos as pessoas que estavam fazendo isso. Vamos encarar a pior hipótese. Se ainda estiverem me vigiando, eles sabem que nós estamos conversando agora mesmo. Parece insano falar assim, mas você mesma disse que a paranoia do seu irmão não foi suficiente para salvá-lo. Vamos garantir que o mesmo não aconteça com você.

Ros não aceitou isso exatamente na mesma hora, mas pareceu entender a lógica.

— Tá bom — disse, em um tom quase desprovido de emoção. — O que você tem em mente, então? — Ela passou a foto por cima da mesa para Kennedy, que a colocou de volta na bolsa.

— Você costuma enviar coisas usando um entregador, quando está no trabalho? — ela perguntou, ainda remexendo dentro da bolsa e, por isso, não cruzando o olhar com o de Ros.

— O tempo todo.

— Leve uma das cópias da chave para o trabalho com você amanhã. Coloque-a num envelope e mande-a para Isabella Haynes. É minha vizinha.

— Qual é o endereço?

— East Terrace, 22, apartamento 4, em Pimlico — Kennedy respondeu. — Dois mais dois são quatro. Você acha que consegue lembrar sem precisar anotar?

— Trabalho em um banco de investimentos, sargento Kennedy — Ros respondeu secamente. — Tenho que lembrar taxas de câmbio com quatro casas decimais e elas mudam todo dia. East Terrace, 22, apartamento 4.

— Em Pimlico.

— Em Pimlico. Pode me dar o CEP também, se quiser. Não vou esquecer. Nem confundir com o número do apartamento.

Kennedy informou-o a ela, depois colocou o cartão de crédito sobre a mesa. Ros Barlow empurrou-o de volta para ela.

— Pode ir — disse. — Te mando notícias amanhã. E eu fecho a conta aqui. Tudo isso com uma condição.

— Vá em frente — disse Kennedy. Ela já estava de pé, vestindo a jaqueta.

Ros ergueu o olhar para ela.

— Qualquer coisa que você encontrar, me conte. Quando puder.

Ela viu o luto e a culpa irreconciliados que ainda existiam atrás dos olhos da outra mulher e imaginou se era isso que Ros via quando olhava para ela.

— Vou fazer isso — ela disse. — Prometo.

* * *

De volta à sala comum, Kennedy escreveu sobre a reunião com Ros Barlow em modo paranoico total, mas omitiu quaisquer detalhes que pudessem insinuar que qualquer uma delas tivera acesso a informações relevantes sobre o caso.

Você está aprendendo, ela disse a si mesma com um tipo de satisfação fatalista. O que significava, na verdade, que estava descendo pelo buraco do coelho como Alice em direção ao País das Maravilhas: aceitando que agora ela operava num mundo onde conluios não identificados poderiam estar perseguindo seus informantes com a intenção de matá-los antes que pudessem lhe contar qualquer coisa útil.

Qualquer coisa útil a respeito do quê? A resposta — uma tradução medieval ruim de um evangelho cristão previamente disponível — ainda não fazia nenhum sentido. Mas no fundo do buraco do coelho, onde garrafas com rótulos nos quais se lia BEBA-ME podiam mudar sua vida para sempre, só restava seguir o fluxo.

O celular, que ela mantivera mudo durante a conversa com Ros, vibrou em seu bolso. Ela o retirou e o abriu.

— Kennedy.

— Dia cheio? — Tillman perguntou.

— Cheio. Não necessariamente produtivo.

— Talvez o melhor tenha ficado para o final. Eu falei com o Partridge... e ele encontrou nossa faca.

CAPÍTULO 29

Kennedy identificou John Partridge imediatamente, pois ele era exatamente como Tillman o descrevera — e o oposto total do que sua voz culta e acanhada a havia levado a esperar. Era um homem com o peito largo como um barril e rosto corado, que parecia ter acabado de sair de um comercial de linguiças de porco de alta qualidade. Mas usava uma blusa cinza de gola alta e calças cargo em lugar de um avental e carregava um celular em vez de um cutelo, porém a imagem de um açougueiro sorridente permaneceu com Kennedy enquanto ela abria caminho entre a profusão de crianças em uniforme escolar e turistas japoneses até Partridge, na escada diante do Museu Britânico, onde ele estava parado como um monge em frente a uma casa de massagem oriental.

Kennedy alcançou-o e estendeu a mão.

— Sr. Partridge?

— Sargento Kennedy? — ele volveu, dando-lhe o mais breve e cauteloso dos apertos de mão. — É bom conhecê-la. É bom conhecer qualquer amigo do Leo.

— O senhor é que está me fazendo um favor — ela o lembrou. — Onde está a faca?

Partridge sorriu.

— Está bem perto — respondeu. — Entre as antiguidades do Oriente Médio. Venha.

Ele mostrou o caminho, e enquanto Kennedy começava a andar ao lado dele, iniciou o que revelou ser uma longa lista de razões pelas quais ele não era a pessoa certa para fazer aquele tipo de pergunta.

— Você deve entender — disse ele — que seu probleminha está muito fora da minha especialidade e não tem nada a ver com algo em em que eu seja nem mesmo remotamente competente. Na verdade, sou físico.

— O Leo Tillman disse que o senhor era engenheiro.

— Sou físico por treinamento. E engenheiro *de facto*, por profissão. Estudei no MIT, o Instituto de Tecnologia de Massachusetts, no programa de ciências dos materiais. Então minha zona de conforto é, falando amplamente, o estudo das propriedades físicas dos objetos e substâncias. Nesse campo, que é muito maior do que parece, tenho uma especialidade mais estreita: balística. O último ano da minha vida — na verdade, mais de um ano — foi dedicado às supostamente obsoletas equações balísticas de Lagrange, que se relacionam com a pressão de gases expandidos na câmara de uma arma após a ignição do escorvador. Na verdade, sou tão inocente quanto uma criança quando o assunto são armas de corte.

— E ainda assim resolveu meu problema num único dia — Kennedy disse, esperando que ele não desviasse o assunto para a questão das equações obsoletas. — É impressionante.

— É ainda mais impressionante do que você imagina — Partridge disse alegremente. — Isso está fora da minha disciplina de tantas formas, sargento Kennedy. — Ele se virou para sorrir para ela e para ver sua reação. — Não é nem mesmo uma arma.

Kennedy franziu o cenho. A morte suja e lenta de Harper surgiu em sua mente, contrariando sua vontade.

— Eu vi o que ela é capaz de fazer — disse de forma tão neutra quanto pôde.

— Ah, sim, é perigosa — Partridge concordou, ainda sorrindo. — Mortal, até. Mas a significância desse objeto jaz no fato de que ele nunca deveria ter sido usado para ferir ou matar.

— Explique — Kennedy pediu.

O sorriso se ampliou mais alguns centímetros.

— Tudo a seu tempo — disse ele.

Partridge parou diante de uma porta aberta. A placa ao lado dizia SALA 57: ANTIGO LEVANTE. Além da porta, Kennedy vislumbrou um armário cheio de potes de barro sem pintura. Era o que ela sempre havia associado ao Museu Britânico quando criança: e a razão pela qual preferia tanto o Museu de História Natural quanto o Museu de Ciência, e até mesmo o Victoria e Albert.

— O Levante — Partridge disse com a precisão lenta de uma palestra — é a área que hoje inclui a Síria, o Líbano, a Jordânia, Israel e os Territórios Ocupados adjacentes a Israel.

— E quanto tempo atrás essa área era o Levante? — Kennedy perguntou. Ela estava imaginando se essa era uma caçada inútil, afinal, e, se era assim, de quanto tempo precisaria para se desvencilhar desse homem bem-intencionado, porém um tanto irritante.

— Não sou historiador — Partridge lembrou-a. — Mas acho que a maior parte das peças exibidas aqui data de um período entre 8 mil e

500 anos antes do nascimento de Cristo. Idealmente, eu teria gostado de lhe mostrar um exemplo mais novo da sua lâmina assimétrica, mas para fazer isso teria que levar você ao Museumsinsel, em Berlim. Não há nenhum aqui no Reino Unido do período apropriado.

Ele entrou na sala, e novamente Kennedy o seguiu. Passaram pelos potes e por lajes de pedra com esculturas em baixo-relevo gravadas neles antes de parar diante de um armário cheio de ferramentas de metal.

— A segunda prateleira — Partridge disse.

Mas Kennedy já havia visto. Apesar de si mesma, e apesar de saber que Partridge não precisava de nenhuma confirmação, ela ergueu a mão e tocou o vidro, apontando.

— Ali — disse ela. — Aquela ali.

Em termos de condição física, era completamente diferente da arma que havia talhado o ombro dela e acabado com a vida de Harper. A idade a havia carcomido. A superfície descorada estava esburacada de azinhavre a ponto de tornar impossível até mesmo saber qual havia sido o metal original, o cabo, gasto até virar um toco estreito. Mas a lâmina tinha o formato exato que permanecera tão nítido na memória dela: muito curta, quase tão larga quanto era longa e com a extensão assimétrica na ponta, arredondada no topo e curva na parte de baixo.

Agora que a via diante de si sem perigo, parecia um tanto ridícula. Qual era a finalidade de uma faquinha tão insignificante? E qual era a finalidade da saliência arredondada no final, onde se esperaria que ficasse estreita até fazer uma ponta? Mas alguma coisa se contraiu em seu peito enquanto olhava para o objeto, apertando sua respiração até chegar a um sopro curto. Não era medo: ela tivera medo quando o assassino de Park Square apontara uma arma para ela. Essa faca, embora tivesse matado Harper e cobrado um tributo dela, despertava-lhe apenas ódio.

— O que é? — perguntou a Partridge. Ficou aliviada em descobrir que sua voz estava controlada, a emoção bem guardada dentro dela para descarte posterior.

— É uma navalha — Partridge disse. — Um homem a usaria para se rapar e dar forma à barba. Aquela ali é de bronze, e, como você pode ver pelas anotações que a acompanham, foi encontrada numa tumba em Semna. Mas o design é geralmente mais associado com uma era posterior e uma parte diferente do Oriente Médio. — Ele se virou para encará-la, fechando as mãos atrás das costas. — Durante a ocupação romana de Israel e da Palestina — disse —, os judeus conquistados foram proibidos de carregar armas. Mas ninguém poderia ser preso por carregar um aparelho para barbear. Não no começo, de todo modo. Então, os combatentes da liberdade passaram a andar com navalhas como essa dentro das mangas das vestes. Quando passavam por um soldado ou oficial civil romano, a navalha podia ser colocada imediatamente em uso e escondida outra vez dentro de poucos segundos. A ferramenta de um assassino, e muito efetiva. O termo romano para uma faca de lâmina curta é *sica*, então os revolucionários que usavam essas armas passaram a ser chamados de *Sicarii*: homens com facas.

— Mas isso foi dois mil anos atrás — Kennedy disse.

— Mais ou menos — Partridge concordou. — E se você quiser saber mais alguma coisa sobre o contexto histórico da sua faca, eu receio não ser capaz de ajudar. Já exaurimos meu conhecimento do assunto. Mas não — com certeza não — meu conhecimento do objeto em si. Devo contar como fui capaz de reconhecer sua faca, no fim? Quero dizer, por que ela tem um perfil na teoria contemporânea das armas, apesar de sua grande antiguidade?

— Por favor — Kennedy pediu.

— Por causa das propriedades aerodinâmicas que tem. Ela pertence a uma classe de objetos com lâminas que podem ser atirados contra um alvo e acertá-lo sem girar no trajeto. A moderna faca de arremesso é o exemplo mais famoso. Foi projetada por um engenheiro espanhol, Paco Tovar, que queria evitar o hábito irritante que a maior parte das facas tem de ocasionalmente acertar o alvo com o cabo. A faca dele usa o giro longitudinal para conceder estabilidade, e o gesto de atirar é muito parecido com o de uma bola de críquete. A sica não gira longitudinalmente e não foi criada para ser atirada, então é um tanto misterioso que voe numa linha tão reta. Acaba dependendo da forma não ortodoxa da lâmina. Eu participei de um simpósio sobre o assunto quando a faca de arremesso foi exibida pela primeira vez, em Müncheberg, em 2002. Eu estava só acompanhando um colega e detestei o evento, já que meu conhecimento de facas é minúsculo e meu interesse nelas, ainda menor.

— Bom, estou grata por essa informação ter ficado na sua mente, apesar disso — Kennedy disse sinceramente. — Sr. Partridge, está dizendo que essa propriedade — a de voar em linha reta — é razoavelmente rara?

— Em armas com lâminas e gumes, sim — disse Partridge. — Normalmente há uma exigência de que essas coisas tenham um cabo grosso o suficiente para acomodar a mão confortavelmente e para permitir que sejam carregadas e usadas facilmente, enquanto a lâmina tipicamente precisa ser mais fina e mais leve. O desequilíbrio normalmente cria o giro.

— Então, essa seria uma razão boa o suficiente para as pessoas ainda usarem facas como essas?

Partridge franziu os lábios enquanto considerava a sugestão.

— Possivelmente — admitiu. — Mas eu presumiria que a faca de arremesso faz o mesmo serviço muito melhor, assim como a meia dúzia de variantes que apareceram desde então.

— Mas são todas muito recentes?

O velho assentiu.

— Surgiram nos últimos dez anos.

— Obrigada, sr. Partridge. Isso foi muito útil.

— Foi um prazer inestimável para mim — ele respondeu, inclinando a cabeça numa leve curvatura.

Kennedy deixou-o ainda olhando para as facas, a testa vincada de concentração.

* * *

Ela se reuniu a Tillman no Cemitério Municipal de Londres, onde o encontrou sentado com as costas apoiadas a uma tumba e com uma arma — a mesma coisa esquisita que ele usara em Park Square — no colo. Ele observava um funeral em andamento a distância, do outro lado do cemitério, mais perto dos portões. De onde estava sentado, numa pequena elevação, ele tinha uma vista panorâmica.

— Você se importa de guardar essa coisa? — Kennedy perguntou.

Tillman lançou a ela um sorrisinho breve e levemente irritante.

— Não é o que elas costumam pedir — disse ele.

Não fez nenhum gesto indicando que guardaria a arma, a qual, Kennedy percebia agora, ele estava limpando. Ela se apoiou à tumba e observou-o trabalhar.

— Você está de bom humor — comentou, pertinaz.

— Estou, sim. — Ele estava enfiando uma escova de limpeza no cano de uma arma com um cuidado obstinado. Uma pequena embalagem de solvente Hoppe's nº 9 estava aberta ao lado dele na grama, e o cheiro pungente de acetato de amila pesava no ar. — Estou gostando muito de tudo isso, sargento.

— Das mortes, especificamente, ou só da desordem generalizada?

Tillman riu — uma risada rica, gutural, com um toque áspero, como se ele a estivesse forçando além de seu limite natural.

— Estou gostando do que já conseguimos. Você tem que entender: eu tenho procurado o Michael Brand há um longo tempo. Há mais tempo do que você é detetive, talvez. E durante todo esse período nunca me senti mais perto de achá-lo do que me sinto agora. Nós nos encontramos na hora certa. O que você sabe e o que eu sei se encaixam com perfeição. Estamos num ótimo estágio. — Ele deslizou um trapo enchumaçado para dentro de cada uma das seis câmaras da arma, uma por vez, com atenção minuciosa. — Um ótimo estágio — murmurou novamente, mais para si mesmo do que para ela.

— Fico feliz que pense assim — Kennedy disse.

Apesar do que ela pensava, o revólver peculiar — uma arma de seis tiros assimétrica — havia cativado seu interesse. Ela finalmente descobrira o que havia a respeito dele que parecia tão estranho, e estava se esforçando para não perguntar a respeito disso. Não queria demonstrar nenhum interesse naquela maldita coisa. Mas Tillman percebeu o olhar dela e lhe ofereceu a arma.

— Não, de boa, valeu — ela disse. E então, novamente apesar do que pensava: — O cano está alinhado com o fundo do cilindro. Por que diabos é assim?

— Isto é um Mateba Unica Número 6 — Tillman respondeu. Ele abriu o cilindro para mostrar a ela, fazendo-o deslizar para cima e para a esquerda. — Sim, o cilindro está apoiado por cima do cano. Significa que o coice é muito pequeno e a maior parte dele empurra a arma de leve contra quem a usa, em vez de para cima e para trás. O cano não levanta nem um pouco.

— Nunca vi nada assim.

— É o único revólver automático sendo produzido atualmente. O Webley-Fosbery ficou aí por um tempo, mas esse tempo já passou. A Mateba ainda fabrica o Unica porque tem gente suficiente querendo esta combinação: exatidão fantástica e disparo bem pesado.

— Vou aceitar sua palavra a respeito disso.

— Deveria mesmo. Sei do que estou falando. Sou só um atirador medianamente bom, mas, com esta coisa na mão, costumo acertar no que eu miro.

Ela se lembrou da faca que ele derrubara da mão do assassino com um tiro em Park Square. Difícil argumentar contra isso. Sentou-se ao lado dele.

— Então — disse —, já ouviu a palestra sobre a faca?

— O Partridge me atualizou. É bem interessante, não acha? Suas vítimas de assassinato estavam estudando um evangelho muito antigo mesmo e esses assassinos usaram uma faca muito antiga mesmo. Mesmo ponto de origem: Judeia e Samaria, século I d.C.

— É interessante, sim. Mas não sei aonde exatamente isso nos leva.

— Nem eu. Estou me apoiando nas suas habilidades afiadas de detetive para juntar todas as peças e dar sentido ao conjunto.

— Não tem a menor graça, Tillman.

— E eu não estou rindo. Este seria o lugar errado para fazer uma piada. Mas falei sério quando disse que estávamos perto de algo importante. — Ele ficou em silêncio por um momento, manipulando o mecanismo de ação da arma para garantir que o fluido de limpeza chegasse a cada pequena fissura. — A verdade é... — ele começou, pensativo. Outra pausa fez com que Kennedy olhasse ao redor e depois para o rosto dele. Estava vazio, meditativo. — Isso — tudo isso, seu caso — veio na hora certa para mim — prosseguiu. — Eu estava quase pronto para desistir. Não havia admitido isso para mim mesmo, mas estava perdendo as forças. Então recebi uma pista de um cara lá no outro canto da Europa e aí vim para cá, encontrei você...

— Não existe esse negócio de destino, Tillman — Kennedy disse a ele, alarmada com seu tom de voz.

Ele ergueu o olhar para ela e balançou a cabeça.

— Não. Eu sei disso. Não existe plano. Nem providência divina. “Não há destino senão o que nós fazemos.” Ainda assim. Estou feliz por estarmos nisso. Estou feliz por estarmos nisso juntos.

Kennedy desviou o olhar. Não gostava de ser lembrada de quão fina era a linha em que seu parceiro informal estava caminhando. Fazia com que a situação dela parecesse um pouco mais desesperada.

— Escute — ela disse —, eu tenho uma possível pista a respeito do projeto do Barlow. — Ela contou a Tillman sobre a sugestiva ausência de quaisquer arquivos relativos ao Rum no computador de Sarah Opie e a respeito da Fazenda do Pombal. Mas parou pouco antes de informar o nome do lugar.

— Parece que vale a pena dar uma olhada — ele disse. — Quer fazer isso hoje à noite?

— Não. A irmã do Barlow vai me mandar a chave amanhã de manhã. E eu quero que fique de fora até termos examinado o local como uma possível cena do crime. Se for lá primeiro, qualquer evidência vai ficar contaminada — e você pode acabar deixando para trás alguma evidência sua. Não quero que o resto da equipe do caso ponha os olhos em você por acidente.

Tillman não pareceu convencido.

— Que evidência? — perguntou. — Que cena do crime? Você está partindo da suposição de que aqueles zumbis branquelos nem mesmo sabem desse lugar, né?

— Eu espero que não saibam.

— Então, não há nada para contaminar.

— Se eu estiver certa, isso é verdade. Mas não temos nenhuma ideia real do que podemos encontrar lá. E, já que esse é o caso, eu quero entrar primeiro. Sozinha.

Ele ficou de pé e a encarou com uma expressão séria.

— O trato é nós dividirmos todas as informações que tivermos — ele a lembrou. — Só vai funcionar se continuarmos fazendo isso.

— Eu juro por Deus — Kennedy disse —, que, independente do que a gente encontre, eu vou te contar tudo em seguida. Só quero trabalhar conforme a cartilha.

— Que cartilha?

— As regras. Trabalhar de acordo com as regras. Quero dizer que quero fazer tudo com cuidado e sem causar nenhuma reação. Pode até ser que eu não encontre nada de nada. Nesse caso, vou sair como se nunca tivesse estado lá. Porque o outro fator no meio disso tudo é a Ros Barlow. Se esses... quem quer que eles sejam tiverem a impressão de que ela sabe de alguma coisa, podem acabar com ela do mesmo jeito que eliminaram a Sarah Opie.

— Coloque-a sob proteção policial, então. Assim como colocou aquele outro cara, Emil Sei-Lá-Das-Quantas.

— Gassan. Emil Gassan. Eu faria isso, se pudesse. Mas não sou a capitã desse barco. Estou mais para a moça do cafezinho. Me mandaram ficar lá na Divisão desentortando clipes de papel.

Tillman lançou-lhe um olhar perspicaz.

— Então você precisa de mim tanto quanto preciso de você — ele disse.

— Se isso faz você se sentir bem, Tillman, então, sim. Preciso de você. E vou precisar mais ainda se obtivermos informação sólida na tal casa de campo. E é por isso que quero que fique fora disso e de prontidão até eu ter dado uma boa olhada no lugar.

Ele assentiu, aparentemente satisfeito.

— Tá bom — disse. — Confio em você.

— Confia? — Kennedy estava intrigada. — Por quê?

— Sou um bom juiz de caráter. Especialmente do caráter dos sargentos. Eu mesmo fui um por um bom tempo, e conheci dúzias deles. Os sacanas eram fáceis de distinguir dos decentes.

— E quanto aos que estavam no meio-termo?

— Não havia muitos desses. Outros postos têm gradações de cinza. Mas sargentos têm polos opostos. — Ele a estivera observando atentamente durante toda a conversa, mas agora olhava em direção aos portões do cemitério, onde o último dos pranteadores havia finalmente se arrastado para fora e os sacristãos haviam terminado o trabalho.

— Se quiser prestar suas condolências — ele disse —, agora seria a hora certa.

— Minhas condolências? — Ela seguiu o olhar dele. — Por quê? De quem era esse funeral?

— Da Sarah Opie. Teria acontecido antes, eu acho, mas sua gente não liberou o corpo até ter feito a autópsia.

Ela experimentou uma sensação momentânea de desorientação — de ser arrancada de um lugar no tempo, como Ebenezer Scrooge em *Um conto de Natal*, visitando os pontos de parada de sua vida até ali, com Tillman como o espírito dos erros do passado.

— O que você estava fazendo no funeral da Sarah Opie? — ela quis saber.

— Eu não estava no funeral. Estava só vigiando tudo daqui. Só por precaução.

— Precaução por quê?

— Caso nossos amigos nada bronzeados decidissem aparecer por aqui. Para procurar por mim, ou por você, ou por qualquer outra pessoa que ainda não tenham matado. Fiz um reconhecimento bem extenso antes e outro durante o funeral. Ninguém apareceu.

Kennedy não tinha uma resposta para isso. E não conseguiu pensar em nada que quisesse dizer diante do túmulo de Sarah Opie. Nesse assunto, pelo menos, ela pertencia ao grupo de pessoas que acreditam que ações falam mais alto que palavras.

CAPÍTULO 30

A manhã seguinte pareceu longa. Kennedy passou a maior parte dela na sala comum, reexaminando as anotações do caso e encontrando muito pouco de novo ou significativo nelas.

A única área onde ela fez certo progresso foi no cruzamento de referências entre os depoimentos das testemunhas de Park Square, conforme tomados e registrados por Stanwick e McAliskey. Da primeira vez, perdera o relato que eles obtiveram de Phyllis Church, uma atendente da agência de aluguel de carros onde a van branca Bedford havia sido alugada pelos assassinos de Sarah Opie (mais uma pista promissora que não levara a lugar nenhum: os homens haviam usado identidades falsas extremamente boas, identificando-os como comerciantes de vinho português que vieram a Londres para um evento comercial).

A descrição de Church dos dois homens estava bem de acordo com a que fora feita por todas as outras pessoas. Ela se lembrava do cabelo deles, negro e crespo, e do semblante pálido. Perguntara-se se eram parentes, já que compartilhavam das mesmas feições notáveis. Mas ela também dissera que um deles deveria estar ferido, pois havia sangrado.

Kennedy leu o relato três vezes, grifando distraidamente palavras diversas enquanto o digeria.

Foi o mais jovem. Ele enxugou o olho. Daí, quando eu estava tirando uma cópia do passaporte dele para guardar no arquivo, olhei para ele e achei que estivesse chorando. Mas era sangue. Ele tinha sangue saindo do olho. Só um pouquinho. Como se estivesse chorando, como eu disse, mas sangue em vez de lágrimas. Foi meio sinistro mesmo. Então o rapaz viu que eu estava olhando para ele e se virou, para eu não poder ver mais. E o outro lhe disse alguma coisa em espanhol. Bom, pelo menos eu acho que era espanhol. Não falo essa língua. E o mais jovem foi esperar lá fora. Não o vi mais depois disso.

As palavras incitaram um eco, fizeram com que a memória de Kennedy dragasse uma imagem do homem que havia matado Harper. Era verdade: houvera lágrimas vermelhas escorrendo pelas bochechas dele. No caos e no horror do momento, ela se esquecera disso até agora. Poderia muito facilmente ter sido um truque causado pela luz. Mas não. Quando o outro homem se virara para encará-la, percebia-se que os olhos dele haviam estado raiados de sangue também. O rosto pálido e os globos avermelhados haviam dado a ele o ar de um santo dissoluto, bêbado com o vinho da comunhão.

Ela fez uma rápida pesquisa sobre condições congênitas e efeitos colaterais de drogas. *Olhos injetados de sangue; dutos lacrimais sangrando; chorar sangue; lesões oculares*. Essas combinações e muitas variações delas não mostraram nada além do óbvio. Quase qualquer coisa podia romper os minúsculos vasos sanguíneos dos olhos, desde uma tosse ou espirro forte até pressão alta, diabetes ou contusão muscular. Mudanças na pressão do ar externo podiam causar isso também, mas qualquer esforço físico sozinho seria suficiente, mesmo em pessoas que estivessem em boa forma.

Já chorar sangue era outra coisa. Tinha um nome, hemolacria, mas este descrevia apenas o sintoma. O fenômeno em si parecia ser muito mais raro — e mais frequentemente associado a estátuas de Cristo e da Virgem Maria do que a condições médicas. Um tumor canceroso no duto lacrimal poderia ocasioná-lo. Assim como certas formas raras de conjuntivite. Kennedy decidiu descartar, por enquanto, a possibilidade de que ambos os assassinos de Park Square estivessem simultaneamente sofrendo de alguma dessas condições.

Um longo artigo num website médico alternativo discutia a ocorrência espontânea de lágrimas enriquecidas com sangue nos adeptos de religiões de êxtase durante rituais em que os deuses eram chamados a descer sobre os fiéis. Revelou-se, contudo, que não havia nenhum exemplo legitimado disso. O artigo apoiava-se fortemente em fontes anedóticas do Caribe no século XIX: os *bokors* do vodu alegavam ter recebido o Baron Samedi ou o Maître Carrefour no próprio corpo e ter produzido lágrimas sangrentas e suor sangrento por meio de uma discussão violenta. Mágica de palco, mais provavelmente. Outro beco sem saída.

Ela ligou para Ralph Prentice no necrotério da polícia, um velho conhecido, não exatamente um amigo, com quem ela não falava desde a morte de Marcus Dell e a subsequente perda de sua licença ARU. Ele não fez referência a nenhuma dessas coisas, embora certamente tivesse ouvido falar delas.

— Eu estava querendo sua ajuda num assunto — Kennedy disse.

— Vá em frente — Prentice convidou-a. — Você sabe que sou uma mina de ouro de informação inútil. E os três presuntos na minha mesa esta manhã são todos muito menos atraentes do que você.

— Estou com sorte, hein? — Kennedy respondeu.

— Ah, sim. A morta que chegou ontem era bonitona.

— Deixando sua vida sexual fora da conversa, Prentice, você sabe de alguma coisa que poderia fazer as pessoas chorarem lágrimas com sangue?

— Estro — Prentice disse prontamente.

Pareceu completamente irrelevante, mas pegou Kennedy de surpresa.

— Quê?

— Estro. Ovulação. Algumas mulheres fazem isso todo mês. Se está pensando em engravidar, esse é um período bastante confiável para isso.

— "Algumas mulheres?"

— É raro pra caramba. Talvez só duas ou três em um milhão.

— Tá, e quanto aos homens?

— Nem tanto. Imagino que um cara poderia ter uma infecção no duto lacrimal em si que poderia lacerar a superfície interna e causar um pouco de sangramento. Na verdade, tenho certeza de que conjuntivite pode causar isso — embora só os simples olhos injetados de sangue sejam o sintoma mais comum disso.

— Dois homens ao mesmo tempo. Os dois que mataram o Chris Harper na semana passada.

— Ah. — Houve um longo silêncio do outro lado da linha. — Bom — Prentice disse afinal —, deixando de lado a ideia de um deles ter uma infecção ocular e passá-la para o outro por ter ficado piscando perto dele sem o menor cuidado, duas possibilidades me vêm à mente.

— Quais?

— Drogas. Estresse. Possivelmente uma combinação de ambos.

— Que drogas, exatamente?

— Nenhuma droga de que eu já tenha ouvido falar — o patologista admitiu. — Mas isso não significa que não sejam drogas, Kennedy. Tenho um formulário aqui atrás de mim, na prateleira, que lista 23 mil delícias farmacêuticas, boa parte delas disponível on-line nos últimos doze meses.

— Há uma lista de possíveis efeitos colaterais?

— Sempre. Essa é uma das coisas para as quais o livro serve. Ele mostra aos médicos se há alguma contraindicação para um paciente em especial. Por exemplo, você não prescreveria venlafaxina a alguém que já tenha pressão arterial alta porque isso faria o coração da pessoa explodir.

— Saquei. Bom, você poderia fazer uma pesquisa para mim, Prentice? Ver quais drogas listam hemolacria como...

— São 23 mil compostos diferentes, Heather. Eu já te disse isso, lembra? Desculpe, mas o dia não tem horas suficientes, nem a semana tem dias suficientes. E eu tenho meu próprio trabalho para fazer aqui.

Ela adotou um tom de penitência.

— Entendido. Me desculpe, Ralph, não pensei direito. Mas deve haver formulários on-line, né? Lugares onde eu poderia achar isso usando um mecanismo de busca?

— Provavelmente há — Prentice admitiu. — Mas você tem que entender que essas listas de efeitos colaterais às vezes ocupam três ou quatro páginas. Qualquer condição que tenha se manifestado nos testes, mesmo que tenha surgido só num paciente, tem que ser colocada lá. Então, você provavelmente vai descobrir que há uma centena de drogas para as quais a literatura cita sangue nas secreções corporais como um possível efeito. Eu honestamente nem me daria a esse trabalho se fosse você. A não ser que tenha alguma outra forma de restringir os resultados.

Kennedy agradeceu a ele e desligou. Ela se conectou à Internet mesmo assim, encontrou um banco de dados on-line sobre drogas, administrado por um fundo hospitalar no Estado de Nova York como um serviço aos hipocondríacos locais, e fez a pesquisa. Mas Prentice havia superestimado as possibilidades: havia apenas 17 drogas às quais hemolacria era atribuída como efeito colateral raro, porém conhecido. Todas derivadas da metanfetamina, aparentemente criadas para tratar transtorno do déficit de atenção ou obesidade exógena.

Mais ou menos na mesma hora, Stanwick entrou na sala comum, seguido, alguns segundos depois, por Combes. Kennedy não sentia nenhum entusiasmo pela companhia deles, e eles claramente sentiam o mesmo por ela, mas, enquanto esperava que Izzy chegasse com a chave da Fazenda do Pombal, ela não quis deixar a mesa. Salvou a lista de drogas e fechou o arquivo, devotando algum tempo à atualização do arquivo do caso com o que obtivera de John Partridge a respeito da faca.

Seu telefone tocou, e ela o atendeu.

— Oi. — A voz de Tillman.

— Oi — ela respondeu. — Podemos conversar depois?

— Prefiro que a gente converse agora. Antes de você ir embora.

— Sobre o quê?

— Aquele clássico eterno do David Bowie, *The Thin White Duke*[9].

Ela hesitou, dividida.

— Onde você está?

— No Parque St. James. Do seu lado.

— Te vejo lá.

Ela apanhou o casaco e saiu.

Andou por toda a extensão da Birdcage Walk sem ver Tillman; as únicas aves que viu foram pombos rondando os turistas. A prefeitura considerava as aves inimigas do Estado e contratava gaviões-asa-de-telha de aviários particulares para expulsá-las de Trafalgar Square, onde o excremento produzido por elas causava aproximadamente mais de 35 toneladas de danos a cada ano. Os pombos apenas se deslocavam um ou dois quilômetros e esperavam o calor do momento se dissipar.

Mas o calor vinha com toda a força naquele instante. A luz do sol acertava o chão, as árvores do parque e a parte de trás do pescoço de Kennedy como uma chuva de minúsculos martelos. O sol aberto sempre parecia uma coisa deslocada em Londres: algo que a prefeitura sem dúvida controlaria, se pudesse.

Quando chegou à esquina da Great George Street e à imensa fachada cinza do Museu Churchill, Kennedy parou. Havia muito mais pessoas ali, e lhe ocorreu que qualquer uma delas poderia ter sido designada para vigiá-la: um amigo ou aliado dos homens que haviam matado Chris Harper. Percebeu, então, que estivera inconscientemente esquadrinhando cada face que passava por ela, procurando por aquela combinação delatora de características — a pele pálida e o cabelo negro — que os assassinos de Park Square haviam compartilhado. Um casal jovem passou por ela, a cabeça inclinada uma para a outra, o homem murmurando algo ao ouvido da mulher, baixo demais para qualquer pessoa fora do espaço íntimo deles ouvir. *Alvo localizado*, talvez. Um homem de rosto aquilino de calça e camisa, que se deslocava determinadamente em direção a ela, acabou demonstrando estar apenas abrindo caminho para uma fila de crianças que se dirigiam ao museu.

Kennedy ficou na junção das duas ruas, toda cercada por altíssimas colunas neoclássicas como os lados fechados de um curral de ovelhas.

---

[9] O título do álbum se traduz como "O Duque Magro e Branco". Aqui, faz uma referência sutil à brancura da pele dos assassinos de Park Square. (N.T.)

O sol em suas costas era como uma mão empurrando-a, arrebanhando-a. Ela pensou em Opie, cambaleando espasmodicamente enquanto o corpo absorvia a energia cinética de três balas; Harper sangrando até a morte em seu colo; o momento de sua hesitação fatal quando a arma fora apontada para ela.

Isso não era jeito de viver. Não era jeito de pensar. Ela viu seu futuro pressagiado nos filamentos venenosos do medo e da incerteza que se reviravam em sua mente, na sombra sutil que agora pairava entre ela e o mundo: um futuro possível, de todo modo. Viu-se decaindo numa inutilidade ainda mais profunda que a de seu pai, uma paralisia como a própria morte.

Ela se virou. Tillman estava apoiado contra um poste de luz a alguns metros dali, observando-a com uma paciência fria. Ela caminhou até ele.

— Tá legal — ele disse, sem preâmbulo. — Duas noites atrás, eu me hospedei num pulgueiro tipo B&B em Queen's Park. O lugar parecia bastante limpo, mas na noite passada voltei lá e já tinha uma infestação.

— Espere. Quer dizer...

— Dois jovens encantadores, medonhamente próximos de serem idênticos, esperando minha volta. Pele pálida, cabelo preto. A mesma dupla que encontrei na balsa, acho. Daquela vez eles quase me mataram, e na noite passada definitivamente teriam conseguido se eu tivesse entrado no campo de visão deles. E, quando tentei me aproximar passando por trás deles, os dois evaporaram feito neve no Saara.

Kennedy absorveu as notícias em silêncio, enquanto Tillman olhava para ela, esperando uma resposta.

— A aparência idêntica — disse ela, por fim. — Acho que é um tipo de ilusão de ótica. Eles têm um jeito de se mover e uma expressão no olhar que é meio que uma assinatura. Faz com que a gente ignore diferenças óbvias de idade e porte físico.

— Que se foda a semelhança de família — Tillman disse, sem irritação, mas com uma ênfase severa. — Sargento, eles estão por dentro dos meus contatos. Isso significa que estão por dentro dos seus, também. Se contou a alguém sobre essa casa de campo, ou a colocou no seu arquivo do caso, ou recebeu uma ligação da Ros Barlow na qual ela te contou que a chave estava a caminho, eu apostaria uma libra contra um soco na garganta que eles já sabem onde fica esse lugar e vão estar lá antes de você.

— Eu não contei a ninguém.

— Mas escreveu em algum lugar? Não tem que fazer esse tipo de coisa quando há uma novidade no caso?

— Sim, mas não escrevi. Ninguém sabe, exceto nós dois, Leo. E vai continuar sendo assim.

— Eu quero ir com você.

— Não. Já tivemos essa conversa. Da primeira vez vou só eu. Depois te dou o endereço.

— Tá bom — ele disse com imensa relutância. — Você vai precisar do meu novo número. Mudei de celular, por precaução.

Ele informou o número e ela o escreveu na parte de dentro do pulso.

— Você pode estar se afundando em algo grande demais, Kennedy — ele disse.

Ela foi embora sem responder. Estivera afundando em algo grande demais desde que Harper morrera e sabia que Tillman estava ainda mais, e por muito mais tempo. A questão, agora, era se algum deles conseguiria subir à superfície antes que seus pulmões ficassem sem ar.

* * *

Na sala comum, um pacote da FedEx jazia bem no meio da mesa de Kennedy. Izzy chegara durante sua ausência e o entregara na recepção com um bilhete para ela. Dizia: *Tem um pacote aqui pra você, querida. Um pacote bem, bem grandão. Você quer sentir? Quer? Quer? — Muito amor, I.* Kennedy corou violentamente — em parte pela ideia de que Combes ou outro daqueles babacas pudesse ter lido o bilhete, mas principalmente pelo pensamento de telefonar para o disque-sexo no qual Izzy trabalhava e falar sacanagens com ela.

Ela afastou a mente do que era mundano com esforço. Combes e Stanwick, ainda trabalhando em algo juntos no canto oposto da sala, não olharam na direção de Kennedy, nem pareceram notá-la. Mas, mesmo se tivessem dado uma boa olhada no pacote, eles não teriam encontrado nenhuma menção a Ros Barlow na etiqueta com o endereço. Ela o identificava como Berryman Sumpter, Consultores Financeiros.

Kennedy abriu o pacote e colocou a mão dentro dele. A ponta de seus dedos tocaram metal frio. Ela tirou a chave — uma velha e sólida peça da marca Chubb cujo brilho dourado e chamativo havia desbotado até virar um castanho médio e opaco. Então ela arrancou a etiqueta do endereço, só por garantia, e a guardou no bolso da jaqueta antes de jogar o envelope no cesto de lixo.

Só precisava de mais uma coisa. Ela deixou a sala comum e desceu até o porão, onde ficavam os armários de evidências. O policial encarregado no momento era alguém que ela não conhecia: um sujeito de uniforme cuja etiqueta com o nome estava obscurecida pelos fones de ouvido pendurados no pescoço dele. Kennedy vira o cara colocar os fones naquela posição neutra às pressas enquanto ela descia as escadas. Ele era tão recém-saído da academia de treinamento que se sentou ereto quando ela se aproximou, como um garoto de escola. Um exemplar da revista *Empire* estava aberto diante dele, sobre a mesa.

— Sarah Opie — Kennedy disse, escrevendo o nome no livro de registros do dia enquanto falava. — Caso número 1488870. Ela mostrou seu documento de identidade, e o policial abriu a porta do balcão para deixá-la passar, depois trouxe a caixa de metal com o número requisitado e a colocou sobre a grande mesa central para ela. Por algum tempo ele a observou peneirar o conteúdo dos bolsos de uma mulher morta.

Kennedy sacou seu bloco de anotações e escreveu alguma coisa. A atenção do policial encarregado deslocou-se gradual, mas inexoravelmente, de volta à resenha de um filme coreano de artes marciais.

O caso 1487860 era o de Marcus Dell. Kennedy podia ver a caixa dele numa prateleira mais baixa, na mesma altura dos joelhos dela. Puxou-a só um pouco e espiou dentro. Era ali que sua vida tinha começado a sair dos eixos. Como a caixa de Pandora, aquela ali continha todos os males do mundo de Kennedy. Ou, pelo menos, era a fonte deles.

Ela abriu a caixa mesmo assim. Fazer isso sem assinar o livro de registro era uma infração séria, que exigia uma advertência por escrito, mas o policial encarregado estava absorto em sua revista e parecia ter esquecido a existência dela. Ela se ajoelhou e encarou o que sobrara de Marcus Dell. Colocou a mão dentro da caixa e pegou o telefone arruinado que havia causado a morte dele. Etiquetado e empacotado, inviolável atrás do frio polietileno, a relação daquele objeto com o mundo havia acabado.

Kennedy chegou a uma decisão, um obséquio para consigo mesma.

— Tá bom — ela disse, alguns momentos depois. O policial ergueu o olhar e descobriu que ela já havia colocado os vários envelopes e pacotes de volta na caixa. Em seguida se aproximou e os contou superficialmente, depois fez a mesma coisa um tanto mais cuidadosamente para ter certeza de que todos os números combinavam com aqueles do inventário. Tudo presente e correto. Ele assentiu, trancou a caixa e colocou-a de volta a seu lugar na prateleira.

— Encontrou o que queria? — perguntou a ela.

— Sim. — Kennedy balançou a cabeça positivamente. — Encontrei. Obrigada.

O policial conduziu Kennedy para fora novamente, que voltou à escada. Combes estava encostado à parede no meio do caminho para cima, esperando-a — na esquina, de forma que ela não soubesse que ele estava ali até quase tropeçar nele. Ele lhe lançou um olhar duro, nada amistoso, e não perdeu tempo com conversa fiada.

— Diga o que está aprontando, sargento — exigiu ele com ênfase pesada e sarcástica. — Ou vou fazer com que você preferisse nunca ter nascido.

CAPÍTULO 31

Kennedy manteve o rosto perfeitamente inexpressivo quando parou de uma só vez diante de Combes. No poço estreito da escada, ele constituía um bloqueio bastante efetivo. Ela decidiu deixá-lo falar primeiro. Talvez tagarelasse até dar com a língua nos dentes e contasse a ela o que já sabia. Então ela poderia decidir quanto mais precisava lhe dizer — se é que diria algo.

Combes pareceu mais do que feliz em se adiantar.

— Você veio aqui embaixo para olhar alguma evidência já registrada — disse.

— E daí?

— E daí que, se tem a ver com as mortes do Rum, eu tenho o direito de perguntar o que é que você estava olhando e por quê.

— As mortes do Rum? — ela repetiu. — É assim que estão sendo chamadas agora?

— Estou falando sério. Você deveria estar trabalhando naquela faca e no lance do fórum on-line. Se tem novas informações ou uma nova opinião a respeito do que nós já temos, deveria ter colocado tudo no arquivo do caso e mandado uma cópia para a equipe.

— Nada de novo — Kennedy disse. — Nada substancial, de todo jeito. Eu queria ver as coisas de Park Square.

— Ah, é? — Combes nem se incomodou em esconder seu ceticismo agressivo. — Só porque te deu na telha? Nada a ver com aquele pacote que você acabou de receber?

— Não faço nada só porque me deu na telha, Combes. Não tenho certeza de que pacote você está falando — nem porque você acha que é da sua conta.

Combes estivera segurando o envelope da FedEx atrás do corpo aquele tempo todo, ela percebia agora. Ele o mostrou e o brandiu diante do rosto dela.

— Estou falando deste pacote — disse. — Lembrou agora?

O olhar de Kennedy ricocheteou do envelope rasgado da FedEx para o rosto ansioso de Combes.

— Que comportamento curioso — ela disse. — Mexendo no meu lixo.

Combes ficou imperturbável.

— Berryman Sumpter — ele disse. — A empresa de corretagem onde Ros Barlow trabalha. Eu tive que ir vê-la no escritório dela, Kennedy. Você achou que eu não lembraria mais, dois dias depois?

— Eu achei que não era da sua conta — Kennedy respondeu. — E ainda acho.

— Você não colocou isso no arquivo do caso.

— O que deveria ser considerado uma indicação de que não é relevante para o caso.

— Mas bem que você arrancou a etiqueta para que ninguém pudesse procurar no seu cesto de lixo e fazer a conexão.

Nisso ele a havia pego.

— Tenho o direito de fazer o que eu quiser com correspondência particular — ela contemporizou.

— E o que você fez foi vir correndo aqui embaixo pegar alguma das provas armazenadas. É uma baita coincidência.

— Não, Combes. É uma coisa seguida da outra. E já que a segunda coisa tem a ver com meu trabalho, e aqui é onde eu trabalho, não é uma coincidência tão grande assim, né?

Ele não mordeu a isca. Sua expressão ainda era um meio sorriso maligno.

— Você está aprontando alguma coisa, e o que quer que a Ros Barlow tenha te enviado faz parte disso.

— Você quer dizer... o que a Berrymen Sumpter me enviou.

— Ah, sim — ele zombou. — Desculpe. Foi só uma mensagem dos seus corretores, então? Novo portfólio de investimentos, alguma coisa assim?

— Alguma coisa assim.

— Só que não era portfólio coisa nenhuma. Não eram papéis. Era alguma coisa pequena e sólida, como um pendrive.

— Isso — Kennedy disse. — Mas não estamos brincando de joguinho da verdade, né? Quer me deixar passar?

Combes não se moveu.

— Não, ainda não. O que é que você estava olhando nas provas? E se disser que não é da minha conta eu vou direto para o escritório do chefe.

Kennedy realmente não queria que isso acontecesse. A verdade — ou trechos selecionados dela — pareceu a melhor opção, já que Combes poderia simplesmente descer e verificar o livro de registro.

— Eu estava olhando as coisas que nós tiramos do bolso da Opie — disse.

— Ah, é? Por que exatamente?

— Para o caso de termos esquecido alguma coisa. Qualquer coisa que pudesse nos dar uma pista a respeito do que ela estava fazendo na equipe do Barlow.

— Só olhando as coisas dos bolsos dela. Aleatoriamente. Que brilhante trabalho policial.

— Bom, eu tenho a esperança de um dia ser tão boa quanto você.

— Li o que você colocou no arquivo depois que encontrou com a irmã do Barlow — Combes rosnou, meio que ignorando o que ela dissera. — Não dizia nada sobre ela te mandar um pacote.

— Não — Kennedy concordou. — Não dizia. — Ela não conseguia ver razão para continuar tentando esconder o fato de que Ros fora a remetente. Seria ridiculamente fácil verificar isso. — A Barlow se lembrou de algo que não tinha me contado e me mandou um bilhete.

— Via entregador? Usando uma terceira pessoa? — A voz de Combes gotejava escárnio. — Corta essa, Kennedy. Não sou idiota. E já te disse, eu vi você abrir o pacote: não tinha nenhum bilhete dentro dele. Então conte a verdade ou vou falar com o chefe e dizer a ele que você está pouco se lixando com as regras em relação aos relatórios. Talvez com as regras em relação às provas, também. Você quer me contar o que tirou das caixas aqui embaixo?

Em vez disso, Kennedy mostrou a ele. Ela abriu o bloco de notas na página onde escrevera e levantou-o, mostrando-o a ele. Combes o tomou de sua mão e leu: três linhas de poesia mutilada.

Oh what can ail thee, Knight at arms
Alone and palely loitering the sedge has withered
From the lake and no birds are singing.

— Não entendi — Combes disse, devolvendo o bloco. — Que diabos é isso?

— Quando dissemos à Sarah Opie que íamos colocá-la sob custódia, ela tirou uma folha de papel da mesa dela. Foi a última coisa que ela fez antes de sairmos. Ela disse que continha um lembrete para a senha dela — a senha que protegia os arquivos dela. E era isso que ela tinha escrito.

Combes balançou a cabeça negativamente.

— Mas os arquivos na rede da universidade não estavam protegidos — ele disse. — Não precisamos de uma senha para abri-los.

— Então ela devia estar se referindo a outros arquivos em algum lugar, não acha?

— Nós verificamos todos os... — Combes se deteve abruptamente quando Kennedy ergueu a chave.

— O Barlow herdou uma propriedade no campo dos pais dele — ela disse. — O nome é Pombal. Fazenda do Pombal. As palavras finais da Opie não foram “um pombal”. Foram “no Pombal”.

Combes olhou atentamente para a chave. Kennedy pôde vê-lo fazendo conexões mentais.

— Tá legal — ele disse. — Então, você está achando o quê? Que o Barlow estava usando essa propriedade como um escritório reserva? Que os arquivos desse projeto Rum podem estar lá?

— Sim.

— Por quê?

— Tirando as famosas últimas palavras da Opie? Porque eles não estavam em nenhum outro lugar, Combes. E porque os assassinos fizeram limpezas de sistema nos computadores do Barlow, mas ainda estavam preparados, esperando e vigiando quando fomos falar com a Opie. Tem alguma coisa que eles não querem que a gente veja e não conseguem garantir que a gente não a encontre. Então, talvez essa coisa ainda esteja por aí, e talvez o Barlow a tenha guardado na Fazenda do Pombal. Ou a Opie fez isso.

Combes disparou contra ela um olhar de claro desprezo.

— E você achou que ia entrar lá de fininho e encontrar a coisa sozinha, é? — ele disse. — Passar a perna no time e ficar com a glória?

Kennedy perdeu a paciência.

— A Sarah Opie morreu por ter falado conosco, seu idiota! — ela gritou. — Eu queria garantir que isso não acontecesse com a Ros Barlow. E no que diz respeito ao resto do time, vocês é que me puseram para escanteio. Eu não tive nenhuma outra escolha exceto ficar lá em cima sentada diante daquela mesa vendo a porcaria da vida passar!

Ela se projetara para a frente enquanto falava, sem ter tido a intenção de fazer isso. Seu rosto estava a poucos centímetros do de Combes e ele piscou rapidamente, várias vezes, diante de sua fúria direta. Então, houve uma pausa pelo que devem ter sido instantes difíceis. Finalmente, ele assentiu.

— É isso mesmo — admitiu. — Para escanteio é exatamente onde você está agora. Mas você pediu por isso. Mesmo antes de ter provocado a morte do Harper, era o que você estava pedindo.

Kennedy não se deu ao trabalho de discutir isso.

— Olhe, é só um pulo até Surrey — disse. — E não vou pedir para você ir comigo. Se eu estiver errada, o que perdemos?

— Eu não perco nada — disse Combes, estendendo a mão com a palma virada para cima. — Me dê a chave.

— Quê? — Kennedy não esperava por isso, embora, conhecendo Combes como o conhecia, provavelmente deveria ter esperado.

— É assim que a coisa vai ser feita — disse Combes. — Eu vou até lá ver o que encontro. Você volta lá para cima e vai escrever sobre o pacote da Ros Barlow. O que escreveu ontem já está no sistema, né? Tá bom, então vai ter que dizer que a Barlow pensou a respeito da fazenda depois que foi para casa ontem à noite e mandou a chave para cá espontaneamente — para a Divisão, eu quero dizer. Não diga que foi mandada para você. O fato, Kennedy, é que isso parece uma pista sólida. Só que eu é que vou atrás dela. Vou ferrar com você da mesma forma que você ferrou com o John Gates e o Hal Leakey. Se não gosta, reclame com o Summerhill. Só tenha em mente que, se fizer isso, ele provavelmente vai querer saber o que você estava fazendo quando foi ver a Barlow, para começo de conversa, depois que ele te mandou ficar aqui.

Como ela não entregasse a chave a ele, ele tentou tomá-la de seus dedos. Ela deu um tapa na mão dele, com força.

— Isso não é negociável, Kennedy.

Ela cruzou os braços, colocando a chave bem fora do alcance dele.

— Tem razão — ela disse. — Não é. Eu prometi à Ros que manteria isso em segredo. Fico feliz em deixá-lo vir também, se for mesmo necessário. Mas vamos ficar fora do radar. Se encontrarmos algo, ótimo. Aí, voltamos, abrimos o jogo para a equipe e decidimos como vai ser jogado. Até lá, ninguém vai ouvir nenhuma palavra sobre isso. Ninguém mais morre no meu turno, Combes.

Ele deixou escapar um suspiro alto e irritado, esfregando a parte de trás do pescoço enquanto olhava duramente para ela; um olhar que dizia: *Que diabos vou fazer com você?* Kennedy sentiu um forte desejo de acertá-lo entre as pernas com uma joelhada, mas percebeu que, lamentavelmente, esse podia não ser o melhor momento. Especialmente considerando que os dois estavam agora imersos numa discussão mutuamente incriminante quanto à melhor forma de falsificar o arquivo do caso.

— Tá legal — ele disse. — Então façamos assim. Nós vamos até lá juntos — mas contamos ao Stanwick antes de irmos. Ele não registra nada no arquivo, mas sabe onde estamos caso aconteça alguma merda.

Kennedy ponderou a respeito da proposta — principalmente sobre o "nós" e o "juntos". Essas palavras ficaram paradas em sua garganta como espinhas de peixe, mas parecia não haver jeito de excluir Combes agora que ele sabia sobre a casa de campo e a chave. E era como se, a seu próprio modo condescendente, ele estivesse tentando fazer a coisa certa. O pronome no plural não podia ter sido mais fácil para ele do que era para ela.

— Tá bom — ela disse por fim. — Eu concordo. Mas o Stanwick tem que ficar quieto. Se ele for falar com o Summerhill assim que a gente sair por aquela porta, ele ganha crédito com o chefe, nós ganhamos um castigo e a Ros Barlow talvez ganhe uma garganta cortada ou uma bala na cabeça. Tem certeza de que consegue fazê-lo ficar de bico fechado?

— O Stanwick não é capaz nem de peidar sem minha permissão — Combes garantiu a ela. — Ele é um puxa-saco total. Não me diga que nunca percebeu.

Combes seguiu na frente enquanto subiam as escadas. Kennedy ficou tentada a perguntar por que ele empregava com Summerhill a mesma tática que desprezava em Stanwick, mas não queria pôr em perigo o precário acordo que eles pareciam haver alcançado.

Stanwick ainda continuava na sala comum, trabalhando com mais uma lista de hotéis europeus que poderiam já ter recebido Michael Brand como hóspede. Ele estava com o telefone na orelha e no meio de uma conversa barulhenta, provavelmente bilíngue.

— Bom, tem alguém aí que saiba falar... Não, tem alguém aí que fale inglês um pouco melhor do que... Quê? Não, eu sei que você fala inglês, senhor, mas seu sotaque... Se eu pudesse falar com...

Combes fez um gesto mandando-o desligar o telefone. Stanwick só hesitou por um momento. Então, recolocou o fone no gancho e fez um gesto obsceno.

— Que se foda — ele disse. — Não tem a menor chance de esse cara ter usado o mesmo nome duas vezes.

— Você pode acabar dando sorte — Combes disse, consolador. — Escute, Stanwick, a Kennedy recebeu uma pista da irmã do Barlow. Ela precisa que alguém vá com ela ver no que dá.

Kennedy não iria tão longe a ponto de dizer que precisava de Combes, mas olhou para a janela e manteve sua opinião só para si enquanto ele explicava a Stanwick sobre a Fazenda do Pombal. Stanwick realmente não parecia entender. Ele obviamente achava que, se Combes ia seguir uma pista até Surrey, o privilégio de ir no banco do passageiro pertencia a ele. Mas não disse isso: estava apenas implícito na forma como ficou perguntando — com somente pequenas variações de palavreado — o que ele deveria dizer se alguém lhe perguntasse a respeito disso, considerando que ele não sabia realmente nada do assunto.

— Nada — Kennedy disse, interrompendo-os por fim. — Você não diz nada. Ainda não está no arquivo, Stanwick, tá bom? Não existe ainda. É essa a questão.

— E se no final não for nada mesmo — Combes concordou num tom mais brando —, então, nunca existiu mesmo. Nada de mal acontece. Mas, se houver alguma coisa para descobrir, daí todos vamos compartilhar a glória. Em partes iguais, 25% para cada um.

— Três vezes 25 são só 75 — Stanwick objetou.

Combes deu de ombros.

— O chefe fica com a parte do leão, obviamente. Olhe, Stanwick, só precisamos de uma âncora aqui, só isso. Se tudo der certo, vamos voltar antes do final da tarde e ninguém vai saber. Então escrevemos a coisa para que aconteça em tempo real e levamos o tesouro para o Jimmy. Todo mundo fica feliz. Mas, se tivermos problemas, se entrarmos numa encrenca por alguma razão, você sabe onde estamos.

— Sim, mas *como* eu sei? — Stanwick questionou. — Como é que esse plano não vai se voltar contra mim?

— Anotação na sua mesa — disse Kennedy, escrevendo enquanto falava na primeira folha do bloco de notas dele. — Ponha isto no seu bolso. E use se alguém tentar nos telefonar e nós não atendermos. — Ela entregou a Stanwick a anotação, que dizia: *Fazenda do Pombal. Estamos seguindo a informação de um informante civil.* — Tá bom? Assim você se safa, independente do que aconteça.

— Mas não vai acontecer nada — Combes acrescentou. — E provavelmente nem tem nada lá, para começo de conversa. Só precisamos riscar isso da lista.

Stanwick finalmente cedeu, conseguindo manter seus olhares magoados de cão sem dono sob algum grau de controle, e eles pegaram a estrada. Usaram o carro de Combes, um Vectra V6 cinza-escuro, e ele abriu a porta do passageiro para Kennedy com fria cortesia. Ela ignorou o gesto e foi para o banco de trás.

— Então tá — disse ele.

— Só nos primeiros quilômetros — Kennedy disse a ele. — Não me importa quão idiota isso pareça. Estou tentando permanecer invisível. — Ela deitou ao longo do banco de trás e puxou sua capa de chuva — trazida com essa intenção — por cima do corpo. Se alguém estivesse vigiando a rampa de saída para a rua, ela não pareceria nada demais: um carregamento de roupas trazidas da lavanderia ou uma lona enrolada no banco de trás do carro.

Combes ligou o V6 e colocou-o em movimento. Kennedy fechou os olhos e forçou-se à imobilidade. Descobriu que não se importava com as condições incômodas, mas estar deitada no banco de trás alvoroçava memórias poderosas. Dava-lhe a sensação de ser uma criança novamente, submetendo-se a uma jornada definida por alguém onipotente. Ela levantou e sentou depois de uns dez minutos, e quando Combes parou diante de um semáforo que passou mais tempo do que o normal com a luz vermelha acesa ela usou a oportunidade para trocar de lugar, ocupando o banco do passageiro.

Kennedy teria sido capaz de apostar dinheiro na ideia de que Combes relevaria ser o tipo de moleque que adora dirigir em alta velocidade, que ela tanto desprezava. Mas, na verdade, ele era um motorista razoavelmente seguro, ficando só um pouco acima do limite de velocidade na maior parte do tempo e não usando a sirene nenhuma vez, mesmo em duas ocasiões nas quais ela própria teria ficado tentada a fazer isso. Talvez ele estivesse se comportando bem por causa dela.

Não conversaram muito até saírem da cidade. Combes dedicou a maior parte de sua atenção às manobras em meio ao trânsito, e quando o tráfego se tornou mais vazio ele pareceu se ocupar de seus próprios pensamentos. Kennedy ficou mais do que feliz em deixá-lo quieto. Ela olhava no espelho retrovisor uma ou duas vezes a cada minuto, certificando-se de que não havia veículos colados na traseira deles, seguindo-os para o sul.

Quando chegaram à Estrada A3, Combes olhou de soslaio para o medidor de combustível e tocou-o com o polegar.

— Aquele retardado do Stanwick deixou o tanque três quartos vazio — disse ele. — Vou ter que parar para abastecer.

— Beleza — Kennedy disse. — Vou ver se consigo arranjar um mapa da região. A Ros anotou algumas indicações, mas são um pouco vagas.

Seguiram em silêncio por algum tempo até Combes virar para entrar num posto de gasolina que se autointitulava Porto dos Viajantes:

um nome pomposo para uma cabana de tijolos de má qualidade e três bombas de gasolina. Enquanto Combes abastecia o carro, ela foi até o pequeno quiosque de pagamento e perguntou se o posto vendia mapas. O adolescente do outro lado do balcão balançou a cabeça rapidamente, de olhos arregalados, como se ela tivesse perguntado se ele vendia pornografia infantil ou drogas pesadas.

Ela comprou goma de mascar e se virou para voltar ao carro. Quando estava quase lá, Combes pendurou a bomba de combustível e olhou para as duas mãos, erguidas diante do rosto.

— Dá para você pagar lá? — ele perguntou. — Estou ensopado. Essa porcaria vazou.

Kennedy voltou ao quiosque e estendeu o cartão de crédito por cima do balcão.

— Número três — ela disse. Estava digitando sua senha quando o som do motor do carro rugindo e voltando à vida a fez parar e virar-se novamente. Combes estava saindo do posto, voltando para a estrada, já se movendo rapidamente.

— Filho da puta! — Kennedy gritou.

Ela começou a correr, mas então desacelerou e parou imediatamente. Não havia a menor chance de ela o alcançar: o carro já estava quase fora de seu campo de visão.

Combes tivera tempo para pensar e decidira que não precisava da chave da porta do Pombal — só do endereço, que ela já havia lhe dado. E ele não precisava dela. Sabia que Kennedy não poderia reclamar por ter excluída da ação: a única maneira de prejudicá-lo seria prejudicando a si mesma também. Ela não podia nem telefonar para alguém na Divisão e pedir socorro.

Com essa percepção, veio outra.

Tillman.

Ela teclou o número novo dele — aquele que havia anotado no próprio pulso. Tillman não atendeu e não havia correio de voz, mas enquanto Kennedy andava para a frente e para trás na estreita entrada do posto, tentando imaginar um plano B, ele ligou para ela.

— Desculpe — disse. — Eu estava trabalhando numa coisa. Que foi? Você já está na fazenda?

— Nem cheguei perto. — Ela contou sobre o jogo sujo de Combes, preparada para receber comentários críticos, sarcásticos e cortantes. Sabia quão idiota havia sido — primeiro, ao ter deixado Combes dirigir e, depois, tendo caído na conversa meia-boca dele feito um cachorrinho treinado que vai apanhar o graveto. Mas Tillman foi razoável.

— Você quer deixá-lo cuidar disso? — ele perguntou.

— Quero o *quê*?

— Bom, ele é parte da sua equipe, né? Qualquer coisa que ele encontre vai ser passada para você. Talvez a melhor aposta seja deixá-lo ir em frente. Sempre podemos voltar depois e dar mais uma olhada se acharmos que ele deixou de ver alguma coisa.

— Não. — Kennedy teve a decência de sentir-se envergonhada, considerando quão pronta ela estivera a excluir Tillman daquela busca, mas sabia que era capaz de examinar uma cena muito melhor do que Combes no melhor dia da vida dele, e pensar que ele poderia abrir o "baú do tesouro" do Pombal sozinho era mais do que ela podia suportar. — Não podemos impedir que Combes chegue lá primeiro, mas eu realmente quero dar uma olhada nesse lugar agora, enquanto ainda está "fresco". E, do jeito que as coisas são no departamento, eu não conseguiria permissão para sair depois que ele já tiver sido analisado. Essa pode ser minha última chance.

Novamente, Tillman não perdeu nenhum tempo discutindo a questão.

— Tá legal. Vou pegar um carro e vou até aí te pegar. Onde você está?

Ela lhe disse como chegar ao Porto dos Viajantes e ele desligou com um rápido "até mais".

Kennedy teve um longo tempo para pensar, enquanto esperava, o que ele quisera dizer com "pegar um carro". Quarenta minutos depois, quando ele apareceu num veículo de 14 rodas, todo paramentado num uniforme verde vivo e amarelo, ela teve sua resposta.

Eles iam para a Fazenda do Pombal num caminhão roubado.

CAPÍTULO 32

Cerca de 40 minutos depois que Kennedy e Combes saíram, o telefone da mesa de Kennedy na sala comum começou a tocar.

Stanwick ainda permanecia no recinto, assim como McAliskey e mais alguns detetives, que estavam ocupados com suas próprias tarefas. Todos ignoraram o telefone, que parou de tocar depois de um tempo quando o telefonema caiu no correio de voz de Kennedy. Então ele tocou novamente. O procedimento se repetiu por cinco ou seis vezes.

Ninguém mais parecia disposto a anotar um recado, mas ocorreu a Stanwick que poderia ser a própria Kennedy ligando. Talvez precisassem de um terceiro homem, afinal, ou quisessem que ele convocasse a perícia ou apoio em TI. Ou talvez só quisessem verificar o endereço ou precisassem que ele obtivesse algum tipo de autorização do detetive-chefe.

Finalmente, ele atendeu.

— Alô?

Uma voz culta, que soou ligeiramente estrangeira, disse:

— Eu preciso falar com a sargento Kennedy, por favor.

— De onde fala?

— Whitehall Exchange. A sargento Kennedy pode verificar meu número e minha identificação: alfa zebra dezessete.

Stanwick ficou impressionado. Whitehall Exchange provavelmente significava MI5, o serviço de segurança britânico, embora também pudesse ser um dos braços da inteligência do Parlamento conduzindo um inquérito em nome de um comitê governamental ou uma *quango*[10]. Poderia ser até coisa do Primeiro Ministro. O que quer que fosse, era assunto sério.

— A sargento Kennedy não está na mesa dela — Stanwick disse. — Sou o detetive Peter Stanwick. Posso ajudar?

— Creio que não. A sargento Kennedy está trabalhando num caso neste momento?

— Sim, está.

---

[10] Sigla para "quasi-autonomous non-governmental organisation", ou organização não governamental quase autônoma, tipo de instituição à qual o governo do Reino Unido concede poderes. (N.T.)

— O assassinato do professor Barlow.

— Hã... eu realmente não tenho permissão para responder a isso, senhor.

— Se for o assassinato de Barlow, não há nada no arquivo do caso que indique aonde ela foi ou o que está fazendo.

Stanwick estava ainda mais impressionado agora. Quem quer que estivesse falando com ele, o cara tinha entrada liberada em toda parte: acesso em tempo real a arquivos de casos era um privilégio dado a muito poucas pessoas fora da Divisão. O sujeito meio que precisaria ser Deus ou um amigo íntimo Dele. Subitamente, a posição do próprio Stanwick — bem na linha de fogo de Whitehall — estava começando a parecer um tanto hostil.

— É... algo que acabou de aparecer — disse. — De repente. Ela e o sargento detetive Combes decidiram ir verificar imediatamente e eu... eu estou atualizando o arquivo do caso agora.

— Por favor, faça isso — o outro homem disse bruscamente. — É possível que a sargento Kennedy e o sargento... Combes, você disse?... estejam invadindo uma operação que nós já organizamos. Isso seria extremamente inconveniente, e nós gostaríamos de fazer o possível para afastá-los de lá enquanto ainda há tempo.

— Vou gerar a entrada no arquivo agora mesmo — Stanwick prometeu. — A atualização pode levar alguns minutos para acontecer, mas...

— Não estou preocupado com a atualização. Obrigado por sua assistência, detetive Stanwick. Vamos recorrer ao arquivo — e eu espero que não seja necessário telefonar novamente.

Stanwick esperava isso também, com imenso fervor. Ele amaldiçoou Combes por colocá-lo nessa posição estúpida e a si mesmo por concordar em dar cobertura a eles naquela empreitadazinha particular. Ele atualizou o arquivo indicando que eles estavam na Fazenda do Pombal, perto de Godalming, Surrey, seguindo uma sugestão feita por Rosalind Barlow num pacote trazido via entregador às 11h20. Depois de hesitar por um momento, ele registrou o horário da entrada como 13h43. Os desgraçados já o tinham, se o queriam. Mas ele estava longe do epicentro de qualquer merda que fosse acontecer, e se ficasse de cabeça baixa talvez nem se sujasse.

* * *

Kuutma desligou o telefone e pensou.

Era uma grande felicidade que ele tivesse solicitado a seu pessoal que instalasse uma câmera oculta na Divisão de Detetives da New Scotland Yard, que incluía em seu campo de visão a mesa diante da qual a *rhaka*, Kennedy, passava a maior parte do tempo. Quando ela desaparecera do vídeo, mas não saíra do edifício (os seguidores designados para ela teriam reportado o fato), isso lhe provocara suspeitas. Ele esperara por quase 45 minutos — ela deveria estar em algum outro lugar do edifício, muito embora todo o restante da equipe de investigação estivesse à vista —, mas finalmente chegara a uma decisão e fizera a ligação. Ele estava imensamente grato por tê-la feito.

Ligou para Mariam e deu a ela as boas-novas. A falha dela em eliminar o alvo na última missão, contra Tillman na balsa, a deixara angustiada e envergonhada, e sua equipe, desmoralizada. Era parte do dever de Kuutma avaliar a adequação e a agudeza das ferramentas que usava, assim como afiá-las, sempre que pudesse, contra as arestas brutas do mundo.

Isso poderia ser bom para a equipe. Ela receberia a missão como uma bênção, o que de fato era.

CAPÍTULO 33

— É aqui — Kennedy disse. — Na próxima à esquerda. Olhe lá a placa.

Mesmo no crepúsculo, era impossível não vê-la. A cerca de 4,8 quilômetros depois da última vila pela qual haviam passado, a placa era exatamente como Ros Barlow a havia descrito: as asas douradas saindo da letra P de Pombal num floreio ridículo e melodramático, reduzindo o efeito a um anticlímax. A casa achatada, com teto de palha, e a série de celeiros arruinados espalhados mais além não poderiam fazer jus a essa declaração bombástica. Seria preciso fazer o deus Hermes descer de um céu claro, talvez pendurado em fios.

A pequena estrada de pedregulhos diante da casa de campo era curta demais para o caminhão. O Vauxhall Vectra cinza de Combes estava imediatamente visível, estacionado bem diante da casa num desafio aos bons protocolos de investigação e senso comum. Com a entrada bloqueada, Tillman virou à direita e dirigiu por entre o mato, que chegaria à altura da cintura até um espaço amplo e aberto à direita da construção principal, onde parou o caminhão. Kennedy olhou ao redor, procurando por Combes, mas ele parecia ainda estar lá dentro. Isso significava que encontrara algo: ele tivera uma vantagem de pelo menos meia hora sobre eles e provavelmente fizera um percurso mais rápido na estrada. Então, o que quer que restasse, parecia improvável que a Fazenda do Pombal fosse um beco sem saída.

Esforçando-se para conter a própria agitação, Kennedy desceu da cabine. Esquadrinhou o ambiente. A não ser pela faixa de pedregulhos, todo o espaço ao redor e entre a casa de campo e as construções próximas dela havia sido tomado por capim e arbustos: não havia como identificar marcas de pneus ou pegadas deixadas ali, embora, se o tempo estivesse mais úmido, ela pudesse ter se ajoelhado, separado o capim com as mãos e dado uma boa olhada.

A casa de campo e os campos descuidados ao redor dela estavam absolutamente silenciosos. E não existiam outras casas nem construções típicas de fazenda ao longe. O próprio Pombal tinha meia dúzia de celeiros e pequenos depósitos de aspecto abandonado, que se amontoavam ao redor da estrutura principal como conspiradores. Se

Barlow houvesse estabelecido nesse lugar uma base secreta de campo para seu projeto do Rum, ele escolhera muito bem. Também não deixara nenhum rastro: a julgar pelas aparências, eles — e Combes, é claro — poderiam ser as primeiras pessoas a pisarem ali em dez anos ou mais.

A casa de campo parecia tanto dilapidada quanto deserta. Todas as janelas, exceto uma, tinham tábuas brutas pregadas sobre elas. A que era visível estava quebrada. A madeira dos caixilhos estava enrugada, com a pintura descascada, e um telhado de varanda decorativo sobre a entrada principal havia desmoronado sobre si mesmo feito um estômago caído.

Tillman desceu do caminhão pela porta do motorista e, como Kennedy, ficou parado por um instante ou dois. Ao passo que ela examinava o chão em busca de rastros, ele esquadrinhava as pequenas casas em volta, presumivelmente procurando quaisquer sinais de vida. Lançou um olhar para ela, encolheu os ombros, balançou a cabeça muito levemente e dirigiu-se à porta. Kennedy foi atrás dele.

A porta parecia intacta, mas apenas à primeira vista. Depois de um momento de silêncio, Tillman apontou para o que Kennedy já havia visto: as lascas ao longo de uma área de mais ou menos dez centímetros, logo abaixo do nível da tranca. Alguém abrira a porta usando um pé de cabra ou talvez um macaco para carros e depois a havia fechado.

Kennedy empurrou a porta com o pé. Ela se abriu numa fresta com um rangido audível.

— Você vai nos apresentar — Tillman resmungou em tom inexpressivo — ou eu devo esperar no caminhão?

— Entre. Já estamos tão fora do manual de operações agora que eu não acho que isso importe muito. Vamos compartilhar tudo o que encontrarmos, quer o Combes goste disso ou não — e ele tem tanta razão quanto eu para ficar calado em relação aos detalhes.

Kennedy empurrou a porta com o pé uma segunda vez, abrindo-a tanto quanto possível. O interior da casa estava completamente escuro mesmo nesse dia ensolarado, a entrada adiante parecia um sólido triângulo preto.

— Combes! — ela chamou.

Nenhuma resposta e nenhum eco: a escuridão engoliu o som completamente.

Passando pela soleira, Kennedy aspirou um cheiro agudo e bolorento tão espesso quanto incenso. O cheiro da umidade trabalhando lenta e livremente no papel e no tecido em meio à escuridão. De forma perturbadora, seu ombro pareceu roçar contra uma substância rija à esquerda e à direita — como se o espaço no qual ela estava entrando fosse mais estreito do que a própria porta. Um túnel em lugar de um vestíbulo.

Ela chamou mais uma vez o nome de Combes, agora mais alto. Novamente, o som desceu estranhamente achatado e abafado.

Kennedy tateou ao lado da porta, esperando encontrar um interruptor de luz. Seus dedos tocaram algo macio e frio e de bordas esfarrapadas. Quando a coisa farfalhou, ela a reconheceu como papel, e agora que seus olhos começavam a se ajustar um pouco à escuridão conseguia ver, também: uma porção de papel empilhado perfeitamente, chegando à altura dos ombros, logo do lado de dentro da porta.

Encontrou o interruptor imediatamente acima da pilha e pressionou-o, e a luz de uma lâmpada nua inundou a cena antes que eles entrassem. Parados ali, Kennedy e Tillman olharam.

— Que diabos? — Tillman murmurou.

Não era uma única pilha de papel, apenas a única que não ia do chão até o teto. Estavam olhando para um vestíbulo de uns três metros de comprimento, com duas portas, cada uma de um lado, e uma terceira no fim. Pilhas de papel se alinhavam em profusão às paredes, deixando um espaço entre elas que mal era largo o suficiente para uma pessoa passar andando. Em alguns pontos, claramente, seria necessário virar-se ou inclinar-se para a frente para não esbarrar nas pilhas. Elas pareciam precárias, mas nenhuma havia caído. Provavelmente o fato de estarem apoiadas tanto ao teto como ao chão, com as folhas bem apertadas umas contra as outras, ajudava nisso.

No único outro recinto que conseguiam ver, no final desse vestíbulo, mais papéis haviam sido empilhados a esmo em blocos que pareciam as camadas mal assentadas de uma pirâmide de degraus. Parecia que alguém andara enchendo o recinto com papel, no início de forma metódica, mas então finalmente o colocando onde quer que estivesse mais perto ou mais fácil.

Kennedy pegou a primeira folha de cima da pilha mais próxima — a que chegava só até a altura de seu ombro. Estava impressa com uma linguagem alfanumérica: só letras e números, as letras todas maiúsculas, numa fonte sem serifa. Preenchiam a página completamente, ocupando um bloco ininterrupto da direita para a esquerda, com bordas estreitas. Não havia nem pausas nem recuos: nada que indicasse que esse era um documento único ou só uma página de um documento muito maior.

Kennedy mostrou a folha a Tillman. Ele a esquadrinhou brevemente, depois olhou para ela.

— Eu estava esperando que pudéssemos encontrar um disquete — ela disse.

Tillman riu: um rugido de incrédulo deleite.

Kennedy seguiu na frente, virando o corpo de lado de forma a não tocar as torres de papel invasoras. O ar estava sufocantemente quente, pesado daquele odor que lhes penetrara, e ela teve a sensação aflitiva de entrar num espaço orgânico — de ser engolida ou de estar nascendo ao contrário. A ideia de parecer nervosa ou agitada diante da calma impassível de Tillman era desagradável. Ela atirou seus pressentimentos firmemente no fundo do cérebro e os trancou lá.

— Seu palpite foi bom — ele disse, atrás dela. — Estou achando que isso tudo aqui é o projeto de pesquisa do Stuart Barlow.

— Não sei — Kennedy murmurou. — Não vejo nada aqui que se pareça com um evangelho. — *Nem nada que se pareça com aquele desgraçado do Combes.*

Eles seguiram em frente, devagar e atentamente. As tábuas nuas do chão rangiam debaixo de seus pés, e o cheiro ficava ainda mais forte à medida que deixavam a luz do dia para trás. A primeira porta à esquerda revelou-lhes outra sala cheia de papéis. O primeiro quarto à direita era a mesma coisa e o segundo estava vazio, exceto por um saco cheio até a metade com cimento e um punhado de tábuas de madeira no chão. A última porta à esquerda levava a um tipo de vestíbulo onde um lance de degraus estreitos e íngremes, de madeira, levava para cima. Mais duas portas fechadas abriam-se diretamente a partir desse espaço estreito, atrás do poço da escada, mas estavam trancadas.

Tillman colocou Kennedy de lado e chutou as portas, escancarando-as sem muita dificuldade: um único chute para cada, na altura da cintura. Uma delas era mais um depósito de papel, a outra, uma cozinha. Kennedy estava interessada na cozinha. Ela entrou e olhou ao redor. Uma chaleira estava perto da pia e, quando ela levantou a tampa dela, viu que ainda continha água. Um bule para chá, ao lado, tinha sido completamente tomado por bolor cinza e peludo.

Nesse momento, Tillman havia chegado à geladeira. Ele abriu a porta, encolheu-se e cobriu o rosto com a mão.

— Dê só uma olhada nisso — disse a Kennedy.

Ela veio espiar ao lado do ombro dele. A geladeira estava cheia de coisas estragadas: leite verde, queijo cheio de pontos brancos, maçãs cujas superfícies vermelhas e frescas haviam sucumbido a chagas marrons de doença.

— Quanto tempo leva para as coisas estragarem assim? — ele perguntou. — Uns dois meses?

— Talvez menos — Kennedy murmurou. — Sinta como está quente aqui, Tillman. Agora já faz seis semanas desde a morte do Barlow. Ele poderia ter vindo aqui regularmente até a noite em que foi morto.

E se tivesse vindo, ela pensou, *significa que ele era melhor do que eu em despistar perseguidores. Eu levei a morte comigo até Park Square. Esse amador conseguiu manter seu grande segredo guardado apesar de tudo — e os assassinos dele ainda não o encontraram.*

Esse pensamento trouxe outro em sua esteira. Se Combes havia estado ali, por que todas essas portas ainda estavam trancadas? Não parecia certo. A não ser que ele ainda estivesse ali, em algum lugar, e tivesse encontrado algo tão interessante que ainda não havia terminado a busca nem ouvido a chegada deles.

— Não tem mais nada aqui embaixo — Tillman disse. — Vamos dar uma olhada no andar de cima.

— Me dê um segundo — Kennedy respondeu.

Ela voltou à porta, saiu e deu uma boa olhada ao redor — uma varredura de 180 graus. Nada nem ninguém à vista, e o silêncio ainda era absoluto a não ser pelo crocitar de um corvo, suavizado pela distância.

Ela voltou para dentro, fechando a porta. Tillman ficou olhando para ela com expectativa no outro extremo da passagem. Ela balançou a cabeça positivamente para ele, que subiu a escada.

Seguindo na retaguarda, Kennedy fez questão de olhar atrás de cada porta e nos cantos dos depósitos de papel onde algo ou alguém poderia ter se escondido atrás das pilhas irregulares. Não encontrou nada. Mas no topo das escadas finalmente esbarraram na sorte.

Esbarraram em papel, também, é claro: mais florestas assassinadas reduzidas a jardas cúbicas de impressos, as mesmas linhas sem sentido de letras e números em cada folha que Kennedy pegava para examinar. Mas, quando ligaram a luz no quarto maior, que não continha uma cama, entre as pilhas de folhas A4 havia outra — de lajes plásticas cinzentas com o logotipo da Hewlett-Packard.

— Parece uma torre de alta definição — Tillman grunhiu.

— Servidores — Kennedy disse. — Usam equipamentos como esses para renderizar os efeitos em 3-D de filmes. Alguém aqui precisava de muito poder de processamento.

Ela apontou para uma mesa de cavalete junto à única janela do quarto. Um monitor e um teclado estavam sobre ela, conectados por um emaranhado de cabos de energia aos diversos servidores. Dos servidores, os cabos se curvavam e seguiam pelo chão até uma carreira de adaptadores, onde se perdiam em intricadas conexões cruzadas, algumas das quais terminavam em tomadas na parede, enquanto outras seguiam para fora do quarto. Pelo menos uma erguia-se verticalmente até desaparecer num alçapão no teto. Não houvera pontos suficientes nesse quarto, obviamente, para acomodar todo o tráfego. Mesmo com adaptadores com três e quatro entradas, fora necessário usar as tomadas de outros recintos. Uma lona de um lado da mesa de cavalete fora jogada às pressas por cima de outra torre de formas irregulares, mas quadradas: mais componentes de computador, talvez, que ainda não haviam sido colocados para trabalhar ou haviam sido substituídos por serem inadequados.

Esse era o quarto que tinha a única janela não bloqueada, mas um tecido grosso e rústico havia sido colocado por cima dela, pendendo simetricamente de uma fila de pregos. Quem quer que houvesse trabalhado ali parecia ter sido pego numa contradição — querendo a possibilidade de luz, mas desejando evitar a distração da vista panorâmica do outro lado do vidro: ou, talvez, evitar que alguém do outro lado o visse.

Havia mais papéis sobre a mesa. Só uma dúzia de folhas, mais ou menos: quantidade bem modesta em comparação com o resto da casa. Também havia uma torre de CDs graváveis, ainda envoltos pela embalagem de plástico transparente.

Kennedy cruzou o recinto até a mesa e ligou o computador. Foi recompensada pelo murmúrio e os cliques e ruídos abafados da inicialização, que soavam ainda mais abafados ali, já que as barricadas e escarpas de papel engoliam o som.

Ela voltou a atenção para os papéis sobre a mesa. Estava esperando as mesmas linhas infinitas de caracteres alfanuméricos, mas o que viu arrancou dela uma exclamação — um monossílabo que fez Tillman pegar a segunda folha para ver o que ela estava vendo.

O texto no papel ainda estava completamente desformatado: um jorro logorreico que corria ininterruptamente do topo ao final da página. A única diferença — a percepção que havia feito Kennedy xingar em voz alta — era que aqui havia palavras de verdade.

EJESUSDEUAELEASBÊNÇÃOSDESUASMÃOSQUEELERETEVEDETODOSOSOUTROS-SETEAQUELESQUEOSEGUIRAMEELELHEDISSESOUCHAMADODESALVADORMAS-QUEMMESALVARÁSENHORISCARIOTESRESPONDEULHESEFORTUAVONTADEEUJURO-QUETESERVIREIDETODAMANEIRAEJESUSDISSEAISCARIOTESTUSERÁSOMAISBAIXOE-OMAISELEVADOOALFAEOÔMEGAOSOUTROSFICARAMZANGADOSPORQUEELE

As maiúsculas quadradas e em negrito, assim como a ausência de espaços e pausas, faziam com que o fluxo de palavras soasse como um discurso feito aos urros por um beberrão. O final da página cortava-o no meio de uma palavra: o silêncio súbito e banal quando o fanfarrão percebe que o sentido lhe escapa e segue arrastando os pés pela noite.

O computador tinha acabado de iniciar nesse momento, entrando num modo que não se parecia com nenhuma interface que Kennedy já vira. Ícones de pastas eram exibidos em branco sobre fundo negro, cada um com uma etiqueta: SISTEMA, BIOS, SEGURANÇA, DISPOSITIVOS, PROGRAMAS, PROJETOS.

Kennedy sentou-se à mesa. A cadeira tubular de aço era oscilante, então ela teve que se inclinar para a frente para mantê-la firme. Clicou em PROJETOS, e aquela tela desapareceu, sendo substituída por outra lista. Esta continha apenas dois itens: DIRETÓRIO PARENTAL e RUM.

Ela clicou em RUM.

Uma janela de bordas vermelhas surgiu na tela. SENHA, ela exigia.

Kennedy abriu a bolsa e tirou seu bloco de notas. Abriu-o na última página, onde havia copiado as palavras do papel de Sarah Opie.

Oh what can ail thee, Knight at arms
Alone and palely loitering the sedge has withered
From the lake and no birds are singing.

Ela digitou o número 2, depois, em rápida sucessão, 4334624. Clicou em ENTER e nada aconteceu, exceto que a janela SENHA piscou e apareceu mais uma vez, novamente vazia.

— O que foi isso? — Tillman perguntou.

— Eu tirei essas palavras de uma folha de papel que a Sarah Opie carregava quando morreu — Kennedy respondeu. — Ela disse que era um lembrete para a senha do computador dela. É de um poema do Keats, "La Belle Dame Sans Merci", ou "A Bela Dama sem Piedade". E é algo assim: "Oh, o que pode afligir-te, cavaleiro de armas/ Sozinho e pálido, andando vagaroso/ A sebe definhou junto ao lago/ E nenhum pássaro canta". Ela brincou com as pausas nas linhas de forma a ficar exatamente com oito palavras numa linha. Mexeu um pouco com as palavras, também.

— Então, você está achando que é uma senha de seis dígitos — Tillman disse.

— Sim. E acabei de experimentar a primeira linha, presumindo que a Opie estivesse só usando o número de letras de cada palavra.

Ela tentou usar a segunda e a terceira linhas também. Nada: a janela era preenchida e depois piscava quando ela pressionava Enter, reaparecendo vazia e com a mesma exigência silenciosa.

— Letras iniciais — Tillman sugeriu.

Kennedy tentou isso sem obter sucesso. Tentou, então, ambas as sequências — números de letras e iniciais — ao contrário. A janela piscava para ela, inescrutável, e se recusava a ceder. Ela xingou em voz baixa.

— Tem que ser algo óbvio — Tillman afirmou. — Não seria um lembrete útil se ela tivesse que pensar demais nele.

Kennedy mordeu o lábio inferior, pensando furiosamente. Algo óbvio, mas não as letras iniciais nem o número de letras de cada palavra.

Por que três sequências de oito palavras, em vez de apenas uma? Os blocos de oito indicavam uma senha de oito dígitos, mas talvez as três linhas significassem algo também. Ela selecionou cada terceira palavra e digitou os totais de suas letras:

can — knight — alone — loitering — has — the — no — singing.

3-6-5-9-3-3-2-7

O computador resmungou laboriosamente consigo mesmo por alguns instantes. Depois, a tela ficou completamente vazia antes de encher-se novamente com uma lista do que presumivelmente eram nomes de arquivos:

RUM BRUTO 1, 1—7

RUM BRUTO 2, 8—10

RUM BRUTO 3, 11—14a

RUM BRUTO 4, 14b—17

RUM PARCIAL 1, 1—7

RUM PARCIAL 2, 8—10
RUM PARCIAL 3, 11—14a
RUM PARCIAL L 4, 14b—17
RUM COMPLETO 1, 1—7
RUM COMPLETO 2, 8—10
RUM COMPLETO 3, 11—14a
RUM COMPLETO 4, 14b—17

Kennedy clicou no primeiro arquivo: RUM BRUTO 1, 1—7. A tela piscou, houve outra série de ruídos secos e quitinosos do disco rígido e então ela mostrou uma lista diferente:

Dalath 2 reais
Waw 3 reais 1 espaço
Semkath 2 reais 2 espaços
He exato
Resh exato
Mim 1 real 1 espaço
Tau exato

Ela usou a barra de rolagem na direita da tela para ver quanto mais havia no arquivo. Parecia haver várias centenas de itens.

Fechou o arquivo e abriu um dos PARCIAIS. Esse era bem mais preenchido.

Ele	fai	dun [refer 7]	chall	whe [refer 4]	pode [6,7,2] veio
	sai	sun	crall		
	lai				

que [refer 21]	wil [para?] [refer 3]	que	[21,4,6] ele teve [inserir 2]
	til	o que	
	nil	o qual	

dado [refer 5] a eles		em	get [hsem?]	ant	onde [eles?]
		no	bet	ane	lá
			um		
viu o	sol [refer 18]		deles	sand [deixar?]	a ele [refer 33]
	fol		tier	s and	gim
			dier	t end	lim

— Alguma ideia? — Kennedy perguntou a Tillman, indicando o monitor com a cabeça.

Tillman estivera lendo por sobre o ombro dela.

— Tradução — ele sugeriu.

— O nome do arquivo dizia "parcial" — Kennedy volveu. — E todas essas listas de palavras são lugares em que eles não têm certeza de terem usado a palavra certa, em que estão listando possíveis alternativas. Eles estavam abrindo caminho num documento, traduzindo-o enquanto o percorriam.

— O Códice do Rum.

— Deve ser. Não, espere. O Rum já é uma tradução, né? Quero dizer, o verdadeiro manuscrito do Rum já está em inglês. Ninguém sabe qual era o documento fonte, nem em que língua estava, então não pode ser isso.

Kennedy pegou a primeira folha de papel novamente e percorreu com o olhar a superfície da agitada torrente verbal.

ENTÃONÃODEIXAIVOSSOSERVOTRABALHAREMVÃOSENHORSEMRECOMPENSA-ARECOMPENSAÉTUDODADOAVÓSSERÁMAIORDOQUEQUALQUERUMJÁCONCEBEUE-MAIORDOQUEPODEISEXPRESSAREMPALAVRASENTÃOELEOCONDUZIUDAQUELELU-GARPARAOUTROLUGARDOQUALTODASASCOISASNOPARAÍSOENATERRAERAMVISÍ-VEISEUDEIATERRAAADÃOESUASEMENTEOQUEDAREIATIOMAISFIELEMAISSUBMISSOEU-FAREICOMQUESEJASODIADOEINSULTADOMASDEPOISEUFA

No andar de baixo, dezenas de milhares de páginas de caracteres aleatórios; no de cima, umas poucas páginas de palavras reais. Sem formatação, sem pontuação, sem espaços, mas ainda assim uma verdadeira narrativa de certa espécie, com um distinto sabor bíblico.

— Era um código — Kennedy disse, ponderando. — E eles o decifraram.

Ela se virou para olhar Tillman. Ele estava olhando para ela em silêncio, esperando por mais. E as peças desse todo estavam na mente dela, agora, mas ainda era difícil visualizar a forma final — como tentar descobrir qual era a imagem formada por um quebra-cabeça olhando para o verso dele, a face que não ostentava imagem nenhuma.

— O Barlow corroborou evidências num caso de tribunal — ela disse. — Anos atrás. Um grupo de falsificadores vendiam documentos forjados que deveriam ser partes de um dos grandes achados bíblicos, o Nag Hammadi.

— E daí?

— Ele foi a testemunha especialista. Foi convocado a examinar bem atentamente os documentos verdadeiros e os falsos para poder atestá-los e provar que alguém estava colocando evangelhos suspeitos no mercado. Isso significou muito para ele. O cara tinha recortes de jornal emoldurados e pendurados nas paredes do escritório.

Ela olhou para a tela novamente. Para a lista de caracteres que talvez fossem aramaicos. Reais. Espaços. Exatos.

— Centenas de estudiosos e historiadores devem ter examinado essas coisas. Talvez milhares. Mas o Barlow decidiu observá-los por um novo ângulo. Ele estava tentando decifrá-los, procurando por coisas que não se encaixavam. E... — Ela só conseguia ir até esse ponto. Não tinha ideia do que Barlow havia encontrado, mas tinha certeza de que havia sido um ponto de virada. — Tinha algo errado com os textos do Nag Hammadi. Algo que você só veria se estivesse esperando, em primeiro lugar, encontrar uma fraude.

— Mas você disse que isso foi anos atrás — Tillman a lembrou. Ele havia pegado o pacote de CDs graváveis e o estava virando nas mãos, olhando para ele com desnecessária intensidade.

Kennedy vasculhou a memória.

— Quinze anos — disse.

— Então, se ele tivesse encontrado algo nessa época, por que esperar tanto? O que aconteceu durante esse tempo todo?

Ela não sabia, mas conseguia enxergar a forma das coisas que não conhecia. Tinham um contorno definido.

— Ele encontrou algo. Ou suspeitava de algo. Saía do assunto e voltava a ele sob um novo ângulo. Saiu e estudou textos do Velho Testamento — os Manuscritos do Mar Morto. Por cinco anos. Então, estudou as seitas gnósticas. Finalmente, foi ver o Códice do Rum em Avranches. Foi quando todas as peças se juntaram. É como... como se ele tivesse a chave, mas não soubesse onde estava a fechadura.

— Acho que não entendi — Tillman disse.

— Leo, pense nisso. O Rum é uma tradução medieval de um documento que já existiu em algum lugar. Para começo de conversa, ninguém consegue entender por que esse capitão português o comprou

— por que ele imaginou que valia a pena tê-lo. Mas o Barlow vai dar uma olhada no documento e enxerga...

Tillman franziu o cenho.

— O quê?

— Alguma coisa. Algo que ninguém mais viu. Tenho certeza disso. Havia um código no Rum. E o Barlow já sabia o suficiente na época para ser capaz de entender o que era. — Ela percebeu a falha em seu próprio raciocínio enquanto falava. — Mas o Rum é do Evangelho de João. Onde é que você esconde um código dentro de uma cópia de um documento que já existe?

Tillman não respondeu. Ele jogou o pacote de CDs de volta à mesa, mas ele chegou à beira da mesa e caiu no chão, onde saiu rolando. Kennedy conseguia ver que ele estava zangado, mas demorou para compreender por quê. Ela continuou a especular, juntando todas as peças enquanto ainda as tinha frescas na mente.

— Talvez não estivesse nas palavras. Ou talvez estivesse na mudança das palavras. Se você partisse da versão do Rei James, ou de qualquer outra versão que existisse na época, mas modificasse algumas coisas e as trocasse de lugar, poderia acabar com um código que alguém poderia decifrar. Jesus Cristo, Leo. Eu estou certa. Sei que estou certa. O Barlow pegou uma mensagem codificada de séculos atrás e montou uma equipe para decodificá-la.

— Maravilhoso — Tillman disse, inexpressivo.

— Sim, é mesmo. *É* maravilhoso. Mas eles precisavam de um especialista em computadores para isso. Três historiadores e uma tecnóloga. Faz sentido agora. Eles estavam procurando alguns padrões muito, muito sutis no texto do Rum ou em algum outro documento. Padrões que você precisaria de algum tipo de algoritmo estatístico para identificar. Totalmente doido! Mas eis a pergunta à qual temos que responder agora. — Ela brandiu o pequeno maço de folhas de papel que estivera sobre a mesa. — Esta informação estava escondida desde a Idade Média. Por que alguém estaria disposto a matar por causa dela agora?

Foi nesse ponto que ela parou de repente, vendo no rosto de Tillman que ele não dava a mínima nem para a pergunta nem para a resposta. A expressão dele parecia tão dura e fixa como se ela tivesse atirado toda a sua corrente de raciocínio contra ele usando pregos.

— Que foi? — ela perguntou.

— Nada disso importa — ele disse com firmeza. — Nada disso, Kennedy.

— O que quer dizer?

— Não é... — Ele pareceu lutar para encontrar uma palavra que fosse forte o suficiente. — ... relevante. Isso não está nem perto do que eu estava procurando. Eu perdi minha família. Pensei que, se o Brand estivesse matando essas pessoas ou mandando que alguém mais as matasse, seria porque elas haviam descoberto a verdade sobre ele. Porque haviam desenterrado os piores segredos dele.

— Eu acho que elas fizeram isso, Leo. Encontraram algo que ele queria manter em...

— Isso é história antiga. — Tillman praticamente cuspiu as palavras. Os punhos dele estavam cerrados agora. O rosto ficara vermelho.

Kennedy absorveu a violência daquela afirmação e manteve a própria voz cuidadosamente neutra.

— Todas as vítimas eram historiadores. Preciso dizer que obviamente estudavam história antiga.

— Não tem a menor graça, Kennedy. Não para mim.

— Nem para mim. Mas você está errado quanto a uma coisa: é relevante, *sim*. É a chave para todo o resto, de alguma forma, e, se descobrirmos como usá-la, vamos obter todas as respostas que estamos procurando.

Tillman abriu a boca para responder, mas não disse nada. Em vez disso, fungou.

Kennedy subitamente se deu conta do cheiro que estivera se arrastando sob sua consciência por um minuto ou mais, mascarado pelo fedor da umidade e do pó.

Algo estava queimando.

CAPÍTULO 34

Embora fosse a única mulher, e embora tivessem lhe ensinado, ao longo da vida, que as mulheres deveriam se submeter aos homens, Mariam era a líder da equipe. Isso não fora nem mesmo algo que alguém precisara decidir. Era o resultado de uma equação simples cujos três fatores eram a personalidade dela e de outros dois Mensageiros dos quais ela era parceira, Ezei e Cephas. Ninguém que conhecesse os três teria duvidado por nem um segundo de qual seria o resultado do cálculo.

Então, quando Kuutma telefonou, e Ezei atendeu, ele passou o telefone silenciosamente para Mariam e ela conduziu sozinha o resto da conversa.

— Sua caçada a Tillman — ele disse. — Acredito que vocês tenham sido bem-sucedidos. Encontraram-no outra vez?

Mariam manteve a expressão neutra e calma porque Ezei e Cephas a estavam observando, mas sentiu uma onda agridoce de emoção erguer-se dentro de si. Estava orgulhosa do que fora capaz de obter, mas desesperadamente triste pelo caminho que a operação havia tomado.

— Nós rastreamos as chamadas telefônicas de Tillman — ela disse. — Usamos o aparelho que tomamos dele na balsa. Havia um número na memória ligado a um nome que reconhecemos: um homem que lutou ao lado de Tillman quando ele trabalhava como mercenário: Benard Vermeulens. Falei com a equipe de Dovid, em Omdurman, e pedi que ele colocasse um grampo temporário em todos os números registrados desse Vermeulens. A partir daí, estabelecemos que Vermeulens só recebeu telefonemas de um único número na Inglaterra nos últimos dez dias. Foi muito fácil colocar um localizador GPS nesse número.

— Você fez bem — Kuutma disse. — Mas não o confrontou ainda?

Mariam torceu os lábios. Foi o único sinal visível do que ela estava sentindo, mas foi o suficiente para fazer Ezei e Cephas olharem um para o outro com infeliz solicitude. Ezei fez o sinal do enforcado de forma um tanto imperfeita.

— Nós tentamos — ela confessou. — Duas vezes, ambas na noite passada. Na primeira, ele percebeu nossa emboscada e não se aproximou.

— E na segunda vez?

— O sinal do telefone se deslocou muito rapidamente durante duas horas, depois ficou parado. Quando fomos capazes de identificar a localização dele, fomos até lá. Estava dentro de um cano de esgoto no oeste de Londres, mas Tillman não estava lá. Ele havia jogado o telefone num bueiro. Deve ter percebido que esse era o meio que estávamos usando para rastreá-lo.

A confissão terminara. Ela esperou pela punição: aguardou que a voz dura e preocupada do *Tannanu* lhe dissesse que ficara desapontado com sua atuação e estava convocando Mariam e sua equipe de volta a Ginat'Dania.

— Tillman é um alvo difícil — Kuutma disse em vez disso. — Sua equipe está longe de ser a primeira a ser passada para trás por ele. Deixe-o de lado por enquanto. Preciso que vocês desempenhem outra tarefa, que no presente momento é mais urgente.

Mariam quase suspirou alto quando o alívio a fez soltar a respiração, que ela nem percebera estar prendendo.

— Você sabe — Kuutma disse — que temos procurado por registros escritos ou digitais do assunto Rum. Eu acredito, com base em novas informações, que os arquivos relevantes foram guardados de forma discreta e isolada num local físico, em lugar de um núcleo na Internet. Vou lhe dar um endereço. Vocês irão até esse endereço e destruirão tudo o que encontrarem lá que possivelmente contenha informações.

Tendo escapado à censura de Kuutma, Mariam agora estava ansiosa pela aprovação dele.

— *Tannanu* — ela disse —, isso significaria destruir tudo.

— Exatamente, filha. Fico satisfeito que você vá tão rapidamente à questão.

— Mas, para nos certificarmos de destruir tudo, precisaríamos examinar o local cuidadosamente primeiro; poderia haver escritos talhados nas paredes que não necessariamente seriam obliterados pelo fogo ou mesmo por uma explosão. Poderia haver um depósito subterrâneo selado sob a construção, e assim por diante.

— O fato de você propor essas questões, Mariam, me mostra que percebe rapidamente quão complexa e precisa essa tarefa é. Sim, você deve cuidar de todas essas coisas e garantir, com absoluta certeza, que nenhuma palavra ou sinal sobreviva. Só assim vamos ter segurança.

Mariam sentiu um desejo fervoroso de agradecer a Kuutma por dar a ela e a sua equipe essa chance de provarem seu valor. Haviam falhado terrivelmente no barco, ainda que tivesse parecido que tinham o inimigo

Tillman à sua mercê num espaço fechado sem nenhuma saída óbvia. E depois haviam falhado novamente em Londres. Receber a oportunidade — e tão cedo! — de redimir a si mesma e a sua equipe dessa mácula era uma coisa maravilhosa. Mas ela sabia, também, que o *Tannanu* não esperava nem desejava agradecimentos. Estava entendido, entre eles, o que estava acontecendo: a significância do presente. Ela não disse nada.

Kuutma deu-lhe o endereço e ela o anotou. Ezei e Cephas o leram em silêncio, por cima do ombro dela, e trocaram olhares. Não havia nenhum engano quanto ao que isso significava.

— Anotado — Mariam disse de forma sucinta. — Há mais alguma ordem?

— Sim. — Houve uma curta pausa, como se Kuutma esperasse que ela perguntasse. Novamente, Mariam escolheu o silêncio acima da fala desnecessária. — A mulher detetive, Kennedy, vai estar lá com um colega, um homem. Mate os dois. Preferencialmente, de forma que incite o mínimo de investigação. Se a morte deles pudesse ser encarada como um acidente, seria ideal. Se houver evidência de violência, deve parecer violência casual, com nenhum rastro que aponte para além do próprio evento. Já estamos expostos demais nessa missão, Mariam. Com Tillman ainda vivo...

Ele deixou que a frase sumisse no ar. Mariam fechou os olhos e murmurou uma praga na qual o número 30 figurava de forma proeminente. Ezei, que era capaz de ler lábios, abafou um suspiro de susto, chocado com a blasfêmia.

— Compreendo o problema, *Tannanu*. Talvez possamos fazer com que pareça que o homem violentou e matou a mulher e então tirou a própria vida por vergonha.

— É uma possibilidade, Mariam. Um tanto elaborada demais, talvez, mas uma possibilidade. Lembre-se, contudo, dos pecados que foram perdoados. Proceda como lhe parecer melhor e depois venha até mim. Vou ouvir seu relatório pessoalmente.

— Vou fazer isso, *Tannanu*. Aonde nós formos, nada vai resistir.

— Acredito nisso. Adeus.

A linha ficou muda, e Mariam devolveu o telefone a Ezei. Os dois homens estavam olhando para ela, a excitação e antecipação fazendo-os ficar de pé muito retos, como soldados em estado de atenção. Mariam sentiu uma onda de amor por eles e uma alegria tão profunda que quase a fez rir.

— Temos uma tarefa — ela disse simplesmente. — Primos, temos uma nova tarefa. Nesta mesma noite.

— Isso é maravilhoso — Cephas disse.

— Sim! Sim, é mesmo. — Mariam foi até o frigobar do quarto de hotel que eles haviam reservado sob um nome que não era Brand (Kuutma reservava essa convenção apenas para si, não para suas equipes) e tirou dele três seringas hipodérmicas junto com três ampolas. Ela as entregou a eles, tentando manter uma expressão solene enquanto sentia como se estivesse distribuindo presentes.

O ritual em si exigia silêncio, então eles abriram as seringas, inseriram as cápsulas e se injetaram com elas sem trocar uma palavra. Somente os olhares fervorosos que os dois homens lançaram a ela mostraram que compartilhavam a excitação de Mariam.

A droga atingiu o organismo dela com a sensação usual de lenta queimação: uma bolha surgindo no centro de seu ser, depois inchando até preenchê-la por completo e estourar espantosamente contra o lado de dentro de sua pele.

— *Beracha u kelala* — Cephas murmurou, estremecendo enquanto o fármaco atingia seu sistema nervoso. Significava: *tanto a bênção quanto a maldição*. O nome mais comum da droga, *kelalit*, reconhecia apenas a segunda parte dessa equação.

Mas, quando Mariam e sua equipe descessem sobre a Fazenda do Pombal e oferecessem a derradeira misericórdia sobre a sargento detetive Heather Kennedy, seria a bênção que se instalaria atrás dos olhos e das mãos deles.

* * *

A jornada foi rápida e sem percalços. Eles não possuíam um GPS, mas Ezei tinha grande facilidade com a leitura de mapas e os conduziu sem nenhum erro.

Identificaram a fazenda na mesma hora em que avistaram a placa proeminente cuja face se voltava para a estrada. Mariam dirigiu passando a casa, depois tomou uma estrada estreita que levava à região silvestre menos de um quilômetro adiante. De maneira fortuita, a estrada se dobrava para dentro, levando-os num arco até a parte de trás da propriedade, de forma que, na hora em que ela encontrou um local isolado para estacionar, invisível da estrada, eles quase haviam voltado ao ponto de partida.

— O que devemos levar? — Ezei perguntou a Mariam.

— *Sicae* e armas de fogo, só — ela decidiu. — Vamos entrar com leveza e rapidez. Qualquer outra coisa de que precisemos, um de vocês vai voltar para pegar.

O terreno da Fazenda do Pombal era fácil de encontrar e quase completamente aberto na parte de trás. Estacas de madeira sustentavam um único fio de arame farpado: uma cerca puramente simbólica, baixa o suficiente para que passassem por cima dela.

Aproximaram-se cautelosamente, mas a cem metros de distância, e mesmo no crepúsculo, ficou claro para seus olhos ultrassensíveis que tábuas haviam sido pregadas sobre as janelas da casa. Se sua presa já estivesse no interior do lugar, não haveria forma de saberem que os Mensageiros estavam se aproximando. E, se ainda estavam para chegar, tanto melhor.

Ainda assim, Mariam foi cuidadosa. Não seguiu numa linha reta, mas numa diagonal de fora para dentro; os dois homens a seguiam sem questionar, de forma que, quanto mais perto chegavam da casa de campo, mais de seu exterior e dos depósitos ao redor eles podiam ver.

Avistaram o carro quando ainda estavam a alguma distância. Então, Kennedy e seu parceiro já haviam chegado e permaneciam do lado de dentro. Usando a linguagem gestual que todos os Mensageiros aprendiam, Mariam mandou que Ezei e Cephas se aproximassem da casa separadamente, de ângulos diferentes. De forma silenciosa e eficiente, eles examinaram todos os depósitos, um por vez. Era mais provável que os policiais estivessem dentro da casa de campo em si, mas seria bom não encarar nada como certo. A própria Mariam examinou o carro e encontrou-o trancado e vazio. Só depois de terem analisado cada centímetro do terreno ela convocou a equipe para junto de si, novamente com um gesto em lugar de uma palavra.

A casa tinha duas entradas, mas um rápido reconhecimento demonstrou que a porta lateral estava emperrada contra sua moldura e seria difícil de abrir rapidamente. Mariam posicionou Cephas onde ele pudesse ver ambas as portas e o instruiu a atirar contra qualquer pessoa que saísse. Então, ela e Ezei foram até a frente.

Encontraram a porta entreaberta. O dano feito contra o batente mostrou que os detetives haviam forçado a abertura usando uma chave de fenda ou pé de cabra. Mariam gesticulou para que Ezei viesse atrás dela e se separasse caso o interior da casa tornasse isso necessário. Então, empurrou a porta muito levemente, expandindo a brecha uns poucos centímetros de forma a poder deslizar por ela. A madeira empenada e seca rangeu, mas o som foi baixo e não chegou longe.

O labirinto de paredes de papel que recebeu os olhos deles veio como um choque. Eles haviam crescido num ambiente onde livros e figuras eram escassos, portanto não tinham precedente para essas pilhas de folhas brancas, repletas de caracteres inescrutáveis, que chegavam à altura de sua cabeça. Pareciam ligeiramente indecentes. Mariam quase quis erguer as mãos e cobrir os olhos de Ezei, ainda que ele fosse mais velho do que ela. Ele sempre lhe parecera alguém que precisasse ser protegido contra as coisas do mundo profano.

A não ser pelo papel, no entanto, a disposição interior da casa de campo parecia ser muito simples. Eles rapidamente apuraram que não havia ninguém no piso térreo — e quase na mesma velocidade notaram que havia alguém no andar de cima, movendo-se de forma barulhenta e sem precaução.

Mariam novamente assumiu uma postura cautelosa enquanto eles se aproximavam da escada. Até o momento, seus movimentos haviam sido completamente silenciosos, mas ela pôde notar que as tábuas dos degraus — tão empenadas quanto a porta — rangeriam sob seus pés, não importava como ela tentasse distribuir seu peso. Então desamarrou as botas silenciosamente, tirou-as dos pés e sinalizou para Ezei: mão erguida, mão caindo para a frente e então um aceno de cabeça em direção à escada.

Ele entendeu imediatamente. Ficando com as pontas das botas contra o primeiro degrau, ele se inclinou para a frente com cuidado. Estendeu as mãos, apoiando uma contra o ângulo formado entre o degrau e a parede e a outra contra o ângulo entre o degrau e o corrimão. Quando sentiu que estava apropriadamente equilibrado, acenou para Mariam com a cabeça. Ela pisou nas costas dele, colocando primeiro um pé descalço, depois o outro, sobre os ombros dele, e de lá pousou levemente sobre a primeira plataforma. A madeira abaixo dela afundou um pouco, com um leve rangido de protesto, mas ela já estava na metade do caminho escada acima e podia cobrir o resto com dois passos largos.

Gesticulando para que Ezei ficasse onde estava, Mariam olhou cautelosamente ao redor da curva do poço da escada. Não viu ninguém, mas o barulho claramente vinha de dentro do quarto diretamente à frente dela, no final da escada. Eram os sons de movimentos decididos. Alguém dentro do quarto estava andando de um lado ao outro, talvez movimentando objetos volumosos.

Ela usou os ruídos como cobertura, movendo-se quando havia movimento dentro do quarto para mascarar quaisquer sons que pudesse fazer. Em poucos passos calculados ela estava ao lado da porta do quarto — e, a essa altura, havia chegado a algumas conclusões a respeito de quem estava lá dentro. Um único conjunto de passos pesados, distintos e sem variação; nenhuma conversa. Uma pessoa, provavelmente um homem, sozinho.

Onde estaria a mulher, então? Esse era um problema que precisaria resolver, mas uma escolha tinha que ser feita agora: abater esse homem e depois procurar pela parceira dele, correndo o risco de alertá-la pelo som de uma luta, ou esperar e pegar os dois?

Mire no alvo que estiver diante de você, era uma máxima que *Tannanu* e seus outros professores haviam martelado sobre ela em muitas ocasiões. Sentia-se confiante em sua própria habilidade para matar ou incapacitar o homem sem dar tempo a ele para alertar ninguém.

Chegando a essa decisão, ela entrou no quarto. Ainda estava se movendo tão silenciosamente quanto possível, mas sabia que, a uma distância tão curta, até o movimento do ar poderia traí-la. Então, sua prioridade número um era a velocidade.

O homem — forte, de ombros largos, cuja massa provavelmente era o dobro da dela — estava no outro extremo do quarto, ajoelhado diante de uma extensão elétrica na qual estava inserindo ou tentando inserir vários plugues.

Com o canto do olho ele viu Mariam vindo na direção dele. Começou a se levantar enquanto ela se aproximava, a boca aberta na primeira sílaba de um cumprimento ou desafio.

Mariam o chutou na garganta. Ela não tinha voltado a calçar as botas, mas virou o pé de lado e fez contato usando o dorso do pé, o peso total de seu corpo alinhado atrás de suas pernas estendidas de forma que a força partiu do quadril para o joelho, para o tornozelo e de lá, sem mitigação, contra a pele desprotegida do esôfago do homem.

O que ele emitiu não foi som nenhum, mas uma vibração muda: a laringe arruinada pulsando momentaneamente contra a carne do pé dela. Então Mariam baixou aquele pé, ergueu o outro, fez uma meia pirueta e montou sobre ele. Foi fácil: o homem havia parado no meio do ato de se levantar e caíra de joelhos, as mãos erguendo-se para a garganta, não fazendo nenhum movimento de defesa ou contra-ataque. Mariam pinçou a cabeça dele entre suas pernas musculosas e, curvando-se para baixo, envolveu-a com os braços, pegando-a na altura das têmporas.

Uma meia torção nessa posição teria quebrado o pescoço do homem facilmente, a não ser que ele soubesse o que viria e tivesse se protegido contra o golpe. Mariam aplicou um grau menor de torção, mas uma quantidade igual de força, fechando as vias respiratórias do homem sem danificar nenhuma das vértebras dele. Já estava admitindo que seria necessário queimar toda a casa de campo, então, qualquer dano que ela causasse ao tecido mole dele seria disfarçado pelo estrago muito maior causado pelas chamas.

O homem percebeu que morria, alguns segundos tarde demais para que essa noção pudesse beneficiá-lo. Da posição em que estava, a única forma de ele alcançar as mãos dela seria dobrando os braços para trás da própria cabeça. Mas a maior parte da força dele já se perdera na estranha contorção, enquanto a dela estava quase duplicada pela *kelalit* que tomara. O homem estremeceu e enrijeceu debaixo dela, mas ela se posicionara bem e ele não foi capaz de lhe tirar o equilíbrio nem de se libertar. Os pés dele bateram contra as tábuas nuas do chão, a princípio com força, mas depois num rápido diminuendo enquanto as forças lhe escapavam.

Quando ele estava fraco o suficiente para que ela pudesse deslocar um pouco o próprio peso, Mariam inclinou-se para a frente para sussurrar no ouvido do homem.

— Está tudo bem. Tudo bem. Está quase acabando. — Seu inglês não era bom, mas ela falou lenta e cuidadosamente e teve razoável certeza de que ele a compreendeu. Era um gesto pequeno, mas ainda assim importante. Nós disfarçamos nossa brutalidade com rituais para manter nossa própria natureza animal a distância. Mariam nunca era mais gentil ou atenciosa do que quando matava.

O último movimento consciente do homem foi fechar ambas as mãos em torno de um dos tornozelos dela. Era uma boa ideia, mas, novamente, chegou tarde demais: ele não era forte o suficiente para empurrar a perna dela e tirar-lhe o equilíbrio. O gesto não teve o menor efeito, o empurrão foi frágil e breve.

Mariam manteve o aperto por um minuto inteiro depois de o homem parar de se mover, então separou as pernas e deixou-o cair. Ajoelhada ao lado dele, tateou-lhe a garganta em busca de pulso. Não havia nenhum. A face do homem se tornara vermelha com a agitação e ele a encarava com um olhar acusador e exoftálmico. Ela o ignorou: o espírito não se demorava o suficiente para guardar rancor e a carne nada significava.

Ela vasculhou o resto do andar superior rapidamente, não encontrando vestígio nenhum da mulher. A essa altura, já não esperava encontrá-la: se alguém estivesse à escuta, o alvoroçar-se e o debater-se frenético do homem enquanto morria teriam atraído essa pessoa rapidamente.

Ela desceu os degraus, menos preocupada agora com as tábuas que rangiam, e encontrou Ezei ainda esperando por ela ao pé da escada.

— Um homem — ela resmungou enquanto calçava novamente as botas e apertava os cadarços. — Sozinho. Nova busca.

Os dois vasculharam cada centímetro da casa de campo, procurando por toda parte onde um corpo humano pudesse se espremer. Finalmente, Mariam se satisfez com a noção de que a mulher não estava no local. Se ela nunca tivesse vindo, tudo bem. Se estivera lá anteriormente, mas já partira, eles talvez tivessem uma janela de oportunidade muito estreita para destruir aqueles registros — a outra parte de seu trabalho ali, e na verdade a tarefa que o *Tannanu* mencionara primeiramente.

Mariam mandou Ezei e Cephas voltarem ao carro para pegar alguns equipamentos, incluindo o kit de incêndio. Ele incluía aceleradores químicos impossíveis de rastrear e um tubo flexível que ela usaria para inserir fumaça nos pulmões do homem morto. A maior parte dos legistas não investigaria além disso antes de pronunciar um veredicto de morte por fogo.

Depois que os homens saíram, voltou ao quarto do computador. Suas instruções eram para destruir tudo o que havia ali, mas ela tinha consciência de que às vezes era possível extrair informações de CDs de computador e discos rígidos se eles não tivessem sido completamente danificados. Junto com os materiais de iniciação de incêndio, Ezei e Cephas trouxeram o limpa-tudo, um gerador portátil armazenado dentro de uma caixa do tamanho de uma maleta que produzia um campo magnético AC monstruosamente poderoso. Uma varredura de dez segundos feita com o dispositivo em carga total corromperia todos os arquivos do computador, de forma que qualquer coisa que se salvasse do fogo seria inútil. Levar o computador embora seria mais simples, é claro, mas os exporia ao risco de serem detidos e revistados enquanto ainda o tivessem consigo. A limpeza era melhor.

Mariam perguntou-se, no entanto, que segredo havia sido descoberto nessa casa que ela e seus primos haviam sido encarregados de obliterar da consciência do mundo novamente. Ela cruzou o recinto até a mesa e pegou a primeira folha dentre os papéis ali. Lendo-a, experimentou uma onda de emoções confusas. As palavras na página eram inesperadamente familiares: tão familiares que ela poderia tê-las recitado de memória. Mas vê-las nesse lugar foi momentaneamente desorientador, como se ela tivesse aberto uma porta na casa de um estranho e encontrado seu próprio quarto atrás dela.

Nesse momento de estranha suspensão, um foco de luz brilhou pela janela e a iluminou perfeitamente.

Era uma ilusão, é claro. No mesmo instante em que seu treinamento a fez ficar parada no lugar, a luz passou por ela e foi substituída por uma segunda, movendo-se na mesma marcha que a anterior. O som do motor e o ruído dos pneus sobre o pedregulho a atingiu ao mesmo tempo. Faróis. Os faróis de um carro.

Era a mulher, então. Ou talvez mais alguém. Não importava, de todo modo: quem quer que fosse teria que morrer, e o trabalho de destruição tinha que ser completado. Assim que as luzes passaram, Mariam moveu-se para fazer o que era preciso. Rapidamente, arrastou o corpo do homem pelo chão até uma pilha de caixas que estivera coberta por um pedaço de lona. Ela acomodou o corpo numa posição na base da pilha e rearranjou a lona de forma a escondê-lo de um olhar casual.

Onde estavam Ezei e Cephas? A essa hora, no caminho de volta do carro, certamente. Eles teriam visto os faróis e percebido que a situação mudara. Provavelmente ficariam onde estavam e esperariam que ela os convocasse. Infelizmente, ela não podia nem sair nem chamá-los: não ainda. Precisava esperar pelo momento certo e precisava saber com quem estariam lidando agora.

Então se moveu até a janela e afastou as peças de tecido muito cuidadosamente. Abaixo e à esquerda, a uma curta distância da casa, um grande caminhão estava agora estacionado. Enquanto observava, as portas da cabine se abriram. Uma mulher saiu, depois um homem.

Eram apenas silhuetas no fim da tarde, difíceis de distinguir, ainda que, assim como sua força física e velocidade, a agudeza de sua visão fosse ampliada pela *kelalit*.

As duas figuras foram em direção à porta. Afastando-se da janela, Mariam considerou suas opções e decidiu-se pela mais direta e óbvia. Esperaria no quarto e mataria os dois quando entrassem. Talvez precisasse quebrar ossos, mas tentaria não fazer isso. Se os corpos sofressem danos visíveis, que o fogo não fosse capaz de esconder, ela poderia recorrer ao cenário de estupro que descrevera ao *Tannanu*. Ou poderia jogá-los pela janela, para que parecesse que os danos haviam sido causados quando os dois saltaram para escapar das chamas.

Ela caminhou silenciosamente até a porta do quarto. Podia ouvir as duas pessoas no vestíbulo abaixo agora: suas vozes vindo em direção à escada e depois passando por ela. Estavam na cozinha. Ela ouviu o homem chamar a mulher de Kennedy, o que não foi nenhuma surpresa. Mas a resposta da mulher a pegou desprevenida.

— Sinta como está quente aqui, Tillman.

Tillman.

Os punhos de Mariam fecharam-se involuntariamente. O alvo que eles haviam errado tantas vezes. O homem que primeiramente escapara de Ezei e Cephas, nos estreitos limites do banheiro da balsa, e depois acertara a faca dela com um tiro no ar. Que percebera a emboscada deles a partir de sabe-se lá que pista quase invisível e assim escapara. Que os mandara a um esgoto nojento em busca de seu telefone abandonado. Ele estava *aqui*. Ele estava aqui com a mulher.

Era sabido que a *kelalit* elevava certas emoções. Parte do treinamento de um Mensageiro incluía trancar essas emoções numa parte administrável e contida da mente: trabalhava-se ao largo delas, recusando-se a assumi-las até que, ignoradas, elas perdiam o poder de causar dano. Foi o que Mariam fez então: nem sequer olhou para as emoções que o nome e a presença de Tillman evocavam. Enlaçou-as entre véus anestésicos e as empurrou para baixo, além do limiar da percepção. Ao mesmo tempo, conduziu uma avaliação racional da situação. Tillman era um lutador treinado e havia sobrevivido a um ataque dos dois primos dela. Havia uma chance real de que, se tentasse enfrentá-lo aqui, mesmo com a vantagem do elemento surpresa, ela falhasse.

Ouviu passos nos degraus agora: Tillman e a mulher estavam subindo. Movendo-se tão lentamente quanto possível, Mariam cruzou a plataforma superior e entrou no quarto oposto. Talvez seus inimigos entrassem lá primeiro, mas isso era improvável. Os computadores ficaram visíveis pela porta aberta e atrairiam a atenção deles. A coisa lógica a fazer seria entrar e examiná-los imediatamente.

Os dois passaram a poucos passos dela. Mariam permitiu que seguissem em frente. Embora suas mãos e pés formigassem com a iminência de movimentos súbitos e violentos, ela permaneceu parada.

O homem e a mulher entraram no quarto conversando.

— Servidores — a mulher disse. — Usam equipamentos como esses para renderizar os efeitos em 3-D de filmes. Alguém aqui precisava de muito poder de processamento.

Estavam a três metros dela agora, depois a cinco. Se ela se movesse, e eles vissem o movimento, Tillman teria tempo para revidar: possivelmente, para sacar e mirar. Mas a distância era tão pequena que ela não erraria o alvo com uma faca arremessada. Tirou uma sica do cinto e a sopesou na mão. Ergueu-a, pronta para atirar — mas só se a oportunidade perfeita se apresentasse.

A mulher passou entre ela e Tillman, bloqueando sua linha de visão. Matar Kennedy seria fácil, mas alertaria Tillman quanto à presença de Mariam. Se ele fosse capaz de se entrincheirar no quarto e mantê-la do lado de fora, toda a missão poderia ser comprometida.

O momento passou. Ambos saíram de sua linha de visão, entrando mais fundo no quarto, sem dúvida dirigindo-se à mesa.

Mariam deixou seu esconderijo e desceu a escada. As vozes atrás dela eram altas o suficiente para mascarar os sons que seus movimentos faziam, mas ela manteve os passos sobre as bordas dos degraus para minimizar o risco de a madeira velha resmungar e revelar sua presença.

Só quando estava no vestíbulo percebeu o ligeiro tremor em suas pernas e mãos: o componente pequeno, quase insignificante, daquela onda emocional que havia sido medo.

Em seguida saiu da casa de campo e virou-se para a parte de trás do terreno, mantendo-se próxima da parede. Uma vez fora de qualquer campo de visão, tanto da janela do quarto quanto da estrada, ela caminhou audaciosamente para dentro do mato alto. Ezei e Cephas levantaram-se diante dela, não desafiando — haviam percebido que era a líder mesmo no escuro —, mas reconhecendo-a e reportando-se a ela.

— Tillman está aqui, assim como Kennedy — ela disse.

Ezei piscou, surpreso.

— O que devemos fazer?

— O que já decidimos — Mariam respondeu. — Vamos queimar o lugar. Se tentarem sair, atiramos neles. Se ficarem dentro da casa, nós os queimamos. Há três de nós e três lados da casa têm portas ou janelas. Mas, se trabalharmos rapidamente, podemos encurralá-los no andar de cima, e as portas e janelas não vão ajudá-los. Venham.

Cephas meneou a cabeça, concordando, e um segundo depois Ezei fez o mesmo. Mariam percebeu a hesitação momentânea e interpretou-a como o que era: uma pergunta insinuada. *Se você os viu, por que ainda estão vivos?* Ela deu as costas aos primos e seguiu na frente deles até a casa.

Tinham dois cilindros cheios do acelerante, um preparado químico limpo que não possuía componentes detectáveis e praticamente não tinha cheiro — apenas um leve sopro de desinfetante floral —, mas queimava tão rápida e ferozmente quanto querosene.

Começaram na parte de trás da casa e espalharam a substância por todo o caminho até a porta: Ezei e Mariam derramavam o produto, untando os papéis empilhados, nas paredes e no chão. Cephas permaneceu ao pé da escada até o último momento, com a arma erguida e pronta.

Ezei portava o dispositivo incendiário — um sinalizador, também impossível de identificar a partir dos produtos que o compunham — que iniciaria o fogo. Entregou-o a Mariam, que reconheceu o gesto de respeito com um meneio curto de cabeça. A hesitação anterior do primo ainda estava fresca na mente dela.

Ela apontou para Ezei e Cephas as posições que designara para eles, e os dois sumiram na escuridão. Não havia nada a ganhar com a espera, e tempo demais já fora perdido.

Mariam puxou a tira que mantinha os dois componentes químicos do sinalizador separados. Os produtos se misturaram e o dispositivo ganhou vida com um estalo na mão dela. Ela o jogou num arremesso baixo pelo vestíbulo, onde o objeto quicou uma vez antes de parar.

Houve um suave *whump*. A luz feroz empinou-se como um anjo no vestíbulo estreito, e o ar quente, em expansão, tocou a face de Mariam como a carícia de um amante urgente. Ela fechou a porta gentilmente e assumiu seu posto.

CAPÍTULO 35

Alguém estivera queimando flores. O poço da escada era um caldeirão de ar fervente que fedia a flores estragadas: um inferno em meio a uma campina tranquila no verão. Tillman não era um homem de grande imaginação, mas imagens de sacrifícios e inocentes massacrados vieram-lhe à mente mesmo assim, súbitas demais para evitar. Era um cheiro do qual era preciso redimir-se.

A seu lado, Kennedy praguejou. Por um momento ela pareceu enraizada no lugar. Então, caiu de joelhos. Ele pensou que ela estava rezando, depois percebeu que procurava algo. A detetive se levantou com um pacote de CDs de computador na mão.

— Não dá tempo! — Tillman disse a ela.

— Eu arranjo a porcaria do tempo — Kennedy rosnou, rasgando a embalagem de plástico.

Eles nem precisavam gritar: o fogo ainda não estava crepitando alto, apesar da ferocidade. Isso era ainda mais perturbador do que o cheiro: esse era um fogo que fazia o serviço com o mínimo alarde e o máximo efeito.

Tillman cruzou o recinto até a porta e saiu para o calor, que foi como empurrar uma presença física que preenchia o poço da escada. Foi só até a esquina, e além dali uma luz actínica e berrante, tão branca quanto amarela, convulsionava feito uma coisa viva. Ele lançou um rápido olhar em volta, que foi suficiente para lhe dizer que não havia rota de escape entre as chamas. O vestíbulo inferior havia se tornado um forno, quente o suficiente para arrancar a carne dos ossos.

As janelas, pensou. Mas havia tábuas pregadas nas janelas. Exceto naquela do quarto dos computadores.

Correu escada acima e de volta ao quarto. Kennedy estava ocupada com a máquina, martelando o teclado, colocando um disco dentro do *drive*.

— Kennedy! — ele berrou. — Heather! — Ela não respondeu. — Nós temos que *ir*!

— É só o andar de baixo que está pegando fogo — Kennedy gritou por cima do ombro. — Ainda temos alguns minutos.

Tillman agarrou o braço dela e a fez se virar para encará-lo.

— A fumaça vai nos matar antes — ele a lembrou. — Você sabe disso. Vamos.

Ela hesitou por um segundo, depois meneou a cabeça concordando, relutante.

— Quebre a janela. Vou logo atrás de você.

Ele foi até lá rapidamente, olhando à sua volta em busca de algo que pudesse usar para estilhaçar o vidro e separá-lo da moldura. Kennedy ejetou o disco do *drive*, apanhou-o e o enfiou no bolso.

Tillman foi até a pilha de servidores de computador e suspendeu o de cima com as mãos. Fios o conectavam a outros, mas ele sacudiu e puxou a máquina até soltá-la.

— Isso é evidência! — Kennedy gritou, angustiada.

— Vai ser plástico derretido em três minutos — Tillman retrucou, sucinto.

Ele atingiu o vidro uma, duas, três vezes. O material se estilhaçou no primeiro impacto; os outros dois foram para arrancar os cacos serrilhados dos cantos da moldura de forma que pudessem passar por ali sem rasgar nenhuma artéria. Tillman estava posicionado para um quarto golpe quando algo mais acertou a madeira, vindo do exterior, batendo contra o caixilho da janela e fazendo-o explodir em fragmentos a centímetros do rosto de Tillman.

O estampido agudo de uma semiautomática seguiu um segundo depois. Tillman já estava mergulhando para trás, agindo por puro reflexo. O segundo tiro passou perto de sua orelha, perto o suficiente para ele sentir o rastro do projétil no ar deslocado, e atingiu o reboco do teto, mandando uma chuva de pó por sobre a cabeça deles.

Kennedy olhou para o buraco no reboco e praguejou outra vez. Tillman pensou que ela estivesse congelando diante dele: as pessoas faziam isso às vezes, em momentos de crise, até mesmo pessoas capazes, e a melhor coisa a fazer nessa situação normalmente era empurrá-las para fora. Eram um problema menor como peso morto do que como estorvo ativo.

Mas estava enganado. Kennedy estava pensando. Ela esquadrinhou o quarto ao redor, detendo o olhar no cobertor de lona que escondia mais uma pilha de porcarias, e o agarrou. Isso a deixou desorientada por um instante, já que revelou um cadáver recente deitado no chão, oculto pelo tecido até agora.

— Seu pobre desgraçado — Tillman ouviu Kennedy murmurar. — Você devia ter... ah, meu Deus, Combes!...

A voz dela sumiu. Ela correu para fora do quarto, arrastando o cobertor atrás de si. Tillman a seguiu, adivinhando o que pretendia fazer. Não os salvaria, mas lhes daria tempo.

Encontrou-a no banheiro, onde ela já abrira as torneiras da pia e da banheira e estava tentando rasgar o cobertor em tiras. Ele tirou a faca de caça do cinto e ofereceu-a à detetive em silêncio. Com a faca, ela rapidamente cortou um triângulo irregular de um canto da lona. Tillman tomou-o dela e o colocou na água que enchia a pia, enquanto Kennedy cortava uma segunda tira para si.

Quando os pedaços rasgados estavam completamente encharcados, eles os amarraram em torno do rosto como bandanas. Isso manteria a fumaça afastada por alguns minutos e adiaria o envenenamento por monóxido. Deu-lhes espaço para manobras. Mas para que manobras?

O quarto estava se enchendo de fumaça densa agora, em meio à qual partículas de fogo dos papéis que queimavam abaixo flutuavam como lanternas num rio. O fogo também se tornara mais ruidoso agora, rugindo como um demônio no poço da escada, tentando recuperar o tempo perdido. Acrescentando a isso as máscaras, era quase impossível falar.

A escada estava fora de questão.

Do lado de fora, alguém esperava para matá-los se colocassem a cabeça na janela.

O que restava?

Kennedy tocou-o no braço, chamando-o. Ele a seguiu de volta ao quarto dos computadores. Ela apontou para cima, para o alçapão no teto. Tillman balançou a cabeça vigorosamente, fazendo um sinal de *OK* com os polegares para cima. *Tá, vamos fazer isso.*

Os dois empilharam caixas não abertas de papel para fazer uma escada. Ele impulsionou Kennedy para cima para que ela pudesse empurrar a porta e abri-la — não estava trancada, graças a Deus — e então elevar-se até o sótão acima. Tillman a seguiu, escalando a pilha precária de caixas e depois pulando e agarrando a borda do alçapão. A madeira rangeu alto o suficiente para ser ouvida por sobre o rugido das chamas, mas aguentou. Ele jogou os cotovelos para dentro e Kennedy o puxou por cima da borda.

O sótão estava tão cheio de fumaça cinza e opaca que parecia uma coisa sólida, apinhada ali em cordas e feixes. Mas, quando eles se moveram, deixaram buracos escuros na fumaça pendendo como rastros, túneis do tempo passado.

Uma claraboia seria pedir demais, e, de todo modo, não precisavam de uma. As telhas eram do período pré-guerra, provavelmente do século XIX, cada uma dependurada num único pino de madeira pelo método tradicional, graciosamente equilibradas. Mas as ripas de abeto eram tão antigas e carcomidas que Tillman poderia desmantelá-las com as mãos. Trabalhando juntos, os dois conseguiram abrir um buraco irregular e rastejaram para fora, subindo para o telhado inclinado.

Foi como sair de um buraco no gelo de uma lagoa. A área ao redor da abertura que haviam feito ficara enfraquecida, de forma que se inclinava para dentro e claramente não suportaria o peso deles. Eles deslizaram para longe dela em direção à calha, que também não parecia uma aposta segura.

Tornou-se muito menos segura um segundo depois, quando uma das telhas na borda do telhado explodiu em estilhaços afiados que acertaram o rosto deles. Tillman ouviu o *thup thup thup* de pequenas armas de fogo: conseguiu até identificar a pistola dentro de uma razoável margem de erro. A leve, porém robusta Sig-226, provavelmente numa versão Kellerman de ação dupla com carregador bifilar. O tipo de arma que uma policial como Kennedy poderia ter usado na época em que o calibre .40 ainda não era a lei.

Tillman afastou-se em direção ao topo do telhado, mantendo o corpo tão colado às telhas quanto possível. A seu lado, Kennedy imitava sua ação: na verdade, ela começara a mover-se cerca de um segundo antes dele.

Mas não havia salvação no topo do telhado. Estariam apenas no ponto mais alto quando o teto desabasse, o que não poderia demorar mais que alguns minutos. Presumindo que não fossem baleados primeiro, ambos mergulhariam pelo telhado de volta àquela fornalha e, com sorte, quebrariam o pescoço na queda.

Isso não era o que Kennedy tinha em mente. Ela estava olhando para a esquerda de Tillman, em direção à parte de trás da casa, e quando seguiu a linha do olhar dela ele entendeu para o que a policial estava atenta, ou procurando; o mais próximo dos celeiros, talvez a quatro metros da casa e quase um metro mais alto que ela. Ele ficava totalmente de frente para a casa e tinha um buraco quadrado na fachada onde antes havia existido uma janela. Os postigos de madeira haviam ficado permanentemente abertos, colados por gerações de pinturas preguiçosas, de cada lado da abertura: guias de aterrissagem para um voo curto e sem impulso.

Perigoso, mas não impossível.

Kennedy começou a subir de pé para o topo do telhado. Pelo canto do olho, Tillman percebeu o movimento que vinha lá de baixo e a empurrou para baixo novamente no mesmo momento em que as balas começaram a ricochetear nas telhas ao redor deles: uma chuva pesada e oblíqua que deixou uma profusão de estilhaços em seu rastro. Ele sacou seu Unica e respondeu ao fogo, para ganhar algum tempo e avisar aos atiradores que não deveriam se afastar muito das paredes da casa em busca de uma mira melhor.

— *Merda!* — Kennedy berrou, raivosa e frustrada. — Isto aqui é uma matança total!

Tillman esvaziou o Unica na escuridão abaixo, depois rolou de costas para recarregar a arma. Tinha dois carregadores rápidos de reserva, HKS 255s modificados, ambos já travados. Depois disso, não teria mais nada, nem mesmo munição avulsa. Ele retirou os cartuchos usados da arma, encaixou nela o carregador e encheu as câmaras com uma rápida torção do pulso, tudo em poucos segundos, mas tal virtuosismo foi em vão. Atirando no escuro, iluminado por trás pelas chamas que começavam a dançar e revolutear entre os vãos das telhas, ele sabia que tinha pouca chance de acertar alguma coisa — de conseguir algo além de fazer de si mesmo um alvo mais fácil. Talvez pudesse atrair para si os tiros dos assassinos ocultos enquanto Kennedy empreendia sua fuga e saltava.

E depois eles correriam para o celeiro e a matariam a seu bel-prazer.

Ele precisava ter uma ideia melhor do que essa. Algo que oferecesse ao menos uma chance mensurável de sobrevivência.

Seu olhar passou pelo caminhão, depois voltou. Estourar o tanque de combustível? Ter considerado isso por apenas um segundo era um sinal do quão desesperado ele estava. Lendas urbanas à parte, fora provado várias vezes que não era possível fazer um tanque de gasolina pegar fogo simplesmente atirando nele. A bala não gerava calor suficiente, e a gasolina não era instável o bastante. Tirar uma faísca do metal do próprio tanque poderia causar isso, mas era uma chance menor do que uma em um milhão e não valia a pena apostar nela.

O que fazia com que lhes restasse uma façanha espetacularmente estúpida: o tipo de coisa para a qual a expressão "uma chance em um milhão" havia sido inventada.

Tillman vasculhou os bolsos e encontrou o que estava procurando: uma caixa de fósforos Swan Vestas que ele estivera trazendo consigo desde Folkestone. Abrindo o cilindro do Unica novamente, ele o bateu contra a palma da mão e deixou uma bala cair nela.

Kennedy o observava, desnorteada.

— Vá em direção ao celeiro — ele lhe disse. Ela não o ouviu através da máscara, então ele a puxou do rosto e jogou-a fora: o ar estava mais limpo ali fora, e de um jeito ou de outro provavelmente não morreriam por causa da fumaça agora. — Vá em direção ao celeiro — repetiu.

— Eles vão me ver — Kennedy contrapôs.

— Não importa. Vá para lá, chegue tão perto quanto puder, mas não pule ainda... bom, pule quando estiverem olhando para outro lado.

— Para quê? Para que eles vão estar olhando?

— Para as luzes bonitas — Tillman murmurou.

Ele voltou sua atenção para a bala. Uma Casull .454, que havia construído sua reputação no invólucro da Colt .45 e transformara o que já era um clássico das armas de fogo em uma pequena obra de arte. Casull e Fullmer, os designers, estavam tentando criar um cartucho para arma de fogo principalmente para uso em caçadas a grandes animais, então quiseram maximizar seu poder no ponto de impacto — de preferência, sem quebrar o braço do atirador. Então, casaram uma escorva de rifle com um cartucho de pistola, passando de 60 mil unidades de pressão quando disparado por um cano de testes, e capaz de acelerar uma bala de 15 gramas até quase 550 metros por segundo.

Para a arquitetura do Unica, desenhado para ter pouco coice, era a bala perfeita. Tillman normalmente se atinha ao modelo-padrão de trabalho, mas ocasionalmente gerava o seu próprio usando cápsulas de latão Hornady e uma escorva que ele obtivera de uma velha receita irlandesa. Consequentemente, ele sabia que, se abrisse o invólucro da bala com os dentes, ela não explodiria arrancando toda a parte de baixo do rosto dele.

Kennedy afastava-se pouco a pouco dele ao longo do telhado, e as balas a seguiam. Estava achatada contra as telhas, oferecendo o menor alvo possível, mas uma bala perdida acabaria acertando-a mais cedo do que tarde. Até um tiro periférico provavelmente a faria escorregar e desabar pelo declive do telhado, e com o impulso rolaria da borda e cairia.

Nesse momento ela provavelmente estava se perguntando se Tillman só a estava usando como chamariz, pretendendo correr e pular ele mesmo do lado oposto do cume do telhado e confiar na sorte de não quebrar uma perna ou a coluna vertebral quando chegasse ao chão.

Abrindo a caixa de fósforos, Tillman arrancou com os dentes a cabeça de umas duas dúzias deles. Ele as mastigou, transformando-as numa pasta grosseira, depois deixou a mistura amarga e repulsiva pingar dentre seus lábios para a base do invólucro da bala: um caldo bruto de fósforo vermelho e saliva. Soltou o invólucro, novamente usando os dentes para criar pregas nas bordas dele e colocá-lo no lugar. Mordeu com toda a força que tinha, até que seus dentes pareceram prestes a se despedaçar sob a pressão. Mesmo então, havia uma chance maior do que 50% de que a coisa bizarra e caseira simplesmente explodisse no cano da arma. Mas que se danasse. Agora era tudo ou nada.

Kennedy fora tão longe quanto pudera: estava fortemente pressionada contra uma chaminé larga que ficava a dois terços do caminho por sobre o telhado. Ela oferecia alguma cobertura, pelo menos, mas também bloqueava sua passagem, a não ser que ela ficasse de pé ou de joelhos, ereta, para contorná-la. Os atiradores a haviam seguido até lá e agora estavam mais ou menos livres para escolher o ângulo dos tiros. Continuavam completamente invisíveis na escuridão perfeita lá embaixo, mas os clarões das armas mostravam sua posição a cada vez que atiravam. Tillman podia mirar nos clarões, é claro, mas sabia também que só um idiota ficaria parado enquanto atirava.

Era melhor ater-se ao plano A — A de *Absurdo*.

Ele contou mentalmente até três e se levantou de uma só vez. Mirou cuidadosamente, mesmo sabendo quão exposto devia estar agora, com a claridade do fogo às costas. Um tiro passou por cima de seu ombro, perto o bastante para senti-lo. Um segundo acertou as telhas entre suas pernas.

Mantendo presa a respiração, mantendo o alvo na mira, ele se isolou do mundo e apertou o gatilho.

Instantaneamente, a noite virou dia: especificamente, o *dies irae*, quando Deus perde a paciência e diz *agora já chega*.

CAPÍTULO 36

Era o fim do jogo.

Tillman e a mulher estavam verdadeiramente encurralados na casa, que queimava completamente.

Mariam esperava que tentassem usar as janelas e estava preparada para forçá-los a voltar para dentro quando o fizessem. Na verdade, tinha quase certeza de que acertara Tillman quando ele aparecera na janela do quarto, para onde ela já mirava, e não teria ficado surpresa se eles não vissem mais nem ele nem a mulher.

Foi Ezei quem ouviu os sons do telhado primeiro. Ele assobiou — duas notas curtas, para chamar a atenção de Mariam — e apontou para cima. Viu o movimento lá, a princípio abstrato e depois subitamente mostrando a cabeça e os ombros da mulher. Ela atirou, e a mulher mergulhou para baixo, fora das vistas.

É claro, fora das vistas era apenas uma questão de geometria. Mariam não precisava dizer a Ezei e Cephas o que fazer. Em sincronia com ela, eles se afastaram das paredes da casa. Duas figuras se moviam no telhado agora, mas se mesclavam ao fundo na maior parte do tempo: era só quando alguma parte de um corpo ou do outro surgia em silhueta acima da linha do telhado e ficava contornada pelo brilho das chamas bruxuleantes que eles podiam ser vistos. Mariam ergueu a arma, apontando-a naquela direção, e esperou.

Por duas vezes algo se ergueu brevemente contra as chamas, e ela atirou. Da segunda vez, os tiros foram respondidos e ela teve que se jogar para junto da parede, saindo do campo de visão de Tillman.

Ela considerou, por um momento, deixar tudo como estava, permitir que os dois queimassem até a morte no momento certo, sem maiores complicações. Mas o telhado não era completamente isolado, e Tillman e Kennedy pareciam estar se movendo para a parte de trás, de onde talvez fosse possível saltar para o mais próximo dos depósitos ao redor.

Mariam assobiou, e Ezei olhou na direção dela outra vez. *Para trás da casa*, ela sinalizou, e o primo se deslocou imediatamente. Veloz, ela correu ao longo da frente da casa até poder ver Cephas do outro lado. Ele olhou em sua direção quando ela apareceu, que lhe deu a mesma instrução silenciosa.

Ela própria, Mariam decidiu, ficaria na frente. Parecia impossível agora que Tillman e Kennedy voltassem para dentro do lugar, cujo interior deveria ter se transformado numa massa indistinta de fogo, e tentassem sair pela janela outra vez — mas, se o fizessem, ou se tentassem o absurdo de correr até a porta, então Mariam estaria ali para abatê-los.

Observou com aprovação enquanto Ezei e Cephas circulavam o lugar, atirando enquanto se moviam. Por um instante, ela vislumbrou o ombro da mulher e parte das costas dela. Kennedy parecia ter percorrido a maior parte do caminho em direção à traseira do cume do telhado, onde a abrupta forma vertical de uma chaminé estava em seu caminho, oferecendo alguma cobertura, desde que ela não tentasse passar daquele ponto. Mas, se ficasse onde estava, Kennedy teria cerca de um minuto até que o telhado desabasse, e nesse ínterim ela se sobressairia contra a chaminé pintada de branco a cada vez que mudasse de posição. Cephas fez mira — mas então, subitamente, decidiu atirar num alvo diferente, presumivelmente Tillman. Disparou dois tiros.

O terceiro tiro veio do telhado, e Mariam o *viu* ao mesmo tempo que o ouviu: uma faixa vermelha brilhante cortando o ar, desenhando a linha mais curta possível entre dois pontos. O primeiro ponto era Tillman. O segundo era o caminhão no qual ele chegara.

A explosão foi espetacularmente súbita e agonizantemente luminosa. O ar em chamas varreu Mariam, derrubando-a no chão. Uma trovoada súbita fez-se ouvir tanto tempo depois que pareceu pertencer a uma explosão inteiramente diferente.

Grogue, ela ergueu a cabeça e piscou em meio à fumaça turva. Seus ouvidos estavam zunindo, seus olhos, cegos e o ar quente que ela inspirava era uma sopa de gasolina cozida. Tentou gritar por Cephas e irrompeu numa tosse áspera que rasgou sua garganta seca como se ela estivesse mastigando vidro quebrado.

Então ela enxergou algo estranho: uma visão. O mundo havia se tornado preto e branco, e um homem delineado em fuligem e giz granulado estava fazendo uma ridícula dança de palhaço, com movimentos descontínuos e incertos. Ele caiu, como Charlie Chaplin costumava cair, com tanta energia na queda que rolou no chão quase até ficar de pé novamente, apenas para cair mais uma vez.

Era Cephas. E aquilo não era dança nem ato de comédia. Eram os espasmos de sua morte. O fogo cobrira todo o corpo dele, agarrando-o como um amante, a gasolina em chamas ensopando suas roupas e pele, arrancando a umidade de dentro de seu corpo e transformando-a em vapor para arremessá-la ao céu numa violenta e terrível transubstanciação.

Mariam gritou, e o grito doeu-lhe tanto que a mente dela quase se desligou. Ela tinha que lutar para continuar consciente.

Com os olhos lacrimejando, esforçou-se para ficar de pé. Viu Ezei correndo em volta da parte de trás da casa, depois parando abruptamente quando viu o que ela havia visto: Cephas transformado em uma oferenda a Deus.

— Ezei! — ela grasnou enquanto corria para ele. Teve que moldar o som com os lábios cheios de bolhas: — Ezei, não se...

Não se aproxime dele, era o que ela pretendia dizer. *Não se aproxime da luz, você só se transformará num alvo*. Mas a arma de Tillman soou ao mesmo tempo em que ela falava, e a espetacular iluminação permitiu que Mariam assistisse ao destino de Ezei com total clareza. A fumaça ao lado da cabeça dele revolveu-se e ficou vermelha: parte daquela fumaça eram o sangue e o cérebro de Ezei, escapando por um buraco feito por uma bala pesada a média ou curta distância. Ele cambaleou, parou, já morto, e caiu pesadamente no chão.

Mariam estava correndo antes que percebesse, correndo para o celeiro, porque era isso que eles fariam agora. Eles saltariam e ficariam vulneráveis quando o fizessem, vulneráveis quando aterrissassem. Ela ainda podia dar um fim a isso, ainda podia se vingar, ainda podia completar a missão.

As portas fechadas do celeiro pendiam das dobradiças. Ela puxou e as levantou até que se abrissem, deu um passo atrás e então se atirou na escuridão rolando verticalmente o corpo dobrado. Enrijeceu quando o desdobrou, a pistola numa mão, a sica na outra. Se ela o visse antes que Tillman a percebesse, usaria a faca. Se houvesse um tiroteio, confiaria na arma de fogo primeiro e rezaria para que ele vivesse o suficiente para ela se aproximar e cortar-lhe a garganta.

Do lado de fora veio um baque suave, depois um segundo. Eles haviam saltado *para cima* do celeiro, não para dentro dele.

Mariam gritou novamente — uma blasfêmia que ela nem mesmo teria admitido conhecer. Correu para o lado de fora, mas o caminhão em chamas, a casa incendiada e o ar supersaturado de fumaça taparam seus olhos mais eficientemente do que uma venda. Houve passos correndo na escuridão além da luz dolorosa. Ela correu atrás deles, atirando naquela direção até o pente ficar vazio e o gatilho, travado.

Então tropeçou em algo no escuro e se esparramou no chão áspero, rasgando a pele da palma das mãos. O fôlego foi arrancado dela de uma só vez. Sentia como se seu peito tivesse sido rasgado, aberto, e a pele de seu rosto queimado estivesse esticada sobre seu crânio feito uma máscara mortuária. Ela rolou de costas no mato alto, esgotada. Por um momento sentiu que estava morrendo. Mas a dor, que se intensificava a cada respiração, informou-a que ainda estava viva.

Em meio à agonia começou a vislumbrar os contornos vagos e incertos da consolação. Deus ainda tinha planos para ela. E ela ainda tinha planos para os monstros que haviam extinguido a vida de seus amados primos.

CAPÍTULO 37

Chegou um momento, na corrida, em que Tillman se perguntou do que era, exatamente, que eles estavam correndo.

Dos atiradores, obviamente. Mas havia derrubado dois deles, um com um tanque de gasolina explodindo, o outro de forma mais convencional, com uma bala. Ele tentara contar, enquanto estivera no telhado, e tinha quase certeza de que ao todo só poderia haver mais um ou dois além daqueles.

Mas isso significava um ou dois que haviam atirado: eles poderiam ter reforços prontos para agir e formas de colocá-los em uso muito rapidamente. Talvez o grito que haviam ouvido, depois de pularem do telhado do celeiro, fosse exatamente isto: uma convocação. Soara como uma voz de mulher, e ele se perguntou, de maneira irrelevante, se seria a mesma da balsa, que enterrara uma faca na coxa dele a 30 metros de distância. Não era uma mulher a ser enfrentada na escuridão com uma arma vazia.

Melhor correr, então, e avaliar direito a situação depois, do que ficar e lutar no que poderia ser uma última batalha prematura. Kennedy tinha o CD no bolso: eles haviam... conseguido alguma coisa ali, e os assassinos pálidos haviam se reunido para impedi-los de pegar. Então, valia a pena. Tinha que valer.

Kennedy o havia acompanhado, de início, e então, de repente, ela o havia ultrapassado. O quadril dele, ainda rígido por causa do ferimento a faca, tornava-o mais lento. Colocou impulso extra na corrida, apesar da dor, e a alcançou quando chegaram a uma vala rasa que parecia estar no limite sudoeste da propriedade.

Passando por cima da vala, Tillman se deparou com uma cerca de arame farpado, mas era um único fio de metal, que provocou dano mínimo. Ele passou por cima da cerca e viu-se numa estrada de terra que levava de volta à estrada distante fazendo um ângulo agudo. Olhou para trás, em direção a Kennedy, que estava lutando para passar o arame farpado. Ela ou não viu que ele lhe oferecia a mão ou escolheu ignorá-lo.

Esse era um terreno neutro: não era a Fazenda do Pombal. Eles desaceleraram o passo a princípio, silenciosamente concordando que, por enquanto, já tinham corrido longe o suficiente. Kennedy dobrou o corpo para baixo, as mãos apoiadas nos joelhos, e gradualmente recuperou o controle sobre a respiração. Tillman continuou de pé, olhando para trás para ver se alguém os perseguia. Mas já teriam ouvido qualquer perseguidor que não fosse um grupo de ninjas.

— Para onde agora? — Kennedy perguntou, parando. — Estamos... no meio da... porcaria de lugar nenhum, e você explodiu o caminhão!

— Pareceu uma boa ideia na hora — Tillman disse.

Kennedy riu — um som áspero que pareceu ser arrancado dela à força.

— Funcionou — ela observou, sombria, e depois disse: — Como? Como você fez aquilo?

Foi um golpe de sorte, era a resposta. *Deu certo simplesmente porque não encontrei um isqueiro para cauterizar minhas feridas, lá em Folkestone, e tive que me contentar com fósforos; e porque ouvi um fato engraçado numa aula de química décadas atrás.*

— Transformei uma bala comum numa bala incendiária — ele respondeu. — O ingrediente milagroso foi um monte de cabeças de fósforo amassadas. Elas são, na maior parte, fósforo vermelho cristalizado. No ponto de ignição de 200 graus, por aí, que é mais ou menos o mesmo da gasolina no tanque. Mas você só tem que chegar a essa temperatura por uma fração de segundo, digamos com a fricção do impacto, e daí a coisa solta faíscas como uma doida porque é uma forma degradada de fósforo branco, que é um piróforo natural.

Ele parou de falar porque isso era tudo quanto sabia mesmo. Quando criança, fizera isso com balas de chumbinho, untando as pontas das pequenas balas com lama arenosa e vermelha e depois esperando que secassem. Então acertara latas cheias de fluído de isqueiro a cerca de dez metros e se maravilhara com o anjo de luz e calor que abrira as asas subitamente acima do pequeno quintal nos fundos da casa.

Kennedy olhou para ele, em silêncio, por um longo tempo, parecendo prestes a falar, mas nada dizendo. Tillman esperou mesmo assim, sabendo que algo viria.

— São duas pessoas mortas — ela disse.

— Perdão?

— Duas pessoas mortas. Mortes extrajudiciais. Você as matou, Tillman.

Ele encolheu os ombros, genuinamente não entendendo que tipo de resposta ela queria.

— E daí?

— Daí que eu deveria te prender, porcaria. Isso é... errado. Não sou sua parceira, nem sua ajudante, nem sua... coisa nenhuma. Não podemos continuar nos encontrando desse jeito.

Ele soltou a respiração lentamente, seu próprio equilíbrio escapando-lhe. Aquela havia sido uma noite maluca mesmo para os padrões incomuns dele, e as mortes, relembradas, não lhe davam nenhuma sensação de triunfo.

— Não — concordou. — Não podemos. Não por muito mais tempo. Mas o trato continua, Kennedy. O que quer que você consiga com esse CD...

— Sim? O que quer que eu consiga?

— Bom, eu matei por essas informações. Então, são minhas também.

Ela olhou para ele em silêncio novamente, e novamente ele esperou que ela falasse. Dessa vez, não houve nada. Para o que quer que ela pensasse em dizer, não conseguiu encontrar as palavras certas. Então passou por ele caminhando, dirigindo-se para a estrada principal. Ele respeitou a indisposição dela, permitindo que ganhasse uma longa distância dele por todo o caminho.

CAPÍTULO 38

O que havia acontecido na Fazenda do Pombal não podia ficar em segredo.

Kennedy ligou para a Divisão à beira da estrada, relatando o resultado da busca, a morte de Combes e seu encontro com os assassinos. Não deixou nada de fora — exceto que, em sua versão, ela seguira para a fazenda sozinha depois de ter sido separada de Combes, e estivera sozinha quando escapara do incêndio. Quanto a Tillman, ela ficou em silêncio.

Viaturas e ambulâncias, carros de bombeiro e vans com luzes de sirene começaram a chegar na meia hora seguinte. Eles isolaram a área, apagaram as chamas que ainda se alimentavam espasmodicamente dos restos da casa e do caminhão e começaram a longa e complexa tarefa de examinar a cena. Kennedy desejou-lhes sorte.

O próprio Summerhill foi quase o último a chegar. Poderia haver muitas razões para isso, mas uma certamente era o fato de ter reanalisado os arquivos do caso antes de deixar a Divisão, procurando pelos dados que levavam a esse pandemônio, e deixando bem claro que ele não havia dado sua bênção para a missão.

Trocaram palavras brevemente. Kennedy usou a exaustão e a dor para manter Summerhill a distância e os paramédicos ocupados com suas tarefas. Ela lhe deu a mais crua das explicações, que degringolou decisivamente quando contou que um dos corpos ainda não identificados era o do detetive Combes: outro homem abatido. Summerhill nem mesmo perguntou se ela conseguira recuperar alguma das evidências físicas, então ela não precisou mentir.

Bandagens temporárias foram aplicadas a seus cortes e queimaduras. Depois ela foi despachada para o Royal Surrey, o hospital mais próximo com um pronto-socorro. Antes de partir, pediu a Summerhill que mandasse uma viatura atrás dela. Se pretendiam medicá-la — talvez até deixá-la inconsciente —, ela queria registrar seu depoimento primeiro: não dava para saber o que esqueceria sob o efeito da anestesia. De má vontade, Summerhill concordou. Depois disso, no entanto, ordenou que ela não falasse com ninguém antes de falar com ele.

— Ninguém, Kennedy. Nem mesmo uma porcaria de padre.

— Não conheço nenhum, Jimmy — ela crocitou. — Não frequento esse tipo de ambiente.

Na verdade, a maior parte de seus ferimentos era superficial, e ninguém sugeriu deixá-la inconsciente. Só precisou de analgésicos tópicos e de uso oral e um gel anestésico. Chegaram a sugerir que tomasse soro na veia, mas Kennedy recusou, assinando o formulariozinho afetado que dizia, efetivamente, que isso fora decisão dela.

Vinte e cinco minutos depois ela saiu pelas portas do pronto-socorro e encontrou a viatura esperando na rua em frente.

— Preciso voltar à Divisão — ela disse ao policial ligeiramente espantado. — New Scotland Yard. Agora. Há provas que precisam ser registradas.

O policial esticou-se para apanhar o rádio do carro. Kennedy colocou uma mão no braço dele e ele parou.

— É assunto do ATSA — ela disse. — Não pode ser discutido em canais abertos. Lamento.

O policial não argumentou nem fez perguntas. Era mentira, é claro, mas as cláusulas do ATSA — Ato de Segurança Antiterrorismo — eram uma carta muito útil no jogo, um conjunto disforme de poderes especiais invocados sempre que alguém da Divisão queria saltar algum obstáculo sem ter que parar para dar explicações.

Mas seria mentira mesmo? Certamente ela estava confrontando uma conspiração que tinha melhores recursos do que ela e conexões em outros países.

Depois que chegou à Dacre Street, ela mandou o policial embora. Ele provavelmente se reportaria imediatamente, mas apenas a seu próprio superior. Não precisava se preocupar com nenhuma notícia chegando a Summerhill tão cedo.

Na sala comum, ela fez uma cópia do CD. Depois, colocou o original dentro de um envelope e o deixou endereçado no correio interno para Summerhill. Acrescentou uma breve nota explicando como a dor de suas queimaduras e o trauma de seu quase-encontro com a morte a fizeram esquecer momentaneamente que ela conseguira salvar um pequeno suvenir daquele inferno.

Kennedy reconhecia quão absurda era toda aquela intriga periférica. Mas sabia, também, que os próximos dias seriam duros: até mais pesados do que os que vieram antes. Outro oficial morto, e novamente o relatório mostraria que Kennedy tinha saído sem reforço apropriado. Dessa vez ela também ignorara a cadeia de comando e agira sem nenhuma autorização do encarregado do caso. Havia uma grande chance de que as acusações, suspensas no ar desde os eventos em Park Square, fossem atiradas contra ela com toda a força. Se isso acontecesse — se fosse enredada em comitês e pressionada em inquéritos —, queria ao menos ser capaz de avaliar o que havia encontrado e continuar envolvida na investigação tanto quanto pudesse. Ela devia isso a Harper — e a si mesma.

Copiou o disco mais uma vez, para Tillman. Enquanto esperava que seu *drive* velho e rangedor terminasse o trabalho, ela verificou seus e-mails. Entre eles, encontrou uma resposta de Quai Charles de Gaulle, Lyon. A Interpol.

Leu rapidamente o e-mail: *Sua solicitação de informações sobre o acordo recíproco firmado na Convenção das Nações Unidas... resultados positivos recentes o suficiente para serem relevantes para sua... seguem documentos que só devem circular internamente e sob a permissão do...*

Havia um arquivo anexo. Ela clicou nele. E então olhou para a tela por um minuto sem nem mesmo piscar.

Então, pegou o telefone e ligou para o celular de Tillman, o número novo.

— Tillman.

— Kennedy. — Considerando o que haviam passado poucas horas antes, ele soou muito tranquilo e prático. Ela se perguntou onde ele estaria. Num café de beira de estrada na A3? Num pub em Guildford? Ou já de volta a Londres, enfiado em algum quarto alugado lendo *Armas e Munições*?

— Leo... — ela disse, e não seguiu adiante.

— Você está bem? O que aconteceu quando o mandachuva chegou? Eu estava espiando o circo sendo armado a mais ou menos um quilômetro. Realmente não deu a menor vontade de chegar mais perto.

— Eu... foi tudo bem — ela balbuciou. — Tudo bem até aqui. Não podem convocar um pelotão de fuzilamento até terem encontrado a munição — brincou.

— Me avise quando a coisa ficar séria. Eu te ajudo como puder.

— Leo, escute. Tem uma mensagem aqui da Interpol. Responderam ao meu C52.

— Seu quê?

— Solicitação de rotina. Informação que uma força dá a outra a respeito de casos em aberto. Eu pedi a eles... perguntei sobre o Michael Brand.

— E deram uma resposta positiva? — O tom da voz dele mudou instantaneamente. — Alguma novidade?

— Eles me encaminharam uma montanha de coisas da América. PDFs de documentos de forças locais no Arizona e do FBI. — Ela engoliu em seco, depois recomeçou. — Leo, tem outros caminhos que podemos tomar. Com o que obtivemos no Pombal, podemos...

Ele a interrompeu, lendo sua tensão acuradamente, querendo que ela dissesse tudo logo, o que quer que fosse.

— Kennedy, desembucha de uma vez.

— O Michael Brand...

— Sim? Anda logo.

— Ele caiu num acidente aéreo perto de uma cidade chamada Peason, no Arizona. Ele morreu, Leo. Morreu seis semanas atrás.

PARTE III

124

CAPÍTULO 39

O rio Colorado era uma força esgotada atualmente. A extensa pilhagem promovida pelo sul da Califórnia na via, algo conhecido como o Canal All-American (que patriota não pararia e saudaria um curso d'água com tal nome?), e pelos canais construídos para abrandar a sede das áreas rurais do Arizona, deixava-o sem fôlego em algum ponto ao sul de Yuma; então o rio se perdia nos arroios secos e nunca chegava a 160 quilômetros do oceano.

Isso tudo Kennedy aprendeu com o motorista de seu táxi, um sujeito conversador chamado John-Bird que alegava ter três quartos de ascendência indígena Mojave. Pegara Kennedy, conforme combinado, do lado de fora do terminal principal do Laughlin Bullhead, que se dizia um aeroporto internacional, mas ao qual somente se tinha acesso a partir de Londres após uma escala no Washington Dulles. Aquele fora um voo de 15 horas, e Kennedy já se sentia irritada antes mesmo de entrar no táxi. O calor não ajudava — a hora local era 11h50 e o sol estava cegante em seu zênite —, embora John-Bird alegremente lhe informasse que aquele era um calor seco e não chegava nem perto de ser tão debilitante quanto o calor úmido que havia em certas partes menos civilizadas do mundo. Ele ligou o ar-condicionado até o primeiro ponto, o que não causou nenhum efeito na temperatura, mas aumentou o barulho significativamente.

Pegaram a Rodovia 68 e passaram direto pela cidade, acompanhando o Colorado até virarem a leste em direção a Kingman e à distante Flagstaff. O rio parecia bastante impressionante para Kennedy, um gigante sinuoso duas vezes maior do que o Tâmisa fluindo entre penhascos altos de rocha alaranjada. Ela não conseguia ver uma única nuvem de horizonte a horizonte.

— *Go south, go clockwise, veer left*[11] — John-Bird disse. — Sabe o que é isso? É a fórmula que a gente usa para se lembrar de todos os afluentes do Colorado — o Gila, o San Juan, o Green, o Aqueduto do Rio Colorado, o... o que é o V, o que é o V? Tá, isso, é o rio Virgin, e depois tem

[11] Vá para o sul, siga em sentido horário, vire à esquerda. (N.T.)

o Little. Legal, né? Parece que está explicando uma direção, mas não leva a lugar nenhum. São só as letras. Só um lembrete.

— Muito útil — Kennedy concordou, carrancuda. Peason ficava a 45 minutos de carro e John-Bird parecia não estar com a menor pressa. Agora ele estava explicando que o nome do rio vinha do fato de que a água dele costumava ser *colorada*, tingida por um sedimento vermelho vivo, mas que atualmente toda aquela sujeira era filtrada pela Barragem Grand Canyon, então a cor era a mesma de qualquer outro rio.

— Legal, né?

Para tirá-lo do assunto no qual era especialista, ela perguntou a respeito do acidente aéreo. Sim, acontece que ele estivera na estrada aquele dia, levando um passageiro de Grasshopper Junction, e chegara a ver o avião cair.

— Foi uma coisa doida, de repente. Tipo, apareceu do nada. Nunca vi nada igual. Mas estava tão longe que nem fez barulho, quero dizer, não que eu pudesse ouvir. Foi bem silencioso. Foi isso que não consegui esquecer depois: que caiu do céu e deve ter havido, tipo, uma explosão enorme, mas para mim foi o maior silêncio... sabe, como quando você liga a TV e deixa no mudo. Toda aquela gente morta e nenhum barulho.

Ele refletiu a respeito disso por mais ou menos um minuto, o que deu a Kennedy tempo para checar as instruções que o escritório do xerife havia enviado para ela. Mas foi uma curta meditação, e logo estava sendo regalada com mais fatos divertidos a respeito do rio mais amado do sudoeste. Não que John-Bird se limitasse ao Colorado: ele sabia todo tipo de coisa sobre o Lago Mead e o Lago Mojave, também. Recusou-se, no entanto, a falar sobre a Baía de Las Vegas:

— Não é um lugar legal. Não é de família.

Atordoada de cansaço e quase fazendo associações livres, Kennedy tentou imaginar como aquele lugar sujo e nada familiar deveria ser. Talvez houvesse aditivos ilegais na água.

Quando finalmente chegou a Peason, ela fez John-Bird esperar enquanto deixava suas malas no hotel, um EconoLodge construído em falso estilo colonial, para que ele pudesse levá-la em seguida ao escritório do xerife. Sabia que não estava em seu melhor momento, mas queria fazer contato e colocar as coisas em movimento de uma vez. Ela não tinha muito tempo hábil, então precisava ao menos fazer o melhor uso do que lhe restava.

O escritório do xerife era uma construção de apenas um andar bem na via principal de Peason, ao lado de uma imobiliária que oferecia APARTAMENTOS DE LUXO COM O DOBRO DA METRAGEM. John-Bird deu a Kennedy um cartão de visitas. Ela solenemente o guardou na bolsa, mas prometeu a si mesma que só o usaria em último caso.

Atravessou a rua e entrou no escritório, enquanto John-Bird partia com um último aceno.

O interior do local cheirava a *pot-pourri* — mel, glicínia, talvez pétalas de rosa — e o ar-condicionado estava no máximo. A formidável mulher à mesa da recepção, com pele ruim, cabelo volumoso e um rosto tão achatado e belicoso quanto o de um buldogue, dava a impressão de ser a responsável pela manutenção da fibra moral do lugar, e parecia alguém que levava essa responsabilidade a sério. Atrás da mesa dela, a sala estava separada em duas por uma divisória de madeira na altura da cintura, na qual um pequeno portão havia sido instalado.

— Pois não? — a buldogue disse a Kennedy. — Como posso ajudar?

Kennedy aproximou-se da mesa e estendeu as garantias de sua boa-fé: uma carta de apresentação da Polícia Metropolitana de Londres em papel timbrado e a versão impressa de um e-mail enviado por alguém chamado Webster Gayle, convidando-a a aparecer quando quisesse, pois ele ficaria feliz em ajudar em tudo que pudesse.

— Sou de Londres — ela explicou. — Eu deveria me encontrar com o xerife Gayle. Não marquei um horário nem nada, mas pensei em avisá-lo de que já cheguei.

A buldogue examinou ambas as folhas com concentração lenta e imperturbável.

— Ah, sim — ela disse por fim. — O Web disse que você apareceria. Ele pensou que fosse amanhã, mas acho que é hoje, então. Tá bom, por que não vai sentar? Vou tentar avisar ao xerife que você chegou.

Kennedy aceitou a cadeira oferecida enquanto a buldogue pressionava teclas numa mesa telefônica e murmurava algo no interfone, baixo demais para ela ouvir. A voz do xerife, em contraste, soou dolorosamente alta do outro lado.

— Obrigado, Connie. Diga para ela esperar um minuto, pode ser? Tenho que pentear o cabelo e enfiar a camisa dentro da calça para falar com uma moça inglesa. Ela é bonita, no geral? Ou parece com a rainha?

A buldogue fechou o canal e lançou a Kennedy um olhar inescrutável.

— Ele já vem falar com você — disse.

Kennedy sentou e esperou, tentando não cochilar. Bebeu dois copos d'água do bebedouro, que estava quase dolorosamente fria e ajudou muito. Quando havia terminado o segundo, um homem do tamanho de um guarda-roupa veio caminhando em sua direção, destrancando o portão com mãos enormes e de aparência desajeitada, uma das quais ele estendeu para apertar a dela enquanto cobria o restante da distância com duas passadas.

Kennedy identificou Gayle imediatamente como o tipo de homem grande que aprendeu a ter um tipo de cuidado e delicadeza naturais por precisar lidar o tempo todo com um mundo onde tudo eram vários números pequenos demais para ele. Ele não embrulhou a mão dela ao cumprimentá-la, apenas a tocou levemente na palma e nas costas dos dedos com a ponta dos próprios dedos, meneando a cabeça de forma educada no lugar de oferecer um verdadeiro aperto de mão.

— Webster Gayle — apresentou-se. — Xerife do Condado. É sempre um prazer conhecer uma colega oficial da lei, sargento — e sua polícia tem uma ótima reputação.

— Obrigada, xerife — Kennedy respondeu. — Ouça, acabei de chegar e estou mais morta do que viva. Mas, se o senhor tiver um tempo amanhã, eu adoraria saber tudo sobre aquele assunto e talvez ouvir sua opinião sobre...

— Amanhã? — Gayle mastigou a palavra como se fosse um pedaço dúbio de cartilagem. — Bom, sim, podemos conversar amanhã. Mas tenho tempo agora mesmo, e sei que seu orçamento só cobre cinco dias. Se estiver mesmo cansada demais, então, tudo bem, pode descansar e a gente se fala amanhã cedo. Mas, se achar que consegue ficar de pé por mais uma hora mais ou menos, então talvez já possamos conversar o básico: o que a senhora quer fazer enquanto está aqui e como podemos facilitar isso.

— Claro. — Kennedy sorriu e concordou. Dependia inteiramente da boa vontade desse homem e sabia que não seria bom puxar as rédeas quando ele estava disposto a começar um trote. Além disso, Gayle estava certo em dizer que ela não tinha muito tempo: provavelmente ainda menos do que ele imaginava. — Com toda certeza, vamos começar já.

* * *

Kennedy sabia que essa conversa aconteceria e tinha um discurso todo preparado que esperava poder fazer com a convicção apropriada, apesar da fadiga da viagem. O discurso explicava, com uma boa quantidade de documentação de apoio, exatamente que crimes ela estava investigando, como haviam ido parar na jurisdição de Gayle, que protocolos internacionais e interagenciais poderiam ser invocados para justificar a presença dela e que nível de apoio ela queria que o xerife do Condado lhe fornecesse. Em outras palavras, estava pronta a preencher todas as lacunas do pedido oficial (ou, pelo menos, de aparência oficial) de ajuda entre forças e a colocar limites precisos no que, de outra forma, poderia ter parecido o pedido de um cheque em branco.

Mas acontece que Webster Gayle, como John-Bird, tinha um assunto de estimação do qual ficava muito feliz em falar — e, misericordiosamente, não era o rio Colorado, mas o destino do Voo 124 da Coastal Airlines. Em seu pequeno escritório, que era na verdade apenas um canto separado por divisórias em vez de paredes, ele começou a falar antes mesmo de ela ter sentado.

— Erro humano — ele disse a Kennedy. — Foi o que disseram, no fim. Erro humano. — A ênfase dele foi pesada, quase sarcástica. — Acho que essa é uma das coisas que eles inventam quando não sabem mesmo o que mais podem dizer.

— Achei que tivesse sido a porta — Kennedy disse. — Que a porta tinha se aberto no ar e eles tinham perdido a pressurização da cabine.

— Isso mesmo — Gayle concordou. — Mas o mecanismo da porta era muito confiável. Então, eles não têm uma verdadeira explicação de por que ele estourou. Dizer "erro humano" é meio como bater em retirada, eu acho. Se nada mais deu errado, bom, então as pessoas é que erraram. É mais fácil do que dizer "nós simplesmente não sabemos" ou, quem sabe, manter toda a frota no chão enquanto verificam as portas de cada avião, como os australianos fizeram daquela vez com os superjumbos deles. Sabe, quando eles tiveram aquela explosão num motor? E, que diabos, aquilo nem matou ninguém.

Kennedy assentiu educadamente.

— Mas agora é só especulação acadêmica, né? Eles fecharam a investigação quando encontraram a caixa-preta.

— Não, senhora. — O xerife foi enfático. — Nunca acharam a tal da caixa-preta. Simplesmente pararam de procurar por ela quando o aparelho parou de emitir o sinal, que é algo que não deveria acontecer, aliás. Eu li sobre isso. A bateria deveria funcionar por três meses, e é impossível destruí-la mesmo que você tenha uma bomba. Faz sentido, não faz? Um avião cai do céu, isso é meio que como uma bomba, então a caixa teria que ser resistente a...

Ele parou abruptamente e seu rosto ficou inexpressivo. Kennedy achou que o xerife parecia estar se lembrando de algo muito específico ou muito vívido, embora tentasse não lembrar.

— O senhor viu a queda, xerife Gayle?

O grandalhão se recompôs.

— Não, senhora. Não vi. Mas vi o que veio depois. Os restos e tal. Não é algo que eu vá esquecer tão cedo. — Ele batucou na mesa, tirado dos eixos — ou pela pergunta ou por suas próprias memórias desordenadas. — Então, a caixa-preta — disse, por fim, pegando novamente o fio da meada. — Ela não deveria ser danificada e não pararia de funcionar a não ser que caísse dentro de um vulcão em erupção ou coisa assim. E, da última vez que chequei, não tínhamos nada disso no Condado de Coconino. Então, são dois mistérios. Como a porta se abriu e o que aconteceu com a caixa? Agora vou acrescentar um terceiro à lista. Quantos sobreviventes houve?

Kennedy piscou — sem resposta e imaginando como a conversa fora parar tão rapidamente no território do *Arquivo X*.

— Nenhum, foi o que eu ouvi — ela respondeu.

— Nenhum, foi o que disseram — Gayle disse com algo que parecia satisfação. — Mas aí todas essas coisas estranhas começaram a acontecer.

Ele começou um detalhado resumo das aparições pós-morte, dos mortos ambulantes do Voo 124, enquanto Kennedy — profundamente cética e incapaz de fingir qualquer tipo de interesse — fez o melhor para não responder. Quando Gayle parou de falar, ela se esforçou para fazer um comentário não comprometedor.

— Bom, eu... acho que esse é um tipo de mistério diferente — disse. — Quero dizer, o que aconteceu no voo e o que aconteceu com a caixa-preta depois; para essas duas coisas você poderia encontrar uma resposta. Mas fantasmas são, sabe... nunca vai haver explicação para isso. As pessoas vão acreditar que viram o que viram, mas nunca vão poder provar que viram. Então, não há resposta. Vai ser só uma dessas coisas sem explicação.

Ela estava tentando arduamente não ofendê-lo. Gayle não pareceu ofender-se mesmo, mas dispensou a objeção dela com um sorriso fácil.

— Bom, senhora, acho que nesta vida é melhor manter a mente aberta. Às vezes, se uma coisa parece impossível, é só porque você está olhando pelo ângulo errado.

Maldito jet lag. Kennedy não estava nem um pouco disposta a esse tipo de discussão temerária.

— Bom, como eu disse, meu foco vai ser nos...

— Fatos que se relacionam com sua investigação. Sei disso. Mas, novamente, o que é relevante nem sempre é o que parece apontar na direção certa. Não preciso dizer isso à senhora, já que é detetive. — Ele foi jocoso e confiante, irradiando o tipo de avidez de quem tem certeza do que diz, e Kennedy percebeu por que ele concordara tão prontamente em vê-la e ajudar com a investigação: o oficial estivera esperando por alguém a quem pudesse contar todas essas coisas. Ela se perguntou, com fatalismo sombrio, quão longe precisaria animá-lo a prosseguir com sua obsessão de estimação para obter as respostas que ela buscava.

— Certo — ela concordou, cuidadosamente.

— Agora, não estou dizendo que a senhora deveria dar ouvidos a qualquer teoria cretina que alguém atire no seu caminho. Eu só valorizo uma mente aberta, como disse, e não acho que a senhora deveria descartar uma coisa imediatamente só porque parece estúpida. Grandes coisas são inventadas como resposta a perguntas estúpidas, me parece. E se a gente colocasse veneno para rato nas veias de uma pessoa, em vez de remédio? Isso é varfarina, caso a senhora não saiba: um fármaco que impede que um monte de gente morra de ataques cardíacos. Ou... e se a gente fechasse os olhos e tentasse enxergar uma coisa só com os ouvidos? Isso é um radar. Então, comecei a pensar que poderia haver algo nesse caso, mas não imaginei que com certeza eu sabia o que esse "algo" era. E então falei sobre isso com uma grande amiga minha, a srta. Eileen Moggs, que escreve para nosso jornal local e é a pessoa mais inteligente que eu conheço. E ela disse que as pessoas sempre fazem isso depois de um desastre. Ela resumiu dizendo que é uma coisa chamada *ciclo de notícias*, e a forma como isso funciona é assim: se eles têm que noticiar uma história, mas nada aconteceu desde que essa história foi noticiada pela primeira vez, eles simplesmente inventam alguma coisa para falar. Tipo, as pessoas querem continuar ouvindo sobre essa história, e essa fome precisa ser alimentada. Entende qual é a ideia?

— Sim — Kennedy respondeu. — Acho que sua amiga está certa.

Gayle pareceu satisfeito com a resposta. Ele balançou o dedo para ela:

— Ah, mas aí mostrei à minha amiga todas as coisas que coletei, todas as notícias e notas que encontrei na Internet e em lugares assim, e ela começou a pensar nisso também. E me disse que dessa vez é diferente.

— Diferente como, exatamente?

— Bom, talvez a senhora possa ouvir essa resposta da própria Eileen, sargento Kennedy. Eu realmente gostaria de apresentar as duas, se a oportunidade surgir.

Já havia passado da hora, Kennedy decidiu, de ela começar a impor sua própria pauta nessa reunião.

— Bom, isso seria ótimo — ela disse. — Eu ficaria muito feliz em conhecer a srta... Moggs? Mas, como o senhor sabe, meu tempo aqui é curto. E minha principal preocupação é conseguir informações pertinentes à minha investigação sobre assassinato.

— Do Stuart Barlow e adendos subsequentes. Sim, eu li o arquivo do caso que a senhora enviou. É um verdadeiro quebra-cabeça.

— Esse é um jeito gentil de chamar o caso, xerife Gayle.

— E a senhora diz que nossa investigação a respeito do acidente aéreo poderia ajudar nisso de alguma forma.

— É o que eu espero, sim. Um dos passageiros do Voo 124 era um homem que viajava usando o nome de Michael Brand.

— Esse "usando o nome de" significa que não era o nome verdadeiro dele. É isso?

— Não sabemos dizer com certeza. Estávamos fracassando completamente em localizá-lo na Europa quando descobrimos que ele morreu aqui. Não sabemos mesmo muito sobre ele, exceto que teve uma carreira de muitos anos e que incluiu crimes diferentes de assassinato.

— Tais como?

— Sequestro, talvez. Contrabando de armas, talvez. Envolvimento em tráfico de drogas.

— Tudo talvez?

— A maior parte são rumores, e a fonte é um informante cujo nome não posso revelar. Mas as razões para eu estar aqui se relacionam inteiramente com o caso Barlow. Achamos que há material suficiente nesse caso para justificar nossa preocupação e nossa abordagem ao senhor com esse pedido.

Gayle coçou o queixo — uma pantomima de grandes e profundos pensamentos.

— Sim, acho que tenho que concordar com isso. Seu homicídio múltiplo tem que contar como uma boa razão para bater em todas as portas que vocês possam imaginar. Andamos bem ocupados aqui, mas acho que posso dar à senhora uns dois dias pelo menos.

As implicações daquilo levaram um segundo para atingi-la.

— Uns dois dias? — Kennedy repetiu, sem ânimo.

— Depois disso vou ter que voltar aqui e fazer uns serviços de escritório.

— Uns dois dias do seu tempo? Xerife, isso é muito mais do que eu jamais esperei. O senhor tem certeza de que pode...

Ele estava gesticulando para silenciá-la, sorrindo um largo sorriso de autodepreciação.

— Ficamos mais do que felizes em fazer o que podemos, sargento. Então, diga o que tem em mente.

Kennedy levou um segundo para organizar seus pensamentos. Ela pensara encontrar indiferença, se não hostilidade declarada. Em vez disso, encontrara um obsessivo amigável que queria fazer parte da investigação dela porque não lhe haviam permitido prosseguir com a dele. Era como ganhar um corcel premiado puro-sangue, e ela teve que lutar para não abrir a boca do cavalo e examinar-lhe os dentes.

— Bom, o que eu esperava fazer — ela disse a Gayle —, antes de tudo mais, era descobrir se saiu algo da sua investigação aqui que possa jogar alguma luz sobre as origens do Brand ou possivelmente alguém associado a ele. Por exemplo, se alguma das roupas ou objetos dele foi recuperada e, se sim, se ainda estariam disponíveis para serem examinados por mim ou por meus colegas. E, da mesma forma, se algum dado de perícia foi obtido a partir do próprio corpo, ou se ele forneceu um endereço à sua autoridade de aviação civil quando comprou a passagem. Qualquer coisa assim.

Gayle assentia com a cabeça enquanto ela desfiava essa lista.

— Acho que nada disso vai ser problema. Posso dizer que não temos muita coisa, mas foi feita uma autópsia e deve haver fotos e relatórios pertinentes a isso. Roupas e objetos foram catalogados como evidências — tanto os que pudemos relacionar definitivamente com um corpo em particular como aqueles que tivemos que desistir de identificar. A maior parte dessas coisas foi parar ao norte daqui, num local de armazenagem que nós alugamos de Santa Claus.

— Santa Claus? — *O Papai Noel?* Ela precisava policiar essa tendência a fazer eco de tudo que ouvia.

— O município de Santa Claus — Gayle esclareceu. — Desculpe, sargento, é que aqui isso não faz mais ninguém rir. Santa Claus é uma cidade a cerca de 16 quilômetros de Peason, ainda dentro dos limites do condado. Uma cidade fantasma, ultimamente. Eles têm espaço para alugar por uma ninharia e estamos com falta de espaço, então usamos o lugar para guardar todo tipo de coisa que não caiba aqui. Tudo bem, que mais?

— Dependendo do que eu encontre, *se* eu encontrar alguma coisa, então talvez o senhor possa agir como intermediário. Sabe, falando com outras agências ou instituições dos Estados Unidos, mandando pedidos de informações. Sei que estou pedindo muito, e se o senhor preferir posso falar com a Interpol em vez disso. Só que não tenho nenhuma jurisdição aqui e seria ótimo ter uma pista e poder simplesmente segui-la, se tivermos sorte suficiente para encontrar algo que valha a pena seguir.

— Isso já seria um caso à parte — Gayle respondeu —, mas podemos provavelmente emprestar um policial e uma mesa à senhora, se for preciso.

— É muita gentileza, xerife Gayle. Obrigada.

— O prazer é meu. Agora, por que não deixo a senhora no seu hotel? Acho que já falei até a senhora quase pegar no sono, e a senhora provavelmente precisa de um descanso depois daquele voo.

Kennedy opôs certa resistência simbólica e foi derrotada. O xerife Gayle levantou-se para sair e, enquanto ela o seguia para fora até a área da recepção, ele contou nos dedos os itens da pauta.

— Então. Relatórios de autópsia. Objetos das vítimas. Papelada. É só isso por enquanto?

— É só isso por enquanto, xerife.

— Vamos fazer isso amanhã. Connie, vou levar a sargento Kennedy para o hotel dela. Volto em meia hora.

A buldogue olhou para Kennedy e depois para ele.

— Tá bom — ela disse, depois de uma pausa ligeiramente longa demais. — O que digo à Eileen Moggs se ela ligar?

Kennedy detectou uma entonação maliciosa na pergunta, como se tivesse sido planejada para deixar o xerife levemente desequilibrado — para pegá-lo de surpresa. Se havia sido isso, não funcionara. Gayle simplesmente deu de ombros.

— Diga que eu ligo para ela depois — respondeu. — Vou vê-la mais tarde, de todo jeito. Vamos, sargento.

Kennedy fez mais um protesto simbólico.

— Posso pegar um táxi...

— Não, não. Queremos que vá para casa com boas lembranças do Arizona.

Kennedy sorriu e concordou enquanto ele indicava a porta para ela. Intimamente, no entanto, pensou que querer que ela tivesse boas lembranças dali era pedir demais.

* * *

No hotel, Kennedy se aprontou para dormir abrindo uma garrafa de cerveja Dos Equis do frigobar do quarto e afundando-se num banho quente enquanto a bebia. Perversamente, a combinação a fez se sentir ligada e inquieta em vez de empurrar seu *jet lag* para longe de forma que ela pudesse dormir.

O dia ainda tinha muitas horas pela frente, e ela não conhecia ninguém nessa região, nem um lugar específico aonde ir. Até mesmo a revista *What's On in Peason?* na mesa de cabeceira deu de ombros, vasculhou os bolsos e ofereceu-lhe a resposta: *nada a fazer*. Ela acabara de perder a exibição de flores, aparentemente, e o próximo marco cultural era o Hardyville Days, em Bullhead, que só aconteceria em outubro e parecia apoiar-se fortemente na ideia de que homens feios vestidos de mulher eram um grande entretenimento. Ela planejava já ter partido há muito tempo quando o evento acontecesse.

Então, que tipo de diversão inocente poderia arranjar em seu quarto de hotel?

Ela tirou o laptop da mala — na verdade, o computador de sua irmã Chrissie —, fez o login na rede wi-fi e acessou sua conta de e-mail. Havia quatro mensagens na caixa de entrada. As primeiras três eram de Jimmy Summerhill, cujo tom estava subindo na escala da indiferença profissional para uma estridência raivosa. Para a lata de lixo com elas: afinal, a conexão era paga por hora.

Também recebeu um e-mail de Izzy, que havia concordado em cuidar do pai de Kennedy até que Chrissie viesse pegá-lo no fim de semana — presumindo que Kennedy ainda não tivesse voltado até lá.

Você foi embora tão de repente. Vou sentir saudade enquanto você está fora. E, sabe, espero que não haja nada errado.

Ela começou a escrever uma resposta e apagou-a, mas começou outra que se iniciava do mesmo jeito.

Tem muita coisa errada, acabou escrevendo. *Mas ainda estou no caso. Talvez a gente possa sair pra beber alguma coisa e eu te conte sobre ele qualquer hora?*

Depois disso, e sem nenhuma esperança real de obter uma resposta, ela mandou um e-mail para Leo Tillman — o último de uma série —, contando-lhe onde estava e o que estava fazendo. Foi sucinto, mas completo.

Leo, conforme expliquei na última mensagem, estou no Arizona caçando a conexão com Michael Brand. Nenhuma notícia até agora, mas fiz contato com um oficial da lei local e ele foi de grande ajuda. Espero ter muito mais a relatar amanhã. Enquanto isso, estou anexando DE NOVO a análise que o dr. Gassan me deu dos arquivos da Fazenda do Pombal. Talvez você já os tenha lido, mas, se ainda não leu, deveria. Essa coisa toda pode se revelar completamente se encontrarmos a chave certa — e tudo sugere que essa chave é o Brand. O trato continua. Me avise se você tiver algo a compartilhar.

Kennedy

Ela anexou os arquivos e clicou em ENVIAR. Não conseguia pensar em mais nada a fazer com Tillman agora, a não ser mantê-lo atualizado e esperar que, no fim, ela recebesse ao menos um vago eco de volta.

E agora, já que os arquivos estavam ali, ela mesma os abriu novamente. Sentia como se já conhecesse o conteúdo de cor, mas lê-los mantinha a informação fresca — levando-a de volta, toda vez, a seu primeiro e último encontro cara a cara com Emil Gassan, no esconderijo triste e dilapidado onde o estavam mantendo até terem certeza de que a vida dele não corria risco.

O encontro em que Gassan contou a ela sobre a tribo de Judas.

CAPÍTULO 40

— Então, é um evangelho? — Kennedy perguntou, desnorteada.

— Sim.

— Quero dizer, a versão traduzida ainda é um evangelho? O Barlow junta um time para decifrá-lo, dedica anos do tempo dele e, no final, sacrifica a própria vida para traduzir um evangelho na forma de outro evangelho?

Emil Gassan encolheu os ombros, um tanto impacientemente. Estavam sentados em uma sala nua e triste: quatro mesas, oito cadeiras, paredes pintadas de um tom de verde que não existe em nenhum outro lugar senão nos edifícios vitorianos que foram transformados em hospitais, delegacias de polícia ou asilos para lunáticos. Um pôster na parede advogava o sexo seguro com a ajuda de um cartum de unicórnio usando um preservativo no chifre. A mão direita de Gassan repousava sobre um caderno de anotações fino, de capa preta, como se ele estivesse prestes a fazer um juramento sobre ele.

Foi dez dias depois do Pombal: dez dias depois do incêndio e da morte de Combes. Nove dias e algumas poucas horas, então, já que ela enviara sua própria cópia do CD do Pombal para Gassan e pedira a ele que transformasse os arquivos em algo que fizesse sentido. O preço de Gassan fora mínimo: ele quisera chocolate — Laranjas de Chocolate do Terry —, algumas garrafas de um bom Meursault francês e os últimos três números da revista *Private Eye*. *Só para me lembrar de que ainda há um mundo lá fora*, ele dissera a ela, essencialmente — *e eu monto seu quebra-cabeça para você*. Ao ouvir o tremor da avidez na voz dele, ela tivera a impressão de que poderia ter recusado cada um desses pedidos e ainda assim ele teria concordado.

— Sim, sargento — Gassan disse com petulância. — Ele traduziu um evangelho para outro evangelho. Mas obviamente não consegui ser muito claro aqui. O que o Stuart fez foi... notável. Quase inacreditável, na verdade. E, se não fosse o fato de que os efeitos colaterais agora teriam incluído ficar morto, em vez de apenas ficar em Crewe, eu teria desejado de todo o meu coração ter dito sim quando ele me abordou. Além disso, não fosse pelo medo desses mesmos efeitos colaterais, eu correria com esse achado a cada contato de jornal da minha agenda e mandaria que reservassem a primeira página para um futuro próximo. Não que eu tenha acesso à minha agenda neste lugarzinho esquecido por Deus. Ou mesmo um telefone.

Como se reclamar da rígida segurança o tivesse deixado consciente da ausência temporária dela, Gassan levantou, cruzou o recinto até a porta e a abriu. Um policial impassível parado logo do lado de fora cumprimentou-o com um educado aceno de cabeça, e o professor voltou a fechar a porta sem uma palavra.

— Talvez fosse melhor estar morto — Gassan murmurou, como se para si mesmo. — Morto, famoso e relevante. Será isso preferível a um interlúdio sem duração definida? Eu não sei. Não sei.

— Professor — Kennedy disse —, sei que tem sido duro para o senhor. Mas, como sabe, ainda estamos conduzindo o caso. Quanto mais o senhor puder me dizer, mais chances vamos ter de acabar com isso e devolver o senhor à sua vida normal.

Gassan ofertou-lhe um olhar de absoluto desdém.

— Isso seria um grande consolo — disse ele acidamente —, não fosse um absurdo completo. Essa gente vem e vai conforme quer e mata quem quer. A única coisa que está me mantendo vivo é eu ter dito não ao Barlow quando isso contava, e agora eles devem ter assinalado meu nome em alguma enorme tábua de pedra como "pode ser ignorado". Que Deus me ajude se um dia mudarem de ideia quanto a isso.

— Eles não são onipotentes — Kennedy disse. O fatalismo do professor a enervava, chegava até a repugná-la, mas ela tentou manter a expressão e o tom neutros.

— Podem muito bem ser. Alguém que eles tenham tentado matar ainda está vivo?

— Eu. Acho que eles me queriam morta. — E Tillman, é claro. Mas ela não colocaria Tillman nessa conversa.

— Com todo o respeito, eles matam sábios. Pessoas que sabem e compreendem. Só arranjam encrenca com gente do seu tipo quando vocês acidentalmente cruzam o caminho deles.

— O que pretendo fazer outra vez — Kennedy respondeu, carrancuda. — E repito, quanto mais o senhor puder me dizer, mais chances vou ter de encontrá-los e puni-los. — Ela pretendia parar por ali. Foi a crueldade que a fez prosseguir. Estava exasperada, apesar do esforço para controlar-se, pela linha que Gassan desenhara entre as "pessoas que entendiam" e os policiais estúpidos e trabalhadores. — A única alternativa, professor, é o senhor passar o resto da vida em lugares como este, fugindo de um castigo que talvez nem aconteça. Como o Salman Rushdie ou o Roberto Saviano... só que eles estavam fugindo porque escreveram algo que causou impacto no mundo. O senhor não teria nem mesmo esse consolo.

Ela parou. Gassan estava olhando para ela, metade chocado, metade admirado. Ela pensou, por um momento ou dois, que ele sairia correndo do recinto e ficaria quieto em seu canto, como Tillman havia feito agora (com uma razão muito melhor), e a forçaria a se virar sozinha.

Em vez disso, o professor assentiu. E então, com uma calma impressionante, até mesmo com humildade, ele veio e se sentou diante dela novamente.

— Você está certa — disse. — Se sou irrelevante, é porque agi de forma a me tornar irrelevante. Eu não deveria reclamar. E acabo sendo parte do processo de qualquer forma, não é? O mínimo que posso fazer é agir como um secretário do Stuart Barlow, já que rejeitei todos os papéis mais glamorosos disponíveis. Vá em frente, sargento Kennedy, vá em frente. Me ensine. Me interrogue. Me intimide e me humilhe. Me bata, até, se quiser. Isso, pelo menos, seria novidade. Sim. O Barlow traduziu um evangelho para outro evangelho. Depois que 500 anos de estudos acadêmicos fracassaram em fazer isso.

Kennedy soltou a respiração num longo suspiro.

— Mas esse novo evangelho — o que ele encontrou quando decifrou o Códice do Rum — é algum que não era conhecido antes?

— Exatamente. É único. Um evangelho jamais descoberto datando, provavelmente, do primeiro século depois de Cristo.

— Dá para dizer isso com certeza? O Rum era medieval.

— O próprio Rum era só uma tradução, como você já sabe. Quando o Stuart saiu procurando pelo documento fonte, o original a partir do qual a tradução foi feita, ele foi direto aos primeiros códices e aos rolos que os precediam imediatamente — o Nag Hammadi e os Papiros de Rylands. E usou uma chave de código que já havia observado, em fragmentos minúsculos e torturantes, nos Manuscritos do Mar Morto. Ele obteve muito com que trabalhar. Na verdade, o problema dele era ter opções demais. Aqui. Já viu algo assim antes?

Ele abriu o caderno e folheou algumas páginas, depois o virou para ela. Kennedy viu-se lendo uma lista curta de itens.

P52
P75
NH II-1, III-1, IV-1
Eg2
B66, 75
C45

— Sim — ela respondeu. — Essa lista estava escrita no verso de uma fotografia que o Stuart Barlow escondeu debaixo do piso do escritório dele. O que significa?

Gassan fechou o caderno novamente, como se considerasse desconfortável que alguém mais examinasse seu conteúdo, ainda que ele tivesse prometido revelar a ela tudo o que obtivesse.

— Todas essas letras e números são abreviações — ele disse — de rolos e códices em localizações específicas. O prefixo P indica os Papiros de Rylands, B indica Bodmer e C, a Coleção Chester. NH, é claro, é o Nag Hammadi. Imagino que você consiga adivinhar o que todos esses documentos específicos têm em comum. Ou será que estou esperando demais?

Kennedy pensou no Rum.

— São todos cópias primitivas do Evangelho de João — ela arriscou.

— Exatamente. O Evangelho de João ou, em alguns casos, o Apócrifo de João, um texto relacionado. Alguns são completos, alguns são parciais, e alguns de fato muito desconexos. Mas são todos de João. Não sabemos qual dos rolos que o Barlow examinou revelou ser a fonte do Rum, mas podemos inferir que era uma cópia do Evangelho de João — completo ou quase completo, datando do final do primeiro século ou do começo do segundo século da Era Cristã.

— E é aqui que eu me perco — Kennedy admitiu. — Como é que passamos do Evangelho de João para esse outro texto?

— Por meio de um código, é claro. — A resposta foi abrupta, afirmando o óbvio. — Que era a razão do trabalho do Barlow e o âmago da descoberta dele.

Kennedy estava tentando pensar em uma maneira diferente de formular a mesma pergunta. Sabia que era um código: o que precisava entender era a mecânica desse código, o funcionamento básico do que estava sendo codificado ali. Gassan percebeu sua hesitação e suspirou.

— Muito bem — ele disse. — *Ab initio*. Sargento Kennedy, acredito que expliquei a você, da primeira vez que nos encontramos, que um códice é um texto de múltiplas partes.

— O senhor disse que dois ou três livros ou documentos separados poderiam ser costurados juntos num único códice — ela respondeu.

— Exatamente. O mundo antigo não tinha um conceito de integridade ou separação da mensagem. O papiro era escasso e de fabricação cara, então se usava o que se tinha. Se tal coisa significasse juntar assuntos completamente díspares, colocando um diálogo de Platão junto de um tratado bíblico, isso era feito sem o menor escrúpulo. Os escribas nem começavam uma nova página: simplesmente passavam de um documento direto para outro, escrevendo-os um atrás do outro. Então, quando os estudiosos olharam para o Rum, foi isso que viram. O Rum era o Evangelho de João completo com sete versos de um evangelho diferente no final. Pareceu natural assumir que alguém havia pegado um códice em aramaico e começado a traduzi-lo, começando pelo começo e prosseguindo até que, por alguma razão, essa pessoa foi interrompida.

— Certo.

— Mas suponha que esses dois textos — ou o texto principal e o pequeno fragmento do segundo — tivessem sido juntados por uma razão diferente? Se você estivesse solucionando um anagrama, talvez escrevesse a versão original de forma a poder visualizar e deslocar as letras até encontrar a solução. Por exemplo, "esse poder" e em seguida a resposta, "desespero". Ou "senda de rei", e a resposta, "serenidade". E, de forma similar, alguém que receba uma mensagem codificada pode escrever a chave do código primeiro e a mensagem cifrada a seguir.

— Então, o Evangelho de João era a chave?

— Uma cópia específica do Evangelho de João era a chave. Como eu disse, não fui capaz de determinar *qual* cópia. Quem quer que tenha escrito o Rum deve ter encontrado essa versão, essa cópia escrita de João, e alguém deve ter lhe dito como o código funcionava, ou então o escritor conseguiu descobrir isso por conta própria. Ele — muito provavelmente era um homem — anotou o significado aparente do texto e depois começou a decodificar a mensagem, a escrever o texto oculto nela. Mas descobriu que a tarefa era árdua: mesmo sabendo o que sabia, só teve sucesso em decodificar sete versos antes de desistir.

Ou, o que é igualmente possível, ele mudou para um pedaço de papel diferente. E já que não escreveu a chave do código, o resto da mensagem se perdeu.

— Entendi — disse Kennedy.

— Fico muito feliz. E por séculos depois esse *status quo* permaneceu inalterado. Até que o Stuart Barlow apareceu e, alertado por alguma pista ou algum salto de lógica ou intuição, começou a examinar bem de perto os textos do Nag Hammadi e esses outros documentos primitivos. Ele encontrou a versão relevante de João. E encontrou, no próprio papiro, algum tipo de código de substituição que dependia de variações sutis, quase invisíveis, dos formatos-padrão das letras. Encontrou uma segunda mensagem codificada com os mesmos símbolos: um evangelho oculto sob o evangelho óbvio.

Gassan levantou-se e foi até a janela. Olhou para fora ansiosamente, embora não houvesse nada para ver: a janela dava para uma pequena área aberta no interior do edifício, um paredão de tijolos com 2,5 metros de um lado. Kennedy esperou um minuto ou dois e então se juntou a ele. Sabia quão frustrado Gassan estava por seu isolamento forçado — e, por baixo disso, quão aterrorizado se sentia porque, ao assumir o projeto Rum, fora contaminado como por uma maldição. Kennedy teria gostado de tranquilizá-lo, mas o único conforto que poderia oferecer era desesperador — que, depois de a Fazenda do Pombal ser varrida da face da terra e Josh Combes ser transformado numa oferenda em chamas, Michael Brand havia desaparecido no buraco que normalmente habitava, onde quer que fosse. Talvez todos estivessem a salvo agora simplesmente porque não ofereciam a Brand uma ameaça digna de crédito.

Ela olhou para o nada ao lado de Gassan.

— Então, cada letra, cada símbolo no papiro era na verdade duas letras? — perguntou.

— Essencialmente, sim. Cada letra tinha um significado-padrão e um significado codificado. — Ele não se virou para olhar para ela, mas seu tom de voz, indiferente no começo, tornou-se mais incisivo enquanto explicava as tecnicalidades. — O código usa uma combinação de dois aspectos que são completamente metatextuais. O primeiro é o número de traços adicionais usado para escrever as letras. Por exemplo, a letra aramaica *heh*. — Gassan desenhou a letra na condensação da janela. — É tipicamente desenhada como um único traço com um ângulo agudo e uma curva, depois um traço inferior separado. Dois movimentos separados do pincel ou buril, percebe? Mas é possível para o escriba erguer o instrumento de escrita do papiro duas vezes enquanto faz o traço complexo. Ou só uma. Ou ele pode fazê-lo como uma única forma contínua, sem erguer o pincel nenhuma vez. Isso nos dá três estados da mesma letra. E o próprio traço simples, de forma similar, poderia ser feito com um ou dois movimentos: a ferramenta poderia ser deixada em repouso na metade do caminho, criando um leve adensamento da linha. Isso nos dá três estados — duas vezes três.

"O outro aspecto é o comprimento relativo dos traços dentro de uma letra, em que os estados possíveis são, explicando de forma objetiva, curto, médio e longo. Em *heh*, o traço simples tipicamente desce mais do que os braços curvos do traço complexo de cada lado. Mas também pode parar no mesmo nível, ou não descer tanto, permanecendo acima dos braços. Agora temos pelo menos dezoito estados da letra: provavelmente mais, já que a tabela de comprimento comparativo também traz uma distância comparativa entre um e outro aspecto da letra, ou possivelmente entre cada letra e a próxima."

Kennedy pensou a respeito dessa perspectiva ligeiramente vertiginosa, esforçando-se para compreendê-la.

— E cada um desses... estados, como o senhor diz...

— Corresponde, dentro do código, a um símbolo diferente. Então esse *heh* pode se tornar *gamal*, ou *daleth*, ou *zain*. Ainda seria lido como *heh* no texto de origem, mas seria outra coisa completamente diferente no texto decodificado.

— Por que alguém faria isso? — Kennedy perguntou. — Um evangelho não deveria espalhar as palavras de uma religião? Se você esconde o evangelho, então ele meio que perde o sentido, né?

Gassan bufou pelo nariz.

— Há muitos textos estenográficos — mensagens ocultas — desse período, sargento. As primeiras seitas cristãs estavam em guerra umas contra as outras, e frequentemente contra os governos locais também. Tinham todas as razões do mundo para esconder mensagens.

— Mas esconder uma mensagem cristã dentro de outra...

— ... sugere que os cristãos, ou talvez um grupo específico de cristãos, eram o público-alvo aqui, não? Com um código como esse, você poderia disseminar um evangelho e escondê-lo ao mesmo tempo. E seus leitores poderiam levar a mensagem a todo lugar sem precisar temer pela própria vida. Qualquer um que examinasse o texto veria apenas o Evangelho de João: canônico, irrepreensível.

— Ao passo que a mensagem oculta é uma heresia?

— É seguro afirmar, sargento, que a mensagem oculta é heresia na escala mais excitante imaginável.

— Então, que diabos ela diz?

— Você não leu? — Gassan virou-se da janela finalmente para lançar a Kennedy um olhar de indignação horrorizada.

— Li algumas das partes que já haviam sido ajustadas na forma de texto. Não pareciam ser nada de especial, só Jesus falando com os discípulos, na maior parte do tempo. Não consegui me orientar com os arquivos; havia muitos e todos pareciam ter centenas de páginas.

Gassan hesitou: sua desaprovação por ter que fazer um resumo de tudo lutava contra seu desejo de subir ao palanque e fazer um discurso. No final, era uma batalha vencida.

— Você vai caçar essas pessoas? — ele perguntou. — As pessoas que mataram o Barlow e a Catherine Hurt e os outros?

— Sim.

— Então, suponho que precise saber o que vai enfrentar. Mas você vai perder. Tenho o dever de deixar isso claro desde o início.

— Obrigada, professor. Pelo voto de confiança, quero dizer.

— Acredite em mim, sargento, eu gostaria que fosse de outra forma. Se você pudesse derrotá-los, eu poderia voltar a viver uma vida digna de ser chamada assim. Mas então, é claro, se pudessem ser derrotados...

Ele caminhou de volta para o centro da sala, tocou a capa do caderno negro e depois a mesa, como que para certificar-se de que tanto as palavras como o mundo ainda estavam onde ele os havia deixado.

— Se pudessem ser derrotados?

Ele se virou para olhar para ela, a expressão desolada.

— Bom, então eles não estariam por aí até hoje, não é? Não depois de todos estes séculos. Se fossem vulneráveis em qualquer aspecto concebível, alguém já teria acabado com eles.

CAPÍTULO 41

O xerife Gayle pegou Kennedy na frente do hotel às 9 horas da manhã seguinte. Na noite anterior, quando ele a levara de volta ao hotel, usara uma viatura policial. Agora, estava dirigindo um carro só um pouquinho menor do que uma quadra de futebol, em duas cores, igualmente dividido entre azul-celeste e marrom ferrugem. Em alguns pontos havia verdadeiros buracos na lataria.

Vendo a expressão dúbia dela, Gayle apressou-se em assegurar que o carro os levaria aonde queriam ir.

— Ele nunca me deixou na mão até hoje, sargento. Se houvesse espaço para isso no cemitério, acho que eu pediria para ser enterrado com ele.

O cenário aqui era mais achatado e menos dramático do que ao longo das margens do Colorado, mas Kennedy experimentou a mesma sensação de que tudo tinha escala colossal enquanto saíam de Peason usando a Estrada Interestadual 93. Montanhas distantes à direita empilhavam-se, camada sobre camada como a arquibancada de pedra de um anfiteatro gigantesco. À esquerda, o horizonte formava uma única curva perfeita. A Estrada 93 desenhava a linha divisória, um ato humano de organização que rivalizava com o ato de Deus ao separar as águas acima das águas abaixo. Na maior parte da jornada, o carro deles foi o único na estrada.

A cidade de Santa Claus, no entanto, era o anticlímax das aspirações humanas. Em seu auge, Gayle contou a ela, o lugar tivera uma população de dez mil pessoas: agora, era um punhado de chalés forçadamente graciosos como os de um filme da Disney que, aos poucos, era reivindicado pelo deserto. Haviam sido pintados de forma a parecer com casas de pão de gengibre: paredes com listras vermelhas e brancas; varandas rosa-bebê; postigos de um verde berrante com topo arredondado e permanentemente aberto. Tudo estava em decadência. Um Papai Noel leproso espiava de um alpendre cujas colunas inclinavam-se para os lados como costelas rachadas. Tiras gêmeas de metal esmerilhado, unidas por uns poucos dormentes que restavam da linha férrea, estavam visíveis aqui e ali entre as construções arruinadas: pareciam ter sido instaladas para transportar uma minilocomotiva vermelha que agora jazia apoiada ao lado de uma casa, abandonada para sempre, com seu limpa-trilhos meio enterrado na areia.

De cada lado da rua havia um outdoor publicitário perfeitamente cuidado. O do lado sul anunciava computadores, e o do norte — no qual o Papai Noel leproso fixava seu sorriso hediondo —, fraldas geriátricas. Logo além desse segundo painel, para onde o xerife Gayle estava apontando agora, havia uma fila de galpões com teto de alumínio, parecendo hangares de aeronaves em escala reduzida.

— O terceiro é o nosso, sargento — ele disse. — A não ser que a senhora queira ir contar ao Papai Noel o que quer ganhar de Natal.

— O que toda menina quer — Kennedy respondeu, colaborando com a piada. — Um pônei, uma Barbie e paz mundial.

— Muito bem — Gayle disse, seguindo na frente. — Acho que o velhote piscou para você, então provavelmente há esperança. Tá bom, vamos ver o que temos aqui.

Ele tirara o pesado molho de chaves do cinto e estava procurando a chave certa, lenta e cuidadosamente. Por fim, selecionou uma grande de latão com uma concavidade vazia e inseriu-a no buraco da fechadura, que era perfeitamente circular. Não a virou, apenas a pressionou e depois a tirou. Houve um som metálico de dois tons: *tchik-clunk*. Gayle empurrou a porta de metal para o lado em seus trilhos, e eles entraram num espaço escuro tão quente quanto o interior de uma fornalha.

— Tem um aparelho de ar-condicionado aqui — Gayle disse, tateando em alguns interruptores na parede logo ao lado da porta. — É só esperar alguns minutos antes de entrar que ele vai funcionar.

— Vou ficar bem — Kennedy respondeu. Quando as luzes se acenderam, ela foi em direção ao espaço largo e sem separação entre cômodos. Era um único depósito, com longas estantes de metal dividindo-o em corredores. No canto mais próximo ela viu uma mesa com duas pastas em tamanho A4, uma azul e outra vermelha.

As prateleiras estavam cheias de caixas, sem dúvida compradas em massa de uma empresa de soluções em armazenagem cujo logo todas exibiam: EZ-Stack. Cada uma tinha também um número, e Gayle agora folheava a pasta mais próxima sobre a mesa, a azul, para mostrar a ela a lista de itens.

Ele passou uma página ou duas, encontrou a letra B e percorreu a margem esquerda da página com o dedo.

— Michael Brand, Michael Brand, Michael Brand — resmungou. — Aqui está. Caixa número 161.

As caixas haviam sido dispostas sequencialmente, e cada uma delas estava no lugar certo, então encontrar a 161 foi tão simples quanto andar pelo segundo corredor até o ponto certo e tirá-la da prateleira. Gayle a trouxe para a mesa, onde a colocou, balançando a cabeça para Kennedy.

— Fique à vontade, sargento.

Ela tirou a tampa do objeto e olhou seu interior.

Cada um dos itens ali havia sido embalado individualmente. A maior parte eram peças de vestuário: camisas, calças, casacos, cuecas e meias. Recobertos por plástico anódino, era como se — à primeira vista — tivessem acabado de vir da lavanderia. Mas a lavanderia havia feito um péssimo trabalho, deixando manchas de sangue vermelho-escuras aqui e ali em praticamente tudo.

No fundo da caixa, debaixo das roupas arruinadas, ela encontrou um parco sortimento de objetos. Um recibo de loja, também manchado de marrom-avermelhado num canto: relacionava um jornal e uma embalagem de chiclete Big Red, pagos em dinheiro numa das bancas da Walden Books no Aeroporto de Los Angeles. Um pente de plástico preto. Uma carteira, já esvaziada. Um saco separado contendo notas de dinheiro e moedas que haviam sido encontradas na carteira, no valor total de 89,67 dólares. Um pacote aberto de guardanapos de papel. Uma embalagem aberta de goma de mascar sabor canela, presumivelmente a que fora descrita no recibo. E era isto: a totalidade dos bens terrenos de Michael Brand.

— Nenhum passaporte — Kennedy comentou. Não tivera grandes expectativas, mas se sentia um tanto desanimada mesmo assim.

— As coisas do voo se espalharam por um longo pedaço de chão, sargento, e isto é um deserto. Provavelmente o passaporte ainda está em algum lugar lá fora. A não ser que alguém o tenha pegado e entregue numa delegacia de polícia local, ou guardado como suvenir, ou vendido. Mas o passaporte foi escaneado quando ele embarcou no voo. Toda a informação que continha está registrada.

— Eu sei — Kennedy respondeu. — Não estava pensando exatamente no passaporte em si.

— Um canhoto de bagagem despachada?

— Sim, isso.

— Já fizemos a referência cruzada de todas essas coisas, trabalhando com as declarações de voo que a Coastal Airlines nos mandou. O Brand não despachou nenhuma mala. Não havia nada dele no bagageiro do avião.

Com a permissão de Gayle, Kennedy colocou luvas e examinou os resultados desapontadores. Ela virou o recibo, certificando-se de que o anverso estava em branco: nada de mensagens ocultas ou listas enigmáticas. Cutucou o fundo da carteira, procurando por pedaços de papel que tivessem passado despercebidos, costuras rasgadas nas quais algo poderia ter sido escondido, inscrições ou marcas no próprio couro da carteira. Não havia nada.

Alguém havia marcado uma das cédulas de dólares, contudo: três linhas paralelas desenhadas com caneta vermelha, indo do topo, no centro, até o canto inferior direito. Alguém havia tentado cruzar a face de Benjamim Franklin e errado por pouco mais que um centímetro. Kennedy refletiu acerca da nota por um tempo, depois desistiu dela.

— E quanto às coisas que ninguém descobriu de quem eram? — ela perguntou a Gayle.

— Tem muitas delas — ele respondeu. — Caixas e mais caixas, ocupando a maior parte do último corredor. Estamos falando de uns bons seis ou sete mil itens. Não acho que haja horas suficientes no dia para a senhora verificar tudo.

— Há uma lista?

— Definitivamente, temos uma. É a segunda pasta. A vermelha.

Kennedy leu a lista por cima, procurando por qualquer coisa que pudesse se destacar do resto. Um número de coisas chamava atenção por um momento, talvez um pouco mais: *parte de um unicórnio de vidro*; *medalhão com caveira e folha de maconha*; *consolo decorado com estampa de estrelas e listras*. Mas como ela poderia saber o que Michael Brand estivera carregando ou o que isso teria significado para ele? De forma mais relevante, ela notou cerca de três dúzias de telefones celulares cujos proprietários não haviam sido identificados — mas, quando chegou a essa página e ergueu o olhar para o xerife Gayle, ele balançou a cabeça negativamente antes que ela pudesse sequer formular a pergunta.

— Não posso deixar a senhora ligar nenhum desses aparelhos, sargento — ele disse. — É ilegal fazer isso sem um mandado, e não há jeito de eu conseguir um sem expor a causa provável — e não existe nem um pingo disso, na verdade, em relação a qualquer uma dessas pessoas. Nem mesmo para o seu Michael Brand, para dizer a verdade.

— Não — Kennedy concordou, relutante. — A maior parte disso é mais intuição do que qualquer outra coisa.

— E intuição é uma coisa ótima. Eu não aceitaria que ninguém falasse nada contra intuição — mas isso limita meu alcance, se entende o que quero dizer. Há coisas que posso e que não posso fazer.

Kennedy quase riu. Aquelas palavras poderiam ter saído da boca dela — antes de ter conhecido Tillman e mergulhado naquela encrenca, indo tão longe que não conseguia mais ver terra firme.

— Entendo totalmente, xerife — foi tudo o que disse, ainda segurando o saco plástico de prova que continha o dinheiro de Michael Brand. Ela o ergueu e o mostrou a Gayle. — Escute, será que posso tirar uma fotocópia desta nota aqui? A que tem as linhas vermelhas?

— Certamente. Me deixe registrar a retirada dela aqui e podemos levá-la à cidade agora mesmo. A Coonie pode fazer a cópia para você enquanto vamos até o necrotério. Por que, está vendo algo de especial nessas linhas?

— Um código, talvez. As pessoas com as quais estamos lidando parecem gostar de códigos. Pode acabar não dando em nada. Provavelmente não vai. Mas quero analisar mesmo assim.

Gayle preencheu solenemente um formulário, que tirou da primeira gaveta da mesa, furou-o com um furador de papéis (segunda gaveta) e inseriu-o no arquivo de provas. Então — logo agora que o aparelho de ar-condicionado estava começando a exercer algum tipo de impacto sobre o ar hiperaquecido do grande hangar — eles saíram, de volta ao deserto.

CAPÍTULO 42

— Então, quem o senhor diria que são os grandes vilões na Bíblia? — o professor Gassan perguntou. Ele estava de pé diante da mesa como se diante de um púlpito, ainda que as únicas pessoas na sala fossem eles dois. Velhos hábitos eram duros de matar: ou talvez fosse apenas sua forma de definir um *status* relativo a ela.

Kennedy estava com ainda menos vontade de ter uma sessão de estudos bíblicos do que estivera da primeira vez que conversaram. O brilho nos olhos do professor oprimia seu espírito mais ou menos da mesma forma que o de uma serpente supostamente paralisaria um coelho. Mas ela suspeitava que essa era a única forma que Gassan conhecia de lhe dar o que ela precisava saber — e a única forma de ele se manter funcional, apesar dos medos e conflitos interiores.

— Caim — ela arriscou. — Judas. Pôncio Pilatos. Ou o senhor quis dizer tribos, como as que não conseguiam dizer "xibolete"[12]?

— Não, eu quis dizer indivíduos. E Caim e Judas eram os dois que eu tinha certeza de que você mencionaria. A maioria das pessoas mencionaria esses dois nomes, acho. A maioria das pessoas, isto é, fora da tradição gnóstica. Já ouviu falar dos gnósticos, eu presumo?

Ele olhou duramente para ela, sinalizando que, apesar da impaciência dela, ele chegaria à questão no momento que julgasse melhor.

— Seita cristã primitiva — Kennedy respondeu. — O livro do Stuart Barlow, aquele do qual a pesquisa sobre o Rum acabou saindo, deveria ter sido um estudo sobre essa seita.

— Exatamente. Mas digamos seitas, no plural. Havia muitas delas, com algumas crenças em comum. Os gnósticos eram a oposição. Extremistas religiosos. E já eram assim muito tempo antes de Cristo surgir: ele apenas deu a eles um novo foco e um novo ímpeto. Abraçaram os ensinamentos de Jesus porque Jesus estava pronto para pôr a mão no vespeiro. Eles devem ter sentido que haviam encontrado um líder espiritual exatamente como eles.

[12] Na Bíblia, em Juízes 12: 1-15, a tribo dos efraimitas é identificada pelos inimigos, os gileaditas, por sua incapacidade de pronunciar o fonema "x". (N.T.)

"Os gnósticos partiam do princípio de que a maior parte da Bíblia — a Bíblia inteira, na verdade, da forma como foi entregue — era um completo absurdo. Os garranchos de pessoas que não entendiam realmente os milagres dos quais estavam falando. A palavra 'gnóstico' vem do grego *gnosis*, que significava 'conhecimento'. Essas seitas acreditavam que havia uma verdade oculta por trás de tudo: por trás do mundo e por trás da palavra. Quando Deus falou com o homem, como falou com Adão, depois com Moisés e mais tarde com os profetas do Novo Testamento como João Batista. Ele não pretendia, nunca, em nenhum momento, entregar verdades simples e inequívocas, pois o universo não é um lugar simples, e a verdade é uma coisa complexa que precisa ser escondida dos olhos e ouvidos dos vulgares."

— Quando o senhor diz "verdade oculta" — Kennedy perguntou —, está falando de códigos? É essa a questão aqui?

Gassan ergueu uma sobrancelha austera com a interrupção. Uma pontada de valentia rastejou pela voz dele.

— A questão, sargento Kennedy, é que seus inimigos — as pessoas que mataram seu parceiro e a equipe do Stuart Barlow — não compartilham da sua visão do mundo. Estou tentando fazer com que você os veja como eles são, sem os erros de paralaxe que impõe com seus próprios valores. Não, não quero dizer códigos. Eles são apenas uma pequena parte do que estou dizendo. Os gnósticos realmente usavam chaves, e claramente a chave que o Barlow encontrou tem que ser interpretada nesse contexto. Mas essa gente via o todo do mundo criado como uma mensagem oculta colossal: a vontade e a palavra de Deus, expressada em outras coisas. E acreditavam que a maior parte das escrituras sagradas era somente... estimativas grosseiras de uma mensagem que a grande massa de pessoas nasce sem a capacidade de compreender. Estou dizendo isso porque o que vou dizer a seguir soaria estranho sem esse preâmbulo. Na tradição gnóstica, os heróis e vilões da Bíblia não são aqueles que você mais provavelmente identificaria.

— Eles acham que Jesus foi para o lado negro da Força?

— Não, a tradição gnóstica é muito gentil com Jesus. É com Deus que eles têm um problema.

Kennedy sorriu e deu de ombros: *Estou ouvindo*.

— As seitas gnósticas acreditavam que o criador e soberano do nosso mundo, normalmente adorado como deus supremo e fonte de toda a bondade, era na verdade um ser muito inferior — uma entidade falha às vezes conhecida como Laldabaoth. O verdadeiro deus está em algum outro lugar, muito acima das nossas percepções e do nosso plano de existência.

— Espere — Kennedy pediu. — Se esses gnósticos eram cristãos renegados, ou judeus renegados, ou qualquer coisa assim, então eles tinham que acreditar que Deus fez o mundo. Isso está na Bíblia, mesmo para quem não consegue ler mais que o capítulo 1.

— Certamente, um deus fez o mundo. Mas qual deus? Lembre-se, essas são pessoas que têm orgulho de ler nas entrelinhas, de encontrar os significados que os ignorantes não percebem. Nos ensinamentos deles, o Deus supremo é um ser de bondade e pureza transcendentes, que não habita pessoalmente o universo das coisas criadas. Dentro desse universo — o nosso Universo —, há seres de grande poder: seres que seriam como formigas se comparados ao Deus supremo, mas ainda pareceriam deuses para nós. Um desses seres, como quer que você decida chamá-los, fez o mundo. E ele fica muito feliz em reivindicar nossa adoração, ainda que, na opinião dos gnósticos, ele não a mereça.

— Por que não?

— Por que não o quê, sargento? Por favor, formule suas perguntas como frases completas.

Kennedy rangeu os dentes, não gostando nem um pouco disso. Uma trilha de homens e mulheres assassinados não deveriam levar a uma sala de aula, especialmente uma em que era necessário levantar a mão antes de falar.

— Por que o deus-que-fez-o-mundo não merece ser adorado? — perguntou ela friamente.

— Porque ele fez um péssimo trabalho de criação. Porque ele fez o mal, a doença, a pobreza e a fome; o balanço imperfeito das estações, que faz com que a gente morra por excesso de frio ou de calor; enchente e fogo e pestilência e todos os outros males. Francamente, os gnósticos consideravam o mundo uma obra grosseira e não estavam interessados em dar tapinhas nas costas do criador e dizer a ele quão maravilhoso era. Estavam olhando para cima, para longe dele, para a esfera de perfeição além — à qual chamavam, alguns deles, às vezes, quando a maculavam com um nome, de reino de Barbelo.

"Lida dessa forma, e com Yahweh encarado — na maior parte do tempo — como outro nome para o deus imperfeito, limitado e limitador do mundo decaído, a Bíblia se torna uma história muito diferente.

Essas figuras bíblicas que são modelos de obediência tornam-se tolos e vetores de insensatez, que devem ser evitados em vez de reverenciados. Adão é um covarde que se submeteu prontamente. Eva é uma alma valente que olha além da cortina e se atreve a quebrar as regras."

— E é punida por seus pecados.

— Ah, os dois são punidos, sargento. Assim como os filhos inocentes deles, e os filhos dos filhos, e por aí vai. Deus — o deus inferior, Laldabaoth — é um sádico e um psicopata: o fato de uma pessoa fazer como ele ordena não serve como defesa contra o senso de justiça extravagante dele. Então, os heróis do Gênese são a desobediente Eva, a sábia serpente que a ensinou e Caim, o filho rebelde. E, quando chegamos a Jesus, a perspectiva moral muda ainda mais radicalmente.

— O senhor disse que Jesus ainda era visto como herói.

— Ah, sim.

— O filho de Deus.

— O filho de... ?

Kennedy expirou pesadamente.

— O filho do deus grande e puro. Não do maldoso.

— Exatamente, sargento. Jesus veio de Barbelo, trazendo sua preciosa sabedoria para o mundo decaído. E embora ele tenha morrido por isso, a morte também era parte do plano. É bem parecido com o Novo Testamento que você já conhece e ama, eu imagino.

— É familiar — Kennedy admitiu.

— Bom, não fique confortável demais nessa noção. Em 1983, em Genebra, um intermediário profissional — não um receptador, falando estritamente, mas alguém que conhecia receptadores e fazia um trabalho amplamente similar ao deles — ofereceu para venda a corpos ou instituições interessadas um documento. Um códice. Uma antiguidade inestimável. Era um evangelho perdido.

— O senhor me disse que havia centenas dessas coisas por aí, professor.

— Não como esse. Esse era o Evangelho de Judas.

— *O* Judas? O Judas Iscariotes vira-casaca? O homem que traiu o Messias?

— Ou — disse Gassan, fazendo algo semelhante a um floreio teatral — o homem que *se tornou* o Messias.

Ele concedeu uma pausa de efeito dramático que provavelmente foi mais longa do que o necessário. Kennedy esperou que ele continuasse, cansada do papel de coro que ele lhe destinara. Finalmente, com uma fungada austera, como um homem que estivesse jogando pérolas aos porcos, o professor prosseguiu:

— O assim chamado Evangelho de Judas — O Códice Tchacos, para informar a designação oficial — é um documento pavorosamente danificado. E a maior parte do dano veio quando o idiota que o desenterrou e os amigos, agentes e dirigentes saíram arrastando o documento ao redor do mundo numa tentativa de vendê-lo e fazer fortuna. Fizeram tudo o que não se deve fazer com um papiro frágil, exceto, possivelmente, limpar o traseiro com ele. Eu perdoaria você se pensasse que alguns dos portadores temporários dele na verdade queriam destruí-lo em vez de preservá-lo.

"Então, o Evangelho de Judas, como o temos — como o temos no Códice Tchacos —, está numa forma muito fragmentada. Apenas treze páginas das trinta e uma originais sobreviveram, ainda que parcialmente, e a decadência e desintegração foram extremas. Mesmo assim, sobrou o suficiente pra deixar claro que a obra em si deve ser de fato um documento assombroso."

— Assombroso em que sentido? — Kennedy quis saber.

— Ele fora o relacionamento entre Judas e Cristo — e retrata esse relacionamento como único e intenso. De fato, os outros onze discípulos aparecem mais como alívio cômico. Não entendem nada da verdadeira missão de Jesus na terra, e a má interpretação por parte deles faz com que Jesus seja um tanto irritado e sarcástico com eles em diversos momentos. Judas, por contraste, entende — capta a mensagem sem que ela seja dita. Ele é um gnóstico: um dos muitos tipos e variedades diferentes. Pertence a um culto já antigo e lê nas entrelinhas da Bíblia. Sabe que grandes verdades devem ser escondidas e sabe por quê. Consequentemente, é a Judas que Jesus confia a parte mais delicada do plano dele.

— Quer dizer que Jesus na verdade queria...

— Sim, sargento. Jesus pede a Judas que o traia. Isso era essencial para a missão dele. Jesus devia sofrer e morrer para que a mensagem nunca se perdesse. Devia ser atacado e destruído por alguém próximo a ele e em quem confiava: o poder dessa narrativa seria o veículo por meio do qual os ensinamentos dele seriam espalhados pelo mundo. Judas foi um colaborador ativo no plano completamente calculado de Cristo.

— Tá bom — Kennedy disse. — Admito, é uma bela história. Impressionante, até. Mas não é algo que faria alguém matar, é?

— Já foi. Irineu falou explicitamente contra o Evangelho de Judas em *Adversus Haereses*, do qual já falamos. Atanásio de Alexandria falou em termos mais sinistros a respeito de “limpar a igreja da corrupção” causada por textos como esse. Pessoas realmente morreram por ler e disseminar o Evangelho de Judas. Morreram em grande número, e elas — quando digo elas, quero dizer as igrejas gnósticas, aquelas que professavam a fé da serpente, de Eva, Caim e Judas — acabaram desaparecendo da história.

“No mundo moderno, contudo... Bom, o Evangelho de Judas, na forma truncada em que aparece no Códice Tchacos, já está em domínio público há muitos anos. A tradução que temos — tradução parcial, quero dizer, com buracos pelos quais um ônibus poderia passar — data de 2006. Rodolphe Kasser e a equipe dele foram os autores, e o National Geographic ajudou a financiar o trabalho. Ninguém nesse grupo, até onde eu sei, foi baleado, esfaqueado no coração ou atirado de uma escada.”

Gassan parou novamente e sentou-se com um gesto de resignação, desistindo da charada. Talvez aquela referência à morte de Stuart Barlow tivesse arruinado o prazer de exibir sua erudição.

— Então, o que mudou? — Kennedy perguntou, enquanto Gassan fitava as próprias mãos, dobradas no colo dele.

— O texto do Rum — o professor respondeu num tom de voz inteiramente diferente. — Ele é uma versão intacta do Evangelho de Judas. Além disso, tem anotações — instruções para quem quer que o levasse em relação ao que fazer, e ao que não fazer, com a mensagem.

— Continue — Kennedy disse, pois naquele momento parecia que Gassan poderia finalmente chegar ao ponto principal do discurso e então se afastar dele, incapaz ou indisposto a elucidar o verdadeiro mistério.

— Bom, entenda, sargento, se o plano de Jesus era morrer em agonia na cruz, o discípulo que entendia as necessidades dele bem o bastante para ajudar a executar esse plano era o maior de todos, e ele prestou um serviço infinitamente precioso à divindade. Se Cristo nos redimiu e nos salvou, foi por meio do sacrifício de Judas que ele foi capaz de fazer isso.

— Sacrifício de Judas? — Kennedy repetiu, momentaneamente confusa. — O que é que Judas sacrificou?

Gassan encolheu os ombros como se a resposta fosse óbvia.

— O respeito dos pares. A boa vontade do mundo inteiro. O veredito da história. E a vida dele, é claro, mas podemos imaginar que essa foi uma parte relativamente pequena da equação. Ainda assim, a morte de Judas se compara à de Cristo. E no evangelho completo — a versão do Rum, eu quero dizer, conforme traduzida pelo Barlow —, Judas recebe uma recompensa em troca do trabalho fiel que presta.

— Trinta peças de prata?

Gassan sorriu ligeiramente.

— Não. Esse é um evangelho diferente. O de Mateus, para ser preciso. Mas a figura de trinta realmente aparece, de forma a fazer parecer provável que Mateus estivesse se referindo a algo específico quando escolheu essa figura. Devo ler o texto para você?

Kennedy deu de ombros.

— Desembuche — respondeu.

Gassan apanhou o caderno novamente.

— Há uma versão digital — disse. — Um texto limpo, que vou mandar para você. Imagino que vá querer lê-lo inteiro antes de se aprontar e partir de novo para a batalha. Também mandei uma cópia, com todas as anotações do Barlow e as minhas próprias, ao meu advogado, junto com uma carta dizendo a ele que publique tudo após minha morte. Depois disso não vou ter nada a perder, vou? E vou ter o direito de ter meu nome acrescentado à lista dos decodificadores do evangelho, se já tiver morrido por ele.

Ele se acomodou finalmente e leu em voz alta, de forma que boa parte da vivacidade tonal havia se esvaído:

— "Então Judas disse a Ele: 'Tudo será feito como planejaste, oh, senhor'. E Jesus disse: 'Sim, ainda assim tudo será feito dessa forma. E tu serás insultado por aqueles que não te conhecem, mas serás elevado muito acima daqueles que te odeiam'.

"'E quando serei elevado, oh, senhor?'

"Jesus disse: 'Deste momento no qual falo contigo até o fim da semente de Adão, eles execrarão teu nome'.

"'Mas meu Pai deu o domínio à semente de Adão apenas por um certo tempo. E após esse tempo Ele os exterminará, para que o mundo possa ser dado a ti e aos teus.'

"E Jesus deu a Judas trinta peças de prata, dizendo: 'Quantas *prutahs* de bronze te dei? Por muitos anos a semente de Adão desfrutará deste mundo: por muitos anos eles possuirão a terra. Mas depois serão abatidos, e o mundo pertencerá a ti e aos teus para sempre'."

O professor ergueu o olhar para Kennedy, talvez esperando uma pergunta. A única na qual Kennedy conseguiu pensar foi muito banal.

— Qual é a resposta? — inquiriu ela. — Quantos sei lá o quês de bronze?

— Três mil. Havia cem *prutahs*, ou moedas de bronze de baixo valor, num siclo. Três mil anos, depois é a vez de os filhos de Judas assumirem o comando.

— Acho que ainda falta um tempo, pelo menos.

Gassan franziu o cenho.

— Por que diz isso, sargento?

— Mesmo que o evangelho tenha sido escrito logo depois que Jesus morreu — Kennedy respondeu, dando de ombros —, foram só 2 mil anos.

— Verdade. Infelizmente, ninguém na Judeia daquela época contava os anos a partir de Cristo. Na Judeia e na Samaria, onde esse texto presumivelmente foi escrito, era costume contar os anos a partir da unificação das tribos, em 1012 a.C. Três mil e vinte anos atrás, mais ou menos. Detesto jogar esse balde de água fria, mas nosso tempo acabou.

Kennedy fechou os olhos e os esfregou com o polegar e o indicador. A dor de cabeça ainda não havia chegado, mas ela podia sentir o começo de uma, formando-se como uma tempestade no topo de seu crânio.

— Tá legal — disse ela. — Então, temos uma amostra da Bíblia gnóstica, e essa amostra já foi um grande segredo, muito tempo atrás. Estou acompanhando o senhor o tempo todo, professor. Mas tem uma coisa que ainda não entendi ao longo do caminho. Ninguém mata por uma palavra. Ou, pelo menos... não por uma palavra tão velha.

Os ânimos deprimidos de Gassan inflamaram-se em súbita irritação, os braços abanando-se em arcos truncados e desairosos.

— Ah, pelo amor de Deus, sargento! Todo mundo mata por palavras! O que mais poderia motivar as pessoas a matar? Dinheiro? Dinheiro são as palavras de um governo dizendo que você vai ganhar ouro. Leis são palavras de juízes dizendo quem tem permissão para viver livre e quem não tem. Bíblias... Bíblias são palavras de Deus dizendo que você pode fazer todas as coisas horríveis, pavorosas que quiser, pois vai ser perdoada de todo jeito. Tudo se resume a palavras. E em todos os casos as pessoas que matam por elas são as que pensam que as possuem.

Ele pareceu perceber, subitamente, que sua voz estava alta demais na sala vazia e ecoante — quase um grito. Deu as costas para ela, envergonhado e ainda eriçado. Com um aceno vago de mão, ele indicou o caderno de anotações.

— Leia — sugeriu. — Leia tudo. Não só o evangelho, mas as palavras ao redor dele: as mensagens que o acompanham. Você precisa ver por si mesma.

CAPÍTULO 43

O necrotério ficava longe, em Bullhead. Parecia que Peason não mantinha nada dentro dos limites do município: era um tipo de cidade terceirizada.

Bullhead, no entanto, era diferente de Santa Claus. Era um centro urbano pequeno, mas movimentado, com um necrotério mais movimentado ainda. Kennedy mal pôde acreditar na quantidade de salas refrigeradas que o lugar possuía, quão ocupadas estavam e quantas portas já estavam marcadas como "lotadas". Entrando a partir do estacionamento, eles passaram por várias vans sem janelas com imensos equipamentos de refrigeração anexados a elas, e Kennedy já possuía horas suficientes em forças-tarefa diferentes para reconhecer o que eram: unidades móveis de refrigeração do tipo normalmente enviado para áreas de desastres com o objetivo de colocar um bocado de gente morta no gelo rapidamente e evitar a propagação de epidemias.

— O que está acontecendo aqui? — ela perguntou a Gayle, quando passaram do asfalto escaldante para o frio do ar-condicionado.

Ele não entendeu o que ela queria dizer, então seguiu o olhar da detetive e grunhiu. Parecia prestes a falar, mas um assistente de jaleco branco que parecia ainda ser um adolescente já estava vindo na direção deles, com um sorriso profissional e prestativo que aprendera com seu superiores e treinadores.

— Te conto mais tarde — Gayle murmurou. — É meio que um assunto tabu por aqui.

Não estavam mais com o corpo de Brand naquele local, o assistente disse a eles sem necessidade. Fora liberado para o enterro três semanas atrás, embora, na verdade, as autoridades estaduais tivessem decidido cremá-lo, junto com os outros dois corpos do avião que nenhuma família viera reivindicar. Certamente o escritório do xerife já sabia disso, não?

— Não viemos ver o corpo, filho — Gayle interrompeu-o. — Só o arquivo.

— O arquivo é de acesso público. Está disponível via...

— Sim, mas aquilo é só um resumo. Estou falando do arquivo completo, com tudo a que tem direito, fotos e impressões e tudo mais. É da minha alçada, e o condado já aprovou, mas você vai querer checar com seu supervisor antes de nos deixar passar, e nós ficamos felizes em esperar enquanto você vai lá fazer isso, desde que não tire mais do que dois minutos do meu dia, que já é cheio.

Tendo o xerife roubado as falas do rapaz, este saiu apressadamente sem dizer mais nada. Kennedy ficou impressionada. O estilo de Gayle, cheio de um calor casual e nada de intimidação, mas com uma dureza implícita que aconselhava as pessoas a não mexerem com ele, parecera funcionar como um feitiço. Ela ficou feliz por não ter que atravessar aquele labirinto por conta própria.

O assistente voltou bem dentro de dois minutos. Ele os conduziu a um pequeno escritório sem janelas. Numa das paredes, o clássico pôster motivacional do gatinho segurando-se numa corda com a frase *Aguente firme!* fora pregado, com o acréscimo de uma mira de rifle sobreposta à cabeça do gatinho. Em vez da legenda original, o pôster trazia as palavras: *Aguentar firme é bom demais para esse desgraçadinho.* Necrotérios policiais tinham direito a praticar humor policial, que era sempre grosseiro.

O assistente usou seu login e senha para entrar nos arquivos digitais e pediu a eles — educadamente e sem jamais conseguir olhar Gayle diretamente nos olhos — que se restringissem ao material que haviam solicitado oficialmente. Com isso, deixou-nos.

— Precisa que eu fique aqui? — Gayle perguntou a Kennedy.

— Não — ela respondeu. — Obrigada, xerife. Eu dou conta.

— Tá legal. Tenho um telefonema a fazer e acho que vou pegar um café lá fora. Quer que eu te traga um depois?

Kennedy pediu café com leite, sem açúcar, e Gayle saiu. Ela se voltou para o arquivo e mergulhou em suas frias certezas.

O cadáver de Brand, como a maioria dos que haviam caído com o avião, apresentava inúmeras lesões abrasivas resultantes do acidente, fragmentos devido ao atrito e traumas por despressurização. A lista chegava a uma página e meia, mas podia ser resumida em quatro palavras: Brand estava um desastre. Com um corpo tão espetacularmente ferido, praticamente não fazia sentido estabelecer a causa da morte, embora as conclusões costumeiras, com as ressalvas costumeiras, houvessem sido determinadas. O tecido dos pulmões de Brand havia sido rasgado quando a cabine despressurizara subitamente. Concentrações de oxigênio em tecido venoso sugeriam que o ar preso havia entrado à força, pelos pulmões, na cavidade torácica do homem, onde o oxigênio havia formado bolhas tanto nos vasos sanguíneos maiores quanto nos menores. O coração teria parado rapidamente, mas o cérebro teria sido privado de sangue de qualquer forma. Inconsciência e morte deveriam ter se sucedido em tal velocidade que era quase impossível que Brand ainda estivesse vivo quando o avião chegara ao chão.

Nada de visualizar o "quadro maior", então. Os pequenos detalhes foram esboçados ligeiramente como comentários e especulações, geralmente sem chegar a nenhuma conclusão firme. Escoriações nos nós dos dedos de Brand poderiam indicar um conflito físico com outro passageiro, possivelmente no momento de pânico no começo da descida forçada. Unhas quebradas e danos ao tecido da ponta dos dedos de ambas as mãos eram mais difíceis de explicar: teria ele, quem sabe, arranhado uma janela ou porta, tentando escapar? Parecia provável, em todo caso, que Brand estivesse de pé quando a despressurização ocorrera, pois corpos soltos no avião exibiam mais traumas — distribuídos de forma mais ampla — do que aqueles fixos numa posição. Era possível afirmar com confiança que ele não estivera usando o cinto de segurança: passageiros sentados e com cintos afivelados, sem exceção, tinham um padrão de contusões em torno dos quadris causados por súbitas mudanças na velocidade do voo, as quais empurravam os corpos fortemente contra o próprio cinto. Brand não apresentava essas marcas específicas.

Ele tinha uma porção de cicatrizes, porém. Quem quer que tivesse feito a autópsia fora meticuloso ao registrá-las. Marcas de bala, de faca e de impacto, todas resultantes de situações em que ele quase morrera, todas antigas o suficiente para estarem quase completamente curadas. Num ponto, uma facada mais recente havia cruzado a cicatriz de outra, mais antiga. Isso arrancara uma exclamação do legista, que devia ter tentado imaginar exatamente que estilo de vida Michael Brand estivera levando. *Considerando a idade dele, o histórico de ferimentos anteriores é impressionante. Posso dizer honestamente que nunca vi, nem mesmo num soldado de carreira a ponto de se aposentar, uma coleção tão variada e fascinante.*

Considerando a idade dele? Kennedy voltou ao início do documento e fez a referência cruzada dos dados do passaporte de Michael Brand incluídos como um adendo. Então passou às fotografias.

Havia diversas imagens do rosto inteiro, idênticas, até onde Kennedy podia perceber. Todas mostravam uma face inchada, manchada e sarapintada em decorrência dos vasos sanguíneos rompidos. Poderia ser um homem morto qualquer, em qualquer estágio da vida. Mas, sob todo aquele dano, qual era a idade dele? Quanto Michael Brand chegara a viver antes de cair do céu como Ícaro, implodindo enquanto morria?

Não muito tempo, era a resposta. Ou tempo demais, dependendo de como se interpretasse a informação.

A porta abriu-se de supetão pelo lado de fora, batendo contra a parede. Kennedy levantou-se enquanto se virava, as mãos voando para formar um bloqueio defensivo.

Era Gayle: ele havia usado o pé para abrir a porta com um chute porque tinha um copo de isopor cheio de café em cada mão.

— Desculpe, sargento — disse ele, olhando para ela de forma preocupada. — Não pretendi espantar a senhora. Não conheço minha própria força.

Com o coração palpitando, Kennedy baixou as mãos. Quando aceitou o café, viu pela expressão dele que Gayle podia perceber o tremor nos dedos dela, mas manteve um tom casual enquanto perguntava se ela já havia encontrado o que queria.

— Eu encontrei... alguma coisa — Kennedy admitiu.

— Fico feliz com isso. Algo de bom?

— Acho que peguei o Michael Brand no meio de uma mentira. Uma bem grande, talvez. Posso ficar mais alguns minutos?

— Não estamos atrasados para nada — Gayle respondeu tranquilamente. — Vá em frente. Vou ficar olhando a vida passar.

Kennedy terminou suas anotações. Estava fazendo isso pelo bem das formalidades e para permitir que a respiração e a pulsação voltassem ao normal, mas seu olhar captou um pequeno detalhe na descrição do cérebro. *O dano extenso aos neurônios serotoninérgicos não pode ser explicado por ou vinculado a outros ferimentos, singular ou combinadamente. Acompanhado de diminuição do 5-HT no hipocampo, o dano neural sugere exposição prolongada e repetida a droga simpaticomimética tal como metanfetamina em doses extremamente altas.*

O que faz pessoas chorarem sangue? Estresse ou drogas, Ralph Prentice havia dito. Ela acreditava estar vendo a parte relativa às drogas naquela equação. Michael Brand — assim como provavelmente os pálidos assassinos que ela já encontrara duas vezes — usara alguma substância da família da metanfetamina, talvez para aumentar a velocidade, a força e a capacidade de reação. Como policial, mesmo tendo muito pouco treinamento a respeito de narcóticos, estava suficientemente informada a respeito do que aquele tipo de dano poderia significar. Era outro fato para o arquivo, abstrato e inútil no momento, mas talvez relevante mais tarde.

Ela fechou o arquivo de Brand e ergueu o olhar. Apesar da piada sobre ficar olhando a vida passar, Gayle estava na verdade olhando para ela, com uma expressão pensativa e talvez expectante.

Ele vinha sendo um exemplo de discrição profissional, mas tinha o direito de esperar que ela compartilhasse informações. Mas como ela poderia explicar a teoria que se formava em sua mente? Mais especificamente, como poderia explicar a esse homem franco, amigável e descomplicado, que parecia personificar aquele tipo de cortesia aprendida em casa que ela imaginara ter desaparecido do mundo?

— Estou tendo umas ideias malucas — foi o que ela disse, quase como um pedido de desculpas.

Gayle ergueu as sobrancelhas, registrando a afirmação e convidando-a a dizer mais.

— Acho que Brand pode ser a resposta para uma das suas perguntas. Acho que talvez ele tenha causado a queda do avião.

Gayle olhou para ela com ligeira perplexidade.

— Por que acha isso?

Kennedy mostrou-lhe o que encontrara nos arquivos: a evidência de que Brand estivera em uma briga e os dados da ponta dos dedos dele — os quais ele poderia ter recebido ao tentar abrir a porta à força antes que o selo de pressão se rompesse. Não era nada demais, se parasse para ponderar, mas Gayle assentiu, pensativo.

— Brand embarcou atrasado — ele disse. — Foi esse o telefonema que acabei de dar — para a FAA. Ele comprou a passagem quando já estavam fazendo o embarque e passou pelo portão faltando um minuto para o encerramento. Estava com pressa de chegar a Nova York, isso é certeza.

— Ou talvez não — Kennedy respondeu. — Talvez ele só estivesse com pressa de embarcar nesse avião específico.

— Para poder sabotá-lo?

Kennedy fez um gesto descompromissado.

— Possivelmente. Sim. Eu acho que sim.

— Por quê?

— O avião tinha vindo do México, né?

— Da Cidade do México.

— Como é que eles vieram? Qual era o plano de voo?

— Não tenho nem ideia, sargento. Na maior parte das vezes as companhias aéreas gostam de fazer os aviões passarem por cima da água se for possível, então acho que o avião deve ter vindo passando pelo Golfo e talvez virado no canto sudoeste do estado antes de se virar para o oeste.

— O que tem nesse local, xerife?

— O deserto. Depois, Tucson. Depois, mais deserto.

Kennedy ponderou.

— Será que podemos descobrir — ela se arriscou a dizer, afinal — se o 124 passou por alguma mudança no plano de voo em algum ponto?

— Acho que podemos. A FAA mantém todas essas coisas registradas por vinte anos, é o que eu lembro. Por quê? O que tem em mente?

O que estava na mente dela soava ridículo até mesmo para Kennedy. Balançou a cabeça, querendo dizer tanto *Eu não sei* quanto *Não posso te contar*.

De todo modo, Gayle pareceu aceitar o meneio de cabeça como a única resposta que poderia receber agora.

— Ligo para eles lá do carro — respondeu, jogando o copo de café no cesto de lixo. — Vamos sair.

No caminho de volta a Peason, ela se lembrou de perguntar novamente sobre os veículos de refrigeração.

Gayle ruminou a questão em silêncio por um tempo, como se pensasse na melhor forma de responder a ela.

— Bom, é uma coisa que acontece todo verão — disse, afinal. — Temos um monte de imigrantes ilegais vindos do México, passando a fronteira. Costumava ser um problema só na parte sul do estado. Sabe, lá perto de Tucson. Mas tem muito mais patrulhas atuando agora, já que a legislatura do estado disse que temos que ser mais duros nessa questão. Então os coiotes — os traficantes de pessoas — têm que se manter mais longe das cidades, mais longe das estradas, e passar por muito mais área desértica até poderem fazer a entrega. Percorrem uns dez quilômetros antes de se virarem para o leste. E isso é um monte de deserto. Então, todo ano, e principalmente no verão, muitos deles não sobrevivem.

— Jesus. — Kennedy estava horrorizada. — Mas, se cada uma daquelas vans carrega... o quê? Dez? Doze corpos? Isso quer dizer...

— Mesmo aqui, no norte, achamos vinte ou até trinta num mês ruim. E ainda recebemos o excedente da região sul. São centenas, sargento. Talvez milhares. Milhares, todo ano. Os corpos se desgastam muito rápido no deserto, ficam cobertos de areia e pó. Às vezes são comidos. Aí você não tem como saber se os ossos estão ali há um ano ou há uns dois séculos. Então ninguém consegue fazer uma contagem correta da coisa.

Kennedy não disse nada, mas algo flutuou até a superfície de sua mente: uma citação que ela lera num livro de história do colégio uma vez. *Pobre México: tão longe de Deus, tão perto dos Estados Unidos.*

— O único lugar onde vi essas vans serem usadas... — ela se arriscou, por fim.

— Foi depois de um terremoto ou coisa assim. Um desastre. Com certeza. Bom, este é o nosso desastre, eu acho. O armagedom do Arizona. Só que acontece em câmera lenta.

O silêncio foi um tanto difícil de romper depois disso. Desistindo de manter a conversa amena, Gayle mandou Connie dar um segundo telefonema à FAA e transferi-lo para ele. Obviamente curiosa, a recepcionista ofereceu-se para conduzir o telefonema no lugar de Gayle e fazer quaisquer perguntas que ele propusesse. Gayle agradeceu a ela gentilmente, mas disse que cuidaria do assunto sozinho, depois do quê Connie manteve um silêncio rabugento na linha enquanto cumpria a ordem.

Mas o telefonema fora uma perda de tempo. Não houvera nada anômalo a respeito do plano de voo do CA124 no dia do desastre. Ele tinha vindo por cima da linha do Golfo, como Gayle havia imaginado, e passara a oeste de Tucson, voando por sobre Puerto Peñasco e depois por sobre um monte de nada até virar em direção a Los Angeles na altura de Lake Havasu City.

Kennedy olhou pela janela do carro para o deserto através do qual a estrada corria como um cabo elétrico: ligando o Arizona ao resto do mundo, cuja existência, de outra forma, seria muito fácil de esquecer. O cheiro da sálvia silvestre entrou pela janela aberta, doce e forte.

Por que derrubar um avião? Por que abandonar o esquema de um assassinato por vez e adotar as hecatombes de mortos empilhados perigosamente nas caixas de refrigeração de necrotérios já lotados?

Presumindo que ela estivesse certa quanto a isso, o que tornara o Voo 124 digno dessas mortes?

CAPÍTULO 44

Kennedy folheou as páginas — o que Gassan havia chamado de transcrição completa — com um senso de irrealidade cada vez maior.

— Tem algo... — ela disse, mas a frase que estava tentando formular não fazia sentido. Tinha que abandoná-la e começar outra vez. — O evangelho, ele não é... ele deixa de ser sobre Judas, aqui, e se torna...

— É um tipo de metacomentário — Gassan concordou. Ele estava de pé diante da janela novamente, como se faminto pela parca luz que vinha de lá. O esconderijo não tinha janelas no nível do chão e as do alto eram mantidas fechadas sempre que o grau de segurança de seus ocupantes parecia requerer isso. — Há seções como essa no Velho Testamento. E no Corão também, acredito eu — instruções para como lidar com o próprio texto sagrado. Para ser completa, a mensagem deve incluir instruções criadas para garantir a própria sobrevivência. A receita explica não apenas o bolo, mas a receita para mais receitas.

— Mas... — Kennedy estava lutando contra conceitos nada familiares, os quais ela nem mesmo queria entender. — As punições que estão anotadas aqui. O senhor não está sugerindo...

Gassan riu — um som oco, irritante.

— Não estou sugerindo nada. Pense, entretanto, no que aconteceu quando aquele pregador americano, Jones ou qualquer que fosse o nome dele, ameaçou queimar uma cópia de um Alcorão no local dos ataques do 11 de setembro. Fundamentalistas islâmicos no Iraque bombardearam igrejas: dezenas de pessoas morreram. Alguns postularam que a interpretação inflexível da palavra de Deus é a própria essência do fundamentalismo. A palavra divina, para o fanático, é materializada — é uma coisa física, um fato da existência, e, já que é também a pedra fundamental da existência, deve ser reverenciada. Não parece haver um limite racional para quão longe as pessoas com essa mentalidade vão para se vingarem daqueles que elas encaram como inimigos da palavra.

O professor voltou o olhar para o maço de papéis na mão de Kennedy.

— Eu presumo — disse — que você tenha chegado à passagem na página 41, que começa com: "Este testamento não será lido ou conhecido".

Kennedy assentiu, lendo a página em voz alta:

— "Este testamento não será lido ou conhecido por ninguém fora da família, nem entregue a outros de forma alguma. Mas, se vierem a conhecê-lo, eles serão abatidos..."

Gassan continuou a recitar:

— "... e suas bocas serão detidas, e seus dias, contados. Pois a barganha Dele não foi para com eles, mas para conosco, que recebemos nossa vida de Judas, de Caim e da serpente, seu pai". — Gassan parou. Os cantos de sua boca entortaram-se para baixo, como se ele estivesse a ponto de chorar. — Essa foi a sentença de morte deles — murmurou. — O Barlow encontrou a resposta, e eles o mataram por isso.

Kennedy tinha consciência da raiva que crescia dentro dela, poderosa o suficiente, agora, para afetar o ritmo de sua respiração. Estivera lutando contra ela por algum tempo, mas sem grande efeito, pois não entendia realmente de onde vinha tal raiva. Agora, compreendia, mas isso em nada ajudava a frear seus sentimentos. Era a mesma raiva que Tillman devia ter sentido. Ela obtivera a resposta errada: essa explicação estéril e os pesadelos dentro dos quais vinha vivendo pareciam grotesca e horrivelmente descombinados.

— Gnósticos — ela disse, como se a palavra nada significasse. — O senhor espera que eu acredite que gnósticos estão por aí matando pessoas porque a segurança deles está comprometida. Por conta de um *texto* de dois mil anos!

Seu tom fora furiosamente sarcástico, mas Gassan meramente balançou a cabeça.

— Duvido que eles se chamem de gnósticos hoje, sargento — observou suavemente. — Se é que já se chamaram assim algum dia. Pense neles como o povo de Judas. Embora claramente aleguem possuir uma linhagem que remonta de Judas até a alvorada da raça humana — e devemos assumir que havia protomensagens deles embutidas nos Manuscritos do Mar Morto, o que fez o Stuart Barlow se desviar do curso. Eu pensei sobre isso.

— Sério? — Kennedy riu, e a risada tinha um toque áspero, feio. — Pensou se por acaso não estava sonhando?

— Eu pensei — Gassan repetiu —, quando eles falam de Caim e Judas, se tinham em mente uma linhagem física que os vincula a eles ou se era algo mais espiritual. De certo modo, qualquer um que se rebele contra Laldabaoth, o deus usurpador que reprime e tiraniza, seria o sucessor espiritual de Caim e de Judas, mas "recebemos nossa vida de" sugere uma interpretação mais literal. Uma tribo de Judas.

— Eu repito. Um documento de dois mil...

— Seus assassinatos, sargento — ele a interrompeu —, são um acontecimento muito mais do presente.

— Exato! — Ela ergueu as mãos. — É por isso que não acho que tenham sido cometidos por gnósticos.

Gassan inclinou a cabeça um pouco para um lado — um gesto condescendente e enfurecedor, sugerindo que estava ouvindo os argumentos dela com um cuidado protocolar.

— Você sabe — perguntou — o que o nome de Judas significava?

— Judas? É só uma outra forma de Judá, né? "O leão"?

— Judá não significava "o leão", significava "louvor". O leão era apenas o símbolo dele. Mas eu estava falando do outro nome de Judas. Iscariotes.

— Não tenho nem ideia — Kennedy admitiu.

— Há duas teorias. Uma é a de que o nome se referia a um lugar: uma cidade. Judas de Kerioth. A outra é de que denotava que ele era membro de um grupo específico. E esse grupo, por sua vez, recebeu o nome da sua arma favorita...

Voltando para Londres, mais tarde, Kennedy pegou-se revirando as palavras seguintes de Gassan de novo e de novo. Em algum ponto daquelas muitas repetições, a ideia do povo de Judas se cristalizava, ou — qual era a outra palavra que o professor usara? — se materializava para ela: tornava-se algo real, com o qual ela agora tinha que lidar.

— ... sua arma favorita, que era uma faca curta: uma sica. Judas Iscariotes poderia ter significado "Judas Sicário". "Judas, o homem da adaga." E sabe de que adaga estou falando, sargento Kennedy, porque eles a usaram em você e naquele pobre homem que trabalhava com você. Eles têm um senso de tradição, veja só. Ou possivelmente veem todas as suas batalhas como fases da mesma guerra, século após século.

Uma tribo perdida, então. Ou, não, não perdida, mas escondida: uma raça inteira que se retirara do mundo e jogara areia sobre as próprias pegadas para que ninguém soubesse que ainda existia. Mas saíam de seu esconderijo quando quer que fosse preciso. Nem todos eles, mas alguns. O golpe de misericórdia de Gassan, enquanto ela partia, tinha deixado isso claro.

— Página 53, sargento. O povo de Judas manda dois tipos de emissários para o mundo, para fazer contato com a humanidade comum: os Elohim e os Kelim, os Mensageiros e os Recipientes. Não sei o que os Recipientes faziam, mas fica bem claro, pelo texto, para que serviam os Mensageiros. "Mande nossos Elohim aonde forem necessários, para que ninguém atormenta ou persiga o povo. Que aqueles que fariam mal ao povo sejam detidos, e seus olhos selados, e a porta da sepultura fechada sobre eles. Aqueles que fazem tal coisa são consagrados e virtuosos aos olhos de Deus." Os Mensageiros eram assassinos santificados, sargento. E acho que ainda são. Acho que é com eles que você tem lidado.

— Filhos da puta — Kennedy murmurou.

Gassan assentiu, concordando sombriamente.

— Lembre-se de que traçam sua linhagem até muito além do avô Judas para o tetravô Caim.

— Talvez por isso eles se sintam tão confortáveis com o assassinato. Está no sangue deles.

CAPÍTULO 45

Gayle deixou Kennedy diante do EconoLodge. Ele tinha tarefas das quais cuidar em outro lugar, disse a ela, então teria que deixá-la se virar sozinha por um tempo, mas falaria com ela mais tarde naquele dia e seria seu chofer novamente se fosse preciso.

Em seu quarto, Kennedy ligou o laptop e mandou outro e-mail para Tillman. Então, por desencargo de consciência, telefonou — sabendo que ele não atenderia — e deixou uma mensagem no correio de voz dele.

— Leo, tem algo que preciso te contar. Algo realmente importante. Algo que muda tudo e significa que sua trilha ainda não dá num beco sem saída. Me ligue. Ou então responda ao e-mail. Faça alguma coisa para me avisar que está na escuta e eu te conto tudo. Mas não vou ficar gritando no vazio e você sabe muito bem por quê. Me ligue. Por favor.

Planejava entregar-se a uma pesquisa realmente séria depois disso, mas ficou andando de um lado ao outro no quarto por uma boa meia hora, incapaz de acomodar-se, encontrando coisas nada importantes para fazer com as poucas posses que trouxera consigo.

Finalmente, fez mais uma ligação para o telefone de Tillman.

— Eu de novo — disse. — Leo, o Michael Brand que morreu no avião tinha vinte e poucos anos, o que significa que era criança quando a Rebecca desapareceu. Ele não tinha a menor chance de combinar com a descrição que você ouviu naquela época. É um homem diferente. Acho que é sempre um homem diferente. Provavelmente nunca existiu um Michael Brand. É só um nome que eles usam quando saem para fazer esse tipo de trabalho. Eles têm umas pessoas que chamam de "Mensageiros". Talvez todos os Mensageiros sejam Michael Brand. Pelo amor de Deus, dá pra você me ligar? E, se não ligar, então leia a porcaria dos meus e-mails. Preciso de você!

A sensação após fazer isso foi um tanto catártica, pelo menos. Ela voltou ao laptop e começou a trabalhar. Primeiro, acessou alguns mapas do estado do Arizona. Encontrou websites inteiros dedicados ao assunto, oferecendo todo tipo de mapas e traçados — topográficos, econômicos, físicos e políticos. Também descobriu um site que lhe permitia mudar de um mapa esquemático simplificado para uma série de fotografias de satélite, o que a ocupou por duas horas inteiras. Seguiu a frota provável do Voo 124, rastreando ambos os lados do Golfo da Califórnia e depois passando pelo deserto do México e do Arizona, chegando até o Lago Havasu, no norte.

Não admitiria para si mesma o que exatamente estava procurando, mas não encontrou nada: nada fora do comum, pelo menos. Nada misterioso ou inclassificável ou controverso: nada — diga de uma vez! — que pudesse ser um enclave secreto de assassinos dementes escondidos do mundo no meio do deserto. Era o deserto, de toda forma, não era? Por que um grupo de dissidentes religiosos da antiga Judeia estaria vivendo no Arizona?

Talvez gostassem do calor seco.

Ou talvez eles fossem aonde ia o poder. Talvez tivessem vivido no Oriente Médio enquanto o local parecera o centro de alguma coisa, depois tivessem se mandado para o oeste, para a Europa, quando esta passara a ser o lugar onde as coisas aconteciam, e escapulido para o Novo Mundo durante os tempos brutais do colonialismo.

Isso é o que eu faria, Kennedy pensou, *se eu fosse um maluco homicida que tivesse feito um acordo especial com Deus?* Considerando tudo, era difícil saber.

Ela experimentou uma tática diferente, usando diversos sistemas de busca e de metabusca on-line para vasculhar o sul do Arizona diretamente. Quais eram os principais marcos locais, os centros populacionais, os espaços mais remotos e os microclimas anômalos?

Aprendeu muito, ou pelo menos surfou numa onda de informações, mas não obteve nenhum *insight* ou inspiração real. O terreno era rude, com partes inacessíveis, e ninguém poderia dizer que era densamente povoado. Com 50 e poucas pessoas por quilômetro quadrado, o Arizona ficava em 33º lugar entre os 50 estados da União — e a maioria dessas pessoas estava aglomerada em uns poucos centros populacionais. Mas a região tinha boas estradas, estava situada numa porção de rotas aéreas e os satélites a vigiavam 24 horas por dia.

Kennedy estivera imaginando uma situação. O Voo 124 decola da Cidade do México. Alguém olha pela janela e vê algo que não deveria ter visto — algo que aponta para a existência da tribo de Judas. Um sinal de alarme toca em algum lugar, de alguma forma, e Michael

Brand — um dos Michael Brands — é enviado. Ele não pode fazer nada com o avião enquanto estiver voando, evidentemente, então, o melhor que pode fazer é ir até Los Angeles e embarcar nele durante a conexão, o que faz na última hora. Então, encontra uma forma de derrubar o avião, o que, com a combinação única de habilidades de combate e loucura espumando pela boca, é sopa no mel para ele.

Mas, quanto mais de perto Kennedy olhava para a teoria, menos gostava dela. Dependia de haver algo para ver: algo grande o suficiente para ser visto da altitude a que o 124 voava (cerca de 8.200 metros, Gayle havia garantido), e não apenas visível, mas identificável, e, ao mesmo tempo, algo que fosse presumivelmente temporário, estando lá somente para ser visto nessa ocasião. Do contrário, os céus sobre o sul do Arizona e o México estariam repletos de aviões em queda como chuva de verão.

Ela não conseguia, por mais que tentasse, imaginar que coisa seria essa. E não conseguia, ainda, criar uma hipótese alternativa. Finalmente, chegou à conclusão óbvia de que isso não era algo que poderia fazer a partir de um quarto de hotel.

Quando Gayle telefonou, perto das 3 horas da tarde, ela contou seu plano a ele.

— Quero ir dar uma olhada na área onde o avião caiu. Uma parte dela, pelo menos.

Gayle mostrou-se surpreso e claramente cauteloso diante da ideia.

— É um bocado de chão — disse. — Por onde a senhora estava pensando em começar?

— Não sei. A estrada interestadual, eu acho. A parte da rota que passa pelo Arizona é a mais acessível a partir daqui.

— Claro. — Gayle não soou nada convencido. — Se bem que a distância da Cidade do México até L.A. é de uns 2.500 quilômetros, mais ou menos. Talvez 2.600. E só um décimo disso provavelmente está dentro do Arizona. Não sei quanto vai dar para descobrir.

— Bom, pelo menos vou ter uma noção da topografia do terreno — Kennedy respondeu. — De quão distantes são esses lugares e onde ficam um em relação ao outro. Isso pode gerar algumas ideias.

Enquanto falava, ela fazia o cálculo mentalmente: tentava, pelo menos. Dois mil e quinhentos quilômetros, e, a uma altura de 8.200 metros, provavelmente alguém teria um campo de visão que seria... o melhor que ela conseguia visualizar era um triângulo com lados de

8.200 metros. Seria possível ver — realmente ver com clareza, logo abaixo do avião — uma área que se estendia por pelo menos 1,5 quilômetro de cada lado. Então, numa estimativa modesta, ela tinha 4.800 quilômetros quadrados para procurar. Levaria dias só para cobrir essa distância pela estrada. E quanto ela seria capaz de ver da estrada?

— Eu só não quero ficar aqui parada — ela disse, carrancuda. — E não consigo pensar em nada melhor para fazer.

Houve um breve silêncio enquanto Gayle pensava a respeito disso.

— Pegue o avião — disse.

CAPÍTULO 46

Kuutma estava ouvindo música quando Mariam ligou. Isso era incomum, pois Kuutma odiava música.

Não, não era verdade. Mas era uma mídia à qual ele se mostrava indiferente. Não compreendia a estrutura ou o apelo. Quando mais jovem, ouvira certas melodias com algum tipo de prazer. Até se lembrava de ter dançado uma. Tudo isso antes de se tornar um Mensageiro e deixar Ginat'Dania. Depois disso, o curso de sua vida fora irrevogavelmente definido, e, de alguma forma, a música lentamente deixara de significar algo para ele.

Talvez fosse um efeito da droga. A *kelalit* alterava a percepção, ou, mais acuradamente, alterava a interface entre o usuário e o mundo. A realidade se tornava uma pantomima, banhada em sépia e movendo-se com a morosidade do melado. A mente ficava mais rápida, os movimentos, mais certeiros: a sensação geral era de uma consciência ampliada, e, mesmo assim, paradoxalmente, as coisas reais haviam perdido muito de sua vivacidade, sua "essência". Visões, sons, texturas, sabores: todas as coisas se nivelavam numa única dimensão, tornando-se — ele não conseguia pensar numa forma mais clara de expressar isso — como esquemas de si mesmas.

O toque do telefone veio, portanto, como uma distração bem-vinda para o enigma deprimente da música.

— Alô — Kuutma disse.

— Ela reservou uma passagem aérea, Tannanu. — A voz de Mariam soava perfeitamente firme, perfeitamente inflexível.

— Para onde?

— Cidade do México. Mas não acho que a questão seja o destino final. Ela vai tomar o Voo 124.

— Ah. Sim. — Kuutma considerou. Isso era bom em diversos aspectos. Mostrava quão pouco, mesmo nesse estágio, a detetive conseguira compreender. E oferecia oportunidades de finalizar o trabalho que ficara inacabado na Inglaterra. E ainda assim... Ainda assim. O negócio fora mal conduzido em cada estágio. Agir novamente agora e deixar mais pontas soltas à vista não seria aceitável.

Fora por isso que ele não ordenara a Mariam que agisse contra Tillman. Era a única razão, ele disse a si mesmo mais uma vez. Não havia outras. Em cada ocasião, uma vez que Tillman voltasse para a hospedaria no oeste de Londres que já havia sido identificada pela equipe de Mariam, não houvera necessidade de agir. Ele se colocara nas mãos de Kuutma, que poderia ordenar sua morte a qualquer momento.

Kuutma lembrou-se de que isso removia a urgência da situação: na verdade, tornava a vigilância mais valiosa e útil do que a ação imediata. Matar Tillman agora talvez engatilhasse algum mecanismo de ação retardada: alguma informação que seria entregue a outrem e um novo perigo que surgiria.

Mas Kuutma não acreditava realmente nisso.

Ele viajara para Londres. Tomara o metrô, depois um ônibus, até o lamentável buraco onde Tillman agora se alojava. Alugara o quarto adjacente e, com cuidado infinitesimal, abrira um minúsculo orifício na parede, muito perto do chão, usando um verrumão sofisticadamente afiado e levando várias horas. Através do orifício, inserira uma câmera espiã do tamanho de uma cabeça de alfinete numa guia de microfibra.

O que ele vira lhe dera considerável satisfação.

— Ele não vai parar de procurar. Ele vai olhar nos seus olhos um dia, Kuutma, e um de vocês vai piscar.

— Rebecca, não acho que vou ser eu.

— Mas você não o conhece, eu sim.

— Eu gostaria, querida prima, que você nunca tivesse precisado conhecê-lo. E alegra-me que não tenha mais que conhecê-lo.

— Ah, mas eu não tenho mais que conhecer coisa alguma, Kuutma. Foi por isso que mandaram você.

Talvez ele devesse ter matado Tillman naquela época. Ou talvez, de qualquer forma, devesse tê-lo deixado como estava e não interferido mais. Não havia matado Tillman e não o havia deixado: não imediatamente. Havia feito mais uma coisa que poderia ter — que certamente teria — consequências.

— O que devo fazer, *Tannanu*? — A pergunta de Mariam arrancou Kuutma de seu devaneio, no qual ele nunca deveria ter caído.

Suprimindo as memórias, tanto as antigas quanto as recentes, ele revirou diversas ideias em sua mente e as examinou, à procura de falhas.

— Por enquanto — respondeu ele —, não faça nada. Deixe a mulher ir e fazer o que quer. Siga-a se ela deixar o terminal do aeroporto no México. Dependendo de aonde vá, e de quem ela veja, pode ser necessário agir rapidamente contra um número maior de alvos. Por enquanto, porém, permita que se reúnam. É bom que eles se reúnam. Torna nossa tarefa muito mais fácil. Você conhece, Mariam, a grande regra que seguimos.

— Não faça nada que não seja autorizado — Mariam citou. — Faça tudo o que for necessário.

— E sempre — devemos assim inferir — reflita a respeito de em que ponto dessa linha nossas ações se encaixam.

— Eu entendo, *Tannanu*.

— Mas você está de luto, Mariam, por seus primos. A mágoa que sente... Se a conheço bem, me aventuraria a dizer que essa mágoa, para você, é mais real e maior do que qualquer outra coisa neste mundo.

— Não é maior, nem mais real, do que Deus, *Tannanu*.

— Por isso mesmo — Kuutma respondeu gentilmente —, especifiquei este mundo. Você os amava. Lutou ao lado deles e compartilhou com eles tudo de si que valia a pena compartilhar. O que você perdeu... Eu sei, acredite, quão grande é a perda. — Quando ela não respondeu, ele prosseguiu. — Se quisesse ir para casa agora, não haveria vergonha. Outra pessoa poderia terminar a missão, e você poderia se consolar na companhia de outros entes queridos.

— *Tannanu*, me perdoe. — A voz dela adquiriu certa aspereza. — Se eu me esquivasse disso por causa de um sofrimento emocional, um ferimento imaginário em meu coração, como poderia não me envergonhar? Quando Ezei e Cephas deram tudo, como eu poderia pesar o que dei e dizer que é o suficiente, ou que é demasiado? O senhor me designou para um trabalho. Por favor, eu lhe imploro, não me mande para casa antes que minha missão se complete.

Ele curvou a cabeça num gesto de respeito por Mariam que ela não pôde ver e do qual jamais tomaria conhecimento.

— *Barthi*, não farei isso.

Houve um silêncio.

— O que é essa música? — Mariam perguntou, num tom mais brando, como se sua vitória sobre ele a tivesse exaurido.

— Os Rolling Stones — ele respondeu. — Uma canção chamada "Paint it Black".

— O som é agradável para o senhor, *Tannanu*?

Kuutma sentiu-se embaraçado.

— Não. É claro que não. É uma cacofonia monstruosa. Estou ouvindo apenas para alinhar meus pensamentos com os de minha presa. Isto é Tillman. A música de Tillman. Ele a ouviu várias vezes desde o incêndio, e eu queria entender que emoções ela pode ter causado.

— Encontrou uma resposta, *Tannanu*?

Kuutma estava num terreno mais firme nesse assunto.

— Desespero, *Barthi*. Ele está sentindo desespero.

CAPÍTULO 47

Kennedy havia temido que estar no Voo 124 fosse uma sensação sinistra e enervante, mas depois dos primeiros cinco ou dez minutos era apenas um voo. Ela pegara um assento junto à janela ao fazer a reserva, recusara os drinques e pretzels de cortesia e se acomodara para observar o chão que se desenrolava abaixo dela.

Cidade, subúrbio, deserto, deserto, deserto. Uma pedreira, uma pequena cidade, uma represa e mais deserto. À medida que o avião ganhava altitude, ela ia ficando menos capaz de distinguir características individuais no terreno. Depois de um tempo, só conseguia perceber as áreas construídas por causa da cor: faixas de cinza contra as faixas maiores de marrom-amarelado, marrom-escuro e verde-oliva.

A 8.200 metros de altitude, era difícil ter revelações.

Ela conseguia ver o litoral, obviamente, e os rios se destacavam claramente. Estradas eram mais difíceis de enxergar, mas era possível adivinhar onde estavam às vezes, com a interrupção das linhas das montanhas ou nos pontos em que a área em torno delas havia sido limpa. Haveria uma estrada, quem sabe, onde não deveria estar? Uma estrada que não servia a nenhum destino óbvio?

Mas não podia ser. Qualquer coisa assim tão permanente seria vista pelos passageiros de qualquer voo que usasse essa rota. O que ela estava procurando — aquilo de que precisava — era algo transitório: teria sido um evento único. Então, o voo podia dar-lhe uma noção da possível escala da coisa, mas só isso. Ela estava ali para brincar de adivinhação, e ainda estava na fase das perguntas como: "É maior que uma caixa de sapatos?".

Depois, estradas, mas nenhum tráfego nelas. Estruturas feitas pelo homem, visíveis se fossem muito altas ou razoavelmente extensas. Outros aviões: viu muitos deles, passando pela área vagarosamente.

E luzes. Enquanto a noite caía, a paisagem adquiria a aparência de uma treliça, com algumas áreas acesas, outras em profunda escuridão. Certo, isso poderia resultar em algo: uma luz onde não deveria haver luz? Mas, é claro, à medida que escurecia, tornava-se mais difícil ver os traços salientes da paisagem, então ela tinha cada vez menos com o que se orientar. Como poderia saber onde uma luz não deveria estar ou onde estava em relação a todo o resto? O piloto saberia. E o copiloto. Eles deveriam ter instrumentos para guiá-los, assim como a visão. Teria Brand derrubado um avião inteiro só para matar a equipe de bordo?

Ela observou uma das luzes lá embaixo ligando e desligando, piscando com periodicidade fixa: visível por três segundos, apagada por cinco. Estava próxima da costa, então imaginou que fosse um farol. Seria possível que o 124 tivesse registrado algum outro tipo de luz, acesa para mandar um sinal apenas para o povo de Judas? Afinal, eles amavam seus códigos: talvez se comunicassem uns com os outros na escuridão com tochas rutilantes ou com aqueles holofotes imensos, com grades, que o comando de bombardeio da Royal Air Force usara na Segunda Guerra Mundial.

Mas, na era do telefone celular, essa seria uma coisa muito asinina a fazer, não?

O avião começou a descer em direção à Cidade do México — depois da escassez do vasto deserto, um punhado de luzes dentro de luzes, tão densas quanto galáxias contidas umas nas outras —, e Kennedy admitiu finalmente que aquilo havia sido perda de tempo.

Ela tinha quase três horas vagas até tomar o voo de volta. Vagou pelo saguão do aeroporto como um fantasma lúgubre, encontrando a maior parte das lojas e cafés já fechada para a noite. Finalmente, encontrou um bar, sentou-se e pediu uma grande margarita. Quando em Roma, pensou, deve-se ao menos fazer um esforço simbólico para ser como os romanos.

Uma mulher no outro canto do bar a estava observando, de forma disfarçada e intermitente. Ela parecia jovem, talvez até bonita, também, mas usava maquiagem demais. Não era exatamente o tipo de Kennedy, que preferia curvas imensas, mas era interessante mesmo assim, com um corpo esguio e sem dúvida muito elástico. Vestia roupas muito casuais: blusa e calças em tons terrosos indeterminados, que teriam lhe caído bem se sua pele fosse um pouco mais bronzeada, mas ficavam totalmente sem graça em contraste com a pele muito clara dos braços dela.

Kennedy não estava com tesão nenhum, mas sentia-se terrivelmente tensa e considerou, pela primeira vez num longo tempo, os possíveis efeitos restauradores de uma rapidinha. Como um primeiro passo exploratório em direção a isso, ela sustentou o olhar da mulher

— de forma que, da próxima vez que ela lançasse um olhar furtivo a Kennedy, os olhos das duas se encontrassem.

O efeito não foi o que Kennedy esperava. Sem se mover, a mulher se retraiu. Não como se fosse tímida ou introvertida, mas como se ficasse tensa diante de um confronto. Cristo. Kennedy obviamente a interpretara errado. Talvez a mulher a tivesse percebido como policial ou coisa assim. Talvez tivesse algo contra policiais.

Kennedy estava prestes a terminar o drinque e ir embora, mas a mulher foi mais rápida. Colocou o copo sobre o balcão com um pouco mais de força que o necessário, chamou o barman e falou com ele por alguns segundos antes de colocar um maço de notas nas mãos dele. O barman encolheu os ombros, contou e assentiu. A mulher saiu, e Kennedy ficou olhando seu traseiro enquanto ela se afastava com uma pontada vestigial de pesar.

Ela se demorou com a margarita, permitindo que o álcool a levasse da excitação parcial até algo similar à calma, mas mais parecido com resignação. Fez um sinal para que o barman lhe trouxesse a conta, e ele balançou a cabeça negativamente.

— Já foi, moça.

— Já foi o quê?

— Sua conta. A moça pagou seu drinque. E me mandou lhe entregar isto.

Ele colocou algo sobre o balcão diante de Kennedy. Parecia uma moeda de 25 centavos até ela apanhar o objeto e registrar primeiro seu peso, depois sua forma irregular e, por fim, as letras iniciais parcialmente salientes ao longo da borda. Ela estava segurando a gêmea da moeda que levava na carteira, entregue a ela por Tillman no Crown and Anchor, na Surrey Street.

Largou o objeto e saiu correndo do bar. Cobriu todo o saguão num rápido trote, esperando, apesar das poucas chances, que pudesse esbarrar na mulher novamente. Havia pouca gente ao redor, e ela poderia tê-la avistado de uma vez, mas é claro que a mulher não teria deixado a moeda se pretendesse ficar. Kennedy desacelerou até estar caminhando, sem fôlego, mais do que apenas por causa da corrida, o coração pulando no peito.

Aquilo tinha sido... o que tinha sido? Um insulto. Uma provocação. Uma promessa. A mulher no bar era uma das pessoas pelas quais ela estava procurando: o povo de Judas. E se deixara ver, como se quisesse dizer a Kennedy que não importava quão fácil ou quão óbvio deixassem tudo para Kennedy, ainda assim ela não chegaria lá, ainda assim não conseguiria juntar todas as peças.

Ou, talvez, que não importava, mesmo se conseguisse.

A raiva havia varrido Kennedy como uma onda quente, mas agora se partia e ela se encontrava estranhamente calma. Quem quer que fosse a mulher, revelar-se dessa forma havia sido uma atitude negligente: vista dentro do contexto de séculos ou milênios de sigilo obsessivo, era um erro inexplicável. Possivelmente a mulher o vira como uma exibição de poder, mas não era, não poderia ser. Era alguma emoção que não havia sido inteiramente capaz de controlar, operando através dela e distorcendo sua capacidade de decisão. Kennedy lembrou-se, de repente, da noite em que o Pombal queimara. Seria possível que aquela fosse a mesma mulher? Que ela tivesse cruzado o Atlântico para seguir Kennedy? Extremamente improvável. Se eles haviam estado tão prontos a matá-la naquela noite de sangue e fogo, por que se deteriam agora?

Era outra pessoa, então. Mas outra pessoa que queria que ela soubesse que fora identificada: que estava sendo perseguida ao mesmo tempo que continuava sua própria perseguição.

Então, o verdadeiro confronto não demoraria a acontecer. E agora Kennedy estava avisada, se não se prevenisse, seria erro dela.

* * *

Eram 2 horas da manhã quando o segundo avião pousou em Bullhead, e passava das 3 horas quando ela chegou ao hotel em Peason. John-Bird foi seu motorista novamente, mas ela evitou as anedotas dele sobre o Colorado ao cair no sono instantaneamente no banco de trás do táxi. Ele continuou falando mesmo assim. Emergindo do cochilo vez ou outra, Kennedy experimentou a torrente de palavras como algo bizarramente confortante: era bom não estar sozinha naquele momento. Como forma de agradecimento, ela murmurava um "sério?" em resposta a qualquer fato fluvial com o qual ele a estivesse regalando, depois voltava prontamente a pegar no sono.

Cambaleando para seu quarto, ela pretendia cair de cara na cama e dormir mais um pouco, provavelmente sem nem mudar de roupa. Mas a luz vermelha no telefone ao lado da cama estava piscando. Ela pegou o fone e teclou 3 para acessar o correio de voz, segurando o aparelho sob o queixo enquanto remexia os pés levemente inchados para livrá-los dos sapatos.

— Oi, sargento. — A voz de Webster Gayle, robusta, amigável e alta demais. — Espero que tenha conseguido alguma coisa na sua viagem para o sul da fronteira além de tequila barata. Mal posso esperar para ouvir como foi. Escute, não podemos mais adiar isso. A senhora tem que falar com a Moggs, assim as duas podem pensar juntas e atingir massa crítica. Prometo ficar bem longe do raio da explosão. Ela acorda bem cedo, então pensei que poderíamos tomar café da manhã juntos. Vou esperar pela senhora na porta do hotel às 7h30. Durma bem.

Uma margarita, Kennedy refletiu, exausta, enquanto rolava para a cama e puxava o cobertor até a metade do corpo. Uma margarita e nada a esperar senão café da manhã com fantasmas. Nada a ver com dormir bem.

CAPÍTULO 48

Ficou claro para Kennedy, em menos de um minuto, que o relacionamento entre Eileen Moggs e Webster Gayle ia muito além do profissional. Um minuto e pouco depois disso, ela também havia percebido que o homem e a mulher viam tal relacionamento por ângulos diferentes.

O xerife Gayle foi casual e prático ao apresentar Moggs, chamando-a de "uma grande amiga minha". A frase vinha do vocabulário dos *talk-shows* televisivos e significava, por si só, uma coisa totalmente sem importância. Mas o sorriso de Moggs quando ele disse isso parecia carregado, momentaneamente, tanto de orgulho quando de dor. Afirmava que o xerife não tinha uma amiga mais importante do que ela e admitia, ao mesmo tempo, que não havia palavra melhor para o que ela era para ele.

As duas mulheres apertaram as mãos e mediram uma à outra.

— Ah, você é policial mesmo — Moggs disse com um risinho.

— Dou muita pinta? — Kennedy perguntou, infeliz.

— Está na cara, querida, e pode aceitar isso como um elogio. Meu pai era policial, assim como meus dois irmãos. Qualquer um que tenha esse alinhamento de ombros, para mim, é como se fosse da família.

O que explica por que você está saindo com o xerife, Kennedy pensou. Ela deixou que Moggs a conduzisse, passando por uma cortina de miçangas, até a cozinha, onde *waffles*, ovos e bacon a esperavam. Estavam surpreendentemente bons, assim como o café e o suco de laranja — este, aparentemente, espremido à mão usando um antigo espremedor de frutas operado à manivela que ocupava o lugar de honra no balcão da cozinha. Kennedy estivera sentindo-se física e emocionalmente devagar, mas o desjejum a restabeleceu, e suas respostas às perguntas bem-intencionadas de Moggs tornaram-se seguramente menos monossilábicas.

Então, há quanto tempo Kennedy estava na Divisão de Detetives? Seis anos, mais ou menos.

E ela sempre quisera ser policial? Isso, sempre. Era uma tradição familiar ("Normalmente é", Moggs concordou).

Essa era sua primeira visita aos Estados Unidos? Não, a segunda. Kennedy passara uma semana em Nova York uma vez, com uma namorada — ou amiga, melhor dizendo; um dos muitos movimentos em falso num relacionamento que permanecera desconcertantemente platônico apesar de todos os sinais de que se transformaria em algo mais primordial e satisfatório. Kennedy não mencionou a garota: não tinha a menor ideia do que Moggs e Gayle achavam de homossexualidade e não queria acrescentar nenhum embaraço extra a uma situação que já estava degringolando.

— Fui a Londres uma vez — Moggs confessou. — Mas foi uma porcaria. Era alto verão e chovia o tempo todo. Levei o mês seguinte todinho só para ficar seca de novo. Além disso, eu tinha que apontar o dedo para os pratos nos cardápios dos restaurantes porque descobri que não conseguia falar a língua... mesmo que aparentemente fosse a *mesma* língua!

Ela riu estrondosamente da própria piada. Kennedy riu junto.

— Então, né — Moggs disse, subitamente séria. — Essa sua investigação de assassinato... O Web não quer falar comigo sobre isso porque não quer abusar da posição dele, por eu ser jornalista e ele ser um oficial da lei, mas disse que talvez você quisesse falar sobre isso, e, se fosse o caso, ele não poderia impedi-la. Então eu pensei, ora, se eu te mostrar o meu, pode ser que você queira me mostrar o seu. O que me diz?

Kennedy decidiu-se pela honestidade objetiva:

— Não posso responder a isso até saber o que é "o seu". — *E, se forem mais fantasmas, provavelmente vou ter que dispensar sua hospitalidade*, pensou.

Moggs reconheceu a razão dela com um sorriso.

— Verdade. É bem verdade. Ouça, então. O Web é um bom homem, né? Quero dizer, você acabou de conhecê-lo e aposto que já consegue perceber isso. Ele é tão bom que acha que todo mundo no mundo é bom também. Isso é meio que uma fraqueza num policial.

— Ei! Eu estou ouvindo! — Gayle protestou.

— Cale a boca, Web — Moggs devolveu a ele com afeto. Manteve os olhos em Kennedy o tempo todo, e talvez houvesse um brilho astucioso neles. — Mas eu sou uma caçadora de notícias, então sei que a maioria das pessoas é imunda. Imagino que você concorde com isso, né?

— Eu diria cinquenta por cento — Kennedy admitiu, desconfiada.

— Bom — disse Moggs. — Eu não. Eu diria que as chances são muito maiores do que isso. Então, eis como a coisa funciona. O Web recebe uma mensagem de uma forasteira, uma colega policial, e é um pedido de ajuda. E a primeira coisa que o Web pensa é: Como posso ajudar essa pessoa? Enquanto a primeira coisa que eu penso é: Qual é o truque aqui? O que é que eu posso perder? O que esse caso vai parecer se eu andar um pouco ao redor dele e observá-lo de várias formas? Está me entendendo?

Kennedy percebeu a pergunta por trás da pergunta e soube, sem a menor sombra de dúvida, que ela havia sido pega no flagra.

— Sim — disse. — Estou entendendo.

— Então, enquanto o Web lhe estende o tapete vermelho e me conta todas essas coisas maravilhosas sobre você — como é esperta e como é educada e o sotaque maravilhoso e tudo mais —, não consigo deixar de pensar: então, quem é essa sargento Kennedy e qual exatamente é o motivo dela? Porque todo mundo tem um motivo, né?

— Sim — Kennedy respondeu. — Suponho que seja verdade.

— E o seu ângulo é que você não é mais policial. Foi mandada embora e voltou a ser civil, ou então pediu demissão — depende de a quem eu pergunte. Mas se esqueceu de mencionar isso ao Web quando pediu que ele ajudasse na sua investigação.

Kennedy ficou surpresa ao perceber que havia corado. Sabia que era só uma questão de tempo antes que alguém verificasse suas credenciais e descobrisse que elas não serviam. Não esperara que o momento fosse tão doloroso quando viesse.

Ela se virou para Gayle.

— Eu sinto muito, xerife — ela disse, sinceramente. — O senhor deve achar que eu o estava usando de uma forma totalmente cínica, e talvez eu estivesse. Mas o senhor não acreditaria no que já fiz para continuar com este caso. No que perdi. E eu não podia desistir. Mesmo quando o caso deixou de ser meu, quando deixei de ser policial, não pude desistir.

Ela ficou de pé, pronta para sair, fosse sozinha ou sob custódia, mas Gayle irrompeu numa gargalhada diante da expressão hostil e solene dela.

— Sente-se, sargento — ele disse. — Não vejo o que você disse exatamente como uma mentira. Na minha opinião, algumas pessoas são policiais antes mesmo de conseguirem o distintivo, e continuam sendo policiais depois que o devolvem. Ou elas nunca conseguem um distintivo, como a Moggs aqui, mas ainda têm os instintos e o jeito de olhar para o mundo.

— Está no sangue — disse Moggs sem modéstia. — Sério, srta. Kennedy — acho que não devo chamá-la de sargento —, eu não estava tentando esfregar tudo isso na sua cara. Só estava lhe contando que nós sabemos. Descobrimos qual é a sua. Mas você não tem nenhuma jurisdição aqui, de todo jeito, e sei que de fato esteve trabalhando nesse caso até seu último dia como policial. Tudo o que fez de errado, aos olhos do mundo, foi não parar. E outra coisa, o Web não quebrou nenhuma regra ao ajudá-la. Tudo isso é coisa de domínio público, até o momento. O xerife do Condado pode falar com quem ele quiser a respeito de um caso em andamento, se alguém perguntar.

— Embora ele normalmente não conte — Gayle interpôs. — Eu não gostaria que você pensasse que eu seria indiscreto com qualquer um que simplesmente viesse falar comigo, sargento.

— Ora essa — Moggs disse —, a verdade é que você está trabalhando no seu terreno preferido, e é por isso que quisemos fazer esta reunião informal, e é por isso que quis dividir com você o que sabemos. Então, o que me diz?

Ela estendeu a mão. Ainda corada, Kennedy a aceitou — não num aperto de mãos formal, mas num cumprimento informal, com tapa e chave de polegar, que pareceu muito mais intenso e tranquilizador.

— Vamos para a sala — Moggs disse — e eu te mostro o que tenho.

Ela foi na frente, passando pela cortina em direção a um vestíbulo estreito que levava a um espaço caloroso e acolhedor, cheio de mobília suave e cores do entardecer. Um enorme sofá exibia uma manta de crochê adornada com uma águia americana estilizada, porém esplêndida.

— Na verdade — Moggs disse, assim que fez Kennedy sentar-se no sofá —, este pode ser o tipo de coisa para a qual precisamos nos fortificar com um pouco mais de café. Vou ferver mais um bule.

Ela foi correndo de volta à cozinha e depois de um minuto Gayle a seguiu, resmungando algo sobre ajudar a carregar a bandeja. Sozinha, Kennedy observou as paredes enquanto seus batimentos cardíacos voltavam ao normal. Estavam cobertas de fotografias, mas a própria Eileen Moggs não aparecia em nenhuma delas. Havia uma parede de retratos, alguns dos quais Kennedy reconheceu: Webster Gayle (duas fotos), George Clooney, Jesse Jackson, Bill Clinton, Bono Vox, Donald Rumsfeld fazendo uma carranca demoníaca. A parede oposta era ocupada por lugares: o Grand Canyon, a Rota 66 com sua placa icônica e a flotilha de motoqueiros, as ruínas dos anasazi, cactos, a sede do governo do estado cercada por manifestantes e uma imagem muito perturbadora de um assentamento no deserto onde um grupo de policiais uniformizados, ou da força municipal ou da estadual (Kennedy não conhecia os uniformes bem o suficiente para ter certeza) posavam solenemente em torno do corpo de um homem negro.

Gayle entrou carregando três xícaras numa bandeja, vindo de costas e cabeça baixa pela cortina de miçangas. Moggs o seguiu com um prato de biscoitos e — de forma um tanto incongruente — uma garrafa de uísque Jim Beam. Gayle colocou a bandeja na mesa, e Moggs torceu a tampa da garrafa, abrindo-a.

— Normalmente coloco uma dose disto no meu café — ela disse a Kennedy. — Só um pouquinho. É simbólico, na verdade, mas deixa as coisas pesadas mais leves.

Ela batizou a própria xícara com o uísque e olhou para Kennedy com a garrafa erguida e pronta.

— Vamos falar de coisas pesadas?

Moggs sorriu.

— Já não falamos?

— Vá em frente — Kennedy disse, e Moggs serviu.

— Eu passo — disse Gayle. — Preciso voltar ao trabalho depois disso.

— Eu ainda estou trabalhando — rosnou Moggs.

— Claro. Mas todo mundo espera que uma jornalista maluca esteja bêbada.

Eles cutucavam um ao outro com a intimidade fácil dos amantes. Não precisavam rir das piadas um do outro. Moggs foi até o outro lado de uma mesa enorme em forma de L num canto da sala e voltou com uma pasta de arquivo verde-oliva, muito grossa, que colocou na mesa entre eles, empurrando o prato de biscoitos para o lado para abrir espaço: o prato principal.

— Tá legal — ela disse, com o ar de quem estava prestes a falar de algo muito sério. — Este é o nosso arquivo de mortos ambulantes.

Kennedy não estivera se sentindo vibrante de antecipação, mas experimentou uma sensação de declínio mesmo assim.

— Os fantasmas do Voo 124? — perguntou.

— Exatamente — Moggs confirmou. — Dê uma olhada. Eu prometo revelações, sinais e prodígios.

— Eu... não sou de acreditar nessas coisas — Kennedy protestou, desconfortável, mas sem muita firmeza.

— Ah, nem eu, sargento. Mas leia mesmo assim. Daí a gente conversa.

* * *

Meia hora depois, Kennedy ainda estava lendo, observada por seus anfitriões indulgentes — mas os sinais e prodígios ainda não haviam aparecido. Na verdade, o conteúdo dos arquivos era exatamente o que ela teria esperado que fosse: uma sopa requentada de lendas urbanas, histórias de terror com frases prontas e tristes autoilusões.

Todas as figuras de sempre estavam lá: o homem que manda e-mails cheios de uma algaravia indecifrável usando o computador de seu escritório enquanto seu corpo está estendido numa prateleira num necrotério do Arizona; a mulher que sentiu a mão do marido morto em seu ombro e o beijo dele em sua bochecha no exato momento em que o avião caiu; o carro deixado atravessado em frente à casa no meio da noite ("As chaves da minha mulher estavam na ignição, mas ela estava com elas quando morreu, eu juro!"); as figuras de palitinhos de mãe e filho desenhadas na condensação da janela do quarto e a doce velhinha identificando-as sem hesitação, chorando, como trabalho de sua neta ("Ela sempre desenhava a si mesma com cabelo encaracolado, mesmo que tivesse perdido os cachos um ano atrás"). E assim por diante, e por aí vai, com variações menores e desinteressantes. As histórias que as pessoas contam umas às outras para convencer a si mesmas, contra todas as chances, de que a morte não é o fim.

Kennedy fechou o arquivo, lido apenas pela metade, para indicar que já havia terminado. O material servira para deixá-la mais ou menos convencida de que Gayle e Moggs eram evangelistas de uma das mais surreais igrejas americanas, e ela estava a ponto de ser obrigada a dizer-lhes que aquilo não servia para nada.

— Como eu disse — repetiu em tom tão neutro quanto possível —, não acredito nesse negócio de vida após a morte. É interessante, mas realmente não é o meu tipo de...

— Interessante? — Moggs estava incrédula. — Por que diria isso, srta. Kennedy? Ora, a maior parte disso é o mesmo lixo que as merdas dos grandes jornais tentam nos empurrar a cada dia da semana. Está longe de ser interessante. Não consigo ler nem seis páginas disso sem ter vontade de morrer.

— Bom, então... — Kennedy titubeou. — Por que mostrar isso para mim?

— Essa, sim, é a pergunta certa — Moggs disse. — E eu vou respondê-la com outra pergunta. O que você percebe em toda essa baboseira? Qual é o padrão? — Havia algo um tanto furtivo ou presunçoso na voz dela: o tom de uma professora que já conhece a resposta certa e está esperando que a aluna dispare a resposta errada.

Kennedy voltou ao arquivo e repassou as primeiras páginas sem mais entusiasmo do que conseguira sentir da primeira vez.

— Nenhum avistamento real — disse. — Nada que seja verificável. Nada que não possa ter sido falsificado ou imaginado. São as lorotas perfeitas dos tabloides: só os mínimos fatos e nomes, para que seja difícil verificar qualquer coisa, e espaço máximo para manobra. Histórias de uma agência pinçadas e polidas por outras...

— Exatamente — Moggs disse. — Já vi tudo isso antes, srta. Kennedy. Escute, posso chamá-la de Heather? Obrigada. Já vi tudo isso antes, Heather, e parece que você, também. Mas, como dizem, é preciso procurar a exceção que comprova a regra — e, desta vez, e exceção é imensa e berrante.

Kennedy mostrou a palma das mãos.

— Não estou vendo nada.

Percebia que Gayle estava ansioso para interromper, mas ele se refreava — provavelmente, via este como o show de Moggs, não o dele.

— A verdade é — disse Moggs, retrocedendo apenas um pouco — que eu levei um bom tempo para perceber isso, também. O Web estava me deixando doida com essa história. Mesmo quando ele não estava falando sobre isso, tinha aquela expressão que dizia exatamente o que estava pensando. Então comecei a colecionar essa pasta de recortes, basicamente para poder bater com ela na cabeça dele, mostrar a ele de várias formas diferentes que isso era coisa de doido. Foi aí que eu percebi — acho que porque estava tudo num só lugar e porque o Web tinha tentado dividir as notícias por data e hora e tudo mais. Essa era meio que a chave. Volte para o começo, Heather, e tenha em mente que o arquivo está em ordem cronológica.

O primeiro artigo dizia a respeito de um Peter Bonville, o funcionário cuja rotina de trabalho era tão poderosa que a morte não conseguira impedi-lo de aparecer no escritório, servir-se de um copo de café, ligar seu computador e verificar a caixa de entrada de seu e-mail. Algo incomodou Kennedy ligeiramente. Ela verificou a data: dia 5 de julho. Três dias depois que o CA124 caíra.

— Esta não é a primeira — ela disse. — Tinha uma com data do dia 4.

— Sylvia Gallos — Moggs confirmou, aprovando. — Certo. Isso me intrigou também, no começo — mas é um erro de paralaxe. Veja você, a Sylvia Gallos ligou para uma estação de rádio local, para um *talk-show* que vai ao ar tarde da noite, na mesma noite em que a coisa aconteceu. Então, não há lapso de tempo. Aconteceu no dia 4 e foi registrado no dia 4. A história do Bonville apareceu um dia depois, mas aconteceu dois dias antes. Só que não virou notícia até alguém pensar em noticiar o caso.

Claramente, estavam chegando ao âmago da questão agora. Moggs não chegou a baixar a voz, mas inclinou-se para a frente como se o que estava prestes a dizer merecesse os atributos teatrais de uma conspiração.

— Existem várias versões diferentes da história do Bonville, com uma gama absurda de detalhes a respeito do que ele supostamente fez quando chegou ao trabalho naquele dia. Tipo, que o Bonville bateu seu próprio cartão de ponto. Errado. Ninguém encontrou nenhuma prova de que ele tenha entrado ou saído. O Bonville serviu uma xícara de café para si e deixou bebida pela metade na mesa do cubículo dele. Errado. Até onde eu sei, só a área do escritório, que era aberta, recebeu uma visita: a copa ficava em outro lugar e estava intocada. O Bonville falou com alguns dos colegas de trabalho dele, que não sabiam estar falando com um fantasma até ser tarde demais. Errado. Ninguém o viu. Toda a evidência de que ele estivera lá veio do computador dele, do posto de trabalho dele, que havia sido ligado e usado.

— Usado para quê? — Kennedy perguntou. Sentiu um formigamento de tensão na nuca e nos antebraços. Haveria uma fagulha de verdade oculta sob aquelas várias camadas de histórias da carochinha gastas e repetitivas?

— Bom, mais uma vez, isso tem versões diferentes — Moggs respondeu. — Algumas dizem que o Bonville ficou surfando em sites de pornografia. A maior parte diz que ele ficou mandando e-mails: ou cheios de uma bobageira aleatória ou de reclamações assustadoras sobre estar perdido num deserto em algum lugar onde o sol nunca nasce. Novamente, verifiquei tudo isso com os empregadores do Bonville, o Departamento de Obras Públicas de Nova York. Eles não eram obrigados a falar comigo, claro, não teriam sido obrigados a falar nem com o Web, se ele tivesse telefonado, porque a jurisdição dele termina na fronteira do condado. Mas queriam falar. Estavam meio que incomodados com todas aquelas histórias malucas circulando e queriam dar a versão correta. Disseram que o programa de e-mails do Bonville não havia sido aberto, nem o navegador dele. Tudo o que ele fez — ou quem quer que fosse fez — foi acessar alguns arquivos e deletá-los. Então, presumiram que fosse algum ataque de rotina de hacker em vez de uma visita fantasmagórica.

Aquele formigamento preliminar tornara-se algo muito mais urgente agora, que fizera Kennedy inclinar-se para a frente também, como se ela estivesse a ponto de passar por cima da mesa e beijar Moggs — o que poderia fazer com que o xerife Gayle revisse sua boa impressão sobre ela.

— Que arquivos? Sabemos o que continham?

— Não, não sabemos. E eles também não sabem — porque o principal servidor do departamento foi atacado por uma grande infecção viral mais tarde, naquele mesmo dia, e todos os arquivos de segurança foram eliminados antes que pudessem fazer alguma coisa a respeito. Tudo o que sobrou foi uma tabela de registros com os nomes de alguns arquivos, mas eles não são informáticos. Dados 1, Dados 2, Dados 3, coisas assim.

A primeira coisa em que Kennedy pensou foi óbvia: *o Rum*? Mas não, isso era absurdamente improvável. Se alguém na equipe de Stuart Barlow tivesse falado com um funcionário público de baixo escalão em Nova York, ela teria esbarrado nessa informação muito tempo atrás. Isso era diferente: não era o Rum. Mas era suficientemente parecido com o Rum para a resposta ser a mesma: *Mandem Michael Brand*.

Moggs ainda estava falando.

— Então, não temos muito com o que trabalhar no final. Mas eis o que me fez continuar, sargento. Eu disse que esse foi o primeiro dos incidentes fantasmagóricos. Mas não contei quando exatamente aconteceu. Aquela tabela de registros tinha marcações precisas das datas em que cada um dos arquivos fora modificado — de quando foram deletados. Eram momentos muito próximos, num período de cinco minutos, começando às 11h30 do dia 2 de julho. Em outras palavras, os arquivos foram eliminados enquanto o Voo CA124 ainda estava no ar: uns bons dez minutos, mais ou menos, *antes* de o Peter Bonville virar um fantasma.

Kennedy verificou os horários ela mesma e depois manteve um minuto de silêncio em honra ao trabalho de detetive de Moggs: ou cinco segundos de silêncio, pelo menos.

— Você está certa — disse, cheia de admiração. — Está totalmente... Você pegou a essência da coisa, srta. Moggs. Eileen. Essa foi uma assombração preemptiva.

Moggs riu, claramente gostando tanto do termo quando do elogio.

— Assombração preemptiva, depois dois dias de nada, depois todas essas outras histórias de fantasma apareceram. Então, no momento em que a supervisora do Bonville percebeu que alguns arquivos haviam desaparecido e contou ao superior dele, todos esses boatos já estavam começando a surgir. E foi assim que o caso foi reportado: como outro fantasma do Voo 124.

Kennedy assentiu lentamente, pensando para a frente e para trás ao longo daquela linha de raciocínio.

— Na verdade, isso é muito inteligente — murmurou. — Você cobre seu rastro indo tão longe quanto pode, mas, quando percebe que não cobriu bem o suficiente, joga um monte de pistas falsas para fazer com que o verdadeiro pareça não levar a lugar nenhum.

— "As elaborações de um mau mentiroso" — sugeriu Moggs.

Soava como uma citação, mas Kennedy não entendeu de quem e não estava a fim de perguntar. Em vez disso, virou-se para Gayle:

— Então, vocês acham que alguém tirou vantagem da ausência desse cara para entrar no computador dele e tirar algo de lá? E que, depois que ele morreu, em vez de voltar para o trabalho, inventaram uma história sobrenatural para acobertar o que fizeram?

— É exatamente o que eu acho — Gayle concordou.

— Eu acho que está errado, xerife.

Gayle piscou algumas vezes, acertado em cheio no rosto pelas duras palavras. Um momento atrás, todos eles haviam sido conspiradores — e caçadores de conspirações — juntos, agora, parecia que Kennedy não queria mais brincar.

— Como assim? — ele perguntou.

Kennedy voltou-se para Moggs.

— Tem a lista dos passageiros do 124? — perguntou.

Moggs assentiu.

— Tenho cada pedacinho de informação que consegui obter legalmente sobre essa coisa toda, e mais um pouco.

— Pode trazer essa lista?

Moggs foi até sua mesa e ligou o computador. O xerife Gayle foi junto e ficou atrás dela enquanto ela digitava a senha. As mãos dele baixaram para os ombros dela, um gesto de proteção e solidariedade. Eles haviam mostrado seu bebê a Kennedy: será que ela o jogaria fora junto com a água da banheira?

Moggs pressionou algumas teclas e abriu um arquivo.

— Tá legal — disse. — Achei.

— Encontre o Peter Bonville.

— Achei. Ele está quase no topo da lista, obviamente.

— Tá bom, vou te dizer o número do assento dele.

Moggs lançou-lhe um olhar intrigado.

— O quê, de memória?

— Nunca ouvi o nome dele até agora há pouco.

— Então, como pode saber o número do assento dele?

— Talvez eu não saiba. De muitas formas, eu espero estar errada. Mas é o E29?

Os dois, em uníssono, leram a tela e depois se viraram para encará-la.

— Como é que sabe disso? — Gayle perguntou.

Kennedy enfiou a mão no bolso interno do casaco e tirou de lá um papel dobrado que Gayle havia dado a ela no dia anterior: a fotocópia da nota de dinheiro marcada que pertencera a Brand. Ela a estendeu. Gayle pegou-a e observou-a, mas Moggs percebeu primeiro:

— As três linhas na nota — disse. — Passam exatamente por cima do número serial aqui, na parte de baixo.

— Ora, raios me partam! — Gayle exclamou, impressionado, entendendo tudo um segundo depois. As três linhas vermelhas cruzavam um 2, um 9 e um E.

— A primeira coisa que pensei quando vi essa nota foi que poderia ser algum tipo de mensagem codificada — Kennedy disse. — As pessoas que eu tenho procurado... elas amam códigos e mensagens ocultas. Acham que são as pessoas mais espertas do mundo, penso eu, e que podem trabalhar bem debaixo do nosso nariz desde que usem uma cortina de fumaça por cima de toda comunicação. Isso parece bem coisa delas, até onde eu sei.

— Então, como é que isso quer dizer que estamos errados? — Gayle perguntou.

— Porque vocês estão presumindo que o ataque ao computador do Bonville foi oportunista. Não foi. Quem quer que tenha dado essa nota ao Brand estava dizendo a ele quem era o alvo. O que significa que o Brand subiu naquele avião com a intenção clara de matar Bonville. E, por razões que agora nós nunca vamos saber...

— Ah, Jesus Cristo — Moggs murmurou.

— ... ele matou todo mundo. Todo mundo que estava a bordo. Completou a missão derrubando o CA124.

CAPÍTULO 49

Sob certos aspectos, depois disso, foi fácil.

Bonville não embarcara em Los Angeles. Ele estivera no 124 desde seu ponto de origem: o Aeroporto Internacional Benito Juárez, na Cidade do México. Kennedy pediu ao xerife Gayle — apesar das questões de jurisdição que Moggs já havia mencionado — que fizesse uma ligação para a ex-supervisora de Bonville, uma mulher chamada Lucy Miller-Molloy, no Departamento de Obras Públicas de Nova York. O que Bonville estivera fazendo no México? E, já que estavam falando sobre isso, o que Bonville fazia? Qual era a função dele no departamento? Qual era a área de especialização dele?

Linhas de potência, era a resposta curta. A resposta ligeiramente mais longa: Bonville era um respeitado pensador no campo em expansão da equalização de fluxo de retorno no horário de pico de uso. A própria Miller-Molloy sabia demais sobre o assunto para explicá-lo claramente para um leigo, mas disse a Gayle o suficiente para que ele pudesse fazer um resumo para Kennedy e Moggs sem se contradizer.

— Digamos que você administre uma cidade e tenha um gerador que fornece eletricidade para ela — ele disse. — Às vezes você precisa de muita potência, outras vezes, não muita. Então, usa os intervalos para carregar geradores auxiliares — ou, digamos, para bombear água rio acima por alguns quilômetros, passando por uma barragem e uma usina hidrelétrica. Então, quando há um momento de pico, você tem essa carga extra na reserva como dinheiro no banco e pode se pagar de alguma forma — aumentar sua capacidade nos horários de pico.

Parecia haver muitas maneiras de fazer essa coisa de equalização de fluxo, alguns tão baratos que pagavam a si mesmos. A função de Bonville era examinar os sistemas de potência e dizer:

— Bom, aqui dá para fazer isso, isso e isso, e vai te custar tanto para cada erg de energia.

O Departamento de Obras Públicas de Nova York usara Bonville como consultor externo por algum tempo e depois passara a lhe pagar um salário — e uma agradável consequência disso fora que eles puderam gerar rendimentos extras ao enviá-lo sob aluguel para outras municipalidades. A Cidade do México fora a última dessas paradas.

— Então, ele estava lá para dizer aos caras como economizar eletricidade — Gayle resumiu, quando voltou a falar com Kennedy e Moggs. — A ideia era que ele analisasse o uso de energia deles. Daí explicaria onde tinham capacidade extra no sistema e como poderiam usá-la.

A essa altura, já havia passado do meio-dia, eles estavam no quarto bule de café e Gayle havia relaxado em suas restrições ao uísque. Estava tomando um trago da bebida agora num pequenino copo de vidro com um rótulo cujas letras vermelhas diziam UM PRESENTE DE TIJUANA. Silhuetas de um *sombrero* e de um cacto forneciam a referência adicional.

— Não consigo ver como isso se encaixa no seu quadro — Moggs disse a Kennedy, repassando suas anotações sobre Bonville, às quais fizera acréscimos no decorrer da manhã. — Esse seu povo de Judas mata qualquer um que descubra algo a respeito da bíblia secreta deles, certo? Vamos presumir que Bonville esbarrou nesse tal Evangelho do Rum em algum lugar no México?

Kennedy estivera ponderando a respeito da mesmíssima coisa e encontrara algo semelhante a uma resposta.

— Eu acho que eles abrangem uma área maior do que essa — disse, enquanto Mogss voltava à rápida digitação. — O motivo de as pessoas não poderem ver o Evangelho de Judas não é só uma questão de fé cega. Se fosse, eles teriam matado cada pessoa que tivesse lido a versão mutilada dele que apareceu alguns anos atrás, o Códice Tchacos. Acho que o motivo é que não querem que ninguém saiba que eles existem ou já existiram um dia. A versão completa do evangelho, a que Barlow obteve a partir do Rum, fala sobre as regras internas e as divisões da sociedade deles. Deixa claro que a devoção a Judas foi algo que definiu uma comunidade. Uma tribo. Isso parece ser o que querem manter em segredo.

— Uma antiga tribo de Judas? Ainda não parece ter uma conexão lógica.

— Bom — Kennedy disse —, talvez haja. Sabemos que o Bonville viajava pelo mundo, aconselhando pessoas — pessoas de governos locais, de agências públicas — a respeito do uso da energia. Então, ele tinha acesso a um monte de informações sobre um monte de coisas, sobre padrões de fluxo de potência e consumo de energia, em momentos diferentes, em lugares diferentes. Suponha que ele tenha encontrado algum dado que não se encaixava no padrão.

As mãos de Moggs, suspensas sobre o teclado, pararam. Ela se virou para encarar Kennedy.

— Consumo de energia onde não deveria haver nenhum — disse.

— Exatamente. Ou simplesmente maior do que deveria ser num lugar específico e com uma densidade populacional específica. Ele poderia ter descoberto onde o povo de Judas se estabeleceu, simplesmente com base nessas estatísticas. Bonville não teria sabido, necessariamente, o que havia encontrado. Mas teria começado a fazer as perguntas erradas ou a olhar para os lugares errados. E o apagaram antes que ele pudesse somar dois e dois e obter quatro.

Gayle lançou um olhar ansioso para o computador de Moggs. Kennedy pôde ler a mente dele.

— Precisamos tomar muito cuidado com quem quer que conversemos sobre isso — ela concordou. — Na verdade, estou achando que deveríamos manter a coisa só entre nós três por enquanto. Eileen, você tem um laptop?

Moggs assentiu.

— Salve essas anotações num pendrive, coloque-as no laptop e mantenha o laptop desconectado da Internet. Se eles conseguiram invadir o computador do Bonville, podem invadir o seu.

— Talvez eu deva desconectar meu computador principal também — Moggs murmurou. — Posso usar a máquina no escritório do *Chronicler* para acessar a Internet.

Kennedy balançou a cabeça negativamente.

— Não, deixe sua máquina aqui conectada. Se eles decidirem mexer nos seus arquivos, a gente quer que não encontrem nada fora do comum. Tudo do jeito que deveria estar, tudo parecendo totalmente inofensivo. Se souberem que estamos chegando, vão chegar a nós primeiro. Acredite, você não vai querer que isso aconteça.

— Qual é o próximo passo? — Moggs perguntou.

— Santa Claus — Gayle presumiu, antes que Kennedy pudesse pronunciar as palavras. — Vamos até o depósito de provas outra vez e ver se alguma coisa do Bonville está ou na caixa dele ou entre os objetos anônimos. Qualquer coisa que possa nos mostrar o que foi que ele encontrou.

— É o que eu quero fazer também — Kennedy concordou. — E vamos agora mesmo. Se não acharmos nada lá, voltamos a falar com o escritório em Nova York e pedimos uma lista dos lugares aonde o Bonville foi no ano passado, digamos. Isso vai nos dar uma lista curta.

— Pode nos dar mais do que isso — Moggs disse. — Se cruzarmos as referências dessa lista com os arquivos do servidor de Nova York, podemos acabar descobrindo que só houve uma discrepância — um único lugar a respeito do qual não há dados salvos.

Eles concordaram, por fim, em trabalhar em ambas as frentes ao mesmo tempo. Moggs ficaria no apartamento e daria esse telefonema. Gayle e Kennedy iriam até os depósitos em Santa Claus e procurariam por armas fumegantes lá. Essa foi exatamente a expressão que Gayle usou, o que fez Kennedy franzir o cenho.

— Me faz um favor? — Kennedy pediu a ele. — A gente pode dizer simplesmente "procurar por provas"?

CAPÍTULO 50

A autoestrada 93 estava limpa até o horizonte, em ambas as direções, novamente. Ainda assim, Kennedy não conseguia parar de olhar no espelho retrovisor a cada minuto. Não confiava que o deserto permaneceria vazio.

— Isso vai exigir algumas explicações — Gayle considerou. — E, assim que começarmos a explicar, a coisa vai se tornar federal. Não sei se isso vai ser bom ou ruim. Essa gente tem todos os recursos, afinal. E imagino que, uma vez que o risco tenha se espalhado tanto, deixe de ser um risco. Não vai haver razão nenhuma para alguém vir atrás da gente se a coisa for feita abertamente. Mas os federais têm regras próprias e não têm essa de negociar com eles. Suas férias no Arizona podem acabar sendo um pouco mais longas do que esperava, sargento. Se eles acharem que podem precisar do que você sabe, vão querer mantê-la aqui, à mão. E sei que não pode recorrer à sua gente para defender você. Mas mantê-la fora dos registros... bom, isso seria bem difícil a esta altura.

— Não precisa mentir por minha causa, xerife — Kennedy respondeu. — Faça as coisas exatamente do jeito que acha que devem ser feitas e, se alguma regra tiver sido quebrada ou contornada ao longo do caminho, sinta-se livre para me culpar por isso.

— Ora, eu não faria isso.

— Beleza. Mas eu cheguei aqui mentindo para você — e a mentira está registrada. Ninguém além de nós precisa saber que a verdade foi descoberta. Você estava ajudando uma colega policial. Todo o resto partiu daí.

— Tá bom — Gayle disse. — Dessa versão eu gosto.

O Byscaine soltou sua fumaça, o estouro soando como uma tossida envergonhada.

Eles saíram da estrada, estacionaram o carro e entraram no galpão de armazenamento. Era o meio da tarde agora, e o lugar estava ainda mais quente do que na primeira visita que haviam feito. Gayle ligou o ar-condicionado, e eles se refugiaram no Byscaine até que o aparelho pequeno e combativo pudesse começar a fazer alguma diferença.

— Você e a Moggs estão juntos há muito tempo? — Kennedy perguntou.

Gayle chegou a corar um pouco.

— Ah — ele disse —, isso é meio que... sabe, o que a gente escuta nem sempre é... — A voz dele sumiu, encontrando os limites da articulação, depois se recuperou na forma de uma pergunta. — E você? Existe um sr. sargento Kennedy, sargento Kennedy? Tem algum homem especial na sua vida?

A atitude evasiva dele fez com que ela ficasse desconfortável com seus próprios subterfúgios.

— Sou lésbica — respondeu. — Mas não tem ninguém na minha vida agora. Já faz um tempo desde que tive alguma coisa séria por aí.

O rubor no rosto de Gayle se intensificou.

— Tá certo — disse. — Bom... preferências diferentes para... — Essa era outra frase que estava destinada a nunca ser terminada. — Acho que já podemos entrar lá — disse por fim, e saiu do carro novamente.

Era verdade que o interior do galpão estava um pouco mais fresco agora. Foram diretamente para o corredor da direita, pegando a pasta vermelha no caminho.

Como um general, Gayle definiu o plano de ação deles. Trouxera dois pares de luvas de borracha, um dos quais entregou a ela, e uma embalagem de spray desinfetante.

— Tudo começa aqui e vai até lá — disse, indicando com meneios de cabeça enquanto molhava as próprias mãos e as dela com o líquido. — Fizemos um esforço para agrupar tipos similares de coisas, mas, para ser honesto, dependeu de quem ia anotando. O Anstruther usou categorias próprias dele, que não fizeram muito sentido para mim, e o Scuff é um preguiçoso, então, acho que não podemos descartar muita coisa. — Ele estava vestindo as luvas enquanto falava. — Do 138 ao 197 são roupas, e a gente esvaziou todos os bolsos, então, vamos deixá-las por último. Provavelmente não vamos encontrar muita coisa nelas. O 198 está bem aqui, então temos... cinco unidades, ou sessenta caixas, mais ou menos. Acho que vou começar num canto, você pode começar no outro e a gente se encontra no meio.

Kennedy assentiu e foi para seu lugar, vestindo as luvas enquanto andava e ia ajeitando os dedos nos lugares. Enquanto ela se afastava, Gayle chamou-a.

— Sargento?

Ela se virou.

— Sim?

— Não me importa quem você leva para a cama. É que me educaram para não falar dessas coisas. Não quis ofender.

Ele parecia imensamente sincero. Kennedy sorriu.

— Não me ofendeu — ela disse.

— Tá legal, então. Boa caçada.

— Para você também, xerife.

O conteúdo das caixas era uma miscelânea tragicômica. Ela tivera um vislumbre dele, é claro, quando abrira a pasta vermelha pela primeira vez. Agora, tinha que vasculhá-lo a fundo, o que mostrou ser uma tarefa cheia de horror e tristeza, como tentar ler o futuro nas entranhas de crianças mortas. Mas era o passado que ela estava tentando ler, e não podia se dar ao luxo de ser melindrosa.

Os objetos em si eram banais. O que os tornava terríveis era sua especificidade: uma carteira com fotos de duas crianças sorridentes, um menino e uma menina, esta ligeiramente estrábica; uma caneta-tinteiro de prata com a inscrição *MG — por nossos 40 anos*; um molho de chaves cujo pingente era um pedaço de cristal dentro do qual fora gravada a laser uma imagem tridimensional, o retrato de uma velha senhora aristocrática; um tocador de MP3 num estojo decorado com imagens de histórias em quadrinhos, no qual o nome *Stu Pearce*, ligeiramente borrado, fora escrito com caneta-marcador preta; os tocos de vida ceifada precocemente, agora que os gritos haviam cessado muito tempo atrás e os corpos estavam sob o chão.

Ela se endureceu contra as emoções que se erguiam dentro dela: serviriam apenas para retardá-la e dificultar seus pensamentos. Estava procurando por algo que pertencera a Peter Bonville e pudesse, de alguma forma, conter uma mensagem. Um CD, um pendrive, um gravador, um walkman, um diário. No devido tempo eles chegariam aos telefones celulares, e Gayle teria que lutar contra a Quarta Emenda à Constituição dos Estados Unidos e a própria consciência.

Mas foi Gayle quem afinal encontrou ouro, e provavelmente nem levou muito tempo, a contar pelo relógio. De forma subjetiva, cada minuto passado entre aqueles túmulos de papelão era um dia inteiro.

— Sargento.

Ela se virou para olhar Gayle. Ele estava segurando um bloco de notas: tamanho A5, ou talvez um pouco menor, com as palavras WALMART VALUE gravadas na capa vermelha.

— Definitivamente? — Kennedy perguntou. — Ou só talvez?

Ele virou as páginas com imenso cuidado.

— Bom, logo no começo tem uma lista de endereços encabeçada pelas palavras "Estações de chaveamento". Depois tem uma segunda lista de "Núcleos". Um monte de figuras em colunas, e depois mais isto: "Visitar: sábado: serviço de geração de energia da Siemens, Poniente, 116-590, Industrial Vallejo, estação de metrô Azcapotzalco, Cidade do México, Distrito Federal: questões emergentes". Eu diria que parece bem sólido.

Kennedy concordou. Ela se aproximou e leu por cima do ombro de Gayle enquanto ele virava as páginas. A maior parte era insondável, mas tudo cheirava a eletricidade. Medidas em amperes e volts, referências à capacidade de geração energética, médias de pico e queda, tolerância de resistores, flutuação por horário e distrito, onde os distritos tinham nomes como Azcapotzalco, Alvaro Obregon e Magdalena.

A três páginas do final ambos encontraram outra tabela com nomes, encabeçada por ANOMALIAS EM XOCHIMILCO, em letras maiúsculas, e listas de números, alguns com múltiplos pontos de interrogação ao lado, como se desafiassem toda lógica e razão.

— O que você acha? — Gayle perguntou.

— Acho que isso vale ouro — Kennedy respondeu.

Precisavam decidir se continuariam com a busca ou não. Poderia haver mais: dados digitais sob alguma forma ou outra que pudessem corroborar ou confirmar essas anotações feitas à mão. Mas o que já tinham era suficiente para fazer barulho e convocar os federais, preenchendo, por fim, todas as lacunas naquela trilha de evidências. Michael Brand levava a Stuart Barlow e também à sabotagem do Voo 124. O Voo 124 levava a Bonville e Bonville levava a... isso. Um lugar chamado Xochimilco. Um local no México, presumivelmente. Um lugar importante, de alguma forma, para a tribo de Judas, cuja existência poderia provar.

Kennedy pesou isso contra a perspectiva entorpecente de continuar garimpando o conteúdo de caixas de restos mortais. A equação admitia somente uma resposta.

Os olhos dela encontraram com os de Gayle e ele assentiu, parecendo reconhecer tudo o que ela havia pensado, mas não dito.

— Já chega — ele disse. — Acho que é isso mesmo. Vamos passar o assunto para os poderosos e ver no que dá.

Da mesma forma que fizera com a nota de dólar de Michael Brand — que ele agora aproveitava a oportunidade para recolocar no devido lugar —, Gayle insistiu em seguir o protocolo de tratamento das provas, assinando o caderno de registros. Kennedy esperou junto à porta, sentindo uma estranha sensação de calma descer sobre ela. Agora que tinha alguma coisa, alguma arma — por menor que fosse — com a qual mirar nos desgraçados que haviam matado Chris Harper, era como se ela só precisasse deixar-se levar e a gravidade a carregaria adiante. Sabia que isso não era verdade — que ainda teria um desafio a vencer no Reino Unido, muito em breve —, mas era um sentimento agradável ao qual ceder por um momento.

— Tá legal — disse Gayle, fechando a pasta. — Acho que terminamos.

Houve outra espera enquanto ele trancava o galpão. Depois, eles se dirigiram para o carro, Gayle ia alguns passos à frente.

— Devemos ligar para a Eileen? — Kennedy perguntou a ele. — Eu queria saber como foi a conversa dela com o pessoal de Nova York.

— Vou ligar para ela do carro, no viva voz — Gayle respondeu. — Vou ficar muito mais feliz assim que a gente...

Chegando simultaneamente com o próprio som — um estalo agudo como o de um chicote —, a bala o acertou no ombro, perto do pescoço. Devia ter atravessado o corpo diretamente, pois, ao mesmo tempo que o sangue jorrava para a frente a partir do buraco de entrada, Kennedy pôde ver um anel vermelho alargando-se nas costas da camisa branca de Gayle: expandindo-se e preenchendo-se como um sol que se ergue, depois caindo e perdendo a simetria como um relógio derretido numa pintura de Dali. O xerife soltou um grunhido de espanto e dor. Ele tombou de lado, dobrando-se de forma desajeitada quando atingiu o chão.

Kennedy estava chocada demais, aturdida demais, até mesmo para abaixar-se e procurar proteção, e de todo modo não havia onde se esconder: o Byscaine era o ponto mais próximo, e estava a uns dez metros de distância, na mesma direção de onde o tiro viera. Afastando os olhos do corpo estatelado de Gayle, ela olhou para além do carro, em direção ao Papai Noel inclinado na varanda do chalé mais próximo.

O Papai Noel, porém, não era o atirador. A *atiradora* saía de trás dele agora, arma em riste na mão. Era a mulher do bar, no aeroporto Benito Juárez. A mulher que havia deixado a moeda de prata para

Kennedy no balcão. Ela não usava maquiagem nenhuma agora, então a carne vermelha e queimada que arruinava a beleza de seu rosto estava horrivelmente distinta.

— Só você e eu — a mulher disse com um sotaque indecifrável, mas ainda assim distinto. — É assim que deveria ter sido da última vez, sua puta assassina. Mas quem sabe o que Deus quer de nós? Ele me fez esperar. E agora, finalmente, Ele fará você sangrar.

CAPÍTULO 51

Dessa distância, em plena luz do dia, não havia dúvida do que a mulher era: sob as queimaduras, ela tinha a mesma palidez mortal dos outros assassinos, tanto os de Luton quanto aqueles que Tillman matara no Pombal.

Desarmada e a céu aberto, Kennedy sabia que não tinha chances. Deu um passo para o lado e para trás, afastando-se da mulher, hesitante, insegura, como se fosse sair correndo, mas na verdade colocando-se um pouco mais perto do carro.

A mulher riu com verdadeiro deleite. Ela ergueu a mão, e algo prateado brilhou. Não uma moeda dessa vez, mas as chaves do Byscaine, que Gayle deixara na ignição, pois quem diabos viria roubá-los ali, no meio do nada? Ela jogou as chaves para o alto e fez menção de pegá-las, mas, no último momento, deixou que caíssem a seus pés e as pisoteou com os dois calcanhares.

— Não há para onde ir — a mulher disse. — Não sou tão estúpida. Mas veja. Agora vou fazer algo estúpido.

Ela baixou a arma, virou-a e bateu a palma da mão contra a trava do pente. O pente saiu, deslizando para a mão dela. Ela o puxou, retirando-o completamente da pistola, e jogou-o no chão. Então, atirou a arma por cima do ombro num gesto negligente. Olhou para Kennedy e encolheu os ombros de forma teatral. *Bom, é agora.*

A reação de Kennedy foi imediata e instintiva — errada, ela sabia, ao mesmo tempo que agia. Ela correu com toda a velocidade em direção à mulher pálida como barriga de peixe, que simplesmente ficou parada com os braços ao lado do corpo e deixou que ela viesse. Com um grito inarticulado, ela mandou um soco contra aquele rosto frio e desdenhoso. Seu punho teria se enterrado na garganta da mulher se tivesse feito contato.

A mulher pegou o pulso dela, virou-o e jogou-a — um movimento que pareceu quase improvisado, mas foi executado na velocidade do bote de uma cobra. Kennedy voou pelo ar num arco curto, pequeno, chocou-se contra o Papai Noel, partindo-o em pedaços, acertou a parede atrás dele e caiu duramente no chão.

Começou o esforço para se levantar, mas um peso morto a abateu novamente. A mulher montou por cima dela, a mão direita e o antebraço esquerdo combinados para prender-lhe a garganta num nó agonizante, levantando a cabeça de Kennedy enquanto o joelho, posicionado exatamente entre as escápulas de Kennedy, mantinha o tronco da policial pregado contra o chão.

— Isso vai machucá-la muito, muito mais do que você imagina — a mulher sussurrou, perto do ouvido dela. — E vai durar muito tempo. Seu amigo vai sangrar até morrer enquanto eu faço isso. Sua outra amiga, a jornalista, já está morta. E a arma que matou ambos vai ser encontrada na sua mão. A faca que vai matá-la vai para a mão do xerife. Lute. Lute contra mim, sua coisa imunda, quebrada. Me deixe quebrá-la um pouco mais. Ofereço seu sofrimento a Deus, que o ama.

Ela bateu a cabeça de Kennedy contra as tábuas da varanda. Atordoada, com os ouvidos zunindo, Kennedy tentou rolar de lado, o que inesperadamente conseguiu fazer, pois a mulher já se separara dela, tendo levantado e se afastado.

Kennedy cambaleou até ficar de pé. A mulher esperou por ela e então fez um meio giro para chutá-la no estômago com uma força devastadora. Kennedy dobrou-se e viu o soco tipo gancho de pá chegando, mas não pôde esquivar-se e foi jogada para trás. Dessa vez ela atravessou a porta do chalé, a madeira ressecada explodindo na forma de pó e estilhaços.

A mulher passou pela porta caminhando logo depois de Kennedy e já estava por cima dela novamente enquanto ela ainda procurava se desvencilhar dos restos da porta. Ela era tão *rápida*. Kennedy tentou um bloqueio: as mãos da mulher agarraram o braço dela, uma acima e outra abaixo do cotovelo, e ela se inclinou muito ligeiramente a partir da cintura. Uma pressão insuportável foi aplicada de repente sobre o osso do braço de Kennedy. Ela ouviu o estalo quando o osso cedeu. Abriu a boca para gritar, e o antebraço da mulher veio de baixo, fechando a mandíbula dela com uma martelada, então o som produzido foi apenas um estalido surdo de dentes e língua e fôlego meio engolido.

— Seja paciente — a mulher disse com severidade. — Contenha-se.

Uma chuva pesada de socos e golpes fez Kennedy retroceder um passo cambaleante após o outro, até ela se chocar contra uma parede interior. Com a visão embotada, viu a mulher mudar de posição para um novo ataque. Jogou-se de lado: o chute circular reverso passou cortando pelo espaço onde ela estivera. A viga de madeira, com 13 centímetros de espessura, partiu-se feito um graveto.

Havia dois lados bons nessa situação, do ponto de vista de Kennedy. O primeiro era que não era o pescoço dela que havia se partido. O segundo foi que o teto desabou sobre elas.

Era um teto com telhas de madeira, e a princípio ele se manteve íntegro, descendo feito uma raquete mata-moscas gigante. Atingiu a mulher primeiro, só porque ela estava de pé. Não veio com força suficiente para tirar-lhe os sentidos, mas bastou para feri-la e distraí-la. Kennedy teve cerca de um segundo para perceber o que acontecia e rolou para longe — a agonia irradiando-se pelo braço esquerdo quebrado quando o peso do corpo se apoiou sobre ele —, mas o teto estava desabando agora como uma geleira em queda, mandando chuvas de placas de madeira e tempestades de pó sobre as duas.

Kennedy afastou-se para a esquerda usando cotovelo e joelhos — ambos os joelhos, mas só um cotovelo, o braço esquerdo arrastando-se inutilmente —, indo até a parede lateral, depois se ergueu e saiu correndo em direção à porta aberta, que ela conseguia ver em meio à nuvem de polpa de madeira, pó e escombros diversos.

Ela quase conseguiu.

A faca a acertou na parte de baixo das costas, do lado direito, e fincou-se profundamente. A sensação inicial foi a de um soco, depois o frio puro e perfeito espalhou-se a partir do ponto de impacto. Não era dor: era o arauto da dor, e trouxe a dor em seu rastro silencioso e agudo.

Apenas o impulso manteve Kennedy em movimento. Ela deu um passo, depois outro, e cambaleou através da porta em direção ao ar aberto e escaldante, mas caiu de joelhos e desabou da varanda para a areia.

Ouviu a mulher às suas costas, depois, a sombra da mulher pairou sobre ela.

— Sem veneno — ela disse, a voz áspera e dissonante. Ela tossiu uma vez, depois outra. Ótimo! pelo menos o maldito pó fizera mal a ela. — Não há veneno na lâmina. Nada que possa ser usado para vincular sua morte a qualquer outra. E vai ser mais devagar assim. Vamos nos sentar juntas, você e eu. E vou cantar para você enquanto morre.

Kennedy tentou rastejar, usando novamente só uma mão, os calcanhares arrastando-se na areia, os pés e a mão direita não encontrando apoio. Tentou outra vez, alavancou-se um pouco para a frente, afundou novamente de barriga, engolindo haustos breves. O lado do corpo não estava frio agora: pulsava com um tipo de fogo em ritmo desigual. Ela não se atrevia a olhar. Não queria saber quanto sangue estava perdendo.

A mulher começou a recolher suas coisas, apanhando a arma, o pente, as chaves. As chaves estavam a uns quatro ou cinco metros de distância e, quando ela se abaixou para pegá-las, ficou de costas para Kennedy por um momento.

Kennedy abandonou sua pantomima de imobilidade total e lançou-se num rastejar muito mais veloz, rapidamente cobrindo a distância que a separava do corpo de Gayle. A mulher se virou, viu-a, começou a ensaiar um sorriso gelado e então percebeu, um instante depois, o que Kennedy pretendia fazer. Enquanto alcançava o xerife, a mulher empurrou o pente de volta para dentro de sua semiautomática, mirou e atirou num movimento único e fluido. Rápido demais: o cartucho enganchou-se enquanto entrava na câmara e a arma estalou sem disparar.

A mulher largou a pistola e correu na direção de Kennedy.

Kennedy puxou a faixa que prendia o coldre ao cinto de Gayle e sacou a FN Five-Seven dele. Não teve nem tempo de ver se o xerife ainda estava vivo, se ainda respirava. Destravou a trava de segurança da pistola enquanto rolava de costas. Aquilo era mesmo a trava? Era onde ela esperaria encontrar a trava, na parte de trás do cabo e à esquerda, mas talvez ela tivesse acabado de ejetar o carregador.

A arma parecia leve demais e feita de plástico, como um brinquedo de criança. O sol estava em seus olhos agora, mas o corpo da mulher, enquanto corria na direção de Kennedy, ocultou-o. Isso e a distância compensaram a mira desajeitada, feita com uma mão só, e o desfoque de sua visão. Ela estendeu o braço diretamente à frente e disparou.

As pessoas que gostam da Five-Seven ficam impressionadas com sua capacidade para 20 balas. As que a odeiam se sentem intimidadas pelo clarão que o cano dela emite às vezes, feito um holofote apontado bem na cara da gente. Em meio a estouros estroboscópicos que queimavam em preto e branco a retina, Kennedy puxou o gatilho de novo e de novo e de novo num ritmo firme e mecânico, movendo o pulso aos poucos para a direita e para a esquerda na intenção de despedaçar o alvo.

Finalmente, a arma ficou vazia e o gatilho não cedeu mais. Ela deixou a pistola cair de sua mão.

Quando conseguiu se mover novamente, a primeira coisa que fez — antes mesmo de rasgar a camiseta com a mão direita e os dentes para fazer torniquetes — foi verificar a condição da assassina. Acontece que apenas dois daqueles 20 tiros haviam acertado o alvo, e um causara só um ferimento superficial numa das panturrilhas da mulher.

O outro atravessara o lado esquerdo do peito dela, e, pelos sons que fazia, estava muito claro que havia perfurado um pulmão.

Não havia muito que Kennedy pudesse fazer por ela. Em todo caso, Gayle vinha primeiro. Estancar a ferida no ombro do xerife usando somente a mão direita e com os ossos do braço esquerdo rilhando um contra o outro a cada vez que ela se movia era como fazer malabarismo com motosserras usando luvas de arame farpado. Levou um longo tempo e, na hora em que ela terminou, o sangue em sua própria ferida estava fluindo lentamente, já começando a coagular. Ela não se atrevia a tirar a faca e fazer com que ele começasse a jorrar novamente, e não podia enfaixar o ferimento com a faca no lugar, então simplesmente a deixou onde estava.

A respiração de Gayle era tão superficial que o peito dele nem parecia mover-se. Kennedy só pôde detectá-la ao colocar a bochecha sobre a boca dele e sentir a leve movimentação do ar.

Ela usou o rádio do Byscaine para relatar o incidente, provavelmente sem fazer muito sentido a essa altura, já que sua mente estava começando a ficar à deriva. Ela ouviu Connie — a buldogue da recepção — gritar:

— O Web está bem? O Web está bem? — de novo e de novo. Depois: — O Anstruther. O Anstruther vai para aí. — Depois, silêncio.

Na quietude, veio a voz de uma mulher: um coro obsceno de sons engasgados, gorgolejantes. Kennedy cambaleou na direção dela, encontrando a face lívida da mulher pintada de vermelho como uma índia de filme hollywoodiano, com queimaduras e sangue.

Gayle deixara a jaqueta no banco de trás do Byscaine. Kennedy foi capaz de enrolá-la e colocá-la debaixo da cabeça e dos ombros da mulher, o que imaginou que poderia desobstruir parcialmente as vias respiratórias dela. Não pareceu fazer muita diferença, no entanto.

A mulher ainda estava tentando falar: de início, em alguma língua estrangeira, cheia de fonemas bilabiais e líquidos (muito menos bonitos quando o líquido em questão era o sangue) e concatenações glotais ocasionais, mas depois em inglês e finalmente em algum tipo de lamento pré-linguístico.

Antes que ela morresse, seus olhos negros se fixaram no rosto de Kennedy com uma intensidade feral, e sussurrou um segredo.

Pareceu sentir algum conforto porque Kennedy ouviu — e porque Kennedy chorou.

Parte IV
Ginat'dania

CAPÍTULO 52

O problema do desespero era que ele não se movia. Ficava exatamente onde estava, como um trem abandonado num ramal de ferrovia.

Tillman evitara o desespero por 13 anos simplesmente porque tivera uma programação. Havia coisas que precisavam ser feitas, e ele as fazia, cumprindo A, B e C com foco implacável e paciência inesgotável. Poderia até parecer impressionante para quem olhasse de fora — um tipo de realização, um grande ato da força de vontade —, mas, na verdade, era apenas seu refúgio, sua salvação.

Agora, de repente, ele não tinha nada a fazer. Michael Brand estava morto e o rastro, frio. Talvez Kennedy conseguisse manter a investigação dela a respeito do Rum viva extraindo algo daquele CD e dos papéis, mas parecia impossível agora que a trilha o levasse a qualquer ponto próximo de Rebecca e seus filhos.

Eles nem eram mais crianças. Grace, a mais jovem, estaria no colegial agora, descobrindo a maquiagem, o rock e os garotos. Na verdade, ela já teria descoberto essas coisas: os limites mudavam de década para década, então meninas e meninos começavam a se tornar mulheres e homens muito mais cedo agora.

Rebecca estava velha. Ou morta. As crianças estavam adultas. Ou mortas. A ponte havia caído. O caso estava encerrado. Era o fim da linha.

E, no fim da linha, no exato lugar onde sempre havia estado, ficava aquele trem sem janelas. Ele nunca havia se movido, em todos aqueles anos. Apenas ficara ali no ramal, esperando que ele embarcasse.

Num quarto alugado num B&B úmido num subúrbio encardido do oeste de Londres, Tillman sentou-se na cama, a arma no colo. Ela tinha seis balas, mas apenas por força do hábito. Ele estava pensando em disparar só uma.

Havia levado algum tempo para chegar a esse ponto. Kennedy ligara frequentemente para o telefone dele nos primeiros dias; e, nessa fase, que já parecia ter sido muito tempo atrás, ele atendera e falara com ela. Ela contara que havia sido suspensa e, depois, quase imediatamente, que pedira demissão. Fora a armação perfeita contra ela, pela forma como descrevera a coisa. Se tivesse ficado na força, a investigação a respeito da morte de Combes revelaria irregularidades de procedimento suficientes para justificar a entrega de um dossiê aos policiais e o pedido para que considerassem abrir um processo contra Kennedy por negligência criminal e, possivelmente, até mesmo homicídio. Se ela concordasse em se afastar e assinar um acordo de confidencialidade, seu detetive-chefe lhe havia dito, eles não a perseguiriam. Queriam livrar-se dela mais do que queriam feri-la. Muito mais do que as duas coisas, queriam acabar com a especulação da mídia e ganhar espaço para respirar.

Então, Kennedy dissera sim, e assinara, e depois usara seus últimos dias para trabalhar no que chamava de "cova dos leões", a sala comum, encerrando e distribuindo casos, limpando sua mesa, realizando os rituais fúnebres da morte de sua própria carreira. Ela tivera que lutar até mesmo por essa concessão: os altos escalões queriam que ela sumisse imediatamente e teriam preferido que ela cumprisse seus últimos dias em casa, mas Kennedy teimosamente insistira em passar por todos os pontos de seu calvário pessoal.

Assim, pelo menos, era como seus colegas detetives enxergavam sua contínua presença na divisão. E alguns lhe prestaram um respeito rancoroso por isso, mas só a distância, como convém a alguém que mandou dois parceiros para a cova em menos de 15 dias. Ninguém queria ajudar Kennedy a terminar suas tarefas e desaparecer.

Kennedy deixou que pensassem o que quisessem enquanto cobrava alguns favores, abusava dos protocolos de relatório e assaltava os arquivos de outras pessoas numa taxa que teria sido suicida se houvesse alguma chance de ela ainda estar por ali quando as galinhas voltassem para o poleiro. Se alguém perguntasse, estava apenas arrumando suas coisas. Ela fez a quantidade exata de arrumação para sustentar essa história.

A coisa mais importante — e mais escandalosamente ilegal — que ela fez foi descobrir onde o professor Emil Gassan estava sendo mantido e enviar a ele a cópia que fizera do CD do Pombal. Ela acrescentou uma breve carta explicativa na qual pedia que Gassan, se tivesse sucesso em desvendar qualquer sentido nos arquivos do CD, solicitasse uma reunião com ela. A solicitação precisava vir dele e precisava acontecer enquanto Kennedy ainda fosse nominalmente uma policial. Também tinha que vir através de Operações Especiais, o departamento que providenciara o esconderijo para o professor e estava cuidando dele lá.

Ao contrário da Central, Operações Especiais não necessariamente saberia que havia um machado pairando sobre a cabeça de Kennedy e não teria nenhum motivo particular para procurar informações sobre isso. Ela poderia esperar, pelo menos, que passariam a solicitação diretamente para ela, em vez de passar pelo Investigador-Chefe.

Tudo isso Tillman ouviu de Kennedy nas primeiras duas semanas depois da noite do incêndio no Pombal. Ele não conseguia lembrar, agora, o que ele próprio estivera fazendo durante aquelas duas semanas: não se lembrava do clima, nem das refeições, nem dos lugares, nem de nenhuma ação significativa que tivesse realizado. Ele estava perdendo o pique, usando as últimas energias estocadas que o haviam levado até ali.

Depois da segunda semana, parou de atender ao telefone. Kennedy continuou telefonando, continuou deixando mensagens. Ele colocou o telefone no modo silencioso e tirou-o de sua vista. Talvez o tenha metido numa gaveta. Alguém se moveu do lado de fora da porta de seu quarto, e pouco depois dentro do quarto ao lado. Ele ouviu um arranhar na base da parede, quase baixo demais para ser percebido. Não poderia ter sido Kennedy tentando verificar como ele estava, pois ele nunca dera a ela — nem a ninguém — um endereço. Mas ela era detetive, e muito boa no que fazia, então, talvez tivesse conseguido descobrir onde ele estava. Isso significava que ele deveria se mudar agora mesmo: se Kennedy conseguira encontrá-lo, seus inimigos poderiam fazê-lo também.

Ele ficou onde estava e esperou. Não admitiu para si mesmo o que estava esperando até tornar-se claro que nada ia acontecer.

Ele esperava pela morte: que os pálidos assassinos estourassem a porta e cortassem sua garganta, ou atirassem nele, ou fizessem o que desejassem para tirá-lo do mapa. Isso teria sido bom e lógico, e o teria poupado do esforço de pensar e agir. Pensamento e ação pareciam estar muito além de seu alcance agora. Ou talvez tivesse lutado tanto, por tanto tempo, contra o óbvio, que, como um cancro que crescesse dentro dele, sua própria teimosia o tivesse congelado numa atitude de negação e desafio. Então, agora, quando tudo o que queria fazer era fechar os olhos para sempre, não conseguia forçar-se a dar os passos óbvios e necessários.

O tempo continuou passando, nada trazendo. Mais e mais nada, o nada empilhando-se ao redor e dentro dele, como se o quarto fosse o interior de sua mente e esta um *continuum* que seguia infinitamente, dentro dele, além dele, nível após nível. O homem sentado na cama: a vista se aproxima, fixa-se na superfície curva de sua retina e nela encontra o homem sentado na cama.

Seis balas na arma. O carregador rápido, vazio, em sua mão esquerda. Uma coisa melindrosa — era difícil encontrar esse dispositivo no tamanho certo para a configuração do Unica. Ele esticou a mão para colocar o carregador sobre o criado-mudo. Calculou mal a distância: o objeto caiu no chão a seus pés, rolou para baixo da cama e bateu contra alguma coisa ali.

Ergueu a arma e encarou o olho dela, único e negro.

Mas o carregador estava fora da vista agora. Estaria ausente. Perdido. Provavelmente nunca mais seria acoplado ao Unica. Por que isso o incomodava? Estaria procurando uma desculpa para viver?

Lenta, pesadamente, como se tivesse que se lembrar de que forma deveria se mover, levantou da cama e se ajoelhou para tocar debaixo dela. Sua mão se fechou — não no carregador, mas no telefone. Então, era ali que o aparelho tinha ido parar. Ele olhou para a coisa, recordando uma vida passada na qual tivera uma função.

Incrivelmente, o telefone ainda tinha alguma carga na bateria. Na pequena tela embutida em sua tampa, uma figura dançava: um cartum de unicórnio caminhando por cima de uma faixa onde se lia: VOCÊ TEM NOVAS MENSAGENS.

De repente, a figura ficou desfocada. Tillman havia sido cegado pelas lágrimas, atacado por uma súbita e peremptória tristeza que o saqueava e o demolia. O sr. Neve havia se afogado. Assim como a garotinha que outrora havia se agarrado fortemente ao sr. Neve enquanto caía no sono, erguendo-o como um baluarte sujo contra as preocupações e os medos do mundo. No final, ele a desapontara. No final, tudo a desapontara. Ele soube, então, com uma terrível certeza, que ela estava morta: que todos estavam mortos. Rebecca. Jud. Seth. Grace. Se estivessem vivos em algum lugar do mundo, ele os teria encontrado. Passara treze anos fugindo dessa única e simples percepção. Agora ela girava dentro dele num turbilhão de filamentos que eram como tinta negra na água, e, quando ficou de pé, quando se endireitou, aquele pequeno movimento tumultuou o negrume, espalhando-o por cada canto de seu ser.

Encostou a arma contra a testa.

Mas, com olhos agora ajustados à escuridão, viu o quarto de forma diferente. Ele viu, naquele momento fundamental, a anomalia, a novidade: era uma nota, deslizada por debaixo da porta. Ele caminhou até lá e a apanhou.

Não era uma nota. Era uma foto. Rebecca. Rebecca no final da adolescência ou começo da idade adulta. Ele a reconheceu na mesma hora, muito embora não a tivesse conhecido naquela idade. Rebecca sentada à mesa na varanda de um café, com pessoas caminhando ao fundo numa larga rua. A iluminação era estranha, acinzentada, como se uma tempestade estivesse se aproximando. Rebecca virava a cabeça de lado timidamente e sorria, escondendo-se da câmera, mas sabendo que a foto seria feita mesmo assim.

O disparo da máquina. A sincronicidade o atordoou.

Era como se ele ouvisse o obturador da câmera escarnecendo sugestivamente enquanto cortava um momento do tempo, tirado da maré infinita, enquanto transformava o transitório em eterno e imutável.

Ele não ouviria o disparo do revólver, porém. A não ser que a consciência aderisse ao tecido cerebral reduzido a uma pasta. A eternidade estava esperando, e a paciência dela estava quase no fim.

Virou a foto. No verso, numa letra pequena e bonita, seis palavras haviam sido escritas.

Ela disse que você não pararia.

* * *

Houve um ínterim. Do que consistiu, Tillman não sabia. Ele socou alguma coisa: a parede, ou uma porta, ou uma peça de mobília. Socou-a repetidamente, até que batidas e gritos de protesto começassem a vir de cima, de baixo e do outro lado do corredor.

Não foi o suficiente. A dor em suas mãos estava começando a abrir caminho por entre a neblina e o negrume e o entorpecimento, mas a luz ainda estava longe demais. Ele precisava se reconectar com o mundo antes que o mundo sumisse.

Socou a janela e escolheu um pedaço de vidro quebrado de um tamanho que pudesse convenientemente segurar. Usou-o para fazer incisões no braço e no peito, julgando a profundidade dos cortes criteriosamente para que nenhum nervo ou artéria principal fosse partido.

Houve algum progresso.

Ele ouviu gritos no corredor do lado de fora do quarto, e alguém bateu na porta por um longo tempo, mas finalmente desistiu e foi embora.

Tillman ergueu o vidro até a altura dos olhos e olhou para seu próprio sangue pingando da ponta. Usou esse mapa para encontrar a si mesmo: no vermelho e na desordem e na perigosa aglomeração, não na claridade do nada absoluto.

A foto. E o telefone. *Você tem novas mensagens*, dizia o sr. Neve. *Você tem novas mensagens da sua esposa morta.*

Encontrou o telefone novamente e pressionou a tecla do correio de voz. Surgiu a voz de Kennedy:

— Leo, tem algo que preciso te contar...

Depois que todas as mensagens tocaram, Tillman sentou-se em silêncio na cama, olhando para os talhos furiosamente vermelhos em seus braços.

A mensagem de Kennedy e o sorriso de Rebecca revoluteavam atrás de seus olhos: não era tinta agora, mas óleo e água. Óleo e água não se misturavam.

Kennedy dizia que Michael Brand era o símbolo cambiante de algo que perdurava. Não um homem, mas uma máscara que qualquer homem poderia usar e depois deixar de lado.

Por meio das palavras na foto, Michael Brand havia dito: *Venha me encontrar.*

Tillman levantou-se com pernas que tremiam um pouco e começou, lenta, metodicamente, a fazer um número de coisas que precisavam ser feitas.

Encontrou o carregador e colocou-o de volta na bolsa esportiva onde carregava todo o seu armamento e munição que não estivesse carregando no próprio corpo.

Viu que havia, de fato, seis balas no Unica. Tinha ficado tão distante por tanto tempo que não poderia ter certeza absoluta sem verificar a olho. Estava pensando que poderia viver, afinal, então, voltava a ser importante manter a arma em ordem.

Tomou um banho — estava fedendo feito uma coisa morta — e rapou aquela barba que já devia ter um mês.

Deixou o quarto alugado pela primeira vez em sabe-se lá quanto tempo, achou um restaurante barato e comeu até não sentir mais fome. Não levou muito tempo: o apetite voraz que sentira ao sentar-se mostrou-se fácil de satisfazer com uns poucos bocados. Sua mão tremia um pouco enquanto comia. Precisava reconstruir suas forças, mas essa era uma questão prática e ele sabia como cuidar dela.

De volta ao quarto, leu os arquivos de Gassan que Kennedy havia lhe enviado e familiarizou-se com o que ela descobrira sobre a tribo de Judas.

Por último, pegou o telefone outra vez e fez uma ligação.

— Leo!

— *Hoe gaat het met jou*, Benny?

— Poderia estar melhor, poderia estar pior. Não é a sua cara ficar com o mesmo número por tanto tempo, Leo. Você ainda está na Inglaterra? Como foram as coisas aí? Conseguiu encontrar o tal Brand cara a cara?

— Ainda não, Benny. Mas talvez em breve. Talvez muito em breve.

— Bom, talvez isso seja uma boa notícia, então. — O tom de Vermeulens era cauteloso.

— Enquanto isso, eu estava esperando que você pudesse me fazer um favor.

— Isso eu já tinha adivinhado, Leo.

Tillman descobriu-se envergonhado.

— Quando tudo isso acabar — ele disse —, se acontecer de eu ainda estar vivo, vou te compensar, Benny. Estou perto de... alguma coisa. Algo grande. Mas tenho que viajar de novo, e a Suzie — Insurance — não quer me vender nada agora. Acho que, se você se oferecesse para comprar por mim, ela poderia abrir uma exceção.

— Do que precisa?

— Pacote básico. Um passaporte apropriado. Um cartão de crédito com o mesmo nome e uns dois mil prontos para saque. Histórico e documentos bons o suficiente para aguentar mais do que um primeiro exame.

— Não é um favor pequeno, Leo.

— Eu tenho dinheiro. Posso pagar adiantado fazendo uma transferência eletrônica da conta na República Dominicana.

— Não estou pensando no dinheiro. Estou pensando no meu emprego.

— Ninguém nunca vai saber.

— De você, talvez ninguém nunca saiba mesmo. Mas não pode dar as mesmas garantias em relação a mais ninguém.

Um silêncio pairou entre eles. Tillman não o pressionou: sabia que não havia nada que pudesse dizer para influenciar a decisão de Vermeulens e não queria constrangê-lo ainda mais do que já havia constrangido só por pedir.

— Algo grande — Vermeulens disse, por fim. — Grande o suficiente para que esse caso finalmente termine para você? Ou grande só no sentido de ser uma parada no meio do caminho para algo maior?

Tillman pensou na arma e na primeira bala da arma.

— Vai terminar — ele disse. — De um jeito ou de outro, vai ser o fim.

— Então vou fazer o que eu puder. Fique perto do telefone, Leo.

— Obrigado, Benny.

— Lembre-se de que você não me deve nada. Mas isso... talvez seja o *último* nada.

CAPÍTULO 53

Em Ginat'Dania, não havia estações. Cada dia era igual ao outro, intocado por tempestades, imutável como a calma de Deus: um pedaço da eternidade, caído no mundo decadente, mas ainda assim perfeito, ainda assim miraculoso.

Havia cinco anos desde que Kuutma estivera em casa pela última vez. Ele se destacava agora, como um estranho, e, enquanto andava pela grande alameda até o Em Hadderek, todos os olhos se voltavam para ele. Para sua pele aberrantemente escura. Para seu porte, seus movimentos, as expressões que cruzavam seu rosto. Tudo estava errado nos modos indecentes e sutis, e, já que ele claramente não era uma mulher, não podia ser uma das Kelim: a iniquidade marcava-o como uma coisa, e uma coisa apenas. Todos que por ele passavam curvavam-se a ele, ou o saudavam, ou murmuravam o *Ha ana mashadr* — "Nós o mandamos para fora" — quando ele passava, tocando seus ombros levemente com os dedos da mão direita. Kuutma considerou isso adequado e continuou andando.

Mas da mesma forma que viam sua estranheza, ele via a deles: sentiu a tensão crua no ar, a sensação de expectativa, meio temerosa e meio encantada. Kuutma não gostava disso. Indicava mudança, aqui nesse lugar que era imune à mudança. Isso o perturbava e o envergonhava.

No Em Hadderek ele virou à esquerda, passando pelos galpões das fazendas e pelos cercados dos animais, as lojas de Talitha, depois o local de reunião. Logo além ficava o Sima, onde os anciãos se encontravam. Kuutma caminhou diretamente até a porta do lugar, onde quatro homens de imensa compleição e músculos sólidos como rocha se postavam. Ele os saudou com as palavras rituais:

— *Ashna reb nim t'khupand am at pent ahwar* — Eu retornei à casa da qual parti.

Deram-lhe a resposta apropriada, todos falando em uníssono, com solene formalidade:

— *Besiyata Dishmaya* — com a ajuda dos céus.

— Preciso falar com eles — Kuutma disse, mudando para o inglês, sendo a troca de linguagem um gesto de astúcia, de certa forma, que lembrava aos guardiões de onde ele vinha e o que havia feito. Tornava muito difícil para eles lhe dizer não. Ainda assim, não poderiam deixar que ele fosse até os anciãos sem primeiro anunciá-lo. Então, um deles entrou no Sima enquanto os outros mantinham a posição diante de Kuutma, num silêncio pesado, até que seu colega voltasse e indicasse que ele devia entrar.

Nenhum dos guardas foi com ele, mas outros dois estavam de pé logo do lado de dentro, e cada um acertou o passo ao lado dele. Kuutma foi até o Kad Sima, a câmara de debate. O vasto espaço estava vazio, a não ser pelos três homens sentados na plataforma central.

A guarda de honra de Kuutma esperou no limiar do recinto: eles não haviam sido convocados. O próprio Kuutma ajoelhou-se, fazendo o sinal do enforcado, depois desceu os degraus até o centro da sala.

Os três homens austeros, dois idosos e um ainda jovem, observaram-no chegar. Não sorriram ao vê-lo, mas aceitaram sua reverência com meneios curtos de cabeça. Por tradição, eram conhecidos como o Ruakh, o Sheh e o Yedimah: na linguagem que precedia, até a verdadeira língua, esses nomes significavam o Carvalho, a Cinza e a Semente do Porvir. Apenas o último papel, o do Yedimah, podia ser desempenhado por um homem com menos de 60 anos.

O Ruakh falou primeiro, como a tradução requeria.

— Kuutma — ele disse, com voz aguda e um tanto trêmula em razão da extrema idade. — Você lutou contra dificuldades tremendas. — Esse pareceu ser o limite do que ele queria dizer. Olhou de esguelha para seus parceiros, à direita e à esquerda, convidando qualquer um deles a tomar as rédeas.

— Dificuldades sem paralelo — o Sheh concordou, seco e cáustico. — Nunca em nossa história duas ameaças de tal magnitude vieram lado a lado. Talvez, Kuutma, seja por isso que você tenha falhado em conduzir-se com a eficácia e a atenção aos detalhes que lhe são costumeiras. As coisas foram feitas de mau modo. As coisas foram feitas tardiamente. Algumas nem mesmo foram feitas, e ainda precisam de atenção.

Kuutma não teve alternativa senão curvar-se diante dos três e aceitar a censura. Sentindo um tremor numa parte de si que não podia tremer fisicamente — sua alma, talvez —, Kuutma se ajoelhou.

— Veneráveis — ele disse, olhos no chão —, cumpri meus deveres tão bem quanto fui capaz. Se não foi o suficiente, seu servo humildemente implora perdão.

— Dos estudiosos na Inglaterra — o Sheh admitiu — você cuidou de maneira diligente. E ainda assim, ao que parece, deixou pontas soltas mesmo nessa questão. O homem, Tillman, você negligenciou até que se tornasse um cancro. O americano foi morto de forma a garantir escrutínio. Um avião inteiro derrubado, e centenas de mortos! O mais imperdoável é que a mulher — a sargento da polícia de Londres — teve permissão de juntar todas essas coisas. Quando ela foi para os Estados Unidos, deveria ter ficado evidente para você, na mesma hora, que a morte dela se sobrepunha a todas as outras tarefas que então dependiam de você. Deveria tê-la matado pessoalmente, não entregado a tarefa à mais jovem e menos experiente de seus Elohim.

Ainda ajoelhado, Kuutma permitiu-se erguer o olhar para a face de seu acusador.

— Eu recomendei, treze anos atrás, que Tillman fosse morto — ele afirmou. — Fui desconsiderado, Anciãos, porque seus predecessores não o viram como ameaça. A sobrevivência dele é o fator aleatório que tem atormentado tantas de nossas ações recentes. A mulher policial, por exemplo, teria morrido se não tivesse Tillman consigo. E há informação de que Tillman permitiu que ela estabelecesse o vínculo com a operação na América. Quanto à queda do Voo 124, não dei tal ordem. O agente que mandei para lidar com o americano tinha a tarefa de matá-lo antes que embarcasse no avião. Em vez disso, ele escolheu destruir o avião e a si mesmo com ele. Foi loucura.

O Yedimah falou pela primeira vez.

— Talvez seu agente tenha sido instruído inadequadamente — ele disse com voz branda, mas sob o tom razoável Kuutma percebeu certa aspereza.

— Nehor — disse Kuutma. — Nehor Bar-Talmai. Vocês hão de se lembrar, Anciãos, que eu lhes pedi para convocá-lo de volta a Ginat'Dania cinco meses atrás. Na ocasião informei que ele estava lidando mal com o fato de estar no mundo e que eu sentia que a adequação dele à função de Mensageiro precisava ser reexaminada.

— Nós nos lembramos — disse o Yedimah. — Decidimos que com o pastoreio adequado — com a orientação adequada — ele poderia cumprir o papel que determinamos para ele. Claramente, no fim, faltou-lhe essa orientação. Tivesse você dado a ele instruções mais claras e mais práticas sobre o que fazer com o funcionário americano, ele não teria improvisado tão desesperadamente e tomado uma decisão tão desastrosa. No final, acreditamos, tudo segue de volta a Kuutma — que é o Brand. Esse, afinal, é o significado do nome. A vontade de Kuutma é um fogo, e as marcas que ele deixa na mente de outrem são inscritas como se com ferro quente.

Kuutma sabia tão bem quanto o Yedimah que essa era uma falsa etimologia.[13] Sabia, também, que não poderia vencer essa discussão: não poderia nem iniciá-la.

— Seu servo implora perdão — disse novamente.

O Sheh fez com a mão um gesto de bênção vago e nada convincente.

— Concedido — disse ele. — Levante-se, Kuutma. Não pedimos a você nenhuma penitência.

O Yedimah ergueu uma sobrancelha ao ouvir isso, como se o Sheh tivesse ultrapassado os limites da própria autoridade.

— Nós, no entanto — ele murmurou —, determinamos que essa foi a última vez que você saiu a campo como Kuutma. De agora em diante, suas habilidades serão empregadas mais perto de casa.

Kuutma não deixou que nenhuma emoção se exibisse em seu rosto: nem mesmo se retesou. Mas algo a um só tempo quente como brasa e afiado como metal correu por sua mente. Sentiu como se estivesse suspenso, sem peso.

— Aqui em Ginat'Dania? — perguntou, para que não houvesse engano.

— Em Ginat'Dania — disse o Sheh. — Mas não aqui. Estamos nos preparando para o *mapkanah*.

Era verdade, então. Kuutma soubera disso assim que passara pelo portão e sentira a tensão no ar: as pessoas estavam se preparando para desocupar aquele lugar que havia sido seu lar e encontrar um novo em um local distante. Isso não era feito havia dois séculos, e na época, como agora, fora porque a localização de Ginat'Dania havia sido comprometida. Sob a dor, sob a vergonha que estava sendo jogada sobre ele, Kuutma sentiu a agitação de uma estranha alegria: a alegria das coisas juntando-se como finalmente deveriam.

— Não cabe a mim decidir — ele murmurou, os olhos baixos novamente.

---

[13] Brand, em inglês, é de fato a marca que se faz com ferro quente (em gado). Mas aparentemente não foi por esse motivo que o personagem usa tal nome. (N.T.)

O Yedimah bufou pelo nariz, quase um esgar de indignação.

— Não — concordou. — Não cabe. Kuutma, há algumas pessoas vivas que talvez saibam agora quem somos e onde estamos. A morte delas será providenciada, no devido tempo, mas neste momento essas mortes nem mesmo são uma prioridade. Tivemos que ir além de tais preocupações. Primeiro, antes de todo o resto, devemos proteger o povo.

Kuutma desnudou os dentes como se rosnasse, mas manteve a cabeça curvada para que ninguém visse sua expressão.

— O povo sempre foi minha preocupação, Yedimah.

— Sabemos disso. E sabemos que você deve sentir isso como uma repreensão. Ainda assim, precisa ser feito, e nós devemos cuidar para que seja. Esperamos seu apoio nessa tarefa, como em todo o resto.

Kuutma ficou de pé. Falando estritamente, ele deveria ter esperado permissão para se levantar, mas esse parecia ser um momento em que o protocolo se esvaía pelas gretas entre pensamentos e palavras, palavras e ações. Ele olhou para o Yedimah por um longo tempo, em silêncio, e o Yedimah esperou que ele falasse. Todos eles, o Carvalho e a Cinza e a Semente, esperaram pelas palavras do Brand.

— Com o *mapkanah* vem o *maasat*, o pagamento do equilíbrio — Kuutma disse, afirmando o óbvio.

O Ruakh assentiu com a cabeça uma só vez.

— Quando? — Kuutma quis saber.

— Daqui a dois dias — disse o Ruakh.

— Tão cedo?

— Tão tarde — disse o Yedimah, rigidamente.

Kuutma fez o sinal do enforcado, cedendo à questão.

— Eu quero ficar — disse. — Para obliterar meu fracasso, deixem-me ser aquele que segura os pratos da balança e garante que o equilíbrio seja pago. Concedam-me isso, Anciãos, e eu abandonarei meu posto como Kuutma com um coração leve.

Ele estava sustentando o olhar do Yedimah. Tantas coisas estavam ocultas dentro daquela sentença, não pronunciadas; tantos significados retraídos, levianos. *Como seria se eu falhasse em ceder meu posto? Ou se eu o fizesse com ressentimento e insatisfação?* Ele não disse nem uma palavra de ameaça, mas seus olhos prediziam.

— Os sistemas são automáticos — o Yedimah disse. — Não é preciso que ninguém fique aqui.

— Uma máquina pode fazer justiça a um homem? — Kuutma entoou com austera ferocidade. — Um botão ou alavanca pode responder, diante de Deus, dizendo: "Este é o equilíbrio, isto é feito corretamente"? Anciãos, quando uma coisa se torna possível, ela não se torna, portanto, inevitável. Concedam-me isso. Deixem-me ficar.

Ele esperou que respondessem.

Um a um, eles se curvaram, o Yedimah depois de todos.

— Você há de segurar os pratos da balança, Kuutma. Você pagará o equilíbrio.

Ele lhes agradeceu solenemente. Eles aceitaram graciosamente.

E então saiu daquele lugar, com uma terrível mágoa e uma terrível esperança guerreando em seu peito. Ele ainda era Kuutma: até que Ginat'Dania acabasse, e depois renascesse, teria seu nome nas mãos.

Seu nome e algo mais.

CAPÍTULO 54

Tillman demorou um pouco mais para viajar até o Arizona do que qualquer outra pessoa. Havia coisas que precisavam ser feitas antes que ele pudesse embarcar nessa jornada, e nenhuma podia sair de forma imperfeita ou econômica.

Primeiro, teve que apanhar os documentos que Benny Vermeulens havia comprado para ele. Insurance havia cobrado uma comissão insana — 20 vezes mais alta do que normalmente teria pedido por um pacote como aquele — e exigira pagamento adiantado. Isso não fora problema: Tillman esvaziara suas várias contas e enviara o dinheiro. Mas os arranjos para a entrega foram mais problemáticos.

Benny entendia que Tillman não forneceria um endereço, nem mesmo apareceria numa agência dos correios para pegar o passaporte, o cartão de crédito e as provas que os acompanhavam. Sabia, também, que o mercenário ficaria preocupado com quanta confiança poderia depositar nesses documentos, considerando a falta de boa vontade de Insurance.

Benny resolveu esses problemas viajando até Londres pessoalmente com o passaporte falso. Ele e Tillman eram fisicamente muito parecidos, então, tudo o que foi preciso para criar uma razoável semelhança foram tintura para cabelo e lentes de contato coloridas. Ele combinou que se encontraria com Tillman no Aeroporto de Heathrow, no Café Rouge da área de decolagem do Terminal 5. Tillman chegou primeiro, pediu dois expressos duplos e sentou-se com as mãos dobradas no colo e o olhar fixo nas mãos, ponderando coisas imponderáveis. Quando a cadeira a seu lado rangeu, ele ergueu o olhar.

Benny empurrou um volumoso envelope por cima da mesa. Estava usando um terno de corte obviamente caro. De alguma forma, a roupa o fazia parecer mais perigoso e menos respeitável do que jamais parecera em trajes de combate. Ou talvez sua representação de Tillman é que fosse perturbadora.

— Aqui, Leo — ele disse. — Feliz Natal.

Leo pegou o pacote sem examinar o conteúdo. Vermeulens havia merecido essa confiança uma centena de vezes.

— Estamos em julho — comentou.

Benny balançou a cabeça. Seu rosto forte estava solene.

— Dezembro — disse. — É o final de dezembro. A virada do ano, quando ninguém tem muita certeza de que o sol vai voltar a nascer.

Tillman sorriu desajeitadamente.

— Não sabia que você era poeta, Benny.

— Sou o homem menos poético vivo, Leo. Estou dizendo o que você já sabe. Você está indo para a guerra contra as forças das trevas e pensa que não vai voltar. Essa é a única razão pela qual está esbanjando o que tem desse jeito.

— O dinheiro? Eu sempre posso arranjar mais dinheiro.

— Não. Percebi pelo tom da sua voz quando me ligou. A expressão que estou vendo nos seus olhos agora que estou aqui. Leo, estou no ramo há mais tempo do que você. Já vi um monte de homens morrendo na linha de fogo porque acharam que era hora de eles morrerem. Eles agem de uma forma que... — ele gesticulou — ... é insustentável. Esquecem-se de vigiar a retaguarda e de garantir uma rota de fuga. Baixam a guarda porque acham que a guarda é irrelevante.

— Já vi isso também — Tillman concordou. — Mas não sou assim, Benny. Vou entrar, fazer o serviço e depois sair. Como sempre.

Benny riu uma risada fúnebre.

— E qual é o serviço?

Tillman não respondeu.

— Não é a mesma coisa — Benny disse. — Não é a mesma coisa de sempre. Nem tente mentir para mim, Leo. Essa é uma missão de destruição total, e a última coisa que vai destruir é a si mesmo. Espero que valha a pena.

Leo virou o envelope nas mãos, sentindo o peso e a solidez.

— Acho que sim — disse, por fim. — Acho que vai valer.

* * *

Depois, houve o abastecimento, a procura por equipamentos — não em Londres, mas em Los Angeles. Ele não confiaria isso a Insurance. Tinha seus próprios contatos na América, e, embora fizesse muitos anos que não falava com eles, ainda estavam lá quando ele telefonou. Armas? Armas de qualquer tamanho e especificação podiam ser obtidas. Explosivos? Mesma coisa. Itens eletrônicos de espionagem, mesmo de padrão profissional, estavam universalmente disponíveis atualmente, bem como dispositivos de controle de multidões como sprays de pimenta e gás lacrimogênio. Tillman fez uma longa lista, com pagamento a ser feito no ato da entrega.

Depois disso ainda teve a jornada. Normalmente, ele evitava aviões porque eram — por definição — espaços fechados sem saída. Voar coloca o passageiro nas mãos de pessoas que poderiam desejar seu mal. Mas dessa vez ele não dedicou nenhum pensamento a essas preocupações. Elas pertenciam a uma vida na qual havia uma distinção a ser feita entre "seguro" e "perigoso".

Normalmente, Tillman também suportava bem o tédio das longas viagens: ficava parado, a mente trabalhando em enigmas logísticos que precisavam ser resolvidos. Dessa vez seus pensamentos estavam travados numa única ideia: vingança. Passou todo o voo na contemplação dessa ambição monolítica, como um suplicante ajoelhado diante de um altar que ninguém mais podia ver.

Não pagara só por armas e munição, mas também por dados. Então, sabia que agora a polícia estadual do Arizona estava mantendo Heather Kennedy — ex-sargento — sob guarda no Hospital Kingman-Butler em Kingman, Arizona, acusada de homicídio qualificado, de exercício ilegal da profissão policial, de falsa representação e de uma porção de infrações menores. Ele fora informado das condições nas quais ela estava sendo mantida, assim como dos ferimentos que sofrera e da possibilidade de ela estar consciente em qualquer dado momento do dia ou da noite.

Tillman saiu de Los Angeles num carro alugado sob o nome temporário que ele comprara de Insurance. Isso levou a maior parte do dia, com paradas ao longo do caminho, mas tinha a vantagem de tornar sua localização precisa difícil de determinar, mesmo que Insurance tivesse informado o nome e os detalhes do cartão de crédito dele a terceiros.

De Bullhead City, ele ligou para o hospital e exigiu falar com Heather Kennedy. Era um risco calculado. Teve que esperar enquanto a enfermeira o colocava na espera — para verificar com o policial que vigiava o quarto, ele imaginou —, depois ela voltou e perguntou qual era o assunto.

— Uma morte na família — Tillman disse. — A mãe dela. Deus proíba que a senhora esconda isso dela. Heather precisa saber, e tem o direito de saber.

Outra espera. Então, um rude policial estadual tomou a linha e fez mais algumas perguntas. Mecanicamente, com os pensamentos em outro lugar, Tillman inventou uma doença prolongada para a mãe de Kennedy, que havia passado por muitos percalços, mas permanecera viva por tempo suficiente para sussurrar uma mensagem final para sua única filha.

— Única filha? — o policial grunhiu. — Nossa informação é de que ela tem uma irmã. Que negócio é esse?

— Meia-irmã — Tillman respondeu. — Mesmo pai, mães diferentes.

— E você é o quê?

— Meio-irmão. Mesma mãe, pais diferentes. Ouça, alguma parte da sua lei estadual ou federal permite que você mantenha a Heather incomunicável? Porque, se não, você deveria parar de fazer essas perguntas estúpidas e colocá-la na linha de uma vez. Estou gravando cada palavra desta conversa, policial... qual é seu nome mesmo?

Aparentemente, o nome dele era:

— Só um instante.

Tillman esperou, e a próxima voz que surgiu ao telefone era a de Kennedy. Ela soava grogue e muito cansada, mas não sedada até o estupor.

— Quem é? — ela perguntou. Havia um certo eco na voz dela: talvez fosse só uma linha ruim, ou um grampo ruim, instalado rápido demais para ter algum controle de qualidade.

— É o Leo.

Um longo silêncio.

— Tillman. — Mais silêncio. — Graças a Deus.

— Então. Assassinato? E premeditado? É como se eu não te conhecesse mais, garota.

— Lembra-se da Fazenda do Pombal?

— Claro.

— Lembra-se de ter ouvido uma mulher gritar?

— Acho que sim.

— Ela é quem cometeu assassinato, e premeditado. O xerife local poderia corroborar o que eu digo, mas ele está profundamente sedado agora. Tem um ferimento de bala na parte de cima do tronco. Pode não sobreviver. Se ele morrer, lá se vai meu álibi. Havia uma mulher que poderia ter falado por mim, mas também está morta.

— Parece que você se ferrou.

— Não é?

— Sentimos sua falta, Heather. Todos nós.

— Todos vocês? — Ela soou desconfiada. Ele se perguntou se ela sabia que a linha estava grampeada. Teria que assumir que sim. Não havia tempo para criar muitas artimanhas.

— Eu. O Freddie. O Jake. A Wendy, nossa vesguinha. Você está nos nossos pensamentos o tempo todo.

— Eu... sinto a falta de vocês também.

— Você só está sendo gentil — Tillman disse. — Não é segredo para ninguém que não fomos muito próximos nos últimos tempos. Quero que saiba que isso vai mudar.

— Bom, você sempre diz isso.

— Estou falando sério, Heather. Vou te ver de novo muito em breve. Prometo.

— Tá bom. Que seja.

— Você acha que está pronta? Para me ver de novo?

— A qualquer momento, Tillman. Diga o dia. Diga a hora. Ou me surpreenda.

— Acho que vou te surpreender. Você, hã, recebe muitas visitas aí, Heather?

— Não muitas, não. Só tem dois policiais enormes do lado de fora da porta para me fazer companhia, e mais dois no corredor principal, logo depois dos elevadores.

— Não querem que você saia por aí e se perca.

— Com certeza. Mas, caso eu me perca, ainda tem o localizador GPS preso no meu tornozelo.

— Entendo. Bom, pelo menos está entre colegas policiais. Vocês todos podem sentar numa rodinha e ficar falando do trabalho.

— Meu trabalho é num prédio em Queen's Park. O deles é num shopping a céu aberto em Monument Valley. Você ficaria impressionado com quão pouco...

A voz dela sumiu e a do policial surgiu novamente.

— O limite é de cinco minutos de conversa — ele disse a Tillman. — Você pode ligar de novo amanhã, se quiser.

— Eu nem contei a ela sobre a mamãe ainda! — Tillman retrucou. — Ainda estava preparando o terreno. Pelo menos me deixe...

— Amanhã.

A linha ficou muda.

Tillman largou o telefone e continuou dirigindo, sua mente finalmente voltando a funcionar. Era um alívio ter algo prático em que pensar. E seria um alívio ainda maior, ele sabia, ter algo contra o qual pudesse jogar todo o peso de seu corpo — e empurrar.

CAPÍTULO 55

A garota chamada Tabe vivia sozinha, embora fosse jovem demais, rigorosamente falando, para ter essa permissão. Antes, ela vivera no orfanato com os ajudantes. Sempre havia sido uma criança obediente e educada, mas, como os ajudantes diziam, *beiena ke ha einanu*, a alma dela trabalhava em silêncio. Ela parecia viver sozinha num mundo pequenino e autônomo, vagamente consciente das pessoas que habitavam a seu redor.

Isso não quer dizer que fosse egoísta. Tabe era generosa, e gentil, e até mesmo atenciosa, nas ocasiões em que emergia de seus próprios pensamentos por tempo suficiente para interagir com outrem. Mas era uma artista: cores e tons e texturas formavam as dimensões de seu mundo. Na maior parte do tempo, pintava naturezas-mortas. No passado, usara pessoas também, mas havia escandalizado os ajudantes ao lhes perguntar se poderia retratar um garoto, Aram, sem suas vestes. Esse havia sido o fim da carreira de Tabe como pintora da figura humana.

Agora, vivia sozinha num quarto no quarto andar de Dar Kuomet. Mas suas pinturas podiam ser vistas desde Tethem, em torno da alvorada, até Va Ineinu, à noite. Ela parecia feliz sozinha. O garoto, Aram, estava prometido agora, e Tabe pintara os quartos combinados do casal com imagens de crianças alegres e dançantes. Parecia não guardar rancor do rapaz; seu interesse nele havia sido primariamente estético.

Em seu quarto em Dar Kuomer, Kuutma a encontrou. Ela estava desenhando com um bastão de pastel oleoso negro num lençol pregado à parede (nas outras paredes, pintados diretamente no reboco, havia murais de morangos e groselhas em tigelas de cerâmica). Levou algum tempo para perceber que não estava sozinha. Quando finalmente registrou a presença de Kuutma, curvou a cabeça para ele e murmurou:

— *Ha ana mashadr.* — Ficou mais intensamente corada do que as frutas pintadas nas paredes.

Kuutma sinalizou para que Tabe sentasse.

— Você me reconheceu como um dos Elohim — ele disse. — Foi pela minha compleição?

Tabe esfregou a ponta dos dedos uma na outra nervosamente: estava preta e engordurada do pastel. Mas olhou diretamente nos olhos de Kuutma.

— Não só isso — respondeu. — Eu me lembro do seu rosto. Você veio nos visitar uma vez no orfanato e eu perguntei a uma das ajudantes quem você era. Ela disse que era Kuutma. O Brand.

Kuutma assentiu.

— E eu sou. Até o *mapkanah*, pelo menos.

Ao ouvir essa palavra, os olhos dela se acenderam, o que o surpreendeu um pouco. Mas, para os jovens, tudo o que é novo parece excitante apenas por ser novo. E, novamente, ela era uma artista: aonde quer que Ginat'Dania fosse a seguir, a luz seria diferente e haveria novas cenas para pintar. Para Tabe, o *mapkanah* poderia ser como um renascimento.

— Quando fui até o orfanato — Kuutma disse —, foi para ver vocês: você e seus dois irmãos. Estava interessado em verificar pessoalmente se estavam felizes lá. Conheci sua mãe, veja você.

A face da garota se anuviou por um instante.

— Minha mãe... — ela começou, mas deixou a sentença por terminar.

Kuutma sentiu algo de amargo no tom de voz dela e franziu o cenho.

— Você sabe que ela foi mandada para fora, como eu — disse.

— Não como você — Tabe respondeu. Seu olhar era duro: não cedia terreno nem clemência.

— A obra das Kelim é tão importante quanto o trabalho que os Elohim fazem — disse Kuutma. — Talvez até mais. Ambos trabalhamos pela sobrevivência do povo: mas nosso trabalho é glorioso, e o delas é amargo e degradante. Nós somos honrados, e elas, insultadas.

Tabe deu de ombros, mas não forneceu outra resposta.

— Eu gostaria que você pensasse nela com bondade — Kuutma disse, firmemente. — Em sua mãe. Gostaria que você fosse generosa com ela, em sua memória. Pense no que o sacrifício dela significou para você, assim como para nós.

Tabe olhava para os dedos enegrecidos agora. Pôde ver que ela estava desejando que ele fosse embora, para que pudesse voltar ao trabalho.

— Conheço seu pai também — ele disse.

O olhar dela se ergueu novamente de supetão, e seus olhos, enquanto miravam dentro dos dele, eram como duas feridas negras na brancura imaculada de seu rosto. Mas, para os Elohim, todas as coisas pareciam feridas. Kuutma fizera amor só umas poucas vezes na vida, atormentado o tempo todo pela ideia de que o sexo da mulher é como o local de uma ferida antiga, só parcialmente curada.

Ele esperou, permitindo à garota espaço para falar. Mas ela apenas o observou.

— Você não me pergunta como ele é. Seu pai — ele disse por fim.

— Não. — Tabe foi categórica. — Em que me ajudaria saber?

— Ele é... um homem corajoso, a seu próprio modo. Um soldado, como eu. Mas é um soldado que luta contra nós. Nosso inimigo.

Tabe considerou isso.

— Então você terá que matá-lo? — perguntou.

Kuutma sorriu com relutância.

— Foi por isso que vim ver você hoje — admitiu, embora não tivesse a intenção, quando chegara, de contar tudo isso a ela. — Acho que matar seu pai pode ser a última coisa que farei como Kuutma. Eu tenho... — Ele hesitou, escolhendo as palavras com cuidado. — Consigo enxergar um caminho que nos leva ao encontro um do outro. E, quando isso acontecer, certamente terei que matá-lo. Eu teria sua bênção se fizesse isso?

O olhar negro de Tabe era decidido.

— Ah, sim — ela disse. — É claro. *Ha ana mashadr*, Kuutma. Tudo o que você faz, faz em nosso nome. É claro que tem minha bênção. Ele é apenas o pai de minha carne, não de meu espírito. Mas, se for corajoso como você diz, espero que ele não o machuque. Espero que morra rapidamente, sem desferir um único golpe contra você.

Kuutma viu a inocência radiante e a dedicação no rosto dela. Sentiu-se humilhado pela simplicidade dela — ele que, ao ter conhecido o mundo, tornara-se complexo e sutil como uma serpente. Mas serpentes eram sagradas também, é claro: serpentes eram mais sagradas que tudo.

Ele se ajoelhou diante dela.

— *Touveyhoun*, filha — murmurou, a voz embotada de uma emoção que ele não suportaria examinar.

— *Touveyhoun, Tannanu* — ela respondeu, mas ficou enervada com o equívoco que era ele se ajoelhar diante dela.

Ele percebeu que havia perturbado a calma dela e provavelmente arruinado a pintura que estivera fazendo. Com um pedido de desculpas murmurado, deixou-a.

Tabe caminhou um pouco pelo quarto depois que Kuutma saiu, envolvendo-se fortemente com os braços e deixando impressões digitais negras na própria carne. Mas já estava acostumada a transformar emoções fortes em formas menos transitórias. Logo voltou a pegar o pastel e retomou seus esforços para retratar o ventre inchado e prenhe de uma tempestade no céu.

CAPÍTULO 56

Tillman esperou o momento certo. Ele havia bolado um plano razoável, mas que envolvia muitas peças em movimento, e precisava partir do princípio de que estava em território inimigo. Tirar Kennedy do hospital não seria uma tarefa difícil em si, mas a polícia do Arizona se mobilizaria rapidamente uma vez que ela escapasse. Nesse momento ele precisaria fazê-la desaparecer rápida e irrefutavelmente. De outra forma, a operação seria completamente arruinada.

Ele estacionou a um quarteirão do hospital e caminhou até o terreno da instituição, onde fez um reconhecimento completo, movendo-se num passo veloz para não ser confrontado. Tinha plantas do local com as quais trabalhar, mas estas seriam inúteis se não pudesse conectá-las à realidade. Começou esse processo ao visualizar o edifício como um espaço tridimensional, com entradas e saídas físicas mapeadas nos diagramas esquemáticos que tinha em mente.

A boa notícia era a laje horizontal, três andares abaixo da janela do quarto de Kennedy, ou, pelo menos, abaixo do espaço que correspondia à Ala 20 nas plantas. A má notícia... bom, a má notícia era múltipla. Ele calculara em tempo a distância a partir do posto policial mais próximo: em velocidade de perseguição, seria de três minutos, não mais. A laje horizontal estava no extremo do edifício oposto ao estacionamento, e ele não encontrara um acesso mais fácil. Tanto Bullhead City como Seligman possuíam heliportos policiais, e havia só duas estradas principais saindo da cidade — a Autoestrada Estadual 40 e a Interestadual 93. O bloqueio de ambas seria feito em um minuto uma vez que o alarme soasse.

Ele pensou em como adaptar o plano, dada a disposição dos elementos. Não conseguiu imaginar nem uma única solução elegante ou à prova de erros. Mas uma coisa levava à outra em virtude de ser intensamente confusa e caótica. Quando você não tiver nenhuma carta boa no jogo, tire uma da manga.

Tillman caminhou de volta ao carro e dirigiu até o hospital, estacionando não perto demais da viatura policial que ele já localizara logo no começo do estacionamento, e não muito longe da rua: um fino equilíbrio, do qual muita coisa ia depender.

Ele já selecionara e embalara seu kit, usando uma sacola ecológica com o nome e o logotipo de uma floricultura local gravado nela e as folhas de uma planta envasada aparecendo no topo. Entrou pela porta da frente, passou diretamente pelo balcão da recepção e continuou andando como um homem que já conhecesse seu destino.

No banheiro masculino do primeiro andar do edifício principal, Tillman abriu a sacola e se transformou num assistente hospitalar com um longo casaco branco e um crachá de aparência oficial. O crachá era falso, e nem era dos bons, mas enganaria alguém que não passasse o dia inteiro, todos os dias, olhando para um verdadeiro: um policial temporariamente servindo como guarda, por exemplo.

Num largo hall perto do elevador de serviço, ele encontrou — como esperava — uma maca vazia. Estivera pronto para perambular pelas alas mais um pouco até encontrar uma, mas, quanto menos tempo passasse andando por aí de jaleco, menos chance teria de ser confrontado.

Tillman subiu de elevador até o quarto andar e saiu empurrando a maca diante de si. Os dois policiais sobre os quais Kennedy havia lhe avisado — os dois primeiros — estavam esperando logo onde o corredor se subdividia. Pareciam durões, solenes e alertas. Tillman foi até eles e meneou a cabeça para indicar que pretendia passar.

— Transferência da Ala 22 — disse.

O mais próximo dos dois policiais verificou o crachá de Tillman, o qual ele, prestativo, esticou usando o polegar da mão esquerda. A mão direita repousava sobre um pequeno porrete que segurava abaixo da barra da maca, mas ele esperava não ter que usá-lo: improvisação num estágio tão inicial do plano poderia ser um mau presságio para toda a porcaria da empreitada.

O policial o deixou passar. Tillman empurrou a maca pelo corredor secundário que levava à ala de Kennedy, entre muitas outras.

Na Ala 22, ele abandonou a maca e o jaleco. O casaco comprido só serviria para atrapalhá-lo e, desse momento em diante, tinha que agir rápido. Do compartimento embaixo da maca, tirou sua sacola e deixou o vaso de planta de lado.

A ala de Kennedy, número 20, ficava após uma curva para a direita uns nove metros adiante. Tillman dobrou a esquina rapidamente e se viu indo direto de encontro aos dois outros policiais, que pareciam tão fortes e sérios quanto os primeiros.

Largou a sacola e ergueu as mãos em posição de tiro. Em cada mão, segurava uma embalagem de spray de pimenta, e seus dedos indicadores já estavam travados sobre os esguichos. Não era um spray de pimenta comum: era um produto de fabricação russa, derivado do ácido pelargônico, a coisa mais perversa daquele tipo que Tillman já encontrara, contendo 4,5 milhões de unidades de Scoville[14].

Os homens caíram agonizando, arranhando o rosto. Tillman colocou rapidamente uma máscara cirúrgica e então, com cuidado e sem pressa, deixou os dois sem sentidos com um lenço embebido em desflurano. Também esfregou o rosto deles com uma mistura de leite e detergente que mitigaria a maior parte dos efeitos do spray. Não estava a fim de matar oficiais da lei nessa farra, nem mesmo acidentalmente.

Deixou os homens onde estavam e passou por portas duplas de vaivém, entrando na ala. O lugar havia sido subdividido em diversas seções, mas ele teve sorte: a cama de Kennedy estava na segunda dessas áreas. Tillman a viu no mesmo instante em que uma enfermeira saía de outra seção mais além e percebia a presença dele. Um segundo depois, ela se deu conta do Unica em sua mão: não exatamente apontado para ela, mas impossível de ignorar.

— Volte para dentro — ele disse à enfermeira. — Não diga nem faça nada. Só espere.

Com um gritinho de pânico quase mudo, ela retrocedeu e sumiu de vista. Tillman voltou a atenção para Kennedy.

— Tillman. É bom... te ver — ela grasnou. Parecia estar muito mal, o braço esquerdo engessado e preso ao lado do corpo, que também estava enfaixado por finas bandagens. Era ela mesma, porém, e melhor, era capaz de se mover. Ela se ergueu da cama com um grunhido de dor e esforço e foi ao encontro dele. Tillman já estava tirando o torquês da sacola.

— Localizador GPS — disse sucintamente. — Qual perna?

Kennedy mostrou a ele, que se ajoelhou para cortar a tira. Estava apertada o suficiente para ele poder inserir a lâmina do torquês embaixo dela apenas até a metade, mas rompeu-se por inteiro num estalo quando ele aplicou pressão.

---

[14] A escala de Scoville é usada para medir a ardência das pimentas. (N.T.)

— Abra a janela — disse a Kennedy. Jogou de lado o torquês e tirou da sacola uma corda de rapel, que desenrolou com uma torção do pulso.

O alarme interno de Kennedy disparou, e a preocupação transpareceu em seu rosto quando ela viu a corda.

— Tillman — disse, tensa —, não tem a menor chance de eu descer balançando pela porcaria da janela. Olhe para mim. Só tenho um braço funcionando!

— Você não vai ter que aguentar seu próprio peso — ele respondeu. — Vou te carregar. — Ele estava abrindo o arpéu, passando a corda pelo orifício, verificando o nó de fricção no cinto.

Kennedy não perdeu mais tempo discutindo. Destrancou a janela e a abriu. Uma trava de segurança impediu que ela cedesse mais do que uns poucos centímetros. Kennedy estendeu a mão para a arma de Tillman, a qual ele entregou com alguma relutância. Ela bateu na trava usando o cabo do Unica, arrancando-a da moldura da janela com três golpes calculados, depois devolveu-lhe a arma. A essa altura, Tillman passara a corda duas vezes pelo nó de fricção e o arpéu estava firmemente preso na armação de aço da cama de Kennedy. Ele empurrou a cama contra a janela para que ela não pudesse escorregar naquela direção quando o peso dos dois puxasse a corda.

— Pronta? — perguntou a ela.

Kennedy assentiu. Tillman a ajudou a subir no peitoril e foi em seguida, o braço esquerdo em torno da cintura dela, o direito controlando a regulagem do nó de fricção. Demorou alguns segundos para encontrar um ponto firme o suficiente, mas sem apertar o braço ferido dela. Inclinou-se para trás para testar o peso e Kennedy xingou, sem equilíbrio acima do abismo e não gostando nem um pouco disso.

Ouviram um alarme começando a soar dentro do quarto: ou a enfermeira alertara a segurança ou alguém havia encontrado os dois policiais derrubados. De agora em diante, estariam contra o tempo, e Tillman teria que mensurar cada segundo dentro da versão perfeita e platônica do plano que tinha em mente.

Ele chutou a borda da janela e começou a descer pela parede do hospital numa série de pulos maiores e menores, cautelosos e desajeitados. Se fosse um paredão de rocha ou uma torre de escalada, teria coberto os três andares em três rápidos saltos, ricocheteando contra a superfície. Mas a maior parte da parede era de vidro. Se eles o atravessassem, o resultado seria imprevisível, poderiam sangrar até morrer, antes de os seguranças do hospital e os policiais do corredor os encontrarem e algemarem.

Assim, na hora em que chegaram à laje horizontal abaixo, cabeças já começavam a se espichar das janelas acima. Uma delas vinha acompanhada de um braço, no final do qual havia uma arma.

— Fiquem onde estão! — uma voz gritou. — Fiquem de joelhos e coloquem as mãos na cabeça!

Tillman mirou cuidadosamente com o Unica e disparou um tiro. O policial escondeu a cabeça rapidamente e não respondeu ao tiro. Não ainda, pelo menos.

Tillman colheu Kennedy nos braços e cobriu correndo o curto espaço até a borda da laje, onde se atirou no espaço. Kennedy, que conseguira não emitir nenhum som durante a descida atemorizante do quarto andar, soltou um grito involuntário agora. Mas os pés de Tillman pousaram com um clangor metálico ressoante na tampa de uma grande lixeira que ele havia empurrado contra a parede naquele ponto exato, e de lá passaram ao chão em três passos — da lixeira para uma lata de lixo comum, para um tambor plástico cheio de resíduo hospitalar, e daí para o asfalto.

— Consegue correr? — Tillman perguntou a Kennedy.

— Consigo.

— Então, vamos correr.

CAPÍTULO 57

Os primeiros tiros soaram enquanto eles corriam rodeando o edifício, através da parada das ambulâncias até o estacionamento principal. Desacelerando um pouco, Tillman foi na frente até o terceiro corredor, onde um Noble M15 vermelho vivo esperava por eles. Kennedy olhou horrorizada para o carro indecentemente notável: as saídas de ar laterais, escancaradas, lembravam-lhe as guelras de um tubarão.

— Jesus — disse ela. — Tillman, eles vão nos pegar antes que a gente cubra uma porcaria de um quilômetro.

— Entre aí — ele disse, sucinto.

Ela olhou de relance para as portas frontais do hospital. Nenhum perseguidor à vista ainda. Talvez, se saíssem do estacionamento para a rua antes que os policiais surgissem, tivessem alguma chance de fugir.

Ela puxou a porta do passageiro, abrindo-a, subiu e depois lutou para afivelar o cinto de segurança com uma só mão. Olhou para o lado do motorista, cheia de uma paciência efervescente.

Passaram-se 20 segundos completos antes que a outra porta se abrisse e Tillman entrasse, movendo-se sem nenhuma pressa.

— Vai *logo*! — Kennedy gritou. — Anda com isso!

Tillman virou a chave e fez o motor roncar, mas continuou onde estava.

— Tillman! — Kennedy berrou. — Pelo amor de Deus!

— Espere para ver — ele murmurou, olhando por cima do ombro para as portas do hospital, de onde agora duas figuras de uniforme marrom saíam correndo. Tillman deixou que chegassem à metade do trajeto até o carro antes de dar a ré diretamente no caminho deles, forçando-os a saltar para a direita e para a esquerda. Fez os pneus cantarem enquanto se recompunham e foi até o fim da linha de carros enquanto eles sacavam e apontavam as armas. Os tiros que dispararam foram mais um aviso do que qualquer outra coisa.

— Eles *viram* a gente — Kennedy resmungou. — Você deixou que vissem a gente.

— Mas não nos acertaram — Tillman respondeu. — Isso nos dá muita vantagem. Abra o porta-luvas.

Kennedy o fez. Lá dentro, viu um bloco achatado de plástico preto com luzes de LED verdes e ambarinas na frente e as palavras Uniden Bearcat BC355C no canto inferior direito. Um emaranhado de fios na parte de trás sugeria que o objeto havia sido ligado à bateria do carro por alguma razão. Kennedy reconhecia um rastreador de rádio quando via um e, embora esse modelo fosse novo para ela, tinha uma ideia razoavelmente boa do que fazer com ele. Procurou o sintonizador e encontrou-o já alinhado com a frequência VHF, em torno de 155MHz. Um leve empurrar das chaves para cima e para baixo encontrou o cumprimento de onda da polícia local — na qual, de forma nada surpreendente, a fofoca era toda sobre eles.

— ... em perseguição, e temos contato visual — a voz de um homem dizia. — Estão na Oak, ao norte da 93, e estão indo para o leste. Repito, estão na Oak indo para o leste.

— Entendido, quatro-sete — a voz de uma mulher respondeu. — Temos carros chegando pela Maple e pela Topeka e outra unidade vindo pela Andy Devine. Eles devem estar indo para a I-93. Vamos bloquear a estrada na altura de Powderhouse Canyon.

— Entendido. — Era a voz masculina outra vez — provavelmente o motorista da viatura que agora estava exatamente no meio do espelho retrovisor do carro, muito atrás, mas agarrada à perseguição como se fosse a própria vida.

Tillman virou à direita sobre duas rodas e disparou por uma estrada mais estreita numa velocidade duvidosa. Era uma ladeira íngreme e Kennedy pensou, por um segundo, que a viatura passaria reto pela entrada, ou pelo menos perderia terreno, mas ela dobrou a esquina tão habilmente quanto Tillman fizera.

— Eles viraram à direita — disse a voz do homem no rádio. — Estamos na 4th Street.

— Entendido — a mulher respondeu. — Tá bom, estou vendo exatamente onde vocês estão. Provavelmente eles vão virar à esquerda ou...

Passaram em disparada por um cruzamento importante, quase arrancando o para-lamas traseiro de um conversível verde que desfilava no caminho deles. O grito da buzina de um carro os seguiu para o sul.

— Tá, esqueça isso — a mulher resmungou. — Acho que não estão indo para a I-93, afinal. Carro cinco-zero, você ficou para trás. Eles simplesmente... cruzaram a Topeka e continuam indo para o sul. —

Como diabos ela sabia disso? — Não estão tentando sair da cidade. Eles vão virar e voltar.

Outro homem, a voz incongruentemente lenta e lacônica:

— É bom pensar em outro bloqueio na Estrada 40, então, e outro na 66. Não tem nenhum outro lugar aonde eles possam ir, a não ser que estejam querendo jantar no Mr. D'z antes de saírem daqui.

— Certo — a mulher respondeu, e depois: — Temos um helicóptero no ar, saindo de Bullhead. Tempo de chegada estimado em seis minutos.

Kennedy xingou amarga e obscenamente. A viatura original continuava visível no encalço deles, a mulher do rádio de alguma forma os rastreava. E agora, além de tudo, ainda teriam que lidar com uma câmera aérea.

— Devíamos desistir — ela murmurou. — Se chegarmos a um desses bloqueios, eles com certeza vão atirar em nós. Pessoas vão morrer, Tillman... a começar por nós, provavelmente.

— Ninguém vai morrer — ele disse com uma confiança tão completa que Kennedy o fitou, surpresa, e ficou em silêncio por um instante.

O silêncio foi rompido pelo palavrório do rastreador.

— Carro cinco-zero, onde você está agora?

— Fingi que ia para o sul e estamos virando para a Hoover, agora mesmo, na 2nd Street. Onde eles estão?

— Ainda ao norte daí. Isso é ótimo. Você pode ir para a 4th Street na frente deles e cortar o caminho deles. Repito, eles estão ao sul da Quarta, e você está com a vantagem.

Tillman enfiou o pé no acelerador: o motor de três litros do Noble fez um som estranhamente abafado, como um gigante tentando proferir um rugido de ameaça sem acordar uma criancinha. O carro saiu feito uma lancha, parecendo erguer-se totalmente da superfície da rua.

Atravessaram o próximo cruzamento ao que parecia ser uma velocidade próxima à do som. Um segundo carro de polícia vinha na direção deles a partir do oeste numa rapidez razoável, mas passaram em disparada diante do nariz dele, forçando o motorista a brecar para evitar um choque em cheio contra o carro que os perseguia originalmente, e que vinha logo atrás.

— Passaram por nós! — o motorista do carro cinco-zero berrou.

— Droga! Desculpe, cinco-zero, acho que calculei mal a distância. Quatro-sete, ainda está com eles?

— Fiquei para trás. Estão muito à minha frente agora.

— Cinco-zero, você vira e fica esperando na Estrada Old Trails. Eles estão indo para uma porcaria de um beco sem saída, e esse é o único caminho para fora, até onde posso ver. Quatro-sete, fique de olho neles, mas não se aproxime até receber reforços. O homem está armado.

— Sei muito bem que ele está armado, Caroline. Ele atirou em mim lá na porcaria do hospital.

— Não precisa falar assim, Leroy.

— Preciso falar de algum jeito se quiser dizer alguma coisa a alguém. Escute, estou perdendo o cara. Aquele carro é rápido pra caramba. Quanto tempo leva para o helicóptero chegar aqui?

— Dois minutos. Estão sobrevoando a 68 agora mesmo.

Tillman olhou no retrovisor, onde o carro de polícia agora parecia quase distante demais para ser visto. Ele desacelerou um pouco, deu uma guinada à esquerda, depois à direita, pegando uma rua paralela àquela onde haviam estado. Dois quarteirões para o sul, Kennedy viu uma ponte na qual essa via cruzava outra menor. Outro olhar no retrovisor, e Tillman saiu do asfalto, dirigindo diretamente para a margem. Por alguns segundos, ficaram derrapando no solo arenoso e na grama e nas moitas. Kennedy pensou que acabariam virando de lado e rolando de cabeça, mas Tillman de alguma forma manteve o carro sob controle e lutou para manter a velocidade baixa. No fundo do banco de areia, levou o veículo para baixo da ponte e parou. Diretamente à frente deles havia um carro estacionado, a meio caminho do pavimento: um Lincoln sedan azul-marinho, um tanto enferrujado nos arcos acima das rodas dianteiras.

— É a nossa carona — disse Tillman. — Você não tinha nenhuma bagagem, tinha?

Ele saiu sem esperar por uma resposta, cobriu a distância em dois passos e já estava atrás do volante do outro carro antes que Kennedy tivesse tempo de reagir. Empurrou a porta do passageiro para fora, abrindo-a, e chamou-a peremptoriamente.

Quando Kennedy veio, encontrou-o manuseando os controles de um rastreador de rádio idêntico, tirado do porta-luvas do Lincoln.

— Eu os perdi! — Era o motorista do carro quatro-sete, em pânico.

— Negativo, quatro-sete. Eles ainda estão à sua frente.

— O quê? Onde?

— No sul, na 5th Street. Estão no sul, na 5th Street, quatro-sete. Continue nessa direção.

A ponte era uma construção em armação de aço, com concreto e asfalto por cima: ouviram a viatura passar por cima da própria cabeça como um trovão abafado.

Tillman esperou por um intervalo decente, depois colocou o carro em movimento para o leste. Depois de um tempo, ouviram o helicóptero chegando do oeste. Viraram numa rua à esquerda, colocando uma conveniente linha de prédios altos — torres de apartamentos de três e quatro andares — entre eles e o helicóptero.

— Não estou vendo nada, Caroline, e já olhei a rua toda.

— Você está bem acima deles, quatro-sete. Talvez já tenham saído do carro. Procure uma mulher andando a pé.

Procure uma mulher? Por que dizer isso em vez de uma mulher e um homem? Kennedy percebeu, então, o que Tillman havia feito, o que a mulher no rádio estava rastreando.

— Puta merda — ela disse com admiração escandalizada. — Eles estão perseguindo meu localizador GPS, né? Onde você o colocou?

— Prendi debaixo do carro deles — Tillman disse —, lá no estacionamento do hospital. Foi por isso que eu quis que nos seguissem — perto o suficiente para eles interpretarem mal o que estavam vendo pelo sinal. Essas bugigangas de rastreamento normalmente não são acuradas depois de uns seis metros de distância.

Kennedy afundou no assento, quase catatônica enquanto os efeitos subsequentes da descarga prolongada de adrenalina atingiam seu organismo.

— Puta merda — disse outra vez.

Tillman estava colocando óculos escuros, um bigode falso aceitável e um boné de beisebol dos Yankees, todos tirados do porta-luvas onde haviam sido guardados com o rastreador.

— Ainda temos que passar por esse gargalo e ir para a Interestadual — murmurou ele. — Mas definitivamente vai nos ajudar o fato de que estão procurando na direção errada.

Um par de carros da polícia seguiu em direção ao sul pelas ruas de cada lado deles enquanto continuavam se dirigindo para o norte.

— A propósito, aonde estamos indo? — Tillman perguntou, finalmente.

— Cidade do México. Xochimilco.

Tillman suspirou pesadamente.

— Que foi? — ela perguntou.

— Além da fronteira. Vai complicar um pouco as coisas.

Kennedy riu sem querer.

— Ora, me arrancar do hospital e dar uma surra no departamento de polícia do Arizona não conta como complicado? Você colocou os parâmetros lá no alto, Leo. Levou os parâmetros até a porcaria da Lua!

CAPÍTULO 58

Observado com o nível certo de imparcialidade, o *mapkanah* não era diferente do processo pelo qual a água gira descendo por um ralo. Um agrupamento, uma padronização, a substituição gradual da turbulência aleatória por um fluxo poderoso e direcional, o qual então se impõe, inexoravelmente, num *continuum*.

Kuutma sentia-se como uma rolha flutuando na superfície daquele fluxo, leve demais para ser tocado por ele. Observou as pessoas embalando não as próprias posses — que já haviam sido empacotadas muito tempo antes —, mas a infraestrutura de seu mundo. Baixavam os tanques das plantas hidropônicas, drenadas e ainda pingando, das janelas superiores até o chão, onde equipes esperavam para levá-los até os compartimentos de carga. Um tear da fábrica têxtil passou numa carroça puxada com esforço por um único boi. Kuutma ouviu o condutor murmurar palavras tranquilizadoras ao ouvido do animal:

— Só mais três depois deste, meu menino, e aí vamos trazer as máquinas de cardar, que são muito mais leves.

Mais surreal que tudo, um homem robusto passou carregando laboriosamente, sobre os ombros, o púlpito esculpido em madeira do Kad Sima. No rosto suado dele brilhava um orgulho infinito: era como carregar um pedaço da divindade.

A cidade estava empacotando tudo, achatando-se, num plano e depois em outro, até que finalmente ela desapareceria como se tragada por um buraco no chão.

Kuutma, enquanto isso, precisava ser treinado para suas novas responsabilidades. Foi até a estação de bombeamento de água e apresentou-se à administradora do local, uma mulher chamada Selaa, que deveria ser uma década inteira mais jovem que Kuutma. Ela era *suoma'ka*, ruiva. Era um traço recessivo entre seu povo, e muito raro, de forma que aqueles que o possuíam passavam a vida cercados de olhares que ricocheteavam em suas figuras. Para Kuutma, com o manto do mundo exterior ainda acima dele, tal coisa não merecia nem um olhar, nem um pensamento.

— Sou Kuutma — disse, sabendo que ela já havia sido instruída.

Era uma mulher metódica, e claramente estava muito ocupada com a tarefa de desmantelar as partes da estação de águas que não seriam mais necessárias aqui: os purificadores, os relógios e pluviômetros, as duas maiores bombas. Contudo, ainda assim ela se curvou respeitosamente a Kuutma e tocou o ombro dele.

— *Ha ana mashadr* — disse. — Já conhece o equipamento, Kuutma? Sei que muitas pessoas passam uma temporada na estação de bombeamento, quando são jovens, para aprender os fundamentos do trabalho.

— Essa prática começou depois do meu tempo — Kuutma disse. — Mas sou bom com máquinas, de forma geral, e estou familiarizado com a teoria do que você faz.

— É claro. — Ela assentiu. — E imagino que as únicas máquinas que vá precisar operar amanhã sejam as comportas.

Ela mostrou onde ficavam e o que faziam. Eram quatro, duas dragando água dos reservatórios de Cutzamala e duas diretamente do aquífero abaixo da cidade, que era tudo o que restava do Lago Texcoco. Selaa tinha muito orgulho do sistema, e não sem razão.

— Nas últimas décadas — ela se gabou —, a cidade exterior sofreu contínuas crises de armazenamento de água. Ela está afundando no leito do rio numa taxa de três polegadas por ano, Kuutma. Sabia disso? Isso mostra quão rapidamente a Cidade do México está esgotando os recursos de seu próprio lençol freático. Mas nosso fluxo de água nunca foi interrompido. Nunca sequer sofreu queda de pressão. As pessoas usam apenas aquilo de que precisam, como Deus permite.

Kuutma a trouxe de volta à conversa de natureza prática.

— Uma dessas comportas foi modificada, eu presumo — disse ele. — Qual delas, e como funciona?

— Não é uma comporta — respondeu ela. — É apenas um tanque aqui — um dos tanques de purificação — que vai ser preenchido pelo fluxo da eclusa quando esta chegar à terceira estação. É por este painel de controle aqui que ela funciona. A água entra na primeira estação, corre pelo aqueduto sob Em Hadderek e sai por estes canais secundários. Mas todos os canais secundários vão estar fechados depois que partirmos. A água vai fluir direto para Cutzamala — de volta para o principal reservatório de água da Cidade do México. Tudo o que precisa fazer é abrir o portão da comporta com esta alavanca e, depois, quando estiver pronto, despejar o concentrado do tanque na água.

Ela fez o sinal do enforcado. Kuutma ergueu uma sobrancelha.

— Lamento — Selaa disse, um tanto embaraçada. — Eu ficaria triste até mesmo com a morte desse número de animais.

— Mas não pediria que Deus abençoasse a carcaça deles.

— Não. Suponho que não.

— Obrigado, administradora. Acredito que isso seja fácil. Mas não há um controle chamado *tsa'ot khep*?

Selaa pareceu intrigada.

— A "Voz do Dilúvio"? Isso é um mecanismo de defesa, Kuutma. Não vai restar nada aqui que precise ser defendido.

— Eu sei. Mas estou curioso. Por favor, mostre-me.

— Com as maiores bombas removidas, esse mecanismo não vai funcionar de forma alguma. Não como deveria funcionar, pelo menos. É este controle aqui: as comportas foram subordinadas a esta alavanca, e os canais redirecionados para as rampas — dez deles, ao todo — deste lado.

— Todos esses controles ainda vão funcionar amanhã?

Selaa assentiu.

— A energia corre por toda a barragem — disse. — Não posso desligar partes da estação de controle: ninguém nunca viu necessidade disso.

— Não. É claro. Novamente, obrigado por seu tempo. Você deve estar muito ocupada. Presumo que tenha um molho de chaves para me entregar?

Ela entregou a ele seu próprio molho, tirado de uma laçada de seu cinto.

— Há uma cópia de reserva em meu escritório — ela disse. — Mas estas devem ser as chaves que vão trancar as portas pela última vez: elas me foram entregues por Chanina, que era a administradora das águas quando eu cheguei. Por favor, mantenha-as consigo quando terminar, Kuutma. Eu ficaria muito feliz se fizesse isso. A não ser que ache que um suvenir como esse não teria utilidade.

— Vou mantê-las comigo até morrer — ele prometeu. Curvou-se formalmente e então retirou-se.

Eu ficaria triste até mesmo com a morte desse número de animais. Era um pensamento sentimental, no entanto, e sentimentalismo era algo que ele pouco vira em Ginat'Dania. Parecia fraqueza — uma fraqueza que o povo, por causa de seu reduzido número, não podia se dar ao luxo de tolerar. Mas e quanto às fraquezas do próprio Kuutma? E quanto às falhas em sua própria armadura, causadas por emoções igualmente indefensáveis?

Ele estava prestes a matar 20 milhões de pessoas. E, no entanto, importava-se com apenas uma.

Nethqadash shmakh, oh, Senhor. Permita-me respirar um ar no qual só exista o Senhor.

CAPÍTULO 59

Atravessar a fronteira provou ser mais fácil do que Tillman imaginara. Mas pensando nisso agora, em segurança, enquanto trilhava as estradas vicinais de algum fim de mundo sem nome ao sul de Chihuahua, conseguia entender por que havia sido assim.

Os recursos do estado do Arizona eram dedicados a impedir que mexicanos viessem para o norte e cruzassem a fronteira. As patrulhas que viram — e ele sabia que havia muitas mais — estavam todas vigiando o tráfego numa única direção, e não se mostravam inclinadas a lançar um olhar suspeitoso sobre um homem branco indo para o sul.

Um homem branco sozinho, pois Kennedy estava deitada no banco traseiro do Lincoln sob um cobertor, completamente fora de vista e dormindo na maior parte do tempo. Ela ainda estava num imenso desconforto por causa dos ferimentos. Tillman não tinha muito a oferecer para aliviar a dor dela, mas ainda possuía um pouco de desflurano. Quando a dor era demais, dava um pouco do produto para ela aspirar num guardanapo de papel, depois do quê Kennedy caía num sono profundo, assustadoramente imóvel.

Para cruzar a fronteira, ele a transferira, pedindo desculpas, para o porta-estepe no porta-malas. Kennedy tivera medo de que se dobrar naquele espaço estreito pudesse reabrir a ferida do lado do corpo, mas Tillman insistira. Não podiam arriscar a chance de ela ser encontrada numa busca casual. Ele provara estar certo quando os guardas do posto de fronteira ao norte de Nogales abriram o porta-malas e remexeram na bagagem dele — nas partes inócuas, pelo menos, já que as armas e os explosivos continuavam dentro dos bancos traseiros, esvaziados e depois reconstruídos — antes de liberá-lo para continuar a viagem.

Ele parou assim que teve coragem, uns três quilômetros depois, e ajudou Kennedy a sair de sua clausura. As bandagens sangrentas do lado do corpo dela mostraram que seu medo se justificara. Tillman a fez tirar a blusa e trocou as bandagens rápida e habilmente. Admirou os seios dela enquanto fazia isso, pois eram impressionantes e estavam bem ali na frente dele, mas fez o melhor que pôde para editar essa memória depois, ou, pelo menos, para manter a mente ocupada com outras coisas. Normalmente, quando distribuía remédios para colegas do exército, eles não eram nem homens nem mulheres para ele: era necessário um alto nível de desprendimento para fazer reparos no corpo arruinado de alguém com quem estivera trocando piadas uma ou duas horas antes.

Esse parecia ser um bom momento para dar a Kennedy as roupas que comprara: calças jeans anônimas, uma camiseta preta, uma jaqueta preta folgada e tênis confortáveis. Kennedy lutou para vestir tudo, com Tillman ajudando-a a manobrar o braço engessado. Nada lhe serviu perfeitamente, mas estava tudo mais ou menos no lugar, e não se podia negar que ela chamaria muito menos atenção agora como uma turista do norte da fronteira tentando parecer estilosa e casual, mas falhando em ambos os objetivos.

— Acho que não vou aguentar — Kennedy grunhiu. — São mais de 11 mil quilômetros. É um dia inteiro na estrada — um dia e uma noite, provavelmente — e cada vez que a gente passa por alguma lombada é como se alguém enfiasse uma agulha de tricô nos meus rins.

— Tome mais um pouco de desflurano — Tillman sugeriu. — Você pode dormir o caminho todo. Daí a gente descansa por umas duas horas quando chegar lá, para você se recuperar.

Kennedy balançou a cabeça enfaticamente.

— Não. Preciso ficar acordada para isso — disse.

— Um dia e uma noite — ele a lembrou. — Você não vai ficar acordada esse tempo todo, Heather. E, se a dor for demais, pode entrar em choque. Daí eu teria que levá-la a um hospital, onde provavelmente perceberiam que nós batemos com a descrição dos fugitivos que a polícia já deve ter espalhado. Só precisamos encontrar uma única pessoa que esteja acordada e nos reconheça para estarmos oficialmente ferrados.

Kennedy ruminou o que ele dizia.

— Tá — respondeu afinal, carrancuda e relutante. — Tudo bem.

Ela se estirou no banco de trás do Lincoln, e Tillman a dopou novamente: uma dose mais forte dessa vez, mas ainda muito abaixo da linha vermelha do plano de dosagem que ele recebera junto com a droga. Afinal de contas, o desflurano era um anestésico de uso geral, e colocar Kennedy para dormir — num território onde ela precisaria de assistência mecânica até para respirar — era um perigo real.

Tillman baixou o olhar para ela, deitada inconsciente, e experimentou um peso pouco familiar na consciência. Teria arrastado Kennedy para a loucura dele ou os dois haviam se encontrado no momento exato em que ela ficara louca o suficiente para ressoar na mesma frequência que ele? Cobriu-a com o cobertor e prendeu-a ao banco, no ombro e na cintura, com os cintos de segurança. Sentia-se feliz, de todo modo, por não ter lhe contado que sua cama improvisada estava quase toda recheada de explosivo plástico.

Manteve-se nas estradas vicinais, muito embora fossem mais irregulares e mais traiçoeiras. Quando a noite caiu, ligou os faróis altos e baixou a velocidade, um compromisso entre a necessidade de cobrir a distância antes que a busca por eles cruzasse a fronteira e a necessidade mais imediata de passar contornando os buracos da estrada, fundos como crateras, em vez de enfiar o carro neles.

A noite no deserto era larga como um continente, e eram seus únicos habitantes: uma lagarta fantasmagórica rastejando no escuro, com as luzes dos faróis como corpo, e o Lincoln sacolejando atrás dela como uma cauda. Tillman pegou-se devaneando: Rebecca e as crianças falavam com ele, ou pelo menos ele via o rosto delas e ouvia sons que sugeriam suas vozes. Não havia palavras reais, porém, nem necessidade de ele responder. A carga do que estavam dizendo era: *logo*.

Perto de Zacatecas, ainda faltando talvez 480 quilômetros a cobrir, ele procurou por um outdoor perto da estrada. Quando encontrou um, saiu do asfalto e levou o carro para trás dele, de forma que ficasse fora de vista a não ser que alguém realmente o estivesse procurando.

Nem se incomodou em deitar. Simplesmente inclinou o assento para trás alguns centímetros, fechou os olhos e dormiu atrás do volante.

Seus sonhos foram coisas disformes e hediondas, mas a face de Rebecca flutuava acima de todas elas, pedindo-lhe que fosse adiante.

CAPÍTULO 60

Kennedy acordou em torno das 7 horas, com o sol à vista. Resmungou e virou-se, mas não conseguiu manter a luz longe dos olhos. Sua garganta estava tão seca que ela não conseguia engolir, seca a ponto da agonia, e a cabeça pulsava ao ritmo de seu próprio coração.

Eles ainda estavam se movendo, ou talvez movendo-se novamente: o carro sacolejava com seus amortecedores dilapidados feito um bote de borracha numa corredeira.

— Jesus! — Kennedy grunhiu, com voz pastosa. — Onde... onde estamos?

— Lopez Mateos — Tillman disse. — Entramos na área há mais ou menos 50 quilômetros, mas ainda não estamos propriamente na cidade — e Xochimilco fica ao sul. Digamos mais uma hora.

Sem tirar os olhos da estrada, ele estendeu a mão para o banco de trás e entregou a Kennedy uma garrafa de água. Ela se sentou, grogue, para beber. Manteve o primeiro gole na boca, enxaguando-a, depois deixou a água descer muito aos poucos por sua garganta. Ainda assim, sentiu o estômago protestar e a cabeça girar. Ela perseverou, enquanto Tillman dirigia em silêncio. Assim que as membranas inchadas de sua garganta cederam um pouco, ela conseguiu tomar goles maiores. Acabou esvaziando toda a garrafa. Isso não ajudou em nada para atenuar a dor em sua cabeça, mas ela se sentiu um pouco mais capaz de pensar apesar da dor.

Observou os subúrbios e *barrios* anônimos passarem, enquanto sua mente recuperava o foco aos trancos e barrancos. Quando Tillman estacionou, mais ou menos no meio do caminho ao longo de uma interminável fila de prédios de um andar feitos de tijolos cinzentos e baratos, Kennedy não percebeu, a princípio, por que ele estava parando. Então, o cheiro de cozinha chegou a ela: ovos e pão e algo temperado. O estômago de Kennedy deu mais algumas piruetas ofendidas, mas sob toda aquela náusea descobriu que estava com fome.

Nos fundos da lanchonete lotada, comeram *huevos rancheros* e pequenas bisnagas de pão, ainda quentes do forno. Kennedy permaneceu com a jaqueta, pendurada folgadamente sobre seus ombros para esconder o braço com a tipoia, e comeu com uma mão só. A comida era inesperadamente deliciosa, e Tillman deixou que ela devorasse o desjejum em silêncio. Quando ela finalmente parou para respirar, ele foi direto ao assunto.

— Preciso saber aonde vamos — disse. — Xochimilco, você disse, e agora estamos quase lá. Mas tem um endereço? Algum lugar específico?

— Não tem endereço — disse Kennedy, empurrando o prato vazio para longe de si. Ela engolira dois comprimidos de Tylenol com os ovos e as salsichas e, entre a comida e a dor amenizada, estava começando a se sentir mais como um ser humano. — Mas sei que fica na área servida por uma estação geradora de energia elétrica específica — e acho que vai acabar sendo algo grande. Como um prédio inteiro de escritórios ou uma fila de prédios empresariais.

Ela contou a Tillman sobre Peter Bonville e os soluços inexplicáveis no uso da energia que o haviam colocado no rastro da tribo de Judas pela primeira vez. Tillman franziu o cenho, concentrado, digerindo a informação. Esperou até que ela terminasse antes de fazer qualquer pergunta.

— Isso tudo é recente?

— Aconteceu uns dois meses atrás. O Bonville estava voltando da Cidade do México quando o Voo 124 caiu — porque ele estava no avião. E a queda aconteceu no mesmo dia em que o Stuart Barlow foi assassinado.

— Mas você acha que não há conexão?

Kennedy deu de ombros.

— Não parece provável. Até onde sabemos, o Barlow e o Bonville nunca se encontraram nem se comunicaram. Eles não frequentavam exatamente os mesmos círculos. A única conexão é que ambos representavam uma ameaça ao Michael Brand e... bom, o povo dele, acho. As pessoas que o puseram no mundo.

Ela ficou em silêncio, pensando nas palavras do Evangelho de Judas: os Elohim e os Kelim, os dois tipos de emissários que esse grupo de maníacos ninjas fanáticos mandavam para o mundo. Subitamente, ela fez uma conexão — provavelmente porque seu cérebro havia acabado de ligar e começara a trabalhar de formas ligeiramente diferentes de seu funcionamento usual.

— Sua esposa — ela disse a Tillman. — Rebecca. Qual era o nome de solteira dela?

— Kelly. Por quê?

— Teve outra Kelly que desapareceu. Tamara? Talulah? Algo assim. Foi um dos casos que o Chris vinculou ao Brand antes de morrer.

Tillman olhou para Kennedy, esperando que ela completasse a explicação.

— Você veio voando para cá — disse. — Quero dizer, para os Estados Unidos. De Londres.

— Sim.

— Mas não usando seu próprio nome, né?

Tillman largou o garfo, os ovos que comia apenas semifinalizados.

— Normalmente eu compro documentos de viagem de uma mulher que é especialista em identidades falsas. Ela foi da CIA, tem amigos na comunidade de negócios mercenários e trabalha principalmente para pessoas do ramo. Espionagem, mas espionagem sendo feita um ou dois níveis abaixo daquela que o governo conhece. Heather, aonde você está tentando chegar?

— O Brand sempre usa o mesmo nome — ela disse. — Isso torna o trabalho dele mais difícil, torna mais provável que alguém como você encontre o rastro dele, mas ele nunca, jamais usa um pseudônimo. Por quê?

— Me diga você.

— Talvez seja porque ele não queira mentir. E, se for isso... então, talvez...

Ela estava se sentindo zonza novamente, e os ovos, que haviam tido um sabor tão bom ao descer, ameaçaram subir catastroficamente. Tillman percebeu pela expressão dela que Kennedy estava passando por algum tipo de crise e estendeu a mão para tocar o braço dela.

— Quer ir embora?

— Estou bem — mentiu. — Tillman, o Emil Gassan disse que Elohim, em aramaico, significa algo como Mensageiros. Na Bíblia normal, os anjos são chamados assim. Eu me pergunto se talvez os matadores do Brand, a equipe de assassinos dele, não se veem como anjos da guarda do povo deles. Daí, esse seria o nome que usam.

— Tá bom. Vá em frente.

— Bom, se eu estou certa, os Kelim teriam que ser alguma outra coisa. — Ela esperava que ele completasse a linha de raciocínio para ela, mas Tillman não o fez. O que estava realmente dizendo era: e se os Kelim, como Brand, estivessem caminhando entre as pessoas comuns sem escrúpulos em mentir quanto ao que eram? E se eles escolhessem um nome que alardeasse sua origem, ou seu propósito, ou sua natureza?

Rebecca Kelly.

Tamara Kelly.

Talvez uma porção de outras Kellys. Por que ela não fizera uma pesquisa sobre mulheres desaparecidas com esse sobrenome?

E se elas fossem as Kelim? Saindo para o mundo como Brand e a equipe dele para completar algum tipo de missão, depois desaparecendo uma vez que essa missão tivesse sido cumprida. E se elas tivessem uma vida nesse ínterim e formassem uma família, a família voltaria com elas.

— Provavelmente são só postos ou papéis específicos na organização — Tillman disse. — Provavelmente todos eles trabalham para o Brand. Mas acho que você tem razão quanto a ele não querer mentir. É por isso que deixa as moedas, também. Se há uma ligação com Judas — e você disse que esse evangelho menciona peças de prata em termos de um tipo de barganha que essa gente fez com Deus —, então as moedas poderiam ser uma referência a isso. Elas anunciam que um deles esteve num lugar. — Ele riu, um som tão em conflito com o humor que ela experimentava agora que quase lhe deu um sobressalto físico. — Mas é uma desvantagem para um matador — não ser capaz de mentir. Não consigo entender por que eles atariam as próprias mãos dessa forma.

Kennedy descobriu que ela conseguia.

— Por que os católicos se privam de confortos e luxos na Quaresma? — perguntou retoricamente. — É a mesma coisa aqui. Eles oferecem seu sofrimento a Deus — e o povo de Judas oferece, sei lá, sua veracidade. — Ao mesmo tempo que falava, veio-lhe à mente uma explicação melhor. — Ou talvez eles consigam absolvição antecipada, para pecados específicos — assim como os bispos costumavam abençoar os soldados que iam para a guerra. Mas só eram perdoados por assassinato, não por todo tipo de pecado que tivessem vontade de cometer. Então, eles têm que ser moralistas em outros aspectos e isso inclui não mentir.

— Isso é insano — Tillman disse.

— E você achou mesmo que estávamos lidando com gente sã aqui, Leo? Depois de tudo o que aconteceu?

Ele não respondeu. Em vez disso, acenou e assentiu para o garçom, sinalizando que estavam prontos para pagar.

— Eles viveram como uma grande sociedade secreta por pelo menos dois milênios — Kennedy murmurou. — Mas, na verdade, essa é uma péssima definição para o que são. Porque também são uma raça. Uma raça secreta. Quase uma espécie secreta. Não se veem nem um pouco como o resto de nós — talvez nos achem até mais parecidos com macacos do que com eles. Eles se mantêm separados. Deveriam ter seu próprio país em algum lugar, mas o que têm, em vez disso, é...

— Um prédio de escritórios na Cidade do México.

— Ou coisa assim. Então, não espere sanidade, Leo. O que quer que a gente encontre no fim desta estrada, posso garantir com certeza que não vai ser nada são.

* * *

Prosseguiram em direção ao sul, passando por uma cidade que parecia chegar a eles na forma de ondas. Extensões sem fim de cortiços de adobe — o velho e o novo juntados à força em frio desacordo — deram lugar a distritos comerciais onde fortalezas de aço e vidro apunhalavam o céu. Mas depois disso a mesma coisa acontecia em reverso, as torres e baluartes brilhantes pereciam e havia mais avenidas de pó, tijolos baratos e desespero.

Finalmente, o mapa de bolso de Tillman — comprado num posto de gasolina enquanto Kennedy ainda dormia — informou-lhes que haviam chegado a Xochimilco.

Não era o que Kennedy estivera esperando. Sabendo o que sabia sobre a escala dos recursos disponíveis a Michael Brand — recursos suficientes para fazer equipes de assassinos cruzarem continentes inteiros e derrubar aviões do céu —, ela imaginara que estaria se aproximando de algum centro de poder; uma daquelas torres que ameaçavam o céu parecia apropriada, ou então um complexo de edifícios dentro de um campus particular, como uma fortaleza moderna isolada da cidade que se espraiava a seu redor.

Xochimilco não tinha nada nem remotamente parecido com isso. Era um distrito fabril, quase todo arruinado. O mato crescia em profusão através do asfalto das ruas largas, e os únicos carros estacionados junto ao meio-fio eram carcaças queimadas. Era como se estivessem passando por uma cidade que fora palco de um apocalipse particular. Os edifícios que se erguiam de ambos os lados deles eram imensos, mas se tornaram apenas cascas: cada janela quebrada, cada porta aberta e escura e vazia como a boca de um homem morto.

Algo deu um puxão na memória de Kennedy, algo com nuances de morte e desastre.

Tillman foi virando esquinas a esmo.

— Vai ser um trabalho longo sem um endereço — resmungou. — Não é como se houvesse pelo menos algum tipo de mapa ou a gente soubesse o que está procurando.

— Estação de Geração 73 Sul — disse Kennedy. — Onde o Bonville encontrou os padrões esquisitos de uso de energia.

Tillman assentiu, mas sem convicção. Estacionou junto ao meio-fio, pegou o telefone e começou a teclar. Hesitou e olhou para Kennedy.

— Um amigo — disse. — Mas ele não te conhece e tem ressalvas quanto a quem pode conhecer os negócios dele. Você se importa?

— Vá em frente — ela respondeu. — Eu preciso mesmo esticar as pernas. — Saiu do carro surpresa ao descobrir que o ar estava fresco. Uma brisa soprara de algum lugar e havia uma grossa cobertura de nuvens no céu, mudando a luz para algo divino e cinza prata. Um trovão soou a distância. Um trovão de verão e uma chuva purificadora. Kennedy sentia-se repugnante até o âmago de seu ser e queria ser lavada em qualquer água, quente ou fria ou apenas morna, até que seu corpo voltasse a parecer seu.

Ela caminhou lentamente em direção ao fim da rua. Não conseguia ouvir nada. O silêncio era quase total ali, nessa cidade de mais de 20 milhões de almas. Aparentemente, nenhum desses 20 milhões vivia em Xochimilco. Ela foi até um café, ou ao menos a fachada de um, que chamava a si mesmo — com uma arrogância heroica — de El Paraiso. As janelas haviam sido fechadas com chapas de aço corrugado, e parecia improvável que as coisas gostosas anunciadas na placa (ENCHILADAS! CHILAQUILES! BISTECA!) se materializassem.

O restaurante era um anão numa rua de monstros gigantescos, mas estava tão morto quanto eles: a crise do recente capitalismo monopolista, como o anjo da morte, não poupa ninguém que não tenha o símbolo mágico do favor de Deus pintado em sua porta.

Kennedy chegou à esquina e parou. De frente para ela, do outro lado da rua — uma avenida de mão dupla larga o suficiente para ter uma fila de árvores plantada no meio dela, mas completamente vazia de tráfego — estava um complexo de depósitos. Uma única e imensa estrutura com incontáveis edifícios exteriores, todos feitos com o mesmo concreto protendido e pintados no mesmo cinza-escuro. Viam-se umas poucas janelas pequenas no alto das paredes, tão profundas na alvenaria que não poderiam ter deixado entrar luz nenhuma. Uma cerca ainda sólida e um conjunto de portões ostentavam um gigantesco cadeado. Acima deles, ninhos salientes de câmeras de circuito interno de TV no alto de postes de aço vigiavam cada lado da rua.

Kennedy riu alto — de pura incredulidade.

Ouviu os passos de Tillman logo atrás de si e virou-se.

— Tudo isso — ele disse, indicando a área ao redor deles com um amplo gesto de ambas as mãos. — A Estação 73 Sul serve tudo dentro de um raio de três quilômetros daqui. Vamos ter que tentar outra coisa, Kennedy. Talvez se o Bonville tiver falado com alguém aqui sobre o trabalho que estava fazendo, ou tenha preenchido um relatório, nós possamos partir daí. Do contrário, acho que deveríamos tentar olhar em...

Ele se interrompeu, finalmente, vendo o que Kennedy estava apontando: do outro lado da rua, o grande depósito cinzento.

— Chegamos, Leo — disse ela. — É isso.

Era o prédio da fotografia escondida debaixo do chão de Stuart Barlow — aquela atrás da qual ele escrevera a lista de rolos e códices que continham o Evangelho de João.

O fim da jornada deles fora escrito no início dela.

CAPÍTULO 61

Tilman levou dez minutos para se assegurar de que todas as câmeras fossem desativadas.

Ele percebeu, antes de tudo, que estavam ajustadas em suportes móveis, criados para aumentar o arco de visão ao girar de um lado ao outro: mas todas haviam sido travadas numa posição, que não era nem mesmo a mais prática ou vantajosa. A da esquerda estava voltada mais ou menos diretamente para a frente, mas a correspondente à direita voltava-se para dentro, em direção à sua parceira. Efetivamente, ambas vigiavam a mesma área do chão, deixando um ponto cego à direita.

Isso poderia ser devido a um mau funcionamento mecânico, que deixaria as câmeras congeladas no lugar, mas ainda gravando. Tillman usou o ponto cego para esgueirar-se pela rua e colocar-se no canto próximo à base do poste de suporte mais próximo. Com um multímetro digital de seu kit, ele testou os cabos e não encontrou nenhuma corrente elétrica fluindo por eles.

Já que não havia mais necessidade de ser furtivo agora, ele caminhou diretamente de volta a Kennedy, fazendo um gesto de cortar a própria garganta com um dedo.

— Nada — disse. — A energia está desligada. Ou ela foi desligada ou a área inteira sofreu um corte de eletricidade.

Kennedy apontou. Os primeiros postes de luz estavam piscando até alguns quarteirões além. Todas as lâmpadas mais próximas a eles haviam sido quebradas, mas, claramente, se houvera algum corte de energia, havia sido restrito àquele local.

Tillman considerou.

— Acho que talvez seja aqui que a gente se separa — disse.

— Quê? — Kennedy estava chocada. — Que diabo quer dizer com isso, Tillman? Estamos nisso juntos. Sei que não posso lutar, mas não cobri milhares de quilômetros para depois acenar para você fazendo tchauzinho e ainda te dar um beijo na bochecha. Vou entrar com você. Pode ter certeza.

Ele não pareceu tê-la ouvido. Afastou-se caminhando enquanto ela ainda estava falando, dirigindo-se de volta ao Lincoln. Kennedy começou a correr levemente para alcançá-lo.

— Estou falando sério — disse. — Você pode sair correndo e me deixar para trás, mas não pode me impedir de te seguir a não ser que me amarre e me amordace ou coisa assim. E, se tentar isso, vou lutar tanto e fazer tanto barulho que vão perceber a gente a mais de um quilômetro. Eu repito, Leo: estamos nisso juntos. Até o fim.

A essa altura, haviam chegado ao carro. Tillman abriu a porta traseira, depois se virou para encontrar o olhar dela.

— Você é policial, Heather — disse. — Você defende a lei.

— Deixei de ser policial quando me fizeram pedir demissão, lembra?

— Mas ainda é por isso que você está aqui. Porque pessoas foram mortas e é seu trabalho garantir que os assassinos paguem por isso.

— Você não está ouvindo, Leo. — Kennedy esforçou-se para manter a calma. — Não é mais meu trabalho. Qualquer coisa que eu faça aqui vai ser ilegal de umas duas ou três formas diferentes. Está fora da minha jurisdição, eu estou fora da força e sou uma fugitiva procurada. Isso deixou de ser questão de lei há muito tempo. Agora, é questão de justiça.

O olhar dele ainda estava travado nela, esperando, avaliando-a, procurando algum sinal.

— Que tipo de justiça?

— Quê?

— Tem a ver com que tipo de justiça, Heather?

Ela sustentou o olhar dele, desnorteada, e jogou para o alto o braço bom.

— E tem mais de um tipo?

— Tem vários tipos. E o que me interessa é o pior de todos eles. O mais imundo. Olho por olho. Eles mataram minha mulher e meus filhos. Tiraram tudo de mim — tudo. Mas não tiveram a decência de me matar. Treze anos. Estou há treze anos neste mundo que eles deixaram inabitado. Tudo o que me resta agora é lhes devolver o que é deles por direito.

Ele se inclinou para o carro e arrancou com um puxão a capa do banco, revelando dois rifles automáticos, quatro pistolas, pentes de balas e cintos de munição empilhados e enrolados, e um número de sacolas plásticas negras e brilhantes, mais ou menos do tamanho e formato de tijolos, exibindo as palavras M112 CARGA DE DEMOLIÇÃO C4.

A boca de Kennedy abriu e fechou. Ela se esforçou para pronunciar quaisquer palavras e, quando o fez, sabia que não eram o tipo de palavras capazes de fazer algum bem.

— Leo... você está enganado. Está enganado quanto a isso.

Tillman não pareceu ofender-se. Apenas deu um sorriso triste.

— O quê? Você acha que ainda existe chance de a minha família estar viva, Heather? Depois de treze anos?

E então, como um tipo de assassina sagrada, Kennedy mergulhou de cabeça na impossibilidade da mentira. Ela morreu em sua garganta.

— Não — disse. — Eu não acho que ainda estejam vivos. Mas, se estivermos certos quanto a alguma coisa, esse prédio vai estar cheio de pessoas que não tiveram nada a ver com a morte da sua família. As famílias de outras pessoas, Leo. Você está com tanta sede de vingança contra o Michael Brand que está pronto para se transformar nele? Porque, se estiver, pegue logo essa pistola toda cheia de frescura e coloque-a na minha cabeça, porque, eu juro por Deus, você vai ter que começar comigo.

Os dois ficaram encarando um ao outro na rua por um número incontável de segundos. Tillman retraiu-se, como se pensar nisso lhe causasse dor física.

— Não vim aqui para matar crianças — disse.

— Ótimo.

— Os explosivos plásticos...

— Sim, Leo? O que é que têm os explosivos?

— Eu não tinha ideia do que encontraríamos aqui. Ou de como entraríamos. Eu queria estar pronto para qualquer coisa.

Kennedy assentiu.

— Então, tudo bem — disse ela. — Estamos prontos.

— Certo.

— Mas estamos aqui por causa do Michael Brand, né? Todos os Michael Brands.

— Não.

— Não?

Tillman balançou a cabeça lentamente.

— Alguém os enviou. Alguém os escolheu e os treinou e os equipou. Alguém disse a eles o que fazer comigo e com minha família. E com aquele seu amigo, o Harper. E Cristo sabe com quem mais. Vamos apagar esses caras, Heather. Não só o Brand. As pessoas por trás do Brand. Vamos apagar cada um dos desgraçados.

— Me passe uma dessas armas.

Tillman obedeceu. Kennedy sentiu uma ponta de *déjà-vu* quando a pegou. Era uma G22, idêntica àquela com a qual ela matara Marcus Dell. Mas aquilo havia sido em outro país e aquela Heather Kennedy agora estava oficialmente morta.

Ela gesticulou com a arma, erguendo-a com o cabo para cima exibindo a base vazia do pente. Tillman entendeu a mensagem, selecionou um pente do rico sortimento dentro do oco do assento esvaziado e colocou-o no lugar para ela.

— Mais alguns — ela o instruiu.

Tillman pegou um em cada mão e os fez deslizar cuidadosamente para os bolsos da jaqueta dela. Kennedy agradeceu-lhe com um meneio de cabeça.

— Em virtude da autoridade a mim outorgada como uma ex-policial muito longe de casa — ela disse a ele —, estou nomeando você. Sabe o que isso significa, Leo?

Ele parecia estar com medo de como as coisas estavam caminhando, de quanto de sua tomada de decisão estava confiando a ela. Mas o declive que haviam escalado se tornara tão íngreme que agora nenhum dos dois se atrevia a olhar para baixo. E a essa altura Kennedy sabia o que havia lá embaixo melhor do que Tillman, pois ouvira as últimas palavras da assassina em Santa Claus: palavras que ela estava determinada a nunca deixar que Tillman ouvisse.

— Não, Heather. O que significa?

Ela guardou a arma no cós do jeans e puxou a jaqueta para cobri-la.

— Significa que somos uma unidade de resposta armada. Vamos lá responder.

* * *

A maneira mais fácil de entrar no complexo de depósitos revelou ser pelo lado, onde um edifício adjacente — um tipo de galpão de um andar num lugar que já fora uma garagem de ônibus — ficava perto da cerca; pularam por cima dela.

Tillman foi primeiro, e, quando Kennedy pulou, ele a sustentou para que não caísse. Ela não percebera, até então, quão fraca ainda estava, apesar das longas horas de sono e da refeição. Seu lado parecia duro e inflamado, o braço quebrado chegava a doer mais do que a cabeça, e o anestésico ainda estava em seu organismo — entorpecendo seus pensamentos sem fazer nada para atenuar a porcaria da dor.

Tillman havia transferido uma porção de artilharia leve e pesada para uma mochila que agora carregava nas costas. Nas mãos, em lugar do Unica, ele levava um rifle de assalto FA-MAS Clairon na configuração do exército francês, com baioneta e lança-granadas. Tal coisa aterrorizava Kennedy: parecia uma espécie de canivete suíço da morte.

Seguiram junto à parede do prédio principal, procurando uma entrada. A única porta que encontraram mostrou estar soldada à própria moldura. Todas as janelas ficavam muito acima da cabeça deles, e, já que Kennedy não podia escalar, as cordas e os arpéus teriam que manter como último recurso.

Viram mais postes com câmeras ao longo da cerca: nenhuma delas moveu-se, e todas mostraram não ter corrente elétrica quando Tillman as testou com o multímetro.

Quando chegaram à frente do depósito, olharam cautelosamente para um trecho de asfalto grande o suficiente para comportar uma parada, a superfície esburacada e rachada, com o mato crescendo copiosamente e por toda parte. Mas havia estranhas anomalias, que eles apontaram um para o outro aos sussurros. A cerca parecia estar em perfeito estado, as correntes e os cadeados sólidos e sem ferrugem: e o mato dentro do complexo havia sido achatado contra o chão, como se pela passagem de tráfego recente e pesado.

Tillman estava relutante em sair a campo aberto, mesmo sabendo que não tinha nada a temer das câmeras. Contou um grande número de pontos de vantagem dos quais eles poderiam ser observados. Então, voltaram para trás do edifício, onde o asfalto, em alguns trechos, cedia ao pó e a terra, e onde espaços mais estreitos separavam a estrutura principal dos outros edifícios satélites.

Explorando essas estruturas externas, descobriram que todas as portas estavam como a primeira que haviam visto: soldadas às molduras e claramente fora de uso. Pelo menos, Kennedy encontrou rastros de pneus, claramente recém-feitos, e os seguiu de volta à porta de enrolar do que parecia ser uma garagem ou hangar. O lugar parecia surrado e fora de uso, mas os rastros sugeriam o contrário.

A porta estava trancada com um cadeado. Tillman tirou um pé de cabra da mochila e fez o ferrolho estalar num único movimento, grunhindo levemente pelo esforço. Ele empurrou a porta para cima, abrindo-a, e ambos olharam para o interior do prédio.

Kennedy levou um ou dois momentos para processar o que via. Eles estavam no topo de uma rampa que se estendia para baixo até a perfeita escuridão. Ela parecia ocupar toda a extensão do prédio, cerca de 12 metros, e sua inclinação era sutil, em cinco ou seis graus. Não ouviram nem viram mais nada. O prédio abrigava a rampa e nada mais: ou melhor, o que quer que contivesse estava abaixo deles, no outro extremo da rampa.

— Tem uma lanterna aí? — Kennedy resmungou, indicando a mochila de Tillman com um gesto de cabeça. A voz dela ecoou na quietude sinistra e levou um longo tempo para deixar de soar.

Tillman tirou duas robustas lanternas cilíndricas revestidas de borracha, com cerca de 45 centímetros de comprimento. Pareciam ter sido criadas para servir tanto como porretes quanto como fontes de iluminação.

Kennedy apertou o botão e dirigiu o facho de luz forte e firme para a escuridão abaixo. Tillman fez o mesmo. Tudo o que isso fez foi lhes mostrar que a rampa se estendia para muito além do que haviam imaginado. Os fachos não alcançavam o fundo dela.

Tillman olhou para Kennedy, que assentiu. Não havia aonde ir senão para baixo. A inquietação dela crescia a cada passo. Nenhuma situação que pudesse imaginar conciliava estabelecer tamanho grau de segurança e depois negligenciar tanto a supervisão. E quem viveria num fim de mundo como esse, afinal? Obviamente haviam encontrado algum tipo de estação de suprimentos, em vez de — como ela pensara — o covil de seus inimigos.

A rampa se estendia cerca de 90 metros adiante e os levou para pelo menos nove metros abaixo do nível da rua. No final, uma porta de enrolar feita de aço corrugado exibia-se de um lado ao outro da rampa, bloqueando o caminho. Kennedy lançou seu facho de luz à parede, procurando por controles, mas não achou nenhum: provavelmente estavam do outro lado da porta. Ela estava a ponto de sugerir que procurassem em outro lugar quando a luz de Tillman, apontada para o chão, revelou que o caminho na verdade não estava bloqueado: havia uns 30 centímetros de abertura entre o final da porta de aço e o chão.

Sem palavras, eles se abaixaram, apoiados nas mãos e nos joelhos — Kennedy grunhindo de dor quando os músculos já maltratados registraram o esforço — e escorregaram por baixo da porta.

Do outro lado, ficaram de pé, ainda na completa escuridão, mas Kennedy pôde perceber, pelo movimento do ar em seu rosto, que estavam num espaço muito amplo. Sua lanterna, que ela movimentou aleatoriamente ao redor de si, não captou nada próximo o suficiente para a luz tocar.

Tillman estendeu a mão para tocar desse lado da porta de aço e foi tateando por ela. Kennedy apontou a lanterna para o espaço à frente dele e, quando ele chegou lá, projetou uma luz perfeitamente centralizada sobre um painel de interruptores. Uma luz vermelha à esquerda do conjunto anunciava que ali, pelo menos, ainda havia energia elétrica.

Ela foi se juntar a ele, e os dois examinaram o painel juntos: havia três grandes controles deslizantes do lado esquerdo e depois quatro conjuntos de dez interruptores menores, nenhum etiquetado.

— Se mexermos nesses controles — Kennedy sussurrou —, vai ser como levantar as mãos e gritar: "Ei, olhem pra gente!".

— Ouça — Tillman sussurrou de volta.

Ela o fez. Não havia som nenhum em parte alguma: nem mesmo do tráfego distante que contavam como silêncio na maior parte das cidades, na maior parte do tempo. Tillman estava certo. O barulho que já haviam feito ao escorregar por baixo da porta — assim como o de seus passos sobre a rampa, embora tivessem feito tanto silêncio quanto possível — teria se propagado longamente nessa quietude absoluta. Se houvesse alguém ali, a chegada deles certamente já não era segredo. Mas, se houvesse alguém ali, por que ainda não haviam sido confrontados?

Tillman não se incomodou em obter a aprovação de Kennedy dessa vez. Ele simplesmente empurrou todos os controles deslizantes para baixo e ligou toda a fila superior de interruptores, um de cada vez.

Os deslizantes não pareceram fazer muita coisa, mas quando Tillman pressionou os interruptores ele estava conduzindo uma sinfonia de luz: não com lâmpadas arredondadas ou tubulares ou holofotes, mas com imensos painéis embutidos nas paredes, do chão até o teto, os quais iam ganhando vida como uma cadeia de sóis nascentes ao redor deles.

Kennedy arfou.

Eles estavam num espaço tão alto quanto uma catedral, mas muito mais longo: uma avenida subterrânea cujas paredes eram blocos de brilho puro, quase doloroso. Kennedy cobriu os olhos com o antebraço direito, ofuscada, piscando entre lágrimas.

— Espere — Tillman murmurou. — Tá bom. Consegui.

Isso acontecera porque ele havia baixado os controles deslizantes primeiro. Ele os elevou em cerca de dois terços do percurso no painel, e a luz reduziu-se a algo muito mais tolerável.

Os dois examinaram os arredores, e Kennedy foi lentamente percebendo que estavam, afinal, no lugar certo.

Era uma rua: uma avenida, isso, sim, com 9 metros de largura e 20 ou 25 de altura, espraiando-se a distância em ambas as direções. Pequenas barracas de madeira, como as bancas de um mercado ao ar livre, alinhavam-se com a rua de ambos os lados, e atrás delas erguiam-se estruturas mais permanentes com suas próprias portas e janelas: uma via pública interna numa metrópole interna.

Dois pensamentos ocorreram a Kennedy de uma vez. O primeiro: que as bancas do mercado estavam todas vazias, uma ou duas delas desajeitadamente saqueadas. O segundo: que o espaço não poderia ser realmente tão alto assim, considerando que não tinham descido a uma profundidade suficiente. Ela olhou para o teto, analisando-o mais cuidadosamente. Fora pintado de forma a imitar nuvens e firmamento azul, e curvava-se num vasto arco. Ele era — tinha que ser — o teto interior do depósito. Estavam debaixo da estrutura principal, que havia sido feita em formato côncavo do lado de dentro para criar uma abóbada celeste para esse saguão subterrâneo.

— Esta é a coisa mais doida que já vi — Kennedy disse, a garganta subitamente seca.

Tillman nada disse, mas caminhou pela rua e gesticulou para que Kennedy o seguisse. Ela caminhou ao lado dele. Trocara a lanterna, agora inútil, pela G22, e a segurava com firmeza.

As barracas do mercado estendiam-se pelos primeiros 20 metros, mais ou menos, mas as estruturas atrás delas eram uma característica contínua. Algumas tinham janelas largas, como se em lojas, com prateleiras e plataformas para expor mercadorias. Todas estavam vazias, exceto onde havia algumas caixas espalhadas ou o saco plástico ocasional, e numa vitrine havia uma echarpe amarela pendurada no que, de resto, era uma prateleira de madeira polida. Havia placas acima das portas, escritas no que, para Kennedy, parecia hebraico. O enigma a atingiu mais uma vez: presumindo que o povo de Judas tivesse se erguido na antiga Judeia, como as adagas sica pareciam sugerir, por que sair da Terra Santa para vir ficar num ponto extremo da Cidade do México?

Provavelmente ela nunca saberia, mas teve certeza, de repente, de que isso não tinha nada a ver com as flutuações do poder secular. Vinte milhões de pessoas e uma área urbana que cobria quase 1.500 quilômetros quadrados — era como esconder um grão de areia num deserto. Talvez fizessem isso frequentemente. Talvez a tribo de Judas fosse um povo nômade, indo aonde quer que pudesse encontrar a melhor camuflagem, ou algum outro tipo de recurso que eles procurassem obter.

E na esteira desse pensamento veio outra terrível possibilidade, à qual ela não ousou dar voz: *Talvez nós os tenhamos perdido*.

Estavam se aproximando do que deveria ser o limite norte do depósito. O teto acima deles era interrompido de uma vez pela linha vertical repentina da parede frontal, e as nuvens em *trompe l'oeil* dobravam-se em ângulos agudos subitamente, como se tivessem batido em alguma barreira invisível e se partido.

Kennedy esperava que o vasto espaço se reduzisse agora, mas o golfo de ar que estivera sobre a cabeça deles foi substituído, inesperadamente, por outro que se abria sob seus pés: onde acabava o depósito e o teto se fechava, a grande avenida abria-se para baixo, mostrando uma vasta escadaria descendente, que depois se subdividia em lances de degraus indo para a direita e para a esquerda e para diante. Outras ruas partiam dessa, mas tinham degraus e seguiam ainda mais profundamente para baixo.

Tillman escolheu aleatoriamente uma escada, e os dois desceram para outra via pública, tão larga e quase tão alta quanto a anterior. Ali não havia lojas, mas, em vez disso, estruturas que se pareciam com casas. Filas e filas de janelas sucediam-se nas paredes, varandas nas quais cadeiras e mesas haviam sido dispostas, e urnas e esculturas ornamentais se alojavam nos cantos e nas balaustradas. Mas algumas das urnas haviam tombado e se despedaçado, e algumas das portas jaziam abertas, exibindo espaços interiores escuros. Alguém tivera um bocado de trabalho para fazer com que o imenso complexo interno parecesse singelo — e depois o havia saqueado.

O rosto de Tillman estava franzido numa carranca. Ele parou subitamente, o olhar dardejando para a esquerda e para a direita antes de finalmente pousar em Kennedy.

— As pessoas não podem viver assim — resmungou, a voz carregada de algo como raiva. Ele devia estar com medo agora, assim como ela estava: medo de ter chegado tarde demais e de que solucionar o enigma não significasse nada.

— É — ela respondeu, infeliz. — Acho que poderiam. Essas luzes nas paredes provavelmente incluem frequências UV para que elas não ficassem malucas com o isolamento. Talvez pudessem subir à superfície de vez em quando, embora eu imagine que não fizessem isso com muita frequência. Elas viveram no subterrâneo por tempo suficiente para que a maior parte da melanina tenha se esvaído da pele delas, e é por isso que os agentes de campo desse povo são tão bronzeados quanto um tigre das neves.

Tillman não parecia estar ouvindo, então ela parou de falar. Ele tinha ido até um tipo de elemento decorativo pendurado na borda de uma sacada. Era um lençol branco no qual alguém havia pintado uma imagem notavelmente bela: o momento em que a luz do sol surge dentre as nuvens de uma tempestade, anunciando ou que a tempestade acabou ou que não virá. As nuvens de tempestade eram horrores negros, de ventre inchado; o raio de sol que irrompia delas era uma filigrana do mais delicado ouro, visível apenas quando se olhava para a pintura de um certo ângulo, e a luz se refletia na pintura do jeito certo.

Tillman arrancou o lençol e rasgou-o em dois.

— Para o inferno com isso! — berrou. As palavras ecoaram de volta para ele vindo de cada parede e cornija, redobradas e fraturadas, um coral de exclamações que tropeçava nos próprios passos.

— Leo... — Kennedy começou, mas ele a silenciou com um olhar furioso. Não queria compaixão nem condolências naquele momento, e ela realmente não tinha muito mais a oferecer. Sentia-se esvaziada, exausta além das palavras. Ter chegado tão longe apenas para encontrar esse mausoléu era cruel demais.

Por fim, nada tendo a dizer, ela o deixou ali e voltou para o topo da escada. Todo o vasto complexo era como uma caixa de ressonância, e os movimentos da própria Kennedy retornavam a ela, encobertos em si mesmos em dissonâncias ainda mais complexas. Pensou na pintura do *Nu descendo uma escada*, de Duchamp, derramando fragmentos angulares e estroboscópicos de seu próprio ser enquanto caminhava. Quanto de si ela deixaria nesse lugar? Parecia uma pergunta justa, considerando quanto precisara sacrificar para chegar aqui.

Não conseguiu alcançar o topo da escadaria em uma viagem só. Numa varanda pouco depois da metade do caminho, ela se debruçou na balaustrada e descansou. O lado do corpo estava doendo novamente, e o braço também. Deveria ter pedido a Tillman que colocasse uma embalagem de Tylenol em sua mochila junto com o pé de cabra, as armas, a munição e a pia da cozinha.

Ela o viu se movendo abaixo de si. Estava vasculhando algumas das casas, talvez para saber se alguém havia se escondido ali. Uma das portas não cedeu. Kennedy viu Tillman abri-la com um pontapé, o que emitiu um som como o de um trovão enclausurado pelo vasto espaço.

Mas o trovão cresceu, em vez de esmorecer. E agora ele parecia estar vindo de cima dela, em vez de debaixo. Kennedy fez o resto do caminho até o topo e olhou para o ponto de onde eles haviam vindo.

O corredor parecia estar derretendo, como cera sob a chama da vela. Então, ela viu que a massa movediça e ondulante era algo independente das paredes, do chão e do teto que imitava o céu. Era um aríete feito de água que preenchia todo o espaço do fundo até o topo.

Ele acertou Kennedy como se fosse Deus pregando-lhe um chute nos dentes, depois a pisoteou.

CAPÍTULO 62

Kuutma manteve os portões da represa abertos por sete minutos. Os primeiros 30 segundos deram-lhe o volume de água necessário para misturar o concentrado. Depois disso, o único uso da água foi como arma.

Embora tivesse desligado as câmeras externas, manteve o sistema de segurança dentro da própria Ginat'Dania em total funcionamento, e assim foi capaz de observar enquanto a mulher e Tillman sucumbiam ao dilúvio. A mulher estava incapacitada, é claro, com um braço quebrado e apoiado numa tipoia, mas teria feito pouca diferença se ela estivesse em plena forma e com total mobilidade. A água seguiu pela grande avenida em direção ao Em Hadderek sob enorme pressão, movendo-se muito veloz. O mais forte dos nadadores teria sérios problemas ali.

A mulher submergiu, e enquanto afundava caiu de volta pelas escadarias do Em Hadderek. O dilúvio preencheria o espaço abaixo, vasto como era, em um minuto, e não haveria nenhum ponto onde a *rhaka* poderia emergir a não ser que ela nadasse até o próprio Em Hadderek e reencontrasse o piso superior — ou seguisse adiante e encontrasse o Em Sh'dur. Nadando com um braço só, qualquer uma dessas coisas seria uma proeza.

Paradoxalmente, embora ele já estivesse naquele nível mais baixo, Tillman tinha uma chance de sobrevivência muito maior. Ele pôde ver a parede de água chegando, depois se rompendo e rugindo escadas abaixo como uma dúzia de tentáculos vasculhando e agarrando. Teve tempo de se preparar, agarrando-se a uma treliça de ferro numa sacada ornamental. A água o atingiu, mas ele se manteve firme e continuou onde estava — no primeiro minuto.

Então, com os espaços inferiores enchendo-se velozmente e a pressão da água afrouxando enquanto se acomodava, Tillman lançou-se para cima com braçadas lentas e poderosas. Ele perdera o rifle, mas ainda tinha a mochila presa às costas. Olhou ao redor, presumivelmente em busca da mulher, mas nesse momento todas as luzes se apagaram enquanto a água inundava ramais e caixas de fusíveis. Isso significava que Kuutma não poderia mais rastrear os movimentos do mercenário. Também significava que as chances de Tillman encontrar a mulher antes que ela se afogasse passavam de escassas a — efetivamente — zero.

Kuutma interrompeu o fluxo da água, depois foi juntar suas próprias armas e equipar-se para a tarefa vindoura. Seis adagas sica, três de cada lado do cinto, e a Sig-Sauer no coldre do ombro, com um pente completo e dois reservas nos bolsos da jaqueta. Seus movimentos eram metódicos e calmos. Ele sabia, muito além da lógica, que era assim que devia ser. Era por isso que Tillman sobrevivera por tanto tempo. Era por isso que ele próprio se adiantara, com sombria e terrível misericórdia, para interromper o suicídio de Tillman.

Tillman não tinha o direito de acabar com a própria vida daquela maneira, e, além disso, havia algo que ele precisava ouvir antes de morrer: ouvir e entender. Um equilíbrio precisava ser restaurado, e Kuutma havia sido abençoado: o equilíbrio estava em suas mãos.

Ele trancou as portas da estação de bombeamento e desceu os degraus até o nível do chão. Teria que voltar uma vez mais, é claro, para liberar a água no reservatório de Cutzamala. Essa seria a última coisa que faria antes de abandonar esse lugar para sempre e fechar as portas, deixando para trás tudo o que vivera até então.

Caminhou até a grande avenida. A imensa e imperiosa massa da água havia se escoado para os níveis mais baixos, mas poças profundas ainda restavam. Kuutma percebia isso pelos sons que seus pés faziam enquanto passava por cima delas: não conseguia enxergá-las, pois a avenida continuava na completa escuridão. Havia um sistema manual de fornecimento de luz em caso de quedas de energia, e ele sabia onde os controles ficavam. Foi até a mais próxima dessas estações, abriu um painel na parede e girou uma manivela que encontrou ali.

Muito acima, chapas do teto de aço do depósito — a concha que cobria Ginat'Dania — escorregaram das posições diagonais em que se sobrepunham para um ângulo quase vertical. O dia lá fora estava nublado: somente uma luz cinza filtrou-se para dentro, mas foi o bastante.

No outro extremo da grande avenida, o som de algo que chapinhava e esguichava anunciou que Tillman havia emergido, como uma baleia. Olhando naquela direção, Kuutma a princípio não conseguiu ver o homem. Mas então uma forma difusa ergueu-se no topo da escadaria do Em Hadderek, ali onde era mais largo e mais belo: ergueu-se e caiu novamente, e rastejou com movimentos espasmódicos, descoordenados, para a terra firme da grande avenida.

Kuutma caminhou em direção a seu adversário, segurando em cada uma das mãos o peso familiar, primorosamente balanceado, de uma sica.

CAPÍTULO 63

Quando as águas se fecharam sobre Kennedy, ela fez a maioria das coisas erradas.

Primeiramente, esqueceu-se de respirar. Cambaleando para trás em meio ao caos de espuma, fechou com força as mandíbulas, quando deveria ter engolido uma imensa lufada de ar para preservá-la até que retomasse o contato com o oxigênio.

Em seguida, ela lutou contra a onda irresistível que a reteve e a empurrou, desperdiçando suas forças num esforço inútil para irromper na superfície. A flutuabilidade natural de seu corpo acabaria carregando-a para cima de todo modo: ela precisava usar toda a força e agilidade que tivesse para evitar bater contra qualquer um dos prédios e estruturas em direção aos quais estava sendo carregada como um brinquedo na mão de uma criança que corria.

Kennedy bateu duramente contra uma parede e quase abriu a boca num arfar de choque e dor. Isso teria sido seu fim, ela sabia. Recuperando o controle sobre seus instintos, torceu-se e se esquivou até ficar de frente na mesma direção em que a enxurrada arremetia, e chutou a água para mover-se para a esquerda, depois para a direita, evitando mais duas colisões por uns poucos centímetros.

Era um pouco como voar, Kennedy pensou, confusa. Conseguia ver o piso de ladrilhos do nível inferior, as ruas e as casas internas, passando velozmente abaixo dela e, de ambos os lados, um borrão de espectro azulado em meio ao qual a claridade tremeluzia e cintilava numa louca refração.

Então, as luzes se apagaram, e ela soube que seus problemas haviam se agravado ainda mais.

Seus pulmões já estavam começando a protestar contra a ausência de ar, a exigir o direito de inflar novamente. Kennedy dispunha de talvez meio minuto, na melhor das hipóteses, para chegar a algum ponto onde houvesse ar, e não tinha a menor ideia de onde tal lugar poderia estar.

Partículas de luz dançavam e se expandiam na forma de sóis subaquáticos diante de seus olhos na escuridão impetuosa, e Kennedy estava deslumbrada com elas, ainda que reconhecesse, objetivamente, que na verdade não estavam lá. Ela estava começando a perder os sentidos. Era a privação do oxigênio tangendo cordas soltas em seu cérebro.

Tentou pensar. Bolsões de ar formados dentro das casas? Pelo que se lembrava das aulas de física no colégio, isso parecia possível — mas não tinha tempo para procurar de casa em casa, e, de todo modo, não possuía um distintivo policial para mostrar e poder entrar.

Foco, Heather. Foco.

Lutar contra a correnteza ou seguir com ela?

Ir para cima, para baixo ou para os lados?

Provavelmente não faria muita diferença, mas parecia importante decidir. Seu pai sempre lhe dissera para se impor às situações. Simplesmente seguir a onda quase sempre era um erro.

CAPÍTULO 64

Tillman esforçou-se para ficar de pé. Seus próprios batimentos cardíacos soavam alto em seus ouvidos, mas não havia nenhum outro ruído, nem luz. A cabeça estava girando: também parecia estar se expandindo e contraindo no ritmo dos batimentos cardíacos, como se seu coração orquestrasse o coração pulsante do próprio universo.

Ele riu incredulamente. *É um mundo pequeno, afinal*, pensou. *E eu estou bem aqui, no centro dele.*

Mas seu estômago se revirou e de repente ele se sentiu enjoado. O entusiasmo megalomaníaco cedeu, e a náusea o fez cair de joelhos. Vomitou na última maré vazante: um fluxo fétido com gosto de chili e coentro, provavelmente porque continha os restos da refeição que ele e Kennedy haviam feito no caminho de... algum lugar.

Estava frio e escuro. Frio e escuro como a sepultura. Tillman estremeceu. Mas a luz desceu, abruptamente, de cima, suave e macia como plumas de ganso. Tillman tentou controlar o coração acelerado, a cabeça latejante, as mãos trêmulas. Não deveria estar se sentindo tão mal. Havia algo errado com ele.

E Kennedy. Precisava achar Kennedy, certificar-se de que ela estava bem.

Trincou os dentes, fechou os olhos e contou até dez. Ao menos, tentou. Mas mal se lembrava dos números.

— E agora — disse uma voz gentil e refinada acima dele —, aqui estamos nós.

Um sólido impacto na lateral da mandíbula fez Tillman cair estatelado, rolando de lado na água imunda. Ele arfou, debateu-se, tentou levantar-se novamente. Um segundo chute, nas costelas, e ele se dobrou sobre si numa bola apertada cujo centro era a dor súbita e violenta.

— Por favor — a voz disse —, tire um momento para se orientar. Espero que não tenha engolido muita água. Eu detestaria que você morresse antes que tivéssemos tempo para conversar.

Tillman ficou deitado. Ficar deitado — desde que não houvesse novos ataques — permitiria a ele um momento para pensar, por mais distorcidos e vagarosos que fossem seus pensamentos agora. Algo na água? Parecia muito provável. Não se lembrava de ter engolido água, mas certamente não teria evitado que um pouco dela entrasse em seu organismo. E o que quer que houvesse nela talvez não precisasse ser engolido. Talvez entrasse no corpo por simples contato com a pele. Ou talvez evaporasse da água e ele estivesse respirando a coisa naquele exato instante.

— Levante-se — disse a voz.

Tillman desenrolou-se lentamente, rolou, apoiando-se nas mãos e joelhos, e se ergueu numa reverência invertida.

O homem diante dele parecia ter mais ou menos sua idade. Muito alto, mas não muito largo nos ombros. Bastante musculoso, mas esbelto — o físico de um bailarino ou corredor. Tinha a cabeça raspada, o rosto esguio e moreno dividido em dois à luz turva pelo talho vertical de um nariz aquilino. Trazia em si a solenidade de uma estátua ou sacerdote oficiando uma cerimônia.

— Michael... Brand — disse Tillman, a boca dormente modulando mal as palavras.

— Sim — o estranho respondeu com algo semelhante a satisfação, a orgulho. — É quem eu sou. Michael é um nome hebraico. Significa "quem é como Deus?". E Brand, a marca — em nossa própria língua, *ku'utma* —, é o sinal que Laldabaoth, o deus do mundo decaído, deixou sobre a fronte de nosso pai, Caim. Tento ser honesto, sr. Tillman. Tento nunca mentir. A mentira degrada o homem que a pronuncia, por mais nobre que seja o motivo. Eu sou Kuutma. Eu sou Brand. Eu sou a marca.

Com imenso esforço, Tillman conseguiu ficar de pé. Ele caminhou em direção ao homem à sua frente, os punhos fechados, erguidos.

As mãos do homem moveram-se rapidamente. Tillman sentiu um golpe de ar frio desferir-se contra seu baixo ventre, mas, quando seus dedos tocaram o local, havia um calor pulsante.

Ele baixou o olhar para a própria mão. Ela tentava conter uma cornucópia de sangue, que se preenchia novamente, infinitamente, enquanto se derramava entre os dedos desajeitadamente separados.

— E agora — Michael Brand disse —, devemos conversar rapidamente. Não lhe resta muito tempo, e há coisas que precisam ser ditas.

CAPÍTULO 65

Simetria, Kennedy disse a si mesma. Não era muito, mas já era alguma coisa.

Tudo o que haviam visto aqui, tudo pelo que haviam passado, fora construído num esquema simples e elegante. A larga rua principal, sua localização sob o teto do depósito, os lances descendentes de escadas, que partiam da praça onde a rua terminava. Tudo simétrico, oferecendo aos habitantes desse mundo estragado e troglodita uma vista agradável e organizada.

Então, talvez no final do nível inferior houvesse outro lance de escadas e outra praça.

Kennedy nadou junto com o fluxo, usando mais as pernas do que o braço bom porque os movimentos do braço a jogavam de lado, sem controle. Estava com os olhos bem fechados, por alguma razão. Mas não havia luz para ajudá-la a enxergar, então, provavelmente não estava perdendo nada.

A pressão em seus pulmões e a escuridão em sua cabeça cresciam mais e mais. O teto do vasto corredor roçou sua cabeça. Kennedy chutou-o e impulsionou o corpo para baixo, aterrorizada pela ideia de ficar presa numa esquina ou de bater a cabeça contra uma cornija. Se isso acontecesse, estaria acabada.

Mas já estava acabada dc todo jeito. Estava sem oxigênio e sem tempo. Para cima ou para baixo, tanto fazia. Ela desistiu e deixou-se flutuar para cima, esperando que o teto pressionasse suas costas e seus membros agitados, mantendo-a no lugar. Quando isso acontecesse, Kennedy abriria a boca, provavelmente num xingamento, e se afogaria.

Ela irrompeu na superfície com um estouro de água que rasgou a escuridão de lado a lado em sussurros infinitos. Foi como se houvesse dilacerado a abóbada celeste. Uma luz cinzenta descia de algum lugar e mostrava-lhe o lago interior no qual ela flutuava.

Kennedy não conseguiu se lembrar, por um momento, de onde estava. No Arizona, ela sabia. Mas não, isso tinha sido antes. Eles haviam vindo para o sul, para o México. Ali era a Cidade do México.

A Cidade do México era um lago de escuridão no qual ninguém pescava nem nadava. Exceto ela.

Ela se virou na água num círculo vagaroso, respirando em lufadas profundas e desiguais, como se estivesse arrancando pedaços do ar e mastigando-os, forçando-os garganta abaixo. Às suas costas, uma sólida parede se erguia, cravejada dos espaços escuros das janelas. Ela tinha vindo de debaixo daquele prédio, onde as ruas do nível inferior corriam invisíveis, inundadas do chão até o teto.

De cada lado, e à sua frente, múltiplas escadarias como aquelas partiam da outra praça. Kennedy não tinha ideia de para onde levavam. As distâncias se reduziam e depois avançavam na direção dela numa marcha sinistra. Seu cérebro era uma coisa vacilante, frouxa e saturada dentro da qual os pensamentos se recusavam a fluir.

Mas, a uma grande distância, ela ouviu vozes.

CAPÍTULO 66

— Ela morreu — Kuutma disse a Tillman. — Morreu muito tempo atrás.

As águas haviam retrocedido um pouco mais, e ele se sentara no alto da escada principal. Tillman estava de joelhos a certa distância, ambas as mãos agarrando com força a ferida. Apesar do que Kuutma havia lhe dito, o local do ferimento havia sido cuidadosamente escolhido, e o sangramento ainda levaria um bom tempo para matá-lo. A lâmina não havia sido ungida. O fluxo de sangue se desaceleraria gradualmente e talvez até parasse, desde que Tillman não se movesse. Naquele instante, ele parecia incapaz de realizar qualquer movimento.

— Rebecca — ele murmurou. Sua voz estava fraca, irregular. A voz de algo profundamente arruinado.

— Exatamente — Kuutma concordou. — Sua Rebecca. Eu a matei. Com uma adaga exatamente como esta. — Ele ergueu a sica para que Tillman pudesse vê-la, virando-a na mão para que a pouca luz a atingisse. Não houve lampejo na atmosfera crepuscular: a lâmina parecia uma coisa morta na mão dele. O mundo era um mundo em agonia, quase inabitado. — Mas não brinquei com ela, nem a atormentei como estou fazendo com você. Atingi-lhe o peito, entre a quarta e a quinta costelas, e parti o coração dela em dois pedaços. Ela morreu muito rapidamente.

Kuutma nem olhava para Tillman enquanto falava, mas viu com o canto dos olhos quando Tillman se levantou e se jogou na direção dele. Estivera esperando por isso, estivera até mesmo contando com isso.

Ficou de pé no momento em que Tillman o alcançou, a sica ainda na mão direita, mas usou a esquerda para bloquear o soco desajeitado de Tillman, depois o enganchou com o braço esquerdo e o pé direito e o arremessou sobre a escadaria com uma força que poderia facilmente ter partido a coluna do homem. Só então ele se inclinou e abriu a bochecha de Tillman com a lâmina: um único talho correndo da testa até o queixo.

— Ótimo — disse ele, aprovando. — Me odeie como odeio você. Me odeie com cada fibra de seu ser, até que o ódio se torne denso o suficiente para asfixiá-lo. Era isso que eu queria de você.

Kuutma retirou-se para o outro lado da escadaria e sentou-se novamente. A violência trouxera-lhe certo alívio, mas também havia feito com que seu coração disparasse dentro do peito. Precisava encontrar o coração calmo da violência e habitar nele, como fazia quando matava no mundo exterior. Mas aqui não era o mundo exterior, era Ginat'Dania. E essa não seria uma morte como nenhuma outra: era o pagamento do equilíbrio.

Kuutma observou o corpo decaído até que ele se contraísse e se agitasse, o que indicava que Tillman estava tanto vivo quanto consciente. Então, retomou a narrativa.

— A morte era um direito de Rebecca — disse. — É um direito de todas as Kelim. Mas nunca imaginei que ela escolheria a morte. Eu disse a ela, quando veio a mim, que não havia necessidade. Para outras, sim, possivelmente, mas não para ela. Nunca, nem por um momento... — Ele parou. Não fora assim que pretendera começar: precisava manter sua mente no objetivo e operar de maneira lógica em direção à revelação que destruiria Tillman.

Matar a alma de seu inimigo e só depois liquidar seu corpo.

Kuutma recomeçou, embora a calma ainda lhe escapasse.

— Vivemos separados — disse. — Esse é um dos mandamentos que nos foi legado. Mantemos nossa linha sanguínea pura. Não apenas desde Judas, mas desde o Éden, nós nos mantivemos à parte.

"Mas a pureza tem um preço. O povo conta com menos de cem mil pessoas e, numa comunidade tão pequena, certas doenças — doenças que vêm com o nascimento — espalham-se rapidamente. Conhecemos a base genética disso agora, como o senhor provavelmente também conhece, sr. Tillman. Numa pequena comunidade endogâmica, genes duplos recessivos se emparelham com uma frequência desastrosa, e defeitos congênitos, fraquezas do coração, do corpo e da mente, tornam-se endêmicos. Sem um influxo periódico de novo material genético, a comunidade não pode prosperar."

"Os Anciãos conferenciaram, muitos séculos atrás, e tomaram uma decisão. Uma sábia decisão. Não podíamos entregar nosso sangue à massa degradada de semianimais que você chama de humanidade. Mas poderíamos tomar a força e o vigor deles, quando precisássemos. Podíamos enriquecer nossa linhagem com enxertos do que há de melhor na deles."

"As mulheres que foram enviadas foram chamadas de Kelim — recipientes. Enquanto os Mensageiros carregam a morte, saindo de Ginat'Dania para o mundo, as Kelim saem para o mundo e trazem de volta a vida. Esse é o sacramento delas. Sua glória."

Tillman estava parcialmente erguido agora, repousando sobre um cotovelo. Olhava para Kuutma com intensidade feral. Kuutma deixou a sica de lado e tirou a pistola do coldre. Da próxima vez que Tillman o atacasse, ele acertaria um dos joelhos do homem: o direito, provavelmente.

— A água — Tillman resmungou.

— A água? — Kuutma franziu o cenho perante a irrelevância do comentário. — A água está envenenada. *Kelalit*. O mesmo veneno que os Mensageiros recebem para conferir-lhes força e velocidade. Em concentrações maiores do que cinco partes por milhão, tal veneno paralisa e mata. Você recebeu uma dose muito pequena porque, quando a água o atingiu, a comporta havia apenas acabado de começar a despejá-lo na água. Ela esteve despejando todo o resto enquanto conversávamos, e a concentração foi subindo a um nível de cem vezes a dose letal: o nível no qual um único gole pode matar dentro de um ou dois minutos. A Cidade do México vai se tornar um imenso cemitério. Quando o povo muda, não deixa nada para trás, Tillman. Semeamos a terra com sal e o céu com cinzas.

"Mas estávamos falando de Rebecca. Rebecca Beit Evrom."

Tillman ficou tenso e tentou se recompor. Ele agiria em breve, Kuutma tinha certeza disso. Mas nessa condição, entontecido pela *kelalit* difundida na água e enfraquecido pelos ferimentos, ele não representava ameaça.

— As Kelim são escolhidas por loteria — disse Kuutma. Ele sentia como se estivesse construindo um cadafalso no qual enforcaria Tillman, um nó corrediço para o pescoço dele, um alçapão no qual os pés dele ficariam. — Elas saem para o mundo, com falsas identidades fornecidas pelos Elohim, e se casam. Acessamos os registros médicos de quaisquer maridos em potencial, investigando doenças na semente deles. Se não houver risco, a união é aprovada — apenas para procriação. Não é, é claro, um casamento no sentido religioso.

"As Kelim têm três filhos e, depois disso, retornam. O marido vai para uma casa vazia — a mulher, para seu verdadeiro lar, no seio do povo. O exílio dela finalmente termina. Como pode imaginar, esse dever, embora sagrado, é difícil de suportar. É uma provação terrível fingir amar alguém por três ou quatro ou cinco anos, vivendo por tanto tempo à sombra de uma mentira."

— Não! — Tillman arfou. Ele conseguiu ficar de pé e deu um passo na direção de Kuutma. Kuutma ergueu a arma, e Tillman parou.

— Foi um horrível infortúnio — Kuutma disse, com mais veemência do que pretendera. — As probabilidades... eram de dois ou três milhões para um. Nunca imaginei que ela tiraria a bola vermelha do saco. Que seria escolhida. Mas, porque eu era Kuutma, pensei, não seria tão ruim para ela quanto foi para as outras. Eu cuidaria dela. Eu ainda estaria com ela, de certa forma, mesmo que não pudesse falar com ela.

"Eu a mandei para a Inglaterra. Ela conheceu você. Compartilhou sua cama e teve filhos seus. Judas, que na sua presença ela chamava de Jud. Seth. Grace. Eu os observei crescer e esperei minha hora. Até o último dia e o último momento, esperei minha hora. Até que, finalmente, chegou o dia em que tive permissão para mandá-la para casa. Meu Deus, Tillman, que momento amargo foi aquele!"

Kuutma percebeu que estava falando por entre dentes que trincavam, a voz áspera e pastosa.

— Ela não cometeu nenhum pecado, entende? Não teve culpa. E ainda assim ela se espojava em seus braços ao final de cada dia e se entregava a... uma abominação. Eu lamentei por ela. Lamentei tanto por ela. Às vezes...

Por que estava dizendo isso? Por que havia se distanciado tanto das palavras que preparara?

— Às vezes, as pessoas se esquecem disso. Não têm consciência do sacrifício que as Kelim fazem por nós — o sacrifício da própria carne. Às vezes, as mulheres pensam, quando retornam, que ninguém as quer. Como esposas, quero dizer. Que ninguém quer se unir a elas. *O recipiente está limpo*, a escritura diz, mas como é que algo pode permanecer limpo se é mergulhado noite após noite na imundície e na indecência por tantos anos? Você entende? É um mistério. Um mistério sagrado.

"Mas eu ofereci a ela... eu lhe ofereci a mim mesmo."

Kuutma piscou, afugentando lágrimas. Ele se levantou e deu um passo na direção de Tillman. Havia um magnetismo que o atraía: deveria atrair Tillman também, e levá-lo ao próximo estágio de sua demolição.

— Eu lhe disse que nada havia mudado entre nós. Que a aceitaria e me casaria com ela, e criaria seus filhos. Mas ela escolheu a morte. Sentiu-se tão suja por seu toque, tão profundamente arruinada, que não conseguiu olhar novamente nos olhos de um homem honesto e aceitar o amor dele. Está me ouvindo, Tillman?

— Estou ouvindo — Tillman balbuciou. — Seu imbecilzinho patético. Ela te dispensou. Ela te dispensou porque ainda me amava.

Kuutma gritou. Não conseguiu conter-se. O som foi arrancado de uma parte dele que era profunda demais para ser tocada pela razão. Ele cobriu a distância entre si e Tillman em três passos e golpeou com o cabo da pistola o osso nasal do homem, despedaçando-o. Tillman cambaleou e começou a cair, mas Kuutma girou como um dervixe e plantou um chute no meio do estômago dele antes mesmo que pudesse chegar ao chão. Enquanto Tillman se dobrava em dois, Kuutma o acertou novamente com a arma, do lado da cabeça, e finalmente ele caiu.

— Ela não amava você! — Kuutma berrou. — Nunca amou! Uma pessoa não se mata porque ama alguém!

Sem fôlego e impotente, Tillman ficou caído aos pés dele, apoiado nas mãos e joelhos. Kuutma colocou uma bala na câmara da Sig-Sauer e tirou a trava de segurança. Encostou a arma na parte de trás da cabeça de Tillman.

Mas ele recuperou o autocontrole uma vez mais antes que pudesse puxar o gatilho. Estava quase pronto: quase. Mas não podia despachar Tillman para a escuridão em face daquele desafio absurdo e insultuoso. Precisava contar-lhe o resto da história e vê-lo chorar e arrastar a alma na lama.

— Sua filha — Kuutma disse. — O nome dela não é Grace agora. É Tabe. Ela foi criada por estranhos — e ensinada a odiar você. Ela é tão feliz aqui, Tillman! Tão feliz conosco... É uma artista. Ela pinta. Há tanta beleza dentro dela que chega a se derramar de seus dedos para o mundo. Está me ouvindo? Sua filha *ama* a vida que eu dei a ela! Antes de vir até aqui, fui falar com ela. Contei-lhe que mataria você e pedi a bênção dela, o que ela me concedeu alegremente. "Por que eu deveria me importar com o que acontece com o pai de minha carne?", ela disse. E quando eu tiver terminado com você, Tillman, vou voltar para ela. Vou contar-lhe como você morreu e ela vai beijar minha mão e me abençoar outra vez.

Tillman estava tremendo. Por um momento, Kuutma pensou que era o medo que provocava essa reação, mas então percebeu que o semblante outrora poderoso do homem estava arruinado por lágrimas que irrompiam à força.

— Viva! — Tillman soluçou. — A Grace está viva! Minha Grace está viva!

Num acesso de fúria, Kuutma golpeou a ruína encolhida e indefesa diante de si de novo e de novo com o cabo da arma.

— Ela odeia você! — berrou. — Não me ouviu? Ela odeia você!

As mãos do próprio Kuutma estavam tremendo agora, e havia pouca força em seus golpes. Agachado feito um rato sob a tempestade, Tillman suportou-os.

Kuutma acertou a nuca do homem mais uma vez com a Sig. Ele ainda possuía o argumento final, irrefutável. Fora um instinto sublime, afinal, que o fizera começar com Rebecca e poupar o pior para o final.

— Seus filhos... — ele começou.

Um movimento acima captou seu olhar. Algo caindo. Kuutma saltou de lado, e a urna ornamental, empurrada de uma balaustrada numa sacada muito acima de sua cabeça, estilhaçou-se no chão exatamente onde ele estivera há pouco. Cacos de pedra cheios de mossas atingiram seu rosto e corpo.

— Será que Deus ama você, Kuutma? — uma voz disse, falando no ar ao redor dele.

Era a voz de Rebecca.

CAPÍTULO 67

Seis meses na Narcóticos: a permanência mais curta que uma pessoa poderia ter e ainda colocá-la no currículo como uma experiência válida. O que Kennedy *não* sabia sobre drogas lotaria bibliotecas inteiras.

Ironicamente, o que conhecia sobre metanfetamina vinha de um caso de homicídio. Uma mulher que matara enquanto dormiam as duas pessoas com quem dividia um apartamento — que também eram seus colegas de vício — com a parte denteada de um martelo para amaciar carne. De fato, ela os amaciara completamente. Também ficara feliz em explicar por quê: eles andavam tentando assassiná-la com micro-ondas e veneno embebido no tecido de seu travesseiro.

Um a cada cinco usuários regulares de metanfetamina acaba sucumbindo a uma doença mental intratável conhecida clinicamente como psicose por anfetaminas. E Brand a estivera usando regularmente por pelo menos treze anos. Ele deveria ser pelo menos um pouco louco, mesmo já considerando os problemáticos padrões extremistas de maníacos religiosos.

Kennedy desceu os degraus lentamente em direção a Brand — ou Kuutma, como ele parecia chamar a si mesmo — e Tillman. Ela perdera a arma que Tillman lhe dera, mas tinha uma perna de cadeira que havia apanhado no caminho. Mantinha-a próxima ao lado do corpo, onde esperava que fosse difícil de notar.

Estava improvisando desesperadamente. Tudo o que realmente queria era impedir que o desgraçado terminasse aquela frase. Mas parecia ter cativado a atenção dele, de todo modo: tudo o que precisava fazer agora era mantê-la.

— Será que Deus ama você? — repetiu no mesmo tom duro e frio.

Kuutma não respondeu. Parecia incapaz de falar. Ele a fitou enquanto ela vinha em sua direção e deu um passo involuntário para trás.

— Para mim, parece — Kennedy disse — que Ele protege aqueles a quem ama. Ele dá aos fiéis a justa recompensa na terra e castiga os brutos. É assim que funciona, não? E você é o braço que executa o castigo, então, acho que deve saber melhor do que ninguém.

Kuutma riu subitamente, o que não era de forma alguma a reação que Kennedy esperava — ou desejava.

— É só você! — ele disse. — Por um momento, eu pensei... — Ele pareceu se recompor, escapando de um precipício interior, um tremor percorria seu corpo. — Deus ama o povo, *rhaka*. A aliança Dele é conosco. Só o decaído se importa com vocês.

Kennedy chegara ao pé da escadaria agora e estava a apenas três metros de Kuutma. Olhou para o relógio de pulso, depois encontrou o olhar dele e deu de ombros.

— Ele está meio atrasado, né? — perguntou meigamente.

Os olhos de Kuutma se estreitaram.

— Você vai morrer com uma blasfêmia nos lábios — disse.

Kennedy prosseguiu como se não o tivesse ouvido.

— Mais de vinte anos atrasado. Era para vocês esperarem por trinta séculos e depois disso seriam os mandachuvas do mundo. Mas trinta séculos já passaram e vocês ainda estão vivendo aqui, no escuro, como baratas. Escondidos do resto do mundo. E ficam aí tapando buraco atrás de buraco porque o mundo fica menor a cada minuto. Vigilância por satélite, monitoramento de dados, passaportes biométricos e impressões digitais genéticas. Até suas contas de eletricidade entregam vocês, Kuutma. E vocês esperam, e esperam, e ainda assim Deus não aparece, até você começar a se sentir como a garotinha tímida no canto do salão de baile, que nunca consegue ser convidada para dançar. E de que valem todos esses assassinatos, no final, se vocês não são sagrados? Se Deus não abençoou vocês nem mandou que lutassem, então como é que fica esse sangue todo na sua alma?

— Não há sangue em minha alma — Kuutma respondeu. Ela havia parado de andar, e agora ele dera um passo na direção dela. Com a arma ainda na mão, e apontada para o coração dela, ele tirou uma daquelas facas perversas da cintura. — Eu estou perdoado.

— Mas só pelas mortes — Kennedy o lembrou. — Não pelas mentiras. Então, me conte a verdade sobre uma coisa, Kuutma, antes de me matar.

Segurando a faca na altura do peito, entre o dedo indicador e o médio, ele inclinou a lâmina num ângulo de seis graus e dobrou a mão em direção ao próprio corpo, pronto para atirar.

— Pergunte — ele a convidou.

— Todo este espetáculo lamentável foi só porque você não deu uns pegas na Rebecca Beit Sei-lá-qual-era-o-nome? Porque já ouvi falar em dor de cotovelo, cara, mas isso aqui é muito, muito triste mesmo.

Kuutma atirou a faca.

Kennedy tomou uma decisão impetuosa e jogou-se para a direita. Foi a direção errada, mas o movimento a salvou mesmo assim: o gesso de seu braço havia sido fixado ao redor de uma armação de aço, e a faca acertou um dos suportes, que ficou exposto. A lâmina talhou o rosto de Kennedy quando quicou para cima e sumiu na escuridão.

Kuutma atirou uma segunda faca. Kennedy jogou-se para a frente e, com um golpe violento da perna de cadeira, acertou a mão dele, fazendo-o soltar a arma. Assim restou só a Sig-Sauer. A pistola foi erguida enquanto Kennedy ainda estava sem equilíbrio, e Kuutma havia começado a puxar o gatilho quando o estrépito ensurdecedor de uma explosão o fez baixar o olhar, em choque, para o próprio peito. Uma supernova de sangue expandiu-se ali, cobrindo todo o seu torso em dois segundos vertiginosos.

* * *

Tillman não havia confiado na própria mira: estava nauseado demais, tonto demais, as mãos sem firmeza nenhuma. O simples gesto de sacar o Unica do cinto e tirar a trava de segurança haviam exigido cada grama de concentração que ele fora capaz de aplicar.

Ele se arrastara laboriosamente até ficar de pé, enquanto Kuutma debatia teologia com Kennedy, que se movera na direção deles, um passo após o outro. Kuutma não parecera notá-lo, mas Kennedy sim. Ela mantivera a posição e continuara tagarelando, oferecendo o alvo mais fácil do mundo.

E Tillman havia erguido a arma finalmente, a escassos centímetros das costas da jaqueta de linho tecido à mão de Kuutma.

Havia segurado a arma na linha certa.

Havia apertado o gatilho.

Havia apertado com mais força, porque o gatilho não quisera ceder àquele primeiro aperto frouxo.

Havia disparado e perdido a arma no mesmo momento por causa do coice inesperado de um recuo que ele normalmente suportava muito bem.

Mas um tiro foi tudo de que precisou. Kuutma caiu de joelhos, ainda olhando para Kennedy com olhos cheios de espanto.

— Deus... — ele engasgou. — Deus é meu...

— Deus acha — Kennedy disse a ele, com a voz fria rangendo feito uma rocha arrastada pela borda de uma caverna — que você é um desgraçado mentiroso e assassino.

Kuutma abriu a boca para responder, mas a morte chegou primeiro.

CAPÍTULO 68

INTERROGATÓRIO RESUMIDO COM O OFICIAL FELIPE JUAREZ, DEPARTAMENTO DE POLÍCIA DA CIDADE DO MÉXICO, CONDUZIDO PELO TENENTE JESUS-ERNESTO PENA, POLÍCIA FEDERAL.

HORA DE INÍCIO: 15H30.

TEN. PENA: O pedido de ajuda veio do local?

OFICIAL JUAREZ: Naquele momento eu pensei que sim, tenente. Mas o telefonema não foi registrado adequadamente, como o senhor sabe, e numa área com densidade populacional tão alta investigar os registros das companhias de celular acabou sendo... bom, não muito prático.

PENA: Foi um homem? Foi a voz de um homem que você ouviu?

JUAREZ: Sim.

PENA: E ele especificou uma localização em Xochimilco?

JUAREZ: Exatamente. Um depósito num local que já fora propriedade da United Fruit Company. Está sendo difícil determinar quem são os proprietários atuais. Aparentemente há um labirinto de empresas, a maior parte delas com sede na África ou no Oriente Médio. Uma baita confusão.

PENA: Conte o que você encontrou quando chegou ao local.

JUAREZ: Tenente, para mim é quase impossível descrever. Era um complexo subterrâneo, praticamente uma pequena cidade. Tinha sido inundado, mas ainda estava quase intacto. Uma coisa incrível. Se alguém tivesse me contado que um lugar como esse existia, eu teria rido na cara da pessoa.

PENA: Vi as fotos, oficial Juarez. E concordo, é impressionante. Acredito que você tenha encontrado duas pessoas lá quando chegou, sim?

JUAREZ: Um homem e uma mulher. Ambos feridos — o homem de forma grave. Ele tinha um ferimento no abdômen e outro no rosto. A mulher parecia ter sido espancada, e foi possível determinar que ela tinha um ferimento do lado esquerdo do corpo. Ela tinha uma jaqueta enrolada no braço esquerdo, então não pude ver direito.

PENA: Também havia um corpo.

JUAREZ: Sim, é verdade. Um segundo homem estava presente, morto. Havia um ferimento à bala atravessando a parte superior do tronco e disparado a uma distância muito curta. Minha suposição imediata foi de que uma daquelas pessoas ou ambas deviam tê-lo matado, então tentei efetuar a prisão delas. Mas não fui capaz de fazer isso. O homem me desarmou e me forçou a entregar minha arma.

PENA: Ele desarmou você. Apesar dos ferimentos dele?

JUAREZ: Tenente, ele foi rápido feito uma cobra. Esse homem já foi soldado. Não tenho a menor dúvida. O senhor viu as armas e a munição que ele deixou para trás — um arsenal inteiro. Além disso, ele parecia meio doido. Desequilibrado. Se eu tivesse levado reforços, talvez tivesse tido uma chance contra ele: contra os dois, eu deveria dizer. Sozinho, não tive nenhuma.

PENA: Então. Lá estava você com a arma no coldre e o cu na mão.

JUAREZ: A masturbação eu deixo para vocês, federais. Tento nunca competir com um especialista.

PENA: Quero que isso continue na transcrição.

TAQUÍGRAFO: A escolha é sua, tenente.

PENA: Conte o que aconteceu em seguida.

JUAREZ: Eles me levaram até uma escada e me mostraram que os níveis interiores do complexo haviam sido inundados. Explicaram que a água estava envenenada — com algum tipo de neurotoxina — e que não deveria, sob nenhuma circunstância, ser devolvida ao lençol freático. Ela tinha que ficar onde estava, sob guarda, até poder ser bombeada e descartada. Era verdade?

PENA: Isso é informação confidencial, oficial Juarez. Você não está na lista.

JUAREZ: Não. É claro que não. Mas sei que o local foi isolado por 19 dias. Uma área ocupando três quarteirões foi isolada com placas de "material perigoso" em cada esquina.

PENA: Confidencial.

JUAREZ: E as transmissões via satélite? Ouvi um rumor de que por dois dias antes disso centenas de caminhões chegaram a esse depósito e depois saíram. Mas ninguém sabe o que estavam carregando.

PENA: Confidencial.

JUAREZ: E que havia túneis levando a outros lugares, também em Xochimilco. Que havia casas e armazéns e despensas e piscinas e ginásios e...

PENA: Conte o que aconteceu em seguida.

JUAREZ: O que aconteceu em seguida? O homem e a mulher me contaram uma história incrível. Incrível em qualquer outro lugar, quero dizer. No lugar onde estávamos naquela hora, não pareceu tão difícil de acreditar. O homem havia perdido a esposa e os filhos. A mulher, o parceiro. O homem que eles mataram havia assassinado uma porção de gente e tinha tentado matar minha cidade. Minha família. Meus amigos. Todo mundo que eu conheço. Dá pra imaginar?

PENA: Sim. Dá pra imaginar. E depois?

JUAREZ: Depois eles amarraram minhas mãos, mas não muito apertado, e o homem disse que não seria bom para mim segui-los.

PENA: Você tentou segui-los?

JUAREZ: No fim, tentei. Mas já tinham ido embora. Não havia o menor sinal deles.

PENA: Quanto tempo havia se passado nesse momento?

JUAREZ: Talvez 15 ou 20 minutos.

PENA: Você levou 15 ou 20 minutos para soltar as mãos, quando havia uma faca — catalogada como item 21 — largada bem aos seus pés?

JUAREZ: Estava escuro. Eu não enxerguei a faca.

PENA: Até que fosse seguro enxergar.

JUAREZ: Estava escuro. Eu não enxerguei a faca.

PENA: Nem nenhuma das muitas outras facas, no cinto do homem morto, no saco catalogado como item 16?

JUAREZ: Estava escuro. Eu não...

PENA: Sim, obrigado, oficial Juarez. Acho que entendi. Vamos falar do boletim interforças 1217. É a respeito de uma mulher que escapou de um hospital em Kingman, Arizona, com a ajuda de um homem que a fez descer pela parede do hospital numa corda de rapel.

JUAREZ: Sim. Eu li.

PENA: Olhe para as fotografias. Esses são o homem e a mulher que você viu?

JUAREZ: Entendo que as acusações contra a mulher foram retiradas diante da evidência apresentada pelo xerife do condado, que disse que a mulher na verdade o salvou de uma atacante.

PENA: O homem ainda é procurado. Olhe para as fotografias.

JUAREZ: Para mim, parece que, se a água foi mesmo envenenada, o homem que morreu no depósito deve ter sido um filho da puta envenenador que merecia mesmo levar um tiro na parte superior do tronco disparado a uma distância muito curta.

PENA: Para mim, parece que, se eu quisesse sua opinião a respeito disso, eu pediria. Olhe para as fotografias.

JUAREZ: Esse não é o homem e essa não é a mulher. Quem dera eu pudesse ajudar, tenente.

PENA: Quem dera eu pudesse colocar suas bolas num torno.

JUAREZ: Tem tão pouca gente realmente feliz neste mundo.

CAPÍTULO 69

Ela foi para casa.

Ela tinha uma casa para a qual voltar.

Era um quarto, no qual seu pai a esperava. Ela lhe contou a história de onde estivera e do que fizera, embora soubesse que ele não entendia. Ela também não entendia a história dele, aliás. O melhor que podia fazer era dar testemunho e ouvir quando tivesse a chance.

Havia mais alguém esperando, também, em outro quarto, não muito longe. Houve uma conversa sacana e, depois, outras coisas para as quais a conversa não era necessária.

— Eu sempre, sempre, *sempre* pensei que você fosse hétero — Kennedy murmurou no ouvido de Izzy.

— Credo, eu não. — Izzy soltou um risinho. — Não sou desde que tinha 15 anos.

— Mas você engana tão bem no papo ao telefone...

Izzy montou sobre ela e sorriu — só para Kennedy — um sorriso capaz de derreter platina e abrir as pernas de um anjo.

— Ah, o papo é universal, querida. É o ato que conta.

CAPÍTULO 70

Ele foi para casa. A casa ainda estava vazia.

Mas o vazio era diferente agora. Ele sabia que a esposa havia morrido amando-o, pensando nele. Que ela não quisera deixá-lo e não pudera imaginar uma vida sem ele, assim como ele não fora capaz de construir uma sem ela.

Ele sabia que seus filhos estavam vivos, em algum lugar no mundo, e que estavam felizes.

Ele sentia que a solidão era um relicário no qual mantinha a mais sagrada das coisas: suas memórias do breve tempo que haviam passado juntos como uma família, da qual ninguém mais vivera para se lembrar.

Porque ele estava vivo, era tudo verdade. Porque ele se lembrava, eles estavam com ele.

Perto disso, que mais importava?

CAPÍTULO 71

— Carta para você, Web. Tem a cabeça da rainha desenhada no selo, então acho que é da Inglaterra. Quem você conhece na Inglaterra?

Connie passou a carta por cima da mesa para o xerife Gayle, depois ficou pairando por ali como alguém que ainda tivesse o que fazer e estivesse a ponto de fazê-lo em breve.

— Obrigado, Connie — disse Gayle.

— Ah, de nada — ela respondeu.

Mas ele não fez nenhum gesto para abrir a carta, na verdade, deixou-a de lado com ar negligente, então, por fim, Connie teve que se retirar, derrotada.

Depois que ela saiu, Gayle pegou o envelope novamente, abriu-o com o dedo mindinho deslizando pela aba e tirou de dentro a carta. Era de Heather Kennedy. Já adivinhara isso, porque ela era a única inglesa que ele conhecera na vida.

Querido Web,

Me desculpe por não ter conseguido ir ao funeral da Eileen. A verdade é que saí do México por um triz e tive receio de que, se voltasse para o Arizona, talvez não me deixassem ir embora. Sei que as acusações originais foram retiradas, mas depois teve todo esse caos que o Tillman aprontou quando me tirou daí, e mais umas coisas no México que foram ainda mais doidas.

É por isso que estou escrevendo, na verdade. Acho que você tem o direito de saber como essa história terminou. Você perdeu mais do que eu nessa coisa toda, e foi uma perda que não poderá jamais ser reparada, então, isto — a história — é tudo o que posso lhe dar. Isso e meu agradecimento, de coração mesmo, por tudo o que fez por mim.

Gayle leu tudo por quase uma hora. Só parou quando Connie lhe trouxe café e pairou mais um pouco. Após ter esperado que ela saísse novamente, ele retomou a leitura de onde havia parado.

Era loucura, exatamente como Kennedy dissera. Um segredo fácil de guardar, já que, se contasse, ninguém acreditaria. Talvez essa fosse a melhor coisa que eles tinham a seu favor, esses caras de Judas: eram tão terrivelmente absurdos que as pessoas poderiam tropeçar neles e sair andando sem nem perceber o que tinham achado. Não poderia ter acontecido: estúpido demais, doido demais, ridículo demais para ter acontecido.

Mas que história teria sido para Moggs! Como ela daria um fino acabamento a tudo aquilo, com brilho cromado e asas e barbatanas e floreios!

Foi só quando chegou ao fim, à última página, que Gayle viu como as coisas realmente eram. Mudou de ideia quanto a uma série de questões nesse momento. Não era de forma alguma um segredo fácil de guardar: não para Kennedy, pelo menos, que conhecia esse sujeito, Tillman, e devia a ele a própria vida. E Moggs jamais teria podido contar a história do jeito que era porque ela não seria, de forma alguma, cruel o suficiente para isso.

Voltei para a tradução do Gassan, *Kennedy escreveu*, e dei uma boa olhada em alguns detalhes. Tudo fez muito mais sentido depois que vi o lugar pessoalmente. Os filhos das Kelim mantêm o nome que receberam ao nascer, desde que esses nomes tenham sido escolhidos pela mãe. Se o pai escolheu, as crianças são batizadas outra vez pelo povo.

Acho que, no caso dos filhos da Rebecca, o Brand simplesmente quis apagar tudo o que pudesse do passado. Não havia nada de errado com os nomes que as crianças já tinham, mas ele os batizou com outros mesmo assim. E eu soube quais foram esses nomes. A mulher que quase matou a nós dois, lá em Santa Claus, me contou enquanto morria.

Grace, a menina, tornou-se Tabe.

Os meninos — Ezei e Cephas — morreram no Pombal.

Gayle dobrou a carta e colocou-a na gaveta da mesa. Depois, pensou melhor e passou-a pelo retalhador de papel do escritório. Em seguida, teve uma ideia ainda melhor e usou o isqueiro de Anstruther para queimar as tiras com jeito de confete até que não restasse nada.

Olhando pelo vidro do escritório externo, Connie contemplou com cobiça uma belíssima fofoca na qual ela nunca poria as mãos.